U0063996

中華書局

拼音檢索

學生常用字字典

漢語大字典編纂處　編著

策劃編輯　鍾昕恩

責任編輯　鍾昕恩　梁潔瑩

封面設計　明日設計事務所

版式設計　陳淑娟

排版　陳先英

印務　劉漢舉

# 學生常用字字典

**漢語大字典編纂處　編著**

主　　編：魯六

副主編：馮舒冉　吳振興

編寫人員：鄭　紅　劉亞男　范海予　吳振興　楊佩娟　楊　濤　魏現軍　馮舒冉

　　　　　緱瑞隆　田明秋　張大紅　劉　芳　孫麗君　呂曉麗　魯六

本書為《中華小學生常用字字典》（2020 年 7 月第 1 版第 1 次印刷）的縮印本

**出版 / 中華書局（香港）有限公司**

香港北角英皇道 499 號北角工業大廈一樓 B 室

電話：(852) 2137 2338　　傳真：(852) 2713 8202

電子郵件：info@chunghwabook.com.hk

網址：http://www.chunghwabook.com.hk

**發行 / 香港聯合書刊物流有限公司**

香港新界荃灣德士古道 220-248 號荃灣工業中心十六樓

電話：(852) 2150 2100　　傳真：(852) 2407 3062

電子郵件：info@suplogistics.com.hk

**印刷 / 美雅印刷製本有限公司**

香港觀塘榮業街 6 號海濱工業大廈四樓 A 室

**版次 / 2022 年 7 月初版**

　　　**2024 年 7 月第 2 次印刷**

© 2022 2024 中華書局（香港）有限公司

**規格 / 32 開（168mm×118mm）**

**ISBN / 978-988-8807-62-8**

本書中文繁體版本由四川辭書出版社授權

中華書局（香港）有限公司在香港和澳門地區獨家出版、發行

# 目 錄

# 出版説明

　　這是一本多功能的漢字學習字典，以常用字為出發點，針對香港學生的語文程度和學習需求編訂內容，幫助學生打下堅實的語文基礎。

　　本字典以國家教育部、國家語言文字工作委員會頒佈的《通用規範漢字表》為收字範圍，共設立 4451 個字頭。《通用規範漢字表》是現行的漢字規範標準，其依據字的使用度收字並分為三級：一級字表為常用字集，能滿足學生的基本用字需要，本字典悉數收錄；二級字表、三級字表為次常用字集和非常用字集，對於學生而言，部分字較為艱深或生僻，本字典參考香港教育局課程發展處中國語文教育組編訂的《香港小學學習字詞表》及《常用字字形表》，適量收錄學生日常學習或生活上可能接觸到的漢字，以備檢索查考。

　　字形方面，本字典的字頭採用字號較大的標楷體，有助學生認讀漢字標準字形。此外，本字典參考《香港小學學習字詞表》，對於適合在基礎階段學習書寫的漢字，附有按部件分格的筆順圖示，指示清晰易明，有助學生認識文字結構，掌握正確的書寫順序。

　　字音方面，本字典的字頭均注有漢語拼音及粵語拼音，幫助學生學習掌握正確讀音。學習拼音對於改善咬字不準、發音錯誤等問題大有幫助，學生還可隨時參考附錄，系統地認識國家規範的漢語拼音方案，以及本字典採用的香港語言學學會粵語拼音方案。

　　釋義方面，本字典力求在解釋準確的前提下，做到淺顯易懂；絕大多數義項下都有例證，形式上有詞語、成語，也有短語、句子等，內容豐富多樣，而且例證給出的語境都比較完整，可以幫助學生準確理解詞義和用法。大部分字頭下收錄了常見、常用的組詞和成語，供學生在寫作選詞時參考運用。

　　另外，本字典按漢語拼音音序排列字頭，並在書口設計字母頁標，方便檢索。現時，香港學生在學校教育中，會學習普通話拼音的基礎知識，相較於一般字典常見的部首或筆畫排序法，本字典更便利他們用拼音快速檢索，對於學生學習並區別普通話同音字也大有助益。同時，本字典亦附有部首、筆畫、倉頡碼等三種檢字表，以便學生按需要靈活採用不同的檢字方法。

　　我們期望，這本字典能滿足學生的學習需要，幫助他們辨析常用漢字的形、音、義，打下良好的語文基礎。

中華書局教育編輯部

# 凡例

## （一）收字

- 本字典共收錄單字 4451 個，適合基礎程度的學生。
- 本字典以國家教育部、國家語言文字工作委員會頒佈的《通用規範漢字表》（2013 年）為收字範圍，收錄一級字表中全部 3500 個常用字。
- 本字典的字頭按漢語拼音字序排列。讀音相同的字頭按筆畫總數由少至多排列；同音字筆畫總數相同的，依照起筆（丶）（一）（丨）（丿）（一）的順序排列。
- 多音字按不同普通話讀音分立條目，以「另見 × 頁」的形式標明。

## （二）字形

- 本字典字頭為繁體字，符號 | 後附注簡體字。
- 本字典的繁體字字形標準主要參照香港教育局課程發展處中國語文教育組編訂的《香港小學學習字詞表》（2009 年）及《常用字字形表》（2007 年）。
- 本字典的簡體字字形標準主要參照《通用規範漢字表》及國內通用的標準。
- 受限於電腦字型技術，若本字典中部分內文字形與字頭字形有差異，均以字頭字形為準。
- 有些漢字具有多個可查部首，本字典只列其中一個供參考。

## （三）筆順

- 本字典為 3200 個適合在基礎階段學習書寫的漢字附加了筆順圖示，便於學生模仿練習。
- 書寫筆順以《香港小學學習字詞表》為標準，按部件以不多於五個分格展示。
- 每個分格內有多於一畫時，以數目字標示出書寫的順序。

## （四）注音

- 本字典有兩種注音：
  1. 漢語拼音
     - 採用通行的《漢語拼音方案》注音，以 ⬤ 為標記。
     - 只注當今通用普通話讀音，不注方言音和古音。
     - 拼音一律小寫。

2. 粵語拼音
- 採用香港語言學學會粵語拼音方案注音，以 ⓟ 為標記。粵語拼音後標注聲、韻、調相同的直音字（涸：ⓟkok3 確）；或選用聲、韻相同的常用字，再標出聲調（過：ⓟgwo3 果三聲）；或採用反切取上下字的方法，另標出聲調（釘：ⓟdeng1 多鄭一聲）。
- 注音以廣州話為標準，不注口語變調。
- 有些字頭連注兩個音，第二個注音為又讀音，以 ⓧ 為標記。
- 有些字頭在不同的義項下，對應不同的粵語讀音，會以 ㊀、㊁ 為標記，分目釋義。

## （五）釋義和例證

- 本字典的釋義以現代漢語基本常用義為主，古義、僻義等皆不詳列。
- 部分義項需組詞釋義，本字典在義項中以〔 〕符號表示詞組，其後列出詞組釋義。
- 絕大多數義項下都有例證，形式包括詞語、成語、短語、句子等。
- 字頭下增錄適合學生學習的組詞和成語。

## （六）檢索和附錄

- 本字典設有《漢語拼音音節索引》《部首檢字表》《筆畫檢字表》《倉頡碼檢字表》等四種檢索附表，以便運用不同檢索方法查字。
- 本字典附有《漢語拼音方案》《粵音聲韻調表》《漢字筆畫名稱表》《漢字筆順規則表》《常見可類推簡化部首或偏旁表》《標點符號用法》《中國歷史朝代與公元紀年對照簡表》等七種附錄簡表，以備參考。

# 使用説明

標準繁體字形和
簡體字形參考

部首和總筆畫數

蓋｜盖　　🔊gài 🔊goi3 該三聲
　　　　　Ⓧkoi3 概 🔊TGIT
艸部，14 畫。

🔊普通話拼音
🔊粵語拼音及
　直音字
Ⓧ粵語又讀音
🔊倉頡碼

蓋　蓋　蓋　蓋　蓋

按部件展示筆順

釋義以現代漢語
基本常用義為
主，並提供不同
形式的例證

【釋義】①器物上部可以拿起的有遮蔽作用的
東西：鍋蓋。②某些動物背部的甲殼，也指
人體某些起類似作用的骨頭：膝蓋 / 螃蟹蓋。
③古代指傘：華蓋 (古代車上像傘的篷子)。
④由上而下地遮掩，蒙上：覆蓋 / 遮蓋。
⑤打上 (印章)：蓋印 / 蓋章。⑥超過，壓
倒：氣蓋山河 / 蓋過別人的聲音。⑦建築 (房
屋)：蓋樓。

增錄相關組詞和
成語

【組詞】蓋子 / 涵蓋 / 掩蓋
【成語】欲蓋彌彰 / 鋪天蓋地

更　　㊀🔊gēng 🔊gang1 庚 🔊MLWK
日部，7 畫。

更　更　更　更　更

一個普通話讀音
對應不同粵語讀
音的字，在字頭
下分目釋義

▲另見 116 頁 gèng。

普通話多音字分
立字頭

【釋義】①改變，改換：更改。②經歷：少不
更事。
【組詞】更動 / 更換 / 更替 / 更新 / 更正 / 變更
【成語】自力更生

㊁🔊gēng 🔊gaang1 耕
【釋義】舊時一夜分成五更，每更約兩小時：
打更 / 五更天。
【成語】半夜三更

# 漢語拼音音節索引

（右邊的數字為字典正文的頁碼）

# 部首目錄索引

(右邊的數字為部首檢字表的頁碼)

部首目錄索引

# 部首檢字表

（右邊的數字為<u>字典正文</u>的頁碼）

部首檢字表

部首檢字表

部首檢字表

部首檢字表

部首檢字表

部首檢字表

部首檢字表

部首檢字表

部首檢字表

部首檢字表

部首檢字表

部首檢字表

部首檢字表

部首檢字表

部首檢字表

部首檢字表

部首檢字表

部首檢字表

部首檢字表

部首檢字表

部首檢字表

部首檢字表

# Aa

---
a
---

**阿** 🔊 ā 🔊 aa3 亞 🔊 NLMNR
阜部，8畫。

阝 阿 阿 阿 阿

▲另見89頁ē。

【釋義】①加在排行、小名或姓的前面，有親暱的意味：阿寶／阿三。②加在某些親屬稱呼的前面：阿哥／阿婆／阿姨。

**啊** 🔊 ā 🔊 aa1 鴉 🔊 aa3 亞 🔊 RNLR
口部，11畫。

啊 啊 啊 啊 啊

▲另見本頁á；見本頁ǎ；見本頁à；見本頁a。

【釋義】用在句子開頭，表示驚異或讚歎：啊，彩虹出來了！／啊，多麼美麗的夜景！

**啊** 🔊 á 🔊 haa2 哈二聲 🔊 aa2 啞
🔊 RNLR
口部，11畫。

▲另見本頁ā；見本頁ǎ；見本頁à；見本頁a。

【釋義】用在句子開頭，表示追問：啊，這事你不知道嗎？

**啊** 🔊 ǎ 🔊 haa2 哈二聲 🔊 aa2 啞
🔊 RNLR
口部，11畫。

▲另見本頁ā；見本頁á；見本頁à；見本頁a。

【釋義】用在句子開頭，表示驚疑：啊，你怎麼跑到這兒來了？

**啊** 🔊 à 🔊 aa1 鴉 🔊 aa3 亞 🔊 RNLR
口部，11畫。

▲另見本頁ā；見本頁á；見本頁ǎ；見本頁a。

【釋義】①用在句子開頭，表示應諾：啊，好吧／啊，行啊。②表示明白過來：啊，原來如此！③表示驚異或讚歎：啊，偉大的奇跡！

**啊** 🔊 a 🔊 aa1 鴉 🔊 aa3 亞 🔊 RNLR
口部，11畫。

啊 啊 啊 啊 啊

▲另見本頁ā；見本頁á；見本頁ǎ；見本頁à。

【釋義】①用在句末或句中，表示讚歎、驚歎的語氣：多美的花兒啊！②用在句末，表示肯定、辯解、催促、吩咐等語氣：快跑啊！／你做得對啊！／我不是這個意思啊！③用在句末，表示疑問的語氣：你說的是真的啊？④用在句中稍作停頓，讓人注意下面的話：聽說啊，明天馬戲團要來演出了！⑤用在列舉的事項之後：書啊，雜誌啊，扔得滿屋都是。

---
ai
---

**哀** 🔊 āi 🔊 oi1 埃 🔊 YRHV
口部，9畫。

哀 哀 哀 哀 哀

【釋義】①悲傷，悲痛：哀愁／悲哀。②悼念：哀悼／默哀。③憐憫：哀憐／哀其不幸。
【組詞】哀傷／哀歎／哀痛／哀怨
【成語】喜怒哀樂

# 哎

曾 ãi 粵 aai1 挨 倉 RTK
口部，9畫。

【釋義】①用在句子開頭，表示驚訝或不滿意：哎，好險！/哎，話可不能這麼說。②用在句子開頭，表示提醒：哎，路滑，小心點！

# 埃

曾 ãi 粵 oi1 哀 倉 GIOK
土部，10畫。

【釋義】塵土，灰塵：塵埃。

# 挨

曾 ãi 粵 aai1 唉 倉 QIOK
手部，10畫。

▲另見本頁 ái。

【釋義】①靠近，緊接着：挨近 / 一個挨一個。②順着（次序），逐一：挨門逐戶。

# 唉

曾 ãi 粵 aai1 哎 倉 RIOK
口部，10畫。

▲另見3頁 ái。

【釋義】答應或歎息的聲音：唉，我就來。

【成語】唉聲歎氣

# 挨

曾 ái 粵 ngaai4 捱 倉 QIOK
手部，10畫。

▲另見本頁 ãi。

【釋義】同「捱」，見本頁 ái。

# 捱

曾 ái 粵 ngaai4 涯 倉 QMGG
手部，11畫。

①遭受，忍受：捱打 / 捱罵 / 捱餓受凍。②困難地度過（時光）：艱苦的日子快捱過去了。③拖延：捱時間 / 今天能辦的事不要捱到明天。

# 皚

曾 ái 粵 ngoi4 呆 倉 HAUMT
白部，15畫。

【釋義】潔白（多用於形容霜雪）：皚皚白雪。

# 癌

曾 ái 粵 ngaam4 巖 倉 KRRU
疒部，17畫。

【釋義】上皮組織生長出來的惡性腫瘤。

【組詞】癌症

# 矮

曾 ǎi 粵 ai2 底（不讀聲母）
倉 OKHDV
矢部，13畫。

【釋義】①身材短：他比我矮。②高度小的：矮凳 / 矮牆。

【組詞】矮小 / 矮子

# 藹

曾 ǎi 粵 oi2 靄 倉 TYRV
艸部，20畫。

【釋義】①和氣，和善，態度好：和藹 / 藹然可親。②形容樹木茂盛：一片藹藹綠色。③形容昏暗：暮色藹藹。

【成語】和藹可親

# 靄

曾 ǎi 粵 oi2 藹 倉 MBYRV
雨部，24畫。

【釋義】雲氣，輕霧：暮靄 / 煙靄。

A

# 艾

曾 ài 粵 ngaai6 涯六聲 倉 TK
艸部，6畫。

▲ 另見 450 頁 yì。

【釋義】①艾蒿，多年生草本植物，葉子有香氣，可以入藥，點着後能驅蚊蠅。②停止：方興未艾（比喻事態正在蓬勃發展）。

# 唉

曾 ài 粵 aai1 哎 倉 RIOK
口部，10畫。

▲ 另見 2 頁 āi。

【釋義】用在句子開頭，表示傷感或惋惜：唉，想起來就讓人掉淚／唉，那麼好的機會竟然錯過了。

# 愛 | 爱

曾 ài 粵 oi3 哀三聲 倉 BBPE
心部，13畫。

【釋義】①對人或事物有很深的感情：愛戴／愛憎。②喜歡：愛打球／愛熱鬧。③愛惜，愛護：愛公物／愛面子。④常常發生某種行為，容易發生某種變化：愛哭／愛激動。

【組詞】愛好／愛慕／愛心／博愛／敬愛／可愛／溺愛／熱愛／喜愛／心愛

【成語】愛不釋手／愛莫能助

# 隘

曾 ài 粵 aai3 艾三聲 倉 NLTCT
阜部，13畫。

【釋義】①狹窄：狹隘。②險要的地方：關隘／要隘。

# 曖 | 暧

曾 ài 粵 oi3 愛 倉 ABBE
日部，17畫。

【釋義】〔曖昧〕①態度含糊、不明朗：對於這件事，他態度一直很曖昧。②行為不光明正大：關係曖昧。

# 礙 | 碍

曾 ài 粵 ngoi6 外 倉 MRPKO
石部，19畫。

【釋義】阻礙，使不能順利進行：礙事／礙手礙腳。

【組詞】妨礙／障礙／阻礙

# an

# 安

曾 ān 粵 on1 鞍 倉 JV
宀部，6畫。

【釋義】①安定：心安理得／忐忑不安。②使安定（多指心情）：安民／除暴安良。③對生活、工作等感覺滿足合適，心安：安於現狀。④平安，安全（跟「危」相對）：保安／居安思危。⑤使有合適的位置：安頓／安排。⑥安裝，設立：安電燈／安營紮寨。⑦存着，懷着（某種念頭，多指不好的）：你安的甚麼心？

【組詞】安靜／安寧／安危／安慰／安心／安置／安裝／治安

【成語】安分守己／安居樂業／安然無恙／長治久安／國泰民安／坐立不安

# 氨

曾 ān 粵 on1 安 倉 ONJV
气部，10畫。

【釋義】氨氣，氮和氫的化合物，化學式 $NH_3$。無色，有臭味。可用作冷凍劑，也可製硝酸、氮肥和炸藥。

# 庵

曾 ān 粵 am1 諳 倉 IKLU
广部，11畫。

【釋義】佛寺（多指尼姑住的）：庵堂／尼姑庵。

# 鞍

曾 ān 粵 on1 安 倉 TJJV
革部，15畫。

【釋義】鞍子，放在騾、馬等背上供人騎乘或駄運東西用的器具：馬鞍。

# 諳 | 谙
曾 ān　粵 am1 庵　倉 YRYTA
言部，16 畫。

【釋義】熟悉，懂得：熟諳 / 不諳水性。

# 俺
曾 ǎn　粵 jim3 厭　倉 OKLU
人部，10 畫。

【釋義】①我們（不包括聽的人）：俺村 / 你先去，俺隨後就到。②我：俺的鋼筆不見了。

# 岸
曾 àn　粵 ngon6 我安六聲　倉 UMMJ
山部，8 畫。

岸　岸　岸　岸　岸

【釋義】①江、河、湖、海等水邊的陸地：海岸 / 大洋彼岸。②高大：魁岸 / 偉岸。③高傲：傲岸（自高自大）。
【組詞】對岸 / 兩岸 / 沿岸
【成語】隔岸觀火 / 回頭是岸

# 按
曾 àn　粵 on3 案　倉 QJV
手部，9 畫。

按　按　按　按　按

【釋義】①用手或手指頭壓：按鈕 / 按摩。②壓住，擱下：按兵不動。③抑制：按不住胸中的怒火。④依照：按時 / 按照 / 按部就班。⑤（編者、作者等）下論斷、作說明等：編者按。

# 案
曾 àn　粵 on3 按　倉 JVD
木部，10 畫。

案　案　案　案　案

【釋義】①長形的桌子或架起來代替桌子的長木板：書案 / 拍案叫絕。②案件，事件：劫案 / 破案 / 審案。③案卷，記錄：備案 / 檔案。④提出計劃、辦法或其他建議的文件：草案 / 方案。

【組詞】案件 / 案情 / 報案 / 法案 / 個案 / 專案 / 罪案 / 作案

# 暗
曾 àn　粵 am3 庵三聲　倉 AYTA
日部，13 畫。

暗　暗　暗　暗　暗

【釋義】①光線不足，黑暗（跟「明」相對）：幽暗 / 天昏地暗。②不公開的，隱蔽不露的，祕密的：暗號。③糊塗不明白的：兼聽則明，偏信則暗。
【組詞】暗示 / 暗中 / 暗自 / 黑暗 / 昏暗 / 陰暗
【成語】暗箭傷人 / 棄暗投明

# 黯
曾 àn　粵 am2 暗二聲　倉 WFYTA
黑部，21 畫。

黯　黯　黯　黯　黯

【釋義】陰暗，昏黑：黯黑 / 別老以為自己的前途很黯淡。
【組詞】黯然

---

## ang

# 骯 | 肮
曾 āng　粵 ong1 盎一聲
倉 BBYHN
骨部，14 畫。

骯　骯　骯　骯　骯

【釋義】〔骯髒〕①不乾淨：衣服骯髒。②比喻卑鄙、醜惡：骯髒的交易。

# 昂
曾 áng　粵 ngong4 我康四聲　倉 AHVL
日部，8 畫。

昂　昂　昂　昂　昂

【釋義】①仰着（頭）：昂首闊步。②高漲：昂揚 / 激昂。③價值高或貴：昂貴。
【組詞】高昂
【成語】昂首挺胸 / 器宇軒昂

A

**盎** 🔊àng 🔊ong3 骯三聲 🔊LKBT
皿部，10畫。

央　盎

【釋義】充溢，洋溢：春意盎然／興味盎然。
【組詞】盎然

── ao ──

**凹** 🔊āo 🔊nap1 粒 🔊SSU
凵部，5畫。

凵　凹　凹　凹　凹

【釋義】低於周圍（跟「凸」相對）：凹陷。

**熬** 🔊áo 🔊ngou4 遨 🔊GKF
火部，15畫。

【釋義】①長時間地煮：熬粥。②痛苦地忍
受，勉強地支持：熬夜／煎熬。

**遨** 🔊áo 🔊ngou4 遨 🔊YGSK
辵部，15畫。

【釋義】〔遨遊〕遊玩，漫遊：遨遊世界／遨遊
太空。

**翱** 🔊áo 🔊ngou4 熬 🔊HJSMM
羽部，16畫。

【釋義】〔翱翔〕展開翅膀在空中迴旋地飛：海
燕在高空中自由地翱翔。

**襖** | 祆 🔊ǎo 🔊ou2 奧二聲
🔊LHBK
衣部，18畫。

【釋義】有裏子的上衣（多指中式的）：夾襖／
棉襖／皮襖。

**坳** 🔊ào 🔊aau3 拗 🔊GVIS
土部，8畫。

【釋義】山間平地：一到春天，山坳裏就開滿

了紅豔豔的杜鵑花。

**拗** 🔊ào 🔊aau3 坳 🔊QVIS
手部，8畫。

▲另見274頁niù。

【釋義】①說起來不順：拗口。②違背，不順
從：違拗。

**傲** 🔊ào 🔊ngou6 熬六聲 🔊OGSK
人部，13畫。

【釋義】①驕傲：傲慢／傲氣／高傲。②不屈
服：傲骨（高傲不屈的性格）／傲然。
【成語】恃才傲物

**奧** | 奥 🔊ào 🔊ou3 澳 🔊HBK
大部，13畫。

【釋義】含義深，不容易理解：奧祕／奧妙／
深奧。

**澳** | 澳 🔊ào 🔊ou3 奧 🔊EHBK
水部，16畫。

【釋義】①海邊彎曲可以停船的地方（多用於
地名）：三都澳（在福建省）。②澳門的簡稱。
③澳大利亞的簡稱。

**懊** | 懊 🔊ào 🔊ou3 奧 🔊PHBK
心部，16畫。

【釋義】①煩悶苦惱：懊惱／懊喪。②悔恨：
懊恨／懊悔。

**驁** | 骜 🔊ào 🔊ngou4 遨 🔊GKSQF
馬部，21畫。

【釋義】①駿馬，快馬。比喻才能出眾。②馬
不馴服，也用來比喻人傲慢、不順服：桀驁
不馴。

B

# Bb

## ba

**八** 🔊bā 🔊baat3 捌 🔊HO
八部，2畫。

八 八 八 八 八

【釋義】數目字，七加一後所得。
【成語】半斤八兩 / 亂七八糟 / 七零八落 / 七嘴八舌

**巴** 🔊bā 🔊baa1 爸 🔊AU
己部，4畫。

巴 巴 巴 巴 巴

【釋義】①盼望：巴不得馬上回家。②緊貼：爬山虎巴在牆上。③黏在其他物體上的東西：鍋巴。④巴士：大巴 / 小巴。⑤後綴（往往輕讀）：尾巴 / 嘴巴。

**扒** 🔊bā 🔊paa4 爬 🔊QC
手部，5畫。

扒 扒 扒 扒 扒

▲另見279頁 pá。
【釋義】①抓着（可依附的東西）：扒欄杆。②刨，挖，拆：扒土 / 把舊房扒了蓋新的。③撥動：扒開草叢。④脫掉，剝：扒樹皮。

**叭** 🔊bā 🔊baa1 巴 🔊RC
口部，5畫。

叭 叭 叭 叭 叭

【釋義】象聲詞，形容槍聲、物體斷裂聲等：槍聲叭叭直響。

**吧** 🔊bā 🔊baa1 巴 🔊RAU
口部，7畫。

吧 吧 吧 吧 吧

▲另見8頁 ba。
【釋義】象聲詞：吧的一聲，閂門關上了。

**芭** 🔊bā 🔊baa1 巴 🔊TAU
艸部，8畫。

芭 芭 芭 芭 芭

【釋義】〔芭蕉〕多年生草本植物，葉很大，花白色，果實跟香蕉相似，可以吃。

**疤** 🔊bā 🔊baa1 巴 🔊KAU
疒部，9畫。

疤 疤 疤 疤 疤

【釋義】瘡口或傷口長好後留下的痕跡：瘡疤 / 傷疤。
【組詞】疤痕

**捌** |捌 🔊bā 🔊baat3 八 🔊QRSN
手部，10畫。

捌 捌 捌 捌 捌

【釋義】數目字「八」的大寫。

**笆** 🔊bā 🔊baa1 巴 🔊HAU
竹部，10畫。

笆 笆 笆 笆 笆

【釋義】用竹片或樹的枝條編成的器物：籬笆。

## 拔｜拔 <sup>普</sup> bá <sup>粵</sup> bat6 跋 <sup>倉</sup> QIKK
手部，8畫。

【釋義】①把固定或隱藏在其他物體裏的東西往外拉，抽出：拔除／拔牙。②吸出（毒氣等）：拔火罐。③挑選，提升（多指人才）：提拔／選拔。④超出，高出：拔尖／海拔。⑤攻佔，奪取：攻城拔寨。

【成語】拔刀相助／出類拔萃／堅忍不拔／一毛不拔

## 跋｜跋 <sup>普</sup> bá <sup>粵</sup> bat6 拔 <sup>倉</sup> RMIKK
足部，12畫。

【釋義】①在山上行走：長途跋涉。②寫在書籍、文章等後面的短文，內容多屬評介、鑒定、考釋之類：題跋／序跋。

## 把｜把 <sup>普</sup> bǎ <sup>粵</sup> baa2 靶 <sup>倉</sup> QAU
手部，7畫。

▲另見本頁bà。

【釋義】①用手握住：把舵／把玩。②看守：把關／把守。③車把，自行車、摩托車、三輪車等手握以便操控方向的部分。④把東西紮在一起的捆子：草把／火把。⑤表示單位。(a)用於有柄的，或可以一手抓的東西：一把刀／一把米。(b)有時用於抽象事物，或手的動作：加把勁／幫他一把。⑥介詞。意思和「將」一樣：把話說明白了／把更多的時間用在練習書法上。⑦放在量詞或「百」「千」「萬」等數詞的後面，表示約略估計：個把月以前／丈把高的樹／約有百把人。⑧指朋友之間結成兄弟姐妹的關係：把兄弟。

【組詞】把柄／把手／把握

## 靶 <sup>普</sup> bǎ <sup>粵</sup> baa2 把 <sup>倉</sup> TJAU
革部，13畫。

【釋義】靶子，練習射擊或射箭的目標：箭靶。

## 把 <sup>普</sup> bà <sup>粵</sup> baa2 靶 <sup>倉</sup> QAU
手部，7畫。

▲另見本頁bǎ。

【釋義】①器具上便於手拿的部分：刀把。②花、葉或果實的柄：花把。

## 爸 <sup>普</sup> bà <sup>粵</sup> baa1 巴 <sup>倉</sup> CKAU
父部，8畫。

【釋義】稱呼父親：爸爸。

## 耙 <sup>普</sup> bà <sup>粵</sup> baa3 霸 <sup>倉</sup> QDAU
耒部，10畫。

▲另見279頁pá。

【釋義】①一種用來弄碎土塊和平整土地的農具：釘齒耙／圓盤耙。②用耙弄碎土塊：耙地。

## 罷｜罢 <sup>普</sup> bà <sup>粵</sup> baa6 吧 <sup>倉</sup> WLIBP
网部，15畫。

【釋義】①停止：罷工／罷課。②免去，解除：罷官／罷免。③完了，完畢：吃罷晚飯／說罷就走。

【組詞】罷了／罷手／罷休

## 霸 <sup>普</sup> bà <sup>粵</sup> baa3 壩 <sup>倉</sup> MBTJB
雨部，21畫。

【釋義】①古代諸侯聯盟的首領：霸主／春秋五霸。②仗勢橫行、欺壓人民的人：惡霸。③依仗自身權勢，強行佔據：霸佔／獨霸一方。

【組詞】霸道／霸權／稱霸／爭霸

## 壩｜坝 <sup>普</sup> bà <sup>粵</sup> baa3 霸 <sup>倉</sup> GMBB
土部，24畫。

【釋義】攔水的建築物：水壩／堤壩。

B

## 吧

🔊 ba 🔊 baa6 罷 🔊 RAU
口部，7畫。

吧 吧 吧 吧 吧

▲另見6頁 bā。

【釋義】①用在句末，表示商量、提議、請求、命令、同意、疑問等：就這樣吧 / 快點走吧 / 他大概已經來了吧？②用在句中頓處，表示假設、舉例或讓步：就説他吧，今年收入也不少 / 去吧，雨太大；不去吧，又怕他們等着。

---

### bai

## 掰

🔊 bāi 🔊 baai1 拜一聲 🔊 QCHQ
手部，12畫。

【釋義】用手把東西分開或折斷：掰玉米 / 掰開兩半。

## 白

🔊 bái 🔊 baak6 帛 🔊 HA
白部，5畫。

白 白 白 白 白

【釋義】①像霜或雪的顏色（跟「黑」相對）：白髮 / 白馬。②明亮，光亮：白晝。③清楚，明白：不白之冤 / 真相大白。④空白，沒有加上甚麼東西的：白卷 / 白開水。⑤沒有效果，徒然：白費力氣 / 説了白説。⑥無代價，無報償：白吃 / 白給。⑦與喪葬活動有關的：白事。⑧用白眼珠看人，表示輕視或不滿：白了他一眼。⑨（字音或字形）錯誤：寫白字 / 字唸白了。⑩説明，陳述：辯白 / 表白。⑪戲曲或歌劇中不用唱而用説話腔調説的語句：獨白 / 對白。⑫指白話，口語：半文半白。

【組詞】白白 / 蒼白 / 黑白 / 花白 / 潔白 / 空白 / 清白 / 坦白 / 雪白 / 白茫茫

【成語】白璧無瑕 / 白頭偕老 / 顛倒黑白 / 真相大白

## 百

🔊 bǎi 🔊 baak3 伯 🔊 MA
白部，6畫。

百 百 百 百 百

【釋義】①數目，十個十：百分數 / 年過半百。②比喻很多：百貨 / 百花齊放。

【組詞】百姓 / 百貨公司

【成語】百發百中 / 百感交集 / 百折不撓 / 千瘡百孔 / 千錘百煉 / 千方百計 / 千奇百怪 / 一呼百應 / 珍饈百味

## 佰

🔊 bǎi 🔊 baak3 百 🔊 OMA
人部，8畫。

【釋義】數目字「百」的大寫。

## 柏

🔊 bǎi 🔊 baak3 百 ✕ paak3 拍
🔊 DHA
木部，9畫。

柏 柏 柏 柏 柏

▲另見27頁 bó。

【釋義】柏樹，喬木，葉鱗片狀。木材質地堅硬，用來做建築材料。

【組詞】松柏

【成語】松柏後凋 / 歲寒松柏

## 擺｜擺

🔊 bǎi 🔊 baai2 敗二聲 🔊 QWLP
手部，18畫。

擺 擺 擺 擺 擺

【釋義】①安放，排列：擺放 / 擺設。②來回地搖動：擺手 / 搖頭擺尾。③鐘錶或精密儀器上用來控制擺動頻率的裝置：鐘擺。

【組詞】擺佈 / 擺動 / 擺賣 / 擺脱 / 搖擺

【成語】大搖大擺

## 拜

🔊 bài 🔊 baai3 敗三聲 🔊 HQMQJ
手部，9畫。

拜 拜 拜 拜 拜

【釋義】①行禮以表示敬意，如作揖、下跪

叩頭：叩拜。②見面行禮表示祝賀：拜年。③拜訪，訪問：回拜。④恭敬地與對方結成某種關係：拜師 / 結拜。⑤敬辭，用於人事往來：拜託 / 拜讀大作。⑥尊崇，敬佩：拜服 / 崇拜。

【組詞】拜訪 / 拜會 / 拜祭 / 拜見

【成語】甘拜下風

**敗｜败**　曾 bài　粵 baai6 拜六聲　倉 BCOK　支部，11 畫。

【釋義】①輸，失利（跟「勝」相對）：敗仗 / 反敗為勝。②打敗（敵人）：大敗敵軍。③事情沒做成功，沒達到目的（跟「成」相對）：失敗 / 功敗垂成。④搞壞（事情）：成事不足，敗事有餘。⑤解除，消除：敗毒 / 敗火。⑥破舊，腐爛，凋謝：衰敗 / 金玉其外，敗絮其中。

【組詞】敗壞 / 成敗 / 挫敗 / 打敗 / 腐敗 / 擊敗 / 落敗

【成語】兩敗俱傷 / 身敗名裂 / 一敗塗地 / 氣急敗壞 / 傷風敗俗

---

## ban

**扳**　曾 bān　粵 baan1 斑　倉 QHE　手部，7 畫。

【釋義】①使位置固定的東西改變方向或轉動：扳閘 / 扳槍機。②扭轉，把輸的贏回來：扳回一球，踢成平局。

**班**　曾 bān　粵 baan1 班　倉 MGILG　玉部，10 畫。

【釋義】①根據工作或學習需要而編成的組織：班級 / 訓練班。②指一天之內的一段工作時間：上班 / 下班 / 值班。③軍隊的基層單位，班的上一級是排。④有固定路線並定時開行的：班次 / 航班。⑤表示單位。(a)用於

人羣：一班年輕人。(b)用於定時開行的交通運輸工具：乘搭下一班飛機。⑥調回或調動（軍隊）：班師。

【成語】按部就班

**般**　曾 bān　粵 bun1 搬　倉 HYHNE　舟部，10 畫。

【釋義】①種，樣：百般刁難。②一樣，似的：火焰般的熱情。

【組詞】百般 / 萬般 / 一般

**斑**　曾 bān　粵 baan1 班　倉 MGYKG　文部，12 畫。

【釋義】一種顏色中夾雜的其他顏色的小點或條紋：斑馬 / 雀斑。

【組詞】斑點 / 斑斕 / 斑紋

**搬**　曾 bān　粵 bun1 般　倉 QHYE　手部，13 畫。

【釋義】①移動物體的位置：搬動 / 搬運。②遷移：搬家 / 公司已於日前搬到新址辦公。

【組詞】搬遷

**頒｜颁**　曾 bān　粵 baan1 班　倉 CHMBC　頁部，13 畫。

【釋義】發佈，發下：頒佈 / 頒發 / 頒獎。

**板**　曾 bǎn　粵 baan2 版　倉 DHE　木部，8 畫。

**B**

【釋義】①片狀的較硬的物體：鋼板／木板。②音樂和戲曲中的節拍：快板／慢板。③少變化，不靈活：古板／死板。④表情嚴肅：板起面孔。

【組詞】呆板／地板／黑板／刻板／天花板

【成語】有板有眼

**版** 普 bǎn　粵 baan2 板　倉 LLHE
片部，8畫。

【釋義】①上面有文字或圖形的供印刷用的底子：排版／鉛版。②版本：原版／英文版。③書籍排印一次為一版：版次／再版。④報紙的一面叫一版：頭版。

【組詞】版本／版畫／版權／版圖／出版／盜版／絕版

**闆** ｜板　普 bǎn　粵 baan2 板
倉 ANRRR
門部，17畫。

【釋義】〔老闆〕私營工商業的財產擁有人。

**半** 普 bàn　粵 bun3 本三聲　倉 FQ
十部，5畫。

【釋義】①二分之一，一半：半價／半年。②在……中間：半途／半夜。③比喻很少：只有半點光。④不完全：半島／半成品／大門半開。

【組詞】半點／半空／半路／半天／夜半／半桶水／北半球／南半球

【成語】半斤八兩／半途而廢／半信半疑／事半功倍／一鱗半爪／一年半載／一知半解

**扮** 普 bàn　粵 baan3 班三聲　❌ baan6 辦
倉 QCSH
手部，7畫。

【釋義】①化裝成（某種人物）：扮演。②面部裝成（某種表情）：扮鬼臉。

【組詞】打扮／假扮／裝扮

**伴** 普 bàn　粵 bun6 叛　倉 OFQ
人部，7畫。

【釋義】①在一起工作或生活的人，同伴：伴侶／夥伴。②陪伴，隨同：伴唱／伴奏。

【組詞】伴隨／伴同／結伴／陪伴／同伴

**拌** 普 bàn　粵 bun6 伴　倉 QFQ
手部，8畫。

【釋義】攪和，攪拌：小葱拌豆腐。

【組詞】攪拌

**絆** ｜绊　普 bàn　粵 bun6 伴　倉 VFFQ
糸部，11畫。

【釋義】擋住或纏住，使跌倒或使行走不便：絆腳。

**辦** ｜办　普 bàn　粵 baan6 扮
倉 YJKSJ
辛部，16畫。

【釋義】①辦理，處理，料理：辦公／辦事。②創設，經營：創辦。③採購，置備：辦貨／備辦。④懲治：查辦／嚴辦。

【組詞】辦法／辦理／承辦／籌辦／代辦／舉辦／開辦／協辦／興辦／主辦

【成語】公事公辦

瓣 🔊 bàn 🔊 baan6 辦 ⊗ faan6 犯
🔊 YJHOJ
瓜部，19畫。

【釋義】①組成花朵的花片：花瓣。②植物的種子、果實或球莖按自然紋理可以分開的部分：豆瓣。③表示單位。用於花瓣、種子、果實等，或球莖分開的小塊：兩瓣橘子。

## bang

邦 🔊 bāng 🔊 bong1 幫 🔊 QJNL
邑部，7畫。

【釋義】國：聯邦 / 友邦。
【組詞】邦交

梆 🔊 bāng 🔊 bong1 邦 🔊 DQJL
木部，11畫。

【釋義】①梆子，打更等用的器具，用竹木製成。②形容敲擊木頭的聲音：大門敲得梆梆響。

幫 | 帮 🔊 bāng 🔊 bong1 邦
🔊 GIHAB
巾部，17畫。

【釋義】①幫助，替人出力或給予精神上、物質上的支援：幫忙。②指從事雇傭勞動：幫工。③物體兩旁或周圍的部分：船幫 / 鞋幫。④羣，夥，集團：幫派 / 匪幫。⑤表示單位。用於人：一幫年輕人。
【組詞】幫補 / 幫會 / 幫忙 / 幫兇 / 幫助

綁 | 绑 🔊 bǎng 🔊 bong2 榜
🔊 VFQJL
糸部，13畫。

【釋義】用繩、帶等纏繞或捆紮：捆綁。

榜 🔊 bǎng 🔊 bong2 綁 🔊 DYBS
木部，14畫。

【釋義】①張貼的名單：放榜 / 落榜 / 排行榜。②〔榜樣〕模範，值得學習、仿效的人或事例（指好的）。
【成語】金榜題名

膀 🔊 bǎng 🔊 bong2 綁 🔊 BYBS
肉部，14畫。

▲另見282頁 páng。
【釋義】①肩膀：臂膀 / 膀闊腰圓。②鳥類等的翅膀。
【組詞】翅膀 / 肩膀

蚌 🔊 bàng 🔊 pong5 旁五聲 🔊 LIQJ
虫部，10畫。

【釋義】軟體動物，有兩片可以開閉的橢圓形介殼，生活在淡水中。種類很多，有的殼內能產珍珠。
【成語】鷸蚌相爭

棒 🔊 bàng 🔊 paang5 彭五聲
🔊 DQKQ
木部，12畫。

【釋義】①棍子：木棒 / 鐵棒。②（體力或能力）強，（水平）高，（成績）好：字寫得真棒。
【組詞】棒子 / 棍棒
【成語】當頭棒喝

B

傍 ⓟbàng ⓔbong6 磅 ⓒOYBS
人部，12畫。

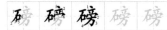

【釋義】①靠，靠近：依傍。②臨近（指時間）：傍晚 / 傍午。
【成語】依山傍水

磅 ⓟbàng ⓔbong6 傍 ⓒMRYBS
石部，15畫。

▲另見282頁páng。
【釋義】①英美制質量或重量單位。1磅合0.4536公斤。②磅秤：過磅 / 放在磅上稱一稱。③用磅秤稱輕重：磅體重。

謗 | 谤 ⓟbàng ⓔpong3 旁三聲
ⓒYRYBS
言部，17畫。

【釋義】誹謗，惡意地說人壞話，毀人名譽：毀謗。
【組詞】誹謗

鎊 | 镑 ⓟbàng ⓔbong6 傍
ⓒCYBS
金部，18畫。

【釋義】英國、埃及等國的貨幣單位：英鎊。

## bao

包 ⓟbāo ⓔbaau1 胞 ⓒPRU
勹部，5畫。

【釋義】①用紙、布等把東西裹起來：包紮 / 包餃子。②包好了的東西：藥包 / 郵包。③裝東西的口袋：錢包。④包子，用發麵做皮裹餡的麵食：菠蘿包 / 豆沙包。⑤表示單位。用於成包的東西：兩包大米。⑥凸起的包狀物，鼓起的疙瘩：膿包。⑦氈製的圓頂帳篷：蒙古包。⑧圍繞，包圍：包抄。⑨容納在裏頭，總是在一起：包含 / 包羅萬象。⑩把任務承擔下來，負責完成：包銷。⑪擔保：包你滿意。⑫約定專用：包場 / 包車。
【組詞】包袱 / 包裹 / 包括 / 包容 / 包圍 / 包裝 / 背包 / 承包 / 麵包 / 書包

苞 ⓟbāo ⓔbaau1 包 ⓒTPRU
艸部，9畫。

【釋義】花沒開時包着花朵的小葉片：花苞。
【成語】含苞待放

胞 ⓟbāo ⓔbaau1 包 ⓒBPRU
肉部，9畫。

【釋義】①胞衣，中醫指包裹胎兒的胎膜和胎盤：雙胞胎。②同父母所生的，嫡親的：胞妹 / 胞兄。③同一個國家或民族的人：同胞。

剝 | 剥 ⓟbāo ⓔmok1 莫一聲
ⓒVELN
刀部，10畫。

▲另見26頁bō。
【釋義】去掉外面的皮或殼：剝皮 / 剝花生。

煲 ⓟbāo ⓔbou1 褒 ⓒODF
火部，13畫。

【釋義】①壁較陡直的鍋：電飯煲。②用煲煮或熬：煲粥。

褒 ⓟbāo ⓔbou1 煲 ⓒYODV
衣部，15畫。

B

【釋義】讚揚，誇獎（跟「貶」相對）：褒獎 / 褒揚。

【組詞】褒貶 / 褒義

雹 ⓟ báo ⓒ bok6 薄 ⓢ MBPRU
雨部，13畫。

【釋義】冰雹，空中水蒸氣遇冷結成的冰粒或冰塊，常在夏天隨暴雨降落，對農業有害。

薄 ⓟ báo ⓒ bok6 雹 ⓢ TEII

▲另見27頁 bó；見28頁 bò。

【釋義】①扁平物上下兩面之間的距離小（跟「厚」相對，下②③同）：薄片 / 紙很薄。②（感情）冷淡，不深：待他不薄。③不濃，淡：酒味薄。④不肥沃：土地薄。

保 ⓟ báo ⓒ bou2 補 ⓢ ORD
人部，9畫。

【釋義】①保護，保衛：保安 / 保健。②保持：保溫 / 保鮮。③保證，擔保（做到）：保險。④擔保（不犯罪、不逃走等）：保釋。

【組詞】保持 / 保存 / 保管 / 保護 / 保留 / 保密 / 保佑 / 保障 / 環保 / 確保

【成語】自身難保

堡 ⓟ báo ⓒ bou2 保 ⓢ ODG
土部，12畫。

【釋義】堡壘，軍事上防禦用的堅固建築物：碉堡 / 橋頭堡。

【組詞】堡壘 / 城堡

飽 | 饱 ⓟ báo ⓒ baau2 包二聲
ⓢ OIPRU
食部，13畫。

【釋義】①滿足了食量（跟「餓」相對）：半飽 / 我飽了。②飽滿，充實：穀粒很飽。③足足地，充分：飽餐一頓。④滿足：一飽眼福。

【組詞】飽含 / 飽滿 / 溫飽

【成語】飽經風霜

寶 | 宝 ⓟ báo ⓒ bou2 保 ⓢ JMUC
宀部，20畫。

【釋義】①珍貴的：寶劍 / 寶石。②珍貴的東西：國寶 / 珠寶。③敬辭，用於稱別人的家眷、鋪子等：寶號 / 寶眷。

【組詞】寶貝 / 寶貴 / 寶庫 / 寶物 / 寶玉 / 寶藏 / 瑰寶 / 珍寶

【成語】寶刀未老 / 珠光寶氣 / 如獲至寶

刨 ⓟ bào ⓒ paau4 拋四聲 ⓢ PULN
刀部，7畫。

▲另見283頁 páo。

【釋義】①用來刮平木料或金屬材料的工具：刨牀 / 刨子。②用刨子或刨牀刮平木料或金屬材料等：刨木 / 刨桌面。

抱 ⓟ bào ⓒ pou5 普五聲 ⓢ QPRU
手部，8畫。

【釋義】①用手臂圍住：攙抱 / 擁抱。②初次得到（兒子或孫子）：抱孫。③心裏存着（想法、意見）：抱着必勝的信心。

【組詞】抱負 / 抱憾 / 抱歉 / 抱怨 / 懷抱

豹 ⓟ bào ⓒ paau3 炮 ⓢ BHPI
豸部，10畫。

**豹**

【釋義】哺乳動物，像虎而較小，身上有斑點或花紋。性兇猛，能上樹。常見的有金錢豹、雲豹等。

**報｜报** 普 bào 粵 bou3 布 倉 GJSLE
土部，12畫。

【釋義】①告訴：報告／報名。②回答：報以熱烈掌聲。③報答，用實際行動表示感謝：報酬／報恩。④打擊批評或損害過自己的人：報仇／報復。⑤報應：善有善報。⑥報紙：日報／晚報。⑦報道消息或發表言論的文字：海報／喜報。⑧消息，信號：警報／情報。

【組詞】報答／報到／報道／報刊／報失／報時／回報／彙報／簡報／舉報

【成語】報仇雪恨／盡忠報國／恩將仇報

**暴** 普 bào 粵 bou6 步 倉 ATCE
日部，15畫。

【釋義】①突然而猛烈：暴怒／暴雨／暴飲暴食。②兇狠，殘酷：暴行／殘暴。③急躁：暴躁。④糟蹋：自暴自棄。⑤顯露：暴露。

【組詞】暴力／粗暴／防暴／風暴／暴風雨

【成語】暴跳如雷

**鮑｜鲍** 普 bào 粵 baau1 包 倉 NFPRU
魚部，16畫。

【釋義】〔鮑魚〕軟體動物，貝殼橢圓形，生活在海中，肉質鮮美。

**爆** 普 bào 粵 baau3 包三聲 倉 FATE
火部，19畫。

【釋義】①猛然破裂或迸出：爆炸／引爆。②出人意料地出現，突然發生：爆冷／爆出大新聞。③一種烹飪方法，用滾油炸一下或用滾水稍煮一下：葱爆蝦仁。

【組詞】爆發／爆破／爆竊

**曝** 普 bào 粵 buk6 僕 倉 AATE
日部，19畫。

▲另見296頁 pù。

【釋義】〔曝光〕①使照相底片或感光紙感光。②比喻隱祕的事情（多指不光彩的）暴露出來，被眾人知道。

## bēi

**杯** 普 bēi 粵 bui1 貝一聲 倉 DMF
木部，8畫。

【釋義】①盛液體的器皿，多為圓柱狀或下部略細：茶杯／酒杯。②杯狀的錦標。也作「盃」：奪杯／獎杯。

【成語】杯弓蛇影／杯盤狼藉／杯水車薪

**卑** 普 bēi 粵 bei1 悲 倉 HHJ
十部，8畫。

【釋義】①（地位）低下：卑賤／自卑。②（品質或質量）低劣：卑鄙／卑劣。③謙恭：卑恭。

【組詞】卑微／謙卑

【成語】卑鄙無恥

**背** 普 bēi 粵 bui3 貝 倉 LPB
肉部，9畫。

B

▲ 另見本頁 bèi。

**【釋義】**① (人)用脊背駄：背柴火。②負擔：背負重任。

**悲** 🔊 bēi 🔊 bei1 卑 🔊 LYP
心部，12畫。

**【釋義】**①傷心，難過：悲哀／悲傷。②憐憫：慈悲。

**【組詞】**悲慘／悲憤／悲觀／悲劇／悲痛／可悲

**【成語】**悲歡離合／悲天憫人／樂極生悲

**碑** 🔊 bēi 🔊 bei1 悲 🔊 MRHHJ
石部，13畫。

**【釋義】**刻着文字或圖畫，豎立起來作為紀念物的石頭：碑刻／墓碑。

**【組詞】**紀念碑

**北** 🔊 bēi 🔊 bak1 波得一聲 🔊 LMP
匕部，5畫。

**【釋義】**①四個主要方向之一，清晨面對太陽時左手的一邊：北方／北極／走南闖北。②打敗仗：敗北／連戰皆北。

**【組詞】**東北／南北／西北／北半球

**【成語】**南轅北轍／南征北戰

**貝**｜贝 🔊 bèi 🔊 bui3 輩 🔊 BUC
貝部，7畫。

**【釋義】**有殼軟體動物的統稱。水中指有介殼的軟體動物，如蚌、鮑魚等。

**【組詞】**貝殼

**背** 🔊 ㊀ 🔊 bèi 🔊 bui3 貝 🔊 LPB
肉部，9畫。

▲ 另見14頁 bēi。

**【釋義】**①軀幹的一部分，部位跟胸和腹相對：背影／後背。②某些物體的反面或後部：刀背／手背。③背部對着(跟「向」相對)：背山面海。④離開：離鄉背井。⑤躲避，瞞：背着我做壞事。⑥違背，違反：背叛／背信棄義。

**【組詞】**背後／背景／背面／背囊／背棄／背心／脊背／違背

**【成語】**背道而馳／背水一戰／腹背受敵／虎背熊腰／汗流浹背／力透紙背

㊁ 🔊 bèi 🔊 bui6 焙

**【釋義】**①憑記憶讀出：背書／背誦。②偏僻：背靜。③不順利，倒霉：背運／手氣背。④聽覺不靈：耳背。

**【成語】**倒背如流

**悖** 🔊 bèi 🔊 bui6 焙 🔊 PJBD
心部，10畫。

**【釋義】**①互相衝突：並行不悖。②違背道理，錯誤：悖論／悖謬。

**被** 🔊 ㊀ 🔊 bèi 🔊 bei6 備 🔊 LDHE
衣部，10畫。

**【釋義】**表示被動：大樹被風颳倒了。

**【組詞】**被動／被告／被迫

㊁ 🔊 bèi 🔊 pei5 婢

**【釋義】**被子，睡覺時蓋的東西：棉被／毛巾被。

**【組詞】**被單／被褥／被窩

**倍** 🔊 bèi 🔊 pui5 培五聲 🔊 OYTR
人部，10畫。

B

**倍** 🔊 bèi 🔊 bui6 背 🔊 FYTR
火部，12畫。

【釋義】①跟原數相等的數，某數的幾倍就是用幾乘某數：二的五倍是十／九是三的三倍。②加倍：倍感親切／信心倍增／事半功倍。

【組詞】倍加／倍增

**狽** ｜狈 🔊 bèi 🔊 bui3 貝 🔊 KHBUC
犬部，10畫。

【釋義】傳說中的一種獸，前腿很短，要趴在狼身上才能走路：狼狽（形容困苦或受窘的樣子）／狼狽為奸（比喻互相勾結做壞事）。

**焙** 🔊 bèi 🔊 bui6 背 🔊 FYTR
火部，12畫。

【釋義】用微火烘（藥材、食品、煙葉、茶葉等）：烘焙／焙一點花椒。

**備** ｜备 🔊 bèi 🔊 bei6 鼻 🔊 OTHB
人部，12畫。

【釋義】①具備，具有：齊備／完備／德才兼備。②準備，防備：備戰／儲備／預備。③設備（包括人力物力）：軍備／裝備。④表示完全：備受歡迎／關懷備至。

【組詞】備受／籌備／後備／戒備／具備／配備／設備／準備

【成語】有備無患／攻其不備／萬事俱備

**蓓** 🔊 bèi 🔊 pui5 培五聲 🔊 TOYR
艸部，14畫。

【釋義】〔蓓蕾〕含苞未放的花朵。

**輩** ｜辈 🔊 bèi 🔊 bui3 貝 🔊 LYJWJ
車部，15畫。

【釋義】①輩分，家族、親友之間的世系次第：同輩／晚輩。②等，類（指人）：我輩／無能之輩。③一世，一生：一輩子。

【組詞】後輩／前輩／長輩

**憊** ｜惫 🔊 bèi 🔊 baai6 敗 🔊 OBP
心部，16畫。

【釋義】極端疲乏：困憊／疲憊。

---

## ben

**奔** 🔊 bēn 🔊 ban1 賓 🔊 KJT
大部，8畫。

▲另見本頁 bèn。

【釋義】①奔走，急跑：奔馳／飛奔／狂奔。②趕忙或趕急事：奔喪／疲於奔命。③逃跑：奔逃／東奔西竄。

【組詞】奔波／奔赴／奔跑／奔走

【成語】各奔前程

**本** 🔊 bēn 🔊 bun2 般二聲 🔊 DM
木部，5畫。

【釋義】①草木的莖或根：草本／木本。②事物的根本、根源（跟「末」相對）：忘本／捨本逐末。③本錢：本金／成本。④主要的，中心的：本部／本末倒置。⑤本來，原來：本色／本性／本意。⑥自己方面的：本地／本身／本校。⑦現今的：本年／本月。⑧按照，根據：本着良心辦事。⑨本子，把成疊的紙裝訂在一起而成的東西：書本／筆記本。⑩演出的底本：劇本。⑪表示單位。主要用於書籍簿冊等：一本書。

【組詞】本來／本領／本能／本人／本事／本質／標本／基本／樣本／原本

**奔** 🔊 bèn 🔊 ban1 賓 🔊 KJT
大部，8畫。

▲另見本頁 bēn。

B

【釋義】①直向目的地走去：投奔／直奔工地。②朝，向：有個人奔這裏走來了。③年紀接近（四十歲、五十歲等）：他奔六十了，可身體還是那麼棒。

笨 ⚫bèn ⚫ban6 奔六聲 ⚫HDM
竹部，11畫。

笨　笨　笨　笨　笨

【釋義】①理解能力和記憶能力差，不聰明：蠢笨／愚笨。②不靈巧，不靈活：笨手笨腳。
【組詞】笨拙／笨重

### beng

崩 ⚫bēng ⚫bang1 蹦 ⚫UBB
山部，11畫。

崩　崩　崩　崩　崩

【釋義】①倒塌，崩裂：崩潰／崩塌／山崩地裂。②破裂：把氣球吹崩了。③被崩裂的東西擊中：不小心讓爆竹崩了手。④古代指稱帝王之死：駕崩。

嘣 ⚫bēng ⚫bang1 崩 ⚫RUBB
口部，14畫。

【釋義】模擬東西跳動或爆裂的聲音：心嘣嘣直跳／氣球嘣的一聲破了。

繃｜绷 ⚫bēng ⚫bang1 崩
⚫VFUBB
系部，17畫。

▲另見本頁 běng。
【釋義】拉緊：繃緊／繃直繩子。

繃｜绷 ⚫běng ⚫maang1 孟一聲
⚫VFUBB
系部，17畫。

▲另見本頁 bēng。
【釋義】板着，表情嚴肅：繃着臉。

泵 ⚫bèng ⚫bam1 兵 ⚫MRE
水部，9畫。

【釋義】①把液體或氣體抽出或壓入用的一種機械裝置：汽泵／水泵／油泵。②用泵壓入或抽出：泵出／泵入／泵油。

迸 ⚫bèng ⚫bing3 併 ⚫YTT
辵部，10畫。

【釋義】爆開，濺射：打鐵時火星亂迸。

蹦 ⚫bèng ⚫bang1 崩 ⚫RMUBB
足部，18畫。

蹦　蹦　蹦　蹦　蹦

【釋義】①跳：歡蹦亂跳／他蹲下身子，用力一蹦就蹦過了小溪。②〔蹦躂〕蹦跳，比喻掙扎。

### bi

逼 ⚫bī ⚫bik1 碧 ⚫YMRW
辵部，13畫。

逼　逼　逼　逼　逼

【釋義】①迫使，給人以威脅：逼迫／催逼／威逼。②強迫索取：逼債／逼租。③迫近，接近：逼近／逼真／大軍進逼城郊。
【成語】咄咄逼人

荸 ⚫bí ⚫but6 撥 ⚫TJBD
艸部，11畫。

【釋義】〔荸薺〕又叫馬蹄、地栗。草本植物，通常栽在水田裏，地下莖扁圓形，可以吃。

鼻 ⚫bí ⚫bei6 備 ⚫HUWML
鼻部，14畫。

鼻　鼻　鼻　鼻　鼻

【釋義】①人和高等動物的嗅覺器官，也是呼吸通道：鼻孔／鼻腔。②開創的：鼻祖（創始人）。

B

【組詞】鼻樑 / 鼻涕 / 鼻子
【成語】鼻青臉腫

## 匕 🔊bǐ 🔊bei6 備 🔊UH
匕部，2畫。

【釋義】〔匕首〕短劍或短刀。

## 比 🔊bǐ 🔊bei2 彼 🔊PP
比部，4畫。

【釋義】①比較，較量：比武 / 對比。②能夠相比：今非昔比 / 無與倫比。③比畫：連說帶比。④仿照，依照：比照 / 比着葫蘆畫瓢。⑤比方，比喻：比擬。⑥比較同類數量的倍數關係：比例 / 比率。⑦表示比賽雙方得分的關係：主隊以二比一獲勝。⑧用來比較性狀和程度的差別：他比我健康 / 今年的收成比去年好。
【組詞】比方 / 比較 / 比如 / 比賽 / 比試 / 比喻 / 比重 / 相比
【成語】比比皆是

🔊bǐ 🔊bei6 避
【釋義】①挨着：比肩 / 比鄰。②依附，勾結：朋比為奸。
【成語】比翼雙飛

## 彼 🔊bǐ 🔊bei2 比 🔊HODHE
彳部，8畫。

【釋義】①那，那個（跟「此」相對）：彼岸 / 由此及彼。②對方：知己知彼。
【組詞】彼此
【成語】此起彼落 / 顧此失彼 / 厚此薄彼

## 秕 🔊bǐ 🔊bei2 彼 🔊HDPP
禾部，9畫。

【釋義】①（子實）空的或不飽滿：秕穀 / 秕粒。②空的或不飽滿的子實：秕糠（比喻沒有價值的東西）。

## 筆｜笔 🔊bǐ 🔊bat1 不 🔊HLQ
竹部，12畫。

【釋義】①寫字、繪畫的用具：鋼筆 / 鉛筆。②（寫字、繪畫、作文的）技巧或特色：敗筆 / 伏筆 / 文筆。③用筆寫出：代筆 / 親筆。④筆畫：筆順「永」字有五筆。⑤像筆那樣（直）：筆挺 / 筆直。⑥表示單位：(a)用於款項相關的：一筆錢 / 三筆生意。(b)用於書畫藝術：寫一筆好字。
【組詞】筆記 / 筆跡 / 筆尖 / 粉筆 / 蠟筆 / 毛筆 / 執筆
【成語】一筆勾銷

## 鄙 🔊bǐ 🔊pei2 皮二聲 🔊RWNL
邑部，14畫。

【釋義】①粗俗，淺薄，低下：鄙陋 / 卑鄙。②謙辭，舊時用於自稱：鄙見 / 鄙人。③輕視，看不起：鄙視 / 鄙夷。
【組詞】鄙俗 / 粗鄙

## 必 🔊bì 🔊bit1 別一聲 🔊PH
心部，5畫。

【釋義】①必定，必然：物極必反 / 我三點必到。②必須，一定要：必修課 / 必備條件。
【組詞】必定 / 必然 / 必須 / 必需 / 必要 / 不必 / 何必 / 勢必 / 未必 / 務必
【成語】勢在必行 / 有求必應

## 庇 🔊bì 🔊bei3 祕 🔊IPP
广部，7畫。

【釋義】遮蔽，掩護：庇護 / 包庇。
【組詞】庇佑 / 蔭庇

**陛** 🔊 bi 🔊 bai6 弊 🔊 NLPPG
阜部，10 畫。

**【釋義】**①台階，後專指帝王宮殿的台階。
②〔陛下〕對國王或皇帝的敬稱。

**敝** 🔊 bi 🔊 bai6 弊 🔊 FBOK
攴部，11 畫。

**【釋義】**①破舊：敝衣。②謙辭，稱跟自己相
關的事物：敝處 / 敝公司 / 敝人姓張。③衰
敗：凋敝 / 疲敝。

**畢 | 毕** 🔊 bì 🔊 bat1 不 🔊 WTJ
田部，11 畫。

**【釋義】**①完結，完成：畢業 / 完畢。②全
部，完全：畢生。
**【組詞】**畢竟
**【成語】**鋒芒畢露

**閉 | 闭** 🔊 bì 🔊 bai3 蔽 🔊 ANDH
門部，11 畫。

**【釋義】**①關，合：倒閉 / 關閉。②堵塞不
通：閉氣 / 閉塞。③結束：閉幕。
**【組詞】**閉口 / 封閉 / 密閉
**【成語】**閉門思過 / 閉門造車

**婢** 🔊 bì 🔊 pei5 譬五聲 🔊 VHHJ
女部，11 畫。

**【釋義】**舊時有錢人家雇用的女孩子：婢女 /
奴婢。

**愎** 🔊 bì 🔊 bik1 碧 🔊 POAE
心部，12 畫。

**【釋義】**乖戾，固執：剛愎自用。

**弼** 🔊 bi 🔊 bat6 拔 🔊 NMAN
弓部，12 畫。

**【釋義】**輔助，輔佐：輔弼。

**痺 | 痹** 🔊 bì 🔊 bei3 祕 🔊 KHHJ
疒部，13 畫。

**【釋義】**中醫指由風、寒、濕等引起的肢體疼
痛或麻木的病：痺症 / 麻痺。

**裨** 🔊 bì 🔊 bei1 悲 🔊 LHHJ
衣部，13 畫。

**【釋義】**益處：對學習大有裨益。

**辟** 🔊 bì 🔊 pik1 闢 🔊 SRYTJ
辛部，13 畫。

**【釋義】**排除：辟邪。

**弊** 🔊 bì 🔊 bai6 幣 🔊 FKT
廾部，14 畫。

**【釋義】**①欺詐矇騙、以圖佔便宜的行為：作
弊。②害處，毛病：弊病 / 弊端。
**【組詞】**利弊
**【成語】**切中時弊 / 興利除弊 / 營私舞弊

**幣 | 币** 🔊 bì 🔊 bai6 弊 🔊 FKLB
巾部，14 畫。

**【釋義】**貨幣：港幣 / 錢幣。
**【組詞】**幣值 / 貨幣 / 外幣 / 硬幣 / 紙幣

**碧** 🔊 bì 🔊 bik1 璧 🔊 MAMR
石部，14 畫。

B

碧　碧　碧　碧　碧

【釋義】①青綠色的玉。②青綠色：碧波／碧草／碧藍／碧綠。
【組詞】碧空／碧綠／碧玉
【成語】金碧輝煌

蔽　⊜bì　⊜bai3 閉　⊜TFBK
艸部，15 畫。

蔽　蔽　蔽　蔽　蔽

【釋義】遮蓋，遮擋：掩蔽／遮蔽。
【組詞】隱蔽
【成語】浮雲蔽日／衣不蔽體／遮天蔽日

壁　⊜bì　⊜bik1 碧　⊜SJG
土部，16 畫。

壁　壁　壁　壁　壁

【釋義】①牆：隔壁／銅牆鐵壁。②某些物體上作用像圍牆的部分：井壁／胃壁。③像牆那樣直立的山石：絕壁／峭壁。④邊：半壁江山。
【組詞】壁報／牆壁
【成語】飛簷走壁／家徒四壁／懸崖峭壁

斃　⊜bì　⊜bai6 幣　⊜FKMNP
支部，17 畫。

斃　斃　斃　斃　斃

【釋義】死（用於人時含貶義）：斃命／倒斃／槍斃。
【成語】坐以待斃

避　⊜bì　⊜bei6 備　⊜YSRJ
辵部，17 畫。

避　避　避　避　避

【釋義】①躲開，迴避：避暑／避嫌。②防止：避免／避雷針。
【組詞】避開／避難／躲避／逃避
【成語】避重就輕

臂　⊜bi　⊜bei3 祕　⊜SJB
肉部，17 畫。

臂　臂　臂　臂　臂

【釋義】胳膊：臂膀／臂力。
【組詞】手臂／雙臂
【成語】一臂之力／三頭六臂／失之交臂

璧　⊜bì　⊜bik1 碧　⊜SJMGI
玉部，18 畫。

璧　璧　璧　璧　璧

【釋義】古代的一種玉器，扁平，圓形，中間有孔。
【組詞】璧玉
【成語】白璧無瑕／完璧歸趙

― bian ―

蝙　⊜biān　⊜bin1 邊　Ⓧpin1 編
⊜LIHSB
虫部，15 畫。

蝙　蝙　蝙　蝙　蝙

【釋義】〔蝙蝠〕哺乳動物，夜間在空中飛翔，吃蚊、蛾等昆蟲。

編 | 编　⊜biān　⊜pin1 偏　⊜VFHSB
糸部，15 畫。

編　編　編　編　編

【釋義】①把條狀物交叉組織起來：編織／編草帽。②把分散的事物按一定的條理或順序組織排列起來：編排／改編。③編輯，創作：編寫／主編。④捏造：編造謊話。⑤成本的書（常用作書名）：簡編／新編。⑥書籍

按內容劃分的單位，大於章：上編 / 下編 / 中編。

【組詞】編號 / 編輯 / 編劇 / 編排 / 編配 / 編制 / 編著 / 改編

**鞭** 🔊 biān 🔊 bin1 邊 🔊 TJOMK
革部，18 畫。

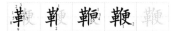

【釋義】①鞭子，驅趕牲畜的用具：鞭策 / 鞭長莫及 / 揚鞭催馬。②古代兵器，用鐵做成，有節，沒有鋒刃：鋼鞭。③形狀像鞭子的東西：教鞭 / 竹鞭。④成串的小爆竹：鞭炮 / 放鞭。⑤用鞭子抽打：鞭打 / 鞭馬。

【成語】快馬加鞭

**邊** |边 🔊 biān 🔊 bin1 鞭 🔊 YHUS
辵部，19 畫。

【釋義】①幾何圖形上夾成角的射線或圍成多邊形的線段。②邊緣：海邊 / 路邊。③邊界，邊境：邊防 / 邊疆。④靠近物體的地方：旁邊 / 身邊。⑤兩個或幾個「邊」字分別用在動詞前面，表示動作同時進行：邊做邊學 / 邊研製，邊生產，邊推廣。⑥用在表示位置、方向的詞的後面：東邊 / 裏邊 / 前邊 / 下邊 / 右邊。

【組詞】邊關 / 邊際 / 邊界 / 邊境 / 邊緣 / 兩邊 / 旁邊 / 天邊 / 外邊 / 一邊

【成語】無邊無際 / 不着邊際

**扁** 🔊 biǎn 🔊 bin2 貶 🔊 HSBT
戶部，9 畫。

▲另見 289 頁 piān。

【釋義】平面圖形或字體上下的距離比左右的距離小；物體的厚度比長度、寬度小：扁平 / 扁圓。

**匾** 🔊 biǎn 🔊 bin2 貶 🔊 SHSB
匸部，11 畫。

【釋義】①匾額，懸掛在門頂或牆上的題字的橫牌：橫匾 / 牌匾。②用竹篾編成的淺邊平底的圓形器具，用來養蠶或盛糧食：蠶匾。

**貶** |贬 🔊 biǎn 🔊 bin2 扁 🔊 BCHIO
貝部，12 畫。

【釋義】①降低（官職或價值）：貶官 / 貨幣貶值。②指出缺點，給予不好的評價（跟「褒」相對）：貶斥 / 貶損 / 貶義。

【組詞】貶低 / 貶值 / 褒貶

**便** 🔊 biàn 🔊 bin6 辯 🔊 OMLK
人部，9 畫。

▲另見 289 頁 pián。

【釋義】①方便，便利：簡便 / 輕便。②方便的時候或順便的機會：乘便 / 得便。③非正式的，簡單平常的：便飯 / 便服。④屎或尿：便祕 / 糞便。⑤排泄屎尿：大便 / 小便。⑥就：一學便會 / 他從小便很懂事。

【組詞】便利 / 便於 / 不便 / 方便 / 隨便 / 以便

**遍** 🔊 biàn 🔊 pin3 片 🔊 YHSB
辵部，13 畫。

【釋義】①普遍，全面：遍佈 / 遍地。②一個動作從開始到結束的整個過程為一遍：看三遍 / 再說一遍。

【組詞】遍及 / 普遍

【成語】遍地開花 / 遍體鱗傷 / 漫山遍野

**B**

## 辨 <sup></sup>

辨 🔊 biàn 🔊 bin6 辮 🔊 YJILJ
辛部，16 畫。

辨　辨　辨　辨　辨

【釋義】辨別，分辨：辨析／明辨是非。

【組詞】辨別／辨認／分辨

## 辮｜辫 🔊 biàn 🔊 bin1 邊 🔊 YJVFJ
糸部，20 畫。

辮　辮　辮　辮　辮

【釋義】辮子，頭髮分股交叉編成的條狀物：
髮辮／紮辮子。

## 辯｜辩 🔊 biàn 🔊 bin6 辮 🔊 YJYRJ
辛部，21 畫。

辯　辯　辯　辯　辯

【釋義】辯解，辯論：答辯／爭辯。

【組詞】辯護／辯解／辯論／狡辯

【成語】百口莫辯

## 變｜变 🔊 biàn 🔊 bin3 邊三聲
🔊 VFOK
言部，23 畫。

變　變　變　變　變

【釋義】①和原來不同，變化：變質／一成不
變。②改變（性質、狀態），變成：沙漠變綠
洲。③使改變：變落後為先進。④有重大影
響的突然變化：兵變／事變／政變。

【組詞】變動／變革／變更／變化／變換／變遷／
變形／改變／演變／轉變

【成語】變本加厲／變化多端／變幻莫測／處變
不驚／千變萬化／瞬息萬變／隨機應變／搖身
一變

---

## biao

## 彪｜彪 🔊 biāo 🔊 biu1 標
🔊 YUHHH
虍部，11 畫。

【釋義】①小老虎，比喻身材高大：彪形大
漢。②表示單位。用於人馬、隊伍，限用於
數詞「一」：殺出一彪人馬。

【組詞】彪悍

## 標｜标 🔊 biāo 🔊 biu1 錶 🔊 DMWF
木部，15 畫。

標　標　標　標　標

【釋義】①事物的枝節或表面：治標不如治
本。②標誌，記號：標籤／商標。③標準，
指標：達標／超標。④用文字或其他事物表
明：標價／標明。⑤給競賽優勝者的獎品：
奪標／錦標。⑥用比價方式承包工程或買賣
貨物時各競爭廠商所標出的價格：投標／招
標／中標。

【組詞】標本／標點／標記／標示／標題／標語／
標誌／標準／目標／指標

【成語】標新立異

## 膘 🔊 biāo 🔊 biu1 標 🔊 BMWF
肉部，15 畫。

【釋義】肥肉（用於牲畜）：膘壯／長膘。

## 表 🔊 biāo 🔊 biu2 標二聲 🔊 QMV
衣部，8 畫。

表　表　表　表　表

【釋義】①外面，外表：表面／地表／表裏如
一。②稱呼父親或祖父的姊妹、母親或祖母
的兄弟姊妹生的子女，用來表示親屬關係：
表姐／表叔。③把思想感情顯示出來，表
示：表態／發表。④榜樣，模範：表率／為
人師表。⑤用表格形式排列事項的書籍或文
件：時間表／統計表。

【組詞】表達／表格／表情／表示／表現／表演／
表揚／表彰／代表／儀表

【成語】出人意表 / 虛有其表

○ 曾 biǎo 粵 biu1 標

【釋義】測量某種量的器具：電表 / 水表。

【組詞】咪表

**婊** 曾 biǎo 粵 biu2 表 倉 VQMV
女部，11 畫。

【釋義】〔婊子〕對妓女的稱呼，多用於罵人。

**錶** | 表 曾 biǎo 粵 biu1 標 倉 CQMV
金部，16 畫。

【釋義】計時的器具，一般指比鐘小而可以隨身攜帶的：手錶 / 鐘錶。

## bie

**憋** 曾 biē 粵 bit3 別三聲 倉 FKP
心部，15 畫。

【釋義】①抑制住不讓出來：憋氣 / 憋着一肚子話沒處說。②悶，不暢快：心裏憋得慌 / 憋得人透不過氣來。

**鱉** | 鳖 曾 biē 粵 bit3 別三聲
倉 FKNWF
魚部，22 畫。

【釋義】爬行動物，形狀像龜，背甲上有軟皮，生活在水中。也叫甲魚或團魚。

【成語】甕中捉鱉

**別** | 别 曾 bié 粵 bit6 必六聲
倉 RSLN
刀部，7 畫。

【釋義】①分離：辭別 / 告別。②另外：別名 / 別人。③區分，區別：辨別 / 識別。④差別：天淵之別。⑤類別：級別 / 性別。⑥用別針等把東西固定或附在別的東西上：胸前別着校徽。⑦插住，用東西卡住：腰間別着手槍。⑧表示禁止或勸阻，跟「不要」的意思

相同：你別走。

【組詞】別墅 / 別致 / 差別 / 道別 / 分別 / 個別 / 類別 / 判別 / 區別 / 特別

【成語】別出心裁 / 別開生面 / 別具一格 / 別有洞天 / 別有用心 / 分門別類

**瘪** | 瘪 曾 biě 粵 bit6 別 倉 KHUB
疒部，19 畫。

【釋義】物體表面凹下去，不飽滿：乾瘪。

## bin

**彬** 曾 bīn 粵 ban1 奔 倉 DDHH
彡部，11 畫。

【釋義】〔彬彬〕形容文雅：文質彬彬。

【成語】彬彬有禮

**斌** 曾 bīn 粵 ban1 彬 倉 YKMPM
文部，12 畫。

【釋義】同「彬」，見本頁 bīn。

**賓** | 宾 曾 bīn 粵 ban1 奔 倉 JMHC
貝部，14 畫。

【釋義】客人（跟「主」相對）：賓館 / 賓客 / 賓至如歸。

【組詞】酬賓 / 貴賓 / 嘉賓 / 來賓 / 外賓

【成語】喧賓奪主 / 相敬如賓

**濱** | 滨 曾 bīn 粵 ban1 奔 倉 EJMC
水部，17 畫。

【釋義】①水邊，近水的地方：海濱。②靠近（水邊）：濱海城市。

**瀕** | 濒 曾 bīn 粵 pan4 貧 倉 EYHC
水部，19 畫。

【釋義】臨近，接近：瀕臨／瀕死／瀕危。

繽 | 缤　普 bīn　粵 ban1 奔　倉 VFJMC
糸部，20 畫。

【釋義】〔繽紛〕繁多而雜亂：五彩繽紛。

擯 | 摈　普 bìn　粵 ban3 殯　倉 QJMC
手部，17 畫。
【釋義】排除，拋棄：擯棄。

殯 | 殡　普 bìn　粵 ban3 鬢
倉 MNJMC
歹部，18 畫。

【釋義】停放靈柩或把靈柩送到墓地或火化地點：出殯／殯儀館。

鬢 | 鬓　普 bìn　粵 ban3 殯　倉 SHJMC
髟部，24 畫。

【釋義】耳朵前邊長頭髮的地方，也指這兒的頭髮：鬢髮／雙鬢。

## bing

冰　普 bīng　粵 bing1 兵　倉 IME
冫部，6 畫。

【釋義】①水在0℃或以下凝結成的固體：湖水結冰了。②冰涼的東西接觸皮膚使感到寒冷：河水有些冰手。③用冰或冰涼的水使東西變涼：冰西瓜／把汽水冰一冰。④形狀像冰的：冰糖。
【組詞】冰封／冰冷／冰涼／冰雪／溜冰
【成語】冰清玉潔／冰天雪地／冷若冰霜／如履薄冰

兵　普 bīng　粵 bing1 冰　倉 OMC
八部，7 畫。

【釋義】①兵器；短兵相接。②軍隊，軍人：當兵／騎兵。③軍隊中的最基層成員：士兵。④關於軍事或戰爭的：兵法／兵書／兵不厭詐。
【組詞】兵力／兵器／出兵／救兵／哨兵
【成語】兵貴神速／兵荒馬亂／兵臨城下／兵強馬壯／損兵折將／招兵買馬／草木皆兵／先禮後兵／紙上談兵

檳 | 槟　普 bīng　粵 ban1 奔
倉 DJMC
木部，18 畫。

【釋義】〔檳榔〕常綠喬木，高達兩米，花有香味，生長在熱帶、亞熱帶。果實也叫檳榔，可以吃，也可入藥。

丙　普 bǐng　粵 bing2 炳　倉 MOB
一部，5 畫。

【釋義】天干的第三位。用來排列次序時表示第三。

秉　普 bǐng　粵 bing2 丙　倉 HDL
禾部，8 畫。
【釋義】①拿着，握着：秉筆／秉燭。②掌握，主持：秉公／秉政。
【組詞】秉承／秉持

炳　普 bǐng　粵 bing2 丙　倉 FMOB
火部，9 畫。
【釋義】光明，顯著：彪炳。

柄　普 bǐng　粵 bing3 併
又 beng3 餅三聲　倉 DMOB
木部，9 畫。

【釋義】①器物上便於拿着的突出部分：刀柄／

B

斧柄。②花、葉或果實跟莖或枝相連的部分：花柄／葉柄。③比喻在言行上被人抓住的材料：把柄／話柄／笑柄。

【組詞】手柄

**屏** 🔊 bǐng 🔊 bing2 丙 🔊 STT
尸部，9 畫。

▲ 另見 292 頁 píng。

【釋義】①抑制 (呼吸)：屏息／屏着氣。②除去，放棄：屏除／屏棄。

**稟**｜禀 🔊 bǐng 🔊 ban2 品 🔊 YWRD
禾部，13 畫。

【釋義】①向上級或長輩報告：稟報／稟告／回稟。②承受：稟承／稟命。

**餅**｜饼 🔊 bǐng 🔊 beng2 把井二聲 🔊 OITT
食部，14 畫。

【釋義】①泛稱烤熟或蒸熟的麵食，形狀大多扁而圓：月餅。②形狀像餅的東西：柿餅／鐵餅。

【組詞】餅乾

【成語】畫餅充飢

**並**｜并 🔊 bìng 🔊 bing6 兵六聲 🔊 TTC
一部，8 畫。

【釋義】①平列，平排：並肩／並駕齊驅。②表示不同的事物同時存在或不同的事情同時進行：並存／並立。③表示對不同的事物同等對待：並重／相提並論。④用在否定詞前加強否定語氣，略帶反駁意味：他並不糊塗。⑤並且：提前並超額完成了任務。

【組詞】並非／並列／並排／並且

**併**｜并 🔊 bìng 🔊 bing3 冰三聲 🔊 OTT
人部，8 畫。

【釋義】合在一起：合併／吞併。

【組詞】一併

**病** 🔊 bìng 🔊 bing6 並 🔊 beng6 餅六聲 🔊 KMOB
疒部，10 畫。

【釋義】①生理上或心理上發生的不正常的狀態：疾病／傳染病／心臟病。②生病，得病：孩子病了。③缺點，錯誤：通病／語病。

【組詞】病毒／病菌／病情／病人／病痛／病徵／病症／弊病／毛病／生病

【成語】病從口入／病入膏肓／同病相憐

**摒** 🔊 bìng 🔊 bing3 併 🔊 QSTT
手部，12 畫。

【釋義】排除：摒除／摒棄。

---

## bo

**波** 🔊 bō 🔊 bo1 玻 🔊 EDHE
水部，8 畫。

【釋義】①波浪：波紋／碧波／煙波。②振動在物質中的傳播叫做波，如水波、聲波、光波等。③比喻事情的意外變化：波折／平地風波。④比喻流轉的眼神：秋波／眼波。

【組詞】波動／波及／波浪／波濤／風波／微波

【成語】波瀾壯闊／隨波逐流／推波助瀾／一波三折

**玻** 🔊 bō 🔊 bo1 坡 🔊 MGDHE
玉部，9 畫。

玻 玻 玻 玻 玻

【釋義】〔玻璃〕①質地硬而脆的透明物體，一般用石英砂、石灰石、純鹼等製成。②指某些質料透明像玻璃的塑料：有機玻璃。

**剝** | 剥　🔊bō　🔈mok1 莫一聲　🔖VELN

刀部，10畫。

夅 夅 彔 剝 剝

▲另見12頁bāo。

【釋義】義同「剝」（bāo，見12頁），用於合成詞或成語：剝奪 / 剝削。

**鉢** | 钵　🔊bō　🔈but3 撥三聲　🔖OUDM

缶部，11畫。

【釋義】①盛飯、菜、茶水等的陶製器具：飯鉢。②梵語「鉢多羅」的簡稱，即和尚用的飯碗，形狀圓而稍扁，底平，口略小：鉢盂。③〔衣鉢〕原指佛教中師父傳給徒弟的袈裟和鉢盂，後泛指傳下來的思想、學術、技能等：繼承衣鉢。

**菠**　🔊bō　🔈bo1 坡　🔖TEDE

艸部，12畫。

菠 菠 菠 菠 菠

【釋義】①〔菠菜〕草本植物，根紅色，葉略呈三角形，是普通蔬菜。②〔菠蘿〕又叫鳳梨。草本植物，葉大，邊緣有鋸齒，花紫色，果實密集在一起，外部呈鱗片狀，果肉風味酸甜。

**播**　🔊bō　🔈bo3 波三聲　🔖QHDW

手部，15畫。

播 播 播 播 播

【釋義】①傳播：播映 / 轉播。②播種：春播 / 撒播。

【組詞】播放 / 播種 / 廣播 / 散播 / 直播

**撥** | 拔　🔊bō　🔈but6 勃　🔖QNOE

手部，15畫。

撥 撥 撥 撥 撥

【釋義】①手腳或棍棒等用力，以移動東西：撥弄琴弦 / 撥雲見日。②分出一部分發給，調配：撥款 / 撥糧。③表示單位。用於成批或分組的人畜，夥：兩撥人 / 輪撥休息。

【成語】撥亂反正

**伯**　🔊bó　🔈baak3 百　🔖OHA

人部，7畫。

伯 伯 伯 伯 伯

【釋義】①伯父，父親的哥哥：伯母 / 大伯。②稱呼跟父親輩分相同而年紀較大的男子：伯伯 / 老伯。③在弟兄排行的次序裏代表老大：伯仲叔季。④中國古代五等爵位（公、侯、伯、子、男）的第三等。

【成語】伯仲之間

**泊**　🔊bó　🔈bok6 薄　🔖EHA

水部，8畫。

泊 泊 泊 泊 泊

▲另見293頁pō。

【釋義】①船靠岸，停船：泊位 / 停泊。②停留：漂泊。③停放（車輛）：泊車。④恬靜：淡泊。

**帛**　🔊bó　🔈baak6 白　🔖HALB

巾部，8畫。

【釋義】絲織品的總稱：布帛 / 化干戈為玉帛（干戈為兩種兵器，代表戰爭；玉帛為古代往來贈送的兩種禮物，表示友好交往。比喻將戰爭轉變為和平）。

**勃**　🔊bó　🔈but6 撥　🔖JDKS

力部，9畫。

**勃** 　勃 勃 勃 勃

【釋義】旺盛：蓬勃／生機勃勃。
【成語】興致勃勃／野心勃勃／朝氣蓬勃

**柏** 🔊bó 🔊paak3 拍 🔊DHA
木部，9畫。

▲另見8頁 bǎi。

【釋義】〔柏林〕德國城市名。

**舶** 🔊bó 🔊bok6 薄 🔊HYHA
舟部，11畫。

舟 舟 舶 舶 舶

【釋義】航海大船：船舶／舶來品（舊時指進口貨）。

**脖** 🔊bó 🔊but6 勃 🔊BJBD
肉部，11畫。

月 脖 脖 脖 脖

【釋義】①脖子，頭和軀幹相連接的部分。②器物或身體某些部位上像脖子的部分：腳脖子／這個瓶子脖兒長。
【組詞】脖子

**渤** 🔊bó 🔊but6 撥 🔊EJDS
水部，12畫。

【釋義】渤海，海名，在山東半島和遼東半島之間。

**博** 🔊bó 🔊bok3 駁 🔊JIBI
十部，12畫。

十 忄 博 博 博

【釋義】①廣，多，豐富：博愛／博覽／淵博。②知得多：博學／博古通今。③取得：博得同情／博取歡心。④賭錢：賭博。
【組詞】博彩／博得／博取／博士／廣博／博物館
【成語】博大精深／地大物博

**搏** 🔊bó 🔊bok3 博 🔊QIBI
手部，13畫。

扌 搏 搏 搏 搏

【釋義】①搏鬥，激烈地對打：搏擊／拼搏。②撲上去抓：獅子搏兔。③跳動：脈搏。
【組詞】搏鬥

**駁｜驳** 🔊bó 🔊bok3 博 🔊SFKK
馬部，14畫。

馬 馬 駁 駁 駁

【釋義】①說出自己的理由，否定別人的意見：駁斥／反駁。②顏色夾雜，不純淨：斑駁。③駁運，在岸與船、船與船之間用小船來往轉運旅客或貨物。
【組詞】駁回／辯駁／接駁

**膊** 🔊bó 🔊bok3 博 🔊BIBI
肉部，14畫。

月 膊 膊 膊 膊

【釋義】胳膊：臂膊／赤膊。
【組詞】胳膊

**薄** 🔊bó 🔊bok6 雹 🔊TEII
艸部，17畫。

薄 薄 薄 薄 薄

▲另見13頁 báo；見28頁 bò。

【釋義】①義同「薄」（báo，見13頁），用於合成詞或成語：淡薄／厚薄／如履薄冰。②輕微，少：薄酬／稀薄。③不強健：薄弱／單薄。④（言行）不莊重，不厚道：刻薄／輕薄。⑤輕視，慢待：厚此薄彼／妄自菲薄。⑥迫近，接近：日薄西山。
【組詞】淺薄／微薄
【成語】薄利多銷／尖酸刻薄

# 礴 🔊 bó 🔈 bok6 薄 🔉 MRTII
石部，19畫。

【釋義】〔磅礴〕見282頁páng「磅」。

# 跛 🔊 bǒ 🔈 bo2 波二聲 🔉 RMDHE
足部，12畫。

【釋義】腿或腳有毛病，走起路來身體不平衡：跛腳。
【組詞】跛子

# 簸 🔊 bǒ 🔈 bo3 播 🔉 HTCE
竹部，19畫。

▲另見本頁bò。
【釋義】①把糧食等放在簸箕裏上下顛動，揚去糠秕、塵土等：簸米／簸揚。②搖動：顛簸。

# 薄 🔊 bó 🔈 bok6 雹 🔉 TEII
艸部，17畫。

▲另見13頁báo；見27頁bó。
【釋義】〔薄荷〕多年生草木植物，莖葉有清涼的香氣，可入藥，提煉出的芳香化合物可用於醫藥、食物等方面。

# 簸 🔊 bò 🔈 bo3 播 🔉 HTCE
竹部，19畫。

▲另見本頁bǒ。
【釋義】〔簸箕〕用竹篾或柳條編成的器具，也有用鐵皮製成的。多用來揚穀或清除垃圾。

# 蔔卜 🔊 bo 🔈 baak6 白 🔉 TPMW
艸部，15畫。

【釋義】〔蘿蔔〕見240頁luó「蘿」。

# bu

# 卜 🔊 bǔ 🔈 buk1 僕一聲 🔉 Ｙ
卜部，2畫。

【釋義】①占卜，預測吉凶的迷信活動：卜卦／求籤問卜。②預料：勝敗可卜／前程未卜。
【組詞】占卜

# 捕 🔊 bǔ 🔈 bou6 步 🔉 QIJB
手部，10畫。

【釋義】捉，逮：捕獲／捕捉／追捕。
【組詞】捕獵／捕食／捕魚／被捕／逮捕／拘捕

# 哺 🔊 bǔ 🔈 bou6 步 🔉 RIJB
口部，10畫。

【釋義】餵，餵養：哺乳／哺養／哺育。

# 補｜补 🔊 bǔ 🔈 bou2 保 🔉 LIJB
衣部，12畫。

【釋義】①加上材料，修理破損的東西：縫補／修補／織補。②補充，補足，填補（缺額）：補給／補救／彌補。③補養：補血／補藥。④利益，用處：補益／無補於事。
【組詞】補償／補充／補課／補品／補貼／補習／補助／填補／增補／滋補
【成語】將功補過／取長補短／亡羊補牢

# 不 🔊 bù 🔈 bat1 筆 🔉 MF
一部，4畫。

【釋義】①表示否定：不安／不法／不是／不去／不太好。②用在句末，表示疑問：他現在身體好不好？③「不」字的前後重複使用相同

的名詞，表示不在乎或不相干：甚麼累不累的，有工作就做得。④不……就……，表示選擇：他睡前不是看書，就是看電視。

【成語】不慌不忙 / 不計其數 / 不可或缺 / 不可一世 / 不了了之 / 不以為然 / 不由自主 / 不約而同 / 不折不扣 / 不自量力

【註】在去聲字前面，「不」字讀bú。

## 布 曾bù 粵bou3佈 倉KLB
巾部，5畫。

一 ナ 才 右 布

【釋義】①用棉、麻等織成的，可以做衣服等的材料：布料 / 布匹 / 布鞋。②像布的東西：瀑布。③同「佈」，見本頁bù。

【組詞】布偶 / 棉布 / 絨布

## 步 曾bù 粵bou6部 倉YLMH
止部，7畫。

步 步 步 步 步

【釋義】①行走時兩腳之間的距離，腳步：步伐 / 寸步難行。②階段：步驟 / 逐步。③地步，境地：如果迷途知返，哪會落到這一步？④用腳走：步入會場。⑤踩，踏：步人後塵。

【組詞】步操 / 步行 / 初步 / 踱步 / 進步 / 漫步 / 跑步 / 散步 / 同步 / 進一步

【成語】寸步不離 / 昂首闊步 / 望而卻步

## 佈 | 布 曾bù 粵bou3報 倉OKLB
人部，7畫。

佈 佈 佈 佈 佈

【釋義】①宣告，宣佈：佈告 / 公佈 / 開誠佈公。②散佈，分佈：烏雲密佈 / 業務遍佈全球。③佈置：佈防 / 佈下天羅地網。

【組詞】佈景 / 佈局 / 佈置 / 頒佈 / 遍佈 / 發佈 / 分佈 / 散佈 / 宣佈

## 怖 曾bù 粵bou3布 倉PKLB
心部，8畫。

怖 怖 怖 怖 怖

【釋義】害怕：可怖 / 恐怖。

## 部 曾bù 粵bou6步 倉YRNL
邑部，11畫。

咅 咅 部 部 部

【釋義】①部位，部分：背部 / 局部 / 內部 / 全部。②某些機關的名稱或機關、企業中按業務劃分的單位：編輯部 / 門市部 / 外交部。③軍隊中連以上領導機構或其所在地：營部 / 司令部。④指部隊：率部突圍。⑤統轄，統率：部下。⑥表示單位：(a)用於書籍、影片等：一部字典 / 一部紀錄片。(b)用於機器或車輛：兩部汽車 / 三部機器。

【組詞】部隊 / 部分 / 部件 / 部門 / 部署 / 部位 / 總部

【成語】按部就班

## 埠 曾bù 粵fau6阜 倉GHRJ
土部，11畫。

埠 埠 埠 埠 埠

【釋義】①碼頭，多指有碼頭的城鎮：本埠 / 船埠 / 外埠。②通商的口岸：開埠 / 商埠。

【組詞】華埠

## 簿 曾bù 粵bou6步 倉HEII
竹部，19畫。

簿 簿 簿 簿 簿

【釋義】供書寫或記載事項的本子：賬簿 / 練習簿。

【組詞】簿子 / 相簿 / 筆記簿

# Cc

他才來。④表示事情發生或結束得晚：快中午了他才起牀。⑤表示在某種條件下就會出現某種情況：認真學習才有收穫。⑥表示發生新情況，本來並不如此：他解釋之後，我才明白是怎麼回事。⑦對比起來表示數量少、次數少、能力差、程度低等：一共才七八個，不夠分配。⑧表示強調所說的事：西湖的風景才美呢！

【組詞】才能 / 才識 / 才學 / 才藝 / 才智 / 剛才 / 口才 / 人才 / 天才

【成語】才高八斗 / 才貌雙全 / 才疏學淺 / 德才兼備 / 人盡其才 / 文武全才

---

## ca

**擦** 🔊cā ⬤caat3 刷 ⬤QJBF
手部，17畫。

【釋義】①摩擦：擦火柴 / 摩拳擦掌。②用布、毛巾等摩擦使乾淨：擦臉 / 擦拭。③塗抹：擦油 / 擦紅藥水。④挨着或靠近另一物體很快地過去：擦邊球 / 擦肩而過。

【組詞】摩擦

---

## cai

**猜** 🔊cāi ⬤caai1 柴一聲 ⬤KHQMB
犬部，11畫。

【釋義】①根據不明顯的線索來尋找答案或憑想像推測：猜測 / 猜謎。②起疑心：猜疑 / 兩小無猜。

【組詞】猜度 / 猜忌 / 猜想

---

**才** 🔊cái ⬤coi4 材 ⬤DH
手部，3畫。

【釋義】①才能：才幹 / 才華。②有才能的人：奇才 / 英才。③表示以前不久，剛剛：

---

**材** 🔊cái ⬤coi4 才 ⬤DDH
木部，7畫。

【釋義】①木料，泛指原料、材料：木材 / 藥材 / 就地取材。②資料：教材 / 素材 / 題材。③能力，以才能稱人：蠢材 / 高材生 / 因材施教。④指人的身體外形：身材魁梧。

【組詞】材料 / 器材 / 取材 / 身材 / 選材

【成語】大材小用

---

**財**｜财 🔊cái ⬤coi4 才 ⬤BCDH
貝部，10畫。

【釋義】錢和物資的總稱：財產 / 財物。

【組詞】財赤 / 財富 / 財經 / 財團 / 財務 / 財政 / 發財 / 理財

【成語】財大氣粗 / 財迷心竅 / 謀財害命 / 勞民傷財 / 仗義疏財

---

**裁** 🔊cái ⬤coi4 才 ⬤JIYHV
衣部，12畫。

【釋義】①用剪刀等把片狀物分成若干部分：裁剪 / 裁紙。②削減：裁軍 / 裁員。③安排取捨：別出心裁。④文章的體制、格式：體

裁。⑤衡量，判斷：裁決 / 裁判。⑥控制，抑制：獨裁 / 制裁。

【組詞】裁縫 / 裁減 / 剪裁 / 總裁

【成語】量體裁衣

---

彩 🔊 cǎi 🔊 coi2 彩 🔊 BD
采部，8 畫。

【釋義】精神，神色：風采 / 神采。

【成語】興高采烈 / 無精打采

---

採 | 采 🔊 cǎi 🔊 coi2 采 🔊 QBD
手部，11 畫。

【釋義】①摘取：採茶 / 採摘。②開採，挖掘（礦物）：採礦 / 採煤。③搜集：採訪 / 採集。④選取：採購 / 採用。

【組詞】採納 / 採取 / 開採

---

彩 🔊 cǎi 🔊 coi2 採 🔊 BDHHH
彡部，11 畫。

【釋義】①顏色：彩虹 / 七彩。②讚賞的歡呼聲：喝彩。③鮮明，出色：精彩 / 豐富多彩。④賭博或某種遊戲中給贏家的東西：彩票 / 中彩。⑤負傷流血：掛彩。

【組詞】彩帶 / 彩色 / 博彩 / 光彩 / 色彩

【成語】五彩繽紛 / 多姿多彩

---

睬 🔊 cǎi 🔊 coi2 采 🔊 BUBD
目部，13 畫。

【釋義】答理，理會：理睬 / 不理不睬。

---

綵 | 彩 🔊 cǎi 🔊 coi2 采 🔊 VFBD
糸部，14 畫。

【釋義】彩色的絲綢：綵排 / 剪綵 / 張燈結綵。

---

踩 🔊 cǎi 🔊 caai2 猜二聲 🔊 RMBD
足部，15 畫。

【釋義】腳底接觸地面或物體：踩油門 / 踩了一腳。

---

菜 🔊 cài 🔊 coi3 賽 🔊 TBD
艸部，12 畫。

【釋義】①蔬菜：青菜 / 種菜。②經過烹調的蔬菜、魚、肉等食品：飯菜 / 酒菜。

【組詞】菜單 / 菜刀 / 菜譜 / 菜餚 / 點菜 / 蔬菜

---

蔡 🔊 cài 🔊 coi3 菜 🔊 TBOF
艸部，15 畫。

【釋義】姓。

---

## can

參 | 参 🔊 cān 🔊 caam1 慚一聲
🔊 IIIH
厶部，11 畫。

▲另見 34 頁 cēn；338 頁 shēn。

【釋義】①加入，參加：參軍 / 參賽 / 參與。②參考，對照：參閱 / 參照。③進見，會見：參拜 / 參見。

【組詞】參觀 / 參加 / 參考 / 參謀

---

餐 🔊 cān 🔊 caan1 產一聲 🔊 YEOIV
食部，16 畫。

【釋義】①吃（飯）：聚餐／野餐。②飯食：快餐／西餐。③一頓飯叫一餐：一日三餐。
【組詞】餐包／餐具／餐廳／餐飲／套餐／晚餐／午餐／早餐／茶餐廳／自助餐
【成語】廢寢忘餐

## 殘｜残

曾 cán　粵 caan4 餐四聲
倉 MNII
歹部，12畫。

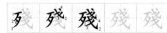

【釋義】①不完整，殘缺：殘骸／殘破。②剩餘的，將盡的：殘敵／殘冬／風捲殘雲。③傷害，毀壞：殘殺／摧殘。④兇惡：殘忍／兇殘。
【組詞】殘暴／殘廢／殘害／殘疾／殘酷／殘留／殘缺／殘餘／傷殘
【成語】苟延殘喘／自相殘殺

## 慚｜惭

曾 cán　粵 caam4 蠶
倉 PJJL
心部，14畫。

【釋義】慚愧，因為有缺點、做錯了事或未能盡到責任而感到不安：慚愧萬分。
【組詞】慚愧／慚色／羞慚
【成語】自慚形穢／大言不慚

## 蠶｜蚕

曾 cán　粵 caam4 慚
倉 MUALI
虫部，24畫。

【釋義】昆蟲，可以吐絲作繭。蠶絲是紡織綢緞的重要原料。

## 慘｜惨

曾 cǎn　粵 caam2 慚二聲
倉 PIIH
心部，14畫。

【釋義】①悲慘，淒慘：慘案／慘痛／慘不忍睹。②程度嚴重，厲害：慘敗／慘重。③兇惡，狠毒：慘無人道。
【組詞】慘淡／慘劇／慘烈／悲慘／悽慘
【成語】慘絕人寰

## 燦｜灿

曾 càn　粵 caan3 璨　倉 FYED
火部，17畫。

【釋義】光彩耀眼：燦爛／金光燦燦。

## 璨｜璨

曾 càn　粵 caan3 燦　倉 MGYED
玉部，17畫。

【釋義】①美玉。②〔璀璨〕見59頁 cuǐ「璀」。

---

## cang

## 倉｜仓

曾 cāng　粵 cong1 蒼
倉 OIAR
人部，10畫。

【釋義】①倉房，倉庫，儲藏糧食或其他物資的建築物：貨倉／糧倉。②〔倉促〕匆忙：時間倉促。③〔倉皇〕也作「倉惶」。匆忙而慌張：倉皇逃命。
【組詞】倉庫
【成語】倉皇失措

## 滄｜沧

曾 cāng　粵 cong1 倉
倉 EOIR
水部，13畫。

【釋義】（水）青綠色：滄海。
【組詞】滄桑
【成語】滄海桑田

**C**

**蒼** | 苍　粵 cāng　普 cong1 倉　倉 TOIR
艸部，14 畫。

【釋義】①青色（包括藍和綠）：蒼山／蒼松翠柏。②灰白色：蒼白／白髮蒼蒼。③指天空：蒼穹／蒼天／上蒼。
【組詞】蒼翠／蒼老

**艙** | 舱　粵 cāng　普 cong1 倉　倉 HYOIR
舟部，16 畫。

【釋義】船或飛機中分隔開來載人或物的部分：客艙／頭等艙。
【組詞】船艙／貨艙／機艙

**藏**　粵 cáng　普 cong4 牀　倉 TIMS
艸部，18 畫。

▲另見 477 頁 zàng。
【釋義】①躲藏，隱藏：埋藏／蘊藏。②收存，儲藏：冷藏／收藏。
【組詞】藏匿／藏身／藏書／儲藏／躲藏／隱藏／珍藏
【成語】藏頭露尾／臥虎藏龍

── cao ──

**操**　㊀ 粵 cāo　普 cou1 粗　倉 QRRD
手部，16 畫。

【釋義】①抓在手裏，拿：操刀。②掌握，控制：操縱／穩操勝券。③做（事），從事：操作／操之過急。④勞心費力：操勞／操心。⑤用某種語言、方言說話：操英語／操廣東

話。⑥演練：操練。⑦體操：早操／健美操。
【組詞】操場／步操／體操
㊁ 粵 cāo　普 cou3 措
【釋義】品行，行為：操守／情操。
【組詞】操行／節操

**糙**　粵 cāo　普 cou3 措　倉 FDYHR
米部，17 畫。

【釋義】粗糙，不細緻：糙米。
【組詞】粗糙

**曹**　粵 cáo　普 cou4 嘈　倉 TWA
日部，11 畫。

【釋義】①周朝國名，在今山東省西部。②姓。

**嘈**　粵 cáo　普 cou4 曹　倉 RTWA
口部，14 畫。

【釋義】（聲音）雜亂：嘈雜。

**槽**　粵 cáo　普 cou4 曹　倉 DTWA
木部，15 畫。

【釋義】①盛飼料餵牲畜的長條形器具：馬槽／豬槽。②盛飲料或其他液體的器具：酒槽／水槽。③兩邊高起，中間凹下像槽的東西：河槽／牙槽。

**草**　粵 cǎo　普 cou2 粗二聲　倉 TAJ
艸部，10 畫。

【釋義】①草本植物的統稱：青草／野草。②指用作燃料、飼料等的稻、麥之類的莖葉：稻草／穀草。③粗疏馬虎，不細緻：草

率 / 潦草。④漢字的一種字體：草書 / 狂草。
⑤初步的、未定的文稿：草案 / 草圖 / 起草。
【組詞】草叢 / 草稿 / 草根 / 草木 / 草擬 / 草原
【成語】草菅人命 / 草木皆兵 / 打草驚蛇 / 斬草
除根 / 風吹草動

## ce

**冊｜册**  曾 cè 粵 caak3 策 倉 BT
冂部，5 畫。

| 冊 | 冊 | 冊 | 冊 | 冊 |
|---|---|---|---|---|

【釋義】①裝訂好的本子：畫冊 / 史冊。②表
示單位。用於書籍：一冊書。
【組詞】手冊 / 相冊 / 註冊

**側｜侧** 曾 cè 粵 zak1 則 倉 OBCN
人部，11 畫。

| 側 | 側 | 側 | 側 | 側 |
|---|---|---|---|---|

【釋義】①旁邊：側翼 / 兩側。②向旁邊歪
斜：側身 / 側耳細聽。
【組詞】側面 / 側重
【成語】側目而視 / 旁敲側擊 / 輾轉反側

**測｜测** 曾 cè 粵 cak1 惻
✗ caak1 拆一聲 倉 EBCN
水部，12 畫。

| 測 | 測 | 測 | 測 | 測 |
|---|---|---|---|---|

【釋義】①度量，考查：測量 / 目測。②猜
想，估計：推測 / 變幻莫測。
【組詞】測試 / 測驗 / 不測 / 猜測 / 揣測 / 觀測 /
檢測 / 探測 / 預測
【成語】居心叵測 / 深不可測

**廁｜厕** 曾 cè 粵 ci3 次 倉 IBCN
广部，12 畫。

| 廁 | 廁 | 廁 | 廁 | 廁 |
|---|---|---|---|---|

【釋義】廁所：男廁 / 女廁。
【組詞】廁所 / 公廁 / 如廁

**惻｜恻**  曾 cè 粵 cak1 測
✗ caak1 拆一聲 倉 PBCN
心部，12 畫。

【釋義】憂傷的，悲痛的：淒惻 / 惻隱之心（對
受苦難的人產生同情憐憫的心）。

**策** 曾 cè 粵 caak3 冊 倉 HDB
竹部，12 畫。

【釋義】①古代寫字用的竹片或木片：簡策。
②計謀，辦法：策略 / 國策 / 束手無策。③用
鞭子趕馬，比喻督促：鞭策 / 驅策 / 策馬前
進。④謀劃、籌劃：策劃。
【組詞】對策 / 計策 / 決策 / 上策 / 失策 / 下策 /
政策
【成語】羣策羣力 / 出謀劃策

## cen

**參｜参** 曾 cēn 粵 caam1 慘一聲
倉 IIIH
厶部，11 畫。

| 參 | 參 | 參 | 參 | 參 |
|---|---|---|---|---|

▲另見31頁 cān；338頁 shēn。
【釋義】〔參差〕長短、高低、大小不齊，不一
致：參差不齊。

## ceng

**曾** 曾 céng 粵 cang4 層 倉 CWA
日部，12 畫。

▲另見480頁 zēng。
【釋義】曾經，表示從前有過某種行為或情
況：曾幾何時 / 似曾相識。

C

【組詞】曾經 / 不曾 / 何曾 / 未曾

**層 | 层** 🔵 céng 🔴 cang4 初鶯四聲
🟡 SCWA
尸部，15畫。

【釋義】①重疊，重複：層層疊疊 / 層出不窮。②重疊事物的一個層次：深層 / 雲層。③表示單位。用於重疊的分層次的東西：兩層紙 / 五層樓 / 這段話還有一層含義。
【組詞】層次 / 層面 / 高層 / 基層 / 夾層 / 階層 / 樓層 / 上層 / 下層
【成語】層巒疊嶂

**蹭** 🔵 cèng 🔴 sang3 生三聲
🟡 RMCWA
足部，19畫。

【釋義】①摩擦：手蹭破皮了。②因擦過去而沾上：蹭了一身油。③慢騰騰地行動：磨蹭。

---

## cha

**叉** 🔵 chā 🔴 caa1 查一聲 🟡 EI
又部，3畫。

▲另見36頁 chǎ。

【釋義】①一端有長齒，另一端有柄的器具：叉子 / 刀叉 / 魚叉。②用叉刺或挑起東西：叉魚。③叉形符號（×），表示錯誤或作廢：打叉 / 畫叉。④交錯：交叉。

**杈** 🔵 chā 🔴 caa1 叉 🟡 DEI
木部，7畫。

▲另見36頁 chà。

【釋義】一種農具，一端有兩個以上的略彎的長齒，另一端有長柄，用來挑起柴草等。

**差** 🔵 chā 🔴 caa1 叉 🟡 TQM
工部，10畫。

▲另見36頁 chà；37頁 chāi；56頁 cī。

【釋義】①不相同，不相合：差別 / 差異。②錯誤：差錯 / 一念之差。③稍微，略，尚：差強人意（大體上還能使人滿意）。④兩數相減剩餘的數。也叫差數。
【組詞】差額 / 差價 / 差距 / 偏差 / 時差 / 溫差 / 誤差
【成語】陰差陽錯

**插** 🔵 chā 🔴 caap3 策鴨三聲 🟡 QHJX
手部，12畫。

【釋義】①細長或薄片狀的東西刺進、擠進去：插翅難飛 / 見縫插針。②中間加進去：插嘴 / 安插 / 穿插。
【組詞】插班 / 插隊 / 插曲 / 插入 / 插手 / 插圖 / 插秧 / 加插

**查** 🔵 chá 🔴 caa4 茶 🟡 DAM
木部，9畫。

【釋義】①檢查：抽查 / 審查。②調查：查訪 / 偵查。③翻檢看看：查地圖 / 查字典。
【組詞】查獲 / 查看 / 查問 / 查詢 / 查閱 / 調查 / 檢查 / 普查 / 搜查 / 追查

**茬** 🔵 chá 🔴 caa4 查 🟡 TKLG
艸部，10畫。

【釋義】①農作物收割後留在地裏的莖和根：麥茬。②在同一塊地上，作物種植或生長一次叫一茬：這塊菜地一年能種四五茬。

**茶** 🔵 chá 🔴 caa4 查 🟡 TOD
艸部，10畫。

【釋義】①茶樹，一種灌木，嫩葉加工後就是茶葉。②用茶葉沏成的飲料或某些其他原料做成的飲料：喝茶／奶茶／果茶。③像濃茶的顏色：茶晶／茶鏡。

【組詞】茶匙／茶几／茶樓／茶水／茶葉／泡茶／下午茶

【成語】茶餘飯後／粗茶淡飯

## 察 ❸ chá ❹ caat3 擦 ❺ JBOF
宀部，14畫。

察　察　察　察　察

【釋義】仔細看，調查：考察／視察。

【組詞】察覺／察看／洞察／觀察／監察／檢察／偵察

【成語】察言觀色／明察秋毫

## 磋 ❸ chá ❹ zaa1 渣 ❺ MRDAM
石部，14畫。

【釋義】皮肉被碎片碰破：玻璃磋破了手。

## 叉 ❸ chǎ ❹ caa1 查一聲 ❺ EI
又部，3畫。

▲另見35頁 chā。

【釋義】分開成叉形：叉着腿站着。

## 衩 ❸ chǎ ❹ caa3 岔 ❺ LEI
衣部，8畫。

▲另見本頁 chà。

【釋義】〔褲衩〕短褲。

## 妊 ｜姹 ❸ chà ❹ caa3 岔 ❺ VHP
女部，6畫。

【釋義】美麗：花園裏百花齊放，妊紫嫣紅。

## 杈 ❸ chà ❹ caa3 岔 ❺ DEI
木部，7畫。

▲另見35頁 chā。

【釋義】植物的分枝：樹杈／枝杈。

## 岔 ❸ chà ❹ caa3 詫 ❺ CSHU
山部，7畫。

【釋義】①分歧的，由主幹分出來的：岔路／三岔路口。②轉移（方向、話題）：打岔。③互相讓開，避免衝突：把時間岔開。④差錯，事故：千萬別出岔子。

【組詞】岔道／岔口／岔子

## 衩 ❸ chà ❹ caa3 岔 ❺ LEI
衣部，8畫。

▲另見本頁 chǎ。

【釋義】衣服兩旁開口的地方：開衩。

## 剎 ｜刹 ❸ chà ❹ saat3 殺 ❺ KCLN
刀部，9畫。

剎　剎　剎　剎　剎

▲另見330頁 shā。

【釋義】①佛教的寺廟：寶剎／古剎。②〔剎那〕極短的時間，瞬間：一剎那。

## 差 ❸ chà ❹ caa1 叉 ❺ TQM
工部，10畫。

差　差　差　差　差

▲另見35頁 chā；37頁 chāi；56頁 cī。

【釋義】①不相當，不相合：差得遠。②缺欠：差一元／還差一個人。③不好，不合標準：差勁／質量差。

【組詞】差點／差不多

## 詫 ｜诧 ❸ chà ❹ caa3 岔 ❺ YRJHP
言部，13畫。

詫　詫　詫　詫　詫

【釋義】驚訝，覺得奇怪：驚詫／這番話實在令人詫異。

【組詞】詫異

---

chai

## 拆 ❸ chāi ❹ caak3 冊 ❺ QHMY
手部，8畫。

**拆** 拆

【釋義】①把合在一起的東西打開：拆線／拆信。②拆毀：過河拆橋。

【組詞】拆除／拆穿／拆分／拆毀／拆散／拆卸／清拆

**差** ⓟ chāi ⓒ caai1 猜 ⓒ TQM
工部，10畫。

羊 差

▲另見35頁 chā；36頁 chà；56頁 cī。

【釋義】①派遣（去做事）：差遣／鬼使神差。②公務，職務：出差／交差。

【組詞】差使／差餉／郵差

**柴** ⓟ chái ⓒ caai4 豺 ⓒ YPD
木部，10畫。

柴 柴 柴

【釋義】柴火，用作燃料的草木等：木柴／柴米油鹽。

【組詞】火柴

【成語】骨瘦如柴

**豺** ⓟ chái ⓒ caai4 柴 ⓒ BHDH
豸部，10畫。

【釋義】哺乳動物，像狼而小，貪食，殘暴，常成羣侵襲家畜。

【組詞】豺狼

---

## chan

**摻**｜掺 ⓟ chān ⓒ cam3 侵三聲
ⓒ QIIH
手部，14畫。

【釋義】把一種東西混合到另一種東西裏去：摻和／摻雜。

**攙**｜搀 ⓟ chān ⓒ caam1 參
ⓒ QNRI
手部，20畫。

【釋義】①用手輕輕架住對方的手或胳膊：攙扶。②同「摻」，見本頁 chān。

**單**｜单 ⓟ chán ⓒ sin4 仙四聲
ⓒ RRWJ
口部，12畫。

▲另見65頁 dān；333頁 shàn。

【釋義】〔單于〕古代匈奴君主的稱號。

**孱** ⓟ chán ⓒ saan4 山四聲 ⓒ SNDD
子部，12畫。

【釋義】懦弱，瘦弱：他自幼身體孱弱。

**潺** ⓟ chán ⓒ saan4 孱 ⓒ ESND
水部，15畫。

【釋義】〔潺潺〕泉水、溪水等流動的聲音：潺潺聲／潺潺泉水。

**嬋**｜婵 ⓟ chán ⓒ sim4 蟬 ⓒ VRRJ
女部，15畫。

【釋義】〔嬋娟〕①姿態美好，多用來形容女子。②古詩文中指明月：千里共嬋娟。

**禪**｜禅 ⓟ chán ⓒ sim4 蟬 ⓒ IFRRJ
示部，16畫。

▲另見333頁 shàn。

【釋義】①佛教用語，指排除雜念，靜思：參禪／坐禪。②與佛教有關的（事物）：禪師／禪杖。

**蟬**｜蝉 ⓟ chán ⓒ sim4 禪
ⓒ LIRRJ
虫部，18畫。

蟲 蟬 蠣 蟬

【釋義】昆蟲，種類很多，雄的腹部有發聲器，能連續發出尖銳的聲音。

**纏**｜缠 ⓟ chán ⓒ cin4 前
ⓒ VFIWG
糸部，21畫。

【釋義】①纏繞：纏線。②糾纏：瑣事纏身。③應付：那人實在難纏。
【組詞】纏綿／纏繞／糾纏

## 讒 | 谗
🔊 chán 🔊 caam4 慚
🔊 YRNRI
言部，24畫。

【釋義】說別人的壞話：讒害／讒言。

## 饞 | 馋
🔊 chán 🔊 caam4 慚
🔊 OINRI
食部，25畫。

【釋義】①貪吃，只喜歡吃好的：饞嘴／饞涎欲滴。②羨慕，想參與或想得到：眼饞。

## 產 | 产
🔊 chán 🔊 caan2 鏟
🔊 YHHQM
生部，11畫。

【釋義】①人或動物生育：產卵／產下一個男孩。②生長出，製造出：出產／生產。③物產，產品：水產／特產。④產業：財產／資產。
【組詞】產出／產地／產品／產生／產物／破產／物產／遺產／農產品／房地產
【成語】傾家蕩產

## 剷 | 铲
🔊 chán 🔊 caan2 產
🔊 YMLN
刀部，13畫。

【釋義】①同「鏟②」，見本頁chǎn。②消滅：剷除社會惡勢力。

## 鏟 | 铲
🔊 chán 🔊 caan2 產
🔊 CYHM
金部，19畫。

【釋義】①鏟子，帶柄的鐵製用具，用來採取或清除東西：鍋鏟／煤鏟。②用鍬或鏟撮取或清除：鏟土／鏟平地面。

## 闡 | 阐
🔊 chán 🔊 cin2 淺 🔊 ANRRJ
門部，20畫。

【釋義】講明白：闡明／闡釋／闡述。

## 懺 | 忏
🔊 chán 🔊 caam3 杉
🔊 POIM
心部，20畫。

【釋義】為犯過的錯誤而悔恨：懺悔。

## 顫 | 颤
🔊 chàn 🔊 zin3 戰
🔊 YMMBC
頁部，22畫。

【釋義】振動，發抖：顫動／顫抖。

---

## chang

## 昌
🔊 chāng 🔊 coeng1 窗 🔊 AA
日部，8畫。

【釋義】興旺，興盛：昌明／昌盛。

## 伥 | 伥
🔊 chāng 🔊 coeng1 昌
🔊 OSMV
人部，10畫。

【釋義】古代傳說中被老虎咬死的人變成的鬼，專門幫助老虎傷人：為虎作伥。

## 猖
🔊 chāng 🔊 coeng1 昌 🔊 KHAA
犬部，11畫。

【釋義】兇猛，狂妄：猖獗／猖狂。

## 娼
🔊 chāng 🔊 coeng1 昌 🔊 VAA
女部，11畫。

【釋義】妓女：娼妓／逼良為娼。

## 長 | 长
🔊 cháng 🔊 coeng4 祥
🔊 SMV
長部，8畫。

▲另見 485 頁 zhǎng。

【釋義】①兩點之間的距離大（跟「短」相對）。(a)指空間：長城 / 長途。(b)指時間：長期 / 長壽 / 來日方長。②長度：這塊布有一米長。③長處：特長 / 專長 / 取長補短。

【組詞】長處 / 長久 / 長跑 / 長遠 / 漫長 / 擅長 / 狹長 / 修長 / 延長 / 悠長

【成語】長話短說 / 長年累月 / 長驅直入 / 長治久安 / 一長兩短 / 一技之長 / 源遠流長

## 常 ⓰ cháng ⓹ soeng4 嘗 ⓺ FBRLB
巾部，11 畫。

【釋義】①一般，普通，平常：常識 / 常態 / 正常。②不變的，經常：常年積雪 / 松柏常青。③時常，常常：老生常談。

【組詞】常務 / 常用 / 反常 / 非常 / 經常 / 日常 / 通常 / 尋常 / 異常 / 照常

【成語】人之常情 / 知足常樂 / 變化無常 / 反覆無常 / 習以為常

## 徜 ⓰ cháng ⓹ soeng4 嘗 ⓺ HOFBR
彳部，11 畫。

【釋義】〔徜徉〕(徉：⓰yáng⓹joeng4陽)安閒自在地步行：我徜徉在風景優美的西子湖畔。

## 場｜场 ⓰ cháng ⓹ coeng4 祥 ⓺ GAMH
土部，12 畫。

▲另見 40 頁 chǎng。

【釋義】①平坦的空地，多用來翻曬、碾軋穀物：打場 / 曬場。②表示單位。用於事情的經過：一場雨 / 痛哭一場。

## 腸｜肠 ⓰ cháng ⓹ coeng4 場 ⓺ BAMH
肉部，13 畫。

## 腸｜肠 [right column top]

【釋義】①消化器官的一部分，形狀像管子，分大腸、小腸，有消化和吸收的作用。②比喻情感、心思：愁腸 / 牽腸掛肚。③在腸衣裏塞進肉等製成的食品：臘腸 / 香腸。

【組詞】腸道 / 腸胃 / 心腸

【成語】古道熱腸 / 鐵石心腸

## 裳 ⓰ cháng ⓹ soeng4 常 ⓺ FBRYV
衣部，14 畫。

▲另見 334 頁 shang。

【釋義】古代指裙子。

## 嘗｜尝 ⓰ cháng ⓹ soeng4 常 ⓺ FBRPA
口部，14 畫。

【釋義】①吃一點試試，辨別滋味：嘗鮮 / 品嘗 / 臥薪嘗膽。②經歷，體驗：嘗試 / 嘗到了失敗的滋味。③曾經：何嘗 / 未嘗。

## 嫦 ⓰ cháng ⓹ soeng4 常 ⓺ VFBB
女部，14 畫。

【釋義】〔嫦娥〕神話中月宮裏的仙女。又叫姮娥。

## 嚐｜尝 ⓰ cháng ⓹ soeng4 常 ⓺ RFBA
口部，17 畫。

【釋義】同「嘗①」，見本頁 cháng。

## 償｜偿 ⓰ cháng ⓹ soeng4 常 ⓺ OFBC
人部，17 畫。

【釋義】①歸還，抵補：償還 / 抵償 / 賠償。
②滿足：如願以償。
【組詞】補償 / 無償
【成語】得不償失

## 場｜场 ⓐ chǎng ⓑ coeng4 祥　ⓒ GAMH
土部，12畫。

▲另見 39 頁 cháng。

【釋義】①具有某種用途的較大的場所：操場 /
會場。②特定的地點、活動範圍：考場 / 戰
場。③事情發生的地方：當場 / 在場。④特
指舞台：過場 / 上場。⑤表演或比賽的全過
程：開場 / 散場。⑥戲劇中的段落：第三幕
第五場。⑦表示單位。用於文娛、體育活
動：三場球賽。
【組詞】場地 / 場合 / 場景 / 場面 / 場所 / 到場 /
登場 / 入場 / 現場

## 敞 ⓐ chǎng ⓑ cong2 廠　ⓒ FBOK
支部，12畫。

【釋義】①（房屋、庭院等）寬綽，沒有遮攔：
敞亮 / 寬敞。②張開，打開：敞着門 / 敞開
胸懷。

## 廠｜厂 ⓐ chǎng ⓑ cong2 敞
ⓒ IFBK
广部，15畫。

【釋義】工廠，製造或修理器物的地方：廠房 /
廠家 / 紡織廠。
【組詞】廠商 / 工廠

## 倡 ⓐ chàng ⓑ coeng3 唱　ⓒ OAA
人部，10畫。

【釋義】帶頭發動，首先提出：倡議 / 提倡。

## 悵｜怅 ⓐ chàng ⓑ coeng3 唱
ⓒ PSMV
心部，11畫。

【釋義】失意，不痛快：惆悵 / 送別好友，心
中悵然。

## 唱 ⓐ chàng ⓑ coeng3 暢　ⓒ RAA
口部，11畫。

【釋義】①依照樂律發出聲音，歌唱：唱歌 /
演唱。②高聲唸出：唱名 / 唱票。③歌曲，
唱詞：唱本。
【組詞】唱片 / 歌唱 / 演唱

## 暢｜畅 ⓐ chàng ⓑ coeng3 唱
ⓒ LLAMH
日部，14畫。

【釋義】①無阻礙，不停滯：暢通 / 順暢。
②痛快，盡情：暢飲 / 歡暢 / 暢所欲言。
【組詞】暢快 / 暢談 / 暢銷 / 暢遊 / 流暢 / 舒暢 /
通暢
【成語】暢通無阻

## chao

## 抄 ⓐ chāo ⓑ caau1 鈔　ⓒ QFH
手部，7畫。

【釋義】①照原文寫：抄錄 / 手抄。②照着別
人的作品寫下來當做自己的：抄襲。③搜查
並沒收：抄家。④從側面或近路過去：抄小
路。⑤抓取，拿：抄起一把刀。

**超** 🔵chāo 🔵ciu1 昭 🔵GOSHR
走部，12畫。

【釋義】①超過：超額／超齡。②超出（尋常的）：超級／超高溫。③在某個範圍以外，不受限制：超現實／超自然。
【組詞】超標／超過／超級／超羣／超人／超時／超越／超載／超值／高超

**鈔｜钞** 🔵chāo 🔵caau1 抄 🔵CFH
金部，12畫。

【釋義】鈔票：假鈔／現鈔。
【組詞】鈔票／偽鈔

**巢** 🔵cháo 🔵caau4 抄四聲 🔵VVWD
巛部，11畫。

【釋義】①鳥或蜂、蟻等的窩：蜂巢／鳥巢／蟻巢。②比喻盜匪、敵人盤踞的地方：傾巢出動。
【組詞】巢穴

**朝** 🔵cháo 🔵ciu4 潮 🔵JJB
月部，12畫。

▲另見487頁zhāo。

【釋義】①朝廷，古代君主聽政、發號施令的地方：朝政／上朝。②朝代：唐朝。③朝見，朝拜：朝聖。④對着，向着：坐北朝南／朝着目標前進。
【組詞】朝代／朝廷／朝向／王朝
【成語】改朝換代／四腳朝天

**潮** 🔵cháo 🔵ciu4 憔 🔵EJJB
水部，15畫。

【釋義】①潮汐，海水受到太陽或月亮的引力作用而產生的定時漲落現象。也指潮水：海潮／漲潮。②像潮水一般洶湧起伏的（思想、行動、情況等）：工潮／思潮。③潮濕：受潮。
【組詞】潮流／潮濕／潮水／低潮／高潮／浪潮／熱潮／新潮
【成語】心血來潮

**嘲** 🔵cháo 🔵zaau1 爪一聲 🔵RJJB
口部，15畫。

【釋義】取笑，譏笑：嘲諷／嘲笑。
【成語】冷嘲熱諷

**吵** 🔵chǎo 🔵caau2 炒 🔵RFH
口部，7畫。

【釋義】①聲音嘈雜擾人：吵鬧／吵嚷。②爭吵：吵架。
【組詞】爭吵

**炒** 🔵chǎo 🔵caau2 吵 🔵FFH
火部，8畫。

【釋義】①一種烹飪方法，把食物放在鍋裏加熱並翻動使熟：炒蛋。②轉手買進和賣出，從中牟利：炒股票。③刻意以人為操作製造某種效果：炒作。

## che

**車｜车** 🔵chē 🔵ce1 奢 🔵JWJ
車部，7畫。

▲另見 187 頁 jū。

【釋義】①陸地上有輪子的交通運輸工具：單車 / 火車 / 汽車。②利用輪軸旋轉的機械：紡車 / 水車。

【組詞】車禍 / 車輛 / 車廂 / 車站 / 開車 / 列車 / 塞車 / 停車 / 通車 / 公共汽車

【成語】車水馬龍

## 扯
🔊 chě　🔊 ce2 且　🔊 QYLM
手部，7 畫。

【釋義】①拉：拉扯 / 牽扯。②撕，撕下：把牆上的舊廣告扯下來。③漫無邊際地閒談：扯談 / 東拉西扯。

## 掣
🔊 chè　🔊 zai3 制　🔊 HNQ
手部，12 畫。

【釋義】①拽，拉：掣肘（拉住別人的胳膊，比喻阻礙別人做事）。②迅疾而過：風馳電掣。

## 澈
🔊 chè　🔊 cit3 設　🔊 EYBK
水部，15 畫。

【釋義】水清：明澈 / 清澈。

## 撤
🔊 chè　🔊 cit3 設　🔊 QYBK
手部，15 畫。

【釋義】①除去：撤換 / 撤銷。②退：撤離 / 撤退。

【組詞】撤兵 / 撤回 / 撤軍

## 徹 | 彻
🔊 chè　🔊 cit3 設　🔊 HOYBK
彳部，15 畫。

【釋義】通，透：徹底 / 貫徹 / 透徹。

【成語】徹頭徹尾 / 大徹大悟 / 貫徹始終 / 響徹雲霄

## chen

## 臣
🔊 chén　🔊 san4 神　🔊 SLSL
臣部，6 畫。

【釋義】①君主時代的官吏（有時也包括百姓）：臣民 / 君臣 / 賢臣。②官吏對君主的自稱。

【組詞】臣服 / 臣子 / 大臣 / 功臣 / 奸臣 / 忠臣

## 沉
🔊 chén　🔊 cam4 尋　🔊 EBHU
水部，7 畫。

【釋義】①沉入水中（跟「浮」相對）：沉沒 / 石沉大海。②往下落：下沉 / 太陽西沉。③陷入（某種境地），入迷：沉淪。④低落：低沉 / 消沉 / 死氣沉沉。⑤（程度）深：沉痛 / 沉醉。⑥穩重，鎮定：沉穩 / 沉着 / 沉住氣。⑦分量重：沉重 / 沉甸甸。⑧感覺沉重，不舒服：昏昏沉沉。

【組詞】沉澱 / 沉積 / 沉寂 / 沉靜 / 沉悶 / 沉迷 / 沉默 / 沉睡 / 沉思 / 深沉

【成語】沉默寡言

## 忱
🔊 chén　🔊 sam4 森四聲　🔊 PLBU
心部，7 畫。

【釋義】真誠的心意，情意：熱忱 / 謹表謝忱。

## 辰
🔊 chén　🔊 san4 臣　🔊 MMMV
辰部，7 畫。

C

**辰** ②辰

【釋義】①地支的第五位。②辰時，舊式計時法指上午七點鐘到九點鐘的時間。③日、月、星的統稱：星辰。④古代把一晝夜分作十二辰：時辰。⑤光陰，日子：誕辰／生辰／良辰美景。

**晨** | 📕 chén 📗 san4 臣 📘 AMMV
日部，11 畫。

【釋義】早晨：晨曦／一日之計在於晨。
【組詞】凌晨／清晨／早晨

**陳** | 陈 📕 chén 📗 can4 塵 📘 NLDW
阜部，11 畫。

【釋義】①安放，擺設：陳列／陳設。②敘說：陳述／慷慨陳詞。③時間久的，舊的：陳舊／陳年往事。④周朝國名，在今河南省淮陽一帶。⑤南朝之一，公元 557 – 589 年，陳霸先所建。⑥姓。
【成語】陳詞濫調／推陳出新

**塵** | 尘 📕 chén 📗 can4 陳 📘 IPG
土部，14 畫。

【釋義】①飛揚或附在物體上的細小灰土：塵埃／塵封／灰塵。②佛教或道教所指的現實世界：塵世／凡塵／紅塵。③蹤跡：步人後塵。
【組詞】塵垢／塵土
【成語】風塵僕僕／望塵莫及／一塵不染

**趁** | 📕 chèn 📗 can3 襯 📘 GOOHH
走部，12 畫。

【釋義】利用 (時機、條件)：趁早／打鐵趁熱。
【組詞】趁機／趁勢
【成語】趁火打劫

**稱** | 称 📕 chèn 📗 cing3 秤
📘 HDBGB
禾部，14 畫。

▲另見本頁 chēng。

【釋義】適合，相當：稱心／相稱。
【組詞】稱職／對稱／勻稱
【成語】稱心如意

**襯** | 衬 📕 chèn 📗 can3 趁
📘 LYDU
衣部，21 畫。

【釋義】①在裏面托上一層：襯上一層紙。②襯在裏面的，穿在裏面的：襯褲／襯衫。③陪襯，襯托：映襯／綠葉襯紅花。

**讖** | 谶 📕 chèn 📗 cam3 侵三聲
📘 YROIM
言部，24 畫。

【釋義】迷信的人認為將來會應驗的預言、預兆：讖語。

---

### cheng

**稱** | 称 ㊀ 📕 chēng 📗 cing1 青
📘 HDBGB
禾部，14 畫。

▲另見本頁 chèn。

【釋義】①叫，叫做：自稱／稱兄道弟。②名稱：簡稱／美稱／通稱。③說：稱病／聲稱／宣稱。④讚揚：稱頌／稱讚。
【組詞】稱號／稱呼／稱謂／號稱／堪稱／名稱／暱稱／俗稱／著稱

㈠ 普 chēng 粵 cing3 秤
【釋義】測定重量：稱一稱這個瓜有幾斤。

撐 | 撑 普 chēng 粵 caang1 橙一聲
　　　　　 倉 QFBQ
　　　　　 手部，15畫。

【釋義】①抵住：兩手撐着下巴陷入沉思。②用竹篙抵住水底使船行進：撐船。③支持：撐腰 / 支撐 / 撐門面。④張開：撐傘。⑤充滿到容不下的程度：少吃點，別撐着。

瞠 普 chēng 粵 caang1 撐 倉 BUFBG
　　　目部，16畫。

【釋義】直看，瞪着眼看：瞠目結舌。

成 普 chéng 粵 sing4 城 倉 IHS
　　戈部，6畫。

【釋義】①完成，成功（跟「敗」相對）：大器晚成 / 一氣呵成。②成全：成人之美。③成為，變為：成材 / 百煉成鋼。④成果，成就：成績 / 坐享其成。⑤生物生長到定形、成熟的階段：成蟲 / 成人。⑥已定的，定形的，現成的：成規 / 成見。⑦表示達到一個單位（強調數量多或時間長）：成年累月 / 成千上萬 / 成羣結隊。⑧表示答應，許可：贊成。⑨十分之一叫一成：九成新 / 增加三成。
【組詞】成立 / 成年 / 成效 / 成因 / 成長 / 促成 / 達成 / 構成 / 形成 / 造成
【成語】成家立業 / 一成不變 / 順理成章 / 望子成龍 / 胸有成竹 / 眾志成城 / 卓有成效 / 一事無成

丞 普 chéng 粵 sing4 城 倉 NEM
　　一部，6畫。

【釋義】古代輔助君主或主要官員做事的官吏：丞相 / 縣丞。

呈 普 chéng 粵 cing4 情 倉 RHG
　　口部，7畫。

【釋義】①具有（某種形式），現出（某種顏色、狀態）：呈現 / 龍鳳呈祥 / 果實呈球形。②恭敬地送上去：呈獻 / 謹呈。③對上用的公文：辭呈 / 簽呈。
【組詞】呈報 / 呈交 / 紛呈

承 普 chéng 粵 sing4 成 倉 NNQO
　　手部，8畫。

【釋義】①托着，支撐着：承載 / 承重。②承擔，擔當：承辦 / 承包。③客套話，受到：承教 / 承蒙。④繼續，接續：繼承 / 承先啟後。
【組詞】承擔 / 承建 / 承諾 / 承認 / 承受 / 秉承 / 傳承
【成語】承上啟下

城 普 chéng 粵 sing4 成 倉 GIHS
　　土部，9畫。

【釋義】①城牆：城外 / 萬里長城。②城市（跟「鄉」相對）：京城 / 價值連城。
【組詞】城堡 / 城牆 / 城市 / 城鄉 / 城鎮 / 長城 / 都城 / 古城
【成語】滿城風雨 / 眾志成城

乘 普 chéng 粵 sing4 成 倉 HDLP
　　丿部，10畫。

【釋義】①坐（車、船等），騎（馬、驢等）：乘車 / 乘船。②利用（條件、機會等）：乘機 / 乘虛而入。③進行乘法運算。
【組詞】乘搭 / 乘客 / 乘涼 / 乘勢 / 乘坐
【成語】乘風破浪 / 乘人之危 / 有機可乘

C

盛 @chéng @sing4 成 @ISBT
皿部，11 畫。

▲ 另見 341 頁 shèng。
【釋義】把東西裝進器具裏：盛菜 / 盛飯。
【組詞】盛載

程 @chéng @cing4 情 @HDRHG
禾部，12 畫。

【釋義】①規矩，法則：程式 / 章程。②程序，先後次序：課程 / 日程 / 議程。③路途，一段路：回程 / 啟程 / 行程。
【組詞】程度 / 程序 / 工程 / 過程 / 進程 / 歷程 / 路程 / 旅程 / 前程 / 專程

誠|诚 @chéng @sing4 成
@YRIHS
言部，13 畫。

【釋義】①真實的（心意）：誠懇 / 誠心 / 誠摯。②實在，的確：誠然。
【組詞】誠實 / 誠信 / 誠意 / 虔誠 / 熱誠 / 坦誠 / 真誠 / 忠誠

澄 @chéng @cing4 程 @ENOT
水部，15 畫。

【釋義】①（水）很清：澄碧 / 澄澈。②把事情弄清楚：澄清。

橙 @chéng @caang4 撐四聲
@DNOT
木部，16 畫。

【釋義】①喬木或灌木，果實球形，果皮紅黃色，是普通水果。②紅和黃合成的顏色。
【組詞】橙汁 / 橙子

懲|惩 @chéng @cing4 情
@HKP
心部，19 畫。

【釋義】①處罰：懲罰 / 獎懲。②警戒：懲戒。
【組詞】懲處 / 懲治 / 嚴懲

逞 @chěng @cing2 拯 @YRHG
辵部，11 畫。

【釋義】①顯示（才能、威風等），誇耀：逞能 / 逞強 / 逞英雄。②達到目的（多指壞主意）：得逞。③縱容，放任：逞兇 / 逞性妄為。

騁|骋 @chěng @cing2 拯
@SFLWS
馬部，17 畫。

【釋義】①縱馬奔馳，奔跑：馳騁。②放開，展開：騁懷 / 騁目 / 騁望。

秤 @chèng @cing3 青三聲
@HDMFJ
禾部，10 畫。

【釋義】測定物體重量的器具：桿秤 / 過秤。

---

chi

---

吃 @chī @hek3 何尺三聲 @RON
口部，6 畫。

【釋義】①把食物等放進嘴裏咀嚼後嚥下（包括吸、喝）：吃飯 / 吃奶。②依靠某種事物來

生活：吃老本／靠山吃山。③消滅（多用於軍事、下棋等）：跳馬吃炮／包圍敵軍，並吃掉他們。④耗費：吃勁／吃力。⑤受，承受：吃驚／吃苦。

【組詞】吃喝／吃虧／好吃／小吃

【成語】吃喝玩樂／大吃大喝／大吃一驚／坐吃山空／自討苦吃

## 哧　🅟 chī 🅠 ci1 痴 🅒 RGLC
口部，10 畫。

【釋義】形容笑或撕裂的聲音：哧哧地笑／哧的一聲撕下一塊布來。

## 痴　🅟 chī 🅠 ci1 雌 🅒 KOKR
疒部，13 畫。

【釋義】①傻，愚笨：痴呆／痴人說夢。②極度迷戀（某人或某種事物）：痴迷／痴情／痴心。

【組詞】痴狂／白痴

【成語】痴心妄想／如痴如醉

## 嗤　🅟 chī 🅠 ci1 痴 🅒 RUMI
口部，13 畫。

【釋義】譏笑：嗤笑／嗤之以鼻。

## 池　🅟 chí 🅠 ci4 詞 🅒 EPD
水部，6 畫。

【釋義】①池塘：魚池／荷花池。②周圍高中間低的地方：舞池。③護城河：金城湯池（形容堅固不易攻破的城池）。

【組詞】池塘／水池／泳池

【成語】酒池肉林

## 弛　🅟 chí 🅠 ci4 持 🅒 NPD
弓部，6 畫。

【釋義】鬆開，鬆懈：鬆弛／一張一弛。

## 持　🅟 chí 🅠 ci4 池 🅒 QGDI
手部，9 畫。

【釋義】①拿着，握着：持筆／持槍。②支持，保持：持續／持之以恆。③主管，料理：主持／勤儉持家。④對抗：僵持／相持不下。⑤控制，挾制：劫持／挾持。

【組詞】持久／持有／保持／扶持／堅持／維持／支持

## 匙　🅟 chí 🅠 ci4 持 🅒 AOP
匕部，11 畫。

▲ 另見 348 頁 shi。

【釋義】小勺：茶匙／湯匙。

## 馳｜驰　🅟 chí 🅠 ci4 池 🅒 SFPD
馬部，13 畫。

【釋義】①（車、馬等）飛快地跑：馳騁／奔馳／飛馳。②傳播：馳名。③（心神）嚮往：心馳神往。

【成語】風馳電掣／背道而馳

## 遲｜迟　🅟 chí 🅠 ci4 池 🅒 YSYQ
辵部，16 畫。

【釋義】①慢：遲鈍／遲緩。②比規定或合適的時間靠後：遲到／延遲。

【組詞】遲誤／遲疑／遲早／推遲

【成語】遲疑不決／姍姍來遲／事不宜遲

## 尺　🅟 chǐ 🅠 cek3 雌石三聲 🅒 SO
尸部，4 畫。

尺

【釋義】①長度單位。10 寸等於 1 尺，10 尺等於 1 丈。1 尺等於 1/3 米。②量長度或畫圖用的器具：捲尺 / 皮尺 / 丁字尺。
【組詞】尺寸 / 尺碼 / 尺子 / 直尺
【成語】尺幅千里 / 咫尺天涯

佗　曾 chǐ　粵 ci2 始　倉 ONIN
人部，8 畫。

佗

【釋義】①浪費：奢佗。②誇大：佗談。

恥 | 耻　曾 chǐ　粵 ci2 此　倉 SJP
心部，10 畫。

恥

【釋義】①羞愧：可恥 / 不恥下問。②恥辱：雪恥 / 奇恥大辱。
【組詞】恥辱 / 恥笑 / 廉恥 / 無恥 / 羞恥 / 知恥
【成語】恬不知恥

豉　曾 chǐ　粵 si6 視　倉 MTJE
豆部，11 畫。

豉

【釋義】〔豆豉〕一種用豆子經過發酵做成的食品，可供調味用。
【組詞】豉油

褫 | 褫　曾 chǐ　粵 ci2 此　倉 LHYU
衣部，15 畫。
【釋義】剝奪，革除：褫奪 / 褫職。

齒 | 齿　曾 chǐ　粵 ci2 此　倉 YMUOO
齒部，15 畫。

齒

【釋義】①牙齒，人和動物咀嚼食物的器官。②像牙齒的東西：齒輪 / 鋸齒。③年齡：序齒 / 沒齒不忘。④說到，提起：不足掛齒 / 難以啟齒。
【組詞】口齒 / 啟齒 / 牙齒
【成語】咬牙切齒

叱　曾 chì　粵 cik1 斥　倉 RP
口部，5 畫。
【釋義】①呼喝，大聲責罵：叱問 / 怒叱。②〔叱咤〕發怒吆喝：叱咤風雲（形容聲勢威力很大）。

斥　曾 chì　粵 cik1 戚　倉 HMY
斥部，5 畫。

斥

【釋義】①責備：駁斥 / 訓斥。②使離開：斥逐 / 排斥。③多，滿：充斥。
【組詞】斥罵 / 斥責

赤　曾 chì　粵 cik3 斥三聲　✗ cek3 尺
倉 GLNC
赤部，7 畫。

赤

【釋義】①比朱紅稍淺的顏色。②泛指紅色：面紅耳赤。③忠誠：赤誠 / 赤膽忠心。④光着，露着（身體）：赤腳 / 赤膊上陣。⑤空，一無所有：赤貧 / 赤手空拳。
【組詞】赤裸 / 赤字 / 財赤

翅　曾 chì　粵 ci3 次　倉 JESMM
羽部，10 畫。

翅

【釋義】①翅膀，昆蟲和鳥類的飛行器官。②魚翅，鯊魚的鰭經加工後的軟骨條，是珍貴的食品。
【組詞】翅膀 / 展翅

C

## 熾｜炽　⊜ chì　⊜ ci3 次　⊜ FYIA
火部，16畫。

熾　熾　熾　熾　熾

【釋義】旺，旺盛，熱烈：熾熱。

## chong

## 充　⊜ chōng　⊜ cung1 沖　⊜ YIHU
儿部，6畫。

充　充　充　充　充

【釋義】①滿，足：充分／充沛／充足。②裝滿，塞住：充электричество／充耳不聞。③擔任，當：充當／充任。④假冒，假裝：冒充／打腫臉充胖子。
【組詞】充飢／充滿／充實／充裕／補充／擴充／填充
【成語】畫餅充飢／濫竽充數

## 沖｜冲　⊜ chōng　⊜ cung1 充　⊜ EL
水部，7畫。

沖　沖　沖　沖　沖

【釋義】①用開水等澆：沖茶。②沖洗，沖擊：沖刷／洪水沖毀河堤。
【組詞】沖淡／沖劑／沖洗

## 忡　⊜ chōng　⊜ cung1 充　⊜ PL
心部，7畫。
【釋義】憂慮不安的樣子：憂心忡忡。

## 舂　⊜ chōng　⊜ zung1 終　⊜ QKHX
臼部，11畫。
【釋義】把東西放在石臼或乳缽裏搗去皮殼或搗碎：舂米／舂藥。

## 憧　⊜ chōng　⊜ cung1 充　⊜ PYTG
心部，15畫。

憧　憧　憧　憧　憧

【釋義】〔憧憬〕渴望，嚮往：對未來有所憧憬。

## 衝｜冲　⊜ chōng　⊜ cung1 充　⊜ HOHGN
行部，15畫。

衝　衝　衝　衝　衝

▲另見49頁 chòng。
【釋義】①交通要道，重地：要衝／首當其衝。②迅猛地向前，突破障礙：衝鋒／衝擊。③猛烈地撞擊（多用於對對方思想感情的抵觸方面）：衝突／衝撞。
【組詞】衝刺／衝動／衝破／緩衝
【成語】衝鋒陷陣／衝口而出／橫衝直撞

## 重　⊜ chóng　⊜ cung4 從　⊜ HJWG
里部，9畫。

重　重　重　重　重

▲另見502頁 zhòng。
【釋義】①重複：重疊。②再：重逢／舊地重遊。③層：雙重／心事重重。
【組詞】重重／重複／重申／重溫／重新／四重奏
【成語】重蹈覆轍／重見天日／重溫舊夢／重整旗鼓／捲土重來

## 崇　⊜ chóng　⊜ sung4 送四聲　⊜ UJMF
山部，11畫。

崇　崇　崇　崇　崇

【釋義】①高：崇山峻嶺。②重視，尊敬：崇拜／尊崇。
【組詞】崇高／崇敬／崇尚／推崇

## 蟲｜虫　⊜ chóng　⊜ cung4 松　⊜ LILII
虫部，18畫。

蟲　蟲　蟲　蟲　蟲

【釋義】①昆蟲。②某些動物的別稱：長蟲（蛇）／大蟲（老虎）。

【組詞】蟲害 / 蟲災 / 害蟲 / 紅蟲 / 蝗蟲 / 甲蟲 / 昆蟲 / 爬蟲 / 螢火蟲

## 寵 | 宠
曾 chǒng　粵 cung2 充二聲
倉 JYBP
宀部，19 畫。

【釋義】喜愛，偏愛：寵愛 / 得寵。
【組詞】寵物
【成語】受寵若驚

## 衝 | 冲
曾 chòng　粵 cung3 充三聲
又 cung1 充　倉 HOHGN
行部，15 畫。

▲另見48頁 chōng。

【釋義】①勁頭足，力量大：水流得很衝 / 小伙子幹活真衝。②氣味濃烈刺鼻：酒味很衝。③向，對着：他衝我點點頭。

---

## chou

## 抽
曾 chōu　粵 cau1 秋　倉 QLW
手部，8 畫。

【釋義】①把夾在中間的東西取出：從信封裏抽出信紙。②從中取出一部分：抽查。③（某些植物體）長出：抽穗 / 抽芽。④吸：抽水 / 抽煙。⑤用條狀物打：抽了幾鞭子。
【組詞】抽調 / 抽獎 / 抽空 / 抽籤 / 抽屜 / 抽樣

## 仇
曾 chóu　粵 sau4 愁　倉 OKN
人部，4 畫。

【釋義】①仇敵：同仇敵愾 / 疾惡如仇。②仇恨：仇怨 / 結仇。
【組詞】仇敵 / 仇恨 / 仇家 / 仇人 / 報仇 / 復仇
【成語】血海深仇

## 惆
曾 chóu　粵 cau4 囚　倉 PBGR
心部，11 畫。

【釋義】失意，傷感：惆悵。

## 酬
曾 chóu　粵 cau4 囚　倉 MWILL
酉部，13 畫。

【釋義】①用錢財或實物償付或答謝：酬謝 / 報酬。②交際往來：應酬。③實現：壯志未酬。
【組詞】酬賓 / 酬勞 / 薪酬

## 愁
曾 chóu　粵 sau4 仇　倉 HFP
心部，13 畫。

【釋義】①憂慮：愁悶 / 憂愁。②憂傷的心情：鄉愁 / 離愁別緒。
【組詞】愁苦 / 哀愁 / 發愁
【成語】愁眉苦臉 / 愁雲慘霧 / 多愁善感

## 稠
曾 chóu　粵 cau4 囚　倉 HDBGR
禾部，13 畫。

【釋義】①液體中含某種固體成分很多（跟「稀」相對）：粥很稠。②稠密，多而密：人口稠密。
【組詞】稠密

## 綢 | 绸
曾 chóu　粵 cau4 酬
倉 VFBGR
糸部，14 畫。

【釋義】薄而軟的絲織品：絲綢。

## 疇 | 畴
🔊 chóu 🔉 cau4 囚
🔉 WGNI
田部，19 畫。

【釋義】①田地：田疇。②種類：範疇。

## 籌 | 筹
🔊 chóu 🔉 cau4 囚 🔉 HGNI
竹部，20 畫。

【釋義】①竹、木或象牙等製成的小棍或小片，用來計數或作為領物的憑證：籌碼。②計策，辦法：一籌莫展 / 運籌帷幄。③謀劃，籌措：籌劃 / 籌款。

【組詞】籌辦 / 籌備 / 統籌

## 躊 | 踌
🔊 chóu 🔉 cau4 囚
🔉 RMGNI
足部，21 畫。

【釋義】〔躊躇〕①猶豫，拿不定主意：他躊躇了半天，才接受我的條件。②非常自得的樣子：比賽奪冠令他躊躇滿志。

## 丑
🔊 chǒu 🔉 cau2 醜 🔉 NG
一部，4 畫。

【釋義】①地支的第二位。②丑時，舊式計時法指夜裏一點鐘到三點鐘的時間。③戲曲角色，扮演滑稽人物，鼻樑上抹白粉，有文丑、武丑的區別。

【組詞】小丑

## 瞅
🔊 chǒu 🔉 cau2 丑 🔉 BUHDF
目部，14 畫。

【釋義】看：我往課室裏瞅了一眼，沒瞅見他。

## 醜 | 丑
🔊 chǒu 🔉 cau2 丑
🔉 MWHI
酉部，17 畫。

【釋義】①相貌、樣子難看（跟「美」相對）：醜陋。②讓人厭惡或輕視的：出醜 / 醜態百出。

【組詞】醜惡

## 臭
🔊 chòu 🔉 cau3 湊 🔉 HUIK
自部，10 畫。

▲ 另見 426 頁 xiù。

【釋義】①（氣味）難聞（跟「香」相對）：臭氣 / 臭味。②讓人厭惡的：臭名昭著。③狠狠地；臭罵。

【成語】臭味相投 / 遺臭萬年

---

## chu

## 出
🔊 chū 🔉 ceot1 齣 🔉 UU
凵部，5 畫。

【釋義】①從裏面到外面（跟「進」「入」相對）：出門 / 出去 / 早出晚歸。②來到：出場 / 出席。③超出：出界 / 出眾 / 出人意表。④往外拿出：出力 / 出主意。⑤出產：出品。⑥出版：出了不少好書。⑦發生，產生：出錯 / 出事 / 出問題。⑧發出，發泄：出汗 / 出氣。⑨顯露：出名 / 水落石出。⑩支出：出納 / 量入為出。⑪用在動詞後面，表示向外、顯露或完成：看不出 / 做出成績 / 拿出一本書。

【組詞】出動 / 出發 / 出境 / 出口 / 出沒 / 出售 / 付出 / 傑出 / 輸出 / 提出

【成語】出類拔萃 / 出謀劃策 / 出人頭地 / 出神入化 / 別出心裁 / 層出不窮 / 神出鬼沒 / 喜出望外 / 深入淺出 / 脫穎而出

## 初
🔊 chū 🔉 co1 磋 🔉 LSH
衣部，7 畫。

【釋義】①開始的，開始的一段時間：初夏 / 月初。②第一次，剛開始：初次 / 初戀。③最低的（等級）：初等 / 初級。④原來的，

原來的情況：初衷 / 和好如初。⑤前綴，加在「一」至「十」前，表示農曆一個月前十天的次序：正月初一。

【組詞】初步 / 初期 / 初賽 / 初時 / 初中 / 當初 / 起初 / 最初

【成語】初出茅廬 / 如夢初醒

## 齣｜出　🔊 chū　🔊 ceot1 出　🔊 YUPR
齒部，20畫。

【釋義】戲曲的段落：三齣戲 / 第二齣。

## 除　🔊 chú　🔊 ceoi4 徐　🔊 NLOMD
阜部，10畫。

【釋義】①去掉：除塵 / 清除。②不計算在內：除了 / 除外。③進行除法運算。

【組詞】除非 / 拆除 / 廢除 / 解除 / 開除 / 扣除 / 排除 / 掃除 / 刪除 / 消除

【成語】除暴安良 / 為民除害

## 廚｜厨　🔊 chú　🔊 ceoi4 除
　　🔊 cyu4 櫥　🔊 IGTI
广部，15畫。

【釋義】①廚房：下廚。②廚師，以做飯菜為業的人：大廚 / 名廚。

【組詞】廚房 / 廚具 / 廚師 / 廚藝

## 鋤｜锄　🔊 chú　🔊 co4 初四聲
　　🔊 CBMS
金部，15畫。

【釋義】①一種鬆土和除草用的農具。②用鋤鬆土除草：鋤地。③剷除：鋤奸 / 鋤強扶弱。

【組詞】鋤頭

## 雛｜雏　🔊 chú　🔊 co4 鋤　🔊 co1 初
　　🔊 PUOG
隹部，18畫。

【釋義】幼小的 (多指鳥類)：雛雞 / 雛燕。

【組詞】雛形

## 櫥｜橱　🔊 chú　🔊 cyu4 柱四聲
　　🔊 DIGI
木部，19畫。

【釋義】放置衣服、物件的家具：壁櫥 / 衣櫥。

【組詞】櫥窗 / 櫥櫃

## 躕　🔊 chú　🔊 cyu4 櫥　🔊 RMTJA
足部，19畫。

【釋義】〔躑躕〕見50頁 chóu「躑」。

## 處｜处　🔊 chǔ　🔊 cyu2 柱二聲
　　🔊 YPHEN
虍部，11畫。

▲另見52頁 chù。

【釋義】①居住：穴居野處。②跟別人一起生活，交往：相處 / 立身處世。③存在，置身 (某種地位或狀況)：處境 / 設身處地。④辦理：處理 / 處置。⑤處罰：處分 / 處以極刑。

【組詞】處罰 / 處方 / 處事 / 處死 / 判處

【成語】處變不驚 / 處心積慮 / 處之泰然 / 養尊處優 / 和平共處

## 楚　🔊 chǔ　🔊 co2 礎　🔊 DDNYO
木部，13畫。

【釋義】①痛苦：苦楚 / 痛楚。②清晰，整齊：清楚。③周朝國名，原在今湖北和湖南北部，後擴大到今安徽、河南、江西、江蘇和浙江一帶。④指湖北和湖南，特指湖北。

【成語】四面楚歌 / 一清二楚

## 儲 | 储
普 chǔ　粵 cyu5 柱　倉 OYRA
人部，17畫。

【釋義】①儲藏，存放：儲存／儲蓄。②已經確定繼承皇位或王位的人：皇儲／王儲。
【組詞】儲備／儲藏／儲值

## 礎 | 础
普 chǔ　粵 co2 楚
倉 MRDDO
石部，18畫。

【釋義】礎石，墊在房屋柱下的基石：基礎。

## 怵
普 chù　粵 zeot1 卒　倉 PIJC
心部，8畫。

【釋義】恐懼，害怕：怵目驚心。

## 畜
普 chù　粵 cuk1 促　倉 YVIW
田部，10畫。

▲另見428頁 xù。
【釋義】禽獸，多指家畜：畜牲／家畜。

## 處 | 处
普 chù　粵 cyu3 柱三聲
倉 YPHEN
虍部，11畫。

▲另見51頁 chǔ。
【釋義】①地方：處所／益處／住處。②機關或機關裏的一個部門：辦事處／校務處。
【組詞】長處／到處／短處／害處／好處／壞處／四處／隨處／用處
【成語】恰到好處／一無是處

## 絀 | 绌
普 chù　粵 zyut3 拙　倉 VFUU
糸部，11畫。

【釋義】不足，不夠：相形見絀。

## 搐
普 chù　粵 cuk1 速　倉 QYVW
手部，13畫。

【釋義】牽動，肌肉抽縮：抽搐。

## 黜
普 chù　粵 ceot1 出　倉 WFUU
黑部，17畫。

【釋義】罷免，革除：黜職。

## 觸 | 触
普 chù　粵 zuk1 足　倉 NBWLI
角部，20畫。

【釋義】①接觸，碰到：觸電／觸礁。②感，引起：感觸。
【組詞】觸動／觸發／觸角／觸覺／觸摸／觸怒／接觸
【成語】觸景生情／觸目驚心／一觸即發

## 矗
普 chù　粵 cuk1 束　倉 JMJMM
目部，24畫。

【釋義】直立，高聳：矗立。

## chuai

## 揣
普 chuāi　粵 ceoi2 取　又 cyun2 喘
倉 QUMB
手部，12畫。

▲另見本頁 chuǎi。
【釋義】藏在衣服裏：口袋裏揣着錢。

## 揣
普 chuǎi　粵 ceoi2 取　又 cyun2 喘
倉 QUMB
手部，12畫。

▲另見本頁 chuǎi。
【釋義】估計，忖度：揣測／揣摩。
【組詞】揣度／揣想

端 ⓐchuài ⓒcaai2 踩 ⓒRMUMB
足部，16畫。
【釋義】踩，腳底向外踢：一腳把門端開。

## chuan

川 ⓐchuān ⓒcyun1 村 ⓒLLL
巛部，3畫。

丿 刀 川 川 川

【釋義】①河流：山川／川流不息。②平原，平地：一馬平川。③指四川省。
【成語】百川歸海

穿 ⓐchuān ⓒcyun1 村 ⓒJCMVH
穴部，9畫。

穿 穿 穿 穿 穿

【釋義】①破，透：看穿／說穿。②通過(孔、隙、空地等)：穿針／穿過森林。③用繩、線等通過物體使這個連貫起來：穿珠子。④把衣服鞋襪等套在身上：穿衣服。
【組詞】穿插／穿梭／穿越／穿着／拆穿／貫穿／揭穿
【成語】穿針引線／水滴石穿／望眼欲穿

船｜船 ⓐchuán ⓒsyun4 旋
ⓒHYCR
舟部，11畫。

舟 舟 船 船 船

【釋義】水上運輸工具：船隻／帆船。
【組詞】船舶／船艙／船隊／船夫／船民／船員／船長／龍船／輪船／漁船
【成語】水漲船高

傳｜传 ⓐchuán ⓒcyun4 全
ⓒOJII
人部，13畫。

傳 傳 傳 傳 傳

▲另見508頁zhuàn。

【釋義】①由一方交給另一方，由上代交給下代：傳遞／流傳。②傳授：師傳／真傳。③擴散，散佈：傳播／宣傳／傳染病。④傳導：傳電／傳熱。⑤表達：傳情／傳神。⑥用命令形式叫人來：傳喚／法庭傳訊。
【組詞】傳承／傳達／傳媒／傳奇／傳染／傳授／傳說／傳送／傳統／遺傳
【成語】傳宗接代／言傳身教／眉目傳情／名不虛傳／一脈相傳

喘 ⓐchuǎn ⓒcyun2 村二聲 ⓒRUMB
口部，12畫。

喘 喘 喘 喘 喘

【釋義】①急促呼吸：喘口氣。②氣喘，呼吸困難的症狀：哮喘。
【組詞】喘氣／喘息
【成語】氣喘吁吁／苟延殘喘

串 ⓐchuàn ⓒcyun3 寸 ⓒLL
丨部，7畫。

串 串 串 串 串

【釋義】①把東西連貫起來：貫串／串講課文。②表示單位。用於連貫起來的東西：兩串葡萄／一串鑰匙。③勾結(做壞事)：串謀／串通。④錯誤地連接：電話串線。⑤由這裏到那裏走動：串門(到別人家中閒談聊天)／到處亂串。⑥擔任戲曲角色：反串／客串。

## chuang

窗 ⓐchuāng ⓒcoeng1 昌 ⓒJCHWK
穴部，12畫。

窗 窗 窗 窗 窗

【釋義】窗戶，牆壁上通氣透光的裝置：門窗／紗窗。
【組詞】窗戶／窗口／窗簾／窗子／櫥窗
【成語】窗明几淨

# 創 | 创

粤 chuāng　普 cong1　瘡
倉 ORLN
刀部，12畫。

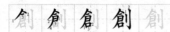

▲ 另見本頁 chuàng。

【釋義】①身體受傷的地方，外傷：創傷。
②使受損傷、打擊：重創敵軍。

# 瘡 | 疮

粤 chuāng　普 cong1　倉
倉 KOIR
疒部，15畫。

【釋義】①皮膚或黏膜潰爛的病：暗瘡 / 口
瘡。②外傷：刀瘡。
【組詞】瘡疤
【成語】千瘡百孔 / 滿目瘡痍

# 牀 | 床

粤 chuáng　普 cong4　藏
倉 VMD
爿部，8畫。

【釋義】①供人睡覺的家具：牀鋪。②像牀的
東西：河牀 / 牙牀。③表示單位。用於被褥
等：一牀棉被。
【組詞】牀單 / 牀褥 / 牀位 / 病牀 / 臨牀 / 起牀

# 闖 | 闯

粤 chuǎng　普 cong2　廠
倉 ANSQF
門部，18畫。

【釋義】①猛衝，勇猛向前：闖關 / 橫衝直
闖。②四處奔走謀生：闖蕩 / 闖江湖 / 走南闖
北。③招惹：闖禍。

# 創 | 创

粤 chuàng　普 cong3　倉三聲
倉 ORLN
刀部，12畫。

▲ 另見本頁 chuāng。

【釋義】開始（做），（初次）做：創造 / 開創 /
首創。

【組詞】創辦 / 創建 / 創舉 / 創立 / 創新 / 創業 /
創意 / 創製 / 創作

# 愴 | 怆

粤 chuàng　普 cong3　倉三聲
倉 POIR
心部，13畫。

【釋義】悲傷：悲愴 / 淒愴 / 愴然淚下。

## chui

# 吹

粤 chuī　普 ceoi1　催　倉 RNO
口部，7畫。

【釋義】①合攏嘴脣用力出氣：吹一口氣。
②吹氣演奏：吹奏 / 吹笛子。③（風、氣流
等）流動，衝擊：吹拂 / 風吹雨打。④吹噓，
誇口：吹捧。⑤（事情、交情）破裂，不成
功：告吹。

【成語】吹灰之力 / 吹毛求疵 / 風吹草動 / 自吹
自擂

# 炊

粤 chuī　普 ceoi1　催　倉 FNO
火部，8畫。

【釋義】燒火做飯：炊具 / 炊煙。

# 垂

粤 chuí　普 seoi4　誰　倉 HJTM
土部，9畫。

【釋義】①東西的一頭向下：垂柳 / 低垂。
②流傳：名垂千古 / 永垂不朽。③將近：垂
暮 / 生命垂危。

【組詞】垂釣 / 垂死 / 垂危 / 垂直 / 下垂
【成語】垂死掙扎 / 垂頭喪氣 / 垂涎三尺

**捶** 🔊chuí 🔊ceoi4 徐 🔊QHJM
手部，12畫。

【釋義】用拳頭或棒槌敲打：捶背。

【組詞】捶打

【成語】捶胸頓足

**陲** 🔊chuí 🔊seoi4 誰 🔊NLHJM
阜部，12畫。

【釋義】邊疆，靠近邊界的地方：邊陲。

**槌** 🔊chuí 🔊ceoi4 徐 🔊DYHR
木部，14畫。

【釋義】棒子一類的敲打用具：棒槌/鼓槌。

**錘|锤** 🔊chuí 🔊ceoi4 徐 🔊CHJM
金部，17畫。

【釋義】①錘子，敲打東西的工具：鐵錘。②像錘的器物：秤錘。③用錘子敲打：千錘百煉。

---
### chun
---

**春** 🔊chūn 🔊ceon1 秦一聲 🔊QKA
日部，9畫。

【釋義】①春季：春色滿園/溫暖如春。②男女情慾：春心/懷春。③比喻生機：青春/妙手回春。

【組詞】春風/春光/春季/春色/春天

【成語】春風得意/春風化雨/春風滿面

**椿** 🔊chūn 🔊ceon1 春 🔊DQKA
木部，13畫。

【釋義】喬木，即香椿，嫩枝葉有香味，可以吃。有時也指臭椿。

**純|纯** 🔊chún 🔊seon4 脣 🔊VFPU
系部，10畫。

【釋義】①單一，不含雜質：純白/純淨。②高度的，完全：純屬偶然/技藝純熟。

【組詞】純粹/純潔/純情/純熟/純真/純正/單純/清純

**淳** 🔊chún 🔊seon4 純 🔊EYRD
水部，11畫。

【釋義】樸實，厚道：淳厚/淳樸。

**脣|唇** 🔊chún 🔊seon4 純 🔊MVB
肉部，11畫。

【釋義】嘴脣：脣膏。

【組詞】嘴脣

【成語】脣槍舌劍

**醇** 🔊chún 🔊seon4 純 🔊MWYRD
酉部，15畫。

【釋義】①酒味濃厚：醇酒。②純粹，純正：醇和/醇正。③有機化合物的一類，如乙醇（酒精）、膽固醇。

**鶉|鹑** 🔊chún 🔊seon4 純 ✗ceon1 春 🔊YDHAF
鳥部，19畫。

【釋義】即鵪鶉（鵪：🔊ān 🔊am1庵），一種鳥，頭小，尾巴短，羽毛赤褐色，不善飛。

**蠢** 🔊chǔn 🔊ceon2 春二聲 🔊QKALI
虫部，21畫。

【釋義】①蟲類爬動的樣子，比喻壞人的破壞活動：蠢動/蠢蠢欲動。②愚蠢，笨拙：蠢材。

【組詞】愚蠢

## chuo

戳 ⒸＨ chuō ⒸＧ coek3 綽 ⒸＧ SGI
戈部，18畫。

【釋義】①用力使細長物體的頂端刺或穿過另一物體：戳穿／戳破。②圖章：蓋戳／郵戳。

綽 ｜ 绰　ⒸＨ chuò ⒸＧ coek3 卓 ⒸＧ VFYAJ
系部，14畫。

【釋義】①寬裕：寬綽／闊綽。②形容體態柔美的樣子：綽約。

輟 ｜ 辍　ⒸＨ chuò ⒸＧ zyut3 拙 ⒸＧ JJEEE
車部，15畫。

【釋義】中止，停止：輟學。

齪 ｜ 龊　ⒸＨ chuò ⒸＧ cuk1 促 ⒸＧ YURYO
齒部，22畫。

【釋義】〔齷齪〕見398頁 wò「齷」。

## ci

差 ⒸＨ cī ⒸＧ ci1 痴 ⒸＧ TQM
工部，10畫。

▲另見35頁 chā；36頁 chà；37頁 chāi。

【釋義】〔參差〕見34頁 cēn「參」。

疵 ⒸＨ cī ⒸＧ ci1 痴 ⒸＧ KYMP
疒部，11畫。

【釋義】毛病，缺點：吹毛求疵。

祠 ⒸＨ cí ⒸＧ ci4 慈 ⒸＧ IFSMR
示部，9畫。

【釋義】祠堂，用來祭祀祖先或先賢的房屋：宗祠。

瓷 ⒸＨ cí ⒸＧ ci4 池 ⒸＧ IOMVN
瓦部，11畫。

【釋義】用高嶺土等燒製成的材料，質硬而脆，比陶質細緻：瓷磚／陶瓷。

【組詞】瓷器

詞 ｜ 词　ⒸＨ cí ⒸＧ ci4 持 ⒸＧ YRSMR
言部，12畫。

【釋義】①言辭，語句：詞不達意／義正詞嚴。②一種韻文形式，句子長短不一，一般分上下兩闋：詞牌／宋詞。③語言裏最小的、可以自由運用的單位，如「人」「涼」「漂亮」「葡萄」等。

【組詞】詞典／詞彙／詞句／詞語／單詞／動詞／歌詞／名詞／台詞／填詞

【成語】理屈詞窮

慈 ⒸＨ cí ⒸＧ ci4 池 ⒸＧ TVIP
心部，14畫。

【釋義】①和善可親：慈母／慈祥／仁慈。②（上對下）慈愛：敬老慈幼。③指母親：慈訓／家慈。

【組詞】慈愛／慈悲／慈善

雌 ⒸＨ cí ⒸＧ ci1 痴 ⒸＧ YMPOG
隹部，14畫。

【釋義】生物中能產生卵細胞的（跟「雄」相對）：雌蕊／雌性。

【組詞】雌雄

磁 曾 cí 粵 ci4 池 倉 MRTVI
石部，15畫。

【釋義】物質能吸引鐵等金屬的性能：磁鐵。
【組詞】磁場 / 磁帶 / 磁碟 / 磁化 / 磁力 / 磁石

糍 曾 cí 粵 ci4 池 倉 FDTVI
米部，16畫。

【釋義】一種將蒸熟的糯米搗碎做成的食品：
糍粑。

辭 | 辞 曾 cí 粵 ci4 詞 倉 BBYTJ
辛部，19畫。

【釋義】①優美的語言，文辭：辭藻 / 修辭。
②古典文學的一種體裁：辭賦 / 楚辭。③告
別：辭別 / 與世長辭。④辭職或被解雇：辭
呈 / 辭退。⑤躲避，推託：推辭 / 義不容辭。
【組詞】辭讓 / 辭職 / 告辭
【成語】不辭勞苦 / 在所不辭

此 曾 cǐ 粵 ci2 始 倉 YMP
止部，6畫。

【釋義】①這，這個（跟「彼」相對）：此人 / 由
此及彼。②表示此時或此地：從此 / 至此 / 就
此告別。③這樣：如此 / 長此以往。
【組詞】此地 / 此後 / 此刻 / 此時 / 此外 / 彼此 /
故此 / 因此
【成語】此起彼落 / 多此一舉 / 顧此失彼 / 豈有
此理

次 曾 cì 粵 ci3 刺 倉 IMNO
欠部，6畫。

【釋義】①次序，等第：班次 / 名次。②第
二：次日 / 次子。③質量較差，次一等：次
品。④表示單位。用於可能反覆出現的事
情：初次 / 三番五次。
【組詞】次數 / 次序 / 次要 / 層次 / 檔次 / 屢次 /
其次 / 人次 / 首次 / 再次
【成語】語無倫次

伺 曾 cì 粵 zi6 自 倉 OSMR
人部，7畫。

▲ 另見 358 頁 sì。

【釋義】〔伺候〕在人身邊服侍，照料飲食起居。

刺 曾 cì 粵 ci3 次 倉 DBLN
刀部，8畫。

【釋義】①尖銳的東西扎入或穿過物體：刺穿 /
刺繡。②刺激：刺耳 / 刺眼。③暗殺：行刺 /
遇刺。④暗中打聽：刺探。⑤諷刺：譏刺。
⑥尖銳像針的東西：魚刺 / 話裏帶刺。
【組詞】刺激 / 刺客 / 刺殺 / 諷刺

賜 | 赐 曾 cì 粵 ci3 次 倉 BCAPH
貝部，15畫。

【釋義】①賞賜：賜予 / 恩賜。②敬辭，稱對
方給予的指示、答覆等：賜教。

## cong

匆 曾 cōng 粵 cung1 充 倉 PKK
勹部，5畫。

【釋義】急，忙：匆匆 / 匆忙。

囪 曾 cōng 粵 cung1 充 倉 HWNI
囗部，7畫。

**囱**

【釋義】煙囱，爐灶出煙的管狀裝置。
【組詞】煙囱

**葱** ⊜ cōng ⊜ cung1 充 ⊜ TPKP
艸部，13畫。

【釋義】①草本植物，葉子圓筒形，中間空，是普通蔬菜。②青綠色：葱翠／葱綠。
【成語】鬱鬱葱葱

**聰｜聪** ⊜ cōng ⊜ cung1 匆
SJHWP
耳部，17畫。

【釋義】①聽覺：失聰。②聽覺靈敏：耳聰目明。③心思敏捷，聰明：聰慧／聰穎。
【組詞】聰明

**淙** ⊜ cóng ⊜ cung4 松 ⊜ EJMF
水部，11畫。

【釋義】〔淙淙〕形容流水的聲音：泉水淙淙。

**從｜从** ⊜ 一 ⊜ cóng ⊜ cung4 松
HOOOO
彳部，11畫。

【釋義】①跟隨：從征／從師習藝。②跟隨的人：僕從／隨從。③從事，參加：從軍／從政／從業員。④採取某種方針或態度：從簡／從略／從速。⑤順從，聽從：服從／遵從／力不從心。⑥屬於的，次要的：主犯和從犯都要承擔刑責。⑦表示處所、方向、時間、範圍等的起點：從今以後／從南往北／從天而降／從無到有。⑧表示經過的路線、場所：從水路走／從林中穿過。⑨從來，用在否定詞前面：從不食言／從未聽説。

【組詞】從此／從來／從前／從事／從小／從中／順從／聽從／無從／自從
【成語】從長計議／從善如流／喜從天降／何去何從／無所適從

⊜ 二 ⊜ cóng ⊜ sung1 鬆

【釋義】〔從容〕①不慌不忙，沉着冷靜：從容不迫／舉止從容。②（時間或經濟）寬裕：手頭從容／時間很從容，可以慢慢地做。

**叢｜丛** ⊜ cóng ⊜ cung4 松
⊜ TCTE
又部，18畫。

【釋義】①聚集：叢林／叢生。②生長在一起的草木：草叢／花叢／灌木叢。③泛指聚集在一起的人或東西：叢書／人叢。

---

## cou

**湊｜凑** ⊜ còu ⊜ cau3 臭 ⊜ EQKK
水部，12畫。

【釋義】①拼湊，聚集：湊集／湊數／東拼西湊。②碰，趕，趁：湊巧／湊熱鬧。③接近：湊近／往前湊。
【組詞】緊湊／拼湊

---

## cu

**粗** ⊜ cū ⊜ cou1 ⊜ FDBM
米部，11畫。

【釋義】①橫剖面大（跟「細」相對，下②一⑤同）：這棵樹很粗。②兩長邊的距離大：粗線條／粗眉大眼。③顆粒大：粗沙。④聲音大而低：粗嗓子／粗聲粗氣。⑤疏忽，不周密：粗心大意。⑥粗糙（跟「精」相對）：粗劣／粗陋。⑦魯莽，粗野：粗暴／粗魯。⑧大

致，略微：粗略估計。
【組詞】粗糙 / 粗獷 / 粗俗 / 粗心
【成語】粗茶淡飯 / 粗枝大葉 / 粗製濫造

促 ⊜cù ⊚cuk1 束 ⊜ORYO
人部，9畫。

【釋義】①時間短：倉促 / 短促 / 急促。②催促，推動：促進 / 督促。③靠近：促膝談心。
【組詞】促成 / 促使 / 催促 / 敦促

猝 ⊜cù ⊚cyut3 撮 ⊜KHYOJ
犬部，11畫。
【釋義】突然：猝死 / 猝不及防 / 猝生變化。

醋 ⊜cù ⊚cou3 燥 ⊜MWTA
酉部，15畫。

【釋義】①一種味酸的液體調味品，多用米或高粱等發酵製成。②比喻嫉妒：醋意大發 / 爭風吃醋。

簇 ⊜cù ⊚cuk1 束 ⊜HYSK
竹部，17畫。

【釋義】①聚集：簇擁。②聚集成的團或堆：花團錦簇（形容五彩繽紛、繁華美麗的樣子）。③表示單位。用於聚集成團成堆的東西：一簇鮮花。

—— cuan ——

躥 | 蹿 ⊜cuān ⊚cyun1 穿
⊜RMJCV
足部，25畫。

【釋義】向上或向前跳：上躥下跳 / 小貓躥到了房頂上。

篡 ⊜cuàn ⊚saan3 傘 ⊜HBUI
竹部，16畫。
【釋義】奪取，多指臣子奪取君主的地位：篡奪 / 篡位。

竄 | 窜 ⊜cuàn ⊚cyun3 寸
⊗cyun2 喘 ⊜JCHXV
穴部，18畫。

【釋義】①亂跑，亂逃（用於匪徒、敵軍、獸類等）：逃竄 / 東奔西竄。②改動（文字）：竄改。

—— cui ——

崔 ⊜cuī ⊚ceoi1 吹 ⊜UOG
山部，11畫。
【釋義】姓。

催 ⊜cuī ⊚ceoi1 吹 ⊜OUOG
人部，13畫。

【釋義】①使趕快進行某事：催促 / 催他起牀。②使事物的產生和變化加快：催眠 / 催生。

摧 ⊜cuī ⊚ceoi1 吹 ⊜QUOG
手部，14畫。

【釋義】折斷，破壞：摧殘 / 摧毀。
【成語】無堅不摧

璀 ⊜cuǐ ⊚ceoi2 取 ⊗ceoi1 吹
⊜MGUOG
玉部，15畫。

【釋義】〔璀璨〕形容玉石等光彩鮮明：璀璨奪目。

**脆** 曾 cuì 粵 ceoi3 翠 倉 BNMU
肉部，10畫。

【釋義】①容易折斷破碎（跟「韌」相對）：這種紙太脆，上不了牛皮紙。②（食物）容易弄碎弄裂，吃起來爽口：餅乾很脆。③（聲音）清脆：脆亮／他的嗓音挺脆。④說話做事痛快利落：辦事乾脆。

【組詞】脆弱／乾脆／清脆／鬆脆／酥脆

**悴** 曾 cuì 粵 seoi6 睡 倉 PYOJ
心部，11畫。

【釋義】〔憔悴〕見306頁 qiáo「憔」。

**萃** 曾 cuì 粵 seoi6 睡 倉 TYOJ
艸部，12畫。

【釋義】①草茂盛的樣子，用來比喻聚在一起的人或物：出類拔萃。②聚集：薈萃。

**瘁** 曾 cuì 粵 seoi6 睡 倉 KYOJ
疒部，13畫。

【釋義】過度勞累：鞠躬盡瘁（指小心謹慎，貢獻出全部精力）／心力交瘁。

**粹** 曾 cuì 粵 seoi6 睡 倉 FDYOJ
米部，14畫。

【釋義】①純正，不雜：純粹。②精華：國粹／精粹。

**翠** 曾 cuì 粵 ceoi3 脆 倉 SMYOJ
羽部，14畫。

【釋義】①翠綠色：翠竹／青翠。②指玉石：翠花／珠翠。

【組詞】翠綠／蒼翠／翡翠

## cun

**村** 曾 cūn 粵 cyun1 穿 倉 DDI
木部，7畫。

【釋義】①鄉間多戶人家聚居的地方：村落／村莊。②粗俗：村野。

【組詞】村民／村子／農村／山村／鄉村

**存** 曾 cún 粵 cyun4 全 倉 KLND
子部，6畫。

【釋義】①存在，生存：存活／存亡。②儲存，保存：存檔／封存。③蓄積，聚集：水庫存滿了水。④蓄藏：存款／存摺。⑤寄存：存放／暫存。⑥保留：存疑／留存。⑦結存：庫存。⑧心裏懷着（某種想法）：存心／不存任何幻想。

【組詞】存在／保存／儲存／寄存／生存／貯存

【成語】生死存亡／蕩然無存

**蹲** 曾 cún 粵 cyun4 全 倉 RMTWI
足部，19畫。

▲另見86頁 dūn。

【釋義】腳、腿猛然落地受傷：他跳下來蹲了腿了。

**忖** 曾 cǔn 粵 cyun2 喘 倉 PDI
心部，6畫。

【釋義】揣度，思量：忖度／自忖。

**寸** 曾 cùn 粵 cyun3 串 倉 DI
寸部，3畫。

【釋義】①長度單位。10分等於1寸，10寸等

於1尺。②比喻極短或極小：寸步難行 / 寸土必爭。

【組詞】尺寸

【成語】得寸進尺 / 手無寸鐵 / 鼠目寸光

---

### cuo

搓 曾cuō 粵co1 初 倉QTQM
手部，13 畫。

【釋義】兩個手掌反覆摩擦，或把手掌放在別的東西上來回揉：搓手 / 搓揉。

撮 曾cuō 粵cyut3 猝 倉QASE
手部，15 畫。

▲另見 519 頁 zuǒ。

【釋義】①聚合，聚攏：撮合 / 撮成一堆。②用手指捏取細碎的東西：撮藥 / 撮一點鹽。③摘取（要點）：撮要。④表示單位。(a)用於手所撮取的東西：一撮鹽。(b)用於極少的壞人或事物：一小撮壞人。

磋 曾cuō 粵co1 初 倉MRTQM
石部，15 畫。

【釋義】把骨、角磨製成器物，比喻（對問題、事件等）相互仔細研究或討論：磋商 / 切磋。

蹉 曾cuō 粵co1 初 倉RMTQM
足部，17 畫。

【釋義】〔蹉跎〕(跎：曾tuó粵to4 駝) 時光白白地耽誤過去：蹉跎歲月。

挫 曾cuò 粵co3 錯 倉QOOG
手部，10 畫。

【釋義】①挫折，失敗：挫敗 / 受挫。②壓下去，降低：抑揚頓挫 / 挫敵人的銳氣，長自己的威風。

【組詞】挫折

措 曾cuò 粵cou3 醋 倉QTA
手部，11 畫。

【釋義】①安排，處置：措手不及 / 不知所措。②籌劃辦理：籌措款項。

【組詞】措施

【成語】驚惶失措

銼 | 锉 曾cuò 粵co3 挫 倉COOG
金部，15 畫。

【釋義】①手工鏤削工具，條形，多刃，用來對金屬、木料、皮革等表層做微量加工。②用銼磨削。

錯 | 错 ㊀ 曾cuò 粵co3 挫 倉CTA
金部，16 畫。

【釋義】①岔開，使不碰上、不衝突：錯開時間。②不正確：錯別字 / 搞錯對象。③過失，錯處：知錯能改。④壞，差（多用在否定詞後面）：幹得不錯。

【組詞】錯怪 / 錯過 / 錯覺 / 錯漏 / 錯誤 / 不錯 / 差錯 / 出錯 / 過錯 / 認錯

【成語】將錯就錯 / 陰差陽錯 / 鑄成大錯

㊁ 曾cuò 粵cok3 初惡三聲

【釋義】參差，錯雜：錯落 / 盤根錯節。

【組詞】交錯

【成語】錯綜複雜 / 縱橫交錯

# Dd

---

**da**

---

**耷** 🔊 dā 🔊 daap3 答 🔊 KSJ
耳部，9畫。

【釋義】①大耳朵。②〔耷拉〕向下垂：耷拉着腦袋。

**答** 🔊 dā 🔊 daap3 搭 🔊 HOMR
竹部，12畫。

| 答 | 答 | 答 | 答 | 答 |
|---|---|---|---|---|

▲另見本頁 dá。

【釋義】義同「答」(dá，見本頁)，用於口語「答應」「答理」等詞。

**搭** 🔊 dā 🔊 daap3 答 🔊 QTOR
手部，13畫。

| 搭 | 搭 | 搭 | 搭 | 搭 |
|---|---|---|---|---|

【釋義】①支，架：搭棚／搭橋。②把柔軟的東西放在支撐物上：把衣服搭在竹竿上。③連接在一起：前言不搭後語。④湊上，加上：搭腔。⑤搭配，配合：配搭。⑥乘，坐(車船等)：搭車。

【組詞】搭檔／搭建／乘搭

**嗒** 🔊 dā 🔊 daap1 答一聲 🔊 RTOR
口部，13畫。

【釋義】疊用，形容馬蹄聲、機關槍聲等：嗒嗒嗒，馬蹄聲愈來愈近了。

**打** 🔊 dá 🔊 daa1 多呀一聲 🔊 QMN
手部，5畫。

| 扌 | 打 | 打 | 打 | 打 |
|---|---|---|---|---|

▲另見本頁 dǎ。

【釋義】表示單位。十二個為一打：一打雞蛋。

**沓** 🔊 dá 🔊 daap6 踏 🔊 EA
水部，8畫。

▲另見367頁 tà。

【釋義】表示單位。用於堆在一起的紙張或薄的東西：這一沓子信我還沒來得及看呢。

**答** 🔊 dá 🔊 daap3 搭 🔊 HOMR
竹部，12畫。

| 答 | 答 | 答 | 答 | 答 |
|---|---|---|---|---|

▲另見本頁 dā。

【釋義】①回答：答覆／解答／答非所問。②受了別人的好處，還報別人：答謝／報答。

【組詞】答案／答辯／對答／回答／解答／問答／作答

【成語】對答如流

**達｜达** 🔊 dá 🔊 daat6 第辣六聲 🔊 YGTQ
辵部，13畫。

| 達 | 達 | 達 | 達 | 達 |
|---|---|---|---|---|

【釋義】①通，到達：四通八達／在北京坐火車可直達廣州。②達到，實現：達成協議／目的已達。③懂得透徹，通達(事理)：達觀／豁達。④表達：傳達／轉達。⑤顯達：賢達／達官貴人。

【組詞】達標／達成／達到／表達／到達／抵達／發達／曠達／直達

【成語】通情達理／飛黃騰達

**打** 🔊 dǎ 🔊 daa2 多呀二聲 🔊 QMN
手部，5畫。

▲另見 62 頁 dá。

【釋義】①用手或器具撞擊物體：打鼓 / 敲打。②器皿、蛋類等因撞擊而破碎：雞飛蛋打。③毆打：打架 / 打仗。④發生與人交涉的行為：打交道。⑤製造（器物、食品）：找鐵匠打一把刀。⑥攪拌：將餡打勻。⑦捆：打包裹。⑧編織：打草鞋 / 打毛衣。⑨塗抹，畫：打格子 / 打問號。⑩注入：打氣 / 打針。⑪揭，鑿開：打井 / 打開蓋子。⑫舉，提：打傘 / 打燈籠。⑬放射，發出：打雷 / 打電話。⑭舀取：打水。⑮捉（禽獸等）：打獵 / 打魚。⑯用割、砍等動作來收集：打柴。⑰定出，計算：打草稿 / 打主意。⑱做，從事：打工 / 打雜。⑲玩，遊戲：打球 / 打撲克。⑳表示身體上的某些動作：打哈欠 / 打手勢。㉑採取某種方式：打比喻 / 打官腔。㉒從：打今天起 / 打這兒往西。

【組詞】打敗 / 打鬥 / 打擊 / 打開 / 打破 / 打造 / 攻打 / 毆打 / 打瞌睡 / 打招呼

【成語】打抱不平 / 打草驚蛇 / 不打自招 / 精打細算 / 趁火打劫 / 無精打采 / 一網打盡

# 大

🔊dà 🔊daai6 帶六聲 🔊K
大部，3 畫。

▲另見 64 頁 dài。

【釋義】①在體積、面積、數量、規模、範圍、力量、強度等方面超過一般或超過所比較的對象（跟「小」相對）：大會 / 高大 / 大部分 / 大多數。②某方面能力超過一般或超過所比較的對象：大亨 / 大師 / 大儒。③重要的，主要的，正式的：大計 / 大綱。④大小的程度：你孩子今年多大了？⑤程度深：大吃一驚 / 天大亮了。⑥「不大……」，表示程度淺或次數少：不大愛玩 / 不大出門。⑦排行第一的：大哥 / 老大。⑧年紀大的人：一家大小。⑨敬辭，稱與對方有關的事物：大作 / 尊姓大名。⑩時間更遠：大後天 / 大前天。⑪用在時令或節日前，表示強調：大熱天 / 大年初一。

【組詞】大方 / 大體 / 大意 / 大致 / 巨大 / 偉大 / 大自然

【成語】大材小用 / 大吃大喝 / 大街小巷 / 大開眼界 / 大名鼎鼎 / 大搖大擺 / 大張旗鼓 / 大智若愚 / 罪大惡極 / 真相大白

# 瘩

🔊da 🔊daap3 搭 🔊KTOR
广部，15 畫。

【釋義】〔疙瘩〕見 113 頁 gē「疙」。

# 躂 | 跶

🔊da 🔊taat3 撻
🔊RMYGQ
足部，20 畫。

【釋義】〔蹦躂〕見 17 頁 bèng「蹦」。

## dai

# 呆

🔊dāi 🔊ngoi4 外四聲
✗daai1 大一聲 🔊RD
口部，7 畫。

【釋義】①（頭腦）遲鈍，不靈敏：呆子（傻子）/ 痴呆。②臉上表情死板，發愣：呆板 / 發呆 / 目瞪口呆 / 他被這場面嚇呆了。③同「待」（dāi，見本頁）。

【組詞】呆滯

【成語】呆若木雞 / 呆頭呆腦

# 待

🔊dāi 🔊doi6 代 🔊HOGDI
彳部，9 畫。

▲另見 64 頁 dài。

【釋義】停留，逗留，遲延：你再多待一會兒吧。

# 歹

🔊dǎi 🔊daai2 帶二聲 🔊MNI
歹部，4 畫。

【釋義】壞（人、事）。

【組詞】歹毒 / 歹徒 / 歹意 / 好歹

【成語】為非作歹

**傣** 🔊 dǎi 🔊 taai3 太 📦 OQKE
人部，12畫。

【釋義】〔傣族〕中國少數民族。

**逮** 🔊 dǎi 🔊 dai6 弟 📦 YLE
辵部，12畫。

▲另見65頁 dài。

【釋義】捉：貓逮老鼠。

**大** 🔊 dài 🔊 daai6 帶六聲 📦 K
大部，3畫。

▲另見63頁 dà。

【釋義】義同「大」（dà，見63頁），用於「大王」「大夫」「大黃」（一種草藥）。

**代** 🔊 dài 🔊 doi6 待 📦 OIP
人部，5畫。

【釋義】①代替：代辦／代課／取而代之。②代理：代局長／代主任。③歷史的分期，朝代：近代／唐代／當代英雄／改朝換代。④世系的輩分：第二代／愛護下一代。

【組詞】代表／代價／代理／代替／交代／年代／取代／時代／替代／現代

【成語】取而代之／傳宗接代

**岱** 🔊 dài 🔊 doi6 代 📦 OPU
山部，8畫。

【釋義】五嶽中東嶽泰山的別稱，又叫岱宗、岱嶽，在山東省。

**殆** 🔊 dài 🔊 toi5 怠 📦 MNIR
歹部，9畫。

【釋義】①表示推測，幾乎，差不多：敵人傷亡殆盡。②危險：知己知彼，百戰不殆。

【組詞】危殆

**待** 🔊 dài 🔊 doi6 代 📦 HOGDI
彳部，9畫。

▲另見63頁 dǎi。

【釋義】①對待：待遇／看待／待人接物。②招待：待客／款待。③等待：指日可待。④要，打算：待說不說。

【組詞】等待／對待／接待／虐待／期待／優待／招待／急不及待

【成語】守株待兔／迫不及待／拭目以待／嚴陣以待

**怠** 🔊 dài 🔊 toi5 殆 🔊 doi6 代 📦 IRP
心部，9畫。

【釋義】①懶惰，鬆懈：懈怠。②輕慢：怠慢。③疲倦：倦怠。

**帶 | 带** 🔊 dài 🔊 daai3 戴 📦 KPBLB
巾部，11畫。

【釋義】①用皮、布等做成的扁平條狀物，也指類似的東西：磁帶／絲帶／腰帶／傳送帶。②地帶，區域：熱帶／江浙一帶。③隨身拿着，攜帶：帶乾糧。④順便做，捎帶着做某事：上街帶包茶葉來（捎帶着買）／出去時把門帶上（隨手關上）。⑤呈現，含有：面帶笑容／說話帶刺。⑥連着，附帶：連說帶笑／拖泥帶水。⑦引導，領：帶隊／帶頭。⑧帶動：他這樣一來帶得大家都勤快了。

【組詞】帶動／帶領／帶路／地帶／領帶／皮帶／攜帶／一帶

**袋** 🔊 dài 🔊 doi6 代 📦 OPYHV
衣部，11畫。

【釋義】①口袋：布袋／米袋／衣袋。②表示單位。一般用於袋裝的東西：一袋大米。

【組詞】袋子／口袋／手袋

貸｜贷 普 dài 粵 taai3 太
倉 OPBUC
貝部，12畫。

【釋義】①貸款，借入或借出的錢：高利貸。②借入或借出：借貸。③推卸（責任）：責無旁貸。④饒恕：嚴懲不貸。
【組詞】貸款 / 信貸

逮 普 dài 粵 dai6 弟 倉 YLE
辵部，12畫。

▲另見64頁dǎi。
【釋義】①到，及：力所不逮。②義同「逮」（dǎi，見64頁），只用於「逮捕」。

戴 普 dài 粵 daai3 帶 倉 JIWTC
戈部，17畫。

【釋義】①把東西放在頭、面、胸、臂等處：戴帽子 / 戴手套。②擁護尊敬：愛戴 / 擁戴。
【組詞】穿戴 / 佩戴 / 知恩感戴

黛 普 dài 粵 doi6 代 倉 OPWGF
黑部，17畫。
【釋義】青黑色的顏料，古代女子用來畫眉：黛眉（比喻美女）。

## dan

丹 普 dān 粵 daan1 單 倉 BY
丶部，4畫。

【釋義】①紅色：丹砂（朱砂）/ 丹青。②依成方製成的顆粒狀或粉末狀的中藥：小活絡丹。
【組詞】丹心

【成語】靈丹妙藥

眈 普 dān 粵 daam1 擔 倉 BULBU
目部，9畫。
【釋義】〔眈眈〕注視的樣子：虎視眈眈。

耽 普 dān 粵 daam1 擔 倉 SJLBU
耳部，10畫。

【釋義】①遲延：耽擱 / 耽誤。②沉溺，入迷：耽於幻想。

單｜单 普 dān 粵 daan1 丹
倉 RRWJ
口部，12畫。

▲另見37頁chán；333頁shàn。
【釋義】①一個（跟「雙」相對）：單人牀。②奇數的（一、三、五、七等，跟「雙」相對）：單數。③單獨：單身。④只，光：這不能單憑經驗判斷。⑤項目或種類少，不複雜：單純 / 單調 / 簡單。⑥薄弱：單薄。⑦只有一層的（衣服等）：單褲 / 單衣。⑧蓋在牀上的大幅布：被單 / 牀單。⑨分項記載事物的紙片：單據 / 訂單 / 名單。
【組詞】單單 / 單位 / 單一 / 孤單 / 清單 / 賬單 / 不單止
【成語】單刀直入 / 單槍匹馬 / 形單影隻

鄲｜郸 普 dān 粵 daan1 丹 倉 RJNL
邑部，15畫。
【釋義】〔邯鄲〕見130頁hán「邯」。

擔｜担 普 dān 粵 daam1 眈
倉 QNCR
手部，16畫。

▲另見67頁dàn。

【釋義】①用肩膀挑：擔水。②擔負，承當：分擔／負擔。
【組詞】擔當／擔任／擔心／擔憂／承擔
【成語】擔驚受怕

## 殫 | 弹 ⓐdān ⓑdaan1 丹
ⓒMNRRJ
歹部，16畫。

【釋義】盡，竭盡，用盡：殫精竭慮。

## 撣 | 掸 ⓐdǎn ⓑdaan6 但
ⓒQRRJ
手部，15畫。

【釋義】輕輕地拂或掃，去掉灰塵等：撣灰塵／把桌子撣乾淨。
【組詞】撣子

## 膽 | 胆 ⓐdǎn ⓑdaam2 耽二聲
ⓒBNCR
肉部，17畫。

月　肜　脧　膽　膽

【釋義】①膽囊，儲存膽汁的囊狀器官。②膽量：膽識／膽小如鼠。③裝在器物內部，可以容納水、空氣等的東西：球膽／熱水瓶膽。
【組詞】膽敢／膽量／膽怯／膽小／膽子／大膽／斗膽
【成語】膽大妄為／膽戰心驚／赤膽忠心／明目張膽／提心吊膽／聞風喪膽／臥薪嘗膽

## 石 ⓐdàn ⓑdaam3 耽三聲 ⓒMR
石部，5畫。

▲另見343頁shí。

【釋義】古書中讀shí。容量單位，10斗等於1石。

## 旦 ⓓⓐdàn ⓑdaan3 誕 ⓒAM
日部，5畫。

旦　口　日　日　旦

【釋義】①天亮，早晨：旦暮／旦夕。②（某一）天：元旦／一旦。

【成語】危在旦夕／通宵達旦
ⓔ ⓐdàn ⓑdaan2 單二聲
【釋義】戲曲中扮演婦女的角色，有青衣、花旦、老旦、刀馬旦、武旦等區別。

## 但 ⓐdàn ⓑdaan6 憚 ⓒOAM
人部，7畫。

但　但　但　但　但

【釋義】①只：但願如此。②但是：他年齡雖小，但很懂事。
【組詞】但是／但願／不但

## 淡 ⓐdàn ⓑdaam6 啖 ⓒEFF
水部，11畫。

淡　沙　淡　淡　淡

【釋義】①液體或氣體中所含的某種成分少，稀薄（跟「濃」相對）：淡薄／天高雲淡。②（味道）不濃，不鹹：粗茶淡飯／一杯淡酒。③（顏色）淺：淡綠／淡雅。④冷淡，不熱心：淡泊／淡漠。⑤營業不旺盛：淡季。
【組詞】淡化／淡忘／冷淡／平淡／清淡
【成語】輕描淡寫

## 啖 ⓐdàn ⓑdaam6 淡 ⓒRFF
口部，11畫。

【釋義】①吃或給人吃：啖肉。②拿利益引誘人：啖以私利。

## 蛋 ⓐdàn ⓑdaan6 但 ⓒNOLMI
虫部，11畫。

疋　蛋　蛋　蛋　蛋

【釋義】①鳥、龜、蛇等所產的卵：雞蛋／下蛋。②形狀像蛋的東西：臉蛋。
【組詞】蛋糕／蛋卷／蛋撻

## 氮 ⓐdàn ⓑdaam6 淡 ⓒONFF
气部，12畫。

【釋義】氣體元素，符號N。無色，無味，化

學性質不活潑。植物營養的重要成分之一，可用來製造氨、硝酸和氮肥。

**誕** | 诞 ⓟ dàn ⓒ daan3 旦 ⓒ YRNKM
言部，15 畫。

【釋義】①（人）出生：誕辰 / 誕生。②生日：聖誕 / 壽誕。③荒唐的，不實在的，不合情理的：怪誕 / 荒誕。

**憚** | 惮 ⓟ dàn ⓒ daan6 但 ⓒ PRRJ
心部，15 畫。

【釋義】怕，畏懼：肆無忌憚。

**彈** | 弹 ⓟ dàn ⓒ daan6 但 ⓒ NRRJ
弓部，15 畫。

▲ 另見 369 頁 tán。

【釋義】①用彈弓發射的鐵丸或泥丸：彈丸 / 泥彈。②槍彈，炮彈，炸彈：手榴彈 / 原子彈 / 荷槍實彈。

【組詞】彈弓 / 彈藥 / 導彈 / 飛彈 / 炮彈 / 槍彈 / 炸彈 / 子彈

【成語】彈無虛發 / 槍林彈雨

**擔** | 担 ⓟ dàn ⓒ daam3 耽三聲 ⓒ QNCR
手部，16 畫。

▲ 另見 65 頁 dān。

【釋義】①擔子：勇挑重擔。②重量單位，100 斤等於 1 擔。③表示單位。用於成擔的東西：兩擔柴 / 一擔水。

【組詞】擔子 / 扁擔 / 重擔

---

## dang

**當** | 当 ⓟ dāng ⓒ dong1 噹 ⓒ FBRW
田部，13 畫。

▲ 另見 68 頁 dàng。

【釋義】①相稱：相當 / 門當戶對。②應當：當然 / 該當。③面對着，向着：當眾宣佈 / 當面說清楚。④正在（那時候、那地方）：當場出醜。⑤擔任：充當 / 當校長。⑥承當，承受：擔當 / 當之無愧。⑦掌管，主持：當家 / 獨當一面。⑧阻擋：螳臂當車 / 萬夫不當之勇。

【組詞】當初 / 當地 / 當今 / 當年 / 當時 / 當天 / 當中 / 每當 / 正當 / 不敢當

【成語】當機立斷 / 當局者迷 / 當仁不讓 / 當頭棒喝 / 當務之急 / 首當其衝 / 理所當然

**噹** | 当 ⓟ dāng ⓒ dong1 鐺 ⓒ RFBW
口部，16 畫。

【釋義】形容撞擊金屬器物的聲音：掛鐘噹噹響了五下。

**襠** | 裆 ⓟ dāng ⓒ dong1 噹 ⓒ LFBW
衣部，18 畫。

【釋義】①兩條褲腿相連的部分：褲襠。②兩條腿的中間：胯襠 / 腿襠。

**鐺** | 铛 ⓟ dāng ⓒ dong1 噹 ⓒ CFBW
金部，21 畫。

【釋義】形容撞擊金屬器物的聲音。

**擋** | 挡 ⓟ dǎng ⓒ dong2 黨 ⓒ QFBW
手部，16 畫。

【釋義】①攔住，抵擋：阻擋／勢不可擋。②遮蔽：遮擋。

## 黨｜党 Ⓟ dǎng Ⓤ dong2 擋
ⓒ FBRWF
黑部，20 畫。

【釋義】①政黨，政治組織：黨員。②由私人利害關係結成的集團、羣體：黨羽／死黨。
【組詞】同黨／政黨
【成語】結黨營私

## 宕 ⓅⓉ dàng ⓊⓇ dong6 蕩 ⓒ JMR
宀部，8 畫。

【釋義】①延遲，拖延：延宕。②放縱，不受約束：跌宕。

## 當｜当 ⊖ ⓅⓉ dāng ⓊⓇ dong3 噹三聲
ⓒ FBRW
田部，13 畫。

▲另見 67 頁 dǎng。

【釋義】①合宜，合適：精當／恰當。②抵得上：以一當十。③當做，看成：別把我當客人看待。④圈套：上當。⑤用實物作抵押向當鋪借錢：典當。
【組詞】當成／當真／當作／不當／得當／適當／妥當／正當
⊜ ⓅⓉ dàng ⓊⓇ dong1 噹
【釋義】指事情發生的（時間）：當時／當天。
【組詞】當年／當日

## 蕩｜荡 ⓅⓉ dàng ⓊⓇ dong6 盪 ⓒ TEAH
艸部，16 畫。

【釋義】①無事走來走去，閒逛：遊蕩。②全部弄光，清除：掃蕩／傾家蕩產。③放縱，行為不檢點：放蕩／淫蕩。④淺水湖：蘆花蕩。⑤平坦，廣闊：坦蕩。⑥同「盪」，見本頁 dàng。
【成語】蕩然無存／浩浩蕩蕩

## 盪｜荡 ⓅⓉ dàng ⓊⓇ dong6 蕩 ⓒ EHBT
皿部，17 畫。

【釋義】①搖動，擺動：動盪／盪鞦韆。②洗：滌盪。
【組詞】盪漾／搖盪／震盪

## 檔｜档 ⊖ ⓅⓉ dàng ⓊⓇ dong2 黨 ⓒ DFBW
木部，17 畫。

【釋義】①帶格子的架子或櫥，多用來存放案卷：歸檔。②分類保存以備查考的文件和材料：檔案。
⊜ ⓅⓉ dàng ⓊⓇ dong3 噹三聲
【釋義】①（商品、產品的）等級：檔次／高檔商品。②件，樁：這檔事不用你管。③貨攤，攤子：魚檔。
【組詞】攤檔／大排檔

## dao

## 刀 ⓅⓉ dāo ⓊⓇ dou1 都 ⓒ SH
刀部，2 畫。

【釋義】①切、割、削、砍、鍘的工具，一般用鋼鐵製成：菜刀／鍘刀。②計算紙張的單位，通常 1 刀為 100 張。
【組詞】刀鋒／刀片／刀子／剪刀／銼刀
【成語】刀光劍影／刀山火海／拔刀相助／一刀

兩斷 / 心如刀割 / 笑裏藏刀

**叨** 🔊dāo 🔊dou1 刀 🔊RSH
口部，5畫。
【釋義】〔嘮叨〕見213頁láo「嘮」。

**倒** 🔊dǎo 🔊dou2 島 🔊OMGN
人部，10畫。

倒　伵　倲　倒　倒

▲另見本頁dào。
【釋義】①（人或豎立的東西）橫躺下來：倒塌 / 摔倒。②（事業）失敗，垮台：倒台 / 打倒。③轉移，轉換：倒車。
【組詞】倒閉 / 病倒 / 顛倒 / 傾倒 / 推倒 / 壓倒 / 暈倒
【成語】顛倒黑白 / 排山倒海 / 東歪西倒

**島**|岛 🔊dǎo 🔊dou2 賭 🔊HAYU
山部，10畫。

鳥　島　島　島　島

【釋義】海洋裏被水環繞、面積比大陸小的陸地。也指湖裏、江河裏被水環繞的陸地：島嶼 / 羣島。
【組詞】半島 / 孤島 / 海島 / 荒島

**搗**|捣 🔊dǎo 🔊dou2 島 🔊QHAU
手部，13畫。

搗　搗　搗　搗　搗

【釋義】①用棍子等的一端撞擊，舂：搗蒜 / 搗藥。②打進：直搗匪巢。③捶打：搗衣。④擾攪：搗亂。
【組詞】搗蛋 / 搗毀

**導**|导 🔊dǎo 🔊dou6 杜 🔊YUDI
寸部，16畫。

【釋義】①引導：導航。②疏通：疏導。③傳導：導電 / 導熱。④開導：教導 / 誘導。⑤導演：執導。
【組詞】導師 / 輔導 / 領導 / 勸導 / 誤導 / 嚮導 / 訓導 / 引導 / 指導 / 主導
【成語】因勢利導

**蹈** 🔊dǎo 🔊dou6 杜 🔊RMBHX
足部，17畫。

【釋義】①踐踏，踩：重蹈覆轍。②跳動：舞蹈 / 手舞足蹈。
【成語】赴湯蹈火 / 循規蹈矩

**禱**|祷 🔊dǎo 🔊tou2 土 🔊IFGNI
示部，18畫。

禱　禱　禱　禱　禱

【釋義】禱告，向神求助：祈禱。
【組詞】禱告 / 默禱

**到** 🔊dào 🔊dou3 妒 🔊MGLN
刀部，8畫。

刭　至　到　到　到

【釋義】①達於某一點，到達，達到：到期 / 到站。②往：到農村去。③表示動作有結果：看到 / 辦得到。④周到：面面俱到。
【組詞】到場 / 到達 / 到底 / 遲到 / 達到 / 得到 / 等到 / 來到 / 周到 / 到頭來
【成語】馬到成功 / 恰到好處 / 水到渠成 / 從頭到尾

**倒** 🔊dào 🔊dou3 到 🔊OMGN
人部，10畫。

倒　伵　倲　倒　倒

▲另見本頁dǎo。
【釋義】①上下顛倒或前後顛倒：倒懸 / 倒影 /

本末倒置。②反面的，相反的：喝倒彩。③使向相反的方向移動或顛倒：倒退／開倒車。④表示跟資料相反：不想弟弟倒比哥哥高。⑤表示事情不是那樣，有反說的語氣：你說得倒容易。⑥表示讓步：我跟你倒認識，就是不太熟。⑦表示催促或追問，有不耐煩的語氣：你倒是說話呀！

【組詞】倒敍／倒映／倒轉

【成語】倒背如流／倒行逆施

📄 ⓟ dào ⓔ dou2 島

【釋義】反轉或傾斜容器，使裏面的東西出來；傾倒：倒茶／倒垃圾。

---

**悼** ⓟ dào ⓔ dou6 杜 ⓒ PYAJ
心部，11 畫。

【釋義】懷念死者，表示哀痛：悼詞／追悼。

【組詞】悼念／哀悼／悲悼／痛悼

---

**盜**｜盗 ⓟ dào ⓔ dou6 杜 ⓒ EOBT
皿部，12 畫。

【釋義】①偷：盜竊／偷盜。②強盜：盜賊／海盜。

【組詞】盜匪／盜用／防盜／強盜

【成語】欺世盜名／雞鳴狗盜／監守自盜

---

**道** ⓟ dào ⓔ dou6 杜 ⓒ YTHU
辵部，13 畫。

【釋義】①路：街道／鐵道。②水流通行的途徑：河道／渠道／下水道。③方向，方法，道理：志同道合。④道義：道義／公道。⑤屬於道教的，也指道教徒：道觀／道士（道教徒）。⑥線條，細長的痕跡：畫了兩條橫道。⑦表示單位：(a)用於江、河和某些長條形的東西：一道河／一道紅線。(b)用於門、牆等：兩道門／三道防線。(c)用於命令、題

目等：一道命令／十五道題。(d)次：一道手續。⑧說：一語道破／微不足道。⑨用語言表示（情意）：道歉／道謝。

【組詞】道別／道德／道理／道路／軌道／航道／隧道／通道／人行道／大行其道

【成語】說三道四／胡說八道／津津樂道／旁門左道／怨聲載道／尊師重道

---

**稻** ⓟ dào ⓔ dou6 道 ⓒ HDBHX
禾部，15 畫。

【釋義】草本植物，子實叫稻穀，去殼後叫大米。主要分水稻和陸稻兩大類，通常指水稻。

【組詞】稻草／稻穀／稻米／稻田

---

## de

**得** ⓟ dé ⓔ dak1 德 ⓒ HOAMI
彳部，11 畫。

▲另見71頁de；71頁děi。

【釋義】①得到（跟「失」相對）：得獎。②演算產生結果：二三得六。③適合：得體／相得益彰。④得意，滿意：自得／心安理得。⑤表示許可：不得擅自離開。

【組詞】得逞／得分／得失／得主／獲得／難得／取得／心得／不得已

【成語】得不償失／得寸進尺／得天獨厚／得心應手／得意忘形／罪有應得

---

**德** ⓟ dé ⓔ dak1 德 ⓒ HOJWP
彳部，15 畫。

【釋義】①道德，品行，品質：品德／德才兼備。②心意：同心同德。③恩惠：德政／以怨報德。

【組詞】德行／德育／道德／恩德／美德／缺德／公德心

【成語】德高望重 / 感恩戴德

地  🔊 de 🔊 dei6 多希六聲 🔊 GPD
土部，6畫。

▲另見 74 頁 dì。

【釋義】附在其他詞語的後面，表明這個詞語是用來形容後面的動作、變化或者狀態的：積極地工作 / 天氣漸漸地熱起來了。

的 🔊 de 🔊 dik1 嫡 🔊 HAPI
白部，8畫。

▲另見 72 頁 dí；74 頁 dì。

【釋義】①用在其他詞語的後面，表示修飾或領屬等關係：美麗的家鄉 / 人民的利益。②代替所指的人或事物：賣菜的 / 愛吃辣的。③用在陳述句末尾，常跟「是」呼應，表示肯定的語氣：困難是嚇不倒我的。

得 🔊 de 🔊 dak1 德 🔊 HOAMI
彳部，11畫。

▲另見 70 頁 dé；本頁 děi。

【釋義】①用在動詞後面，表示可能：他去得，我也去得。②用在動詞和補語中間，表示可能：辦得到 / 拿得動。③用在動詞或形容詞後面，連接表示結果或程度的補語：字寫得非常好 / 手術做得很成功。

【組詞】來得及

--- dei ---

得 🔊 děi 🔊 dak1 德 🔊 HOAMI
彳部，11畫。

▲另見 70 頁 dé；本頁 de。

【釋義】①需要：買台遊戲機得多少錢？②表示意志上或事實上的必要：要取得好成績，就得努力學習。③表示揣測的必然：再不快走，就得遲到。

【組詞】總得

--- deng ---

登 🔊 dēng 🔊 dang1 燈 🔊 NOMRT
癶部，12畫。

【釋義】①（人）由低處到高處（多指步行）：登山 / 攀登。②刊載，記載：登報 / 登記。③（穀物）成熟：五穀豐登。

【組詞】登場 / 登高 / 登陸 / 登台 / 刊登

【成語】登峯造極

噔 🔊 dēng 🔊 dang1 燈 🔊 RNOT
口部，15畫。

【釋義】形容重東西落地或撞擊物體的響聲：傳來噔噔噔的上樓聲。

燈 | 灯 🔊 dēng 🔊 dang1 燈
🔊 FNOT
火部，16畫。

【釋義】照明或作其他用途的發光器具：電燈。

【組詞】燈光 / 燈火 / 燈籠 / 燈泡 / 燈飾 / 燈塔 / 花燈 / 紅綠燈

【成語】張燈結綵 / 萬家燈火

蹬 🔊 dēng 🔊 dang1 燈 🔊 RMNOT
足部，19畫。

【釋義】①腿腳向下用力：蹬自行車。②踩，踏：蹬在凳子上。③穿（鞋、褲子等）：蹬上鞋就跑。

等 🔊 děng 🔊 dang2 燈二聲 🔊 HGDI
竹部，12畫。

**等**

【釋義】①等級：上等 / 中等。②種，類：此等人 / 這等事。③程度或數量上相同：等同 / 相等。④等候，等待：等車。⑤表示列舉未盡：筆、墨、紙、硯等。⑥列舉też煞尾：長江、黃河、黑龍江、珠江等四大河流。

【組詞】等待 / 等份 / 等候 / 等級 / 等於 / 高等 / 平等 / 同等 / 頭等

**凳**　🔊 dèng　🔊 dang3 燈三聲　🈯 NOMRN
几部，14畫。

【釋義】沒有靠背的坐具：板凳 / 方凳 / 竹凳。

**鄧 | 邓**　🔊 dèng　🔊 dang6 燈六聲　🈯 NTNL
邑部，15畫。

【釋義】姓。

**瞪**　🔊 dèng　🔊 dang1 登　🈯 BUNOT
目部，17畫。

【釋義】①用力睜大（眼）：目瞪口呆。②睜大眼睛注視，表示不滿意：他瞪了女兒一眼。

【組詞】瞪眼

---

### di

---

**低**　🔊 dī　🔊 dai1 底一聲　🈯 OHPM
人部，7畫。

【釋義】①從下向上距離小，離地面近（跟「高」相對，下②③同）：低空 / 高低槓。②在一般標準或平均程度之下：低潮。③等級在下的：低年級。④（頭）向下垂：低頭。

【組詞】低沉 / 低谷 / 低級 / 低廉 / 低落 / 低俗 /

低下 / 減低 / 降低

【成語】低三下四 / 低聲下氣

**堤**　🔊 dī　🔊 tai4 提　🈯 GAMO
土部，12畫。

【釋義】沿河或沿海防水的建築物，多用土、石築成：堤壩 / 堤防。

【組詞】堤岸 / 河堤

**提**　🔊 dī　🔊 tai4 題　🈯 QAMO
手部，12畫。

▲另見 374 頁 tí。

【釋義】〔提防〕小心防備：小心提防暗中害人的人。

**滴**　🔊 dī　🔊 dik6 敵　🈯 EYCB
水部，14畫。

【釋義】①液體一點一點地向下落：滴水穿石 / 滴眼藥水。②一點一點地向下落的液體：汗滴 / 淚滴。③表示單位。用於滴下的液體的數量：一滴汗。

【組詞】水滴

【成語】滴水不漏

**的**　🔊 dī　🔊 dik1 嫡　🈯 HAPI
白部，8畫。

▲另見 71 頁 de；74 頁 dì。

【釋義】①真實，實在：的確。②的士（即出租車、計程車）的簡稱：紅的 / 綠的。

**迪**　🔊 dí　🔊 dik6 敵　🈯 YLW
辵部，9畫。

【釋義】開導：啟迪。

**笛** 曾 dí 粵 dek6 糴 倉 HLW
竹部，11 畫。

【釋義】①中國的橫吹管樂器，用竹子製成。也叫橫笛。②響聲尖銳的發音器：警笛／汽笛。
【組詞】笛子／鳴笛

**滌** | 涤 曾 dí 粵 dik6 滴 倉 EOLD
水部，14 畫。

【釋義】洗：滌盪／洗滌。

**嘀** 曾 dí 粵 dik6 敵 倉 RYCB
口部，14 畫。

【釋義】〔嘀咕〕①小聲說，私下裏說：你們在嘀咕些甚麼？②猜疑，猶疑：心裏老犯嘀咕。

**嫡** 曾 dí 粵 dik1 的 倉 VYCB
女部，14 畫。

【釋義】①宗法制度下指家庭的正支（跟「庶」相對）：嫡出（妻子所生，區別於妾所生）／嫡長子。②家族中血統近的：嫡親。③比喻系統最近的：嫡傳／嫡系。

**敵** | 敌 曾 dí 粵 dik6 滴 倉 YBOK
攴部，15 畫。

【釋義】①有利害衝突而不能相容的人或事物：敵國／敵人／天敵。②對抗，抵抗：寡不敵眾／所向無敵。③攻擊：腹背受敵。④（力量）相等：匹敵／勢均力敵。
【組詞】敵對／敵視／敵意／仇敵／公敵／輕敵／無敵

【成語】同仇敵愾

**鏑** | 镝 曾 dí 粵 dik1 嫡 倉 CYCB
金部，19 畫。

【釋義】箭頭：鋒鏑。

**糴** | 籴 曾 dí 粵 dek6 笛 倉 ODSMG
米部，22 畫。

【釋義】買入（米、糧、穀等）：糴米。

**底** 曾 dǐ 粵 dai2 抵 倉 IHPM
广部，8 畫。

【釋義】①物體的最下部分：底牌／海底／無底洞。②事情的根源或內情：底細／根底。③可做根據的東西，草稿：底本／底稿。④（年和月的）末尾：年底／月底。⑤花紋圖案的襯托面：白底紅花。
【組詞】底層／底下／底線／徹底／到底／心底
【成語】海底撈月／井底之蛙／歸根結底

**抵** 曾 dǐ 粵 dai2 底 倉 QHPM
手部，8 畫。

【釋義】①支撐：把門抵住。②抵擋，抵抗：抵禦／抵制。③用等值的東西賠償或補償：抵命。④抵押：用房屋做抵。⑤抵消：收支相抵。⑥相當，能代替：一個抵兩個。⑦抵達，到：抵港。
【組詞】抵償／抵達／抵擋／抵抗／抵消／抵押

**邸** 曾 dǐ 粵 dai2 底 倉 HMNL
邑部，8 畫。

【釋義】高級官員的住宅，現多用於外交場合：在首相官邸接受了訪問。

**砥** 曾 dǐ 粵 dai2 底 倉 MRHPM
石部，10 畫。

【釋義】〔砥礪〕①磨刀石。②磨煉：在鬥爭中砥礪自己的意志。

## 詆 | 诋　⬚dǐ　⬚dai2 底　⬚YRHPM
言部，12畫。

【釋義】毀謗，責罵：詆毀。

## 地　⬚dì　⬚dei6 多希六聲　⬚GPD
土部，6畫。

▲另見71頁 de。

【釋義】①地球，地殼：地層 / 地震。②陸地：地勢 / 山地。③土地，田地：荒地。④地面：水泥地。⑤地面下：地道。⑥地區：地域 / 內地。⑦地點：目的地。⑧地位，所處的位置：設身處地。⑨花紋或文字的襯托面：白地紅花。⑩路程：二十里地。

【組詞】地步 / 地理 / 地圖 / 地址 / 遍地 / 產地 / 場地 / 基地 / 天地 / 園地

【成語】地大物博 / 地久天長 / 地老天荒 / 無地自容 / 人傑地靈 / 天羅地網 / 出人頭地 / 驚天動地 / 死心塌地

## 弟　⬚dì　⬚dai6 第　⬚CNLH
弓部，7畫。

【釋義】①弟弟：兄弟姐妹。②親戚或某種關係中同輩而年紀比自己小的男子：表弟 / 師弟。③朋友相互間的謙稱：賢弟 / 小弟。

【組詞】弟弟 / 弟兄 / 兄弟 / 子弟

【成語】難兄難弟

## 的　⬚dì　⬚dik1 嫡　⬚HAPI
白部，8畫。

▲另見71頁 de；72頁 dí。

【釋義】箭靶的中心：無的放矢。

【組詞】目的

【成語】眾矢之的

## 帝　⬚dì　⬚dai6 締　⬚YBLB
巾部，9畫。

【釋義】①宗教徒或神話中稱宇宙的創造者和主宰者：上帝 / 玉皇大帝。②君主，皇帝：帝王 / 稱帝。

【組詞】帝國 / 皇帝

## 第　⬚dì　⬚dai6 弟　⬚HNLH
竹部，11畫。

【釋義】①詞綴，用在整數的數詞的前面，表示次序，如第一、第五。②次序，等級：次第 / 等第。③科第，科舉時代考試成績排列的等第，是錄取官員的標準：及第 / 落第。④封建社會中官僚的大宅子：府第 / 門第 / 宅第。

## 蒂　⬚dì　⬚dai3 帝　⬚TYBB
艸部，13畫。

【釋義】瓜、果等跟莖、枝相連的部分：瓜蒂。

【組詞】芥蒂

【成語】根深蒂固

## 遞 | 递　⬚dì　⬚dai6 弟　⬚YHYU
辵部，14畫。

【釋義】①傳送，傳遞：遞交 / 遞送 / 投遞。②順次：遞補 / 遞減 / 遞升。

【組詞】傳遞 / 速遞 / 郵遞

## 締 | 缔　⬚dì　⬚dai3 帝　⬚VFYBB
糸部，15畫。

【釋義】①結合，訂立：締結 / 締約。②限制，約束：取締。

**諦 | 谛** 🔊 dì 🔊 dai3 帝　🔊 YRYBB
言部，16畫。
【釋義】①仔細（看或聽）：諦視 / 諦聽。②意義，道理（原為佛教用語）：妙諦 / 真諦。

---

## dia

**嗲** 🔊 diǎ 🔊 de2 爹二聲　🔊 RCKN
口部，13畫。
【釋義】形容撒嬌的聲音或姿態：小姑娘説話嗲聲嗲氣的。

---

## dian

**掂** 🔊 diān 🔊 dim1 店一聲　🔊 QIYR
手部，11畫。
【釋義】用手托着東西上下晃動來估量輕重：掂量 / 掂一掂輕重。

**滇** 🔊 diān 🔊 tin4 田　🔊 EJBC
水部，13畫。
【釋義】雲南的別稱。

**顛 | 颠** 🔊 diān 🔊 din1 癲
🔊 JCMBC
頁部，19畫。

【釋義】①高而直立的東西的頂：山顛 / 樹顛。②顛簸：路不平，車顛得厲害。③跌落，倒下來：顛倒 / 顛覆。④跳起來跑：跑跑顛顛 / 連跑帶顛。
【組詞】顛簸 / 顛沛
【成語】顛倒黑白

**巔 | 巅** 🔊 diān 🔊 din1 顛　🔊 UJCC
山部，22畫。
【釋義】山頂。也作「顛」：山巔。

**癲 | 癫** 🔊 diān 🔊 din1 顛　🔊 KJCC
疒部，24畫。
【釋義】神經錯亂，精神失常：瘋瘋癲癲。

**典** 🔊 diǎn 🔊 din2 電二聲　🔊 TBC
八部，8畫。

【釋義】①標準，法則：典範 / 典型。②可以作為學習標準的書籍：典籍 / 引經據典。③典故，詩文中常常引用的古書中的故事或詞句：出典 / 用典。④典禮，鄭重舉行的儀式：慶典 / 盛典。⑤用土地或房產等作抵押，換取一筆錢，到期可以贖回：典當 / 典押。
【組詞】典故 / 典禮 / 典雅 / 詞典 / 古典 / 經典 / 字典

**碘** 🔊 diǎn 🔊 din2 典　🔊 MRTBC
石部，13畫。
【釋義】非金屬元素，符號I。碘的製劑可以用來消毒和治療甲狀腺腫，工業上用來製造染料。

**踮** 🔊 diǎn 🔊 dim2 點　🔊 RMIYR
足部，15畫。
【釋義】①跛足人走路用腳尖點地：踮腳。②提起腳跟，用腳尖着地：人太多了，他踮着腳才能看到舞台。

**點 | 点** 🔊 diǎn 🔊 dim2 店二聲
🔊 WFYR
黑部，17畫。

【釋義】①液體的小滴：雨點。②小的痕跡：斑點。③漢字的筆畫，形狀是「、」。④小數點，如12.5讀作十二點五。⑤表示少量：丁點兒 / 一點小事。⑥表示單位。用於事項：兩點建議。⑦一定的地點或程度的標誌：據點 / 起點。⑧事物的方面或部分：疑點 / 優點。⑨用筆加點：評點 / 畫龍點睛。⑩觸到物體立刻離開：蜻蜓點水。⑪（頭或手）向下稍微動一動立刻恢復原位：點了點頭。⑫使液體一滴滴地向下落：點眼藥水。⑬一個個地查驗核對：點名 / 盤點。⑭在許多人或

事物中指定：點菜／點播節目。⑮指點，啟發：他是聰明人，一點就通。⑯引着火：點燈／點火。⑰點綴：點染／裝點。⑱時間單位：三點／五點。⑲規定的鐘點：到點／誤點。⑳點心，糕餅類食物：茶點／西點。

【組詞】點滴／點燃／觀點／焦點／景點／特點／指點／重點／轉捩點

**佃**　⚪diàn ⚪din6 電 ⚪OW
人部，7畫。
【釋義】農民向地主租種土地：佃戶／租佃。

**甸**　⚪diàn ⚪din6 電 ⚪PW
田部，7畫。
【釋義】放牧的草地（多用於地名）：樺甸（在吉林省）／寬甸（在遼寧省）。

**店**　⚪diàn ⚪dim3 惦 ⚪IYR
广部，8畫。

【釋義】①客店：旅店／住店。②商店：店員／開店／書店。
【組詞】店鋪／飯店／分店／酒店／商店／便利店

**玷**　⚪diàn ⚪dim3 店 ⚪MGYR
玉部，9畫。
【釋義】①白玉上面的斑點：瑕玷。②使有污點：玷辱／玷污。

**淀**　⚪diàn ⚪din6 電 ⚪EJMO
水部，11畫。
【釋義】淺的湖泊（多用於地名）：白洋淀（在河北省）。

**惦**　⚪diàn ⚪dim3 店 ⚪PIYR
心部，11畫。

【釋義】掛念：惦記／惦念。

**奠**　⚪diàn ⚪din6 電 ⚪TWK
大部，12畫。
【釋義】①奠定，建立：奠基。②用祭品向死者致祭：祭奠。

**電**｜电　⚪diàn ⚪din6 殿 ⚪MBWU
雨部，13畫。

【釋義】①一種重要的能源，廣泛用在生產和生活各方面，如發光、發熱、產生動力等：電燈／電動機。②閃電：雷電／風馳電掣。③電報：密電／通電全國。
【組詞】電車／電力／電器／電梯／電訊／電源／電子／充電／觸電／發電
【成語】電光石火

**殿**　⚪diàn ⚪din6 電 ⚪SCHNE
殳部，13畫。

【釋義】①高大的房屋，特指供奉神佛或帝王上朝理事的房屋：宮殿／大雄寶殿。②在最後：殿後。
【組詞】殿堂／大殿

**墊**｜垫　⚪diàn ⚪din3 電三聲 ⚪GIG
　　　⚪din6 電
土部，14畫。

【釋義】①襯托，將東西放在底下或鋪在上面：墊個褥子。②暫時替人付錢：墊支。③墊在牀、椅子、凳子上或別的地方的東西：牀墊／坐墊。
【組詞】墊子／鋪墊／墊腳石

**澱**｜淀　⚪diàn ⚪din6 電 ⚪ESCE
水部，16畫。

【釋義】沉澱：澱粉。

**靛** 🔊 diàn 🔊 din6 電 🔊 QBJMO
青部，16 畫。

【釋義】①靛青，藍靛，用蓼藍葉泡水調和石灰沉澱所得的藍色染料。②藍色和紫色混合而成的深顏色。

---

## diao

**刁** 🔊 diāo 🔊 diu1 丟 🔊 SM
刀部，2 畫。

【釋義】狡猾：刁鑽。
【組詞】刁蠻
【成語】刁鑽古怪

**叼** 🔊 diāo 🔊 diu1 丟 🔊 RSM
口部，5 畫。

叼　叼　叼

【釋義】用嘴夾住（物體的一部分）：嘴叼着煙捲 / 黃鼠狼叼走一隻小雞。

**貂** 🔊 diāo 🔊 diu1 丟 🔊 BHSHR
豸部，12 畫。

【釋義】哺乳動物，嘴尖，尾巴長，四肢短，毛黃色或紫黑色，種類較多，有石貂、紫貂等。

**碉** 🔊 diāo 🔊 diu1 丟 🔊 MRBGR
石部，13 畫。

【釋義】〔碉堡〕軍事上防守用的建築物。

**雕** 🔊 diāo 🔊 diu1 丟 🔊 BROG
隹部，16 畫。

刀　月　周　雕

【釋義】①在竹木、玉石、金屬等上面刻劃：雕版 / 雕塑。②指雕刻的作品或雕刻這門藝術：石雕。③有彩色裝飾的：雕樑畫棟。
【組詞】雕刻 / 雕飾 / 雕像 / 雕琢 / 浮雕
【成語】雕蟲小技

**鵰｜雕** 🔊 diāo 🔊 diu1 丟 🔊 BRHAF
鳥部，19 畫。

刀　周　鵰　鵰　鵰

【釋義】鳥，嘴呈鈎狀，視力很強，是猛禽，捕食鼠、兔等。
【成語】一箭雙鵰

**弔｜吊** 🔊 diào 🔊 diu3 釣 🔊 NL
弓部，4 畫。

弔　弔　弓　弔

【釋義】祭奠死者或對遭到喪事的人家、團體給予慰問：弔喪 / 弔唁 / 憑弔。

**吊** 🔊 diào 🔊 diu3 釣 🔊 RLB
口部，6 畫。

吊　吊

【釋義】①懸掛：吊橋 / 提心吊膽。②用繩子等繫着向上提或向下放：把水桶吊上去。③收回（發出去的證件）：吊銷。④舊時錢幣單位，一般是一千個制錢叫一吊。

**掉** 🔊 diào 🔊 diu6 調 🔊 QYAJ
手部，11 畫。

掉　扩　掉　掉

【釋義】①向下落：掉淚。②落在後面：掉隊。③遺失，遺漏：錢包掉了 / 這裏掉了一個字。④減少，降低：掉價 / 掉色。⑤回，轉：掉頭 / 掉轉。⑥互換：掉包 / 掉換。⑦表示動作的完成：丟掉 / 忘掉。
【成語】掉以輕心

**釣**｜钓　⊜ diào　⊜ diu3　⊜ 弓　⊜ CPI
金部，11畫。

【釋義】①用釣竿捕魚或其他水生動物：釣魚。②比喻用手段獵取（名利）：沽名釣譽。③釣鈎：垂釣／下釣。
【組詞】釣餌／釣竿／釣具

**調**｜调　⊜ diào　⊜ diu6　掉
⊜ YRBGR
言部，15畫。

▲另見377頁 tiáo。

【釋義】①調動，分派：調遣／徵調。②調查：調研。③腔調，說話的聲音、語氣：語調／南腔北調。④音樂上高低長短配合的成組的音：曲調／小調。⑤指語音上的聲調：標調。⑥議論的傾向、意見等：論調。⑦格調，風格：筆調／情調。
【組詞】調查／調動／調換／單調／高調／格調／基調／腔調／強調
【成語】調兵遣將／調虎離山／陳腔濫調

―――――― **die** ――――――

**爹**　⊜ diē　⊜ de1　嗲一聲　⊜ CKNIN
父部，10畫。
【釋義】①父親：爹娘。②對老年男子的尊稱：老爹。

**跌**　⊜ diē　⊜ dit3　秩三聲　⊜ RMHQO
足部，12畫。

【釋義】①摔倒：跌跤／跌在地上。②（物體）落下：跌落山崖。③（物價）下降：跌價。
【組詞】跌倒／跌幅／下跌

**迭**　⊜ dié　⊜ dit6　秩　⊜ YHQO
是部，9畫。
【釋義】①交換，輪流，交替：人事更迭變化。②屢次，連着：迭有發現。③趕上：忙不迭。

**耋**　⊜ dié　⊜ dit6　迭　⊜ JPMIG
老部，12畫。
【釋義】年老，七八十歲的年紀：耄耋之年。

**喋**　⊜ dié　⊜ dip6　碟　⊜ RPTD
口部，12畫。
【釋義】①〔喋血〕流血滿地（形容殺人很多）：喋血街頭。②〔喋喋〕囉唆，語言煩瑣：喋喋不休。

**碟**　⊜ dié　⊜ dip6　蝶　⊜ MRPTD
石部，14畫。

【釋義】①盛食物等的器皿：碟子。②形狀或功用像碟子的東西：光碟。
【組詞】磁碟／影碟／硬碟

**蝶**　⊜ dié　⊜ dip6　諜　⊜ LIPTD
虫部，15畫。

【釋義】〔蝴蝶〕見141頁 hú「蝴」。

**諜**｜谍　⊜ dié　⊜ dip6　碟　⊜ YRPTD
言部，16畫。

【釋義】①刺探（情報）：諜報。②刺探情報的人：間諜。

**疊**｜叠　⊜ dié　⊜ dip6　蝶　⊜ WWWM
田部，22畫。

【釋義】①一層加一層：重疊 / 疊牀架屋。②摺疊（衣被、紙張等）：疊衣服。

【組詞】堆疊 / 摺疊

【成語】層巒疊嶂

---

## ding

**丁** 曾 dīng 普 ding1 叮 倉 MN
一部，2畫。

丁

【釋義】①成年男子：壯丁。②指人口：人丁 / 添丁。③稱從事某些職業的人：園丁。④天干的第四位。用來排列次序時表示第四。⑤蔬菜、肉類等切成的小塊：雞丁。

**叮** 曾 dīng 普 ding1 叮 倉 RMN
口部，5畫。

叮

【釋義】①（蚊子等）用針形口器插入人或牛、馬等的皮膚吸取血液：蚊叮蟲咬。②叮囑，再三囑咐：千叮萬囑。

【組詞】叮咬 / 叮囑

**盯** 曾 dīng 普 ding1 丁 倉 BUMN
目部，7畫。

盯 盯

【釋義】把視線集中在一點上，注視：眼睛直盯靶心。

**釘** | 钉 曾 dīng 普 deng1 多鄭一聲 倉 CMN
金部，10畫。

金 釘

▲另見80頁 dìng。

【釋義】①金屬製成的細棍形物件，主要起固定或連接作用：圖釘 / 螺絲釘。②緊跟着不放鬆：防守時釘住對方的前鋒。③督促，催問：釘着他一點，免得他忘了。

【組詞】釘子

**酊** 曾 dīng 普 ding2 鼎 倉 MWMN
酉部，9畫。

【釋義】〔酩酊〕見258頁 mǐng「酩」。

**頂** | 顶 曾 dīng 普 ding2 鼎 倉 MNMBC
頁部，11畫。

丁 頂 頂 頂 頂

【釋義】①人體或物體上最高的部分：頭頂 / 屋頂。②用ımı_面支承：頂天立地。③從下面拱起：種子的嫩芽把土頂起來。④用頭撞擊：頂球 / 這頭牛時常頂人。⑤支撑，抵住：頂樑柱。⑥對面迎着：頂風。⑦頂撞：他不服，頂了幾句。⑧相當，抵：老將出馬，一個頂兩個。⑨頂替：頂班。⑩表示單位。用於某些有頂的東西：一頂帳篷。⑪表示程度最高：頂好。

【組詞】頂點 / 頂端 / 頂峯 / 頂級 / 頂尖 / 頂替 / 頂撞 / 頂呱呱

**鼎** 曾 dīng 普 ding2 頂 倉 BUVML
鼎部，13畫。

鼎 鼎 鼎 鼎 鼎

【釋義】①古代煮東西用的器物，多為圓形，三足兩耳：鐘鳴鼎食。②古代曾將鼎作為傳國的寶器，用來比喻王位、帝業：問鼎。③比喻三方對立：鼎立 / 鼎峙。④盛大，顯赫：大名鼎鼎。⑤正當，正在：鼎盛。

**定** 曾 dìng 普 ding6 丁六聲 倉 JMYO
宀部，8畫。

定 定 定 定 定

【釋義】①平靜，穩定：安定。②決定，使確定：定案／裁定。③已經確定的，不改變的：定律／定論。④規定的：定額／定時。⑤預先約定：定酒席。⑥必定，一定：定可成功。

【組詞】定價／定期／定時／否定／固定／規定／穩定／限定／約定／鎮定

【成語】堅定不移／舉棋不定／一口咬定／一言為定

## 訂｜订

普 dìng　粵 ding3 錠
倉 YRMN
言部，9畫。

【釋義】①訂立，制定：訂婚／簽訂。②預先約定：訂貨／訂閱／預訂。③改正（文字中的錯誤）：訂正／修訂。④把零散的紙張或書頁加工成本子：裝訂。

【組詞】訂定／訂購／訂戶／訂立／制訂／度身訂做

## 釘｜钉

普 dìng　粵 deng1 多鄭一聲
倉 CMN
金部，10畫。

▲另見 79 頁 dīng。

【釋義】①把釘子揰打進別的東西，用釘子、螺絲等把東西固定或組合起來：釘箱子。②用針線把帶子、鈕扣等縫住：釘扣子。

## 錠｜锭

普 dìng　粵 ding3 訂
倉 CJMO
金部，16畫。

【釋義】①紗錠，紡紗機上的主要部件。②做成塊狀的金屬或藥物等：鋼錠／金錠／薄荷錠。③表示單位。用於成錠的東西：一錠金子。

## diu

## 丟

普 diū　粵 diu1 凋　倉 HGI
一部，6畫。

【釋義】①遺失，失去：丟臉／丟失。②扔：丟棄／不要隨地亂丟紙屑。

## dong

## 冬

普 dōng　粵 dung1 東　倉 HEY
冫部，5畫。

【釋義】冬季：寒冬。

【組詞】冬季／冬眠／冬天

## 東｜东

普 dōng　粵 dung1 冬　倉 DW
木部，8畫。

【釋義】①四個主要方向之一，太陽出來的一邊：東方／大江東去。②主人（古時主位在東，賓位在西）：東家／股東。③東道，請客的人：做東。

【組詞】東北／東南／東西／東主／房東／股東

【成語】東倒西歪／東山再起／東張西望

## 咚

普 dōng　粵 dung1 東　倉 RHEY
口部，8畫。

【釋義】形容敲鼓或敲門等的聲音。

## 董

普 dǒng　粵 dung2 懂　倉 THJG
艸部，13畫。

【釋義】①監督管理：董理。②董事，某些企業、學校等推選出來代表團體監督或主持業務的人：校董。③姓。

【組詞】董事

**懂** 🔊 dǒng 🔊 dung2 董 🔊 PTHG
心部，16畫。

懂 懂 懂 懂 懂

【釋義】知道，了解：懂事 / 懂外語。

【組詞】懂得

**洞** 🔊 dòng 🔊 dung6 動 🔊 EBMR
水部，9畫。

洞 汩 洞 洞 洞

【釋義】①物體中間的穿通的或凹入較深的部分：洞穴 / 山洞。②深遠，透徹：洞察。

【組詞】地洞 / 黑洞 / 空洞 / 漏洞

**恫** 🔊 dòng 🔊 dung6 動 🔊 PBMR
心部，9畫。

【釋義】〔恫嚇〕嚇唬：敵人對他使盡了威脅恫嚇的招數。

**凍** | 冻 🔊 dòng 🔊 dung3 東三聲
🔊 IMDW
冫部，10畫。

凍 冫 凍 凍 凍

【釋義】①（液體或含水分的東西）遇冷凝固：霜凍 / 冰凍三尺，非一日之寒。②湯汁等凝結成的半固體：肉凍 / 魚凍。③受冷或遇到冷：凍僵。

【組詞】凍結 / 凍傷 / 冰凍 / 解凍 / 冷凍

【成語】天寒地凍

**胴** 🔊 dòng 🔊 dung6 洞 🔊 BBMR
肉部，10畫。

【釋義】軀幹，整個身體除去頭部、四肢和內臟餘下的部分：胴體。

**動** | 动 🔊 dòng 🔊 dung6 洞
🔊 HGKS
力部，11畫。

動 重 重 動 動

【釋義】①（事物）改變原來位置或脫離靜止狀態（跟「靜」相對）：動盪 / 不要亂動。②動作，行動：舉動 / 活動一下手腳。③改變（事物）原來的位置或樣子：動用 / 改動。④使用，使起作用：動筆 / 動手。⑤觸動，感動：動人 / 動容 / 動心。

【組詞】動聽 / 動搖 / 衝動 / 轟動 / 互動 / 激動 / 勞動 / 流動 / 生動 / 主動

【成語】動人心弦 / 無動於衷 / 驚天動地 / 勞師動眾 / 按兵不動 / 風吹草動 / 輕舉妄動 / 一舉一動

**棟** | 栋 🔊 dòng 🔊 dung3 凍
🔊 dung6 動 🔊 DDW
木部，12畫。

棟 棟 棟 棟 棟

【釋義】①房屋的正樑：棟樑 / 雕樑畫棟。②表示單位。房屋一座叫一棟。

## dou

**都** 🔊 dōu 🔊 dou1 刀 🔊 JANL
邑部，11畫。

耂 者 都 都 都

▲另見82頁 dū。

【釋義】①表示總括，所總括的成分在前：全家都說好。②跟「是」字連用，說明理由：都是鄰里的幫助，我們才能渡過難關。③表示甚至：飯都不吃就要走。④表示已經：天都黑了，快走吧。

【組詞】大都

**兜** 🔊 dōu 🔊 dau1 斗一聲 🔊 HVHU
儿部，11畫。

【釋義】①口袋一類的東西：褲兜。②做成兜形把東西攏住：衣襟裏兜着梨。③繞：兜圈子。④招攬，吸引人來：兜攬/兜售。

**斗** 普 dǒu 粵 dau2 豆 倉 YJ
斗部，4畫。

【釋義】①容量單位。10升等於1斗，10斗等於1石。②量糧食的器具，容量是1斗，多用木頭或竹子製成：車載斗量（形容數量很多）。③形狀略像斗的東西：漏斗/煙斗。④北斗星的簡稱：斗柄。
【成語】斗轉星移

**抖** 普 dǒu 粵 dau2 斗 倉 QYJ
手部，7畫。

【釋義】①顫動，哆嗦：發抖。②振動，甩動：抖一抖牀單。③（跟「出來」連用）全部倒出，徹底揭穿：把他幹的醜事都抖出來。④鼓起（精神）：抖起精神。⑤稱人因有錢、有地位等而得意（多含譏諷意）：抖起來了。
【組詞】抖動/抖擻/顫抖

**蚪** 普 dǒu 粵 dau2 斗 倉 LIYJ
虫部，10畫。

【釋義】〔蝌蚪〕見199頁 kē「蝌」。

**陡** 普 dǒu 粵 dau2 斗 倉 NLGYO
阜部，10畫。

【釋義】①坡度很大，近於垂直：陡峭。②陡然，突然：陡變。

**豆** 普 dòu 粵 dau6 逗 倉 MRT
豆部，7畫。

【釋義】豆類作物，也指這類作物的種子：紅豆/綠豆。
【組詞】豆腐/豆漿/豆子/蠶豆/大豆/黃豆
【成語】目光如豆

**鬥** 普 dòu 粵 dau3 豆三聲 倉 LN
鬥部，10畫。

【釋義】①對打，相爭：格鬥。②使動物鬥：鬥牛。③比賽爭勝：鬥智。
【組詞】鬥志/鬥嘴/搏鬥/奮鬥/決鬥/戰鬥/爭鬥
【成語】鬥志昂揚/龍爭虎鬥/明爭暗鬥

**逗** 普 dòu 粵 dau6 豆 倉 YMRT
辵部，11畫。

【釋義】①引逗：逗孩子玩。②招引：逗笑。③停留：逗留。

**痘** 普 dòu 粵 dau6 豆 倉 KMRT
疒部，12畫。

【釋義】①痘瘡，即天花，一種急性傳染病。②牛痘，預防天花的疫苗：痘苗/種痘。③出天花時或接種牛痘苗後，皮膚上出的豆狀皰疹。

────── du ──────

**都** 普 dū 粵 dou1 刀 倉 JANL
邑部，11畫。

▲另見81頁 dōu。
【釋義】①首都：定都/國都。②大城市：都市。
【組詞】都會/首都

**督** 🔵dū 🔴duk1 篤 🔵YEBU
目部，13畫。

【釋義】①監督指揮：督促 / 督戰。②統率軍隊的將領，擔任監督的官史：都督 / 總督。
【組詞】督導 / 監督

**毒** 🔵dú 🔴duk6 獨 🔵QMWYI
毋部，9畫。

【釋義】①對生物體有害的物質：病毒 / 消毒 / 中毒。②毒品：販毒 / 吸毒。③有毒的：毒蛇 / 毒藥。④用毒物害死：毒老鼠。⑤毒辣，猛烈：毒打 / 毒計。
【組詞】毒害 / 毒辣 / 毒品 / 毒氣 / 惡毒 / 狠毒 / 戒毒 / 禁毒
【成語】以毒攻毒

**獨** | 独 🔵dú 🔴duk6 毒 🔵KHWLI
犬部，16畫。

【釋義】①一個：獨子 / 獨木橋。②獨自：獨白 / 獨攬。③唯獨：大家都到了，獨他還沒來。
【組詞】獨立 / 獨特 / 獨自 / 獨奏 / 不獨 / 單獨 / 孤獨 / 唯獨
【成語】獨當一面 / 獨一無二 / 得天獨厚 / 匠心獨運

**犢** | 犊 🔵dú 🔴duk6 讀
🔵HQGWC
牛部，19畫。

【釋義】小牛：初生之犢不畏虎。
【成語】舐犢情深

**牘** | 牍 🔵dú 🔴duk6 讀 🔵LLGWC
片部，19畫。

【釋義】①古代寫字用的木簡。②文件，書信：案牘 / 書牘。

**讀** | 读 🔵dú 🔴duk6 毒
🔵YRGWC
言部，22畫。

【釋義】①照着文字唸出聲音：宣讀。②閱讀，看（文章）：讀者 / 通讀。③指上學：讀小學。
【組詞】讀書 / 讀物 / 報讀 / 就讀 / 朗讀 / 入讀 / 升讀 / 閱讀

**肚** 🔵dǔ 🔴tou5 滔五聲 🔵BG
肉部，7畫。

▲另見84頁dù。
【釋義】用作食物的動物的胃：牛肚。

**堵** 🔵dǔ 🔴dou2 島 🔵GJKA
土部，11畫。

【釋義】①堵塞：堵截 / 圍堵。②悶，不暢快：心裏堵得慌。③表示單位。用於牆：一堵牆。
【組詞】堵車 / 堵塞

**睹** 🔵dǔ 🔴dou2 島 🔵BUJKA
目部，13畫。

【釋義】看見：目睹 / 先睹為快 / 熟視無睹。
【成語】睹物思人 / 耳聞目睹 / 有目共睹

**賭** | 赌 🔵dǔ 🔴dou2 島 🔵BCJKA
貝部，15畫。

**賭**

【釋義】①賭博：賭錢 / 賭注 / 聚賭。②泛指爭輸贏：打賭。
【組詞】賭博

**篤** | 笃　🔊 dǔ　🔈 duk1 督　🅗 HSQF
竹部，16畫。

【釋義】①忠實，全心全意：篤信 / 篤學。②病勢加重：病篤。

**杜**　🔊 dù　🔈 dou6 道　🅗 DG
木部，7畫。

【釋義】①杜梨，也叫棠梨，落葉喬木。果實小而圓，味澀。木材可製器具。②堵塞，阻塞：杜絕。③姓。

**肚**　🔊 dù　🔈 tou5 滔五聲　🅗 BG
肉部，7畫。

▲另見83頁 dǔ。

【釋義】①腹部：肚皮 / 搜腸刮肚。②物體圓而凸起像肚子的部分：腿肚子。
【組詞】肚臍 / 肚子
【成語】牽腸掛肚

**妒**　🔊 dù　🔈 dou3 到　🅗 VHS
女部，7畫。

【釋義】忌妒，對比自己好的人懷着怨恨：妒忌 / 嫉賢妒能。
【組詞】嫉妒

**度**　🔊 dù　🔈 dou6 道　🅗 ITE
广部，9畫。

▲另見87頁 duó。

【釋義】①計量長短：度量衡。②表明物質的有關性質所達到的程度，如硬度、溫度、熱度、濃度、濕度、速度等。③計量單位名稱：1度電 / 90度角 / 北緯40度。④程度：知名度。⑤限度：適度 / 勞累過度。⑥法則，行為準則：制度。⑦度量，對人對事的寬容程度：氣度 / 豁達大度。⑧一定範圍內的時間或空間：國度 / 年度。⑨所打算或計較的：置之度外。⑩次：一年一度。⑪過（指時間）：歡度假日 / 虛度年華。
【組詞】度過 / 程度 / 風度 / 過度 / 角度 / 進度 / 難度 / 態度 / 限度 / 再度
【成語】度日如年

**渡**　🔊 dù　🔈 dou6 杜　🅗 EITE
水部，12畫。

【釋義】①由這一岸到那一岸，通過（江河等）：橫渡 / 遠渡重洋。②載運過河：渡船。③渡口，有船或筏子載人過河的地方（多用於地名）：茅津渡（在山西省）。④過，由此到彼：過渡 / 引渡。
【組詞】渡過 / 偷渡

**鍍** | 镀　🔊 dù　🔈 dou6 渡　🅗 CITE
金部，17畫。

【釋義】用電解或其他化學方法使一種金屬附着到別的金屬或物體表面上，形成一個薄層：鍍金 / 電鍍。

## duan

**端**　🔊 duān　🔈 dyun1 短一聲　🅗 YTUMB
立部，14畫。

【釋義】①（東西的）頭：筆端／尖端。②（事情的）開頭：開端。③項目，方面：變化多端。④端正：端坐／品行不端。⑤平舉着拿：端茶。

【組詞】端正／端莊

**短** 普 duǎn 粵 dyun2 段二聲
倉 OKMRT
矢部，12 畫。

【釋義】①兩端之間的距離小（跟「長」(cháng)相對）。(a)指空間：短刀／短褲／短視。(b)指時間：短促／短期／短暫。②缺少，欠：短缺。③缺點：短處。

【組詞】短篇／簡短

【成語】短兵相接／短小精悍／取長補短／說長道短

**段** 普 duàn 粵 dyun6 緞 倉 HJHNE
殳部，9 畫。

【釋義】①事物的一部分：段落／階段。②表示單位。(a)用於長條東西分成的若干部分：一段木頭。(b)表示一定距離：一段路／一段時間。(c)事物的一部分：一段話／一段文章。

【組詞】地段／片段

**緞** | 缎 普 duàn 粵 dyun6 段
倉 VFHJE
糸部，15 畫。

【釋義】質地較厚，一面平滑有光彩的絲織品：綢緞／錦緞。

**鍛** | 锻 普 duàn 粵 dyun3 端三聲
倉 CHJE
金部，17 畫。

【釋義】鍛造，用錘擊等方法使金屬具有一定的形狀：鍛鐵／鍛壓。

【組詞】鍛煉

**斷** | 断 ㊀ 普 duàn 粵 dyun6 段
倉 VIHML
斤部，18 畫。

【釋義】①分成兩段或幾段：切斷。②斷絕，隔絕：斷水／間斷。

【組詞】斷絕／斷裂／不斷／中斷

【成語】斷章取義／恩斷義絕／藕斷絲連／一刀兩斷

㊁ 普 duàn 粵 dyun3 段三聲

【釋義】①判斷，決定：斷定／診斷。②絕對，一定（多用於否定式）：斷無此理。

【組詞】果斷／決斷／判斷／推斷／武斷

【成語】當機立斷

---

**dui**

---

**堆** 普 duī 粵 deoi1 對一聲 倉 GOG
土部，11 畫。

【釋義】①堆積，聚集成堆：堆放／堆砌。②堆積成的東西：雪堆／柴火堆。③表示單位。用於成堆的物或成羣的人：一堆人／一堆土。

【組詞】堆疊／堆積／堆填

**兌** | 兑 普 duì 粵 deoi3 對 倉 CRHU
儿部，7 畫。

【釋義】憑票據支付或領取現款：兌換／兌現。

**隊** | 队 普 duì 粵 deoi6 兌六聲
倉 NLTPO
阜部，12 畫。

**隊**

【釋義】①行列：排隊。②具有某種性質的集體：艦隊 / 球隊。③表示單位。用於成隊的人或動物等：一隊人馬。

【組詞】隊伍 / 隊友 / 隊員 / 隊長 / 警隊 / 軍隊 / 領隊 / 樂隊

【成語】成羣結隊

**對｜对** 🔊duì 🔊deoi3 兌 🔊TGDI
寸部，14畫。

【釋義】①回答：無言以對。②對待，對付：對策 / 對我不薄。③朝着，向着：針對 / 對牛彈琴。④二者相對，彼此相向：對白 / 對立。⑤對面的，敵對的：對岸 / 對手。⑥把兩樣東西放在一起互相比較，看是否符合：核對。⑦平分為兩份：對開 / 對摺。⑧調整使合於一定標準：對好照相機的焦距。⑨相合，正確，正常：這話很對。⑩對偶，對聯：喜對。⑪雙：一對鴛鴦。⑫引出對象或事物的關係者，基本上相當於「對於」：形勢對我們有利。

【組詞】對比 / 對稱 / 對方 / 對話 / 對抗 / 對面 / 對象 / 反對 / 面對 / 應對

【成語】對答如流 / 對症下藥 / 門當户對

## dun

**敦** 🔊dūn 🔊deon1 噸 🔊YDOK
攴部，12畫。

【釋義】誠懇：敦促 / 敦請。

【組詞】敦厚

**墩** 🔊dūn 🔊deon1 敦 🔊GYDK
土部，15畫。

【釋義】①土堆：土墩。②厚而粗大的整塊石頭或木頭：橋墩 / 樹墩。

**噸｜吨** 🔊dūn 🔊deon1 敦 🔊RPUC
口部，16畫。

【釋義】重量單位，1噸等於1000公斤。

**蹲** 🔊dūn 🔊deon1 敦 🔊RMTWI
足部，19畫。

▲另見60頁 cún。

【釋義】①兩腿儘量彎曲，兩腳着地，像坐的樣子，但臀部不着地：下蹲 / 蹲在地上。②比喻呆着或閒居：出去走走，別總在家蹲着。

【組詞】蹲坐

**旽** 🔊dǔn 🔊deon6 鈍 🔊BUPU
目部，9畫。

【釋義】很短時間的睡眠：打旽。

**沌** 🔊dùn 🔊deon6 鈍 🔊EPU
水部，7畫。

【釋義】〔混沌〕①傳說中指世界開闢前的狀態。②糊塗，不清楚。

**囤** 🔊dùn 🔊deon6 鈍 🔊WPU
口部，7畫。

▲另見385頁 tún。

【釋義】盛糧食的器具（用竹篾、荊條等編成的，或用蓆箔等圍成的）：米囤。

**盾** 🔊dùn 🔊teon5 他卵五聲 🔊HJBU
目部，9畫。

【釋義】①盾牌：矛盾。②比喻支援的力量：後盾。

【成語】自相矛盾

**D**

**鈍|钝** 🔊dùn 🔊deon6 頓 🔊CPU
金部，12畫。

【釋義】①不鋒利（跟「快」「利」「銳」相對）：刀鈍了／成敗利鈍。②笨拙，不靈活：遲鈍／魯鈍。

【組詞】鈍角／鈍器／愚鈍

**頓|顿** 🔊dùn 🔊deon6 鈍
🔊PUMBC
頁部，13畫。

【釋義】①稍停：停頓／抑揚頓挫。②（頭）叩地，（腳）跺地：頓首／捶胸頓足。③處理，安置：安頓／整頓。④立刻，忽然：頓時／頓悟／茅塞頓開。⑤表示單位。用於吃飯、斥責等行為的次數：三頓飯／說了他一頓。⑥疲乏：困頓／勞頓。

**遁** 🔊dùn 🔊deon6 鈍 🔊YHJU
辵部，13畫。

【釋義】①逃走，逃避：夜遁。②隱藏，消失：無所遁形。

**燉|炖** 🔊dùn 🔊dan6 第恨六聲
🔊FYDK
火部，16畫。

【釋義】煨煮食品使之熟爛：鍋裏燉了一隻雞。

## duo

**多** 🔊duō 🔊do1 朵一聲 🔊NINI
夕部，6畫。

【釋義】①數量大（跟「寡」「少」（shǎo）相對）：多少／許多。②超出原有或應有的數目，比原來的數目有所增加（跟「少」（shǎo）相對）：這裏多了一個字。③過分的，不必要

的：多此一舉。④（用在數量詞後）表示有零頭：二十多歲。⑤表示相差的程度大：他比我強多了。⑥用在疑問句裏，問程度：他多大年紀？⑦用在感歎句裏，表示程度很高：你看他老人家多有精神！⑧指某種程度：有多大力使多大力。

【組詞】多半／多久／多餘／多元／繁多／諸多／多的是／多媒體／差不多

【成語】多才多藝／多彩多姿／多愁善感／凶多吉少／變化多端

**吲** 🔊duō 🔊deot1 丁出一聲 🔊RUU
口部，8畫。

【釋義】〔吲吲〕表示驚怪：吲吲稱奇。

**哆** 🔊duō 🔊do1 多 🔊RNIN
口部，9畫。

【釋義】〔哆嗦〕由於生理或心理上受到刺激而身體顫動。

**度** 🔊duó 🔊dok6 鐸 🔊ITE
广部，9畫。

▲另見84頁 dù。

【釋義】推測，估計：測度／以己度人。

【組詞】量度／度身訂做

【成語】審時度勢

**奪|夺** 🔊duó 🔊dyut6 多月六聲
🔊KOGI
大部，14畫。

【釋義】①強取，搶：奪取／爭奪。②爭先取到：奪標。③勝過，壓倒：巧奪天工／先聲奪人。④使失去：剝奪。⑤突破障礙，衝出：奪路而逃／眼淚奪眶而出。

【組詞】奪得／奪冠／奪目／搶奪

【成語】強詞奪理／喧賓奪主／爭分奪秒／巧取豪奪

**踱**　🔊 duó　🔊 dok6 度　🔊 RMITE
足部，16 畫。

【釋義】慢步行走：踱來踱去。
【組詞】踱步

**朵**　🔊 duǒ　🔊 do2 躲　🔊 HND
木部，6 畫。

【釋義】①花朵。②表示單位。用於花朵、雲彩或像花朵、雲彩的東西：一朵花／紅霞萬朵。
【組詞】花朵

**躲**　🔊 duǒ　🔊 do2 朵　🔊 HHHND
身部，13 畫。

【釋義】躲避，躲藏：躲雨／明槍易躲，暗箭難防。
【組詞】躲避／躲藏

**剁**　🔊 duò　🔊 do2 躲　❌ doek3 啄
　　　　🔊 HDLN
刀部，8 畫。

【釋義】用刀向下砍：把排骨剁一下。

**垛**　🔊 duò　🔊 do2 躲　🔊 GHND
土部，9 畫。

【釋義】①整齊地堆：把稻草垛起來。②整齊地堆成的堆：麥垛／柴火垛。

**舵**　🔊 duò　🔊 to4 駝　🔊 HYJP
舟部，11 畫。

【釋義】船、飛機等控制方向的裝置：掌舵／看風使舵。
【組詞】舵手

**惰**　🔊 duò　🔊 do6 墮　🔊 PKMB
心部，12 畫。

【釋義】懶（跟「勤」相對）：惰性／怠惰／懶惰。

**跺**　🔊 duò　🔊 do2 躲　🔊 RMHND
足部，13 畫。

【釋義】用力踏地：跺腳。

**墮**｜墮　🔊 duò　🔊 do6 惰　🔊 NBG
土部，15 畫。

【釋義】落，掉：墮落／墮馬（從馬上摔下來）。

# Ee

## e

**阿** 曾ē 粵o1 柯 倉NLMNR
阜部，8畫。

阝 阿 阿 阿 阿

▲另見1頁ā。
【釋義】迎合，偏袒：阿諛奉承（說好聽的話來討好他人）。
【成語】剛正不阿

**婀** 曾ē 粵o1 柯 倉VNLR
女部，11畫。
【釋義】〔婀娜〕形容姿態柔美優雅的樣子：婀娜多姿。

**俄** 曾é 粵ngo4 蛾 倉OHQI
人部，9畫。
【釋義】①時間短，突然間：俄而／俄頃。②指俄羅斯。

**峨** 曾é 粵ngo4 俄 倉UHQI
山部，10畫。
【釋義】高：峨冠博帶（高高的帽子和寬大的衣帶。是古時士大夫的裝束）／巍峨高山。

**娥** 曾é 粵ngo4 俄 倉VHQI
女部，10畫。
【釋義】指美女：娥眉／宮娥。

**訛** | 讹 曾é 粵ngo4 俄 倉YROP
言部，11畫。
【釋義】①錯誤：訛誤／以訛傳訛。②假借某種理由向人強迫索取，敲詐：訛人／訛詐。

**蛾** 曾é 粵ngo4 俄 倉LIHQI
虫部，13畫。
【釋義】蛾子，昆蟲，多在夜間活動，常飛向燈光。其中很多種是農業害蟲。

**額** | 额 曾é 粵ngaak6 我客六聲 倉JRMBC
頁部，18畫。

宀 安 客 額 額

【釋義】①眉毛之上頭髮之下的部分。通稱額頭：額角／額頭。②牌匾：匾額／橫額。③規定的數量：額外／定額／名額。
【組詞】超額／金額／巨額／限額／學額
【成語】焦頭爛額

**鵝** | 鹅 曾é 粵ngo4 俄 倉HIHAF
鳥部，18畫。

扌 鵝 鵝 鵝 鵝

【釋義】家禽，額部有橙色或黑褐色肉質突起，頸長，嘴扁而闊，腳有蹼，能游泳。

**噁** | 恶 曾é 粵ok3 惡 倉RMMP
口部，15畫。
【釋義】〔噁心〕①有要嘔吐的感覺。②使人感到厭惡。

**厄** 曾è 粵ak1 扼 倉MSU
厂部，4畫。

厄 厄 厄 厄 厄

【釋義】①困苦，災難：厄運。②阻塞，受困：厄於進退兩難的境地。③險要的地方：險厄。

E

## 扼

扼 曾è 粵ak1 握 倉QMSU
手部，7畫。

【釋義】①用力揑住：扼殺。②把守，控制：扼守 / 扼制。
【組詞】扼要

## 愕

愕 曾è 粵ngok6 鱷 倉PRRS
心部，12畫。

【釋義】驚訝，發愣：愕然 / 錯愕。
【組詞】驚愕

## 惡 | 恶

惡 曾è 粵ok3 噁 倉MMP
心部，12畫。

▲ 另見 402 頁 wù。

【釋義】①很壞的行為，犯罪的事情（跟「善」相對）：罪惡 / 罪大惡極。②指壞人：首惡。③兇惡，兇猛：惡罵 / 一場惡戰。④壞：惡劣 / 惡習。
【組詞】惡霸 / 惡毒 / 惡化 / 惡意 / 醜惡 / 險惡 / 邪惡 / 兇惡 / 作惡 / 惡狠狠
【成語】惡貫滿盈 / 除惡務盡 / 疾惡如仇 / 無惡不作 / 作惡多端 / 兇神惡煞 / 窮兇極惡

## 鄂

鄂 曾è 粵ngok6 岳 倉RSNL
邑部，12畫。

【釋義】湖北的別稱。

## 遏

遏 曾è 粵aat3 壓 倉YAPV
辵部，13畫。

【釋義】阻止，禁止：遏止 / 遏制。
【成語】怒不可遏

## 餓 | 饿

餓 曾è 粵ngo6 臥 倉OIHQI
食部，15畫。

【釋義】①肚子空，想吃東西（跟「飽」相對）：捱餓 / 飢餓 / 肚子很餓。②使受餓：別餓着牲口。

## 噩

噩 曾è 粵ngok6 鱷 倉MGRR
口部，16畫。

【釋義】兇惡驚人的：噩夢。
【組詞】噩耗 / 噩運

## 鱷 | 鳄

鱷 曾è 粵ngok6 岳 倉NFMGR
魚部，27畫。

【釋義】爬行動物，四肢短，尾巴長，全身有灰褐色的硬皮。善游泳，性兇惡。俗稱鱷魚。
【組詞】鱷魚 / 大鱷

---

## en

## 恩

恩 曾ēn 粵jan1 欣 倉WKP
心部，10畫。

【釋義】恩惠，給予或受到的好處：恩德 / 報恩 / 恩深似海。
【組詞】恩愛 / 恩賜 / 恩典 / 恩惠 / 恩情 / 恩人 / 恩師 / 恩怨 / 感恩
【成語】恩將仇報 / 恩怨分明 / 恩重如山 / 感恩圖報 / 忘恩負義

---

## er

## 而

而 曾ér 粵ji4 兒 倉MBLL
而部，6畫。

【釋義】①連接詞、詞組或句子。(a)表示並列關係，相當於「和」「與」「又」等：勤勞而勇敢。(b)表示轉折關係，相當於「但是」「卻」等：華而不實。(c)表示承接或遞進關係，相當於「並且」：取而代之。②相當於「到」「往」：由上而下 / 一而再，再而三。③把表示時間、方式、目的、原因等的詞連接到動詞上：盤旋而上 / 挺身而出。
【組詞】而且 / 而已 / 從而 / 反而 / 忽而 / 繼而

進而 / 然而 / 幸而 / 因而

【成語】輕而易舉 / 顯而易見 / 不約而同 / 脫穎而出 / 揚長而去 / 一閧而散 / 應運而生 / 自然而然

## 兒 | 儿 <sup>普</sup> ér <sup>粵</sup> ji4 而 <sup>倉</sup> HXHU
儿部，8畫。

【釋義】①小孩子：兒童 / 嬰兒。②年輕的人（多指青年男子）：健兒 / 男兒。③兒子，男孩子：生兒育女。④後綴 (注音作 r)：好玩兒 / 玩意兒 / 一會兒 / 有點兒。

【組詞】兒歌 / 兒女 / 兒子 / 孤兒 / 哪兒 / 那兒 / 女兒 / 這兒 / 幼兒園

## 耳 <sup>普</sup> ěr <sup>粵</sup> ji5 以 <sup>倉</sup> SJ
耳部，6畫。

【釋義】①耳朵，人和某些動物的聽覺器官：耳環 / 耳邊風 / 交頭接耳。②形狀像耳朵的東西：木耳 / 銀耳。③位置在兩旁的：耳房 (正房兩旁的小屋) / 耳門 (大門兩側的小門)。

【組詞】耳背 / 耳朵 / 耳機 / 刺耳 / 悅耳

【成語】耳聰目明 / 耳目一新 / 耳濡目染 / 耳熟能詳 / 耳聞目睹 / 掩耳盜鈴 / 忠言逆耳

## 爾 | 尔 <sup>普</sup> ěr <sup>粵</sup> ji5 已 <sup>倉</sup> MFBK
爻部，14畫。

【釋義】①你：爾虞我詐 (彼此互相欺騙)。②如此，這樣：偶爾 / 不過爾爾。③那，這：爾後 / 爾時。④形容詞後綴 (這類形容詞多用作狀語)：莞爾 (微笑的樣子)。

【成語】出爾反爾

## 餌 | 饵 <sup>普</sup> ěr <sup>粵</sup> nei6 膩 <sup>倉</sup> OISJ
食部，14畫。

【釋義】引魚上鈎的食物，泛指引誘人或動物的東西：毒餌 / 誘餌 / 魚餌。

## 邇 | 迩 <sup>普</sup> ěr <sup>粵</sup> ji5 已 <sup>倉</sup> YMFB
辵部，18畫。

【釋義】近：遐邇聞名 (遠近馳名)。

## 二 <sup>普</sup> èr <sup>粵</sup> ji6 義 <sup>倉</sup> MM
二部，2畫。

【釋義】①數目字，一加一後所得。②兩樣：不二價 / 三心二意。

【組詞】二手

【成語】接二連三 / 獨一無二

## 貳 | 贰 <sup>普</sup> èr <sup>粵</sup> ji6 義 <sup>倉</sup> IPMMC
貝部，12畫。

【釋義】①數目字「二」的大寫。②變節，背叛：貳臣 (在前一朝代做了官，投降後一朝代又做官的人)。

# Ff

---

## fa

### 發 | 发 曾 fā 粵 faat3 法 倉 NONHE
癶部，12畫。

【釋義】①送出，交付：發貨 / 分發。②發射：發炮 / 百發百中。③產生，發生：發電 / 發芽。④表達：發表 / 發言。⑤擴大，開展：發揚 / 發展。⑥因得到大量財物而興旺：發達 / 暴發戶。⑦食物因發酵或水浸而膨脹：麵發了。⑧放散，散開：揮發 / 蒸發。⑨揭露，打開：發掘 / 發現。⑩因變化而顯現、散發：發黃 / 發霉。⑪流露（感情）：發愁 / 發怒。⑫感到（多指不好的情況）：發麻 / 發癢。⑬起程：出發 / 整裝待發。⑭開始行動：發起 / 先發制人。⑮引起，啟發：發人深省。⑯顆，用於槍彈、炮彈：五發子彈。
【組詞】發佈 / 發抖 / 發揮 / 發覺 / 發明 / 發問 / 發泄 / 頒發 / 揭發 / 抒發
【成語】發憤圖強 / 發揚光大 / 大發雷霆 / 一觸即發 / 意氣風發

### 乏 曾 fá 粵 fat6 伐 倉 HINO
丿部，5畫。

【釋義】①缺少：乏味 / 不乏其人。②疲倦：困乏 / 疲乏。
【組詞】乏力 / 不乏 / 貧乏 / 缺乏
【成語】乏善可陳 / 回天乏術

### 伐 曾 fá 粵 fat6 乏 倉 OI
人部，6畫。

【釋義】①砍（樹）：伐木 / 砍伐。②攻打：討伐 / 口誅筆伐。③走路的步子：步伐。

### 筏 曾 fá 粵 fat6 乏 倉 HOI
竹部，12畫。

【釋義】筏子，水上行駛的竹排或木排，也有用牛羊皮、橡膠等製造的：木筏 / 竹筏。

### 閥 | 阀 曾 fá 粵 fat6 乏 倉 ANOI
門部，14畫。

【釋義】①指在某一方面有支配勢力的人或家庭：財閥 / 軍閥。②管道等上面調節和控制流體的流量、壓力和流動方向的裝置：氣閥 / 油閥。

### 罰 | 罚 曾 fá 粵 fat6 乏 倉 WLYRN
网部，14畫。

【釋義】處罰：罰款。
【組詞】懲罰 / 處罰 / 受罰 / 刑罰 / 責罰

### 法 曾 fǎ 粵 faat3 發 倉 EGI
水部，8畫。

【釋義】①由國家制定、頒佈的規則的總稱，包括法律、法令、條例、命令、決定等：守法 / 刑法。②方法，方式：辦法 / 想方設法。③標準，模範，可以仿效的：法帖。④仿效：效法。⑤佛教的道理：佛法 / 現身說法。⑥法術，道士、巫婆等所用的畫符唸咒等的手法：鬥法 / 作法。

【組詞】法例 / 法庭 / 法網 / 法治 / 非法 / 合法 / 看法 / 魔法 / 設法 / 想法

【成語】違法亂紀 / 無法無天 / 約法三章 / 知法犯法 / 逍遙法外 / 奉公守法 / 繩之以法 / 貪贓枉法

## 髮 | 发  曾 fà 粵 faat3 法 倉 SHIKK
髟部，15 畫。

【釋義】頭髮：白髮 / 怒髮衝冠。

【組詞】髮廊 / 髮型 / 理髮 / 毛髮 / 頭髮

【成語】令人髮指 / 千鈞一髮

---

## fan

---

## 帆 曾 fān 粵 faan4 凡 倉 LBHNI
巾部，6 畫。

【釋義】①掛在桅桿上的布篷，可以利用風力使船前進：帆船 / 揚帆。②借指船：征帆 / 千帆競發。

【組詞】帆布 / 風帆

【成語】一帆風順

## 番 曾 fān 粵 faan1 翻 倉 HDW
田部，12 畫。

▲另見 280 頁 pān。

【釋義】①指外國的或外族的：番邦 / 番茄 / 番石榴。②種，樣：別有一番滋味在心頭。③回，次：三番五次 / 一番周折。

【組詞】輪番 / 一番

## 翻 曾 fān 粵 faan1 番 倉 HWSMM
羽部，18 畫。

【釋義】①上下或內外交換位置，歪倒，反轉：翻身 / 翻騰。②為了尋找而移動上下物體的位置：翻箱倒櫃。③推翻原來的：翻案。④爬過，越過：翻山越嶺。⑤（數量）成倍地增加：翻了幾倍。⑥翻譯：把德文翻成中文。⑦翻臉，態度突然惡化：鬧翻了。

【組詞】翻動 / 翻滾 / 翻臉 / 翻新 / 翻譯 / 翻越 / 翻閱 / 推翻

【成語】翻來覆去 / 翻天覆地 / 翻雲覆雨 / 天翻地覆 / 人仰馬翻

## 凡 曾 fán 粵 faan4 煩 倉 HNI
丶部，3 畫。

【釋義】①平常的，尋常：平凡 / 不同凡響。②指人世間（宗教或迷信的說法）：凡塵 / 天仙下凡。③所有：凡是。④大概，要略：大凡。

【組詞】凡間 / 凡人 / 不凡 / 非凡

【成語】凡夫俗子 / 自命不凡

## 煩 | 烦 曾 fán 粵 faan4 凡 倉 FMBC
火部，13 畫。

【釋義】①煩悶，心情不暢快：煩惱 / 心煩意亂。②厭煩：耐煩。③又多又亂：煩雜 / 不厭其煩。④煩勞，表示請託：不敢相煩 / 煩您幫個忙。

【組詞】煩悶 / 煩擾 / 煩瑣 / 煩躁 / 麻煩 / 厭煩

## 繁 曾 fán 粵 faan4 凡 倉 OKVIF
糸部，17 畫。

【釋義】①繁多，複雜（跟「簡」相對）：繁雜 / 刪繁就簡。②繁殖（牲畜）：繁育。③茂盛，興盛：繁華 / 繁茂。

【組詞】繁多 / 繁複 / 繁忙 / 繁榮 / 繁盛 / 繁星 / 繁衍 / 繁殖 / 繁重 / 頻繁

【成語】繁花似錦 / 繁榮昌盛 / 繁榮富強

# 礬｜矾
普 fán　粵 faan4 凡
倉 DDKMR
石部，20畫。

【釋義】某些金屬硫酸鹽的含水結晶，如明礬、膽礬、綠礬。

# 反
普 fǎn　粵 faan2 返　倉 HE
又部，4畫。

【釋義】①顛倒的，方向相背的（跟「正」（zhèng）相對）：反面／衣服穿反了。②（對立面）轉換，翻過來：反悔／反敗為勝。③回，還：反擊／義無反顧。④反抗，反對：反加稅。⑤背叛：反叛。⑥反而，相反地：他遇到困難，不但沒有氣餒，反更堅強起來。

【組詞】反駁／反常／反覆／反抗／反射／反彈／反省／反映／反應／違反

【成語】反覆無常／一反常態／出爾反爾／易如反掌／適得其反

# 返
普 fǎn　粵 faan2 反　倉 YHE
辵部，8畫。

【釋義】回：返校。

【組詞】返回／遣返／往返

【成語】返老還童／返璞歸真／樂而忘返／流連忘返／迷途知返

# 氾｜泛
普 fàn　粵 faan3 販　倉 ESU
水部，5畫。

【釋義】氾濫，江河湖泊的水溢出：氾濫成災／洪水氾濫。

【組詞】氾濫

# 犯
普 fàn　粵 faan6 飯　倉 KHSU
犬部，5畫。

【釋義】①抵觸，違犯：犯法。②侵犯；冒犯：井水不犯河水。③罪犯：主犯／盜竊犯。④發作，發生（多指錯誤的或不好的事情）：犯錯／老毛病又犯了。

【組詞】犯案／犯規／犯人／犯罪／觸犯／侵犯／囚犯／疑犯／罪犯

【成語】作奸犯科／明知故犯

# 泛
普 fàn　粵 faan3 販　倉 EHIO
水部，8畫。

【釋義】①漂浮：泛舟。②透出，冒出：臉上泛紅。③廣泛，一般地：泛稱／泛指。④膚淺，不深入：空泛。

【組詞】廣泛

【成語】泛泛而談

# 范
普 fàn　粵 faan6 犯　倉 TESU
艸部，9畫。

【釋義】姓。

# 販｜贩
普 fàn　粵 faan3 泛　倉 BCHE
貝部，11畫。

【釋義】①買進貨物後賣出：販毒／販賣。②販賣東西的人：商販／小販。

# 飯｜饭
普 fàn　粵 faan6 犯　倉 OIHE
食部，12畫。

【釋義】①煮熟的穀類食品：飯粒／米飯。②每天定時吃的食物：晚飯／午飯／早飯。

【組詞】飯菜／飯店／飯館／飯盒／飯碗／吃飯／做飯

【成語】茶餘飯後／粗茶淡飯／家常便飯

**範** | 范 ⓟ fàn ⓬ faan6 犯 ⓒ HJJU
竹部，15畫。

範 範 範 範 範

【釋義】①模範，榜樣：範文 / 示範。②範圍：範疇。③限制：防範。

【組詞】範例 / 範圍 / 典範 / 規範 / 模範 / 師範

---

## fang

**方** ⓟ fāng ⓬ fong1 芳 ⓒ YHS
方部，4畫。

方 方 方 方 方

【釋義】①四個角都是90°的四邊形或六個面都是方形的六面體：正方形。②乘方，數學上指同一數自乘若干次：立方 / 平方。③正直：品行方正。④方向：方位 / 東方。⑤方面：對方 / 敵我雙方。⑥地方：方言 / 遠方 / 天各一方。⑦方法：教子有方。⑧方子，藥方：偏方。⑨正在，正當：方興未艾 / 血氣方剛。⑩方才：如夢方醒。

【組詞】方案 / 方便 / 方才 / 方式 / 方針 / 處方 / 官方 / 警方 / 雙方 / 一方面

【成語】千方百計 / 四方八面 / 想方設法

**坊** ⓟ fāng ⓬ fong1 方 ⓒ GYHS
土部，7畫。

坊 坊 坊 坊 坊

▲ 另見本頁 fáng。

【釋義】①里巷 (多用於街巷名)：白紙坊 (在北京)。②牌坊，形狀像牌樓的建築物，舊時多用來表彰忠孝節義的人物：功德坊 / 貞節坊。

【組詞】坊間 / 牌坊

**芳** ⓟ fāng ⓬ fong1 方 ⓒ TYHS
艸部，8畫。

芳 芳 芳 芳 芳

【釋義】①香：芳草 / 芳香。②指花，也比喻女子：豔冠羣芳。③美好的 (德行、名聲)：芳名 / 流芳百世。

【組詞】芬芳

【成語】孤芳自賞

**坊** ⓟ fáng ⓬ fong1 方 ⓒ GYHS
土部，7畫。

▲ 另見本頁 fāng。

【釋義】小手工業者的工作場所：磨坊 / 染坊 / 作坊。

**妨** ⓟ fáng ⓬ fong4 房 ⓒ VYHS
女部，7畫。

妨 妨 妨 妨 妨

【釋義】妨礙，使事情不能順利進行；妨害。

【組詞】妨礙 / 不妨

**防** ⓟ fáng ⓬ fong4 房 ⓒ NLYHS
阜部，7畫。

防 防 防 防 防

【釋義】①防備：預防 / 以防萬一。②防守，防禦：國防 / 海防。③堤，擋水的建築物：堤防。

【組詞】防盜 / 防範 / 防守 / 防衛 / 防線 / 防禦 / 防止 / 提防 / 消防

【成語】防不勝防 / 防患未然

**房** ⓟ fáng ⓬ fong4 防 ⓒ HSYHS
户部，8畫。

户 房 房 房 房

【釋義】①供人居住或作其他用途的建築物：樓房 / 平房。②房間：病房 / 書房。③結構和作用像房子的東西：蜂房 / 心房。④指家族的一支：遠房 / 長房。

【組詞】房東 / 房間 / 房屋 / 房子 / 廠房 / 車房 / 廚房 / 牢房 / 住房 / 房地產

**肪** 🔵 fáng 🟡 fong1 方 🟢 BYHS
肉部，8畫。

【釋義】〔脂肪〕有機化合物，存在於人體和動物的皮下組織以及植物體中。

**仿** 🔵 fǎng 🟡 fong2 訪 🟢 OYHS
人部，6畫。

【釋義】①仿效，效法：模仿／仿製品。②類似，像：她長得跟她姐姐相仿。
【組詞】仿冒／仿效／仿照／仿真／仿製／效仿

**彷** 🔵 fǎng 🟡 fong2 訪 🟢 HOYHS
彳部，7畫。

▲ 另見 282 頁 páng。
【釋義】〔彷彿〕也作「仿佛」。①似乎，好像：他幹起活來彷彿不知道甚麼是疲倦。②像，類似：他的模樣還和十年前相彷彿。

**舫** 🔵 fǎng 🟡 fong2 訪 🟢 HYYHS
舟部，10畫。

【釋義】船：畫舫／遊舫／石舫。

**紡**｜纺 🔵 fǎng 🟡 fong2 訪
🟢 VFYHS
糸部，10畫。

【釋義】①把絲、麻、棉、毛等纖維製成紗或線：紡紗。②比綢子稀而輕薄的絲織品：紡綢。
【組詞】紡織

**訪**｜访 🔵 fǎng 🟡 fong2 仿
🟢 YRYHS
言部，11畫。

【釋義】①訪問，探望：拜訪。②調查，尋求：採訪。
【組詞】訪談／訪問／探訪／尋訪／造訪
【成語】明察暗訪

**放** 🔵 fàng 🟡 fong3 況 🟢 YSOK
攴部，8畫。

【釋義】①解除約束，使自由：放鬆／釋放。②在一定的時間停止（學習、工作）：放工／放學。③放縱：放蕩／放肆。④讓牛、羊等在草地上吃草和活動：放牛／放羊。⑤逐，把有罪的人驅逐到邊遠地方去：流放。⑥發出：放射／大放異彩。⑦點燃：放火／爆竹。⑧借錢給人，收取利息：放債。⑨擴展：放大／放寬。⑩（花）開：百花齊放／心花怒放。⑪擱置：放置／這事先放一放。⑫使處於一定的位置：安放／擺放。⑬加進去：菜裏多放點鹽。⑭控制自己的行動，採取某種態度，達到某種分寸：放聰明點／腳步放輕些。
【組詞】放棄／放任／放心／放映／放縱／播放／存放／堆放／發放／開放
【成語】放虎歸山／無的放矢

## fei

**妃** 🔵 fēi 🟡 fei1 非 🟢 VSU
女部，6畫。

【釋義】①皇帝的妾，地位僅次於皇后：貴妃／后妃。②太子、王侯的妻子：太子妃。

**非** 🔵 fēi 🟡 fei1 飛 🟢 LMYYY
非部，8畫。

非

【釋義】①錯誤，不對：是非 / 痛改前非。②不合於：非法 / 非禮。③不以為然，反對，責備：非議 / 無可厚非。④不是：非親非故。⑤跟「不」呼應，表示必須：要學好技術，非下苦功不可。⑥前綴，表示不屬於某種範圍：非金屬 / 非賣品。⑦指非洲，世界七大洲之一。

【組詞】非常 / 非凡 / 並非 / 除非 / 莫非 / 無非

【成語】非驢非馬 / 非同凡響 / 非同小可 / 今非昔比 / 為非作歹 / 胡作非為 / 口是心非 / 面目全非 / 似是而非 / 啼笑皆非

飛｜飞 ⓟ fēi ⓜ fei1 非 ⓒ NOHTO
飛部，9 畫。

【釋義】①鼓動翅膀在空中活動：飛翔 / 飛蛾撲火。②利用動力機械在空中行動：明天有飛機飛北京。③在空中飄浮移動：飛揚 / 飛沙走石。④形容極快：飛奔 / 飛速發展。⑤意外的，憑空而來的：流言飛語。

【組詞】飛彈 / 飛機 / 飛快 / 飛舞 / 飛行 / 飛揚 / 飛越 / 飛躍 / 紛飛 / 起飛

【成語】飛簷走壁 / 魂飛魄散 / 龍飛鳳舞 / 眉飛色舞 / 突飛猛進 / 一飛衝天 / 神采飛揚 / 不翼而飛 / 遠走高飛

啡 ⓟ fēi ⓜ fe1 花些一聲 ⓒ RLMY
口部，11 畫。

【釋義】①〔咖啡〕見 195 頁 kā「咖」。②〔嗎啡〕見 242 頁 mǎ「嗎」。

扉 ⓟ fēi ⓜ fei1 非 ⓒ HSLMY
户部，12 畫。

【釋義】①門：柴扉 / 門扉。②書本封面之內印有書名、版權、作者姓名等內容的襯頁：扉頁。

菲 ⓟ fēi ⓜ fei1 妃 ⓒ TLMY
艸部，12 畫。

▲ 另見本頁 fěi。

【釋義】形容花草茂美、香味濃：芳菲。

霏 ⓟ fēi ⓜ fei1 非 ⓒ MBLMY
雨部，16 畫。

【釋義】①雨雪或霧氣很盛的樣子：雨雪霏霏。②飄揚，飛散：煙霏雨散。

肥 ⓟ féi ⓜ fei4 妃四聲 ⓒ BAU
肉部，8 畫。

【釋義】①含脂肪多（跟「瘦」相對）：肥胖 / 肥肉 / 肥豬。②土質含養分多的：土地肥沃。③能供給養分使植物發育生長的物質：肥料 / 化肥。④指靠着不正當的收入而富裕：損公肥私。

【組詞】肥大 / 肥美 / 肥沃 / 減肥 / 施肥

匪 ⓟ fěi ⓜ fei2 翡 ⓒ SLMY
匚部，10 畫。

【釋義】①強盜：匪徒 / 土匪。②非：匪夷所思 / 獲益匪淺。

【組詞】綁匪 / 疑匪

菲 ⓟ fěi ⓜ fei2 匪 ⓒ TLMY
艸部，12 畫。

▲ 另見本頁 fēi。

【釋義】微薄：菲薄 / 菲儀（微薄的禮物）。

【成語】妄自菲薄

斐 ⓟ fěi ⓜ fei2 匪 ⓒ LYYK
文部，12 畫。

【釋義】〔斐然〕①有文采的樣子：斐然成章。②顯著，突出：成績斐然。

翡 曾fěi 粵fei2 匪 倉LYSMM
羽部，14畫。

翡　翡　翡　翡　翡

【釋義】〔翡翠〕①一種礦物，紅色為翡，綠色為翠，也叫硬玉。可做裝飾品和工藝美術品。②鳥名，嘴長而直，有紅、綠、藍等色的羽毛，嘴和腳都呈珊瑚紅色，生活在水邊。

誹 | 诽 曾fěi 粵fei2 匪 倉YRLMY
言部，15畫。

【釋義】無中生有，說別人壞話，毀人名譽：誹謗。

吠 曾fèi 粵fai6 廢六聲 倉RIK
口部，7畫。

吠　吠　吠　吠　吠

【釋義】(狗) 叫：狂吠／雞鳴狗吠。

沸 曾fèi 粵fai3 費 倉ELLN
水部，8畫。

沸　沸　沸　沸　沸

【釋義】沸騰：沸水／人聲鼎沸。
【組詞】沸騰

肺 曾fèi 粵fai3 費 倉BJB
肉部，8畫。

肺　肺　肺　肺　肺

【釋義】人和高等動物的呼吸器官。人的肺在胸腔中，左右各一，和支氣管相連。也叫肺臟。
【組詞】肺病／肺炎
【成語】肺腑之言／狼心狗肺

狒 曾fèi 粵fei6 非六聲 又fai3 肺
倉KHLLN
犬部，8畫。

【釋義】〔狒狒〕哺乳動物，身形像猴，四肢粗壯，毛淺灰褐色，羣居，雜食，多分佈於非洲。

費 | 费 曾fèi 粵fai3 肺 倉LNBUC
貝部，12畫。

費　費　費　費　費

【釋義】①費用：車費／繳費／經費。②花費，耗費(跟「省」(shěng)相對)：費力／浪費／破費。
【組詞】費神／費用／白費／花費／免費／收費／消費／小費／學費／自費
【成語】鋪張浪費

痱 曾fèi 粵fai6 吠 又fai2 揮二聲
倉KLMY
疒部，13畫。

【釋義】〔痱子〕皮膚病。夏天常見，天熱導致皮膚表面生出來的紅色或白色小疹，非常刺癢。

廢 | 废 曾fèi 粵fai3 肺 倉INOE
广部，15畫。

廢　廢　廢　廢　廢

【釋義】①不再使用，不再繼續：廢除。②荒蕪，衰敗：廢墟。③沒有用的或失去了原來作用的：廢鐵／廢物。④肢體傷殘，並失去功能：殘廢。
【組詞】廢料／廢棄／荒廢／頹廢／作廢
【成語】廢寢忘餐／半途而廢

── fen ──

分 曰 曾fēn 粵fan1 紛 倉CSH
刀部，4畫。

分　分　分　分　分

▲另見99頁 fèn。
【釋義】①使整體變成幾部分，或使相連在一

起的事物離開（跟「合」相對）：分裂 / 分散。②分配：分紅 / 分派。③辨別：分辨 / 不分青紅皂白。④分支的，部分的：分店 / 分公司。⑤計量單位名稱。(a)計量貨幣，10 分等於 1 角。(b)計量時間，60 分等於 1 小時。⑥評定成績或勝負的記數單位：記分冊 / 考試得了 100 分。⑦一個整體平均分成十份，每一份為一分（多用於抽象事物）：三分把握。

【組詞】分別 / 分佈 / 分擔 / 分割 / 分隔 / 分工 / 分歧 / 分析 / 分享 / 區分

【成語】分道揚鑣 / 分門別類 / 分秒必爭 / 難分難解 / 四分五裂 / 爭分奪秒 / 不由分說

〓 🔊 fēn 🔊 fan6 份

【釋義】分數，數學中表示除法的式子：三分之一 / 百分之十五。

【組詞】分母 / 分子

## 吩 🔊 fēn 🔊 fan1 分 ⊕ RCSH
口部，7 畫。

【釋義】〔吩咐〕①口頭指派或命令：王先生吩咐我來取文件。②叮囑，囑咐：父親吩咐兒子早去早回。

## 芬 🔊 fēn 🔊 fan1 分 ⊕ TCSH
艸部，8 畫。

【釋義】香：芬芳 / 清芬。

## 氛 🔊 fēn 🔊 fan1 分 ⊕ ONCSH
气部，8 畫。

【釋義】情景，氣象：氛圍 / 氣氛。

## 紛 | 纷 🔊 fēn 🔊 fan1 分 ⊕ VFCSH
糸部，10 畫。

【釋義】①多，雜亂：紛飛 / 紛亂。②爭執：糾紛 / 排難解紛。

【組詞】紛呈 / 紛紛 / 紛擾 / 紛紜 / 紛爭 / 繽紛

【成語】議論紛紛 / 眾說紛紜 / 五彩繽紛

## 焚 🔊 fén 🔊 fan4 墳 ⊕ DDF
火部，12 畫。

【釋義】燒：焚毀 / 焚燒。

【組詞】焚化

【成語】玩火自焚 / 心急如焚

## 墳 | 坟 🔊 fén 🔊 fan4 焚 ⊕ GJTC
土部，15 畫。

【釋義】墳墓，埋葬死人的地方：墳地 / 祖墳。

【組詞】墳墓

## 粉 🔊 fén 🔊 fan2 分二聲 ⊕ FDCSH
米部，10 畫。

【釋義】①粉末：花粉 / 麵粉。②特指化妝用的粉末：脂粉。③使完全破碎：粉碎 / 粉身碎骨。④用塗料塗飾：粉飾 / 粉刷。⑤用澱粉製成的食品：粉絲。⑥淺色，帶白色的：粉蝶 / 粉紅。

【組詞】粉筆 / 粉塵 / 粉末 / 澱粉 / 奶粉

【成語】粉墨登場 / 粉飾太平

## 分 🔊 fèn 🔊 fan6 份 ⊕ CSH
刀部，4 畫。

▲ 另見 98 頁 fēn。

【釋義】①成分：水分／鹽分。②職責和權利的限度：分內／安分。

【組詞】分量／分外／本分／成分／充分／非分／過分／名分／身分／知識分子

【成語】安分守己／恰如其分

## 份　🔊fèn　🔈fan6 分六聲　⌨OCSH
人部，6畫。

【釋義】①整體中的一個單位：股份／把線段分成三等份。②表示單位。(a)用於搭配成組的東西：一份禮物。(b)用於報刊、文件等：一份報紙／合約一式兩份。③用在「省」「縣」「年」「月」後面，表示劃分的單位：年份／省份／月份。

## 忿　🔊fèn　🔈fan5 憤　⌨CSHP
心部，8畫。

【釋義】①同「憤」，見本頁fèn。②〔不忿〕不服氣，不平。

## 憤｜愤　🔊fèn　🔈fan5 奮　⌨PJTC
心部，15畫。

【釋義】因為不滿意而感情激動，發怒：憤恨／憤慨。

【組詞】憤怒／悲憤／發憤／激憤／氣憤

【成語】憤世嫉俗／發憤圖強

## 奮｜奋　🔊fèn　🔈fan5 憤　⌨KOGW
大部，16畫。

【釋義】①鼓起勁來，振作：勤奮／振奮。②搖動，舉起：奮筆疾書／奮臂高呼。

【組詞】奮鬥／奮力／奮起／奮勇／奮戰／興奮

【成語】奮不顧身／奮起直追／自告奮勇

## 糞｜粪　🔊fèn　🔈fan3 訓　⌨FDWTC
米部，17畫。

【釋義】從肛門排泄出來的經過消化的食物的渣滓：糞便／牛糞。

# feng

## 封　🔊fēng　🔈fung1 風　⌨GGDI
寸部，9畫。

【釋義】①古代帝王把爵位（有時連土地）或稱號賜給臣子：封侯／分封。②封閉：封鎖／大雪封山。③封起來的或用來束東西的紙包或紙袋：封套／信封。④表示單位。用於封起來的東西：一封信。

【組詞】封閉／封殺／冰封／塵封／密封

【成語】原封不動／故步自封

## 風｜风　🔊fēng　🔈fung1 封　⌨HNHLI
風部，9畫。

【釋義】①空氣流動的現象：颱風／風吹雨打。②借風力吹（使東西乾燥或純淨）：風乾。③風氣，風俗：民風淳樸／世風日下。④景象：風光／風景。⑤態度：風格／作風。⑥風聲，消息：通風報信／聞風喪膽。⑦傳說的，沒有確實根據的：風聞／風言風語。

【組詞】風暴／風波／風采／風度／風浪／風扇／風味／風雲／颱風／威風

【成語】風度翩僕／風馳電掣／風吹草動／風和日麗／風平浪靜／風調雨順／捕風捉影／呼風喚雨／一帆風順／弱不禁風

## 峯 | 峰
@ fēng @ fung1 風
@ UHEJ
山部，10畫。

【釋義】①山的突出的尖頂：峯巒 / 高峯 / 山峯。②形狀像山峯的事物：駝峯。
【成語】峯迴路轉 / 登峯造極

## 烽
@ fēng @ fung1 風 @ FHEJ
火部，11畫。
【釋義】古時邊防報警的煙火：烽煙 / 烽火連天。

## 楓 | 枫
@ fēng @ fung1 封
@ DHNI
木部，13畫。

【釋義】楓樹，喬木，葉子通常三裂，秋季變成紅色。
【組詞】楓林 / 楓葉

## 蜂
@ fēng @ fung1 封 @ LIHEJ
虫部，13畫。

【釋義】①昆蟲，種類很多，有毒刺，能蜇人，常成羣住在一起：蜜蜂。②特指蜜蜂：蜂巢 / 蜂蜜。③比喻成羣地：蜂起 / 蜂擁而上。

## 瘋 | 疯
@ fēng @ fung1 封
@ KHNI
疒部，14畫。

【釋義】①神經錯亂，精神失常：瘋癲 / 裝瘋賣傻。②沒有約束地玩耍：他跟朋友瘋了一整天。

【組詞】瘋狂 / 瘋子 / 發瘋

## 鋒 | 锋
@ fēng @ fung1 封
@ CHEJ
金部，15畫。

【釋義】①(刀、劍等) 銳利或尖端的部分：鋒刃 / 刀鋒。②在前帶頭的 (多指軍隊)：前鋒 / 先鋒。③大氣中冷、暖氣團之間的交界面：冷鋒 / 暖鋒。④比喻文章或言辭的鋒芒：筆鋒 / 話鋒。
【組詞】鋒利 / 鋒芒 / 衝鋒 / 交鋒
【成語】鋒芒畢露 / 衝鋒陷陣 / 針鋒相對

## 豐 | 丰
@ fēng @ fung1 風
@ UJMRT
豆部，18畫。

【釋義】①豐富：豐收 / 豐衣足食。②大：豐功偉績。
【組詞】豐富 / 豐厚 / 豐滿 / 豐盛

## 逢
@ féng @ fung4 馮 @ YHEJ
辵部，11畫。

【釋義】遇到，遇見：相逢 / 千載難逢。
【組詞】重逢 / 每逢
【成語】逢凶化吉 / 左右逢源 / 萍水相逢 / 狹路相逢

## 馮 | 冯
@ féng @ fung4 逢
@ IMSQF
馬部，12畫。
【釋義】姓。

## 縫 | 缝
@ féng @ fung4 逢
@ VFYHJ
糸部，17畫。

▲另見本頁 fèng。

【釋義】用針線將原來不在一起或開了口的東西連上：縫傷口 / 縫衣裳。

【組詞】縫補 / 縫合 / 縫紉

## 諷 | 讽

普 fěng 粵 fung3 風三聲 倉 YRHNI
言部，16 畫。

【釋義】用含蓄的話指責或勸告：諷刺 / 嘲諷 / 譏諷。

【成語】冷嘲熱諷

## 奉

普 fèng 粵 fung6 鳳 倉 QKQ
大部，8 畫。

【釋義】①給，獻給（多指對上級或長輩）：奉獻 / 雙手奉上。②接受（多指上級或長輩的）：奉命 / 奉旨。③遵照，遵照執行：奉行 / 陽奉陰違（表面上遵行，暗地裏不執行）。④尊重，信仰：信奉 / 奉若神明。⑤侍候：奉養 / 侍奉。⑥敬辭，用於自己的舉動涉及對方時：奉陪 / 奉送。

【組詞】奉承 / 奉勸 / 供奉

【成語】奉公守法

## 俸

普 fèng 粵 fung2 封二聲 倉 OQKQ
人部，10 畫。

【釋義】舊時官吏的薪水：俸祿 / 薪俸。

## 鳳 | 凤

普 fèng 粵 fung6 奉 倉 HNMAF
鳥部，14 畫。

【釋義】鳳凰，傳說中的百鳥之王：鳳毛麟角（比喻數量極少）/ 龍鳳呈祥。

【組詞】鳳凰

【成語】龍飛鳳舞

## 縫 | 缝

普 fèng 粵 fung6 奉 倉 VFYHJ
糸部，17 畫。

▲另見 101 頁 féng。

【釋義】①接合的地方：無縫鋼管。②縫隙：裂縫 / 見縫插針。

【組詞】縫隙 / 夾縫

【成語】天衣無縫

# fo

## 佛

普 fó 粵 fat6 伐 倉 OLLN
人部，7 畫。

【釋義】①佛陀，佛教徒對修行圓滿的人的稱呼，常特指佛教創始人釋迦牟尼。②佛教的簡稱：佛經 / 佛門。

【組詞】佛法 / 佛教 / 佛寺 / 佛像 / 佛祖 / 拜佛

【成語】借花獻佛

# fou

## 否

普 fǒu 粵 fau2 浮二聲 倉 MFR
口部，7 畫。

▲另見 288 頁 pǐ。

【釋義】①否定：否決 / 否認。②表示不同意，相當於口語的「不」。③「是否」「能否」「可否」等形式，表示「是不是」「能不能」「可不可」等意思：不知是否可行。

【組詞】否定 / 否則 / 可否 / 能否 / 是否

# fu

夫 曾 fū　粵 fu1 呼　倉 QO
大部，4畫。

【釋義】①丈夫：夫婦 / 夫妻 / 夫婿。②成年男子：懦夫 / 匹夫。③稱從事某種體力勞動的人：農夫 / 漁夫。
【成語】夫唱婦隨 / 凡夫俗子

孵 曾 fū　粵 fu1 夫　倉 HHSLD
子部，14畫。

【釋義】鳥類伏在卵上，用體溫使卵內的胚胎發育成雛鳥：孵化 / 孵育。

麩｜麸 曾 fū　粵 fu1 呼　倉 JNQO
麥部，15畫。

【釋義】麩子，通常指小麥磨成麪篩過後剩下的麥皮和碎屑。也叫麩皮。

敷 曾 fū　粵 fu1 夫　倉 ISOK
支部，15畫。

【釋義】①搽上，塗上：敷藥。②鋪開，擺開：敷陳 / 敷設電纜。③夠，足：入不敷出。

膚｜肤 曾 fū　粵 fu1 夫　倉 YPWB
肉部，15畫。

【釋義】①皮膚：肌膚 / 切膚之痛。②表面的，淺薄的：膚淺。
【組詞】膚色 / 皮膚
【成語】體無完膚

弗 曾 fú　粵 fat1 忽　倉 LLN
弓部，5畫。

【釋義】不：自愧弗如。

伏 曾 fú　粵 fuk6 服　倉 OIK
人部，6畫。

【釋義】①身體向前靠在物體上，趴：伏案。②低下去：起伏。③隱藏：伏擊 / 埋伏。④伏天，指夏季最熱的時期：三伏天。⑤屈服，低頭承認：伏法。⑥使屈服，降伏：制伏 / 降龍伏虎。
【組詞】伏筆 / 伏兵 / 潛伏
【成語】此起彼伏 / 危機四伏

扶 曾 fú　粵 fu4 乎　倉 QQO
手部，7畫。

【釋義】①用手支持使不倒：攙扶。②用手幫助躺着或倒下的人坐或立，用手使倒下的東西豎直：扶起摔倒的老人。③扶助：扶貧 / 救死扶傷。
【組詞】扶持 / 扶手 / 扶助
【成語】扶老攜幼 / 扶危濟困

孚 曾 fú　粵 fu1 呼　倉 BND
子部，7畫。

【釋義】令人信服：深孚眾望。

芙 曾 fú　粵 fu4 扶　倉 TQO
艸部，8畫。

【釋義】〔芙蓉〕①木芙蓉，落葉灌木或小喬木。②荷花：出水芙蓉。

拂 曾 fú　粵 fat1 忽　倉 QLLN
手部，8畫。

【釋義】①輕輕擦過：吹拂 / 春風拂面。②揮去：拂塵 / 拂拭。③甩動，抖：拂袖而去。

佛 曾 fú　粵 fat1 忽　倉 HOLLN
彳部，8畫。

**彿**

【釋義】〔彷彿〕見 96 頁 fǎng「彷」。

---

**服** 🔊 fú 🔊 fuk6 伏 🔊 BSLE
月部，8畫。

【釋義】①衣服：服飾／服裝／校服。②穿（衣服），佩帶：服喪。③吃（藥）：服藥／服用／內服。④承當（義務或刑罰）：服務／服刑。⑤服從，佩服：心服口服。⑥使信服：以理服人。⑦適應：不服水土。

【組詞】服從／服侍／克服／佩服／屈服／舒服／說服／馴服／征服／制服

【成語】心悅誠服

---

**俘** 🔊 fú 🔊 fu1 夫 🔊 OBND
人部，9畫。

【釋義】①作戰時把對方捉住：俘獲／俘虜／被俘。②作戰時被對方捉住的人：戰俘。

---

**浮** 🔊 fú 🔊 fau4 否四聲 🔊 EBND
水部，10畫。

【釋義】①停留在液體表面上（跟「沉」相對），漂：浮萍／漂浮／浮在海上。②在表面上的：浮雕／浮土。③輕浮，浮躁：心浮氣躁。④空虛，不切實：浮誇。⑤超過，多餘：人浮於事。

【組詞】浮動／浮力／浮名／浮現／浮躁／輕浮／懸浮

---

**袱** 🔊 fú 🔊 fuk6 服 🔊 LOIK
衣部，11畫。

【釋義】包裹、覆蓋用的布單：包袱。

---

**符** 🔊 fú 🔊 fu4 乎 🔊 HODI
竹部，11畫。

【釋義】①代表事物的標記，記號：符號／音符。②符合：不符／相符。③道士所畫的一種圖形或線條，聲稱能驅使鬼神、給人帶來禍福：符咒／護身符。

---

**幅** 🔊 fú 🔊 fuk1 🔊 LBMRW
巾部，12畫。

【釋義】①布帛、呢絨等的寬度：幅面／雙幅。②泛指寬度：幅度。③表示單位。用於布帛、呢絨、圖畫等：兩幅布／一幅畫。

【組詞】篇幅

---

**福** 🔊 fú 🔊 fuk1 腹 🔊 IFMRW
示部，13畫。

【釋義】幸福，福氣（跟「禍」相對）：福分／享福。

【組詞】福利／福氣／祈福／託福／幸福／造福／祝福

【成語】福祿雙全／因禍得福

---

**蝠** 🔊 fú 🔊 fuk1 腹 🔊 LIMRW
虫部，15畫。

【釋義】〔蝙蝠〕見 20 頁 biān「蝙」。

---

**輻**｜輻 🔊 fú 🔊 fuk1 福 🔊 JJMRW
車部，16畫。

【釋義】車輪中連接軸心和輪圈的一根根直木條或鋼條：輻條。

甫 🔊 fǔ 🔊 fu2 虎 🔊 IJB
用部，7畫。
【釋義】剛剛：年甫二十 / 驚魂甫定。

府 🔊 fǔ 🔊 fu2 苦 🔊 IODI
广部，8畫。

【釋義】①舊稱官吏辦公的地方，現稱國家政
權機關：官府 / 政府。②舊稱大官、貴族的
住宅，現也稱某些國家元首辦公或居住的地
方：府第 / 總統府。③唐代至清代的行政區
劃，比縣高一級：知府 / 開封府。

斧 🔊 fǔ 🔊 fu2 虎 🔊 CKHML
斤部，8畫。

【釋義】斧子，砍竹、木等用的工具。
【組詞】斧頭
【成語】鬼斧神工 / 班門弄斧 / 大刀闊斧

釜 🔊 fǔ 🔊 fu2 苦 🔊 CKMGC
金部，10畫。
【釋義】古代一種鍋，用銅或陶製成，小口大
腹：破釜沉舟（比喻下決心）。

俯 🔊 fǔ 🔊 fu2 苦 🔊 OIOI
人部，10畫。

【釋義】（頭）低下（跟「仰」相對）：俯視。
【組詞】俯瞰 / 俯首 / 俯仰

脯 🔊 fǔ 🔊 fu2 苦 🔊 BIJB
肉部，11畫。
▲另見295頁 pú。
【釋義】①肉乾：鹿脯 / 兔脯。②蜜餞果乾：
果脯 / 桃脯。

腑 🔊 fǔ 🔊 fu2 苦 🔊 BIOI
肉部，12畫。

【釋義】中醫稱人體胸腹內的器官，如胃、
膽、大腸、小腸、膀胱等：五臟六腑。
【成語】感人肺腑

腐 🔊 fǔ 🔊 fu6 付 🔊 IIOBO
肉部，14畫。

【釋義】①腐爛，變壞：腐臭 / 腐朽。②思想
陳舊：陳腐 / 迂腐。③豆腐：腐乳 / 腐竹。
【組詞】腐敗 / 腐化 / 腐壞 / 腐爛 / 腐蝕 / 防腐

輔 | 辅 🔊 fǔ 🔊 fu6 父 🔊 JJIJB
車部，14畫。

【釋義】輔助，從旁幫助：輔佐。
【組詞】輔導 / 輔助
【成語】相輔相成

撫 | 抚 🔊 fǔ 🔊 fu2 府 🔊 QOTF
手部，15畫。

【釋義】①安慰，慰問：撫慰 / 撫恤 / 安撫。
②保護，照顧：撫養 / 撫育。③輕輕地按
著：撫摸。

父 🔊 fù 🔊 fu6 付 🔊 CK
父部，4畫。

【釋義】①父親：父母 / 父子。②家族、親戚
中或有某種關係的長輩男子：師父 / 祖父。
【成語】父慈子孝 / 認賊作父

付 🔊 fù 🔊 fu6 父 🔊 ODI
人部，5畫。

【釋義】①交給：交付／託付。②給（錢）：付款／支付。
【組詞】付出／繳付

## 咐 普 fù 粵 fu3 富 又 fu6 父 倉 RODI
口部，8畫。

【釋義】①〔吩咐〕見99頁 fēn〔吩〕。②〔囑咐〕告訴對方記住應該怎樣，不應該怎樣：母親囑咐他好好學習。

## 阜 普 fù 粵 fau6 埠 倉 HRJ
阜部，8畫。

【釋義】①土山。②（物資）豐厚：物阜民豐。

## 附 普 fù 粵 fu6 父 倉 NLODI
阜部，8畫。

【釋義】①附帶：附錄／附設。②靠近：附近／附耳低言。③依從，依附：附屬／攀附。
【組詞】附帶／附和／附加／附件／依附

## 訃｜讣 普 fù 粵 fu6 父 倉 YRY
言部，9畫。

【釋義】報喪，把某人去世的消息通知給死者親友或向大眾公佈：訃告／訃聞。

## 赴 普 fù 粵 fu6 父 倉 GOY
走部，9畫。

【釋義】到某處去：赴會／赴宴。
【組詞】赴約／奔赴
【成語】赴湯蹈火／全力以赴

## 負｜负 普 fù 粵 fu6 付 倉 NBUC
貝部，9畫。

【釋義】①背：背負／負荊請罪。②擔負：肩負／負責任。③依仗，依靠：負險固守。④遭受：負傷。⑤享有：久負盛名。⑥虧欠，拖欠：負債。⑦背棄，違背：負心／忘恩負義。⑧失敗（跟「勝」相對）：不分勝負。⑨小於零的（跟「正」zhèng 相對，下同⑩）：負號／負數。⑩指電子相對的兩方面中反的一面：負電／負極。
【組詞】負擔／負荷／負責／抱負／辜負／欺負／勝負
【成語】如釋重負

## 副 普 fù 粵 fu3 富 倉 MWLN
刀部，11畫。

【釋義】①居第二位的，輔助的（區別於「正」或「主」）：副班長／副標題。②附帶的：副作用。③符合：名副其實。④表示單位：(a)用於成套的東西：一副對聯／一副手套。(b)用於面部表情：一副笑臉／一副冷漠的面孔。
【組詞】副本／副食

## 婦｜妇 普 fù 粵 fu5 父五聲 倉 VSMB
女部，11畫。

【釋義】①婦女，成年女性的通稱：婦科／婦孺。②已婚的女子：農婦／少婦。③妻：夫婦。
【組詞】婦女／婦人／產婦／寡婦／媳婦／孕婦／主婦
【成語】夫唱婦隨

## 富 普 fù 粵 fu3 副 倉 JMRW
宀部，12畫。

【釋義】①財產多（跟「貧」「窮」相對）：富裕／致富。②使變富：富國強兵。③資源，財產：財富。④豐富，多：富饒／富於營養。

【組詞】富貴 / 富豪 / 富強 / 富翁 / 富有 / 豐富
【成語】富麗堂皇 / 劫富濟貧 / 榮華富貴

# 傅 ⓟ fù ⓟ fu6 父 ⓟ OIBI
人部，12畫。

傅 傅 傅 傅 傅

【釋義】負責教導或傳授技藝的人：師傅。

# 復 | 复 ⓟ fù ⓟ fuk6 伏 ⓟ HOOAE
彳部，12畫。

復 復 復 復 復

【釋義】①恢復：復原 / 修復。②報復：復仇。③再，又：舊病復發 / 一去不復返。④返回：循環往復。
【組詞】復活 / 復蘇 / 報復 / 光復 / 恢復 / 回復 / 康復 / 收復
【成語】日復一日 / 死灰復燃 / 周而復始

# 腹 ⓟ fù ⓟ fuk1 福 ⓟ BOAE
肉部，13畫。

腹 腹 腹 腹 腹

【釋義】①軀幹的一部分，人的腹在胸的下面，通稱肚子：腹瀉 / 捧腹大笑。②鼎、瓶等器物中間凸出的部分：壺腹 / 瓶腹。③比喻指人的內心：口蜜腹劍。
【組詞】空腹 / 捧腹 / 心腹
【成語】腹背受敵 / 推心置腹

# 複 | 复 ⓟ fù ⓟ fuk1 幅 ⓟ LOAE
衣部，14畫。

複 複 複 複 複

【釋義】①重複：複寫 / 複製。②不單一，繁複：複姓 / 複雜。
【組詞】複核 / 複賽 / 複述 / 複習 / 複印 / 重複 / 繁複
【成語】錯綜複雜

# 尉 | 尉 ⓟ fù ⓟ fu6 父 ⓟ SFODI
馬部，15畫。

【釋義】〔駙馬〕即「駙馬都尉」，漢代官名。後來帝王的女婿常擔任這一官職，因此又專指公主的丈夫。

# 賦 | 赋 ⓟ fù ⓟ fu3 副 ⓟ BCMPM
貝部，15畫。

賦 賦 賦 賦 賦

【釋義】①（上對下）交給：賦予。②指天生的資質：稟賦 / 天賦。③舊時指田地稅：賦稅 / 田賦。④中國古代文體，盛行於漢魏六朝，是韻文和散文的綜合體：辭賦。⑤作（詩、詞）：即興賦詩。

# 縛 | 缚 ⓟ fù ⓟ bok3 博 ⓟ VFIBI
糸部，16畫。

縛 縛 縛 縛 縛

【釋義】捆綁：束縛 / 手無縛雞之力。
【成語】作繭自縛

# 覆 ㊀ ⓟ fù ⓟ fuk1 腹 ⓟ MWHOE
西部，18畫。

覆 覆 覆 覆 覆

【釋義】①翻倒，毀滅：覆滅 / 顛覆。②回答，答覆：覆信 / 覆電話。③轉過去或轉回來：反覆 / 翻來覆去。
【組詞】覆沒 / 答覆 / 回覆
【成語】覆水難收 / 重蹈覆轍 / 翻天覆地 / 翻雲覆雨 / 全軍覆沒 / 天翻地覆
㊁ ⓟ fù ⓟ fau6 阜
【釋義】遮蓋：覆蓋 / 天覆地載。

# 馥 ⓟ fù ⓟ fuk1 腹 ⓟ HAOAE
香部，18畫。

【釋義】香氣：馥郁。

# Gg

G

## ga

**夾** | 夹  曾 gā  粵 gaap3 甲  倉 KOO
大部，7 畫。

▲ 另見 162 頁 jiā；163 頁 jiá。

【釋義】〔夾肢窩〕也作「胳肢窩」。腋部的通稱。

**咖**  曾 gā  粵 gaa3 嫁  倉 RKSR
口部，8 畫。

▲ 另見 195 頁 kā。

【釋義】〔咖喱〕一種調味品，用胡椒、薑黃、茴香、陳皮等的粉末製成，味香而辣，色黃。

**尬**  曾 gà  粵 gaai3 界  倉 KUOLL
尢部，7 畫。

【釋義】〔尷尬〕見 110 頁 gān「尷」。

## gai

**該** | 该  曾 gāi  粵 goi1 賅  倉 YRYVO
言部，13 畫。

【釋義】①應當，理應如此：應該 / 罪該萬死。②應當是，輪到：下一個該我了。③指上文說過的人或事物：該地 / 該人。

**賅** | 赅  曾 gāi  粵 goi1 該  倉 BCYVO
貝部，13 畫。

【釋義】完備，齊全：言簡意賅。

**改**  曾 gǎi  粵 goi2 該二聲  倉 SUOK
攴部，7 畫。

【釋義】①變：改期 / 更改。②修改：改寫。③糾正：改正 / 悔改。

【組詞】改編 / 改動 / 改革 / 改觀 / 改進 / 改良 / 改善 / 改造 / 塗改 / 修改

【成語】改頭換面 / 改邪歸正 / 痛改前非

**丐**  曾 gài  粵 koi3 概  倉 MYVS
一部，4 畫。

【釋義】乞丐，討飯的人。

【組詞】乞丐

**溉**  曾 gài  粵 koi3 鈣  倉 EAIU
水部，12 畫。

【釋義】澆，灌：灌溉。

**鈣** | 钙  曾 gài  粵 koi3 概  倉 CMYS
金部，12 畫。

【釋義】金屬元素，符號 Ca。銀白色。鈣的化合物用途很廣。

**概**  曾 gài  粵 koi3 鈣  倉 DAIU
木部，13 畫。

【釋義】①大略：概要 / 大概。②一律：一概 /

貨物出門，概不退換。③氣度神情：氣概。
【組詞】概況 / 概括 / 概覽 / 概論 / 概念 / 概述

**蓋** | 盖　🔊gài 🔊goi3 該三聲
❌koi3 概 🔊TGIT
艸部，14畫。

【釋義】①物上部可以拿起的有遮蔽作用的東西：鍋蓋。②某些動物背部的甲殼，也指人體某些起類似作用的骨頭：膝蓋 / 螃蟹蓋。③古代指傘：華蓋（古代車上像傘的蓬子）。④由上而下地遮掩，蒙上：覆蓋 / 遮蓋。⑤打上（印章）：蓋印 / 蓋章。⑥超過，壓倒：氣蓋山河 / 蓋過別人的聲音。⑦建築（房屋）：蓋樓。
【組詞】蓋子 / 涵蓋 / 掩蓋
【成語】欲蓋彌彰 / 鋪天蓋地

## gan

**干**　🔊gān 🔊gon1 肝 🔊MJ
干部，3畫。

【釋義】①古代指盾：干戈。②牽連，涉及：干涉 / 與你何干？③天干，即曆法用字甲、乙、丙、丁、戊、己、庚、辛、壬、癸的總稱：干支。
【組詞】干擾 / 干預 / 相干
【成語】大動干戈

**甘**　🔊gān 🔊gam1 金 🔊TM
甘部，5畫。

【釋義】①甜，甜美：甘泉 / 甘甜 / 甘蔗。②自願，樂意：甘心 / 不甘示弱。
【組詞】甘露 / 甘願
【成語】甘拜下風 / 同甘共苦 / 心甘情願 / 苦盡甘來

**杆**　🔊gān 🔊gon1 干 🔊DMJ
木部，7畫。

【釋義】有　定用途的棍狀物（多直立在地上）：欄杆 / 旗杆 / 桅杆。

**肝**　🔊gān 🔊gon1 干 🔊BMJ
肉部，7畫。

【釋義】人和高等動物的消化器官之一，主要功能是分泌膽汁，儲藏動物澱粉，調節蛋白質、脂肪和碳水化合物的新陳代謝等。也叫肝臟。
【成語】肝膽相照

**柑**　🔊gān 🔊gam1 甘 🔊DTM
木部，9畫。

【釋義】灌木，果實球形稍扁，比橘子大，橙黃色，果肉多汁，味甜。

**竿**　🔊gān 🔊gon1 干 🔊HMJ
竹部，9畫。

【釋義】竹竿，截取竹子的主幹，削去枝葉而成：釣竿 / 立竿見影。
【組詞】竿子 / 竹竿
【成語】百尺竿頭 / 日上三竿

**乾** | 干　🔊gān 🔊gon1 干 🔊JJON
乙部，11畫。

▲另見303頁qián。
【釋義】①沒有水分或水分很少（跟「濕」相對）：乾柴 / 乾糧。②不用水的：乾洗。③喝盡壺中或杯中的酒：乾杯。④加工製成的乾的食品：餅乾 / 魚乾。⑤空虛，空無所有：外強中乾。⑥只具形式的：乾笑。⑦指結拜認來的親屬關係：乾爹 / 乾兒子。⑧徒然，白：乾着急 / 乾打雷，不下雨。

【組詞】乾旱／乾涸／乾淨／乾糧／乾燥
【成語】一乾二淨

## 尷 ｜ 尴
🔊 gān 🔊 gaam1 鑒一聲
🔊 KUSIT
尢部，17畫。

【釋義】〔尷尬〕①處境困難，不好處理：他把場面弄得很尷尬。②神態不自然：表情尷尬。

## 桿 ｜ 杆
🔊 gǎn 🔊 gon1 干 🔊 DAMJ
木部，11畫。

【釋義】①器物上像棍子的細長部分：筆桿／槍桿。②表示單位。用於有桿的器物：一桿秤／一桿槍。

## 敢
🔊 gǎn 🔊 gam2 錦 🔊 MJOK
支部，12畫。

【釋義】①有勇氣，有膽量：果敢／勇敢。②表示膽量做某種事情：敢作敢為／敢怒而不敢言。③表示有把握做某種判斷：誰敢說沒問題？④謙辭，表示冒昧地請求別人：敢煩／敢問。
【組詞】敢於／膽敢／不敢當

## 稈 ｜ 秆
🔊 gǎn 🔊 gon2 趕
🔊 HDAMJ
禾部，12畫。

【釋義】某些植物的莖：麥稈／高粱稈。

## 感
🔊 gǎn 🔊 gam2 敢 🔊 IRP
心部，13畫。

【釋義】①覺得：感覺／深感內疚。②感動：感人肺腑／深有所感。③懷有謝意：感恩／感謝／知恩感戴。④覺得，情感，感想：美感／傷感／歸屬感。⑤受到傳染：感染。

【組詞】感觸／感激／感慨／感情／感受／感歎／感想／觀感／靈感／敏感
【成語】感恩戴德／感激涕零／感同身受／百感交集／多愁善感

## 趕 ｜ 赶
🔊 gǎn 🔊 gon2 稈
🔊 GOAMJ
走部，14畫。

【釋義】①追：追趕／趕不上大隊。②加快行動，使不誤時間：趕路／趕着開會。③駕馭：趕大車。④驅逐：趕蒼蠅／趕盡殺絕。⑤遇到（某種情況），趁着（某個時機）：趕巧／趕上一場雨。⑥表示等到某個時候：趕過年再回家／趕明天再買也不遲。
【組詞】趕緊／趕快／趕忙／趕走／驅趕

## 橄
🔊 gǎn 🔊 gaam3 鑒 🔊 DMJK
木部，16畫。

【釋義】〔橄欖〕①喬木，果實長橢圓形，兩端稍尖，綠色，可以吃，也可入藥。②小喬木，即油橄欖，葉子長橢圓形，果實可榨油。西方用它的枝葉作為和平的象徵。

## 幹 ｜ 干
🔊 gàn 🔊 gon3 肝三聲
🔊 JJOMJ
干部，13畫。

【釋義】①事物的主體或重要部分：骨幹／樹幹。②做（事）：實幹／埋頭苦幹。③能幹，有能力的：幹練／精明強幹。
【組詞】幹道／幹活／幹勁／幹練／幹線／才幹／能幹／軀幹

## 贛 ｜ 赣
🔊 gàn 🔊 gam3 禁
🔊 YJHEC
貝部，24畫。

【釋義】①贛江，河流名，在江西。②江西的別稱。

---

## gang

肛 🔊gāng 🔊gong1 江 🔊BM
肉部，7畫。

【釋義】〔肛門〕直腸末端的口。糞便從這裏排出體外。

岡｜冈 🔊gāng 🔊gong1 江 🔊BTU
山部，8畫。

【釋義】較低而平的山脊：山岡 / 景陽岡。

缸 🔊gāng 🔊gong1 江 🔊OUM
缶部，9畫。

【釋義】①一種盛東西的器物，底小口大，用陶、瓷、搪瓷、玻璃等燒製而成：水缸。②像缸的器物：汽缸。
【組詞】魚缸 / 浴缸

剛｜刚 🔊gāng 🔊gong1 江 🔊BULN
刀部，10畫。

【釋義】①硬，堅強（跟「柔」相對）：剛強 / 以柔克剛。②恰好：剛好 / 剛巧。③才，表示行動或情況發生在不久以前：他剛來又走了。④用在複句裏，後面用「就」字呼應，表示兩件事緊接：剛吃完飯，他就急着回宿舍。
【組詞】剛才 / 剛剛 / 剛烈 / 剛直

綱｜纲 🔊gāng 🔊gong1 江 🔊VFBTU
糸部，14畫。

【釋義】網上的總繩，比喻事物的主要部分：綱要 / 大綱 / 提綱挈領。

鋼｜钢 🔊gāng 🔊gong3 降 🔊CBTU
金部，16畫。

【釋義】鐵和碳的合金，質地比熟鐵堅硬、有彈性，是重要的工業材料。
【組詞】鋼板 / 鋼筆 / 鋼管 / 鋼筋 / 鋼琴 / 鋼鐵

崗｜岗 🔊gāng 🔊gong1 江 🔊UBTU
山部，11畫。

【釋義】①小山或高起的土坡：黃土崗。②守衞、放哨的地方：崗樓 / 站崗。③職位：崗位 / 上崗 / 下崗。

港 🔊gǎng 🔊gong2 講 🔊ETCU
水部，12畫。

【釋義】①可以停泊大船的江、海口岸，也指飛機場：港口 / 航空港。②江河的支流（多用於河流名）：常山港（在浙江省）。③指香港。
【組詞】港灣 / 海港 / 漁港

槓｜杠 🔊gàng 🔊gong3 降 🔊DMBC
木部，14畫。

【釋義】①較粗的棍子：木槓。②體操器械：單槓／雙槓。

## gao

**高**　曾gāo　粵gou1 羔　倉YRBR
高部，10畫。

【釋義】①從下向上距離大，離地面遠（跟「低」相對，下③④同）：高大／高峯。②高度：身高／跳высота。③在一般標準或平均程度之上：高溫／高速／高材生。④等級上的：高等／高級／高中。⑤敬辭，稱與對方有關的事物：高見／高足。

【組詞】高潮／高貴／高空／高樓／高明／高企／高尚／崇高／登高／提高

【成語】高不可攀／高高在上／高抬貴手／高瞻遠矚／德高望重／居高臨下／興高采烈／遠走高飛

**羔**　曾gāo　粵gou1 高　倉TGF
羊部，10畫。

【釋義】小羊，也指某些動物的幼崽：羔羊／鹿羔／羊羔。

**膏**　曾gāo　粵gou1 高　倉YRBB
肉部，14畫。

【釋義】①脂肪，油：膏脂。②很稠的糊狀物：膏藥／髮膏／牙膏。③中國古代醫學上指心尖脂肪：膏肓。

**糕**　曾gāo　粵gou1 高　倉FDTGF
米部，16畫。

【釋義】用米粉、麵粉等製成的食品：糕點／蛋糕／年糕。

**篙**　曾gāo　粵gou1 高　倉HYRB
竹部，16畫。

【釋義】撐船的竹竿或木杆：竹篙。

**搞**　曾gǎo　粵gaau2 狡　倉QYRB
手部，13畫。

【釋義】做，幹，辦，弄：搞好關係。

**槁**　曾gǎo　粵gou2 稿　倉DYRB
木部，14畫。

【釋義】乾枯：槁木／枯槁。

**稿**　曾gǎo　粵gou2 稿　倉HDYRB
禾部，15畫。

【釋義】①穀類植物的莖：稿薦（稻草、麥秸等編成的墊子）。②文字、圖畫的草稿：稿紙／手稿。

【組詞】稿酬／稿件／稿子／草稿／初稿／投稿

**鎬**｜镐　曾gǎo　粵gou2 稿　倉CYRB
金部，18畫。

【釋義】刨土用的工具：十字鎬。

**告**　日　曾gào　粵gou3 高三聲　倉HGR
口部，7畫。

【釋義】①通過語言、文字向人陳述、解說：告訴／告知／奔走相告。②向行政司法機關檢舉、控訴：告狀／控告。③請求：告假／央告。④表明：告辭／自告奮勇。⑤宣佈或表示某種情況的實現：告一段落／大功告成。

【組詞】告別 / 告誡 / 報告 / 被告 / 廣告 / 警告 /
勸告 / 通告 / 誣告 / 宣告

⊜ 普 gào 粵 guk1 谷

【釋義】規勸，用於「忠告」。

---

## ge

**戈** 普 gē 粵 gwo1 果一聲 倉 I
戈部，4 畫。

【釋義】古代的一種兵器，橫刃，裝有長柄。

【組詞】倒戈 / 干戈

【成語】大動干戈

**疙** 普 gē 粵 ngat6 迄 倉 KON
疒部，8 畫。

【釋義】〔疙瘩〕① 皮膚上突起的或肌肉上結
成的硬塊。② 球形或塊狀的東西：土疙瘩。
③ 比喻不易解決的問題：心裏有疙瘩。

**哥** 普 gē 粵 go1 歌 倉 MRNR
口部，10 畫。

【釋義】① 哥哥：大哥。② 親戚或某種關係中
同輩而年紀比自己大的男子：表哥。③ 稱呼
年紀跟自己相近的男子（含親熱意）：劉大哥。

**胳** 普 gē 粵 gaak3 格 倉 BHER
肉部，10 畫。

【釋義】〔胳膊〕肩膀以下手腕以上的部分。

**割** 普 gē 粵 got3 葛 倉 JRLN
刀部，12 畫。

【釋義】① 截斷，切開：收割 / 切割。② 分
割，捨棄：割地 / 割捨。

【組詞】割愛 / 割裂 / 割讓 / 分割 / 宰割

**歌** 普 gē 粵 go1 哥 倉 MRNO
欠部，14 畫。

【釋義】① 歌曲：唱歌 / 兒歌 / 民歌。② 唱：
歌唱 / 歌詠。

【組詞】歌詞 / 歌劇 / 歌迷 / 歌曲 / 歌聲 / 歌手 /
歌頌 / 歌舞 / 歌星 / 詩歌

【成語】歌功頌德 / 歌舞昇平 / 四面楚歌

**擱** 普 gē 粵 gok3 各 倉 QANR
手部，17 畫。

【釋義】① 放，置：把書擱在桌子上。② 放
下，停止進行：這事不急，暫時擱置。

**鴿** 普 gē 粵 gap3 急三聲 倉 ORHAF
✗ gaap3 甲
鳥部，17 畫。

【釋義】鳥，翅膀大，善飛行，品種很多，有
的可以用來傳遞書信。常用作和平的象徵。

【組詞】鴿子 / 信鴿

**革** 普 gé 粵 gaak3 格 倉 TLJ
革部，9 畫。

【釋義】① 去毛後經過加工的獸皮：皮革。
② 像革的東西：合成革 / 人造革。③ 改變：
革新 / 變革。④ 開除，撤除（職務）：革職。

【組詞】革除 / 革命 / 改革

【成語】洗心革面

**格** 普 gé 粵 gaak3 隔 倉 DHER
木部，10 畫。

格 格 格 格 格

【釋義】①隔成的方形空欄或框子：方格／空格。②規格，標準：格式／合格。③人的品質：風格／人格。④阻礙，限制：格格不入。⑤打：格鬥／格殺勿論。

【組詞】格調／格外／表格／規格／價格／品格／性格／嚴格／資格

【成語】別具一格／不拘一格

蛤 ⓅＧ gé ⓒＧ gap3 急三聲 ⓍＧ gaap3 甲 ⓒＧ LIOMR
　　　蟲部，12畫。

▲另見129頁há。

【釋義】①〔蛤蚧〕（蚧：ⓅＧ jiè ⓒＧ gaai3介）爬行動物，外形像壁虎但更大。頭大，尾部灰色，有紅色斑點。②〔蛤蜊〕（蜊：ⓅＧ lí ⓒＧ lei4離）軟體動物，殼卵圓形，顏色美麗，生活在淺海泥沙中。

葛 ⓅＧ gé ⓒＧ got3 割 ⓒＧ TAPV
　　　艸部，13畫。

【釋義】草本植物，莖蔓生，根肥大，可製澱粉，也可供藥用，莖的纖維可製葛布。通稱葛麻。

嗝 ⓅＧ gé ⓒＧ gaak3 格 ⓒＧ RMRB
　　　口部，13畫。

【釋義】胃裏的氣從嘴裏發出來發出的聲音，或橫膈膜痙攣，氣體衝過關閉的聲帶時發出的聲音：打嗝。

隔 ⓅＧ gé ⓒＧ gaak3 格 ⓒＧ NLMRB
　　　阜部，13畫。

隔 隔 隔 隔 隔

【釋義】①遮斷，阻隔：隔絕／隔音。②間隔，距離：相隔千里／恍如隔世。

【組詞】隔壁／隔離／分隔／間隔／相隔／阻隔

【成語】隔岸觀火／隔靴搔癢

閣｜阁 ⓅＧ gé ⓒＧ gok3 各 ⓒＧ ANHER
　　　門部，14畫。

閣 閣 閣 閣 閣

【釋義】①風景區或庭園裏一種類似樓房的建築物：亭台樓閣。②舊時指女子的住房：出閣（今指女子出嫁）／閨閣。③指內閣，某些國家的最高行政機關：閣員／組閣。④放東西的架子：束之高閣。

【組詞】閣樓／內閣

骼 ⓅＧ gé ⓒＧ gaak3 格 ⓒＧ BBHER
　　　骨部，16畫。

骼 骼 骼 骼 骼

【釋義】骨的通稱。

【組詞】骨骼

各 ⓅＧ gè ⓒＧ gok3 角 ⓒＧ HER
　　　口部，6畫。

各 各 各 各 各

【釋義】①表示某個範圍內的所有個體：各個／各位。②表示不止一人或一物同做某事或同有某種屬性：各有千秋／各盡所能。

【組詞】各地／各種／各自

【成語】各式各樣／各抒己見／各自為政

個｜个 ⓅＧ gè ⓒＧ go3 哥三聲 ⓒＧ OWJR
　　　人部，10畫。

個 個 個 個 個

【釋義】①單獨的：個別／個人。②身材或物體的大小：高個子／這南瓜的個兒真大。③表示單位：見個面／一個梨。④這，那：個中甘苦。

【組詞】個案／個體／個位／個性／個子／哪個／那個／這個／整個／逐個

---

## gei

給 | 给 <sup>普</sup>gěi <sup>粤</sup>kap1 吸
<sup>倉</sup>VFOMR
系部，12畫。

▲另見 158 頁 jǐ。

【釋義】①使對方得到或遭受到：姐姐給我一本書／給敵人一個沉重的打擊。②用在動詞後面，表示交付：把禮物送給他。③為，替：醫生給病人治病。④向，對：給老師鞠躬。⑤被，讓：羊給狼吃了。

---

## gen

根 <sup>普</sup>gēn <sup>粤</sup>gan1 巾 <sup>倉</sup>DAV
木部，10畫。

【釋義】①植物莖幹以下的部分，是吸收水分和養分的器官，多生在土壤中，並使植物固定在土地上：生根發芽／葉落歸根。②物體的基部：耳根／牆根。③事物的本源，人的出身底細：禍根／尋根。④依據：根據。⑤根本地，徹底：根除／根治。⑥表示單位。用於細長的東西：兩根火柴／一根頭髮。
【組詞】根本／根除／根基／根源／根治／草根
【成語】根深蒂固／歸根結底／盤根錯節／斬草除根

跟 <sup>普</sup>gēn <sup>粤</sup>gan1 巾 <sup>倉</sup>RMAV
足部，13畫。

【釋義】①腳的後部，也指鞋襪的後部：腳跟／高跟鞋。②在後面緊接着向同一方向行動：跟隨／跟我來。③指嫁給某人：我這輩子跟定他了。④引進動作的對象。(a)同：我跟你一起去。(b)向，對：跟他借本書。⑤引進比較的對象，相當於「同」：李老師待學生跟待

自己的孩子一樣。⑥表示聯合關係，相當於「和」：把字典文具帶齊。
【組詞】跟從／跟進／跟前／跟着／跟蹤

---

## geng

更 <sup>㊀</sup><sup>普</sup>gēng <sup>粤</sup>gang1 庚 <sup>倉</sup>MLWK
日部，7畫。

▲另見 116 頁 gèng。

【釋義】①改變，改換：更改。②經歷：少不更事。
【組詞】更動／更換／更替／更新／更正／變更
【成語】自力更生

<sup>㊁</sup><sup>普</sup>gēng <sup>粤</sup>gaang1 耕
【釋義】舊時一夜分成五更，每更約兩小時：打更／五更天。
【成語】半夜三更

庚 <sup>普</sup>gēng <sup>粤</sup>gang1 羹 <sup>倉</sup>ILO
广部，8畫。

【釋義】①天干的第七位。用來排列次序時表示第七。②年齡：今年貴庚？

耕 <sup>普</sup>gēng <sup>粤</sup>gaang1 加撑一聲
<sup>倉</sup>QDTT
耒部，10畫。

【釋義】①用犂翻鬆土地：耕田／耕種。②比喻為謀生而從事某種勞動：筆耕／舌耕（比喻以教書維持生計）。
【組詞】耕地／耕耘／耕作／農耕

羹 <sup>普</sup>gēng <sup>粤</sup>gang1 庚 <sup>倉</sup>TGFTK
羊部，19畫。

【釋義】用蒸、煮等方法做成的糊狀食物：肉羹／雞蛋羹。

**埂** ⊕ gěng ⊕ gang2 梗 ⊛ GMLK
土部，10畫。

【釋義】①田間稍高起的分界線：地埂／田埂。②地勢高起的長條地方：小山埂。③用泥土築成的堤防：堤埂。

**耿** ⊕ gěng ⊕ gang2 梗 ⊛ SJF
耳部，10畫。

【釋義】①正直：耿直。②〔耿耿〕(a)形容忠誠：忠心耿耿。(b)形容有心事：耿耿於懷。

**哽** ⊕ gěng ⊕ gang2 梗 ⊛ RMLK
口部，10畫。

【釋義】①食物堵塞咽喉：慢慢吃，別哽着了。②因感情激動而聲氣阻塞：哽咽。

**梗** ⊕ gěng ⊕ gang2 耿 ⊛ DMLK
木部，11畫。

【釋義】①植物的枝或莖：花梗／菠菜梗。②挺直：梗着脖子。③阻塞，妨礙：梗塞／從中作梗。

**更** ⊕ gèng ⊕ gang3 庚三聲 ⊛ MLWK
日部，7畫。

更　更　更　更　更

▲另見115頁 gěng。

【釋義】①更加：下了一夜雨，水位更高了。②再，又：欲窮千里目，更上一層樓。

【組詞】更加

## gong

**工** ⊕ gōng ⊕ gung1 公 ⊛ MLM
工部，3畫。

工　工　工　工　工

【釋義】①工人：礦工／技工。②工作，生產勞動：打工／罷工／勤工儉學。③工程，土木建築或其他需要使用較大型設備的工作：動工／竣工。④工業：化工（化學工業）。⑤長於，善於：工詩善畫／工於心計。⑥精巧，

精緻：工巧／工整。

【組詞】工廠／工程／工會／工序／工藝／工資／分工／加工／勞工／施工

【成語】鬼斧神工／巧奪天工／異曲同工

**弓** ⊕ gōng ⊕ gung1 工 ⊛ N
弓部，3畫。

弓　弓　弓　弓　弓

【釋義】①射箭或發彈丸的器械：弓箭／彈弓。②形狀或作用像弓的東西：琴弓。③使彎曲：弓背／弓着腰。

【成語】驚弓之鳥／鳥盡弓藏／左右開弓

**公** ⊕ gōng ⊕ gung1 工 ⊛ CI
八部，4畫。

公　公　公　公　公

【釋義】①屬於國家或集體的（跟「私」相對）：公款／公事。②共同的，大家承認的：公認／公約。③屬於國家之間的：公海／公曆。④使公開：公佈／公諸於世。⑤公平，公正：公道／公允。⑥公事，公務：辦公／克己奉公。⑦對上了年紀的男子的尊稱：陳公／諸公。⑧丈夫的父親：公公。⑨（禽獸）雄性的（跟「母」相對）：公雞。⑩中國古代五等爵位（公、侯、伯、子、男）的第一等。

【組詞】公共／公路／公僕／公司／公物／公益／公園／公眾／公德心／辦公室

【成語】大公無私／奉公守法／愚公移山／開誠佈公

**功** ⊕ gōng ⊕ gung1 公 ⊛ MKS
力部，5畫。

功　功　功　功　功

【釋義】①功勞（跟「過」相對）：功績／立功／戰功。②成效：成功／大功告成。③技術和技能修養：唱功／練功／基本功。④精力，工夫：用功／下苦功。

【組詞】功臣／功夫／功課／功能／功效／功用

【成語】功敗垂成 / 急功近利 / 前功盡棄 / 勞苦功高 / 事半功倍 / 好大喜功

【組詞】恭候 / 恭喜 / 恭迎 / 謙恭
【成語】畢恭畢敬 / 洗耳恭聽 / 卻之不恭

攻 　🔊 gōng　🔊 gung1　弓　🔊 MOK
攴部，7畫。

【釋義】①攻打（跟「守」相對）：攻城 / 圍攻。②指揭別人的過失、錯誤，或駁斥別人的議論：羣起而攻。③致力研究，學習：攻讀 / 專攻中醫。
【組詞】攻擊 / 攻勢 / 反攻 / 進攻 / 主攻 / 助攻
【成語】攻城略地 / 攻其不備

蚣 　🔊 gōng　🔊 gung1　工　🔊 LICI
虫部，10畫。

【釋義】〔蜈蚣〕見400頁wú「蜈」。

供 　🔊 gōng　🔊 gung1　工　🔊 OTC
人部，8畫。

▲另見118頁gòng。
【釋義】①供應，供給：供銷 / 供不應求。②向對方提供某種可以利用的條件：可供參考 / 修建候車室供旅客休息。
【組詞】供給 / 供款 / 供應 / 提供

躬 　🔊 gōng　🔊 gung1　工　🔊 HHN
身部，10畫。

【釋義】①身體：鞠躬。②自身，親自：躬耕 / 躬行實踐。③彎下（身子）：躬身。
【成語】卑躬屈膝 / 鞠躬盡瘁

宮｜宫　🔊 gōng　🔊 gung1　工　🔊 JRHR
宀部，10畫。

【釋義】①帝后等居住的房屋：宮殿。②神話中神仙居住的房屋：龍宮 / 月宮。③廟宇的名稱：布達拉宮。
【組詞】宮廷 / 故宮 / 皇宮

汞 　🔊 gǒng　🔊 hung6 控六聲　🔊 ME
水部，7畫。

【釋義】金屬元素，符號Hg。銀白色液體，有毒。可用來製造藥品、溫度計、血壓計等。通稱水銀。

拱 　🔊 gǒng　🔊 gung2　鞏　🔊 QTC
手部，9畫。

【釋義】①兩手在胸前相合，表示敬意：拱手。②環繞：拱衛 / 眾星拱月。③肢體彎曲成弧形，聳起：拱肩縮背。④指建築物上成弧形的部分：拱門 / 石拱橋。⑤用軀體撞動，頂：豬用嘴拱地 / 嫩芽拱出了土。

恭 　🔊 gōng　🔊 gung1　工　🔊 TCP
心部，10畫。

【釋義】謙恭而有禮貌：恭賀 / 恭敬。

鞏｜巩　🔊 gǒng　🔊 gung2　拱　🔊 MNTLJ
革部，15畫。

【釋義】堅固，使牢固：鞏固。

# 共
⊕gòng ⊜gung6 公六聲 ⊜TC
八部，6畫。

【釋義】①相同的，共同具有的：共通。②共同具有或承受：同甘共苦。③共同，一齊：共鳴／共事。④一共，總計：總共／全書共二十卷。

【組詞】共處／共存／共識／共同／共用／公共／合共／一共

【成語】和平共處／同舟共濟／有目共睹／患難與共

# 供
⊖⊕gòng ⊜gung3 貢 ⊜OTC
人部，8畫。

▲另見117頁 gōng。

【釋義】①在神佛或先輩的像（或牌位）前陳列香燭等表示敬象，祭祀時擺設祭品：供奉／遺像前供著鮮花。②陳列的表示虔敬的東西：供品／上供。

⊜⊕gòng ⊜gung1 工

【釋義】①受審者陳述案情：供認／招供。②供詞：口供。

# 貢 | 贡
⊕gòng ⊜gung3 工三聲
⊜MBUC
貝部，10畫。

【釋義】①古代臣民或屬國向帝王進獻物品：貢奉。②貢品：進貢。

【組詞】貢獻

---

## gou

# 勾
⊕gōu ⊜ngau1 鈎 ⊜PI
勹部，4畫。

▲另見119頁 gòu。

【釋義】①用筆畫出鈎形符號，表示刪除或截取：一筆勾銷／把重要的句子勾出來。②畫出形象的邊緣，描畫：勾畫輪廓。③招引，引：勾搭／勾引。④結合，串通：勾結。

# 鈎 | 钩
⊕gōu ⊜ngau1 勾 ⊜CPI
金部，12畫。

【釋義】①鈎子，形狀彎曲，用來掛東西或探取東西：魚鈎／衣鈎。②漢字的筆畫，附在橫、豎形筆畫的末端，如「亅」「乛」「乚」等。③鈎形符號（✓），通常用來表示文字內容、算式等正確。④用鈎子鈎取：把掉在井裏的水桶鈎上來。⑤用針縫紉、編織：鈎邊／鈎窗簾。

【組詞】鈎子／掛鈎／上鈎

# 溝 | 沟
⊕gōu ⊜kau1 扣一聲
⊜ETTB
水部，13畫。

【釋義】①人工挖掘的水道：溝渠。②淺槽，和溝類似的窪處：瓦溝裏流下水來／在地面上劃了一道溝。③偏僻的山區：山溝。

【組詞】溝通／水溝

# 狗
⊕gǒu ⊜gau2 九 ⊜KHPR
犬部，8畫。

【釋義】哺乳動物，嗅覺和聽覺都很靈敏，種類很多，有的可以訓練成警犬、獵犬等。

【成語】狐朋狗友／雞飛狗跳／偷雞摸狗

# 苟
⊕gǒu ⊜gau2 九 ⊜TPR
艸部，9畫。

苟 芍 苟 苟 苟

【釋義】①隨便：不苟言笑／一絲不苟。②暫且，姑且：苟安／苟活。
【成語】苟且偷生

枸 ⓟ gǒu ⓒ gau2 九 ⓒ DPR
木部，9畫。

【釋義】〔枸杞〕落葉灌木，夏天開花，果實紅色，可以入藥，可以泡茶。

勾 ⓟ gòu ⓒ ngau1 鈎 ⓒ PI
勹部，4畫。

▲另見 118 頁 gōu。

【釋義】〔勾當〕事情，多指壞事情：不法勾當。

垢 ⓟ gòu ⓒ gau3 救 ⓒ GHMR
土部，9畫。

圹 圹 垢 垢 垢

【釋義】①污穢，骯髒：蓬頭垢面。②髒東西：塵垢／污垢／納垢藏污。

夠 | 够 ⓟ gòu ⓒ gau3 救 ⓒ NNPR
夕部，11畫。

夕 多 夠 夠 夠

【釋義】①數量上可以滿足需要：錢不夠用。②達到某一點或某種程度：夠交情／夠資格。③表示程度很高：天氣夠冷的。
【組詞】能夠／足夠

構 | 构 ⓟ gòu ⓒ gau3 救
ⓧ kau3 扣 ⓒ DTTB
木部，14畫。

木 構 構 構 構

【釋義】①構造，組合：構詞／構圖。②架設，建造：構屋結舍。③結成（用於抽象事物）：構怨／虛構。④指文藝作品：佳構。

【組詞】構成／構建／構思／構想／構造／機構／架構／結構

購 | 购 ⓟ gòu ⓒ gau3 救
ⓧ kau3 扣 ⓒ BCTTB
貝部，17畫。

貝 購 購 購 購

【釋義】買：購買／採購。
【組詞】購物／訂購／收購／選購

## gu

估 ⓟ gū ⓒ gu2 古 ⓒ OJR
人部，7畫。

估 什 估 估 估

【釋義】大致地推算，揣測：估計。
【組詞】估算／低估／高估／評估

沽 ⓟ gū ⓒ gu1 姑 ⓒ EJR
水部，8畫。

【釋義】①買：沽酒／沽名釣譽。②賣：待價而沽。

咕 ⓟ gū ⓒ gu1 姑 ⓒ RJR
口部，8畫。

【釋義】形容母雞、斑鳩等叫的聲音：母雞咕咕地叫／肚子餓得咕咕響。

呱 ⓟ gū ⓒ gu1 姑 ⓒ RHVO
口部，8畫。

▲另見 122 頁 guā。

【釋義】〔呱呱〕模擬小孩哭的聲音：呱呱墜地。

孤 ⓟ gū ⓒ gu1 姑 ⓒ NDHVO
子部，8畫。

子 孤 孤 孤 孤

【釋義】①幼年喪父或父母雙亡的：孤兒。②孤兒：託孤／遺孤。③單獨，孤單：孤島／

孤掌難鳴。④封建王侯的自稱：孤王。

【組詞】孤單 / 孤獨 / 孤寂 / 孤立 / 孤零零

【成語】孤苦伶仃 / 孤陋寡聞 / 孤注一擲 / 一意孤行

## 姑 ⓟgū ⓟgu1 孤 ⓒVJR
女部，8畫。

【釋義】①稱父親的姐姐或丈夫的姐姐：姑母 / 姑丈 / 大姑子。②出家修行或從事宗教職業的婦女：道姑 / 尼姑。③未婚的女子：姑娘。④姑且，暫且：姑且試一試吧。

## 骨 ⓟgū ⓟgwat1 橘 ⓒBBB
骨部，10畫。

▲另見本頁gǔ。

【釋義】〔骨碌〕滾，滾動的樣子：大石骨碌地滾了下來。

## 菇 ⓟgū ⓟgu1 姑 ⓒTVJR
艸部，12畫。

【釋義】蘑菇，某些可吃的真菌：冬菇 / 香菇。

【組詞】蘑菇

## 辜 ⓟgū ⓟgu1 姑 ⓒJRYTJ
辛部，12畫。

【釋義】①罪：無辜。②對不起，違背：辜負。

【成語】死有餘辜

## 箍 ⓟgū ⓟku1 卡烏一聲 ⓒHQSB
竹部，14畫。

【釋義】①用竹篾或金屬條捆緊，或用帶子之類勒住：頭上箍着毛巾。②緊套在東西外面的圈：鐵箍。

## 古 ⓟgǔ ⓟgu2 股 ⓒJR
口部，5畫。

【釋義】時代久遠的，過去的（跟「今」相對）：古畫 / 古跡 / 古舊 / 遠古。

【組詞】古代 / 古典 / 古董 / 古老 / 古樸 / 古雅 / 復古 / 考古 / 上古

【成語】古今中外 / 古色古香 / 古往今來 / 博古通今

## 谷 ⓟgǔ ⓟguk1 菊 ⓒCOR
谷部，7畫。

【釋義】兩座山或兩塊高地之間的夾道（多有水流）：河谷 / 山谷 / 峽谷。

## 股 ⓟgǔ ⓟgu2 古 ⓒBHNE
肉部，8畫。

【釋義】①大腿：懸樑刺股。②集合資金的一份或一筆財物平均分配的一份：股東 / 合股。③表示單位。(a)用於條狀的東西：一股線 / 一股泉水。(b)用於氣味、氣體、力氣等：一股惡臭 / 一股蠻勁 / 一股熱氣。(c)用於成批的人（多含貶義）：一股土匪。

【組詞】股份 / 股票 / 股市 / 屁股

## 骨 ⓟgǔ ⓟgwat1 橘 ⓒBBB
骨部，10畫。

▲另見本頁gū。

【釋義】①骨頭：骨骼 / 恨之入骨。②比喻在物體內部支撐的架子：傘骨 / 鋼筋水泥。③品質，氣概：骨氣 / 傲骨。

【組詞】骨幹 / 骨灰 / 骨肉 / 骨髓 / 骨頭 / 骨折 / 風骨 / 骸骨 / 筋骨 / 肋骨

【成語】粉身碎骨 / 脫胎換骨

# 鼓

🔊 gǔ 🔊 gu2 古 🔊 GTJE
鼓部，13畫。

壴 鼓 鼓 鼓 鼓

【釋義】①一種打擊樂器，多為圓桶形或扁圓形，中間空，一面或兩面蒙有皮革：手鼓／腰鼓。②形狀、聲音、作用像鼓的：耳鼓／石鼓。③使某些樂器或東西發出聲音：鼓琴／鼓掌。④發動，振奮：鼓動／鼓舞。⑤凸起，脹大：鼓着嘴不說話／口袋裝得鼓鼓的。
【組詞】鼓吹／鼓勵／打鼓／鑼鼓
【成語】一鼓作氣／歡欣鼓舞／重整旗鼓／大張旗鼓／密鑼緊鼓

# 賈 | 贾

🔊 gǔ 🔊 gu2 古 🔊 MWBUC
貝部，13畫。

▲另見163頁 jiǎ。
【釋義】①商人：商賈。②做買賣：多錢善賈。

# 穀 | 谷

🔊 gǔ 🔊 guk1 菊 🔊 GDHNE
禾部，15畫。

䉄 㝮 㝮 穀 穀

【釋義】①稻、麥、穀子、高粱、玉米等作物的統稱：穀物／五穀雜糧。②穀子（粟）：穀草／穀穗。
【成語】五穀豐登

# 蠱 | 蛊

🔊 gǔ 🔊 gu2 古 🔊 LILIT
虫部，23畫。

【釋義】①古代傳說中一種由人工培育的毒蟲，用來害人。②毒害：蠱惑。

# 固

🔊 gù 🔊 gu3 故 🔊 WJR
口部，8畫。

固 囙 囝 固 固

【釋義】①堅固：牢固。②使堅固：固防／固本培元。③堅硬：固體／凝固。④堅決地，堅定地：固守陣地。⑤本來，原本：固有／固當如此。
【組詞】固定／固然／固執／鞏固／堅固／頑固／穩固
【成語】固若金湯／固執己見／根深蒂固

# 故

🔊 gù 🔊 gu3 固 🔊 JROK
支部，9畫。

古 故 故 故 故

【釋義】①事故，意外的損失或災禍：故障／變故。②原因：緣故／平白無故。③原來的，從前的，舊的：故居／故鄉。④朋友，友情：一見如故。⑤（人）死亡：病故／亡故。⑥故意，存心：明知故犯。⑦所以，因此：因為大雨，故取消活動。
【組詞】故此／故事／故意／事故
【成語】故弄玄虛／溫故知新／明知故問／無緣無故

# 雇

🔊 gù 🔊 gu3 故 🔊 HSOG
隹部，12畫。

户 雇 雇 雇 雇

【釋義】①出錢讓人給自己做事：雇用／雇保姆。②出錢讓人用某些交通工具給自己服務：雇車／雇船。
【組詞】雇傭／雇員／雇主／解雇

# 僱 | 雇

🔊 gù 🔊 gu3 故 🔊 OHSG
人部，14畫。

伫 僆 僱 僱 僱

【釋義】同「雇」，見本頁 gù。

# 顧 | 顾

🔊 gù 🔊 gu3 故 🔊 HGMBC
頁部，21畫。

顀 雇 顧 顧 顧

【釋義】①轉過頭看，也泛指看：環顧／相顧一笑。②注意，照管：兼顧／奮不顧身。

③拜訪：光顧／三顧茅廬。④前來購買東西或要求服務：顧客／惠顧。
【組詞】顧及／顧忌／顧慮／顧念／顧問／不顧／回顧／眷顧／照顧
【成語】顧此失彼／顧名思義／自顧不暇／不屑一顧／義無反顧

## gua

**瓜** 普 guā 粵 gwaa1 卦一聲 倉 HVIO
瓜部，5畫。

【釋義】蔓生植物，果實可吃，種類很多，如西瓜、南瓜、冬瓜、青瓜、絲瓜等。
【成語】瓜熟蒂落／瓜田李下

**呱** 普 guā 粵 gwaa1 瓜 倉 RHVO
口部，8畫。
▲另見119頁gū。
【釋義】形容鴨子、青蛙等鳴叫的聲音：青蛙呱呱地叫個不停。

**刮** 普 guā 粵 gwaat3 颳 倉 HRLN
刀部，8畫。

【釋義】①用刀等除去物體表面的東西：刮鬍子。②擦拭：刮目相看。③搜刮，用各種方法掠奪財物。

**颳** ｜ 刮 普 guā 粵 gwaat3 刮 倉 HNHJR
風部，15畫。
【釋義】(風)吹：颳風。

**劀** ｜ 剐 普 guǎ 粵 gwaa2 寡 倉 BBLN
刀部，11畫。
【釋義】古代一種殘酷的死刑，也叫凌遲，把人體分割成許多塊：千刀萬劀。

**寡** 普 guǎ 粵 gwaa2 瓜二聲 倉 JMCH
宀部，14畫。

【釋義】①少，缺少(跟「眾」「多」相對)：沉默寡言／孤陋寡聞。②淡而無味：清湯寡水。③婦女死了丈夫：寡婦／守寡。
【組詞】多寡
【成語】寡不敵眾／優柔寡斷

**卦** 普 guà 粵 gwaa3 掛 倉 GGY
卜部，8畫。

【釋義】古代用於占卜的符號，後也指占卜活動所用的器具。
【組詞】八卦／變卦／算卦／占卦

**掛** ｜ 挂 普 guà 粵 gwaa3 卦 倉 QGGY
手部，11畫。

【釋義】①借助繩子、鉤子、釘子等使物體附着於某處：掛鐘／把外套掛在衣架上。②登記：郵件掛號／支票掛失。③惦記，記掛：掛念／牽掛。④表示單位。多用於成套或成串的東西：一掛鞭炮。
【組詞】掛號／記掛／懸掛
【成語】牽腸掛肚／無牽無掛

**褂** 普 guà 粵 gwaa3 卦
又 kwaa2 誇二聲 倉 LGGY
衣部，13畫。
【釋義】褂子，中式的單上衣：短褂／馬褂。

## guai

**乖** 普 guāi 粵 gwaai1 怪一聲 倉 HJLP
丿部，8畫。

【釋義】①（小孩）聽話，不淘氣：這孩子很乖。②伶俐，機警：乖巧／嘴乖。③違反情理，(性情、行為)不正常：乖謬／乖僻。

拐｜拐 ⊜guǎi ⊜gwaai2 枴 ⊜QRSH
手部，8畫。

【釋義】①轉變方向：拐角／拐彎。②腿腳有毛病，走路不平穩：一瘸一拐。③拐騙，用欺騙手段把人或財物騙走：拐帶／誘拐。
【成語】拐彎抹角

枴｜拐 ⊜guǎi ⊜gwaai2 拐 ⊜DRSH
木部，9畫。

【釋義】幫助支持身體的棍子，上端有短橫木，便於放在腋下拄着走：枴杖。

怪 ⊜guài ⊜gwaai3 乖三聲 ⊜PEG
心部，8畫。

【釋義】①奇怪：怪事／怪異。②覺得奇怪：大驚小怪／少見多怪。③很，非常：箱子怪沉的。④傳說中的妖魔：妖怪。⑤責備，怨：怪罪／責怪。
【組詞】怪獸／怪物／錯怪／古怪／鬼怪／難怪／奇怪／趣怪／怪不得
【成語】光怪陸離／千奇百怪

— guan —

官 ⊜guān ⊜gun1 觀 ⊜JRLR
宀部，8畫。

【釋義】①政府或軍隊中一定等級以上的公職人員：官吏／文武百官。②舊時稱屬於政府的或公家的：官辦／官商。③器官，生物體的組成部分：感官／五官。
【組詞】官方／官府／官立／官員／法官／軍官／器官／清官／貪官／長官

冠 ⊜guān ⊜gun1 官 ⊜BMUI
冖部，9畫。

▲另見124頁guàn。
【釋義】①帽子：桂冠／王冠。②形狀像帽子或在頂上的東西：雞冠／樹冠。
【成語】冠冕堂皇／衣冠楚楚／怒髮衝冠

倌 ⊜guān ⊜gun1 官 ⊜OJRR
人部，10畫。

【釋義】①舊時稱在酒店、飯館等行業中的服務員：堂倌。②農村中專門飼養某些牲畜的人：牛倌／羊倌。

棺 ⊜guān ⊜gun1 官 ⊜DJRR
木部，12畫。

【釋義】棺材，裝殮死人的東西：棺木／蓋棺論定。

關｜关 ⊜guān ⊜gwaan1 慣一聲 ⊜ANVIT
門部，19畫。

【釋義】①使開着的物體合攏：關閉／關窗戶。②放在裏面不使出來：關禁／關押。③使機器等停止運轉，使電氣裝置結束工作狀態：關燈／關電視。④（企業等）倒閉，歇業：關了好幾家店鋪。⑤古代設在交通險要或邊境出入地方的守衛處所：關口／邊關。⑥貨物出口和進口收稅的地方：關稅／海關。⑦重要的轉折點或不易度過的一段時間：難關。⑧起轉折關聯作用的部分：關鍵。⑨牽連，關係：關聯／相關。⑩念及，重視：關懷／關心。

【組詞】關切 / 關頭 / 關係 / 關於 / 關注 / 機關 / 開關 / 無關 / 有關 / 沒關係

【成語】無關緊要 / 人命關天 / 生死攸關 / 息息相關

## 觀 | 观 ⓟguǎn ⓔgun1 官 ⓒTGBUU
見部，25 畫。

▲ 另見 125 頁 guàn。

【釋義】①看，觀察：觀測 / 觀看 / 參觀。②景象，樣子：景觀 / 奇觀 / 外觀。③對事物的認識或看法：悲觀 / 樂觀 / 人生觀。

【組詞】觀點 / 觀感 / 觀念 / 觀賞 / 觀眾 / 改觀 / 客觀 / 美觀 / 主觀 / 壯觀

【成語】察言觀色 / 歎為觀止 / 坐井觀天

## 管 ⓟguǎn ⓔgun2 館 ⓒHJRR
竹部，14 畫。

【釋義】①圓筒形的東西：氣管 / 水管 / 血管。②吹奏的樂器：管弦樂。③管理：接管 / 主管。④約束，教導：管教 / 擔任（工作）：他分管生產。⑥過問，干預：這事不能不管。⑦保證，負責供給：管吃管住。⑧跟「把」相近：大家管他叫小胖子。⑨不管，無論：管他是誰，不達標準的一律不錄取。

【組詞】管道 / 管理 / 管轄 / 管治 / 管制 / 保管 / 不管 / 儘管 / 託管 / 掌管

## 館 | 馆 ⓟguǎn ⓔgun2 管 ⓒOIJRR
食部，16 畫。

【釋義】①招待賓客居住的房屋：賓館。②外交使節辦公的處所：使館 / 領事館。③某些服務性商店的名稱：茶館。④儲藏、陳列文物或進行文化活動的場所：博物館 / 圖書館。

【組詞】館藏 / 報館 / 飯館 / 旅館 / 殯儀館

## 冠 ⓟguàn ⓔgun3 灌 ⓒBMUI
一部，9 畫。

▲ 另見 123 頁 guān。

【釋義】①把某種名號或文字加在前面：冠名贊助。②居第一位：冠軍 / 奪冠。

## 貫 | 贯 ⓟguàn ⓔgun3 灌 ⓒWJBUC
貝部，11 畫。

【釋義】①連接，穿通：貫穿 / 如雷貫耳。②舊時的制錢用繩穿連，一千個為一貫：萬貫家財。③原籍，出生的地方：籍貫。

【組詞】貫徹 / 連貫 / 一貫

【成語】貫徹始終 / 魚貫而入 / 融會貫通

## 慣 | 惯 ⓟguàn ⓔgwaan3 關三聲 ⓒPWJC
心部，14 畫。

【釋義】①習以為常，積久成性：習慣 / 吃不慣。②縱容（子女）：嬌生慣養。

## 盥 ⓟguàn ⓔgun3 灌 ⓒHXBT
皿部，16 畫。

【釋義】洗（手、臉等）：盥漱 / 盥洗。

## 灌 ⓟguàn ⓔgun3 貫 ⓒETRG
水部，21 畫。

【釋義】①澆（田）：灌溉 / 引水灌田。②倒入，注入（多指液體、氣體或顆粒狀物體）：灌注 / 灌了一瓶暖水。

罐 粵 guàn 普 gun3 灌 倉 OUTRG
缶部，24 畫。

【釋義】盛東西用的大口的器皿：鐵罐。
【組詞】罐頭 / 罐子

觀 | 观 粵 guàn 普 gun3 灌
倉 TGBUU
見部，25 畫。

▲ 另見 124 頁 guān。
【釋義】道教的廟宇：道觀 / 白雲觀。

---

## guang

光 粵 guāng 普 gwong1 廣一聲 倉 FMU
儿部，6 畫。

【釋義】①太陽、火、電等放射出來照耀在物體上，使眼睛看見物體的那種物質，廣義地說也包括眼睛看不見的紅外線和紫外線：星光 / 陽光 / 月光 / 燭光。②景物：風光 / 觀光。③光彩，榮譽：光榮 / 為國爭光。④敬辭，表示用於對方來臨：光顧 / 光臨。⑤光大，使顯赫盛大：光宗耀祖。⑥明亮：光明 / 光澤。⑦平滑：光滑 / 磨光 / 光溜溜。⑧一點不剩，完了：用光。⑨露着，沒有遮蓋：光頭 / 光禿禿。⑩只，單：光說不做。
【組詞】光復 / 光輝 / 光亮 / 光線 / 光陰 / 曝光 / 目光 / 時光 / 曙光 / 眼光
【成語】光芒萬丈 / 光明磊落 / 光明正大 / 光天化日 / 刀光劍影 / 五光十色 / 發揚光大 / 鼠目寸光 / 鑿壁偷光

廣 | 广 粵 guǎng 普 gwong2 光二聲
倉 ITMC
广部，15 畫。

【釋義】①（面積、範圍）寬闊（跟「狹」相對）：廣闊。②多：廣博 / 廣泛。③擴大，擴充：推廣 / 增廣見聞。④指廣東、廣州（兩廣指廣東和廣西）。
【組詞】廣播 / 廣場 / 廣大 / 廣告 / 寬廣
【成語】廣開言路 / 地廣人稀 / 大庭廣眾 / 見多識廣

獷 | 犷 粵 guǎng 普 gwong2 廣
倉 KHTC
犬部，18 畫。

【釋義】粗野：獷悍 / 粗獷。

逛 粵 guàng 普 gwaang6 跪硬六聲
又 kwaang3 框三聲 倉 YKHG
辵部，11 畫。

【釋義】外出散步，閒遊，遊覽：逛街 / 閒逛。

---

## gui

皈 粵 guī 普 gwai1 龜 倉 HAHE
白部，9 畫。

【釋義】〔皈依〕原指佛教的入教儀式，後泛指信仰或加入某宗教組織。

規 | 规 粵 guī 普 kwai1 虧
倉 QOBUU
見部，11 畫。

【釋義】①畫圓形的工具：圓規。②規則，成例：法規 / 校規。③勸告：規誡 / 規勸。④謀劃，打主意：規劃。
【組詞】規定 / 規範 / 規格 / 規矩 / 規例 / 規律 / 規模 / 規則 / 犯規 / 違規
【成語】墨守成規

**硅** 普 guǐ　粵 gwai1　龜　倉 MRGG
石部，11 畫。

【釋義】非金屬元素，符號 Si。黑灰色晶體或粉末，在地殼中分佈極廣。

**瑰** 普 guǐ　粵 gwai3 季　倉 MGHI
玉部，14 畫。

【釋義】①珍奇：瑰寶 / 瑰麗。②〔玫瑰〕見 248 頁 méi「玫」。

**閨** ｜ 闺　普 guǐ　粵 gwai1　龜　倉 ANGG
門部，14 畫。

【釋義】閨房，舊指女子居住的內室：閨門 / 深閨。

**歸** ｜ 归　普 guǐ　粵 gwai1　龜
倉 HMSMB
止部，18 畫。

【釋義】①返回：歸途 / 早出晚歸。②還給，歸還：物歸原主 / 完璧歸趙。③聚攏，趨向於一個地方：歸納 / 百川歸海。④歸於，屬於：功勞歸大家。

【組詞】歸還 / 歸來 / 回歸 / 歸屬感

【成語】歸根結底 / 同歸於盡 / 改邪歸正 / 葉落歸根 / 實至名歸 / 視死如歸 / 無家可歸

**龜** ｜ 龟　普 guǐ　粵 gwai1　歸　倉 NXU
龜部，18 畫。

【釋義】爬行動物，身體長圓而扁，有堅硬的殼，頭、尾和四肢能縮入殼內，多生活在水邊。種類很多，常見的有烏龜。

【組詞】海龜 / 烏龜

**軌** ｜ 轨　普 guǐ　粵 gwai2 鬼　倉 JJKN
車部，9 畫。

【釋義】①鋪設火車道或電車道用的鋼軌：路軌 / 鋪軌。②一定的路線，軌道：脫軌 / 無軌電車。③比喻規矩、秩序等：越軌 / 步入正軌。

【組詞】軌道 / 軌跡 / 出軌

**癸** 普 guǐ　粵 gwai3 貴　倉 NOMK
癶部，9 畫。

【釋義】天干的第十位。用來排列次序時表示第十。

**鬼** 普 guǐ　粵 gwai2 軌　倉 HI
鬼部，10 畫。

【釋義】①迷信的人指稱人死後的靈魂：鬼魂。②稱有不良嗜好或品行的人（罵人的話）：酒鬼 / 吝嗇鬼。③躲躲閃閃，不光明：鬼鬼祟祟。④不可告人的打算或勾當：搗鬼 / 心裏有鬼。⑤惡劣，令人討厭的：鬼地方 / 鬼天氣。⑥機靈（多指小孩或動物）：鬼靈精 / 這小家伙真鬼。

【組詞】鬼怪 / 鬼神 / 魔鬼

【成語】鬼斧神工 / 鬼哭狼嚎 / 鬼迷心竅 / 鬼使神差 / 神出鬼沒

**詭** ｜ 诡　普 guǐ　粵 gwai2 鬼
倉 YRNMU
言部，13 畫。

【釋義】①欺詐，奸猾：詭計 / 詭詐。②奇異：詭異。

**桂** 普 guì　粵 gwai3 季　倉 DGG
木部，10 畫。

【釋義】①肉桂樹，喬木，樹皮叫桂皮，可入藥或做香料。②木犀，小喬木或灌木，花小，有特殊的香氣：桂花／金桂。③月桂樹，喬木，葉披針形或長橢圓形，可做香料：桂冠（用月桂樹葉編的帽子，是光榮的象徵，也指冠軍）。④廣西的別稱。

## 貴 | 贵
🔲 guì 🔲 gwai3 季
🔲 LMBUC
貝部，12 畫。

【釋義】①價格高（跟「賤」相對，下④同）：昂貴。②值得珍視或重視：寶貴／難能可貴。③以某種情況為可貴：兵貴神速／人貴有自知之明。④指地位優越：貴族／達官貴人。⑤敬辭，稱與對方有關的：貴國／貴姓。
【組詞】貴賓／貴妃／貴重／富貴／高貴／可貴／名貴／權貴／珍貴／尊貴
【成語】高抬貴手

## 跪
🔲 guì 🔲 gwai6 櫃 🔲 RMNMU
足部，13 畫。

【釋義】屈膝，使膝蓋着地：下跪。
【組詞】跪拜／跪下

## 劊 | 刽
🔲 guì 🔲 kui2 繪 🔲 OALN
刀部，15 畫。

【釋義】砍斷，剖開：劊子手（舊時指執行斬刑的人，後來比喻屠殺人民的人）。

## 櫃 | 柜
🔲 guì 🔲 gwai6 跪 🔲 DSLC
木部，18 畫。

【釋義】①收藏衣物、文件等用的器具：碗櫃／衣櫃。②商店的賬房，也指商店：掌櫃。
【組詞】櫃台／櫃子／貨櫃／書櫃／雪櫃
【成語】翻箱倒櫃

# gun

## 滾 | 滚
🔲 gǔn 🔲 gwan2 君二聲
🔲 EYCV
水部，14 畫。

【釋義】①滾動，翻轉：翻滾／滾雪球。②走開，離開（用於辱罵或斥責）：滾開。③（液體）翻騰，特指受熱沸騰：滾水／湯滾了。
【組詞】滾動／滾滾／滾筒／打滾
【成語】滾瓜爛熟

## 棍
🔲 gùn 🔲 gwan3 君三聲 🔲 DAPP
木部，12 畫。

【釋義】①竹木、金屬等製成的長條物：棍棒／木棍。②無賴，壞人：惡棍。
【組詞】棍子

# guo

## 郭
🔲 guō 🔲 gwok3 國 🔲 YDNL
邑部，11 畫。

【釋義】①古代在城的外圍加築的一道城牆：城郭。②物體周圍的框或殼：耳郭。

## 聒
🔲 guō 🔲 kut3 括 🔲 SJHJR
耳部，12 畫。

【釋義】聲音嘈雜，使人厭煩：聒耳／聒噪。

## 蟈 | 蝈
🔲 guō 🔲 gwok3 國
🔲 LIWIM
虫部，17 畫。

【釋義】〔蟈蟈〕昆蟲，身體褐色或綠色，腹大，翅短，善跳。雄性前翅根部有發聲器，振翅時發出清脆的聲音。

## 鍋 | 锅
🔲 guō 🔲 wo1 窩 🔲 CBBR
金部，17 畫。

【釋義】①一種炊具，圓形中凹，用來做飯炒菜：鐵鍋 / 蒸鍋。②某些裝液體加熱用的器具：鍋爐 / 火鍋。

## 國｜国　⒜guó　⒭gwok3 郭　⒤WIRM
口部，11畫。

【釋義】①國家：外國 / 祖國 / 世界各國。②代表國家的：國歌 / 國旗。③指本國的：國產 / 國畫。

【組詞】國寶 / 國防 / 國籍 / 國際 / 國庫 / 國文 / 國語 / 帝國 / 王國 / 共和國

【成語】國計民生 / 國破家亡 / 國泰民安

## 幗｜帼　⒜guó　⒭gwok3 國　⒤LBWIM
巾部，14畫。

【釋義】古代婦女包頭髮用的方巾、手帕：巾幗（頭巾和髮飾，借指婦女）。

## 果　⒜guǒ　⒭gwo2 裹　⒤WD
木部，8畫。

【釋義】①可以吃的果實：果園 / 水果。②事情的結局，結果（跟「因」相對）：成果 / 戰果。③充實，飽足：果腹。④果斷，堅決而不猶豫：果敢。⑤果然，確實，真的：如果 / 果不出所料。

【組詞】果斷 / 果然 / 果皮 / 果實 / 果汁 / 後果 / 結果 / 若果 / 效果 / 因果

【成語】食不果腹 / 開花結果 / 前因後果 / 自食其果

## 裹　⒜guǒ　⒭gwo2 果　⒤YWDV
衣部，14畫。

【釋義】①纏繞，包紮：包裹 / 裹足不前。②把人或物夾雜在裏面：狂風裹走了大樹。③包裹好的東西：大包小裹。

## 槨｜椁　⒜guǒ　⒭gwok3 國　⒤DYDL
木部，15畫。

【釋義】古代棺材外面的套棺：棺槨。

## 過｜过　⒜guò　⒭gwo3 果三聲　⒤YBBR
走部，13畫。

【釋義】①經過某個空間或時間：過河 / 過年 / 過日子。②從一方轉移到另一方：過賬。③使經過（某種處理）：過濾。④超過（某個範圍和限度）：過分 / 過獎 / 過期。⑤過失（跟「功」相對）：過錯 / 改過 / 罪過。⑥表示完畢或曾經發生：吃過飯 / 去過了。

【組詞】過程 / 過度 / 過渡 / 過節 / 過往 / 路過 / 難過 / 通過 / 透過 / 越過

【成語】過河拆橋 / 過眼雲煙 / 得過且過 / 改過自新 / 事過境遷 / 閉門思過

H

# Hh

## ha

**哈** 曾 hā 粵 haa1 蝦 倉 ROMR
口部，9畫。

【釋義】①張口呼氣：哈欠／哈了一口氣。②形容笑聲（大多疊用）：哈哈大笑。③表示得意或滿意（大多疊用）：哈，我贏了／哈哈，我知道了。④表示驚訝或讚歎：哈，真了不起。⑤彎，躬：點頭哈腰。

**蛤** 曾 há 粵 haa4 霞 倉 LIOMR
虫部，12畫。

▲另見114頁 gé。

【釋義】〔蛤蟆〕也作「蝦蟆」。青蛙和蟾蜍的統稱。

## hai

**咳** 曾 hāi 粵 haai1 鞋一聲 倉 RYVO
口部，9畫。

▲另見199頁 ké。

【釋義】①表示惋惜、傷感、後悔或驚異：咳！我怎麼這麼糊塗！②表示憤慨、蔑視或禁止：咳，前面紅燈，快停車！

**孩** 曾 hái 粵 hoi4 海四聲 又 haai4 鞋
倉 NDYVO
子部，9畫。

【釋義】兒童，也指子女：小孩。
【組詞】孩子／男孩／女孩／嬰孩

**骸** 曾 hái 粵 haai4 鞋 倉 BBYVO
骨部，16畫。

【釋義】①人的骨頭：骸骨／屍骸。②借指身體：形骸／遺骸。
【組詞】殘骸

**還｜还** 曾 hái 粵 waan4 頑
倉 YWLV
辵部，17畫。

▲另見145頁 huán。

【釋義】①仍舊：半夜了，他還在工作。②表示在某種程度之上有所增加：今天比昨天還熱。③表示在某個範圍之外有所補充：看完電影，還想去溜冰。④表示程度上勉強過得去：屋子不大，收拾得倒還乾淨。⑤尚且：你還搬不動，何況我呢？⑥表示出乎意料，沒想到如此而居然如此：他還真趕到了。⑦表示早已如此：還在幾年以前，我們就聽說過。⑧表示反問：你連他都贏不了，還想贏我？
【組詞】還好／還是／還要／還有

**海** 曾 hǎi 粵 hoi2 凱 倉 EOWY
水部，10畫。

【釋義】①大洋靠近陸地的部分：海島／海灘／渤海。②指湖泊（多用於湖名）：裏海／

青海。③比喻連成一片的很多同類事物：火海/人海。④大的(器皿或容量等)：海量/海碗。⑤古代指從外國來的：海棠/海棗。

【組詞】海岸/海濱/海產/海浪/海灣/海峽/海鮮/海嘯/海域/航海

【成語】海枯石爛/海闊天空/大海撈針/血海深仇/天涯海角/排山倒海/人山人海/汪洋大海/五湖四海

## 亥
普 hài　粵 hoi6 害　倉 YVHO
亠部，6畫。

【釋義】①地支的第十二位。②亥時，舊式計時法指晚上九點鐘到十一點鐘的時間。

## 害
普 hài　粵 hoi6 亥　倉 JQMR
宀部，10畫。

【釋義】①禍害，害處(跟「利」「益」相對)：災害/為民除害。②有害的(跟「益」相對)：害處/害蟲。③使受損害：迫害/侵害。④殺害：謀害/遇害。⑤患上疾病：害病。⑥發生不安的情緒：害怕/害羞。

【組詞】禍害/利害/傷害/受害/損害/危害/陷害/有害

【成語】害羣之馬/傷天害理

## 駭｜骇
普 hài　粵 haai5 蟹　倉 SFYVO
馬部，16畫。

【釋義】驚嚇，震驚：駭人聽聞/驚濤駭浪。

【組詞】駭人/驚駭

## han

## 酣
普 hān　粵 ham4 含　倉 MWTM
酉部，12畫。

【釋義】①飲酒盡興：酣飲/酒酣耳熱。②泛

指盡興、暢快等：酣暢/酣睡。③劇烈：酣戰。

## 憨
普 hān　粵 ham1 堪　倉 MKP
心部，16畫。

【釋義】①傻，呆：憨痴/憨笑。②樸實，天真：憨厚/憨直/憨態可掬。

## 鼾
普 hān　粵 hon4 寒　倉 HLMJ
鼻部，17畫。

【釋義】睡着時發出的粗重而響亮的聲音：打鼾/鼾聲如雷。

【組詞】鼾聲

## 汗
普 hán　粵 hon4 寒　倉 EMJ
水部，6畫。

▲ 另見131頁hàn。

【釋義】指可汗(可：普 kè 粵 hak1 刻)，古代鮮卑、突厥、回紇、蒙古等最高統治者稱號的簡稱。

## 含
普 hán　粵 ham4 酣　倉 OINR
口部，7畫。

【釋義】①東西放在嘴裏，不嚥下也不吐出：含一口水。②藏在裏面，包含：含淚/含苞待放。③帶有某種意思、情感等，不完全表露出來：含羞/含情脈脈。

【組詞】含糊/含量/含蓄/含義/含意/含有/含冤/包含/蘊含

【成語】含沙射影/含辛茹苦/含血噴人

## 邯
普 hán　粵 hon4 寒　倉 TMNL
邑部，8畫。

【釋義】〔邯鄲〕地名，在河北省。

## 函
普 hán　粵 haam4 咸　倉 NUE
凵部，8畫。

【釋義】信件：公函 / 信函。

涵 ⓟ hán ⓔ haam4 咸 ⓒ ENUE
水部，11 畫。

【釋義】包含，包容：涵蓋 / 包涵 / 蘊涵。
【組詞】涵養 / 海涵 / 內涵

寒 ⓟ hán ⓔ hon4 韓 ⓒ JTCY
宀部，12 畫。

【釋義】①冷（跟「暑」相對）：寒風 / 嚴寒。②害怕，畏懼：膽寒 / 心寒。③窮困：寒苦 / 貧寒。
【組詞】寒冬 / 寒假 / 寒冷 / 禦寒
【成語】寒來暑往 / 不寒而慄 / 飢寒交迫 / 十年寒窗

韓 | 韩 ⓟ hán ⓔ hon4 寒
ⓒ JJDMQ
韋部，17 畫。

【釋義】姓。

罕 ⓟ hǎn ⓔ hon2 侃 ⓒ BCMJ
网部，7 畫。

【釋義】稀少：罕見 / 稀罕。
【成語】人跡罕至

喊 ⓟ hǎn ⓔ haam3 咸三聲 ⓒ RIHR
口部，12 畫。

【釋義】①大聲叫：呼喊 / 叫喊 / 吶喊。②叫（人）：你去喊他一聲。

汗 ⓟ hàn ⓔ hon6 捍 ⓒ EMJ
水部，6 畫。

▲ 另見 130 頁 hán。
【釋義】人或高等動物從皮膚排泄出來的液體：出汗 / 揮汗如雨。
【組詞】汗水 / 冷汗 / 血汗
【成語】汗流浹背 / 汗馬功勞

旱 ⓟ hàn ⓔ hon5 漢五聲 ⓒ AMJ
日部，7 畫。

【釋義】①沒有降水或降水太少（多跟「澇」相對）：旱災 / 抗旱。②非水田的，陸地上的：旱稻 / 旱路。
【組詞】旱季 / 乾旱

悍 ⓟ hàn ⓔ hon6 翰 ⓒ PAMJ
心部，10 畫。

【釋義】①勇猛：悍將 / 強悍。②兇狠，蠻橫：刁悍 / 兇悍。

捍 ⓟ hàn ⓔ hon6 汗 ⓒ QAMJ
手部，10 畫。

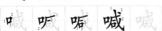

【釋義】保衛，防禦：捍衛 / 捍禦。

焊 ⓟ hàn ⓔ hon6 翰 ⓒ FAMJ
火部，11 畫。

【釋義】用熔化的金屬把金屬工件連接起來，或用熔化的金屬修補金屬器物：焊接 / 焊槍。

漢 | 汉 ⓟ hàn ⓔ hon3 看 ⓒ ETLO
水部，14 畫。

【釋義】①朝代。(a) 公元前 206 – 公元 220 年，劉邦所建，分為西漢（又稱前漢）、東漢（又稱後漢）。(b) 五代之一，公元 947 – 950

年，劉知遠所建，史稱後漢。②漢族，中國人口最多的民族，分佈在全國各地：漢語。③男子：大漢／老漢。

【組詞】漢子／漢字／好漢

【成語】彪形大漢

**憾** 🔊hàn 🔊ham6 撼 🔊PIRP
心部，16畫。

【釋義】失望，不滿足：憾事／缺憾。

【組詞】抱憾／遺憾

**撼** 🔊hàn 🔊ham6 憾 🔊QIRP
手部，16畫。

【釋義】搖，搖動：撼動／震撼。

【成語】震撼人心

**翰** 🔊hàn 🔊hon6 汗 🔊JJOSM
羽部，16畫。

【釋義】原指羽毛，後借指毛筆、文字、書信等：翰墨／揮翰。

**瀚** 🔊hàn 🔊hon6 翰 🔊EJJM
水部，19畫。

【釋義】廣大，遼闊：煙波浩瀚。

---

### hang

**夯** 🔊hāng 🔊haang1 坑 🔊KKS
大部，5畫。

【釋義】①砸實地基用的工具，有木夯、石夯、鐵夯等：打夯。②用夯砸：夯地。

**行** 🔊háng 🔊hong4 杭 🔊HOMMN
行部，6畫。

▲另見423頁xíng。

【釋義】①行列：第三行／字裏行間／楊柳成行。②行業：本行／改行。③某些營業機構：商行／銀行。④表示單位。用於成行列的東西：四行詩／一行字。

【組詞】行列／行業／同行

【成語】一目十行

□ 🔊háng 🔊hang4 恆

【釋義】兄弟姐妹依長幼排列的次序：排行。

**吭** 🔊háng 🔊hong4 航 🔊RYHN
口部，7畫。

▲另見201頁kēng。

【釋義】喉嚨：引吭高歌。

**杭** 🔊háng 🔊hong4 航 🔊DYHN
木部，8畫。

【釋義】指杭州：上有天堂，下有蘇杭。

**航** 🔊háng 🔊hong4 杭 🔊HYYHN
舟部，10畫。

【釋義】航行：航海／航空。

【組詞】航班／航程／航道／航機／航天／航線／航行／航運／導航／通航

---

### hao

**毫** 🔊háo 🔊hou4 豪 🔊YRBU
毛部，11畫。

【釋義】①細長而尖的毛：毫髮。②指毛筆：揮毫。③一點兒：毫不猶豫／毫無頭緒。④計量單位名稱，表示千分之一：毫米（長度）／毫克（重量）／毫升（容量）。⑤貨幣單位，即角：五毫。

【組詞】毫不／毫無／絲毫

**號** | 号 🔊háo 🔊hou4 豪
🔊RSYPU
虍部，13畫。

▲另見134頁 hào。

【釋義】①拖長聲音大聲叫喚：號叫 / 呼號。②大聲哭：號哭 / 哀號 / 號咷大哭。

**噑** 🀄háo 🀄hou4 毫 🀄RHAJ
口部，13畫。

【釋義】(野獸等) 大聲叫：噑叫。

**豪** 🀄háo 🀄hou4 毫 🀄YRBO
豕部，14畫。

【釋義】①具有傑出才能的人：豪傑 / 英豪。②很有氣魄，直爽痛快，沒有拘束的：豪放 / 豪情壯志。③有錢有勢，也指有錢有勢的人：豪門 / 富豪。④強橫，也指強橫的人：土豪 / 巧取豪奪。⑤值得驕傲，感到光榮：自豪。

【組詞】豪華 / 豪邁 / 豪爽 / 豪宅

**壕** 🀄háo 🀄hou4 毫 🀄GYRO
土部，17畫。

【釋義】①護城河：城壕。②壕溝，為作戰時起掩護作用而挖的溝：戰壕 / 防空壕。

**嚎** 🀄háo 🀄hou4 毫 🀄RYRO
口部，17畫。

【釋義】①大聲叫：長嚎 / 狼嚎。②同「號②」，見132頁háo。

【成語】鬼哭狼嚎

**好** 🀄háo 🀄hou2 號二聲 🀄VND
女部，6畫。

▲另見本頁 hào。

【釋義】①優點多的，使人滿意的 (跟「壞」相對)：好人 / 美好。②表示某方面使人滿意：好吃 / 好看 / 好聽。③友愛，和睦：友好 / 好

朋友 / 和好如初。④ (身體) 健康，(疾病) 痊癒：身體還好吧 / 他的病好了。⑤表示完成或達到完善的地步：功課做好了。⑥表示讚許、同意或結束等語氣：好，就這麼辦。⑦容易：這事好辦。⑧應該，可以：他正在午睡，我不好打擾他。⑨用在數量詞、時間詞前面，表示多或久：好多 / 好久。⑩表示程度深，並帶感歎語氣：好冷 / 好漂亮 / 好不容易。

【組詞】好處 / 好感 / 好像 / 好意 / 剛好 / 良好 / 幸好 / 要好 / 正好 / 只好

【成語】花好月圓 / 不知好歹 / 恰到好處

**好** 🀄hào 🀄hou3 耗 🀄VND
女部，6畫。

▲另見本頁 hǎo。

【釋義】喜愛 (跟「惡」(wù) 相對)：好學 / 嗜好。

【組詞】好奇 / 愛好 / 喜好

【成語】好大喜功 / 好高騖遠 / 好逸惡勞 / 遊手好閒 / 投其所好

**浩** 🀄hào 🀄hou6 號 🀄EHGR
水部，10畫。

【釋義】① (氣勢、規模) 盛大，浩大：浩蕩。②多：浩如煙海。

【組詞】浩大 / 浩瀚

【成語】浩浩蕩蕩

**耗** 🀄hào 🀄hou3 好三聲 🀄QDHQU
耒部，10畫。

【釋義】①減損，消耗：耗費 / 損耗。②拖延：耗時間。③壞的音信或消息：噩耗。

【組詞】耗神 / 耗資 / 消耗

# H

## 皓
**普** hào **粵** hou6 浩 **倉** HAHGR
白部，12畫。

【釋義】①潔白：明眸皓齒。②光亮：皓月當空。

## 號 | 号
**普** hào **粵** hou6 浩
**倉** RSYPU
虍部，13畫。

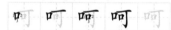

▲ 另見 132 頁 háo。

【釋義】①名稱：稱號/綽號/國號。②舊時指商店：商號/老字號。③標誌，信號：記號/問號/擊掌為號。④排定的次第：編號。⑤表示等級：五號字/特大號。⑥特指一個月裏的日子：六月一號是國際兒童節。⑦號令，命令：發號施令。⑧軍隊或樂隊裏所用的喇叭：號角/小號。

【組詞】號稱/號令/號碼/號召/符號/掛號/口號/信號/型號/訊號

---

### he

## 呵
**普** hē **粵** ho1 苛 **倉** RMNR
口部，8畫。

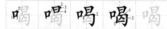

【釋義】①呼（氣），哈（氣）：一氣呵成。②大聲斥責：呵責。③形容笑聲：呵呵笑。

## 喝
**普** hē **粵** hot3 渴 **倉** RAPV
口部，12畫。

▲ 另見 135 頁 hè。

【釋義】①吸食液體或流質的東西：喝水/喝粥。②特指喝酒：喝醉了。

【成語】大吃大喝

## 禾
**普** hé **粵** wo4 和 **倉** HD
禾部，5畫。

（禾 禾 禾 禾 禾）

【釋義】①禾苗，稻、麥、穀子、高粱、玉米等作物的幼苗，特指水稻的植株。②泛指莊稼。

## 合
**普** hé **粵** hap6 盒 **倉** OMR
口部，6畫。

（合 合 合 合 合）

【釋義】①閉，合攏：縫合/合上眼。②結合到一起，聚集到一起，共同（跟「分」(fēn) 相對）：合唱/合力/集合。③全：合家歡樂。④符合：合法/合格/合理。⑤折算，等於，共計：折合/一美金合多少港幣？⑥舊小說中指雙方交手的次數，一次就叫一合或一回合：大戰三十餘合。

【組詞】合併/合成/合適/合作/混合/聯合/配合/融合/綜合/組合

【成語】合情合理/同流合污/悲歡離合/不謀而合/情投意合/一拍即合/志同道合

## 何
**普** hé **粵** ho4 河 **倉** OMNR
人部，7畫。

（何 何 何 何 何）

【釋義】①甚麼：何人/何事。②哪裏：從何而來？③表示反問：何必/何苦。

【組詞】何等/何妨/何況/何以/任何/如何/為何

【成語】何去何從/何足掛齒/談何容易/曾幾何時/無可奈何/無論如何

## 河
**普** hé **粵** ho4 河 **倉** EMNR
水部，8畫。

（河 河 河 河 河）

【釋義】①天然的或人工的大水道：河流/運河。②指黃河：河套/河西。③指銀河：河漢/天河。

【組詞】河牀 / 河道 / 河段 / 河畔 / 江河 / 山河 / 銀河

【成語】過河拆橋 / 口若懸河 / 氣壯山河

## 劾 曾 hé 粵 hat6 轄 倉 YOKS
力部，8 畫。

【釋義】檢舉揭發 (罪行)：彈劾。

## 和 曾 hé 粵 wo4 禾 倉 HDR
口部，8 畫。

▲ 另見本頁 hè；152 頁 huó；153 頁 huò。

【釋義】①平和，緩和：柔和 / 溫和。②協調，相安：和平 / 和諧。③結束戰爭或爭執：和好 / 和談。④不分勝負：和局 / 和棋。⑤連同：和盤托出 / 和衣而臥 (不脫衣服睡覺)。⑥表示相關、比較等：他和我一樣高。⑦表示聯合關係，相當於「跟」「與」：小明和志強都是我的好朋友。⑧兩個或兩個以上的數加起來所得的數：總和。⑨指日本：和服。

【組詞】和藹 / 和解 / 和氣 / 和善 / 和諧 / 緩和 / 平和 / 隨和 / 中和

【成語】和藹可親 / 和平共處 / 和顏悅色 / 風和日麗 / 心平氣和

## 核 曾 hé 粵 hat6 瞎 倉 DYVO
木部，10 畫。

▲ 另見 141 頁 hú。

【釋義】①果實中心的堅硬部分，裏面有果仁：桃核 / 杏核。②物體中像核的部分：細胞核。③指原子核、核能、核武器等：核裝置。④仔細地對照考察：核算 / 審核。

【組詞】核彈 / 核電 / 核對 / 核能 / 核實 / 核心 / 核准 / 複核 / 考核 / 評核

## 涸 曾 hé 粵 kok3 確 倉 EWJR
水部，11 畫。

【釋義】(水) 乾枯：乾涸 / 枯涸。

## 荷 曾 hé 粵 ho4 何 倉 TOMR
艸部，11 畫。

▲ 另見本頁 hè。

【釋義】蓮：荷花 / 荷塘 / 荷葉。

## 盒 曾 hé 粵 hap6 合 倉 OMRT
皿部，11 畫。

【釋義】盛東西的器物，一般較小，大多有蓋：筆盒 / 飯盒。

【組詞】盒子

## 閡 | 阂 曾 hé 粵 hat6 轄 倉 ANYVO
門部，14 畫。

【釋義】阻隔：隔閡。

## 和 曾 hè 粵 wo6 禍 倉 HDR
口部，8 畫。

▲ 另見本頁 hé；152 頁 huó；153 頁 huò。

【釋義】①和諧地跟着唱：曲高和寡 / 你在高聲唱，我在低聲和。②依照別人詩詞的題材和體裁做詩詞：和詩 / 酬和。

【組詞】附和

## 荷 曾 hè 粵 ho6 賀 倉 TOMR
艸部，11 畫。

▲ 另見本頁 hé。

【釋義】①背或扛：荷鋤 / 荷槍實彈。②負擔：負荷。

## 喝 曾 hè 粵 hot3 渴 倉 RAPV
口部，12 畫。

H

【釋義】大聲喊叫：喝采 / 喝令。
【組詞】喝問 / 吆喝

▲ 另見 134 頁 hē。

**賀** | 賀　⑬ hè　⑭ ho6 可六聲　⑮ KRBUC
貝部，12 畫。

【釋義】慶祝，慶賀：賀禮 / 賀年卡。
【組詞】賀歲 / 賀喜 / 道賀 / 恭賀 / 慶賀 / 祝賀

**褐**　⑬ hè　⑭ hot3 渴　⑮ LAPV
衣部，14 畫。

【釋義】①粗布或粗布衣服：褐衣。②像生栗子皮那樣的顏色：褐色。

**赫**　⑬ hè　⑭ haak1 客一聲　⑮ GCGLC
赤部，14 畫。

【釋義】顯著，盛大：顯赫。
【成語】赫赫有名

**塹**　⑬ hè　⑭ kok3 確　⑮ YEG
土部，17 畫。

【釋義】山溝，大水坑：溝塹。

**嚇** | 吓　⑬ hè　⑭ haak3 客　⑮ RGCC
口部，17 畫。

▲ 另見 409 頁 xià。
【釋義】使人感到威脅、害怕：恐嚇 / 威嚇。

**鶴** | 鹤　⑬ hè　⑭ hok6 學　⑮ OGHAF
鳥部，21 畫。

【釋義】一種鳥，頭小頸長，嘴長而直，羽毛白色或灰色，腳細長。常見的有白鶴、灰鶴等。
【成語】鶴髮童顏 / 鶴立雞羣 / 風聲鶴唳 / 閒雲野鶴

## hei

**黑**　⑬ hēi　⑭ hak1 克　⑮ WGF
黑部，12 畫。

【釋義】①像煤或墨的顏色（跟「白」相對）：烏黑 / 顛倒黑白。②黑暗：黑夜 / 這路太黑了。③祕密，不公開（多指違法的）：黑幕 / 黑社會。④壞，狠毒：黑心。
【組詞】黑暗 / 黑白 / 黑板 / 黑點 / 黑洞 / 黑影 / 昏黑 / 漆黑
【成語】白紙黑字 / 顛倒黑白

**嘿**　⑬ hēi　⑭ hei1 希　⑮ RWGF
口部，15 畫。

【釋義】①表示招呼或提起注意：嘿，快起牀。②表示得意：嘿，又贏了。③表示驚異：嘿，下雪了！

## hen

**痕**　⑬ hén　⑭ han4 很四聲　⑮ KAV
疒部，11 畫。

【釋義】①創傷好了以後留下的疤：疤痕 / 傷痕。②事物留下的印跡：痕跡 / 淚痕 / 裂痕。

**很**　⑬ hěn　⑭ han2 狠　⑮ HOAV
彳部，9 畫。

【釋義】表示程度相當高：很快 / 很高興。

# 狠
❶ hěn ❷ han2 很 ❸ KHAV
犬部，9畫。

【釋義】①兇惡，殘忍：狠毒 / 狠心。②控制感情，下定決心：狠下心把孩子送走。③嚴厲，厲害：狠狠打擊罪犯。
【組詞】狠狠 / 兇狠
【成語】心狠手辣

# 恨
❶ hèn ❷ han6 很六聲 ❸ PAV
心部，9畫。

【釋義】①仇視，怨恨：仇恨 / 憤恨。②悔恨，不稱心：一失足成千古恨。
【組詞】含恨 / 懷恨 / 悔恨 / 可恨 / 痛恨 / 飲恨 / 怨恨 / 憎恨 / 恨不得
【成語】恨之入骨 / 報仇雪恨 / 深仇大恨

---

## heng

---

# 亨
❶ hēng ❷ hang1 鏗 ❸ YRNN
亠部，7畫。

【釋義】通達，順利：萬事亨通。
【組詞】亨通

# 哼
❶ hēng ❷ hang1 亨 ❸ RYRN
口部，10畫。

【釋義】①鼻子發出聲音：痛得哼了幾聲。②低聲唱或吟哦：他得意地哼着小曲。

# 恆 | 恒
❶ héng ❷ hang4 衡
❸ PMBM
心部，9畫。

【釋義】①永久，持久：恆溫 / 永恆。②恆心：有恆 / 持之以恆。③平常，經常：恆態 / 恆言。
【組詞】恆久 / 恆心 / 恆星

# 橫 | 横
❶ héng ❷ waang4 華盲四聲
❸ DTMC
木部，16畫。

▲另見本頁 hèng。

【釋義】①跟地面平行的（跟「豎」「直」相對）：橫額 / 橫樑。②地理上東西向的（跟「縱」相對）：橫渡太平洋。③從左到右或從右到左的（跟「豎」「直」「縱」相對）：橫寫。④跟物體的長的一邊垂直的（跟「豎」「縱」相對）：橫剖面。⑤使物體成橫向：把扁擔橫過來。⑥縱橫雜亂：草木橫生 / 血肉橫飛。⑦蠻橫，兇惡：橫加阻攔 / 橫行霸道。⑧漢字的筆畫，形狀是「一」。
【組詞】橫渡 / 橫跨 / 橫向 / 縱橫
【成語】橫衝直撞 / 橫七豎八 / 妙趣橫生

# 衡
❶ héng ❷ hang4 恆 ❸ HONKN
行部，16畫。

【釋義】①秤桿，泛指稱重量的器具。②稱重量：衡其輕重。③衡量，評定好壞高低：衡量得失。④平均：均衡。
【組詞】衡量 / 平衡

# 橫 | 横
❶ hèng ❷ waang6 戶孟六聲
❸ waang4 華盲四聲 ❸ DTMC
木部，16畫。

▲另見本頁 héng。

【釋義】①粗暴，兇暴：蠻橫／強橫。②不吉利的，意外的：橫禍／橫事。

---
## hong
---

**哄** 🔊hōng 🔊hung6 控六聲
❌hung3 控 📝RTC
口部，9畫。

▲另見 139 頁 hǒng。

【釋義】①形容許多人大笑或喧譁的聲音：哄堂大笑。②許多人同時發出聲音：哄動。

【組詞】哄鬧／亂哄哄／鬧哄哄

**烘** 🔊hōng 🔊hung1 空 ❌hung3 控
📝FTC
火部，10畫。

【釋義】①用火或蒸汽使身體暖和或使物體變熱或乾燥：烘乾／烘爐。②襯托：烘托／烘雲托月。

【組詞】烘焙

**轟** │ 轰 🔊hōng 🔊gwang1 瓜亨一聲
📝JJJJJ
車部，21畫。

【釋義】①形容巨大的聲響：轟的一聲，爆破成功了。②（雷）鳴，（炮）擊，（火藥）爆炸：轟炸／炮轟。③趕，驅逐：把他轟出去。

【組詞】轟動／轟隆

【成語】轟轟烈烈

**弘** 🔊hóng 🔊wang4 宏 📝NI
弓部，5畫。

【釋義】擴充，光大：弘揚。

**宏** 🔊hóng 🔊wang4 弘 📝JKI
宀部，7畫。

【釋義】大：宏偉／宏願。

【組詞】宏大／宏觀／寬宏

**泓** 🔊hóng 🔊wang4 宏 📝ENI
水部，8畫。

【釋義】①水深而廣。②清水一道或一片叫一泓：一泓清泉／一泓秋水。

**洪** 🔊hóng 🔊hung4 紅 📝ETC
水部，9畫。

【釋義】①大：洪水／聲如洪鐘。②指洪水：防洪／山洪暴發。

【組詞】洪流／洪災

【成語】洪福齊天／洪水猛獸

**虹** 🔊hóng 🔊hung4 洪 📝LIM
虫部，9畫。

【釋義】天空中的小水珠經日光照射，發生折射和反射作用而形成的弧形彩帶，由外圈至內圈呈紅、橙、黃、綠、藍、靛、紫七種顏色。

【組詞】彩虹／霓虹

**紅** │ 红 🔊hóng 🔊hung4 雄 📝VFM
糸部，9畫。

【釋義】①像鮮血或石榴花的顏色：紅燈。②象徵喜慶的紅布：掛紅／披紅。③婚姻喜慶：紅白喜事。④象徵順利、成功或受人重

視、歡迎：大紅人。⑤紅利：分紅 / 花紅。

【組詞】紅潤 / 紅腫 / 紅彤彤

【成語】紅光滿面 / 大紅大紫 / 面紅耳赤 / 青紅皂白 / 桃紅柳綠 / 奼紫嫣紅 / 萬紫千紅

## 鴻|鸿

⊜ hóng ⊜ hung4 紅 ⊜ EMHF

鳥部，17 畫。

【釋義】①鴻雁，即大雁：鴻毛（比喻事物輕微）/ 哀鴻遍野。②指書信：來鴻（來信）。③大：鴻圖大志。

## 哄

⊜ hǒng ⊜ hung6 控六聲 ⊗ hung3 控 ⊜ RTC

口部，9 畫。

▲另見 138 頁 hōng。

【釋義】①哄騙，用假話或手段騙人：瞞哄。②用言語或行動引人高興，特指照看小孩：奶奶哄着孫子玩。

## 訌|讧

⊜ hòng ⊜ hung4 紅 ⊗ hung3 控 ⊜ YRM

言部，10 畫。

【釋義】爭吵，潰亂：內訌。

## 鬨|哄

⊜ hòng ⊜ hung6 控六聲 ⊗ hung3 控 ⊜ LNTC

鬥部，16 畫。

【釋義】吵鬧，開玩笑：起鬨 / 一鬨而散。

---

### hou

## 侯

⊜ hóu ⊜ hau4 喉 ⊜ ONMK

人部，9 畫。

【釋義】①中國古代五等爵位（公、侯、伯、子、男）的第二等。②泛指達官貴人：侯門似海。

【組詞】王侯 / 諸侯

## 喉

⊜ hóu ⊜ hau4 猴 ⊜ RONK

口部，12 畫。

【釋義】介於咽和氣管之間的部分。喉是呼吸器官的一部分，喉內有聲帶，也是發音器官。

【組詞】喉嚨 / 咽喉

## 猴

⊜ hóu ⊜ hau4 喉 ⊜ KHONK

犬部，12 畫。

【釋義】哺乳動物，外形略像人，有尾巴，行動靈活。

【組詞】猴子 / 猿猴

## 吼

⊜ hǒu ⊜ hau3 口三聲 ⊗ haau1 敲 ⊜ RNDU

口部，7 畫。

【釋義】①（猛獸）大聲叫：獅子吼。②發怒或情緒激動時大聲叫喊：怒吼。③（風、汽笛、大炮等）發出很大的響聲：北風怒吼 / 汽笛長吼。

【組詞】吼叫 / 吼聲

## 后

⊜ hòu ⊜ hau6 後 ⊜ HMR

口部，6 畫。

【釋義】君主的妻子：后妃 / 皇后 / 王后。

## 厚

⊜ hòu ⊜ hau5 口五聲 ⊜ MAND

厂部，9 畫。

【釋義】①扁平物上下兩面之間的距離大（跟「薄」（báo）相對）：厚棉衣。②厚度：雪下

了半尺厚。③豐盛：豐厚／優厚。④（感情）深：厚望／深厚。⑤厚道，誠懇而有寬容心：寬厚／忠厚。⑥（利潤）大，（禮物價值）大：厚禮／厚利。⑦濃：濃厚／酒味很厚。⑧優待，推崇，重視：厚此薄彼。

【組詞】厚愛／厚待／厚道／厚度／厚實／厚重／醇厚／敦厚／謙厚

【成語】厚古薄今／厚顏無恥／無可厚非／得天獨厚／天高地厚

## 後｜后　曾hòu　粵hau6 候　倉HOVIE
彳部，9畫。

【釋義】①人或物背面的方位（跟「前」相對）：後門／幕後。②未來的或較晚的時間（跟「前」「先」相對）：後天／隨後。③次序靠近末尾的（跟「前」相對）：後排／後十五名。④後代的人，指子孫等：後裔／不孝有三，無後為大。

【組詞】後代／後果／後悔／後退／後續／落後／稍後／隨後／往後／押後

【成語】後顧之憂／後繼無人／後來居上／後起之秀／前因後果／空前絕後／爭先恐後

## 候　曾hòu　粵hau6 后　倉OLNK
人部，10畫。

【釋義】①等待：候診／恭候／請您稍候。②問候，問好。③時節：候鳥／氣候／時候。④情況：火候／症候。

【組詞】候選／等候／守候／問候／有時候

---

## hu

## 乎　曾hū　粵fu4 扶　倉HFD
丿部，5畫。

【釋義】①表示疑問或反問，相當於「嗎」：不亦樂乎？②後綴：幾乎／在乎／出乎意料。

【組詞】合乎／介乎／視乎／似乎／不外乎

## 呼　曾hū　粵fu1 夫　倉RHFD
口部，8畫。

【釋義】①生物體把體內的氣體排出體外（跟「吸」相對）：呼吸／呼出一口氣。②大聲喊：歡呼。③叫，叫人來：呼喚。④形容風聲：北風呼呼地吹。

【組詞】呼喊／呼叫／呼救／呼嘯／呼應／呼籲／稱呼／招呼／打招呼

【成語】呼風喚雨／呼天搶地／呼之欲出／千呼萬喚／一呼百應／大聲疾呼／一命嗚呼

## 忽　曾hū　粵fat1 窟　倉PHP
心部，8畫。

【釋義】①不注意：忽略／疏忽。②忽而，忽然：燈光忽明忽暗。

【組詞】忽而／忽然／忽視

## 糊　曾hū　粵wu4 狐　倉FDJRB
米部，15畫。

▲另見141頁hú；142頁hù。

【釋義】用較濃的糊狀物塗抹縫子、窟窿或平面：糊了一層泥／用灰糊牆縫。

## 圜　曾hú　粵fat1 忽　倉WPHH
口部，7畫。

【釋義】〔圖圇〕（圇：曾lún 粵leon4 輪）整個，完整：圖圇吞棗。

## 狐　曾hú　粵wu4 胡　倉KHHVO
犬部，8畫。

【釋義】哺乳動物，外形略像狼，毛通常赤黃色。性狡猾多疑，晝伏夜出。通稱狐狸。

【成語】狐假虎威／狐羣狗黨／兔死狐悲

**弧** 🔊 hú 🔊 wu4 胡 🔊 NHVO
弓部，8畫。

【釋義】圓周的任意一段：弧線。
【組詞】弧度 / 弧形 / 括弧

**胡** 🔊 hú 🔊 wu4 狐 🔊 JRB
肉部，9畫。

【釋義】①古代泛稱北方和西方的各民族：胡人。②古代稱來自北方和西方各民族的（東西），也泛指來自國外的（東西）：胡琴 / 胡桃。③表示隨意亂來，沒有道理：胡鬧 / 一派胡言。④〔胡同〕巷，小街。
【組詞】胡亂 / 胡說
【成語】胡說八道 / 胡思亂想 / 胡言亂語 / 胡作非為

**核** 🔊 hú 🔊 wat6 屈六聲 🔊 DYVO
木部，10畫。

▲另見135頁hé。

【釋義】義同「核①」（hé，見135頁），用於某些口語詞：核心 / 桃核。

**湖** 🔊 hú 🔊 wu4 狐 🔊 EJRB
水部，12畫。

【釋義】被陸地圍着的大片積水。
【組詞】湖泊 / 湖水
【成語】湖光山色 / 五湖四海

**壺** ｜壶 🔊 hú 🔊 wu4 胡 🔊 GBLM
士部，12畫。

【釋義】陶瓷或金屬等製成的容器，有嘴，有把手，用來盛液體，從嘴裏往外倒：茶壺 / 暖壺 / 水壺。

**葫** 🔊 hú 🔊 wu4 胡 🔊 TJRB
艸部，13畫。

【釋義】〔葫蘆〕草本植物，莖蔓生，種類很多，果實可食用、藥用，有的可做器皿。

**糊** 🔊 hú 🔊 wu4 狐 🔊 FDJRB
米部，15畫。

▲另見140頁hū；142頁hù。

【釋義】①粥類食品。②用黏的東西把紙、布等粘起來或粘在別的器物上：糊牆 / 糊信封。③不清晰，不明事理：糊塗 / 模糊。
【組詞】含糊 / 迷糊
【成語】一塌糊塗

**蝴** 🔊 hú 🔊 wu4 胡 🔊 LIJRB
虫部，15畫。

【釋義】〔蝴蝶〕昆蟲，翅膀闊大，顏色美麗。

**鬍** ｜胡 🔊 hú 🔊 wu4 狐 🔊 SHJRB
髟部，19畫。

【釋義】嘴周圍和連着鬢角長的毛：鬍鬚。
【組詞】鬍子

**虎** ｜虎 🔊 hǔ 🔊 fu2 府 🔊 YPHU
虍部，8畫。

【釋義】①哺乳動物，毛黃色，有黑色斑紋。性兇猛。通稱老虎。②比喻勇猛威武：虎將 / 虎虎生威。
【成語】虎背熊腰 / 虎視眈眈 / 虎頭蛇尾 / 騎虎

難下 / 如虎添翼 / 狐假虎威 / 狼吞虎嚥 / 龍爭
虎鬥 / 生龍活虎

## 唬 | 唬　曾hǔ 粵fu2 府 倉RYPU
口部，11畫。

【釋義】虛張聲勢、誇大事實以嚇人或蒙混
人：唬人。

## 琥 | 琥　曾hǔ 粵fu2 府 倉MGYPU
玉部，12畫。

【釋義】〔琥珀〕(珀：曾pò 粵paak3 拍) 古代松
柏樹脂的化石，淡黃色或紅褐色，可以用來
製琥珀酸和各種漆，也可以用來做裝飾品。

## 户　曾hù 粵wu6 互 倉HS
户部，4畫。

【釋義】①門：門戶 / 足不出户。②人家，
住户：户口 / 家喻户曉。③門第，指家庭的
社會地位和其成員的文化程度：門當户對。
④户頭，有財務關係的個人或團體：賬户 /
銀行户口。

【組詞】户外 / 户主 / 窗户 / 訂户 / 客户 / 門户 /
用户 / 住户

【成語】門户之見 / 夜不閉户

## 互　曾hù 粵wu6 户 倉MVNM
二部，4畫。

【釋義】彼此，互相：互利 / 互助。

【組詞】互補 / 互動 / 互惠 / 互相 / 交互 / 相互

## 扈　曾hù 粵wu6 互 倉HSRAU
户部，11畫。

【釋義】①隨從：扈從。②〔跋扈〕專橫暴戾：
飛揚跋扈 (驕橫放肆)。

## 滬 | 沪　曾hù 粵wu6 互 倉EHSU
水部，14畫。

【釋義】上海的別稱。

## 糊　曾hù 粵wu4 狐 倉FDJRB
米部，15畫。

▲另見140頁 hú；141頁 hú。

【釋義】樣子像粥的食物：麵糊 / 芝麻糊。

## 護 | 护　曾hù 粵wu6 互 倉YRTOE
言部，21畫。

【釋義】①保護，保衛：維護 / 掩護。②袒
護，包庇：護短 / 庇護。

【組詞】護理 / 護送 / 愛護 / 保護 / 辯護 / 呵護 /
監護 / 救護 / 守護 / 擁護

## hua

## 花　曾huā 粵faa1 化一聲 倉TOP
艸部，8畫。

【釋義】①種子植物的有性繁殖器官，有各種
顏色和形狀，有的長得豔麗，有香味。也泛
指可供觀賞的植物：花草 / 鮮花 / 百花齊放。
②形狀像花朵的東西：火花 / 雪花。③花
紋，各種條紋和圖案：白地藍花。④用花或
花紋裝飾的：花燈 / 花籃。⑤顏色或種類錯
雜的：花白 / 花貓。⑥〔眼睛〕模糊迷亂：眼
花 / 老眼昏花。⑦用來迷惑人的，不真實或
不真誠的：花招 / 花言巧語。⑧比喻貌美的
女子：校花 / 姊妹花。⑨用，耗費：花時間 /
該花的花，該省的省。

【組詞】花瓣 / 花費 / 花卉 / 花瓶 / 花紋 / 花絮 /
花樣 / 浪花 / 繡花 / 煙花

【成語】花花綠綠 / 花枝招展 / 奇花異卉 / 曇花
一現 / 五花八門 / 心花怒放 / 眼花繚亂 / 鳥語
花香 / 錦上添花 / 走馬看花

## 嘩 | 哗　曾huā 粵waa1 蛙 倉RTMJ
口部，15畫。

▲另見本頁 huá。
【釋義】形容撞擊聲或水流聲：流水嘩嘩地響。

## 划 ⊜huá ⊜waa4 華 ⊗waa1 娃 ⊜ILN
刀部，6畫。

【釋義】①撥水前進：划船／划槳。②合算：划不來／划得來。
【組詞】划算／划艇

## 華｜华 ⊜huá ⊜waa4 蛙四聲 ⊜TMTJ
艸部，12畫。

▲另見144頁 huà。
【釋義】①光彩，光輝：華麗／華美。②繁盛：繁華／榮華。③事物最好的部分：才華／精華。④奢侈：豪華／奢華。⑤時光，年歲：似水華年。⑥（頭髮）花白：華髮。⑦敬辭，用於跟對方有關的事物：華誕（稱人生日）／華翰（稱人書信）。⑧指中國或中華民族：華人／華夏。
【組詞】華埠／華僑／華裔／中華
【成語】華而不實／榮華富貴／豆蔻年華

## 滑 ㊀⊜huá ⊜waat6 猾 ⊜EBBB
水部，13畫。

【釋義】①光滑：滑溜／平滑。②滑動：滑行／滑雪。③油滑，不誠實：滑頭滑腦。
【組詞】滑動／滑坡／滑梯／滑翔／光滑／潤滑／圓滑
【成語】油嘴滑舌

㊁⊜huá ⊜gwat1 骨 ⊗waat6 猾
【釋義】〔滑稽〕詼諧，（言語、動作）引人發笑。

## 猾 ⊜huá ⊜waat6 滑 ⊜KHBBB
犬部，13畫。

【釋義】狡猾，奸詐：老奸巨猾。
【組詞】奸猾／狡猾

## 劃｜划 ⊜huá ⊜waak6 或 ⊜LMLN
刀部，14畫。
▲另見144頁 huà。
【釋義】用銳器把東西分開或在表面上刻過去、擦過去：劃玻璃／劃根火柴。

## 嘩｜哗 ⊜huá ⊜waa1 蛙 ⊜RTMJ
口部，15畫。

▲另見142頁 huā。
【釋義】同「譁」，見本頁 huá。

## 譁｜哗 ⊜huá ⊜waa1 蛙 ⊜YRTMJ
言部，19畫。

【釋義】喧譁，喧鬧：譁然／譁笑。
【組詞】喧譁
【成語】譁眾取寵

## 化 ⊜huà ⊜faa3 花三聲 ⊜OP
匕部，4畫。

【釋義】①改變，變化：化妝／轉化。②感化：教化／潛移默化。③熔化，融化：太陽一出來，冰雪都化了。④消化，消除：化痰止咳。⑤燒化：焚化／火化。⑥指化學：化肥／化合。⑦後綴，表示轉變成某種性質或狀態：綠化／氧化／機械化。⑧（僧道）向人求施捨：化緣。

【組詞】化驗 / 惡化 / 腐化 / 簡化 / 進化 / 美化 / 強化 / 深化 / 退化 / 現代化

【成語】化為烏有 / 化險為夷 / 化整為零 / 變化多端 / 變化莫測 / 千變萬化

## 華 | 华　⬚huà　⬚waa6 話　⬚TMTJ
艸部，12 畫。

▲ 另見 143 頁 huá。

【釋義】華山，山名，在陝西省。

## 畫 | 画　㊀⬚huà　⬚waa6 話
　　　　　　㊁waa2 話二聲　⬚LGWM
田部，12 畫。

【釋義】①畫成的圖像或藝術品：畫展 / 書畫。②用畫裝飾的：畫屏 / 雕樑畫棟。

【組詞】畫家 / 畫廊 / 畫面 / 畫像 / 版畫 / 壁畫 / 動畫 / 繪畫 / 漫畫 / 圖畫

【成語】詩情畫意

㊁⬚huà　⬚waak6 或

【釋義】①用筆或類似東西做出圖形：畫山水 / 畫蛇添足。②用筆或類似東西做出線或作為標記的文字：畫線 / 畫押。③漢字的一筆叫一畫：筆畫。

【組詞】刻畫 / 描畫

【成語】畫餅充飢 / 畫龍點睛 / 指手畫腳

## 話 | 话　⬚huà　⬚waa6 蛙六聲
　　　　　⬚YRHJR
言部，13 畫。

【釋義】①說出來的能夠表達思想的聲音，或指把這種聲音記錄下來的文字：會話 / 講話。②說，談：話別 / 閒話家常。

【組詞】話劇 / 話題 / 對話 / 神話 / 實話 / 說話 / 俗話 / 談話 / 童話 / 笑話

【成語】說來話長

## 劃 | 划　⬚huà　⬚waak6 或　⬚LMLN
刀部，14 畫。

▲ 另見 143 頁 huá。

【釋義】①劃分，區分：劃清界線。②計劃：籌劃 / 謀劃。

【組詞】劃分 / 策劃 / 規劃 / 計劃

【成語】出謀劃策

## 樺 | 桦　⬚huà　⬚waa6 話　⬚DTMJ
木部，16 畫。

【釋義】喬木或灌木，樹皮白色、灰色、黃色或黑色。

# huai

## 徊　⬚huái　⬚wui4 回　⬚HOWR
彳部，9 畫。

【釋義】〔徘徊〕見 280 頁 pái「徘」。

## 淮　⬚huái　⬚waai4 懷　⬚EOG
水部，11 畫。

【釋義】淮河，水名，發源於河南省，流經安徽省，入江蘇省：淮北 / 淮南。

## 槐　⬚huái　⬚waai4 懷　⬚DHI
木部，14 畫。

【釋義】槐樹，喬木，花淡黃色，結莢果。花、果實和根皮可入藥。

## 踝　⬚huái　⬚waa5 蛙五聲　⬚RMWD
足部，15 畫。

【釋義】腳腕兩邊突起的部分：踝骨 / 腳踝。

## 懷 | 怀　⬚huái　⬚waai4 淮　⬚PYWV
心部，19 畫。

懷 | 怀　⬤huái ⬤waai6 懷六聲
⬤GYWW
土部，19畫。

**【釋義】**①缺點多的，使人不滿意的（跟「好」（hǎo）相對）：工作做得不壞。②品質惡劣的，起破壞作用的：壞人壞事。③變得不健全、無用、有害：筆摔壞了／水果變壞了。④表示身體或精神受到某種影響而達到極不舒服的程度，有時只表示程度深：餓壞了／這事可把他樂壞了。

**【組詞】**壞處／敗壞／腐壞／好壞／毀壞／破壞／損壞

**【成語】**氣急敗壞

---

## huan

歡 | 欢　⬤huān ⬤fun1 寬
⬤TGNO
欠部，22畫。

**【釋義】**①快樂，高興：歡喜。②起勁，活躍：歡蹦亂跳。

**【組詞】**歡暢／歡呼／歡聚／歡快／歡樂／歡送／歡笑／歡迎／聯歡／喜歡

**【成語】**歡天喜地／歡欣鼓舞／不歡而散／皆大歡喜／強顏歡笑／握手言歡

貛 | 獾　⬤huān ⬤fun1 寬
⬤BHTRG
豸部，25畫。

**【釋義】**哺乳動物，毛灰色，爪銳利，善於掘土。

寰　⬤huán ⬤waan4 頑
⬤JWLV
宀部，16畫。

**【釋義】**廣大的地域：寰宇／慘絕人寰。

環 | 环　⬤huán ⬤waan4 頑
⬤MGWLV
玉部，17畫。

**【釋義】**①中間空心很大，內外皆成圓形的東西：耳環／花環。②環節，相互關聯的許多事物中的一個：備課是教學的重要一環。③圍繞：環球／環繞。

**【組詞】**環保／環顧／環迴／環節／環境／連環／循環

**【成語】**險象環生

還 | 还　⬤huán ⬤waan4 頑
⬤YWLV
辵部，17畫。

▲另見129頁 hái。

**【釋義】**①返回原地或恢復原狀：還原／衣錦還鄉。②歸還，償付：還書／還債。③回報別人對自己的行動：還手／討價還價。

**【組詞】**還擊／償還／歸還／交還／生還

**【成語】**返老還童

緩 | 缓　⬤huǎn ⬤wun6 換
⬤VFBME
糸部，15畫。

**【釋義】**①遲，慢：緩慢／遲緩。②延緩，推遲：緩期／暫緩。③緩和，不緊張：緩衝／緩解。④坡度小：緩坡／平緩。⑤恢復正常的生理狀態：昏過去又緩過來。

H

【組詞】緩和 / 和緩 / 舒緩 / 延緩
【成語】緩兵之計 / 輕重緩急 / 刻不容緩

## 幻
🔵 huàn　⬤ waan6 患　⬤ VIS
幺部，4 畫。

幻　幻　幺　幻　幻

【釋義】①沒有現實根據的，不真實的：幻覺 / 虛幻。②奇異地變化：幻術 (魔術) / 變幻莫測。
【組詞】幻境 / 幻想 / 幻象 / 變幻 / 科幻 / 夢幻
【成語】風雲變幻

## 宦
🔵 huàn　⬤ waan6 幻　⬤ JSLL
宀部，9 畫。
【釋義】①官吏：官宦人家。②做官：宦遊四方 (為求做官而出外奔走)。③〔宦官〕封建時代被閹割後在皇宮伺候皇帝及其家族的男人。也叫太監。

## 患
🔵 huàn　⬤ waan6 幻　⬤ LLP
心部，11 畫。

患　串　患　患　患

【釋義】①禍害，災難：患難 / 防患未然。②憂慮：憂患 / 患得患失。③害 (病)：患病 / 患者。
【組詞】後患 / 禍患
【成語】患難與共 / 有備無患

## 渙
🔵 huàn　⬤ wun6 換　⬤ ENBK
水部，12 畫。
【釋義】消散：精神渙散。

## 換
🔵 huàn　⬤ wun6 玩　⬤ QNBK
手部，12 畫。

換　換　換　換　換

【釋義】①給人東西同時從他那裏取得別的東西：交換。②變換，更換：換人 / 換衣服。
【組詞】換取 / 變換 / 調換 / 兌換 / 更換 / 替換 / 轉換 / 換言之
【成語】改頭換面 / 脫胎換骨

## 喚
🔵 huàn　⬤ wun6 換　⬤ RNBK
口部，12 畫。

喚　喚　喚　喚　喚

【釋義】發出大聲，使對方覺醒、注意或隨聲而來：喚醒 / 呼喚。
【組詞】喚起 / 叫喚 / 召喚
【成語】呼風喚雨 / 千呼萬喚

## 豢
🔵 huàn　⬤ waan6 幻　⬤ FQMSO
豕部，13 畫。
【釋義】餵養 (牲畜)：豢養 (後比喻收買利用)。

## 煥
🔵 huàn　⬤ wun6 換　⬤ FNBK
火部，13 畫。

火　煥　煥　煥　煥

【釋義】光明，光亮：煥然一新 / 容光煥發。

## 瘓
🔵 huàn　⬤ wun6 換　⬤ KNBK
疒部，14 畫。

疒　瘓　瘓　瘓　瘓

【釋義】〔癱瘓〕見 369 頁 tān「癱」。

---

### huang

## 肓
🔵 huāng　⬤ fong1 方　⬤ YVB
肉部，7 畫。
【釋義】中國古代醫學指心臟和隔膜之間的部位：病入膏肓 (病到了無法醫治的地步，比喻事情嚴重到了不可挽回的地步)。

荒 ⓟhuāng ⓒfong1 方 ⓒTYVU
艸部，10畫。

【釋義】①荒蕪，因沒人管而長滿野草：荒原。②荒涼，人煙少，冷清：荒島。③莊稼嚴重歉收甚至沒有收成：荒年。④荒地，沒有開墾或沒有耕種的土地：開荒／墾荒。⑤久不練習而生疏：荒廢。⑥嚴重缺乏：糧荒。⑦不合情理：荒誕／荒謬。

【組詞】荒地／荒涼／荒蕪／荒野／饑荒

【成語】落荒而逃／地老天荒

慌 ⓟhuāng ⓒfong1 方 ⓒPTYU
心部，13畫。

【釋義】慌張，忙亂：驚慌／恐慌。

【組詞】慌亂／慌忙／慌張

【成語】慌手慌腳／不慌不忙／心慌意亂

皇 ⓟhuáng ⓒwong4 王 ⓒHAMG
白部，9畫。

【釋義】①盛大：堂皇。②君主，皇帝：皇朝／皇宮。

【組詞】皇帝／皇后／皇上／皇室／皇位

【成語】堂而皇之／富麗堂皇／冠冕堂皇

凰 ⓟhuáng ⓒwong4 王 ⓒHNHAG
几部，11畫。

【釋義】鳳凰，古代傳說中的百鳥之王，雄的叫鳳，雌的叫凰：鳳求凰。

【組詞】鳳凰

惶 ⓟhuáng ⓒwong4 皇 ⓒPHAG
心部，12畫。

【釋義】恐懼：惶恐／人心惶惶。

【組詞】驚惶

【成語】惶恐不安／誠惶誠恐／驚惶失措

黃 ｜黄 ⓟhuáng ⓒwong4 王 ⓒTMWC
黃部，12畫。

【釋義】①像金子或向日葵花的顏色。②象徵下流或墮落，特指色情的東西：掃黃。③指黃帝，傳說中的中國上古帝王：炎黃。④指黃河：治黃／黃泛區。

【組詞】黃昏／黃金／黃土／金黃／黃澄澄

【成語】面黃肌瘦／青黃不接／明日黃花／人老珠黃

煌 ⓟhuáng ⓒwong4 王 ⓒFHAG
火部，13畫。

【釋義】明亮：輝煌。

【成語】金碧輝煌

蝗 ⓟhuáng ⓒwong4 王 ⓒLIHAG
虫部，15畫。

【釋義】蝗蟲，一種昆蟲，口器堅硬，善於飛行和跳躍。危害農作物，是害蟲：蝗災／滅蝗。

磺 ｜磺 ⓟhuáng ⓒwong4 王 ⓒMRTMC
石部，17畫。

【釋義】〔硫磺〕見231頁liú「硫」。

簧 ｜簧 ⓟhuáng ⓒwong4 黃 ⓒHTMC
竹部，18畫。

【釋義】①樂器裏用銅等製成的發聲薄片。②器物裏有彈力的機件：彈簧。

**恍** 🔊 huǎng 🔊 fong2 仿 🔊 PFMU
心部，9畫。

【釋義】①醒悟的樣子：恍然。②彷彿（與「如」「若」等連用）：恍如夢境 / 恍若隔世。③感覺模糊：恍惚。
【成語】恍然大悟

**晃** 🔊 huǎng 🔊 fong2 訪 🔊 AFMU
日部，10畫。

▲另見本頁 huàng。

【釋義】①（光芒）閃耀：太陽晃得人睜不開眼。②很快地閃過：虛晃一刀 / 窗外有個人影一晃就不見了。
【組詞】晃眼 / 白晃晃 / 明晃晃

**幌** 🔊 huǎng 🔊 fong2 訪 🔊 LBAFU
巾部，13畫。

【釋義】〔幌子〕①商店門外表明所賣商品的標誌。②比喻進行某種活動時所假借的名義：打着開會的幌子遊山玩水。

**謊**｜谎 🔊 huǎng 🔊 fong1 方 🔊 YRTYU
言部，17畫。

【釋義】①不真實的，騙人的：謊話。②謊話：撒謊 / 說謊。
【組詞】謊言
【成語】彌天大謊

**晃** 🔊 huàng 🔊 fong2 訪 🔊 AFMU
日部，10畫。

▲另見本頁 huǎng。

【釋義】搖動，擺動：搖頭晃腦 / 風颳得樹枝來回晃。
【組詞】晃動 / 搖晃

# huī

**灰** 🔊 huī 🔊 fui1 恢 🔊 KF
火部，6畫。

【釋義】①物質燃燒後剩下的粉末狀的東西：爐灰 / 煙灰。②塵土，某些粉末狀的東西：灰塵。③特指石灰：灰頂 / 抹灰。④像木柴灰的顏色：灰鼠 / 銀灰。⑤消沉，失望：灰心 / 心灰意冷。
【組詞】灰暗 / 灰白 / 灰燼
【成語】灰飛煙滅 / 灰心喪氣 / 死灰復燃 / 萬念俱灰 / 心如死灰

**恢** 🔊 huī 🔊 fui1 灰 🔊 PKF
心部，9畫。

【釋義】①廣大，寬廣：恢宏 / 天網恢恢。②〔恢復〕變回原來的樣子：恢復舊貌。

**揮**｜挥 🔊 huī 🔊 fai1 輝 🔊 QBJJ
手部，12畫。

【釋義】①揮舞：揮刀 / 揮手。②用手把眼淚、汗珠等抹掉：揮汗 / 揮淚。③指揮（軍隊）：揮師東進。④散出，散：揮發 / 揮金如土。
【組詞】揮動 / 揮霍 / 揮舞 / 發揮 / 指揮
【成語】揮汗如雨 / 揮灑自如 / 借題發揮

**詼**｜诙 🔊 huī 🔊 fui1 恢 🔊 YRKF
言部，13畫。

【釋義】〔詼諧〕說話有趣，引人發笑。

**暉 | 晖** 🔊huī 🔊fai1 輝 🔊ABJJ
日部，13畫。

【釋義】①陽光：誰言寸草心，報得三春暉。②同「輝」，見本頁huī。

**麾** 🔊hui 🔊fai1 揮 🔊IDHQU
麻部，15畫。

【釋義】①古代指揮軍隊的旗子：麾下。②指揮(軍隊)：麾軍前進。

**輝 | 辉** 🔊huī 🔊fai1 揮 🔊FUBJJ
車部，15畫。

【釋義】①閃耀的光彩：光輝。②照耀：輝映／星月交輝。
【組詞】輝煌
【成語】交相輝映／金碧輝煌

**徽** 🔊huī 🔊fai1 揮 🔊HOUFK
彳部，17畫。

【釋義】①標誌，符號：國徽／校徽。②美好的：徽號。
【組詞】徽章

**回** 🔊huī 🔊wui4 迴 🔊WR
口部，6畫。

【釋義】①從別處到原來的地方，還：回家／返回／送回原處。②掉轉：回頭／回頭／回身來。③答覆，回報：回饋／回信／回應。④表示單位。(a)指事情、動作的次數：看過兩回／是這麼一回事。(b)說書的一個段落，章回小說的一章：第三回／且聽下回分解。
【組詞】回報／回答／回復／回覆／回歸／回合／回收／回味／回憶／來回
【成語】回天乏術／回頭是岸／回心轉意／起死回生

**茴** 🔊hui 🔊wui4 回 🔊TWR
艸部，10畫。

【釋義】〔茴香〕草本植物，莖葉供食用，果實可以做調味香料。

**迴 | 回** 🔊huí 🔊wui4 回 🔊YWR
辵部，10畫。

【釋義】曲折環繞：迴旋／巡迴。
【組詞】迴避／環迴／迂迴
【成語】峯迴路轉

**蛔** 🔊huí 🔊wui4 回 🔊LIWR
虫部，12畫。

【釋義】蛔蟲，寄生蟲，成蟲長約20厘米，形狀像蚯蚓，前端有口，能附在人的腸壁上，也能寄生在家畜體內。

**悔** 🔊huǐ 🔊fui3 誨 🔊POWY
心部，10畫。

【釋義】懊悔，後悔：悔改／悔恨。
【組詞】悔過／懺悔／懺悔／後悔
【成語】悔不當初／悔過自新

**毀 | 毁** 🔊huǐ 🔊wai2 委
🔊HGHNE
殳部，13畫。

【釋義】①破壞，糟蹋：毀滅／銷毀。②燒掉：焚毀。③毀謗，說別人壞話：毀譽／詆毀。
【組詞】毀壞／拆毀／摧毀／燒毀
【成語】毀於一旦／毀譽參半

**卉** 🔊huì 🔊wai2 委 🔊JT
十部，5畫。

**卉**

【釋義】各種草（多指供觀賞的）的通稱：花卉／奇花異卉。

**彗** 普hui 粵wai6 惠 又seoi6 瑞
QJSM
彐部，11畫。

【釋義】①掃帚。②〔彗星〕一種圍繞太陽旋轉的星體，運行時拖有長長的光，尾像掃帚，因此又叫掃帚星。

**晦** 普huì 粵fui3 悔 倉AOWY
日部，11畫。

【釋義】①農曆每月的末一天：晦朔（從農曆某月的末一天到下月的第一天。也指從天黑到天明）。②昏暗，不明顯：隱晦／幽晦。③夜晚：風雨如晦。

**惠** 普huì 粵wai6 位 倉JIP
心部，12畫。

【釋義】①好處，恩惠：受惠無窮／小恩小惠。②給人好處：優惠／平等互惠。③敬辭，用於對方對自己的行動：惠存／惠臨。

【組詞】惠顧／惠及／恩惠／互惠／實惠／受惠

**喙** 普huì 粵fui3 悔 倉RVNO
口部，12畫。

【釋義】①鳥獸的嘴。②借指人的嘴：不容置喙。

**匯｜汇** 普huì 粵wui6 會 倉SEOG
匚部，13畫。

【釋義】①水流匯合：小溪匯成巨流。②通過

銀行等把甲地款項撥到乙地：匯款／電匯。

【組詞】匯合／外匯

**賄｜贿** 普huì 粵kui2 繪 倉BCKB
貝部，13畫。

【釋義】①用財物買通人：賄賂／行賄。②用來買通人的財物：受賄。

【組詞】賄款

**會｜会** ㈠ 普huì 粵wui6 匯
倉OMWA
日部，13畫。

▲另見204頁kuài。

【釋義】①聚合，合在一起：會合／聚精會神。②見面，會見：會客／會面／會談。③有一定目的的集會：會議／開會／宴會。④某些團體、組織：教會／學會／委員會。⑤主要的城市：都會。⑥時機：機會／適逢其會。⑦理解，懂得：體會／誤會。⑧表示不長的時間：一會兒／不一會／我等您就來。

【組詞】會場／會晤／會員／集會／聚會／領會／社會／協會／議會／約會

【成語】融會貫通／心領神會

㈡ 普huì 粵wui5 匯五聲

【釋義】①熟習，通曉：會英文。②表示懂得怎樣做或有能力做（多指需要學習的事情）：他不會游泳。③表示擅長：能說會道。④表示有可能實現：他不會不來。

**彙｜汇** 普huì 粵wai6 位 又wui6 會
倉VMBWD
彐部，13畫。

【釋義】①聚集，聚合：彙報／彙編。②聚集而成的東西：詞彙。

**誨｜诲** 普huì 粵fui3 悔 倉YROWY
言部，14畫。

誨

【釋義】教導，誘導：教誨 / 誨人不倦。

慧 ⓟhuì ⓟwai6 位 ⓒQJSMP
心部，15 畫。

【釋義】聰明：聰慧 / 智慧。
【成語】秀外慧中

諱 | 讳 ⓟhuì ⓟwai5 偉 ⓒYRDMQ
言部，16 畫。

【釋義】①因有所顧忌而不敢說或不願說，忌諱：隱諱 / 直言不諱。②忌諱的事情：避諱 / 犯了他的諱了。
【組詞】諱言 / 忌諱
【成語】諱疾忌醫

薈 | 荟 ⓟhuì ⓟwai3 畏 Ⓧwui6 匯
ⓒTOMA
艸部，17 畫。

【釋義】〔薈萃〕（英俊的人物或精美的東西）聚集：這次表演可謂人才薈萃。

穢 | 秽 ⓟhuì ⓟwai3 慰
ⓒHDYMH
禾部，18 畫。

【釋義】①骯髒：污穢。②醜惡：穢行 / 自慚形穢。

繪 | 绘 ⓟhuì ⓟkui2 潰 ⓒVFOMA
系部，19 畫。

【釋義】畫：繪畫 / 描繪。
【組詞】繪圖 / 繪製
【成語】繪聲繪色

## hun

昏 ⓟhūn ⓟfan1 分 ⓒHPA
日部，8 畫。

【釋義】①天剛黑的時候：黃昏。②黑暗，模糊：昏暗。③頭腦迷糊，神志不清：頭昏眼花。④失去知覺：昏迷。
【組詞】昏沉 / 昏黑 / 昏黃 / 昏睡
【成語】昏昏欲睡 / 天昏地暗

婚 ⓟhūn ⓟfan1 分 ⓒVHPA
女部，11 畫。

【釋義】①結婚：未婚 / 新婚。②婚姻，因結婚而產生的夫妻關係：婚約 / 結婚。
【組詞】婚禮 / 婚紗 / 婚姻 / 訂婚 / 離婚 / 求婚

葷 | 荤 ⓟhūn ⓟfan1 分 ⓒTBJJ
艸部，13 畫。

【釋義】指雞鴨魚肉等食物（跟「素」相對）：葷菜。

混 ⓟhún ⓟwan4 雲 ⓒEAPP
水部，11 畫。
▲另見 152 頁 hùn。
【釋義】同「渾①②」，見本頁 hún。

渾 | 浑 ⓟhún ⓟwan4 雲 ⓒEBJJ
水部，12 畫。

【釋義】①渾濁，有雜質，不乾淨：渾水摸魚。②糊塗，不明事理：渾渾噩噩。③天然的：渾金璞玉 / 渾然天成。④全，滿：渾身 / 渾然一體。
【組詞】渾濁

魂 ⓟhún ⓟwan4 雲 ⓒMIHI
鬼部，14 畫。

# 魂

【釋義】①靈魂：鬼魂／英魂。②指精神或情緒：夢魂縈繞／神魂顛倒。③指崇高的精神：國魂／民族魂。
【組詞】魂魄／靈魂／亡魂／冤魂
【成語】魂不附體／魂不守舍／魂飛魄散

# 餛｜馄
普hún　粵wan4 雲
倉OIAPP
食部，16 畫。

【釋義】〔餛飩（飩：普tun 粵tan4 吞四聲 𝕏 tan1 吞）一種用薄麵皮包上少量餡製成的麵食，煮熟後連湯一起吃。

# 混
普hùn　粵wan6 運　倉EAPP
水部，11 畫。

【釋義】①摻雜：混合／混雜。②蒙混：魚目混珠。③苟且地生活：鬼混／混了半輩子。④胡亂：混亂。⑤不分明，模糊：混沌／含混。
【組詞】混淆／蒙混／混凝土
【成語】混為一談／混淆是非

---

## huo

# 豁
普huō　粵kut3 括　倉JRCOR
谷部，17 畫。

▲另見153 頁huò。
【釋義】①裂開：豁嘴。②狠心付出很高的代價，捨棄：豁出去了。

# 和
普huó　粵wo4 禾　倉HDR
口部，8 畫。

▲另見135 頁hé；135 頁hè；153 頁huò。
【釋義】在粉狀物中加液體攪拌或揉弄使有黏性：和麵／和泥／和點水泥把洞堵上。

# 活
普huó　粵wut6 禍末六聲　倉EHJR
水部，9 畫。

【釋義】①生存，有生命（跟「死」相對）：活力／復活。②指在活的狀態下：活埋／活捉。③救活，養活，使活著：活命／養妻活兒。④活動的，靈活的：活水／活頁。⑤生動活潑，不死板：活躍。⑥真正，簡直：活像。⑦工作（一般指體力勞動的）：粗活／幹活。⑧產品，製成品：這活兒做得不錯。
【組詞】活動／活潑／存活／快活／靈活／生活
【成語】活靈活現／生龍活虎／死去活來／你死我活

# 火
普huǒ　粵fo2 伙　倉F
火部，4 畫。

【釋義】①物體燃燒時所發的光和焰：火光／燈火。②指槍炮彈藥：火力／軍火／炮火。③火氣，中醫指引起發炎、紅腫、煩躁等症狀的病因：敗火／上火。④形容紅色：火紅／火雞。⑤比喻緊急：火急／火速。⑥發怒，怒氣：冒火／他發火了。⑦比喻旺盛、熱烈：火熱。
【組詞】火花／火警／火炬／火爐／火焰／火藥／火災／戰火／滅火筒／螢火蟲
【成語】火上加油／如火如荼／刀山火海／十萬火急／赴湯蹈火

# 伙
普huǒ　粵fo2 火　倉OF
人部，6 畫。

【釋義】①集體辦的飯食：伙食。②同「夥②－⑤」，見本頁huǒ。

# 夥
普huǒ　粵fo2 火　倉WDNIN
夕部，14 畫。

【釋義】①多：獲益甚夥。②同伴，夥計，一同做事的人：夥伴。③由同伴組成的集體：合夥。④表示單位。用於人羣：一夥人／三個一羣，五個一夥。⑤合在一起，聯合：夥同。

**或** ⓟhuò ⓒwaak6 劃 ⓒIRM
戈部，8畫。

【釋義】①或許，也許：明日或可到達。②有時，偶或。③稍微：不可或缺。④表示選擇：或者／多或少。
【組詞】或許／抑或

**和** ⓟhuò ⓒwo6 禍 ⓒHDR
口部，8畫。

▲另見135頁 hé；135頁 hè；152頁 huó。

【釋義】粉狀或粒狀物摻在一起，或加水攪拌使成較稀的東西：和藥／藕粉裏和點糖。

**貨**｜货 ⓟhuò ⓒfo3 課 ⓒOPBUC
貝部，11畫。

【釋義】①貨幣，錢：通貨。②貨物，商品：貨櫃／百貨。③指人（罵人的話）：笨貨／蠢貨。
【組詞】貨幣／貨倉／貨車／貨輪／貨品／貨物／貨運／雜貨鋪／百貨公司
【成語】貨真價實

**惑** ⓟhuò ⓒwaak6 或 ⓒIMP
心部，12畫。

【釋義】①疑惑，迷惑：困惑／大惑不解。②使迷惑：誘惑／妖言惑眾。
【組詞】迷惑／疑惑

**禍**｜祸 ⓟhuò ⓒwo6 禾六聲
ⓒIFBBR
示部，13畫。

【釋義】①禍事，災難（跟「福」相對）：闖禍／大禍臨頭。②損害，危害：禍害／禍國殃民。
【組詞】禍患／禍亂／車禍／惹禍／災禍
【成語】禍不單行／罪魁禍首／天災人禍

**霍** ⓟhuò ⓒfok3 化惡三聲 ⓒMBOG
雨部，16畫。

【釋義】①突然，迅速：霍地／霍然。②姓。

**豁** ⓟhuò ⓒkut3 括 ⓒJRCOR
谷部，17畫。

▲另見152頁 huā。

【釋義】①開闊，開通，通達：豁達／豁亮。②免除：豁免。
【成語】豁然貫通／豁然開朗

**獲**｜获 ⓟhuò ⓒwok6 穫
ⓒKHTOE
犬部，17畫。

【釋義】①捉住，擒住：捕獲／抓獲。②得到，獲得：獲救／獲勝。
【組詞】獲得／獲取／獲悉／獲准／查獲／檢獲／接獲／破獲／擒獲／榮獲
【成語】大獲全勝／如獲至寶／不勞而獲

**穫**｜获 ⓟhuò ⓒwok6 獲
ⓒHDTOE
禾部，19畫。

【釋義】收割農作物：收穫。

# Jj

## jī

**几** 🔊 jī 🔊 gei1 基 🔊 HN
几部，2畫。

【釋義】小或矮的桌子：茶几。

【成語】窗明几淨

**肌** 🔊 jī 🔊 gei1 基 🔊 BHN
肉部，6畫。

肌　肌　肌　肌　肌

【釋義】肌肉，人和動物體內的一種組織。

【組詞】肌膚／肌肉

【成語】面黃肌瘦

**圾** 🔊 jī 🔊 saap3 霎 🔊 GNHE
土部，7畫。

圾　圾　圾　圾　圾

【釋義】〔垃圾〕見208頁lā「垃」。

**奇** 🔊 jī 🔊 gei1 基 🔊 KMNR
大部，8畫。

奇　奇　奇　奇　奇

▲另見298頁qí。

【釋義】單的，不成對的（跟「偶」相對）：奇數。

**唧** 🔊 jī 🔊 zik1 即 🔊 RAIL
口部，10畫。

【釋義】①噴射（液體）：唧他一身水。②形容蟲叫聲或説話聲：昆蟲唧唧地叫着。

**飢**｜饥 🔊 jī 🔊 gei1 基 🔊 OIHN
食部，10畫。

飢　食　飢　飢　飢

【釋義】餓：飢餓／充飢。

【成語】飢不擇食／飢寒交迫／畫餅充飢

**屐** 🔊 jī 🔊 kek6 劇 🔊 SHOE
尸部，10畫。

【釋義】①木底鞋：木屐。②泛指鞋：屐履。

**姬** 🔊 jī 🔊 gei1 機 🔊 VSLL
女部，10畫。

【釋義】①古代對婦女的美稱。②古代對妾的稱呼：姬妾／侍姬。③以歌舞為業的女子：歌姬。

**基** 🔊 jī 🔊 gei1 肌 🔊 TCG
土部，11畫。

基　其　基　基　基

【釋義】①建設物的根腳：地基。②起頭的，根本的：基本／基金。③依據：基於。

【組詞】基層／基礎／基地／基建／基石／基業／基因／根基

**幾**｜几 🔊 jī 🔊 gei1 機 🔊 VIHI
幺部，12畫。

幾　幺　幺　幾　幾

▲另見158頁jǐ。

【釋義】幾乎，近乎：幾近崩潰。

【組詞】幾乎

**畸** 🔊 jī 🔊 gei1 機 🔊 kei1 崎 🔊 WKMR
田部，13畫。

畸

【釋義】①偏：畸輕畸重。②不正常的，不規則的：畸變 / 畸形。

箕 粵 jī 普 gei1 基 倉 HTMC
竹部，14 畫。
【釋義】①簸箕，用條狀的薄竹片、柳條或鐵皮等製成的揚去糠麩或清除垃圾的工具。②星宿名，二十八宿之一。

嘰 | 叽 粵 jī 普 gei1 基 倉 RVII
口部，15 畫。
【釋義】形容小雞、小鳥等的叫聲：嘰嘰嘎嘎 / 鳥兒嘰嘰地叫個不停。

稽 粵 jī 普 kai1 溪 倉 HDIUA
禾部，15 畫。

【釋義】①查考：稽查 / 無稽之談。②計較：反脣相稽。③停留，拖延：稽留 / 稽延時日。④〔滑稽〕見 143 頁 huá「滑㈡」。

緝 | 缉 粵 jī 普 cap1 輯 倉 VFRSJ
糸部，15 畫。

【釋義】搜捕，捉拿：緝拿 / 通緝。
【組詞】緝私 / 追緝

激 粵 jī 普 gik1 擊 倉 EHSK
水部，16 畫。

【釋義】①（水）因受到震盪而飛濺或向上湧：激盪 / 激起千層浪。②使發作，使感情衝動：激勵 / 刺激。③（感情）激動：激憤 / 感激。④急劇，強烈：激增 / 激戰。
【組詞】激昂 / 激動 / 激發 / 激進 / 激烈 / 激情 / 偏激

【成語】感激涕零 / 慷慨激昂

璣 | 玑 粵 jī 普 gei1 基 倉 MGVII
玉部，16 畫。
【釋義】①古代一種天文儀器。②不圓的珠子：字字珠璣（比喻文章或詞句用字優美）。

機 | 机 粵 jī 普 gei1 基 倉 DVII
木部，16 畫。

【釋義】①機器：收音機 / 升降機 / 洗衣機。②飛機：機場 / 客機 / 直升機。③事情變化的關鍵，有重要關係的中心環節：生機 / 轉機。④機會，時機：遇機 / 乘機 / 隨機應變。⑤生活機能，跟生物體有關的或從生物體來的：有機肥料。⑥重要的事務：日理萬機。⑦心思，念頭：動機 / 心機。⑧能迅速適應事物的變化的，靈活：機警 / 機智。
【組詞】機動 / 機會 / 機靈 / 機密 / 機器 / 機械 / 飛機 / 時機 / 投機 / 危機
【成語】機不可失 / 當機立斷 / 見機行事 / 靈機一動 / 神機妙算 / 投機取巧 / 費盡心機

積 | 积 粵 jī 普 zik1 即 倉 HDQMC
禾部，16 畫。

【釋義】①聚集：積累 / 積少成多。②長時間形成的：積弊 / 積習。③乘積，兩個或兩個以上的數相乘所得的數。
【組詞】積分 / 積聚 / 積木 / 積蓄 / 沉積 / 堆積 / 累積 / 面積 / 容積 / 體積
【成語】積勞成疾 / 積年累月 / 處心積慮

擊 | 击 粵 jī 普 gik1 激 倉 JEQ
手部，17 畫。

【釋義】①打，敲擊：擊鼓 / 擊掌。②攻打：攻擊 / 襲擊。③碰，接觸：衝擊 / 目擊（親眼看見）。

【組詞】擊敗 / 搏擊 / 出擊 / 打擊 / 反擊 / 敲擊 / 拳擊 / 射擊 / 突擊 / 撞擊
【成語】聲東擊西 / 以卵擊石 / 不堪一擊 / 旁敲側擊 / 無懈可擊

## 雞 | 鸡　🔊 jī　🔈 gai1 計一聲　⌨ BKOG
隹部，18 畫。

【釋義】家禽，品種很多，嘴短，頭部有鮮紅色肉質的冠。翅膀短，不能高飛。
【組詞】雞蛋 / 雞冠 / 公雞 / 母雞
【成語】雞毛蒜皮 / 雞犬不寧 / 偷雞摸狗 / 聞雞起舞 / 鶴立雞羣 / 呆若木雞

## 譏 | 讥　🔊 jī　🔈 gei1 機　⌨ YRVII
言部，19 畫。

【釋義】諷刺，挖苦：譏諷 / 譏笑。
【成語】反脣相譏

## 饑 | 饥　🔊 jī　🔈 gei1 肌　⌨ OIVII
食部，20 畫。

【釋義】莊稼收成不好或沒有收成：饑饉 / 連年大饑。
【組詞】饑荒

## 躋 | 跻　🔊 jī　🔈 zai1 擠　⌨ RMYX
足部，21 畫。

【釋義】登，上升：躋身世界先進行列。

## 羈 | 羁　🔊 jī　🔈 gei1 肌　⌨ WLTJF
网部，24 畫。

【釋義】①馬籠頭，套在馬頭上用來繫韁繩的東西。②束縛，拘束：羈絆。③停留，使停留：羈留。

## 及　🔊 jí　🔈 kap6 給六聲　⌨ NHE
又部，4 畫。

【釋義】①達到，到：波及 / 普及。②趕上：及時。③比得上：我不及他。④連接並列的詞或詞組：圖書、儀器、標本及其他器材。
【組詞】及格 / 及早 / 及至 / 顧及 / 涉及 / 談及 / 提及 / 以及 / 來不及 / 來得及
【成語】愛屋及烏 / 迫不及待 / 推己及人 / 鞭長莫及 / 措手不及 / 望塵莫及

## 吉　🔊 jí　🔈 gat1 桔　⌨ GR
口部，6 畫。

【釋義】①吉利，吉祥（跟「凶」相對）：萬事大吉。②美，善：吉人天相。
【組詞】吉利 / 吉祥 / 吉凶 / 吉兆
【成語】凶多吉少 / 逢凶化吉 / 萬事大吉

## 汲　🔊 jí　🔈 kap1 吸　⌨ ENHE
水部，7 畫。

【釋義】①從下往上打水：汲取（引申為吸取、吸收）/ 汲水。②〔汲汲〕形容心情急切，努力追求：汲汲以求。

## 岌　🔊 jí　🔈 kap1 級　⌨ UNHE
山部，7 畫。

【釋義】①形容山高的樣子。②形容危險：岌岌可危。

## 即　🔊 jí　🔈 zik1 積　⌨ AISL
卩部，7 畫。

【釋義】①靠近：若即若離 / 可望而不可即。②到，開始從事：即位。③當下，目前：即刻 / 即日。④就着（當前環境）：即場 / 即興。⑤就是：非此即彼 / 荷花即蓮花。⑥就，

便：一觸即發。⑦假定，就算是：即便／即使。

【組詞】即將／即食／即時／立即／隨即／旋即

【成語】即景生情／稍縱即逝

## 亟 <sup></sup>

亟 ᵇjí ⁿgik1 激 ⓜMEM
二部，9畫。

【釋義】急迫，迫切：亟待解決。

## 急

急 ᵇjí ⁿgap1 機泣一聲 ⓝNSP
心部，9畫。

【釋義】①想馬上達到目的而激動不安，着急：急忙／急於求成。②使着急：火車開開了，他還不來，真急人。③容易發怒，急躁：急性子。④很快而且猛烈，急促：急轉彎／水流很急。⑤急迫，緊急：急事／急中生智。⑥緊急嚴重的事：救急扶危／當務之急。⑦對大家的事或別人的困難趕快幫助：急公好義／急人之難。

【組詞】急促／急救／急劇／急速／急躁／焦急／緊急／危急／心急／着急

【成語】急風暴雨／急流勇退／急轉直下／狗急跳牆／心急如焚／十萬火急

## 疾

疾 ᵇjí ⁿzat6 姪 ⓚKOK
疒部，10畫。

【釋義】①病：疾病／殘疾。②痛苦：疾苦。③痛恨：疾惡如仇。④急速，猛烈：疾步／疾風。

【成語】疾言厲色／大聲疾呼／痛心疾首

## 級 | 级

級 ᵇjí ⁿkap1 吸 ⓥVFNHE
糸部，10畫。

【釋義】①等級：高級。②年級：班級。③台階：石級。④表示單位。用於台階、樓梯

等：十多級台階。

【組詞】級別／超級／初級／等級／低級／階級／晉級／年級／上級／升級

## 棘

棘 ᵇjí ⁿgik1 激 ⓓDBDB
木部，12畫。

【釋義】①酸棗樹。②泛指有刺的草木：荊棘。③刺，扎：棘手。

【成語】披荊斬棘

## 集

集 ᵇjí ⁿzaap6 習 ⓞOGD
隹部，12畫。

【釋義】①集合，聚集：集訓／集中／集思廣益。②鄉村或小型都市裏定期交易的市場：集市／趕集。③彙輯許多單篇作品的書：全集／詩集。④某些篇幅較多而分為若干部分的作品中的一部分：上集／二十集電視連續劇。

【組詞】集合／集會／集體／集團／集郵／聚集／密集／收集／搜集／召集

【成語】百感交集

## 極 | 极

極 ᵇjí ⁿgik6 激六聲
ⓓDMEM
木部，13畫。

【釋義】①頂點，盡頭：登峯造極。②地球的南北兩端，磁體的兩端：南北極／正負極。③竭盡：極力／極目四望。④最終，最高的：極度／極端。⑤表示達到最高程度：極難受／極重要。

【組詞】極點／極其／極為／極限／極之／積極／消極／終極

【成語】樂極生悲／物極必反／罪大惡極

## 楫

楫 ᵇjí ⁿzip3 接 ⓓDRSJ
木部，13畫。

【釋義】船槳：舟楫。

**嫉**　普 jí　粵 zat6 疾　倉 VKOK
女部，13 畫。

【釋義】①忌恨，因為別人比自己好而怨恨：嫉妒／嫉恨。②痛恨：嫉惡如仇。
【成語】嫉賢妒能／憤世嫉俗

**瘠**　普 jí　粵 zik3 即三聲　乂 zek3 隻　倉 KFCB
疒部，15 畫。

【釋義】①（身體）瘦弱。②（土地）不肥沃：瘠田／瘠土。

**輯**｜辑　普 jí　粵 cap1 緝　倉 JJRSJ
車部，16 畫。

【釋義】①收集材料，作系統的整理：輯錄／編輯。②整套書籍、資料等按內容或發表先後次序分成的各個部分：專輯／這部叢書分為十輯，每輯五本。
【組詞】剪輯／特輯

**藉**　普 jí　粵 zik6 直　倉 TQDA
艸部，18 畫。

▲另見 178 頁 jiè。
【釋義】〔狼藉〕凌亂不堪：杯盤狼藉／聲名狼藉（形容名聲極壞）。

**籍**　普 jí　粵 zik6 夕　倉 HQDA
竹部，20 畫。

【釋義】①書，冊子：古籍／書籍。②籍貫，自身出生或祖居的地方：原籍。③個人對國家、組織的隸屬關係：國籍／學籍。
【組詞】籍貫／典籍／外籍

**己**　普 jǐ　粵 gei2 紀　倉 SU
己部，3 畫。

【釋義】①自己：捨己為人／堅持己見。②天干的第六位。用來排列次序時表示第六。
【組詞】己方／己見／己任／律己／知己／自己
【成語】安分守己／身不由己／損人利己

**紀**｜纪　普 jǐ　粵 gei2 己　倉 VFSU
糸部，9 畫。

▲另見 160 頁 jì。
【釋義】姓氏。

**脊**　普 jǐ　粵 zik3 即三聲　乂 zek3 隻　倉 FCB
肉部，10 畫。

【釋義】①人或動物背上中間的骨頭，脊柱：脊椎。②物體上形狀像脊骨的部分：山脊／屋脊。
【組詞】脊背／脊樑／脊髓／脊柱

**戟**　普 jǐ　粵 gik1 激　倉 JJI
戈部，12 畫。

【釋義】古代一種兵器，長柄的一端裝有槍尖，旁邊有月牙形鋒刃，可以直刺或橫擊。

**給**｜给　普 jǐ　粵 kap1 吸　倉 VFOMR
糸部，12 畫。

▲另見 115 頁 gěi。
【釋義】①供應：補給／供給。②富裕充足：家給人足。
【組詞】給予／配給
【成語】自給自足／目不暇給

**幾**｜几　普 jǐ　粵 gei2 己　倉 VIHI
幺部，12 畫。

▲另見 154 頁 jǐ。

【釋義】①詢問數目（估計數目不大）：幾個人？/ 你幾歲了？②表示不定的數目：幾百人 / 幾本書 / 十幾歲。

【組詞】幾多 / 幾何 / 幾時

【成語】曾幾何時 / 寥寥無幾

## 濟｜济 曾 jǐ 粵 zai2 仔 倉 EYX
水部，17 畫。

▲另見 161 頁 jì。

【釋義】〔濟濟〕形容人多：濟濟一堂。

【成語】人才濟濟

## 擠｜挤 曾 jǐ 粵 zai1 劑 倉 QYX
手部，17 畫。

扩 扩 护 攃 擠

【釋義】①（人、物）緊緊靠在一起，（事情）集中在同一時間內：擁擠 / 事情全擠在一塊。②在擁擠的環境中用身體排開人或物：人多擠不進來。③用壓力使從孔隙中出來：擠牛奶 / 擠牙膏。④排斥：排擠。

【組詞】擠迫 / 擠壓

【成語】擠眉弄眼

## 伎 曾 jì 粵 gei6 忌 倉 OJE
人部，6 畫。

【釋義】①古代指以歌舞為業的女子：歌伎。②〔伎倆〕不正當的手段：騙人的伎倆。

## 技 曾 jì 粵 gei6 忌 倉 QJE
手部，7 畫。

扙 扗 技 技 技

【釋義】技能，本領：技術 / 絕技。

【組詞】技工 / 技能 / 技巧 / 技師 / 技藝 / 競技 / 科技 / 特技 / 演技

【成語】一技之長 / 雕蟲小技

## 忌 曾 jì 粵 gei6 技 倉 SUP
心部，7 畫。

忌 忌 忌 忌 忌

【釋義】①嫉妒，對比自己優秀的人心懷怨恨：猜忌。②怕：顧忌 / 橫行無忌。③認為不適宜而避免：忌諱 / 忌口。

【組詞】避忌 / 妒忌 / 禁忌

【成語】諱疾忌醫 / 肆無忌憚 / 百無禁忌

## 妓 曾 jì 粵 gei6 技 倉 VJE
女部，7 畫。

【釋義】賣淫的女人：妓女 / 娼妓。

## 季 曾 jì 粵 gwai3 貴 倉 HDND
子部，8 畫。

禾 季 季 季 季

【釋義】①一年分春夏秋冬四季，一季三個月。②季節，一段時間：旺季 / 雨季。③在弟兄排行裏代表第四或最小的：季弟 / 伯仲叔季。④比賽中得第三：季軍。

【組詞】季度 / 季節 / 春季 / 淡季 / 冬季 / 換季 / 秋季 / 四季 / 夏季

## 計｜计 曾 jì 粵 gai3 繼 倉 YRJ
言部，9 畫。

言 計 計 計 計

【釋義】①計算：計時 / 計數 / 不計其數。②測量或計算度數、時間等的儀器：溫度計。③主意，策略：計策 / 詭計。④計議，打算：預計 / 從長計議。⑤計較，考慮：不計成敗。

【組詞】計劃 / 計較 / 計謀 / 計算 / 估計 / 合計 / 會計 / 設計 / 生計 / 統計

【成語】詭計多端 / 國計民生 / 斤斤計較 / 千方百計 / 權宜之計

## 既 曾 jì 粵 gei3 寄 倉 AIMVU
无部，9 畫。

既 既 既 既 既

【釋義】①已經：既成事實／既定方針。②既然，表示提出前提：既來之，則安之。③跟「且」「又」「也」等呼應，表示兩種情況兼而有之：既聰明，又用功。
【組詞】既然／既是
【成語】既往不咎／一如既往

## 紀 | 纪　普 jì　粵 gei2 己　倉 VFSU
系部，9畫。

▲另見 158 頁 jǐ。
【釋義】①紀律：軍紀／違法亂紀。②記載，記錄。同「記」，主要用於「紀念」「紀年」「紀元」「紀傳」等。③古代以十二年為一紀，現在以一百年為一世紀：世紀／中世紀。④年歲：年紀。⑤治理，綜合管理：經紀。
【組詞】紀錄／紀律／紀念／法紀／風紀／綱紀／紀念碑／紀念品
【成語】目無法紀

## 記 | 记　普 jì　粵 gei3 寄　倉 YRSU
言部，10畫。

【釋義】①把印象保持在腦子裏：記性／記憶。②記錄，記載，登記：記事／記賬。③記載、描寫事物的書或文章（常用作書名或篇名）：日記／遊記。④標誌，符號：標記。⑤想念：記掛／惦記。⑥表示單位。多用於某些動作的次數：一記耳光。
【組詞】記得／記號／記錄／記載／記者／筆記／登記／忘記／週記／傳記
【成語】記憶猶新／博聞強記

## 寄　普 jì　粵 gei3 記　倉 JKMR
宀部，11畫。

【釋義】①原指託人遞送，現專指通過郵局遞送：寄信。②託付：寄託／寄予厚望。③依附別人，依附別的地方：寄居／寄人籬下。

【組詞】寄存／寄放／寄生／寄宿／寄養／郵寄

## 寂　普 jì　粵 zik6 夕　倉 JYFE
宀部，11畫。

【釋義】①安靜，沒有聲音：寂靜／沉寂。②孤單，冷清：寂寞／孤寂。
【成語】不甘寂寞／萬籟俱寂

## 悸　普 jì　粵 gwai3 季　倉 PHDD
心部，11畫。

【釋義】因害怕而心跳加快：悸動／心悸。
【成語】心有餘悸

## 祭　普 jì　粵 zai3 制　倉 BOMMF
示部，11畫。

【釋義】①供奉鬼神等：祭壇／祭祖。②對死者表示追悼、敬意：祭奠／公祭。
【組詞】祭品／祭祀／拜祭

## 跡 | 迹　普 jì　粵 zik1 即　倉 RMYLC
足部，13畫。

【釋義】①留下的痕跡：筆跡／足跡。②前人遺留下來的事物（主要指建築和器物）：古跡／事跡。
【組詞】跡象／痕跡／絕跡／奇跡／史跡／行跡／遺跡／真跡／字跡／蹤跡
【成語】浪跡天涯／銷聲匿跡／蛛絲馬跡

## 暨　普 jì　粵 kei3 冀　倉 AUAM
日部，14畫。

【釋義】①和，與，及：開幕禮暨頒獎典禮。②至，到：暨今。

## 際 | 际　普 jì　粵 zai3 制　倉 NLBOF
阜部，14畫。

際 際 際 際 際

【釋義】①靠邊的或分界的地方：邊際 / 天際。②彼此之間：國際 / 星際旅行。③時候：重逢之際。④遭遇：際遇。
【組詞】交際 / 人際 / 實際 / 校際
【成語】漫無邊際 / 一望無際

稷 普ji 粵zik1 即 倉HDWCE
禾部，15畫。
【釋義】①古代一種糧食作物，可能是黍屬或粟。②古代以稷為百穀之長，因此帝王奉之為穀神：社稷（土神和穀神，後泛指國家）。

劑 | 剂 普ji 粵zai1 擠 倉YXLN
刀部，16畫。

亠 疒 齊 劑 劑

【釋義】①配製好的藥物：針劑 / 麻醉劑。②某些有化學作用的物品：冷凍劑 / 殺蟲劑。③表示單位。用於若干味藥配合起來的湯藥：一劑藥。④調節，配合：調劑。
【組詞】劑量 / 沖劑 / 毒劑 / 藥劑

冀 普ji 粵kei3 暨 倉LPWTC
八部，16畫。
【釋義】①希望，希圖：希冀 / 冀其成功。②河北省的別稱。
【組詞】冀求 / 冀望

濟 | 济 普ji 粵zai3 制 倉EYX
水部，17畫。

济 沇 沪 濟 濟

▲另見159頁jǐ。
【釋義】①過河，渡：同舟共濟。②救，救濟：濟貧 / 接濟。③（對事情）有益：無濟於事。
【組詞】濟世 / 救濟 / 賑濟
【成語】假公濟私 / 劫富濟貧

覬 | 觊 普ji 粵gei3 記 倉UTBUU
見部，17畫。
【釋義】〔覬覦〕（覦：普yú 粵jyu4 如）希望得到不該得的東西：覬覦他人的財產。

績 | 绩 普ji 粵zik1 即 倉VFQMC
糸部，17畫。

績 績 績 績 績

【釋義】功業，成果：成績 / 功績。
【組詞】業績 / 戰績 / 政績
【成語】豐功偉績

薺 | 荠 普ji 粵cai5 齊五聲 倉TYX
艸部，18畫。
▲另見299頁qí。
【釋義】薺菜，草本植物，嫩葉可以吃。全草入藥。

鯽 | 鲫 普ji 粵zik1 即 又zak1 則 倉NFAIL
魚部，18畫。
【釋義】鯽魚，頭部尖，脊背隆起，生活在淡水中。

繫 | 系 普ji 粵hai6 系 倉JEVIF
糸部，19畫。

車 繫 繫 繫 繫

▲另見407頁xì。
【釋義】打結，扣：繫圍裙 / 繫鞋帶。

繼 | 继 普ji 粵gai3 計 倉VFVVI
糸部，20畫。

絲 絲 繼 繼 繼

【釋義】①接續，接替：繼任 / 繼續。②隨後：繼而 / 初感頭暈，繼又吐瀉。
【組詞】繼承 / 繼父 / 繼母 / 承繼 / 相繼
【成語】繼往開來 / 後繼無人 / 夜以繼日 / 前仆後繼

J

**霽 | 霁** 普 jì 粵 zai3 制 倉 MBYX
雨部，22畫。

【釋義】①雨或雪停止，天色放晴：雪霽/光風霽月。②怒氣消除，表情變為和悅：霽怒/色霽。

## jia

**加** 普 jiā 粵 gaa1 家 倉 KSR
力部，5畫。

【釋義】①使數量比原來大或程度比原來高，增加：加倍/加大/加快。②把本來沒有的添上去，增添：加插/加註解。③加以，表示對前面提到的事物的處理方式：多加保重/嚴加管束。④進行加法運算：二加三等於五。

【組詞】加工/加緊/加劇/加強/加深/加油/參加/附加/更加/增加

【成語】變本加厲/火上加油/雪上加霜/無以復加

**夾 | 夹** 普 jiā 粵 gaap3 甲 倉 KOO
大部，7畫。

▲另見108頁gā；163頁jiá。

【釋義】①從相對的方面加壓力，使物體固定：夾菜/用鉗子夾住燒紅的鐵。②使物體限制在中間：夾層/夾心。③夾在胳膊底下：夾着一本書。④混雜，摻雜：夾在人羣裏/風聲夾着雨聲。⑤夾東西的器具：萬字夾/文件夾。

【組詞】夾板/夾帶/夾擊/夾雜/夾子

**佳** 普 jiā 粵 gaai1 街 倉 OGG
人部，8畫。

【釋義】美，好：佳句/佳音。

【組詞】佳話/佳績/佳節/佳麗/佳餚/佳作/上佳

【成語】才子佳人/漸入佳境

**茄** 普 jiā 粵 gaa1 加 倉 TKSR
艸部，9畫。

▲另見308頁qié。

【釋義】〔雪茄〕用煙葉捲成的煙，形狀比一般的香煙粗而長。

**枷** 普 jiā 粵 gaa1 加 倉 DKSR
木部，9畫。

【釋義】舊時套在罪犯脖子上的刑具，用木板製成：枷鎖。

**浹 | 浃** 普 jiā 粵 zip3 接 倉 EKOO
水部，10畫。

【釋義】濕透：汗流浹背。

**家** 普 jiā 粵 gaa1 加 倉 JMSO
宀部，10畫。

【釋義】①家庭，人家：家破人亡/成家立業。②家庭所在的地方：搬家/四海為家。③經營某種行業的人家或具有某種身分的人：農家/商家。④掌握某種專門學識或從事某種專門活動的人：畫家/專家/科學家。⑤學術流派：儒家/百家爭鳴。⑥謙辭，用於對別人稱自己的輩分高或年紀大的親屬：家父/家兄。⑦屬於家庭的：家產/家務。⑧飼養的（跟「野」相對）：家畜/家禽。⑨表示單位。用於家庭或企業：兩家商店/一家大戶人家。

【組詞】家居/家具/家課/家事/家屬/家鄉/家長/家族/國家/名家

【成語】家常便飯/家家户户/家徒四壁/家喻户曉/安家落户/傾家蕩產/無家可歸/國破家亡/如數家珍

**痂** 普 jiā 粵 gaa1 加 倉 KKSR
疒部，10畫。

【釋義】瘡口或傷口表面結成的硬皮，痊癒後會脱落：傷口結痂了。

**袈** 曾 jiā 粵 gaa1 加 倉 KRYHV
衣部，11畫。

【釋義】〔袈裟〕（裟：曾 shā 粵 saa1 沙）僧人披在外面的法衣，由許多長方形布塊拼綴而成。

**傢** | 家 曾 jiā 粵 gaa1 加 倉 OJMO
人部，12畫。

【釋義】〔傢伙〕①指工具或武器：這把斧頭是他的謀生傢伙。②指人（含有輕視或開玩笑的意味）：這傢伙真沒禮貌。③指牲畜：這傢伙真機靈，見了主人就搖尾巴。

**嘉** 曾 jiā 粵 gaa1 家 倉 GRTR
口部，14畫。

【釋義】①美好：嘉賓。②誇獎，讚許：嘉獎 / 嘉勉。
【組詞】嘉許

**夾** | 夹 曾 jiá 粵 gaap3 甲 倉 KOO
大部，7畫。
▲另見 108 頁 gā；162 頁 jiā。
【釋義】雙層的（衣服等）：夾襖 / 夾被。

**莢** | 荚 曾 jiá 粵 gaap3 甲 倉 TKOO
艸部，11畫。
【釋義】一般指豆類植物的果實：莢果 / 豆莢。

**戞** 曾 jiá 粵 gaat3 加壓三聲 倉 MUI
戈部，11畫。
【釋義】〔戛然〕①形容嘹亮的鳥聲：戛然長鳴。②形容聲音突然停止：戛然而止。

**頰** | 颊 曾 jiá 粵 gaap3 甲
倉 KOMBC
頁部，16畫。

【釋義】臉的兩側從眼到下巴的部分。通稱臉蛋：兩頰 / 面頰。

**甲** 曾 jiǎ 粵 gaap3 夾 倉 WL
田部，5畫。

【釋義】①天干的第一位。用來排列次序時表示第一。②居第一位：桂林山水甲天下。③爬行動物和節肢動物身上的硬殼：甲殼 / 龜甲。④手指和腳趾上的角質硬殼：指甲。⑤圍在人體或物體表面起保護作用的裝備：甲冑 / 裝甲車。
【組詞】甲蟲 / 鎧甲 / 盔甲 / 鐵甲

**假** 曾 jiǎ 粵 gaa2 賈 倉 ORYE
人部，11畫。

▲另見 164 頁 jià。
【釋義】①虛偽的，人造的（跟「真」相對）：假鈔 / 假話 / 假牙。②假定，暫且認定：假設 / 假想。③假如，如果：假若 / 假使。④借用：假公濟私 / 不假思索（用不著想）。
【組詞】假扮 / 假定 / 假冒 / 假如 / 假象 / 假裝 / 虛假 / 作假
【成語】假仁假義 / 狐假虎威 / 弄假成真 / 弄虛作假

**賈** | 贾 曾 jiǎ 粵 gaa2 假二聲
倉 MWBUC
貝部，13畫。

▲另見 121 頁 gǔ。
【釋義】姓。

**鉀** | 钾 曾 jiǎ 粵 gaap3 甲 倉 CWL
金部，13畫。

【釋義】金屬元素，符號 K。銀白色，質軟，遇水產生氫氣，並能引起爆炸。鉀化合物在工業上用途很廣，鉀肥是重要肥料。

## 架 ❶ jià ❷ gaa3 嫁 ❸ KRD
木部，9畫。

【釋義】①架子，用於支撐的東西：書架／衣架。②支撐，支起：架橋／架天線。③抵擋：招架不住。④劫持：綁架。⑤攙扶：架着傷者慢慢走。⑥指毆打或爭吵：吵架／打架。⑦表示單位。用於有支架的或有機械的東西：一架飛機。

【組詞】架構／架空／架設／架子／骨架／勸架／招架／支架／十字架

## 假 ❶ jià ❷ gaa3 嫁 ❸ ORYE
人部，11畫。

▲ 另見163頁 jiǎ。

【釋義】按照規定或經過批准暫時不工作或不學習的時間：放假／請假。

【組詞】假期／假日／病假／產假／告假／寒假／暑假／銷假／休假

## 嫁 ❶ jià ❷ gaa3 架 ❸ VJMO
女部，13畫。

【釋義】①女子結婚（跟「娶」相對）：出嫁／改嫁。②轉移（罪名、損失、負擔等）：轉嫁／嫁禍於人。

【組詞】嫁妝／婚嫁

【成語】盲婚啞嫁／男婚女嫁

## 稼 ❶ jià ❷ gaa3 嫁 ❸ HDJMO
禾部，15畫。

【釋義】①種植（穀物）：稼穡／耕稼。②穀物：莊稼。

## 價｜价 ❶ jià ❷ gaa3 嫁 ❸ OMWC
人部，15畫。

【釋義】①價格，商品所值的錢：物價／價廉物美。②價值：評價／等價交換。

【組詞】價格／價錢／價值／代價／定價／加價／減價／售價／特價

【成語】價值連城／身價百倍／討價還價／無價之寶／貨真價實

## 駕｜驾 ❶ jià ❷ gaa3 架 ❸ KRSQF
馬部，15畫。

【釋義】①使牲口拉（車或農具）：駕着牛耕地。②駕駛：駕車／駕飛機。③指車輛，借用為對人的敬辭：駕臨／勞駕。④特指帝王的車，也借指帝王：駕崩／起駕。

【組詞】駕駛／駕馭／座駕

【成語】駕輕就熟／並駕齊驅／騰雲駕霧

---

### jian

## 尖 ❶ jiān ❷ zim1 占 ❸ FK
小部，6畫。

【釋義】①末端細小，銳利：尖刀／尖銳。②聲音高而細：尖嗓子／尖聲尖氣。③（耳、目）靈敏：眼尖／耳朵尖。④物體銳利的末端或細小的頭：筆尖／刀尖。⑤出類拔萃的人或物品：尖子。

【組詞】尖端／拔尖

## 奸 ❶ jiān ❷ gaan1 姦 ❸ VMJ
女部，6畫。

【釋義】①奸詐，虛偽：奸計／奸笑。②不忠於國家或自己一方的：漢奸／內奸。

【組詞】奸臣 / 奸商 / 奸細 / 奸詐
【成語】老奸巨猾 / 姑息養奸 / 狼狽為奸

**肩** | 肩　🔊 jiān　🔊 gin1 堅　🔊 HSB
肉部，8 畫。

【釋義】①肩膀：並肩 / 兩肩。②擔負：身肩重任。
【組詞】肩膀 / 肩負 / 肩頭

**姦** | 奸　🔊 jiān　🔊 gaan1 艱　🔊 VVV
女部，9 畫。

【釋義】姦淫，男女間發生不正當性行為：強姦 / 通姦。

**兼** 　🔊 jiān　🔊 gim1 檢一聲　🔊 TXC
八部，10 畫。

【釋義】①加倍：兼程（加倍速度趕路）。②同時涉及或具有幾種事物：兼任 / 德才兼備。
【組詞】兼備 / 兼顧
【成語】軟硬兼施

**堅** | 坚　🔊 jiān　🔊 gin1 肩　🔊 SEG
土部，11 畫。

【釋義】①硬，結實：堅固 / 堅韌。②堅固的東西（多指陣地）：攻堅 / 無堅不摧。③不動搖：堅定 / 堅毅。
【組詞】堅持 / 堅強 / 堅忍 / 堅守 / 堅信 / 堅硬
【成語】堅定不移 / 堅忍不拔 / 堅貞不屈

**菅** 　🔊 jiān　🔊 gaan1 奸　🔊 TJRR
艸部，12 畫。

【釋義】草本植物，葉子細長而尖，花綠色，根堅韌，可以做刷子等：草菅人命（比喻輕視人命，濫殺無辜）。

**間** | 间　🔊 jiān　🔊 gaan1 奸　🔊 ANA
門部，12 畫。

▲另見 167 頁 jiàn。
【釋義】①指兩段時間或兩種事物相接的地方，中間：彼此之間。②一定的空間或時間裏：人間 / 晚間。③一間屋子，房間：衣帽間。④房間的最小單位：一間睡房。
【組詞】坊間 / 民間 / 期間 / 日間 / 世間 / 瞬間 / 夜間 / 中間 / 洗手間 / 轉眼間
【成語】字裏行間

**煎** 　🔊 jiān　🔊 zin1 氈　🔊 TBNF
火部，13 畫。

【釋義】①把食物放在少量的熱油裏使表面變成黃色：煎魚 / 煎豆腐。②把東西放在水裏煮，使所含的成分進入水中：煎茶 / 煎藥。

**監** | 监　🔊 jiān　🔊 gaam1 鑒一聲　🔊 SIBT
皿部，14 畫。

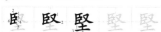

▲另見 168 頁 jiàn。
【釋義】①從旁察看，監視：監察 / 監考。②牢獄：監獄 / 收監。
【組詞】監督 / 監管 / 監護 / 監禁 / 監視 / 監製 / 總監
【成語】監守自盜

**箋** | 笺　🔊 jiān　🔊 zin1 煎　🔊 HII
竹部，14 畫。

【釋義】①註解：箋註。②寫信或題詞用的紙：便箋 / 信箋。

**緘** | 缄　🔊 jiān　🔊 gaam1 鑒一聲　🔊 VFIHR
糸部，15 畫。

【釋義】閉上，封上：緘默 / 三緘其口。

艱｜艰　⑬ jiān　⑭ gaan1 奸
⑯ TOAV
艮部，17 畫。

【釋義】困難：艱苦／艱難。
【組詞】艱巨／艱澀／艱深／艱險／艱辛
【成語】艱苦奮鬥／舉步維艱

殲｜歼　⑬ jiān　⑭ cim1 簽
⑯ MNOIM
歹部，21 畫。

【釋義】消滅：殲滅／殲敵五千。

柬　⑬ jiān　⑭ gaan2 簡　⑯ DWF
木部，9 畫。

【釋義】信件、名片、帖子等的統稱：柬帖／
請柬。

剪　⑬ jiān　⑭ zin2 展　⑯ TBNH
刀部，11 畫。

【釋義】①剪刀。②形狀像剪刀的器具：火
剪／夾剪。③用剪刀等使東西斷開：剪紙／剪
指甲。④除去：剪除。
【組詞】剪裁／剪綵／剪刀／剪紙／裁剪／修剪

減｜减　⑬ jiān　⑭ gaam2 監二聲
⑯ EIHR
水部，12 畫。

【釋義】①從原有數量中去掉一部分：減價／
削減／六減二得四。②降低，衰退：減產／不
減當年。
【組詞】減低／減肥／減緩／減輕／減弱／減少／
減退／縮減
【成語】偷工減料

揀｜拣　⑬ jiān　⑭ gaan2 簡
⑯ QDWF
手部，12 畫。

【釋義】①挑選：揀選／揀擇。②同「撿」，見
本頁 jiǎn。

儉｜俭　⑬ jiān　⑭ gim6 兼六聲
⑯ OOMO
人部，15 畫。

【釋義】節省，愛惜物力，不浪費：勤儉／省
吃儉用。
【組詞】儉樸／儉約／節儉
【成語】克勤克儉

撿｜捡　⑬ jiān　⑭ gim2 檢
⑯ QOMO
手部，16 畫。

【釋義】拾取：撿便宜／撿到一支筆。
【組詞】撿拾

檢｜检　⑬ jiān　⑭ gim2 撿
⑯ DOMO
木部，17 畫。

【釋義】①查：檢討／檢驗。②約束：行為
不檢。
【組詞】檢測／檢查／檢察／檢點／檢獲／檢舉／
檢控／檢索

瞼｜睑　⑬ jiān　⑭ gim2 檢
⑯ BUOMO
目部，18 畫。

【釋義】眼皮：眼瞼。

# 簡 | 简 ⓟ jiǎn ⓔ gaan2 束 ⓒ HANA
竹部，18畫。

【釋義】①簡單 (跟「繁」相對)：簡便 / 簡短 / 簡易。②使簡單，簡化：簡縮 / 精簡。③古代用來寫字的竹片：簡札 / 竹簡。④信件：書簡。

【組詞】簡稱 / 簡單 / 簡化 / 簡潔 / 簡介 / 簡陋 / 簡略 / 簡樸 / 簡約

【成語】簡明扼要 / 言簡意賅 / 深居簡出

# 繭 | 茧 ⓐ ⓟ jiǎn ⓔ gaan2 簡 ⓒ TBLI
糸部，19畫。

【釋義】某些昆蟲的幼蟲在變成蛹之前吐絲做成的殼：蠶繭 / 作繭自縛。

ⓑ ⓟ jiǎn ⓔ gin2 建二聲

【釋義】手掌或腳掌上因長時間摩擦而生成的硬皮：老繭。

# 鹼 | 碱 ⓟ jiǎn ⓔ gaan2 簡 ⓒ YWOMO
鹵部，24畫。

【釋義】①含氫氧根的化合物的統稱，有澀味，能跟酸中和而形成鹽。②含有 10 個分子結晶水的碳酸鈉，無色晶體，用作洗滌劑，也用來中和發麵中的酸味。

# 件 ⓟ jiàn ⓔ gin6 健 ⓒ OHQ
人部，6畫。

【釋義】①表示單位。用於個體事物：兩件衣服 / 三件行李。②指可以一一計算的事物：案件 / 郵件。③文件：急件 / 來件。

【組詞】附件 / 零件 / 配件 / 軟件 / 事件 / 條件 / 物件 / 信件 / 硬件 / 證件

# 見 | 见 ⓟ jiàn ⓔ gin3 建 ⓒ BUHU
見部，7畫。

▲另見411頁 xiàn。

【釋義】①看到，看見：見面 / 一見鍾情。②接觸，遇到：怕見光。③看得出，顯現出：見效 / 日久見人心。④指明出處或需要參看的地方：見上 / 見右圖。⑤會見，會面：接見 / 引見。⑥對於事物的看法，意見：見地 / 見解。⑦表示被動：見笑於人。⑧表示對自己怎麼樣：見告 / 見示。

【組詞】見諒 / 見識 / 見聞 / 會見 / 可見 / 偏見 / 遇見 / 再見 / 不見得

【成語】見多識廣 / 見機行事 / 見義勇為 / 少見多怪 / 所見所聞 / 開門見山 / 司空見慣 / 一針見血 / 喜聞樂見 / 顯而易見

# 建 ⓟ jiàn ⓔ gin3 見 ⓒ NKLQ
廴部，9畫。

【釋義】①修築：建築 / 擴建。②設立，成立：建國 / 建立 / 創建。③提出，首倡：建議。

【組詞】建材 / 建交 / 建設 / 建造 / 承建 / 基建 / 興建 / 修建

【成語】建功立業

# 健 ⓟ jiàn ⓔ gin6 件 ⓒ ONKQ
人部，11畫。

【釋義】①強健：健康 / 矯健。②使強健：健身。③在某一方面超過一般，善於：健談 / 健忘。

【組詞】健美 / 健全 / 健壯 / 保健 / 強健 / 穩健

# 間 | 间 ⓟ jiàn ⓔ gaan3 奸三聲 ⓒ ANA
門部，12畫。

▲另見 165 頁 jiān。

【釋義】①空隙：間隙 / 親密無間。②隔開，不連接：間斷 / 間隔。③挑撥，使人不和：離間 / 反間計。

【組詞】間諜 / 間接 / 間歇

【成語】挑撥離間

毽 | 毽　粵 jiàn　普 gin3 見　又 jin2 煙二聲
　　　倉 HUNKQ
　　　毛部，13 畫。

【釋義】〔毽子〕一種玩具，用雞毛、銅錢等合在一起做成。玩時用腳連續向上踢，不讓落地。

漸 | 渐　粵 jiàn　普 zim6 尖六聲
　　　倉 EJJL
　　　水部，14 畫。

【釋義】逐步，慢慢地：漸變 / 逐漸。

【組詞】漸漸 / 漸進 / 日漸

【成語】漸入佳境 / 循序漸進 / 防微杜漸

監 | 监　粵 jiàn　普 gaam3 鑒　倉 SIBT
　　　皿部，14 畫。

▲另見 165 頁 jiān。

【釋義】古代官府名：國子監（教育管理機關和最高學府）/ 欽天監（掌管天文曆法的官署）。

澗 | 涧　粵 jiàn　普 gaan3 諫　倉 EANA
　　　水部，15 畫。

【釋義】山間流水的溝：山澗 / 溪澗。

賤 | 贱　粵 jiàn　普 zin6 剪六聲
　　　倉 BCII
　　　貝部，15 畫。

【釋義】①（價錢）低（跟「貴」相對，下②同）：

賤價 / 賤賣。②地位低下：卑賤 / 貧賤不移。③卑鄙：下賤 / 賤骨頭。

踐 | 践　粵 jiàn　普 cin5 千五聲
　　　倉 RMII
　　　足部，15 畫。

【釋義】①踩：踐踏。②履行，實行：實踐。

劍 | 剑　粵 jiàn　普 gim3 兼三聲
　　　倉 OOLN
　　　刀部，15 畫。

【釋義】古代的一種兵器，用青銅或鐵製成，長條形，前端尖，兩邊有刃，有短柄，裝在鞘裏，可以佩帶：劍客 / 刀光劍影。

【成語】劍拔弩張 / 脣槍舌劍

箭 | 箭　粵 jiàn　普 zin3 戰　倉 HTBN
　　　竹部，15 畫。

【釋義】搭在弓弩上發射的兵器，細桿的前端有金屬的尖頭：弓箭 / 射箭。

【組詞】箭頭 / 暗箭

【成語】箭在弦上 / 暗箭傷人 / 一箭雙鵰 / 光陰似箭 / 歸心似箭

諫 | 谏　粵 jiàn　普 gaan3 澗
　　　倉 YRDWF
　　　言部，16 畫。

【釋義】規勸（君主、尊長或朋友），使改正錯誤：進諫 / 從諫如流。

餞 | 饯　粵 jiàn　普 zin3 箭　倉 OIII
　　　食部，16 畫。

【釋義】①餞行，設酒食送行：餞別。②浸漬（果品）：蜜餞。

薦 | 荐　🔊 jiàn　🔉 zin3 箭　🈶 TIXF
艸部，17 畫。

【釋義】推舉，介紹：推薦／毛遂自薦。
【組詞】舉薦／引薦／自薦

鍵 | 键　🔊 jiàn　🔉 gin6 件　🈶 CNKQ
金部，17 畫。

【釋義】某些樂器或機器上使用時按動的部分：鍵盤／琴鍵。
【組詞】鍵入／按鍵

濺 | 溅　🔊 jiàn　🔉 zin3 箭　🈶 EBCI
水部，18 畫。

【釋義】液體受衝擊向四外射出：濺落／浪花飛濺。

艦 | 舰　🔊 jiàn　🔉 laam6 纜　🈶 HYSIT
舟部，20 畫。

【釋義】大型軍用船隻，軍艦：艦隊／艦艇。
【組詞】軍艦／戰艦

鑒 | 鉴　🔊 jiàn　🔉 gaam3 尷　🈶 SWC
金部，22 畫。

【釋義】①鏡子（古代用銅製成）：銅鑒。②照：光可鑒人／水清可鑒。③仔細看，審察：鑒別／鑒賞。④可以作為警戒或教訓的事：借鑒／前車之鑒。⑤書信中的客套話，表示請人看信：鈞鑒／台鑒。
【組詞】鑒定／鑒於／明鑒

---

## jiang

江　🔊 jiāng　🔉 gong1 岡　🈶 EM
水部，6 畫。

【釋義】①大河：江山／江水。②指長江：江漢／江南。
【組詞】江河／江湖
【成語】江河日下／江山如畫／翻江倒海

姜　🔊 jiāng　🔉 goeng1 僵　🈶 TGV
女部，9 畫。
【釋義】姓。

將 | 将　🔊 jiāng　🔉 zoeng1 張　🈶 VMBDI
寸部，11 畫。

▲另見 171 頁 jiàng。
【釋義】①下象棋時攻擊對方的「將」或「帥」：將一軍。②拿（多見於成語）：將功補過／恩將仇報。③把：將門關上／將他請來。④將要，表示不久就會發生：行將就木（將要進棺材）。⑤又，且（重複使用）：將信將疑。
【組詞】將近／將來／將要／即將
【成語】將錯就錯／將計就計

僵　🔊 jiāng　🔉 goeng1 疆　🈶 OMWM
人部，15 畫。

【釋義】①（肢體等）不靈活：僵硬。②事情因難於處理而停滯不前，相持不下：僵持／僵局。③收斂笑容，表情嚴肅：僵着臉。

## 漿 | 浆

⓿ jiāng　❷ zoeng1 張　❸ VIE
水部，15 畫。

| 氺 | 将 | 將 | 漿 | 漿 |

【釋義】較濃的液體：豆漿／泥漿／糖漿。

## 薑 | 姜

⓿ jiāng　❷ goeng1 僵
❸ TMWM
艸部，17 畫。

| 薑 | 薑 | 薑 | 薑 | 薑 |

【釋義】草本植物，根莖黃褐色，有辣味，是蔬菜和調味品，也可入藥。

## 疆

⓿ jiāng　❷ goeng1 薑　❸ NGMWM
田部，19 畫。

| 弓 | 彊 | 彊 | 疆 | 疆 |

【釋義】①邊界，地域的分界：邊疆。②指新疆。

【組詞】疆界／疆土／疆域

## 韁 | 缰

⓿ jiāng　❷ goeng1 姜
❸ TJMWM
革部，22 畫。

【釋義】牽牲口的繩子：韁繩／脫韁。

## 蔣 | 蒋

⓿ jiāng　❷ zoeng2 獎
❸ TVMI
艸部，15 畫。

【釋義】姓。

## 槳 | 桨

⓿ jiāng　❷ zoeng2 獎　❸ VID
木部，15 畫。

【釋義】划船用具，木製，上端為圓桿，下端呈板狀：船槳。

## 獎 | 奖

⓿ jiāng　❷ zoeng2 掌　❸ VIIK
犬部，15 畫。

| 氺 | 將 | 將 | 獎 | 獎 |

【釋義】①給予鼓勵，稱讚：褒獎／嘉獎。②為了鼓勵或表揚而給予的榮譽或物品等：得獎／獲獎。

【組詞】獎杯／獎金／獎勵／獎牌／獎品／獎券／獎項／獎章／頒獎／獎學金

## 講 | 讲

⓿ jiāng　❷ gong2 港
❸ YRTTB
言部，17 畫。

| 讲 | 講 | 講 | 講 | 講 |

【釋義】①說：講述／講故事。②解釋，說明：講課／講授。③商量，商議：講和／講條件。④講求：做生意要講信譽。

【組詞】講話／講解／講究／講師／講述／講台／講學／講義／講座／演講

## 匠

⓿ jiāng　❷ zoeng6 丈　❸ SHML
匚部，6 畫。

| 匠 | 匠 | 匠 | 匠 | 匠 |

【釋義】①工匠，有專門手藝的人：木匠／鐵匠。②指在某一方面造詣很深的人：文壇巨匠。

【組詞】工匠／鞋匠

【成語】匠心獨運／獨具匠心／能工巧匠

## 降

⓿ jiāng　❷ gong3 鋼　❸ NLHEQ
阜部，9 畫。

| 降 | 降 | 降 | 降 | 降 |

▲另見 413 頁 xiáng。

【釋義】①落下（跟「升」相對，下②同）：降落／下降。②使落下，降低：降級／降價。

【組詞】降低／降臨／升降／升降機

【成語】喜從天降

## 強 | 强

⓿ jiāng　❷ goeng6 姜六聲
❹ koeng5 襁　❸ NILI
弓部，11 畫。

強　弘　強　強　強

▲另見 305 頁 qiáng；305 頁 qiǎng。
【釋義】強硬不屈，固執：倔強。

將 | 将　⚫ jiàng　🔴 zoeng3 漲
　　　　🔵 VMBDI
　　　　寸部，11 畫。

爿　將　將　將　將

▲另見 169 頁 jiāng。
【釋義】高級軍官，將領：將士 / 大將。
【組詞】將領 / 將帥 / 猛將 / 名將 / 武將 / 主將
【成語】殘兵敗將 / 調兵遣將 / 過關斬將 / 蝦兵
蟹將

醬 | 酱　⚫ jiàng　🔴 zoeng3 帳
　　　　🔵 VIMCW
　　　　酉部，18 畫。

爿　爿　將　醬

【釋義】①豆、麥發酵後製成的糊狀調味品：
豆瓣醬。②像醬的糊狀食品：果醬 / 麻醬。
③用醬或醬油醃，用醬油煮：醬黃瓜 / 醬
牛肉。
【組詞】醬油

—— jiao ——

交　⚫ jiāo　🔴 gaau1 郊　🔵 YCK
　　亠部，6 畫。

亠　亠　六　交　交

【釋義】①交付，給付：交錢 / 遞交 / 繳交。
②（時間、地區）相連接：交界 / 春夏之交。
③交叉：兩線相交。④結交，互相往來：交
友 / 兩國建交。⑤交情，友誼：絕交 / 一面
之交。⑥（人）發生性行為，（動植物）進行交
配：性交。⑦互相：交換 / 交流。⑧一齊，
同時（發生）：百感交集 / 風雨交加。

【組詞】交代 / 交涉 / 交談 / 交替 / 交通 / 交易 /
交織 / 成交 / 社交 / 打交道
【成語】交頭接耳 / 失之交臂 / 縱橫交錯 / 患難
之交

郊　⚫ jiāo　🔴 gaau1 交　🔵 YKNL
　　邑部，9 畫。

郊　交　郊　郊　郊

【釋義】城市周圍的地區：郊區 / 郊外。
【組詞】郊野 / 郊遊 / 荒郊 / 近郊 / 市郊

姣　⚫ jiāo　🔴 gaau2 搞　🔵 VYCK
　　女部，9 畫。

【釋義】形容相貌美麗：姣好 / 姣美。

教　⚫ jiāo　🔴 gaau3 較　🔵 JDOK
　　支部，11 畫。

耂　孝　教　教　教

▲另見 174 頁 jiào。
【釋義】傳授知識或技能：教書 / 教唱歌。

椒　⚫ jiāo　🔴 ziu1 焦　🔵 DYFE
　　木部，12 畫。

【釋義】指某些果實或種子有刺激性味道的植
物：胡椒 / 花椒 / 辣椒。

蛟　⚫ jiāo　🔴 gaau1 交　🔵 LIYCK
　　虫部，12 畫。

【釋義】蛟龍，古代傳說中的一種能興風作
浪、發洪水的龍。

焦　⚫ jiāo　🔴 ziu1 招　🔵 OGF
　　火部，12 畫。

隹　焦　焦　焦　焦

【釋義】①物體受熱後失去水分，變得黑黃並
發硬、發脆：焦土 / 烤焦 / 燒焦。②指焦炭，
一種燃料：煉焦 / 煤焦。③指焦點，光線經
透鏡折射或拋物面鏡反射後的會聚點：焦距 /

聚焦。④着急：焦急／焦躁不安。
【組詞】焦點／焦黑／焦黃／焦慮／焦躁
【成語】焦頭爛額

**跤** 普 jiāo 粵 gaau1 交 倉 RMYCK
足部，13畫。

【釋義】跌倒：摔跤／跌了一跤。

**澆** | 浇 普 jiāo 粵 giu1 嬌 倉 EGGU
水部，15畫。

【釋義】①灌水或其他液體落在物體上，灌溉：澆花／澆水／火上澆油。②把液體等倒入模子：澆鑄銅器。

**膠** | 胶 普 jiāo 粵 gaau1 交
倉 BSMH
肉部，15畫。

【釋義】①某些具有黏性的物質，用動物的皮、角等煮成或由植物分泌出來，也有人工合成的：膠水／萬能膠。②用膠粘：膠合。③指橡膠：膠鞋。
【組詞】膠布／膠囊／泥膠／塑膠／橡膠
【成語】如膠似漆

**嬌** | 娇 普 jiāo 粵 giu1 驕 倉 VHKB
女部，15畫。

【釋義】①美麗可愛：嬌美／千嬌百媚。②意志軟弱，不能吃苦：嬌氣。③過度愛護，溺愛：嬌生慣養。
【組詞】嬌嫩／嬌小／撒嬌／嬌滴滴
【成語】嬌小玲瓏

**蕉** 普 jiāo 粵 ziu1 招 倉 TOGF
艸部，16畫。

【釋義】某些像芭蕉那樣有大葉子的植物：香蕉／美人蕉。

**礁** 普 jiāo 粵 ziu1 焦 倉 MROGF
石部，17畫。

【釋義】河、海中距水面很近的巖石或由珊瑚蟲的遺骸堆積成的巖石狀物：礁石／暗礁／珊瑚礁。

**驕** | 骄 普 jiāo 粵 giu1 嬌
倉 SFHKB
馬部，22畫。

【釋義】①自高自大，驕傲：驕縱／驕兵必敗。②猛烈：驕陽似火。
【組詞】驕傲／驕人
【成語】驕傲自滿

**矯** | 矫 普 jiáo 粵 giu2 繳
倉 OKHKB
矢部，17畫。

▲另見173頁jiǎo。

【釋義】[矯情]方言。指愛計較小事且不講道理：這個人太矯情。

**嚼** 普 jiáo 粵 zoek3 雀 倉 RBWI
口部，20畫。

▲另見175頁jiào；193頁jué。

【釋義】上下牙齒磨碎食物：細嚼慢嚥。
【成語】咬文嚼字

**角** 普 jiǎo 粵 gok3 各 倉 NBG
角部，7畫。

▲另見 192 頁 jué。

【釋義】①牛、羊、鹿、等頭上長的堅硬的突起物：鹿角／牛角。②古代軍中吹的樂器：鼓角／號角。③形狀像角的東西：豆角／菱角。④岬角（岬：普 jiǎ 粵 gaap3 甲），突入海中的尖形陸地（多用於地名）：鎮海角（在福建）。⑤物體兩個邊緣相接的地方：角落／牆角。⑥從一點引出的兩條直線所形成的圖形：鋭角／直角／三角形。⑦星宿名，二十八宿之一。⑧貨幣單位，10 角等於 1 元。

【組詞】角度／觸角／對角／鈍角／棱角／死角

【成語】鳳毛麟角／勾心鬥角／天涯海角／嶄露頭角／轉彎抹角

## 佼

普 jiǎo 粵 gaau2 狡 倉 OYCK
人部，8 畫。

【釋義】〔佼佼〕比一般水平高出很多：佼佼者。

## 狡

普 jiǎo 粵 gaau2 搞 倉 KHYCK
犬部，9 畫。

【釋義】奸猾，詭詐：狡辯／狡猾／狡詐。

【成語】狡兔三窟

## 皎

普 jiǎo 粵 gaau2 狡 倉 HAYCK
白部，11 畫。

【釋義】潔白，明亮：皎潔／皎月。

## 絞 | 绞

普 jiǎo 粵 gaau2 搞
倉 VFYCK
糸部，12 畫。

【釋義】①擰緊：絞毛巾／把衣服絞乾。②絞死，是用繩索勒住脖子吊死的酷刑：絞殺／絞刑。③轉動輪軸，繞起繩索，使繫在另一端的物體移動：絞盤。

【成語】絞盡腦汁

## 腳 | 脚

普 jiǎo 粵 goek3 哥約三聲
倉 BCRL
肉部，13 畫。

【釋義】①人或動物腿下端的部分，用來接觸地面支持身體：腳背／手腳。②東西的最下部：牆腳／山腳／三腳架。③舊時指跟體力搬運有關的：腳夫／腳力。

【組詞】腳步／腳跟／腳尖／腳印／腳趾／赤腳／跺腳／拳腳／歇腳

【成語】腳踏實地／手忙腳亂／頭重腳輕／大手大腳／露出馬腳／毛手毛腳／七手八腳

## 剿

普 jiǎo 粵 ziu2 沼 倉 VDLN
刀部，13 畫。

【釋義】用武力消滅，討伐：剿滅／圍剿。

## 餃 | 饺

普 jiǎo 粵 gaau2 狡
倉 OIYCK
食部，14 畫。

【釋義】餃子，一種有餡的半圓形麪食：水餃。

## 僥 | 侥

普 jiǎo 粵 hiu1 囂 倉 OGGU
人部，14 畫。

【釋義】〔僥幸〕也作「儌倖」（倖：普 xìng 粵 hang6 杏）。由於偶然的原因獲得成功或免去災害：心存僥幸。

## 矯 | 矫

普 jiǎo 粵 giu2 繳
倉 OKHKB
矢部，17 畫。

▲另見 172 頁 jiáo。

【釋義】①使彎曲的變直，糾正：矯正。②強

J

壯，勇武：矯健／矯若遊龍。③假託：矯飾。
【組詞】矯形
【成語】矯揉造作／矯枉過正

## 繳｜缴　🔊 jiǎo　🔊 giu2 矯　🔊 VFHSK
糸部，19 畫。

繳　繳　繳　繳　繳

【釋義】①交納，交出（多指履行義務或被
迫）：繳稅／上繳。②迫使交出，強力收取
（多指武器）：繳獲。
【組詞】繳付／繳交／繳納／繳械

## 攪｜搅　🔊 jiǎo　🔊 gaau2 狡
🔊 QHBU
手部，23 畫。

攪　攪　攪　攪　攪

【釋義】①攪拌，拌和：攪動。②擾亂，打
擾：攪亂。
【組詞】攪拌／打擾

## 叫　🔊 jiào　🔊 giu3 矯三聲　🔊 RVL
口部，5 畫。

叫　叫　叫　叫　叫

【釋義】①喊叫，鳴叫：雞叫／大叫一聲。
②招呼，呼喚：外邊有人叫你。③（名稱）
是，稱為：他叫小明。④告訴某些人員（多為
服務行業）送來所需要的東西：叫外賣／叫兩
個菜。⑤使，讓，令：叫人失望／叫他早點
回去。
【組詞】叫喊／叫好／叫罵／叫賣／叫嚷／叫聲／
叫囂／吼叫／呼叫
【成語】叫苦連天／拍案叫絕／大呼小叫

## 校　🔊 jiào　🔊 gaau3 教　🔊 DYCK
木部，10 畫。

校　校　校　校　校

▲另見 417 頁 xiào。
【釋義】訂正：校對／校改。
【組詞】校訂／校勘／校正／調校

## 教　🔊 jiào　🔊 gaau3 較　🔊 JDOK
攴部，11 畫。

教　孝　教　教　教

▲另見 171 頁 jiāo。
【釋義】①教導，教育：管教／請教。②宗
教：佛教／基督教。③使，讓，令：教人擔
心／很教我為難。
【組詞】教材／教誨／教練／教室／教授／教學／
教訓／說教／討教／指教
【成語】言傳身教／因材施教

## 窖　🔊 jiào　🔊 gaau3 教　🔊 JCHGR
穴部，12 畫。

【釋義】①收藏東西的地洞或坑：冰窖／地
窖。②把東西收藏在窖裏：窖藏。

## 較｜较　🔊 jiào　🔊 gaau3 教
🔊 JJYCK
車部，13 畫。

較　較　較　較　較

【釋義】比較：較勁／較量／較以前進步。
【組詞】較為／比較／計較
【成語】斤斤計較

## 酵　🔊 jiào　🔊 gaau3 教　❌ haau1 敲
🔊 MWJKD
酉部，14 畫。

【釋義】發酵，有機物由於某些真菌或酶的作
用而分解。能使有機物發酵的真菌叫酵母。
有的地方把含酵母菌的麵團稱為酵子。
【組詞】發酵

## 轎｜轿　🔊 jiào　🔊 giu6 叫六聲
❌ giu2 繳　🔊 JJHKB
車部，19 畫。

車 輆 輆 轎 轎

【釋義】①轎子，舊式交通工具，由人抬着走或由騾、馬拉着走：花轎。②〔轎車〕供人乘坐的、有固定車頂的汽車。

嚼 ⬛ jiào ⬛ ziu6 趙 ⬛ RBWI
口部，20畫。

▲另見172頁 jiáo；193頁 jué。

【釋義】〔倒嚼〕即反芻。某些動物把粗略嚼過吞下的食物從胃裏返回嘴裏咀嚼，然後再嚥下。

覺 | 觉 ⬛ jiào ⬛ gaau3 教 ⬛ HBBUU
見部，20畫。

▲另見193頁 jué。

【釋義】睡眠（指從睡着到睡醒）：睡午覺／一覺醒來。
【組詞】睡覺

——— jie ———

皆 ⬛ jiē ⬛ gaai1 佳 ⬛ PPHA
白部，9畫。

【釋義】都，全：皆大歡喜／眾人皆醉我獨醒。
【成語】比比皆是／草木皆兵／有口皆碑

接 ⬛ jiē ⬛ zip3 摺 ⬛ QYTV
手部，11畫。

【釋義】①靠近，接觸：接近／交頭接耳。②連接，使連接：焊接／剪接／接電線。③托住，承受：接球／承接。④接受：接納。⑤迎接：到車站接人。⑥接生，幫助分娩。⑦接替：接班／接力。
【組詞】接駁／接待／接獲／接連／接收／接送／接着／間接／銜接／直接
【成語】接二連三／接踵而至／應接不暇／再接再厲／短兵相接／青黃不接

秸 ⬛ jiē ⬛ gaai1 皆 ⬛ HDGR
禾部，11畫。

【釋義】農作物脫粒後剩下的莖：豆秸／麥秸。

揭 ⬛ jiē ⬛ kit3 竭 ⬛ QAPV
手部，12畫。

揭 揭 揭

【釋義】①把覆蓋、遮擋的東西掀起或撕去：揭幕／揭鍋蓋。②使隱蔽的事物顯露：揭發／揭露。③高舉：揭竿而起（指起義）。
【組詞】揭穿／揭祕／揭示／揭曉
【成語】昭然若揭

街 ⬛ jiē ⬛ gaai1 佳 ⬛ HOGGN
行部，12畫。

行 徍 街

【釋義】街道，街市：上街／街頭巷尾。
【組詞】街道／街燈／街坊／街市／街頭／大街
【成語】大街小巷

結 | 结 ⬛ jiē ⬛ git3 潔 ⬛ VFGR
糸部，12畫。

絈 結 結

▲另見176頁 jié。

【釋義】①植物長出（果實或種子）：開花結果。②〔結巴〕說話不流利，口吃的通稱。③〔結實〕(a)堅固耐用：這雙鞋很結實。(b)健壯：身體結實。

階 | 阶 ⬛ jiē ⬛ gaai1 佳 ⬛ NLPPA
阜部，12畫。

階　階　階　階　階

【釋義】①台階：階梯／階下囚。②等級：官階／軍階。
【組詞】階層／階段／階級／台階／音階

節┃节　🔊jiē　🔊zit3 折　🔊HAIL
竹部，13畫。

▲另見177頁jié。

【釋義】①節子，木材上的疤痕，是樹木砍掉枝杈後留下的。②〔節骨眼〕比喻重要的、能起決定作用的環節或時機。

子　🔊jié　🔊kit3 揭　🔊NNM
子部，3畫。

【釋義】①單獨，孤單：孑然一身。②〔孑孓〕（孓：🔊jué🔊kyut3缺）蚊子的幼蟲。

劫　🔊jié　🔊gip3 哥葉三聲　🔊GIKS
力部，7畫。

劫　劫　劫　劫　劫

【釋義】①搶劫：劫獄／洗劫／趁火打劫。②威逼，脅迫：劫持。③災難：浩劫／在劫難逃。
【組詞】劫案／劫匪／劫難／劫數／打劫／搶劫
【成語】劫富濟貧／劫後餘生

拮　🔊jié　🔊git3 結　🔊QGR
手部，9畫。

【釋義】〔拮据〕（据：🔊jū🔊geoi1居）經濟情況不好，生活困窘：生活拮据。

桀　🔊jié　🔊git6 傑　🔊NQD
木部，10畫。

【釋義】①倔強，兇暴：桀驁不馴。②古代人名，夏朝最後一位君主，相傳是個暴君。

捷　🔊jié　🔊zit6 截　🔊QJLO
手部，11畫。

捷　捷　捷　捷　捷

【釋義】①快：矯捷／敏捷／捷足先登。②戰勝：捷報／連戰連捷。
【組詞】捷徑／報捷／便捷／快捷
【成語】捷報頻傳

傑┃杰　🔊jié　🔊git6 桀　🔊ONQD
人部，12畫。

傑　傑　傑　傑　傑

【釋義】①才能出眾的人：豪傑／俊傑。②傑出：傑作／人傑地靈。
【組詞】傑出

結┃结　🔊jié　🔊git3 潔　🔊VFGR
糸部，12畫。

結　結　結　結　結

▲另見175頁jiē。

【釋義】①用線、繩等打扣或用這種方法編織：結網／張燈結綵。②用線、繩等打扣結成的東西：打結／蝴蝶結。③結合，人或事物間發生密切聯繫：結仇／集會結社。④凝聚，凝固：結冰／結晶。⑤結束，了結：結案／結賬。
【組詞】結伴／結構／結果／結婚／結局／結論／勾結／凝結／團結／總結
【成語】瞠目結舌／成羣結隊／歸根結底／愁腸百結

詰┃诘　🔊jié　🔊kit3 竭　🔊YRGR
言部，13畫。

【釋義】追問，質問：詰難／詰問／反詰。

睫　🔊jié　🔊zit6 截　🔊BUJLO
目部，13畫。

【釋義】睫毛，眼皮邊緣生的細毛。
【成語】迫在眉睫

# 節 | 节 Ⓟjié Ⓨzit3 折 ⓒHAIL
竹部，13畫。

▲另見176頁 jiē。

【釋義】①物體各段之間相連的地方：關節 / 竹節 / 盤根錯節。②段落：節拍 / 節奏 / 音節。③表示單位。用於分段的事物或文章：一節課 / 兩節車廂。④節日，時令：節氣 / 春節 / 清明節。⑤刪略：節錄 / 節選。⑥節約，節制：節哀 / 節儉 / 開源節流。⑦事項：禮節 / 細節 / 生活小節。⑧操守：節操 / 氣節。

【組詞】節目 / 節省 / 過節 / 環節 / 季節 / 佳節 / 情節 / 時節 / 調節 / 章節

【成語】節哀順變 / 節外生枝 / 節衣縮食 / 不拘小節 / 橫生枝節

# 竭 Ⓟjié Ⓨkit3 揭 ⓒYTAPV
立部，14畫。

【釋義】①盡：精疲力竭 / 取之不盡，用之不竭。②乾涸：枯竭。

【組詞】竭力 / 衰竭

【成語】聲嘶力竭

# 截 Ⓟjié Ⓨzit6 捷 ⓒJIOG
戈部，14畫。

【釋義】①切斷，割斷：截斷 / 截肢。②段：一截木頭 / 露出半截身子。③阻攔：截留 / 攔截。④一定期限停止進行：截止 / 截至。

【組詞】截獲 / 截擊 / 截取 / 截然 / 堵截 / 阻截

【成語】截然不同 / 斬釘截鐵

# 潔 | 洁 Ⓟjié Ⓨgit3 結 ⓒEQHF
水部，15畫。

【釋義】①清潔：潔淨 / 整潔。②比喻行為清白，品德高尚：高潔 / 廉潔。

【組詞】潔白 / 純潔 / 光潔 / 簡潔 / 皎潔 / 清潔 / 聖潔

【成語】潔身自愛 / 冰清玉潔

# 姐 Ⓟjiě Ⓨze2 者 ⓒVBM
女部，8畫。

【釋義】①姐姐：姐夫 / 姐妹 / 二姐。②親戚或某種關係中同輩而年紀比自己大的女子：表姐 / 師姐。③稱呼年輕的女子：小姐 / 劉三姐。

# 解 Ⓟjiě Ⓨgaai2 佳二聲 ⓒNBSHQ
角部，13畫。

▲另見178頁 jiè；420頁 xiè。

【釋義】①分開：解剖 / 解散 / 溶解 / 瓦解。②把扣或結打開：解鞋帶 / 慷慨解囊。③解除：解渴 / 解悶 / 排憂解難。④分析說明：解釋 / 圖解 / 註解。⑤了解，明白：費解 / 大惑不解。⑥大小便：大解 / 小解。

【組詞】解答 / 解放 / 解救 / 解決 / 解說 / 和解 / 見解 / 理解 / 諒解 / 誤解

【成語】百思不解 / 不求甚解 / 難分難解 / 土崩瓦解 / 一知半解 / 迎刃而解

# 介 Ⓟjiè Ⓨgaai3 界 ⓒOLL
人部，4畫。

【釋義】①在兩者中間：介乎 / 介於。②聯繫兩者的人或事物：介紹 / 媒介。③存留，放在（心裏）：介懷 / 介意。④甲殼：介蟲 / 介冑 / 鱗介。⑤耿直，有骨氣：耿介。⑥個（用於人）：一介書生。

【組詞】介入 / 簡介

## 戒
曾 jiè 粵 gaai3 介 倉 IT
戈部，7畫。

【釋義】①防備，警惕：戒備／警戒。②同「誡」，見本頁 jiè。③戒除：戒酒／戒煙。④指禁止做某些事情的規定：戒律／戒條。⑤教訓：引以為戒。⑥戒指：鑽戒。
【組詞】戒除／戒毒／戒心／戒嚴／戒指／懲戒／破戒
【成語】戒驕戒躁

## 芥
曾 jiè 粵 gaai3 介 倉 TOLL
艸部，8畫。

【釋義】①芥菜，草本植物，種子黃色，有辣味。種子磨成粉，叫芥末，用作調味品。②小草，比喻細微的事物：草芥／塵芥。③〔芥蒂〕梗塞的東西。比喻心裏的嫌隙或不快：心存芥蒂。
【成語】視如草芥

## 屆
曾 jiè 粵 gaai3 介 倉 SUG
尸部，8畫。

【釋義】①到（時候）：屆時。②次，期：歷屆／首屆／應屆。
【組詞】屆滿

## 界
曾 jiè 粵 gaai3 介 倉 WOLL
田部，9畫。

【釋義】①相交的地方，界線：邊界／國界。②一定的範圍：眼界。③職業、工作或性別等相同的一些社會成員的總體：學界／政界／文藝界。
【組詞】界限／界線／交界／境界／世界／外界／業界／自然界
【成語】大開眼界／大千世界／花花世界

## 借
曾 jiè 粵 ze3 蔗 倉 OTA
人部，10畫。

【釋義】①暫時使用別人的財物（借進）：借書／跟人借錢。②把財物暫時供別人使用（借出）：出借／借錢給人。③依靠，利用：借助／借古諷今／借題發揮。
【組詞】借鑒／借據／借用／借閱／租借
【成語】借刀殺人／借花獻佛／借酒澆愁／借水行舟

## 解
曾 jiè 粵 gaai3 介 倉 NBSHQ
角部，13畫。

▲另見177頁jiě；420頁xiè。
【釋義】押送犯人或財物：解送／押解。
【組詞】解款

## 誡
曾 jiè 粵 gaai3 介 倉 YRIT
言部，14畫。

【釋義】警告，勸告：勸誡／訓誡。
【組詞】告誡／規誡

## 藉
曾 jiè 粵 ze3 借 倉 TQDA
艸部，18畫。

▲另見158頁jí。
【釋義】①假託：藉故／藉口。②依靠，憑藉：憑藉／藉着燈光看書。

## jīn

## 巾
曾 jīn 粵 gan1 斤 倉 LB
巾部，3畫。

【釋義】用來擦拭、包裹或覆蓋東西的織物：毛巾 / 手巾 / 圍巾。

**今** 🔊 jīn 🔊 gam1 金 🔊 OIN
人部，4畫。

【釋義】①現在，現代（跟「古」相對）：當今 / 現今 / 撫今追昔 / 古為今用。②當前的（年、天及其部分）：今生 / 今天 / 今夜。③此，這：今次。

【組詞】今後 / 今年 / 今宵 / 如今 / 至今

【成語】今不如昔 / 今非昔比 / 古往今來 / 厚古薄今 / 借古諷今

**斤** 🔊 jīn 🔊 gan1 巾 🔊 HML
斤部，4畫。

【釋義】重量單位。舊制1斤等於16兩。

【組詞】斤兩

【成語】斤斤計較 / 半斤八兩

**金** 🔊 jīn 🔊 gam1 今 🔊 C
金部，8畫。

【釋義】①金屬：合金 / 五金。②錢：金額 / 現金。③古代指金屬製的打擊樂器，如鑼等：鳴金收兵。④金屬元素，符號Au。赤黃色，是貴重金屬。通稱金子或黃金。⑤比喻尊貴或貴重的：金榜題名 / 金枝玉葉。⑥像金子那樣的顏色：金髮 / 金黃。⑦朝代，公元1115－1234年，女真族完顏阿骨打所建，在中國北部。

【組詞】金牌 / 金錢 / 金融 / 基金 / 獎金 / 薪金 / 資金 / 租金 / 獎學金

【成語】金碧輝煌 / 金戈鐵馬 / 金童玉女 / 揮金如土 / 拾金不昧 / 一諾千金

**津** 🔊 jīn 🔊 zeon1 遵 🔊 ELQ
水部，9畫。

【釋義】①唾液：津液 / 生津止渴。②渡口：要津 / 指點迷津。

【成語】津津樂道 / 津津有味 / 無人問津

**矜** 🔊 jīn 🔊 ging1 京 🔊 NHOIN
矛部，9畫。

【釋義】①憐憫，憐惜，同情：矜惜。②自尊自大：驕矜 / 自矜其功。③慎重，拘謹：矜持。

**筋** 🔊 jīn 🔊 gan1 巾 🔊 HBKS
竹部，12畫。

【釋義】①肌肉：筋骨 / 筋肉。②肌腱或骨頭上的韌帶：蹄筋。③可以看見的皮下靜脈：青筋。④像筋的東西：鋼筋 / 橡皮筋。

【組詞】抽筋

【成語】筋疲力盡

**禁** 🔊 jīn 🔊 gam1 今 🔊 DDMMF
示部，13畫。

▲另見181頁 jìn。

【釋義】①忍受，耐：禁受 / 弱不禁風。②忍住：忍俊不禁（忍不住笑）。

【組詞】不禁 / 禁不起 / 禁不住 / 禁得起 / 禁得住

【成語】情不自禁

**襟** 🔊 jīn 🔊 kam1 禽一聲 🔊 LDDF
衣部，18畫。

**襟** 襟 襟 襟 襟 襟

【釋義】①上衣、袍子前面的部分：衣襟 / 捉襟見肘。②姐妹的丈夫之間的親戚關係：襟兄 / 連襟。③指心胸，胸懷：襟懷 / 胸襟。

**僅** | 仅 🔊 jǐn 🔊 gan2 緊 🔊 OTLM
人部，13 畫。

僅 僅 僅 僅 僅

【釋義】僅僅，表示限於某個範圍，只：不僅 / 絕無僅有。
【組詞】僅僅 / 僅有
【成語】碩果僅存

**緊** | 紧 🔊 jǐn 🔊 gan2 僅 🔊 SEVIF
糸部，14 畫。

緊 緊 緊 緊 緊

【釋義】①物體受到拉力或壓力後所呈現的狀態（跟「鬆」相對）：勒緊 / 拉緊繩子。②物體受外力作用變得固定或牢固：擰緊螺絲。③使緊：緊一緊皮帶。④非常接近，空隙極小：緊密 / 這雙鞋子太緊，穿着不舒服。⑤情況急迫：緊急 / 緊迫。⑥經濟不寬裕，拮据：手頭緊。
【組詞】緊繃 / 緊湊 / 緊貼 / 緊要 / 緊張 / 趕緊 / 加緊 / 嚴緊 / 要緊 / 抓緊
【成語】密鑼緊鼓

**錦** | 锦 🔊 jǐn 🔊 gam2 敢 🔊 CHAB
金部，16 畫。

錦 錦 錦 錦 錦

【釋義】①有彩色花紋的絲織品：錦旗 / 錦繡。②色彩鮮明華麗：錦緞 / 錦霞。
【組詞】錦標
【成語】錦囊妙計 / 錦上添花 / 錦繡河山 / 錦繡前程 / 錦衣玉食 / 衣錦還鄉

**儘** | 尽 🔊 jǐn 🔊 zeon2 准 🔊 OLMT
人部，16 畫。

儘 儘 儘 儘 儘

【釋義】①力求達到最大限度：儘快 / 儘量 / 儘可能。②〔儘管〕(a)表示不用考慮別的，放心去做：有意見儘管說。(b)表示姑且承認某種事實，下文往往有「但是」「然而」等表示轉折的詞：儘管以後變化難測，但是大體的估計還是可能的。

**謹** | 谨 🔊 jǐn 🔊 gan2 僅 🔊 YRTLM
言部，18 畫。

謹 謹 謹 謹 謹

【釋義】①小心慎重：謹慎 / 謹守規矩。②鄭重：謹啟 / 謹致謝忱。
【組詞】恭謹 / 拘謹 / 嚴謹
【成語】謹言慎行 / 小心謹慎

**饉** | 馑 🔊 jǐn 🔊 gan2 僅 🔊 OITLM
食部，19 畫。

【釋義】農作物歉收：饑饉。

**近** 🔊 jìn 🔊 gan6 斤六聲 🔊 YHML
辵部，8 畫。

近 近 近 近 近

【釋義】①空間或時間距離短（跟「遠」相對）：近代 / 近郊 / 附近。②接近：近似 / 平易近人。③親密，關係密切：近親 / 親近。④淺顯，不深奧：淺近 / 言近旨遠。
【組詞】近況 / 近來 / 逼近 / 接近 / 靠近 / 鄰近 / 臨近 / 貼近 / 相近 / 遠近
【成語】近水樓台 / 近在咫尺 / 急功近利

**勁** | 劲 🔊 jìn 🔊 ging6 競 🔊 ging3 敬
🔊 MMKS
力部，9 畫。

勁 勁 勁 勁 勁

▲另見 184 頁 jìng。

【釋義】①力氣：用勁 / 加把勁。②精神，情緒：衝勁 / 幹勁。③趣味：又是老一套，真沒勁。

【組詞】費勁 / 較勁 / 起勁 / 使勁

**浸** 曾 jìn 粵 zam3 針三聲 倉 ESME
水部，10 畫。

【釋義】①泡在液體裏：浸泡。②液體滲入或滲出：浸濕。

**晉|晋** 曾 jìn 粵 zeon3 進 倉 MIIA
日部，10 畫。

【釋義】①進：晉見。②升：晉級 / 晉升。③周朝國名，在今山西、河北南部及陝西東南部、河南西北部。④朝代。(a)公元265—420 年，司馬炎所建。(b)五代之一，公元936—947 年，石敬瑭所建，史稱後晉。⑤山西的別稱。

**進|进** 曾 jìn 粵 zeon3 俊 倉 YOG
辵部，12 畫。

【釋義】①向前移動（跟「退」相對）：進軍 / 進展 / 促進 / 推進。②從外面到裏面（跟「出」相對）：進入 / 走進會場 / 閒人免進。③收進來，接納：進貨 / 進賬。④吃，喝：進食 / 滴水未進。⑤呈上：進貢 / 進言。

【組詞】進逼 / 進步 / 進而 / 進取 / 進修 / 改進 / 邁進 / 上進 / 先進 / 增進

【成語】進退維谷 / 得寸進尺 / 突飛猛進 / 循序漸進

**禁** 曾 jìn 粵 gam3 今三聲 倉 DDMMF
示部，13 畫。

▲另見 179 頁 jīn。

【釋義】①不准許，制止：禁令 / 禁止 / 嚴禁吸煙。②監禁：禁閉 / 拘禁 / 囚禁。③法令或習俗不允許的事項：違禁品 / 令行禁止。④舊時稱皇帝居住的地方：禁軍 / 宮禁。

【組詞】禁毒 / 禁錮 / 禁忌 / 監禁 / 嚴禁

**盡|尽** 曾 jìn 粵 zeon6 燼 倉 LMFBT
皿部，14 畫。

【釋義】①完：取之不盡 / 說不盡的好處。②達到極端：盡頭 / 盡善盡美。③全部用出：盡力 / 盡心。④竭力完成：盡責 / 盡職。⑤全，所有的：盡人皆知 / 應有盡有。⑥死亡：自盡 / 同歸於盡。

【組詞】盡情 / 盡興 / 不盡 / 竭盡 / 窮盡 / 詳盡

【成語】盡力而為 / 盡心竭力 / 盡忠職守 / 趕盡殺絕 / 苦盡甘來 / 鞠躬盡瘁 / 筋疲力盡 / 山窮水盡 / 一網打盡 / 一言難盡

**噤** 曾 jìn 粵 gam3 禁 倉 RDDF
口部，16 畫。

【釋義】①閉口不出聲：噤聲 / 噤若寒蟬。②因寒冷而渾身哆嗦：寒噤。

**燼|烬** 曾 jìn 粵 zeon6 盡 倉 FLMT
火部，18 畫。

【釋義】物體燃燒後剩餘的東西：灰燼 / 餘燼。

---

## jīng

**京** 曾 jīng 粵 ging1 經 倉 YRF
宀部，8 畫。

【釋義】① 首都：京城 / 京師。② 指北京。

**荊**　曾 jīng　粵 ging1 京　倉 TMTN
艸部，10 畫。

【釋義】灌木，花小，藍紫色。枝條可用來編
筐、籃等。

【組詞】荊棘

【成語】負荊請罪

**旌**　曾 jīng　粵 zing1 晶　倉 YSOHM
方部，11 畫。

【釋義】古代用羽毛裝飾的旗幟，泛指旗子：
旌旗。

**莖**｜茎　曾 jīng　粵 ging3 敬　倉 TMVM
艸部，11 畫。

【釋義】① 植物體的一部分，下部和根連接，
上部一般生有葉、花和果實。莖起支持的作
用，又能輸送水分和養料。② 像莖的東西：
陰莖。

【組詞】花莖

**晶**　曾 jīng　粵 zing1 征　倉 AAA
日部，12 畫。

【釋義】① 光亮，明淨：晶瑩 / 亮晶晶。② 水
晶，一種礦物，堅硬透明，種類很多：茶晶 /
墨晶。③ 晶體，原子、離子、分子按一定
的空間位置排列而成，並具有規則外形的固
體：結晶 / 液晶。

【組詞】水晶

**粳**　曾 jīng　粵 gang1 庚　倉 FDMLK
米部，13 畫。

【釋義】粳稻，一種矮稈的水稻，米粒短而粗。

**睛**　曾 jīng　粵 zing1 晶　倉 BUQMB
目部，13 畫。

【釋義】眼珠：畫龍點睛。

【組詞】定睛 / 眼睛

【成語】目不轉睛

**經**｜经　曾 jīng　粵 ging1 京
倉 VFMVM
糸部，13 畫。

【釋義】① 織物上縱向的紗或線（跟「緯」相
對）：經紗 / 經線。② 中醫指人體內氣血運行
通路的主幹：經絡。③ 經度，地球表面東西
距離的度數：東經 / 西經。④ 經營，治理：
經商 / 經國大業。⑤ 歷久不變的，正常：經
常 / 不經之談（荒唐無稽的話）。⑥ 經典：佛
經 / 四書五經。⑦ 月經：經期 / 經血不調。
⑧ 經過：經歷 / 經手。⑨ 禁受，承受：經受 /
經得起考驗。

【組詞】經費 / 經濟 / 經脈 / 經驗 / 財經 / 曾經 /
歷經 / 途徑 / 已經

【成語】經年累月 / 經驗之談 / 身經百戰 / 天經
地義 / 引經據典 / 漫不經心 / 一本正經

**精**　曾 jīng　粵 zing1 偵　倉 FDQMB
米部，14 畫。

【釋義】① 經過提煉或挑選的：精米 / 精鹽。
② 提煉出來的精華：酒精 / 味精。③ 完美，
最好：精彩 / 精銳 / 精益求精。④ 細（跟「粗」
相對）：精巧 / 精細。⑤ 機靈心細：精明。
⑥ 精通：精於書法。⑦ 精神，精力：精疲力
竭 / 聚精會神。⑧ 精液，精子：受精 / 遺精。
⑨ 妖精：精靈。⑩ 方言。十分，非常，完
全：精瘦 / 錢輸個精光。

【組詞】精良 / 精美 / 精密 / 精品 / 精確 / 精髓 /
精心 / 精英 / 精湛 / 精緻

【成語】精打細算 / 精雕細琢 / 精明強幹 / 沒精
打采 / 養精蓄銳 / 博大精深

競 ⓟ jīng ⓒ ging1 京 ⓒ JUJRU
儿部，14 畫。

【釋義】〔競競〕形容小心謹慎的樣子。
【成語】競競業業 / 戰戰競競

鯨|鲸 ⓟ jīng ⓒ king4 擎
ⓒ NFYRF
魚部，19 畫。

【釋義】哺乳動物，外形像魚，生活在海洋
中，胎生，用肺呼吸，種類很多。是目前世
界上最大的一類動物。俗稱鯨魚。

驚|惊 ⓟ jīng ⓒ ging1 京
ⓒ TKSQF
馬部，23 畫。

【釋義】①由於突然的刺激而精神緊張：驚奇 /
驚訝 / 膽戰心驚。②驚動：驚擾 / 打草驚蛇。
③騾馬因害怕而狂奔不受控制：馬驚了。
【組詞】驚駭 / 驚慌 / 驚人 / 驚歎 / 驚喜 / 驚險 /
驚醒 / 驚異 / 吃驚 / 震驚
【成語】驚弓之鳥 / 驚惶失措 / 驚天動地 / 驚心
動魄 / 觸目驚心 / 一鳴驚人 / 大吃一驚 / 受寵
若驚

井 ⓟ jīng ⓒ zing2 整 Ⓧ zeng2 鄭二聲
ⓒ TT
二部，4 畫。

【釋義】①從地面往下鑿成的能取水的深洞：
枯井 / 水井。②形狀像井的東西：礦井 / 天
井。③形容整齊：井然 / 井井有條。④人
口聚居地或鄉里：市井 / 離鄉背井。⑤星宿
名，二十八宿之一。
【成語】井底之蛙 / 落井下石 / 坐井觀天

阱 ⓟ jīng ⓒ zing6 靜 ⓒ NLTT
阜部，7 畫。

【釋義】捕捉野獸的陷坑：陷阱（常比喻害人的
圈套）。

景 ⓟ jīng ⓒ ging2 竟 ⓒ AYRF
日部，12 畫。

【釋義】①景致，風景：景色 / 景物 / 雪景。
②情形，情況：景況 / 情景。③劇的佈景
和攝影棚外的景物：內景 / 外景。④尊敬，
佩服：景慕 / 景仰。
【組詞】景點 / 景觀 / 景象 / 背景 / 光景 / 美景 /
奇景 / 前景 / 夜景
【成語】觸景生情 / 良辰美景

憬 ⓟ jīng ⓒ ging2 竟 ⓒ PAYF
心部，15 畫。

【釋義】〔憧憬〕見48頁chōng「憧」。

儆 ⓟ jīng ⓒ ging2 竟 ⓒ OTRK
人部，15 畫。

【釋義】事先告誡，使人警醒，從而避免犯錯
誤：以儆效尤 / 殺雞儆猴。

頸|颈 ⓟ jīng ⓒ geng2 鏡二聲
ⓒ MMMBC
頁部，16 畫。

【釋義】①脖子：頸項 / 頸椎 / 長頸鹿。②器
物上像脖子的部分：瓶頸。

警 ⓟ jīng ⓒ ging2 竟 ⓒ TKYMR
言部，20 畫。

【釋義】①戒備：警戒／警惕。②（感覺）敏銳：警覺／機警。③使人注意（情況嚴重），告誡：警告／懲一警百。④危險緊急的情況或事情：報警／火警。⑤警察的簡稱：刑警／交通警。

【組詞】警報／警方／警示／警衛／警醒／警員

---

**勁 | 劲**　⑧ jing　⑨ ging6 競　⊗ ging3 敬　⑱ MMKS
力部，9 畫。

▲另見180頁 jìn。

【釋義】堅強有力：剛勁／強勁。

【組詞】疾風勁草

---

**徑 | 径**　⑧ jing　⑨ ging3 敬　⑱ HOMVM
彳部，10 畫。

【釋義】①狹窄的道路，小路：路徑／山徑。②比喻達到目的的方法：捷徑／門徑。③直徑的簡稱：半徑／口徑。④徑直，直接。也作「逕」：徑自／徑入水中。

【組詞】田徑／途徑／行徑／直徑

【成語】曲徑通幽／大相徑庭

---

**淨 | 净**　⑧ jing　⑨ zing6 靜　⑱ EBSD
水部，11 畫。

【釋義】①清潔，乾淨：淨水／潔淨。②擦洗乾淨：淨手。③沒有剩餘：淨盡／一乾二淨。④純粹的：淨利／淨身。⑤只是，全部：地上淨是樹葉／不要淨看自己的長處。

【組詞】淨化／純淨／乾淨／明淨

---

**竟**　⑧ jing　⑨ ging2 景　⑱ YTAHU
音部，11 畫。

【釋義】①完畢：未竟之業。②終於，到底：有志者事竟成。③表示出乎意料：想不到事情竟如此簡單。

【組詞】竟然／畢竟／究竟

---

**脛 | 胫**　⑧ jing　⑨ ging3 徑　⑱ BMVM
肉部，11 畫。

【釋義】從膝蓋到踝骨的部分，俗稱小腿：脛骨／不脛而走（比喻事物迅速傳播）。

---

**痙 | 痉**　⑧ jing　⑨ ging6 競　⑱ KMVM
疒部，12 畫。

【釋義】〔痙攣〕（攣：⑧luán ⑨lyun4 聯）肌肉緊張而不由自主地突然收縮，多因中樞神經系統受刺激而引起，俗稱抽筋。

---

**靖**　⑧ jing　⑨ zing6 靜　⑱ YTQMB
青部，13 畫。

【釋義】①沒有變故或動亂，平安：寧靖／地方安靖。②使秩序安定，平定（變亂）：靖亂／平靖／綏靖。

---

**敬**　⑧ jing　⑨ ging3 徑　⑱ TROK
攴部，13 畫。

【釋義】①尊敬，重視而有禮貌地對待：敬愛／致敬。②恭敬，態度謹慎而有禮貌：敬贈／敬請指教。③有禮貌地送上（飲食或物品）：敬茶／敬酒。

【組詞】敬佩／敬畏／敬仰／敬業／敬意／敬重／崇敬／可敬／孝敬／尊敬

【成語】敬而遠之／敬若神明／敬業樂羣／相敬如賓／畢恭畢敬／肅然起敬

境 🔊jìng 🔊ging2 景 🔊GYTU
土部，14畫。

【釋義】①疆界，邊界：國境 / 大兵壓境。
②地方，區域：仙境 / 漸入佳境。③境況，
境地：處境 / 家境。
【組詞】境界 / 境況 / 邊境 / 環境 / 絕境 / 困境 /
逆境 / 順境 / 心境 / 意境
【成語】事過境遷 / 身臨其境 / 永無止境

靜 ｜静 🔊jìng 🔊zing6 淨
🔊QBBSD
青部，16畫。

【釋義】①安定不動（跟「動」相對）：靜態 / 靜
坐。②沒有聲響：寂靜 / 夜深人靜。③使平
靜或安靜：靜下心來 / 大家靜一靜。
【組詞】靜止 / 沉靜 / 動靜 / 冷靜 / 寧靜 / 清靜 /
文靜 / 靜悄悄
【成語】平心靜氣 / 風平浪靜

鏡 ｜镜 🔊jìng 🔊geng3 頸三聲
🔊CYTU
金部，19畫。

【釋義】①鏡子，能照見形象的器具：明鏡 /
波平如鏡。②利用光學原理製成的幫助視力
或做光學實驗用的器具：墨鏡 / 眼鏡 / 望遠
鏡 / 顯微鏡。
【組詞】鏡框 / 鏡頭 / 鏡子
【成語】鏡花水月 / 破鏡重圓

競 ｜竞 🔊jìng 🔊ging6 痙
🔊YUYTU
立部，20畫。

【釋義】互相比賽，爭取優勝：競技 / 競選 /
競走。
【組詞】競賽 / 競投 / 競爭

———— jiong ————

炯 🔊jiǒng 🔊gwing2 迥 🔊FBR
火部，9畫。

【釋義】〔炯炯〕明亮，光明：炯炯有神 / 目光
炯炯。

迥 🔊jiǒng 🔊gwing2 炯 🔊YBR
辵部，9畫。

【釋義】①路途遙遠：山高路迥。②相差很
遠，差距很大：迥異 / 迥然不同。

窘 🔊jiǒng 🔊kwan3 困 🔊JCSKR
穴部，12畫。

【釋義】①窮困：窘困 / 窘迫。②為難：窘況 /
窘態 / 陷於窘境。
【組詞】窘境 / 困窘

———— jiu ————

究 🔊jiū 🔊gau3 夠 🔊JCKN
穴部，7畫。

【釋義】①仔細推求，追查：研究 / 尋根究
底 / 違法必究。②到底，究竟：究竟應如何
處置？
【組詞】究竟 / 講究 / 考究 / 深究 / 探究 / 終究 /
追究

糾 ｜纠 🔊jiū 🔊gau2 九 🔊VFVL
糸部，8畫。

【釋義】①纏繞：糾纏 / 糾紛。②集合：糾
合 / 糾集。③改正（缺點、錯誤）：糾正 / 有錯
必糾。
【成語】糾纏不清

**赳** 普 jiǔ 粵 gau2 九 又 dau2 斗
倉 GOVL
走部，9畫。

【釋義】〔赳赳〕健壯威武的樣子：雄赳赳。

**揪** 普 jiū 粵 zau1 周 倉 QHDF
手部，12畫。

【釋義】緊緊地抓住或拉着：揪辮子 / 揪耳朵。

**鳩**｜鸠 普 jiū 粵 gau1 久一聲
倉 KNHAF
鳥部，13畫。

【釋義】斑鳩、雉鳩(雉：zhì 粵 zi6 自)一類鳥的統稱。
【成語】鳩佔鵲巢

**九** 普 jiǔ 粵 gau2 久 倉 KN
乙部，2畫。

【釋義】①數目字，八加一後所得。②表示多次或多數：九牛一毛 / 九死一生 / 九霄雲外。
【成語】十拿九穩 / 一言九鼎

**久** 普 jiǔ 粵 gau2 狗 倉 NO
丿部，3畫。

【釋義】①時間長(跟「暫」相對)：久留 / 久遠 / 悠久。②時間的長短：來了多久？ / 住了三年之久。
【組詞】久遠 / 不久 / 長久 / 持久 / 許久 / 永久
【成語】久而久之 / 經久不息 / 長治久安 / 天長地久

**玖** 普 jiǔ 粵 gau2 久 倉 MGNO
玉部，7畫。

【釋義】①數目字「九」的大寫。②一種像玉的淺黑色石頭。

**灸** 普 jiǔ 粵 gau3 究 倉 NOF
火部，7畫。

【釋義】中醫的一種治療方法，用燃燒的艾絨等熏烤一定的穴位或患處：針灸。

**韭** 普 jiǔ 粵 gau2 九 倉 LMMM
韭部，9畫。

【釋義】韭菜，草本植物，葉子細長，是普通蔬菜。

**酒** 普 jiǔ 粵 zau2 走 倉 EMCW
酉部，10畫。

【釋義】糧食、水果等經發酵製成的含酒精的飲料：白酒 / 果酒 / 啤酒。
【組詞】酒菜 / 酒量 / 酒樓 / 酒席 / 敬酒 / 美酒 / 酗酒
【成語】酒池肉林 / 酒肉朋友 / 酒足飯飽 / 花天酒地

**臼** 普 jiù 粵 kau5 舅 倉 HX
臼部，6畫。

【釋義】①搗米的器具，用石頭或木頭製成，中部凹下：杵臼 / 石臼。②形狀像臼的：臼齒。

**疚** 普 jiù 粵 gau3 究 倉 KNO
疒部，8畫。

【釋義】因自己的過失而感到不安、痛苦：負疚 / 內疚。
【組詞】愧疚 / 歉疚

**咎** 普 jiù 粵 gau3 究 倉 HOR
口部，8畫。

【釋義】①罪責，過錯：咎由自取 / 引咎辭職。②責備，處分，追究：既往不咎。

# 枢 <sup>普</sup> jiū <sup>粵</sup> gau6 舊 <sup>倉</sup> DSNO
木部，9畫。

【釋義】裝殮屍體的棺材：靈枢。

# 救 <sup>普</sup> jiù <sup>粵</sup> gau3 夠 <sup>倉</sup> IEOK
支部，11畫。

求 救

【釋義】援助使脫離災難或危險：救災／挽救。
【組詞】救濟／救命／救難／救援／補救／急救／解救／搶救／求救／拯救
【成語】救苦救難／救死扶傷／見死不救

# 就 <sup>普</sup> jiù <sup>粵</sup> zau6 宙 <sup>倉</sup> YFIKU
尤部，12畫。

就 宁 京 就

【釋義】①湊近，靠近：遷就／就着燈光看書。②到，開始從事：就讀／就職。③完成，確定：成就／功成名就。④兩種食物挨着吃或喝：吃飯就菜／花生就酒。⑤趁着（當前的便利）：就便／就近。⑥表示動作的對象或話題的範圍：就事論事／就兄弟姐妹來說，小弟最好動。⑦表示強調或肯定：這麼一來就好辦了。⑧在選擇句中跟否定詞相呼應：不是他去，就是我去。⑨表示在很短的時間內：她就要結婚了／大雨晚上就停了。⑩表示在某種條件或情況下怎麼樣：誰願意去誰就去／只要努力就能成功。⑪僅僅，只：這件事就他一個人知道。⑫即使，表示假設：這些東西你就是送我，我也不要。
【組詞】就地／就任／就是／就算／就位／就緒／就學／就醫／就座／將就
【成語】就地取材／按部就班／將錯就錯／將計就計

# 廐 ｜厩 <sup>普</sup> jiù <sup>粵</sup> gau3 究 <sup>倉</sup> IHPU
广部，12畫。

【釋義】馬棚，泛指牲口棚：馬廐。

# 舅 <sup>普</sup> jiù <sup>粵</sup> kau5 臼 <sup>倉</sup> HXWKS
臼部，13畫。

舅 舅 舅 舅 舅

【釋義】①母親的兄弟：舅舅／舅媽。②妻子的兄弟：妻舅／小舅子。
【組詞】舅父／舅母

# 舊 ｜旧 <sup>普</sup> jiù <sup>粵</sup> gau6 久六聲 <sup>倉</sup> TOGX
臼部，18畫。

舊 萑 舊 舊 舊

【釋義】①過去的，過時的：舊社會／舊時代。②因長期放置或經過使用而變色或變形的：舊書／舊衣服。③以往的，從前的：舊居／舊址。④老交情，老朋友：舊交／舊友／懷舊。
【組詞】舊式／陳舊／古舊／念舊／破舊／仍舊／守舊／依舊
【成語】舊地重遊／喜新厭舊／因循守舊

## ju

# 車 ｜车 <sup>普</sup> jū <sup>粵</sup> geoi1 居 <sup>倉</sup> JWJ
車部，7畫。

車 百 亘 車 車

▲另見41頁 chē。
【釋義】象棋中「車」的棋子。
【組詞】棄車保帥

# 拘 <sup>普</sup> jū <sup>粵</sup> keoi1 俱 <sup>倉</sup> QPR
手部，8畫。

拘 扚 拘 拘 拘

【釋義】①逮捕或拘留：拘捕／拘禁。②拘束，過分限制和約束：拘謹／無拘無束。③不變通：拘泥。④限制：不拘一格／多少不拘。
【組詞】拘留／拘束

**狙** 普jū 粵zeoi1 追 倉KHBM
犬部，8畫。

【釋義】〔狙擊〕埋伏起來伺機襲擊敵人：狙擊手。

**居** 普jū 粵geoi1 舉一聲 倉SJR
尸部，8畫。

【釋義】①住：居民／居住。②住的地方，住所：故居／遷居。③在（某種位置）：居中／後來居上。④佔，佔據：贊成居多／二者必居其一。⑤當，任：居功自傲／以專家自居。⑥積蓄，存：囤積居奇／奇貨可居。⑦用作某些商店的名稱（多為飯館）：砂鍋居（在北京）。
【組詞】居所／定居／家居／鄰居／起居／移居／隱居
【成語】居安思危／居高臨下／居心叵測／安居樂業／深居簡出／後來居上

**掬** 普jū 粵guk1 菊 倉QPFD
手部，11畫。

【釋義】用手捧起來：笑容可掬（形容笑得明顯）。

**駒｜驹** 普jū 粵keoi1 俱 倉SFPR
馬部，15畫。

【釋義】①少壯的馬：千里駒。②初生的或不滿一歲的騾、馬、驢：馬駒子。
【成語】白駒過隙

**鞠** 普jū 粵guk1 谷 倉TJPFD
革部，17畫。

【釋義】彎曲：鞠躬。
【成語】鞠躬盡瘁

**局** 普jū 粵guk6 焗 倉SSR
尸部，7畫。

【釋義】①棋盤：棋局。②棋賽或其他比賽：對局／開局。③形勢，情況，處境：局面／結局／當局者迷。④稱某些聚會：飯局。⑤圈套：騙局。⑥拘束：局限。⑦部分：局部。⑧機關、單位、機構等的名稱：書局／郵局／教育局。⑨下棋或其他比賽一次叫一局：一局棋／五局三勝。
【組詞】局勢／佈局／殘局／大局／定局／僵局／戰局
【成語】顧全大局

**桔** 普jú 粵gat1 吉 倉DGR
木部，10畫。

【釋義】「橘」俗作桔。
【組詞】桔子

**菊** 普jú 粵guk1 谷 倉TPFD
艸部，12畫。

【釋義】菊花，草本植物，秋季開花，花瓣條狀。品種很多，供觀賞，有的品種可入藥。
【成語】春蘭秋菊

**橘** 普jú 粵gwat1 骨 倉DNHB
木部，16畫。

【釋義】喬木，果實扁球形，果皮紅黃色，果肉多汁，味酸甜。果皮、種子、樹葉等中醫可入藥。
【組詞】橘柑／橘紅／橘黃／橘子／柑橘

**沮** 普jǔ 粵zeoi2 咀 倉EBM
水部，8畫。

【釋義】（氣色）敗壞：沮喪。

**咀** 普jǔ 粵zeoi2 嘴 倉RBM
口部，8畫。

咀 叩 咀 咀 咀

【釋義】含在嘴裏慢慢地嚼並仔細地品味：咀嚼／含英咀華（比喻讀書時仔細品味文章的精彩內容）。

矩 ⓟjǔ ⓒ geoi2 舉 ⓒOKSS
矢部，10畫。

矢 矩 矩 矩 矩

【釋義】①畫直角或方形用的曲尺：矩尺。②法度，規則：循規蹈矩。
【組詞】規矩
【成語】中規中矩

舉｜举 ⓟjǔ ⓒgeoi2 矩 ⓒHCQ
臼部，16畫。

舉 舉 與 舉 舉

【釋義】①往上托，往上伸：舉起／舉重。②動作，行為：舉動／壯舉／一舉兩得。③興起，發起：舉辦／舉兵／百廢待舉。④推選，推薦：推舉／選舉。⑤提出：舉例／列舉／不勝枚舉。⑥全：舉國歡騰／舉世無雙。
【組詞】舉報／舉行／舉止／創舉／大舉／高舉／檢舉／盛舉
【成語】舉步如飛／舉目無親／舉棋不定／舉一反三／舉足輕重／輕舉妄動／一舉一動／言談舉止／多此一舉／輕而易舉

巨 ⓟjù ⓒgeoi6 具 ⓒSS
工部，5畫。

匚 匚 匚 巨 巨

【釋義】很大：巨變／巨款／巨型。
【組詞】巨大／巨浪／巨人／巨星／巨作／艱巨

句 ⓟjù ⓒgeoi3 據 ⓒPR
口部，5畫。

句 勹 勹 句 句

【釋義】①句子，用詞和詞組構成、能表達一個完整意思的語言單位：佳句／語句。②表示單位。用於語言：兩句詩／三句話。
【組詞】句子／病句／例句／名句／詩句／造句／字句
【成語】字斟句酌

拒 ⓟjù ⓒkeoi5 距 ⓒQSS
手部，8畫。

扌 拒 拒 拒 拒

【釋義】①抵抗，抵擋：抗拒。②不接受，不答應：拒絕／來者不拒。
【組詞】拒捕／拒載

具 ⓟjù ⓒgeoi6 巨 ⓒBMMC
八部，8畫。

冂 且 具 具 具

【釋義】①用具，器物：餐具／器具／文具。②具有，備有：具備／各具特色。③表示單位。用於棺材、屍體和某些器物：一具屍體。
【組詞】具體／具有／道具／工具／面具／玩具／用具
【成語】別具一格／獨具匠心

炬 ⓟjù ⓒgeoi6 具 ⓒFSS
火部，9畫。

火 炬 炬 炬 炬

【釋義】火把：火炬／目光如炬。
【成語】付之一炬

俱 ⓟjù ⓒkeoi1 拘 ⓒOBMC
人部，10畫。

俱 仴 俱 俱 俱

【釋義】全，都：百廢俱興／一應俱全。

【成語】兩敗俱傷／面面俱到／聲色俱厲／與日俱增

## 倨 ❸jù ❷geoi3 據 ❸OSJR
人部，10畫。

【釋義】傲慢：倨傲無禮／前倨後恭。

## 距 ❸jù ❷keoi5 拒 ❸RMSS
足部，12畫。

【釋義】①空間或時間上相隔：距今已有三年。②相隔的長度：差距／行距。

【組詞】距離／相距

## 聚｜聚 ❸jù ❷zeoi6 序 ❸SEOOO
耳部，14畫。

【釋義】集合，湊在一起：聚餐／凝聚／物以類聚。

【組詞】聚會／聚集／聚焦／聚居／積聚／團聚

【成語】聚精會神

## 劇｜剧 ❸jù ❷kek6 屐 ❸YOLN
刀部，15畫。

【釋義】①厲害，猛烈：劇烈／劇痛。②戲劇：劇照／話劇。

【組詞】劇本／劇場／劇集／劇情／悲劇／編劇／急劇／加劇／戲劇

## 踞 ❸jù ❷geoi3 據 ❸RMSJR
足部，15畫。

【釋義】①蹲或坐：高踞／龍盤虎踞。②佔據：盤踞。

## 據｜据 ❸jù ❷geoi3 句 ❸QYPO
手部，16畫。

【釋義】①佔據：據為己有。②憑藉，依靠：據點／據險固守。③按照，依據：據說／引經據典。④可以用作證明的事物：憑據／證據／真憑實據。

【組詞】據悉／根據／論據／收據／依據／佔據

【成語】據理力爭

## 鋸｜锯 ❸jù ❷geoi3 句 ❸CSJR
金部，16畫。

【釋義】①一種割開木料、石料、鋼材等的工具，主要部分是具有許多尖齒的薄鋼片：電鋸。②用鋸割開：鋸樹。

【組詞】鋸齒／鋸子／拉鋸

## 颶｜飓 ❸jù ❷geoi6 巨 ❸HNBMC
風部，17畫。

【釋義】〔颶風〕發生在大西洋西部的熱帶氣旋，是一種極為強烈的風暴。

## 懼｜惧 ❸jù ❷geoi6 巨 ❸PBUG
心部，21畫。

【釋義】害怕：恐懼／畏懼。

【組詞】懼怕／懼色／憂懼

【成語】臨危不懼／無所畏懼

---

## juan

## 涓 ❸juān ❷gyun1 娟 ❸ERB
水部，10畫。

【釋義】①細小的流水：涓滴。②〔涓涓〕細小慢流的樣子：涓涓細流。

**捐** 🔊 juān 🔊 gyun1 娟 🔊 QRB
手部，10 畫。

**捐 捐 捐**

【釋義】①捨棄，拋棄：捐棄／捐軀。②獻出：捐獻／捐贈／捐助／募捐。③稅收的一種名稱：上捐／苛捐雜稅。
【成語】捐軀報國／捐軀赴難

**娟** 🔊 juān 🔊 gyun1 捐 🔊 VRB
女部，10 畫。
【釋義】秀麗，美好：娟秀／嬋娟。

**鵑**｜鹃 🔊 juān 🔊 gyun1 捐
🔊 RBHAF
鳥部，18 畫。

**鵑 鵑 鵑 鵑 鵑**

【釋義】〔杜鵑〕①鳥名。一般多指布穀鳥，上體黑灰色，胸腹常有橫的斑點，吃毛蟲，是益鳥。②植物名。常綠或落葉灌木，春天開花，紅色，可供觀賞。又名映山紅。

**鐫**｜镌 🔊 juān 🔊 zyun1 尊
🔊 COGS
金部，20 畫。
【釋義】雕刻：鐫刻／鐫石。

**卷** 🔊 juǎn 🔊 gyun2 捲 🔊 FQSU
卩部，8 畫。

**卷 卷 关 卷**

▲ 另見本頁 juàn。
【釋義】①裹成圓筒形的東西：蛋卷／膠卷／紙卷。②表示單位。用於成卷的東西：一卷紙／兩卷膠卷。

**捲**｜卷 🔊 juǎn 🔊 gyun2 卷
🔊 QFQU
手部，11 畫。

**捲 捲 捲**

【釋義】①把東西裹成圓筒形：捲簾子／捲行李。②一種大的力量把東西掀起或裹住：捲入漩渦／狂風捲起巨浪。
【成語】捲土重來／風捲殘雲

**卷** 🔊 juàn 🔊 gyun2 捲 🔊 FQSU
卩部，8 畫。

**卷 关 关 卷**

▲ 另見本頁 juǎn。
【釋義】①書本，也指成軸的書畫作品：畫卷／手不釋卷。②古時書籍寫在帛或紙上，捲起來收藏，一部書可分成若干卷，後仍用來指全書的一部分：卷一／下卷／藏書萬卷。③考試寫答案的紙：考卷／閱卷。④機關裏保存的文件：卷宗／案卷。
【組詞】試卷／問卷
【成語】開卷有益

**倦** 🔊 juàn 🔊 gyun6 捐六聲 🔊 OFQU
人部，10 畫。

**倦 倦 倦 倦 倦**

【釋義】①疲乏：睏倦／疲倦。②厭倦：孜孜不倦。
【組詞】倦怠／倦容／倦色／倦意／厭倦
【成語】誨人不倦

**眷** 🔊 juàn 🔊 gyun3 絹 🔊 FQBU
目部，11 畫。
【釋義】①親屬：眷屬／家眷。②關心，懷念：眷顧／眷戀。

**圈** 🔊 juàn 🔊 gyun6 倦 🔊 WFQU
口部，11 畫。
▲ 另見 315 頁 quān。
【釋義】養豬羊等牲畜的建築，有棚和欄：羊圈／豬圈。

**雋**｜隽　⓿ juàn　⓿ syun5 損五聲
⓿ OGLMS
佳部，12畫。

【釋義】〔雋永〕形容言論、詩文等意味深長。

**絹**｜绢　⓿ juàn　⓿ gyun3 眷　⓿ VFRB
糸部，13畫。

【釋義】一種薄而堅韌的絲織品：手絹。

---

### jue

**撅**　⓿ juē　⓿ kyut3 決　⓿ QMTO
手部，15畫。

【釋義】翹起：撅嘴／撅着尾巴。

**決**｜决　⓿ jué　⓿ kyut3 缺　⓿ EDK
水部，7畫。

【釋義】①決定：決心／決意。②決定最後勝負／決賽／決鬥。③執行死刑：處決／槍決。④堤岸被水沖出缺口：決口／決堤。⑤肯定，一定（用在否定詞前面）：決不食言。
【組詞】決策／決勝／決議／裁決／否決／堅決／解決／判決
【成語】速戰速決／猶豫不決

**抉**　⓿ jué　⓿ kyut3 缺　⓿ QDK
手部，7畫。

【釋義】剔出，挑選：抉擇。

**角**　⓿ jué　⓿ gok3 各　⓿ NBG
角部，7畫。

▲另見172頁jiǎo。

【釋義】①角色，演員扮演的劇中人物：配角／主角。②戲曲演員根據角色類型劃分的類別：丑角／旦角。③較量，鬥爭：角力／角逐／口角。

**倔**　⓿ jué　⓿ gwat6 掘　⓿ OSUU
人部，10畫。

▲另見193頁juè。

【釋義】義同「倔」（juè，見193頁），只用於「倔強」。

**訣**｜诀　⓿ jué　⓿ kyut3 缺　⓿ YRDK
言部，11畫。

【釋義】①順口押韻、便於記誦的詞句：歌訣／口訣。②關鍵性的辦法，竅門：訣竅／祕訣。③分別：訣別／永訣。

**掘**　⓿ jué　⓿ gwat6 崛　⓿ QSUU
手部，11畫。

【釋義】刨，挖：掘井／挖掘。
【組詞】採掘／發掘／開掘

**崛**　⓿ jué　⓿ gwat6 掘　⓿ USUU
山部，11畫。

【釋義】〔崛起〕①（山峯等）突起，突出：高樓崛起。②興起，變得強大：他以科幻小說崛起於文壇。

**厥**　⓿ jué　⓿ kyut3 決　⓿ MTUO
厂部，12畫。

【釋義】①暈倒，失去知覺：昏厥／暈厥。②其，他的：大放厥詞。

**絕**｜绝　⓿ jué　⓿ zyut6 拙六聲
⓿ VFSHU
糸部，12畫。

【釋義】①斷絕：絕交 / 絕緣 / 空前絕後。②完全沒有了，窮盡：彈盡糧絕 / 趕盡殺絕。③走不通的，沒有出路的：絕境 / 絕路 / 絕處逢生。④死亡：絕命 / 悲痛欲絕。⑤獨一無二，特別出色：絕技 / 絕色美人。⑥極，最：絕佳 / 絕妙 / 絕大部分。⑦完全，絕對（用在否定詞前面）：絕無此意。⑧絕句，古詩的一種體裁，每首四句，每句五或七個字：七絕 / 五絕。

【組詞】絕頂 / 絕密 / 絕望 / 杜絕 / 隔絕 / 拒絕

【成語】絕無僅有 / 讚不絕口 / 深惡痛絕 / 滔滔不絕 / 源源不絕

---

**爵** 🔵 jué 🔵 zoek3 雀 🔵 BWLI
爪部，17 畫。

【釋義】爵位，君主國家貴族封號的等級：伯爵 / 公爵。

---

**譎** | 谲 🔵 jué 🔵 kyut3 缺 🔵 YRNHB
言部，19 畫。

【釋義】①欺詐，玩弄手段：譎詐。②奇特，怪異：詭譎 / 雲譎波詭。

---

**蹶** 🔵 jué 🔵 kyut3 缺 🔵 RMMTO
足部，19 畫。

【釋義】跌倒，摔倒，比喻遭受挫折或失敗：一蹶不振。

---

**矍** 🔵 jué 🔵 fok3 霍 🔵 BUOGE
目部，20 畫。

【釋義】①驚然看到而大吃一驚的樣子：矍然而起。②〔矍鑠〕（鑠：🔵shuò🔵soek3 削）形容老年人精神好，神采奕奕的樣子：精神矍鑠。

---

**嚼** 🔵 jué 🔵 zoek3 雀 🔵 RBWI
口部，20 畫。

▲另見 172 頁 jiáo；175 頁 jiào。

【釋義】義同「嚼」（jiáo，見 172 頁），用於某些合成詞和成語：咀嚼。

---

**覺** | 觉 🔵 jué 🔵 gok3 各 🔵 HBBUU
見部，20 畫。

▲另見 175 頁 jiào。

【釋義】①（器官）對外界刺激的感受和辨別：錯覺 / 感覺 / 視覺。②感到：覺得 / 察覺。③醒悟：覺悟 / 覺醒。

【組詞】覺察 / 觸覺 / 發覺 / 警覺 / 聽覺 / 醒覺 / 嗅覺 / 知覺 / 直覺 / 自覺

【成語】不知不覺 / 先知先覺

---

**攫** 🔵 jué 🔵 fok3 霍 🔵 QBUE
手部，23 畫。

【釋義】抓，奪：攫取 / 攫為己有。

---

**倔** 🔵 jué 🔵 gwat6 掘 🔵 OSUU
人部，10 畫。

▲另見 192 頁 jué。

【釋義】性子直，態度生硬：倔脾氣 / 倔頭倔腦。

---

## jun

**均** 🔵 jūn 🔵 gwan1 軍 🔵 GPIM
土部，7 畫。

【釋義】①均勻，相等：均衡 / 平均。②都，全：均告失敗 / 各項工作均已就緒。

【組詞】均等 / 均勻 / 年均 / 人均

【成語】勢均力敵

---

**君** 🔵 jūn 🔵 gwan1 軍 🔵 SKR
口部，7 畫。

君　君　君　君　君

【釋義】①君主：君王／國君。②對人的尊稱：諸君／請君入甕。③〔君子〕指人格高尚的人。
【組詞】君主／暴君／昏君
【成語】謙謙君子／正人君子

軍｜军　🔊jūn　🔡gwan1 君　💻BJWJ
車部，9畫。

軍　軍　軍　軍　軍

【釋義】①軍隊：軍艦／進軍／陸軍。②軍隊的編制單位，「師」的上一級：軍長。
【組詞】軍人／軍師／軍事／撤軍／將軍／援軍
【成語】軍令如山／異軍突起／橫掃千軍

菌　🔊jūn　🔡kwan2 捆　💻TWHD
艸部，12畫。

菌　菌　菌　菌　菌

▲另見本頁 jùn。
【釋義】低等植物的一大類，不開花，沒有莖葉，不含葉綠素，種類很多，如細菌、真菌等。
【組詞】病菌／殺菌

鈞｜钧　🔊jūn　🔡gwan1 君　💻CPIM
金部，12畫。
【釋義】①古代重量單位，一鈞等於三十斤：千鈞一髮／雷霆萬鈞。②敬辭，用於有關對方的事物或行為：鈞鑒／鈞啟。

俊　🔊jùn　🔡zeon3 進　💻OICE
人部，9畫。

俊　俊　俊　俊　俊

【釋義】①容貌秀麗：俊美／俊俏／俊秀／英俊。②才智出眾的：俊才／俊傑。

浚　🔊jùn　🔡zeon3 俊　💻EICE
水部，10畫。
【釋義】疏通(水道)，深挖：浚河／疏浚。

峻　🔊jùn　🔡zeon3 進　💻UICE
山部，10畫。

峻　峻　峻　峻　峻

【釋義】①(山)高大：峻峭／高峻／崇山峻嶺。②嚴厲：冷峻／嚴峻。
【組詞】陡峻／險峻

郡　🔊jùn　🔡gwan6 君六聲　💻SRNL
邑部，10畫。

尹　君　郡　郡　郡

【釋義】古代的地方行政區劃單位，秦朝以前郡比縣小，自秦朝起郡比縣大：郡守／郡縣。

竣　🔊jùn　🔡zeon3 進　💻YTICE
立部，12畫。

立　竣　竣　竣　竣

【釋義】完畢：竣工／告竣。

菌　🔊jùn　🔡kwan2 捆　💻TWHD
艸部，12畫。

菌　菌　菌　菌　菌

▲另見本頁 jūn。
【釋義】即蕈(蕈：🔊xùn　🔡cam5尋五聲)。蕈是生長在樹林裏或草地上的一類真菌，形狀略像傘，種類很多，有許多是可以吃的，如松蕈、香蕈；有的有毒不可以吃，如毒蠅蕈。
【組詞】野菌

駿｜骏　🔊jùn　🔡zeon3 俊　💻SFICE
馬部，17畫。
【釋義】好馬：駿馬。

# Kk

## ka

**咖** 🔊 kā 🔊 gaa3 嫁 🔊 RKSR
口部，8畫。

咖　叻　咖　咖　咖

▲另見108頁 gā。

【釋義】〔咖啡〕喬木或灌木，結漿果，深紅色，種子炒熟製成粉可做飲料。

**卡** ㊀ 🔊 kǎ 🔊 kaa1 崎鴉一聲 🔊 YMY
卜部，5畫。

卡　卡　卡　卡　卡

▲另見302頁 qiǎ。

【釋義】①運輸貨物、器材等的載重汽車：十輪卡車。②卡路里的簡稱，熱量單位，使1克純水的溫度升高1℃所需要的熱量就是1卡。

【組詞】卡車

㊁ 🔊 kǎ 🔊 kaat1 其壓一聲

【釋義】卡片的簡稱，上面記錄着各種信息：信用卡／資料卡。

【組詞】卡片／賀卡／聖誕卡

## kai

**揩** 🔊 kāi 🔊 haai1 鞋一聲 🔊 QPPA
手部，12畫。

【釋義】擦，抹：揩汗／揩拭。

**開｜开** 🔊 kāi 🔊 hoi 海一聲
🔊 ANMT
門部，12畫。

冃　門　開　開　開

【釋義】①打開（跟「關」「閉」相對）：開幕／開啟。②打通，開闢：開礦／開路。③（合攏或連接的東西）展開，分離：綻開／花開花落。④解除：開除／開戒／開脱。⑤發動或操縱（槍、炮、機器等）：開車／開槍。⑥創設：開辦／開工廠。⑦開始：開學／開演。⑧舉行：開會／召開。⑨寫出，列出：開價／開發票。⑩支付（工資、車費）：開銷／開支。⑪（液體）受熱而沸騰：白開水。⑫啟發：開導／開解。⑬用在動詞後面。(a)表示擴大或擴展：消息傳開了。(b)表示分開或離開：躲開／把窗户打開。⑭指十分之幾的比例：三七開。⑮印刷上指相當於整張紙的若干分之一：對開／十六開。

【組詞】開創／開端／開放／開闊／開朗／開展／避開／敞開／公開／盛開

【成語】開門見山／開天闢地／別開生面／大開眼界／眉開眼笑／信口開河／笑逐顏開

**慨** 🔊 kǎi 🔊 koi3 丐 🔊 PAIU
心部，12畫。

忄　恨　慨　慨　慨

【釋義】①憤怒，激昂：憤慨。②感慨，因有感觸而歎息：慨歎。③慷慨，不吝嗇：慨允（慨然允許）。

【組詞】感慨／慷慨

【成語】感慨萬千／慷慨就義

**凱｜凯** 🔊 kǎi 🔊 hoi2 海 🔊 UTHN
几部，12畫。

凱　豈　豈　凱　凱

【釋義】勝利的樂曲：凱歌／凱旋而歸。

【組詞】凱旋

**楷** 普 kǎi　粵 kaai2 卡解二聲　倉 DPPA
木部，13畫。
【釋義】①模範：楷模。②楷書，漢字的一種字體：正楷。

**鎧｜铠** 普 kǎi　粵 hoi2 海　倉 CUMT
金部，18畫。
【釋義】古代軍人作戰時穿的護身服，上面綴有金屬薄片：鎧甲。

**愾｜忾** 普 kài　粵 koi3 概　倉 POND
心部，13畫。
【釋義】憤恨：同仇敵愾。

## kan

**刊** 普 kān　粵 hon1 寒一聲　又 hon2 罕
倉 MJLN
刀部，5畫。

刋　刋　刊　刊　刊

【釋義】①古代指書版雕刻，現也指排印出版：刊行／創刊／宋刻本。②刊物，也指報紙上的某些專欄：副刊／期刊／月刊。③刪削，修改：刊誤。
【組詞】刊登／刊物／刊載／報刊／週刊

**看** 普 kān　粵 hon1 寒一聲　倉 HQBU
目部，9畫。

看　看　看　看　看

▲ 另見本頁 kàn。
【釋義】①守護照料：看護／看門。②看押，監視：看管罪犯。
【組詞】看管／看守

**勘** 普 kān　粵 ham3 瞰　倉 TVKS
力部，11畫。
【釋義】①校訂，核對：勘誤。②實地查看，探測：勘測／勘查。
【組詞】勘察／勘探／校勘

**堪** 普 kān　粵 ham1 勘一聲　倉 GTMV
土部，12畫。

堪　堪　堪　堪　堪

【釋義】①可以，能夠：堪當重任／不堪設想。②能忍受，經得起：難堪／不堪一擊／疲憊不堪。
【組詞】堪稱／不堪
【成語】苦不堪言／狼狽不堪

**坎** 普 kǎn　粵 ham2 砍　倉 GNO
土部，7畫。
【釋義】①八卦之一，代表水。②田野中高起像台階的東西：田坎／土坎。③〔坎坷〕(a)道路坑坑窪窪，高低不平：坎坷不平。(b)比喻不順利，不得志：人生坎坷。

**侃** 普 kǎn　粵 hon2 罕　倉 ORHU
人部，8畫。
【釋義】①理直氣壯，從容不迫：侃侃而談。②以言語戲弄，調笑：調侃。

**砍** 普 kǎn　粵 ham2 坎　倉 MRNO
石部，9畫。

砍　砍　砍　砍　砍

【釋義】①用刀、斧猛力把東西斷開：砍柴／砍伐。②削減，取消：砍價／從計劃中砍去兩個項目。

**檻｜槛** 普 kǎn　粵 laam6 艦　倉 DSIT
木部，18畫。
【釋義】〔門檻〕①用條形的木頭或石頭做成，貼近靠地面的門框安放的門限：跨過門檻。②條件，要求：那家公司的門檻很高。

**看** 普 kàn　粵 hon3 漢　倉 HQBU
目部，9畫。

看　看　看　看　看

▲ 另見本頁 kān。

【釋義】①使視線接觸人或物：看書／看電影。②觀察並判斷：看風使舵／你看這個主意怎麼樣？③訪問，探望：看望／看病人。④對待：看待／刮目相看。⑤診治：看病／看急診。⑥照料：看顧／照看。⑦決定於：這事全看你了。⑧表示試一試：想想看／嘗一嘗看。

【組詞】看法／看見／看來／看輕／看重／察看／觀看／收看

【成語】走馬看花／另眼相看

瞰 🔊 kàn 🔊 ham3 勘 🔊 BUMJK
目部，17 畫。

【釋義】從高處俯視，往下看：俯瞰／鳥瞰。

## kang

康 🔊 kāng 🔊 hong1 腔 🔊 ILE
广部，11 畫。

【釋義】①平安，身體好：安康／健康。②寬闊，平坦：康莊大道。③豐盛，富足：小康之家。

【組詞】康復／康樂／康泰

慷 🔊 kāng 🔊 hong2 康二聲 🔊 PILE
心部，14 畫。

【釋義】〔慷慨〕①情緒激昂：慷慨陳詞。②對人誠懇熱情，不吝嗇：慷慨解囊。

【成語】慷慨悲歌／慷慨激昂

糠 🔊 kāng 🔊 hong1 康 🔊 FDILE
米部，17 畫。

【釋義】稻、麥等作物子實脫下的皮或殼：米糠／吃糠嚥菜。

【組詞】糟糠

扛 🔊 káng 🔊 gong1 缸 🔊 QM
手部，6 畫。

【釋義】用肩膀承擔物體：扛着行李。

亢 🔊 kàng 🔊 kong3 抗 🔊 YHN
亠部，4 畫。

【釋義】①（聲音）高：高亢。②傲慢，高傲：他的態度不卑不亢。③極，過度：亢奮／亢旱。④星宿名，二十八宿之一。

伉 🔊 kàng 🔊 kong3 抗 🔊 OYHN
人部，6 畫。

【釋義】對等，相稱：伉儷（夫婦）。

抗 🔊 kàng 🔊 kong3 亢 🔊 QYHN
手部，7 畫。

【釋義】①抵抗，抵擋：抗災／對抗／反抗。②拒絕，不接受：違抗命令。③對等：抗衡／分庭抗禮。

【組詞】抗拒／抗議／抗爭／抵抗／違抗

炕 🔊 kàng 🔊 kong3 抗 🔊 FYHN
火部，8 畫。

【釋義】北方用磚或土坯砌成的長方台，睡覺用，下面有煙道，跟煙囪相通，可以燒火取暖。

## kao

考 🔊 kǎo 🔊 haau2 巧 🔊 JKYS
老部，6 畫。

【釋義】①測試，測驗：考場／考試。②檢查：考察／考勤。③推求，研究：考證／思考。

【組詞】考核／考究／考卷／考慮／考生／考問／考驗／報考／參考／查考

**拷** 普 kǎo 粵 haau2 考 倉 QJKS
手部，9畫。
【釋義】打（指用刑）：拷打／拷問。

**烤** 普 kǎo 粵 haau2 考 又 haau1 敲 倉 FJKS
火部，10畫。

【釋義】把東西挨近火使熟或乾燥：烤肉。
【組詞】燒烤

**銬｜铐** 普 kào 粵 kaau3 靠 倉 CJKS
金部，14畫。
【釋義】①束縛犯人兩手的刑具：手銬。②給犯人戴上手銬：把犯人銬起來。

**犒** 普 kào 粵 hou3 耗 倉 HQYRB
牛部，14畫。
【釋義】（用酒、食物或財物等）慰勞：犒勞／犒賞。

**靠** 普 kào 粵 kaau3 銬 倉 HGRLY
非部，15畫。

【釋義】①（人）坐着或站着時，身體的一部分重量由別人或物體支持着，倚靠：背靠背／靠在沙發上。②（物體）憑藉別的東西的支持立着或豎起來：梯子靠在牆上。③挨近，接近：靠岸／靠攏。④依仗：投靠／全靠大家努力。⑤信賴：可靠／靠不住。
【組詞】靠近／靠山／牢靠／依靠
【成語】無依無靠

## ke

**苛** 普 kē 粵 ho1 呵 倉 TMNR
艸部，9畫。

【釋義】①過於嚴厲：苛刻／苛求。②繁雜，瑣碎：苛捐雜稅。
【組詞】苛責

**柯** 普 kē 粵 o1 娿 倉 DMNR
木部，9畫。
【釋義】①草木的枝莖：交柯（枝條交錯）。②斧子的柄：斧柯。

**科** 普 kē 粵 fo1 蝌 倉 HDYJ
禾部，9畫。

【釋義】①學術或業務的類別：科目／文科／牙科。②機關、企業內部按工作性質分設的辦事部門：財務科。③生物的分類：貓科／杉科。④法律條文：金科玉律／作奸犯科。
【組詞】科學／科研／兒科／理科／外科／專科

**棵** 普 kē 粵 fo2 火 倉 DWD
木部，12畫。

【釋義】表示單位。多用於植物：一棵樹／一棵小草。

**窠** 普 kē 粵 fo1 科 倉 JCWD
穴部，13畫。
【釋義】昆蟲、鳥獸的巢穴：蜂窠／鳥窠。

**稞** 普 kē 粵 fo1 科 倉 HDWD
禾部，13畫。
【釋義】〔青稞〕大麥的一個變種，一年或二年生草本植物，成熟後種子跟殼分離，易脫落。產於西藏、青海等地。也叫稞麥、元麥、裸麥。

**磕** 普 kē 粵 hap6 合 倉 MRGIT
石部，15畫。
【釋義】①撞在硬東西上：磕碰／碗邊磕掉一塊。②把盛東西的器物向地上或較硬的東西上撞，使附着在上面的東西掉下來：磕掉鞋底的泥。

**瞌** 🀄 kē 🔸 hap6 合 🔶 BUGIT
目部，15 畫。

| 目 | 瞌 | 瞌 | 瞌 | 瞌 |

【釋義】〔瞌睡〕由於睏倦而進入睡眠或半睡眠狀態：打瞌睡。

**蜎** 🀄 kē 🔸 fo1 科 🔶 LIHDJ
虫部，15 畫。

【釋義】〔蜎蚪〕蛙或蟾蜍的幼體，黑色，橢圓形，像小魚，有鰓和尾，生活在水中。

**顆**｜颗 🀄 kē 🔸 fo2 火 🔶 WDMBC
頁部，17 畫。

| 果 | 顆 | 顆 | 顆 | 顆 |

【釋義】表示單位。多用於顆粒狀 (小而圓) 的東西：一顆黃豆 / 一顆珍珠。

**咳** 🀄 ké 🔸 kat1 卡乞一聲 🔶 RYVO
口部，9 畫。

| 口 | 咳 | 咳 | 咳 | 咳 |

▲另見 129 頁 hāi。

【釋義】咳嗽：乾咳 / 止咳 / 百日咳。

**殼**｜壳 🀄 ké 🔸 hok3 學三聲
🔶 GNHNE
殳部，12 畫。

| 壳 | 壳 | 殼 | 殼 | 殼 |

▲另見 307 頁 qiào。

【釋義】義同「殼」(qiào，見 307 頁)：貝殼 / 蛋殼。

【組詞】彈殼 / 外殼

**可** 🀄 kě 🔸 ho2 何二聲 🔶 MNR
口部，5 畫。

| 一 | 丁 | 可 | 可 | 可 |

【釋義】①表示同意，允許：認可 / 許可 / 不置可否。②表示可能，可以：可大可小 / 由此可見。③表示值得：可愛 / 可觀 / 可貴。④適合：可口。⑤表示轉折：文字雖短，可內容不錯。⑥表示強調：節目可精彩啦！⑦表示反問：人人都這樣說，可誰見過呢？⑧表示疑問：你可曾想到後果？

【組詞】可恥 / 可否 / 可憐 / 可怕 / 可是 / 可謂 / 可惡 / 可惜 / 可笑 / 可疑

【成語】不可或缺 / 不可一世 / 適可而止 / 無可厚非 / 無可奈何 / 忍無可忍 / 無懈可擊 / 有機可乘

**坷** 🀄 kě 🔸 ho2 可 🔶 GMNR
土部，8 畫。

【釋義】〔坎坷〕見 196 頁 kǎn「坎」。

**渴** 🀄 kě 🔸 hot3 喝 🔶 EAPV
水部，12 畫。

| 渴 | 渴 | 渴 | 渴 | 渴 |

【釋義】①口乾想喝水：解渴。②迫切地：渴求。

【組詞】渴望 / 口渴

【成語】望梅止渴

**克** 🀄 kè 🔸 hak1 刻 🔶 JRHU
儿部，7 畫。

| 十 | 古 | 克 | 克 | 克 |

【釋義】①能：克勤克儉 / 不克分身出席。②克服，克制：克己奉公 / 以柔克剛。③攻下據點，戰勝：攻克 / 克敵制勝。④重量或質量單位，1000 克等於 1 公斤。

【組詞】克服 / 克制

**刻** 🀄 kè 🔸 hak1 克 🔶 YOLN
刀部，8 畫。

**刻** 🔊 kè 🔊 hak1 克 🔊 YOKN 刀部，8畫。

【釋義】①用刀子在竹木、玉石、金屬等上面雕成花紋、文字等：雕刻 / 篆刻 / 刻石 / 刻字。②古代用漏壺記時，一晝夜共一百刻。現在用鐘錶計時，十五分鐘為一刻：五點一刻。③時間：即刻 / 此時此刻。④形容程度極深：刻苦 / 深刻。⑤無情地過分苛求：刻薄 / 苛刻。

【組詞】刻板 / 刻毒 / 刻畫 / 刻意 / 此刻 / 立刻 / 片刻 / 頃刻 / 時刻

【成語】刻不容緩 / 刻骨銘心 / 刻舟求劍 / 時時刻刻

**客** 🔊 kè 🔊 haak3 嚇 🔊 JHER 宀部，9畫。

【釋義】①客人（跟「主」相對）：賓客 / 會客。②顧客：客機 / 客滿 / 乘客。③寄居或遷居外地的（人）：客居 / 客死異鄉。④某些四處奔走從事某種活動的人：説客 / 政客。⑤在人類意識外獨立存在的：客觀 / 客體。⑥表示單位。用於一份份賣的食品：一客燒賣。

【組詞】客房 / 客氣 / 客人 / 常客 / 顧客 / 會客 / 旅客 / 請客

【成語】反客為主 / 不速之客

**恪** 🔊 kè 🔊 kok3 確 🔊 PHER 心部，9畫。

【釋義】恭敬，謹慎：恪守 / 恪盡孝道。

**剋** | 克 🔊 kè 🔊 hak1 克 🔊 JULN 刀部，9畫。

【釋義】嚴格限定（期限）：剋期 / 剋日完成。

**嗑** 🔊 kè 🔊 hap6 合 🔊 RGIT 口部，13畫。

【釋義】用上下門牙對咬有殼的或硬的東西：嗑瓜子。

**課** | 课 🔊 kè 🔊 fo3 貨 🔊 YRWD 言部，15畫。

【釋義】①有計劃的分段教學：上課 / 下課。②教學的科目，學業：課本 / 數學課。③教學的時間單位：課時 / 一節課。④教材的段落：這本教科書共有 32 課。⑤徵收（賦稅）：課稅。

【組詞】課程 / 課室 / 課堂 / 課題 / 課文 / 課餘 / 補課 / 功課 / 授課 / 聽課

## ken

**肯** 🔊 kěn 🔊 hang2 亨二聲 🔊 YMB 肉部，8畫。

【釋義】①附着在骨頭上的肉：中肯（比喻得當、扼要）。②表示同意或樂意：肯定 / 肯下工夫學。

**啃** 🔊 kěn 🔊 hang2 肯 🔊 RYMB 口部，11畫。

【釋義】①一點一點往下咬：啃骨頭。②比喻仔細閱讀：啃書本。

**墾** | 垦 🔊 kěn 🔊 han2 很 🔊 BVG 土部，16畫。

【釋義】翻土，開墾（荒地）：墾地 / 墾荒。

【組詞】開墾

**懇** | 恳 🔊 kěn 🔊 han2 狠 🔊 BVP 心部，17畫。

【釋義】真誠，誠懇：懇切 / 懇求。

【組詞】懇請 / 誠懇

---

## keng

**坑** 🔊 kēng 🔊 haang1 哈耕一聲
🔊 GYHN
土部，7畫。

【釋義】①地面低陷下去的地方：泥坑 / 水坑。②地洞，地道：坑道 / 礦坑。③古代指活埋：坑殺 / 焚書坑儒。④設計陷害人：坑害 / 坑人。

**吭** 🔊 kēng 🔊 hang1 亨 🔊 RYHN
口部，7畫。

▲另見132頁 háng。

【釋義】出聲，說話：一聲不吭。

**鏗｜铿** 🔊 kēng 🔊 hang1 亨
🔊 CSEG
金部，19畫。

【釋義】①形容響亮的聲音：石板被敲得鏗鏗地響。②〔鏗鏘〕聲音有節奏而響亮：鏗鏘有力的聲音。

---

## kong

**空** 🔊 kōng 🔊 hung1 凶 🔊 JCM
穴部，8畫。

▲另見本頁 kòng。

【釋義】①裏面沒有東西，沒有內容或內容不切實際：空洞 / 空泛 / 空箱子 / 說空話。②天空：高空 / 晴空。③徒然，白白地：落空 / 空歡喜一場。

【組詞】空間 / 空曠 / 空想 / 空虛 / 空置 / 航空 / 憑空 / 撲空 / 星空 / 夜空

【成語】空口無憑 / 空前絕後 / 空穴來風 / 目空一切 / 司空見慣 / 赤手空拳 / 海闊天空 / 天馬行空 / 一掃而空

**孔** 🔊 kǒng 🔊 hung2 恐 🔊 NDU
子部，4畫。

【釋義】洞，窟窿：鼻孔 / 針孔。

【組詞】毛孔 / 瞳孔

【成語】無孔不入 / 千瘡百孔

**恐** 🔊 kǒng 🔊 hung2 恐 🔊 MNP
心部，10畫。

【釋義】①害怕，畏懼：恐怖 / 惶恐 / 有恃無恐。②使害怕：恐嚇。③恐怕，擔心，有時含有估計的意思：唯恐 / 恐難勝任。

【組詞】恐慌 / 恐懼 / 恐怕 / 驚恐

【成語】爭先恐後 / 誠惶誠恐

**空** 🔊 kòng 🔊 hung1 凶 🔊 JCM
穴部，8畫。

▲另見本頁 kōng。

【釋義】①騰出來，使空（kōng）：空出一些時間 / 寫一行空一行。②沒有被佔用或裏面缺少東西：空白 / 空地。③尚未佔用的地方和時間：抽空 / 填空。

【組詞】空缺 / 空隙 / 空暇 / 空閒 / 空餘

**控** 🔊 kòng 🔊 hung3 空三聲 🔊 QJCM
手部，11畫。

【釋義】①告發，控告：控訴 / 指控。②操縱：控制 / 遙控。

【組詞】控告 / 檢控 / 失控

# kou

## 摳 | 抠
普 kōu 粵 kau1 溝 倉 QSRR
手部，14畫。

【釋義】①用手指或細小的東西往深處挖：摳鼻子 / 把縫隙裏的米粒摳出來。②雕刻（花紋）：在鏡框上摳出花來。③在某方面深究：摳字眼 / 死摳書本。④方言。各嗇：這人太摳，一分錢都捨不得花。

## 口
普 kǒu 粵 hau2 后二聲 倉 R
口部，3畫。

【釋義】①嘴，人和動物進食或發聲的器官：口腔。②指話語：口才 / 口音。③指人口：戶口。④容器通外面的地方：瓶口。⑤出入通過的地方：出口 / 關口。⑥破裂的地方：缺口 / 傷口。⑦鋒刃：刀口。⑧表示單位：三口井 / 一口豬 / 一家五口人。

【組詞】口號 / 口角 / 口吻 / 港口 / 藉口 / 可口 / 路口 / 入口 / 口頭禪

【成語】口若懸河 / 口是心非 / 啞口無言 / 異口同聲 / 目瞪口呆 / 心直口快

## 叩
普 kòu 粵 kau3 扣 倉 RSL
口部，5畫。

【釋義】①敲打：叩門。②磕頭：叩拜 / 叩頭。③打聽，詢問：叩問。

## 扣
普 kòu 粵 kau3 叩 倉 QR
手部，6畫。

【釋義】①套住，搭住：一環扣一環 / 把衣服扣好。②器物口朝下放置或覆蓋東西：把碗扣在盤子上。③比喻安上（罪名或不好的名義）：扣上罪名。④強留下來：扣留 / 扣押。⑤敲，用力擊：扣球 / 扣人心弦。⑥從中減去一部分：扣除 / 不折不扣。⑦繩結：繩扣 / 打個活扣。⑧衣服的扣子：鈕扣。

【組詞】扣題 / 折扣

## 寇
普 kòu 粵 kau3 扣 倉 JMUE
宀部，11畫。

【釋義】①強盜，侵略者，敵人：敵寇 / 流寇。②侵犯，入侵：寇邊 / 入寇中原。

## 釦 | 扣
普 kòu 粵 kau3 扣 倉 CR
金部，11畫。

【釋義】同「扣⑧」，見本頁 kòu。

## 蔻
普 kòu 粵 kau3 扣 倉 TJME
艸部，15畫。

【釋義】①〔豆蔻〕多年生常綠草本植物，外形像芭蕉，初夏開淡黃色花，果實扁球形。種子可以做藥材。②〔豆蔻年華〕指女子十三四歲的年齡。

# ku

## 枯
普 kū 粵 fu1 夫 倉 DJR
木部，9畫。

【釋義】①（植物等）失去水分，（井、河流等）沒有水：枯樹 / 乾枯。②單調，乏味：枯燥無味。

【組詞】枯乾 / 枯黃 / 枯竭 / 枯瘦 / 枯萎 / 枯燥

【成語】枯木逢春 / 海枯石爛

## 哭
普 kū 粵 huk1 酷一聲 倉 RRIK
口部，10畫。

【釋義】因悲痛或激動而流淚，有時候還發出聲音：哭泣 / 放聲大哭。

【組詞】哭訴 / 啼哭 / 痛哭

【成語】哭笑不得 / 鬼哭狼嚎

## 窟
普 kū 粵 fat1 忽 倉 JCSUU
穴部，13畫。

【釋義】①洞穴：石窟 / 狡兔三窟。②某類人聚集的地方：貧民窟。
【組詞】窟窿

骷 🔊 kū 🔊 fu1 枯 🔊 BBJR
骨部，15畫。

【釋義】〔骷髏〕（髏：🔊 lóu 🔊 lau4 流）沒有毛髮頭皮肉的死人頭骨或全副骨骼：一具骷髏。

苦 🔊 kǔ 🔊 fu2 府 🔊 TJR
艸部，9畫。

苦　苦　苦

【釋義】①（味道）像膽汁或黃連的（跟「甜」相對）：苦膽 / 酸甜苦辣。②難受，痛苦：苦笑 / 艱苦 / 苦中作樂。③使痛苦，使難受：一家五口都仗着他養活，可苦了他了。④為某種事物所苦：苦於拿不出錢。⑤有耐心地，盡力地：苦思 / 勤學苦練。
【組詞】苦悶 / 苦惱 / 苦澀 / 苦痛 / 苦頭 / 疾苦 / 刻苦 / 貧苦 / 痛苦 / 辛苦
【成語】苦盡甘來 / 苦口婆心 / 良藥苦口 / 千辛萬苦 / 同甘共苦

庫 | 库 🔊 kù 🔊 fu3 副 🔊 IJWJ
广部，10畫。

庫　庫

【釋義】儲存器材、物資等的建築物：倉庫 / 金庫 / 水庫。
【組詞】庫藏 / 庫存 / 庫房 / 寶庫 / 國庫

酷 🔊 kù 🔊 huk6 哭六聲 🔊 MWHGR
酉部，14畫。

酉　酷　酷

【釋義】①極為暴虐、殘忍：酷吏 / 酷刑。②極，程度深：酷暑 / 酷似。
【組詞】酷熱 / 殘酷

褲 | 裤 🔊 kù 🔊 fu3 副 🔊 LIJJ
衣部，15畫。

褲　褲　褲

【釋義】褲子，穿在腰部以下的衣服，有褲腰、褲襠和兩條褲腿。
【組詞】褲管 / 褲腳 / 褲了 / 短褲 / 內褲

## kua

誇 | 夸 🔊 kuā 🔊 kwaa1 垮
🔊 YRKMS
言部，13畫。

誇　誇　誇

【釋義】①說大話，誇大：誇口 / 誇張 / 浮誇。②稱讚，炫耀：誇獎 / 誇耀 / 誇讚 / 自誇。
【成語】誇大其詞 / 誇誇其談

垮 🔊 kuǎ 🔊 kwaa1 誇 🔊 GKMS
土部，9畫。

垮　坮　垮

【釋義】①倒塌：洪水沖垮了堤壩。②（身體）不能支持：累垮 / 拖垮。③潰敗，失敗：垮台 / 打垮。

挎 🔊 kuà 🔊 kwaa3 誇三聲 🔊 QKMS
手部，9畫。

【釋義】①胳膊彎起來掛住或鈎住東西：挎籃子 / 他倆挎着胳膊走。②把東西掛在肩頭、脖頸或腰間：挎着照相機 / 腰裏挎着手槍。

胯 🔊 kuà 🔊 kwaa3 誇三聲 🔊 BKMS
肉部，10畫。

【釋義】①腰的兩側和大腿之間的部分：胯骨。②兩腿之間：胯下。

跨 🔊 kuà 🔊 kwaa3 誇三聲
🔊 kwaa1 誇 🔊 RMKMS
足部，13畫。

跨　跿　跨　跨

【釋義】①抬腳向前或向左右邁（一大步）：跨進大門。②兩腿分在物體的兩邊坐着或立着：跨上戰馬／大橋橫跨長江兩岸（比喻用法）。③超越一定的界限：跨地區／跨年度。

【組詞】跨欄／跨越／橫跨

## kuai

**快** 〓 kuài 〓 faai3 塊 〓 PDK
心部，7 畫。

【釋義】①速度高，費時短（跟「慢」相對）：快餐／快攻／開快車。②趕快，從速：快走／儘快。③快要，將要：天快亮了。④靈敏：腦子快／眼明手快。⑤（刀、斧子等）鋒利（跟「鈍」相對）：快刀斬亂麻（比喻辦事爽利決斷）。⑥爽快，痛快，直截了當：快人快語／心直口快。⑦愉快，高興，身體舒服：快樂／暢快／身子不快。

【組詞】快活／快捷／快速／飛快／趕快／加快／涼快／明快／勤快／輕快

【成語】快馬加鞭／大快人心

**塊** ｜块 〓 kuài 〓 faai3 快 〓 GHI
土部，13 畫。

【釋義】①成團的東西：煤塊／土塊。②表示單位。(a)用於塊狀或某些片狀的東西：兩塊糖／一塊布／三塊餅乾。(b)用於貨幣，等於「元」：五塊錢。

**會** ｜会 〓 kuài 〓 kui2 繪
〓 wui6 匯 〓 OMWA
日部，13 畫。

▲另見 150 頁 huì。

【釋義】總計：會計。

**筷** 〓 kuài 〓 faai3 快 〓 HPDK
竹部，13 畫。

【釋義】筷子，夾飯菜等的細長棍：碗筷／竹筷。

【組詞】筷子

**膾** ｜脍 〓 kuài 〓 kui2 繪 〓 BOMA
肉部，17 畫。

【釋義】切得很細的肉：膾炙人口（比喻好的詩文或者事物受人們稱讚、傳誦）。

## kuan

**寬** ｜宽 〓 kuān 〓 fun1 歡 〓 JTBI
宀部，15 畫。

【釋義】①橫的距離大，範圍廣（跟「窄」相對）：寬廣／馬路很寬。②寬度：江面有一里寬。③放寬，使鬆緩：寬限／寬心。④寬大，不求苛（跟「嚴」相對）：寬容／坦白從寬。⑤富裕，闊綽：手頭寬。

【組詞】寬敞／寬大／寬度／寬闊／寬免／寬讓／寬容／寬恕／寬鬆／放寬

【成語】寬大為懷／寬宏大量

**款** 〓 kuǎn 〓 fun2 寬二聲 〓 GFNO
欠部，12 畫。

【釋義】①誠懇，殷勤：款待／款留。②招待：款客。③法規、條約等條文裏分的項目：條款／第一條第二款。④錢財，經費：存款／公款。⑤書畫上題的作者或贈送對方的姓名：落款／上款／下款。

【組詞】款項／撥款／籌款／罰款／供款／捐款／賠款／善款

## kuang

**匡** 🔵 kuāng 🔵 hong1 康 🔵 SMG
匚部，6畫。

【釋義】①糾正，改正：匡謬 / 匡正。②幫助，救助：匡扶 / 匡救 / 匡助。③粗略計算，估計：匡計 / 匡算。

**哐** 🔵 kuāng 🔵 hong1 康 🔵 RSMG
口部，9畫。

【釋義】形容東西撞擊震動時發出的聲音：哐啷 / 哐噹一聲，碗掉到地上摔碎了。

**筐** 🔵 kuāng 🔵 hong1 康 🔵 HSMG
竹部，12畫。

【釋義】用竹片、柳條、荊條等編的容器：籮筐 / 竹筐。

**狂** 🔵 kuáng 🔵 kwong4 礦四聲 🔵 KHMG
犬部，7畫。

【釋義】①精神失常，瘋狂：發狂 / 喪心病狂。②猛烈：狂奔 / 狂風。③縱情，不受拘束：狂歡 / 狂熱。④狂妄，極其自大：口出狂言。
【組詞】狂暴 / 狂放 / 狂妄 / 狂喜 / 猖狂 / 瘋狂 / 張狂
【成語】狂風驟雨 / 欣喜若狂

**況**｜况 🔵 kuàng 🔵 fong3 放 🔵 ERHU
水部，8畫。

【釋義】①情形：情況 / 戰況 / 狀況。②比方：比況 / 以古況今。③表示更進一層：況且 / 何況。

【組詞】概況 / 近況 / 盛況 / 實況 / 現況
【成語】每況愈下

**框** 🔵 kuàng 🔵 hong1 康
🔵 kwaang1 逛一聲 🔵 DSMG
木部，10畫。

【釋義】①嵌在牆上為安裝門窗用的架子：窗框 / 門框。②鑲在器物外圍的邊框：鏡框 / 相框。③在文字、圖片周圍加上線條：把多餘的字框起來。④限制：不能框得太死。
【組詞】框架 / 邊框

**眶** 🔵 kuàng 🔵 kwaang1 逛一聲
🔵 hong1 康 🔵 BUSMG
目部，11畫。

【釋義】眼的四周：眼眶 / 熱淚盈眶。

**曠**｜旷 🔵 kuàng 🔵 kwong3 礦 🔵 AITC
日部，19畫。

【釋義】①空而寬闊：曠野 / 空曠 / 地曠人稀。②心境開闊：曠達 / 心曠神怡。③耽誤，荒廢：曠工 / 曠課。

**礦**｜矿 🔵 kuàng 🔵 kwong3 曠 🔵 MRITC
石部，20畫。

【釋義】①礦物，蘊藏在地層中的自然物質：鐵礦 / 油礦。②開採礦物的場所：礦井（為採礦而挖掘的坑道）。
【組詞】礦產 / 礦石 / 礦物 / 採礦 / 礦物質

## kui

**盔** 🔊 kuī 🔊 kwai1 規 🔊 KFBT
皿部，11畫。
【釋義】用來保護頭部的金屬帽子：盔甲 /
鋼盔。
【組詞】頭盔
【成語】丟盔棄甲

**窺** | 窥 🔊 kuī 🔊 kwai1 規
🔊 JCQOU
穴部，16畫。
【釋義】從小孔、縫隙或隱蔽的地方偷偷地
看，暗中察看：窺視 / 窺探 / 偷窺。

**虧** | 亏 🔊 kuī 🔊 kwai1 規
🔊 YGMMS
虍部，17畫。

【釋義】①受損失：虧本 / 吃虧。②欠缺，短
少：理虧 / 功虧一簣。③對不住人，使吃虧：
虧待 / 虧心。④多虧，幸虧：虧你提醒我，我
才想起來。⑤反說，表示譏諷（意為不怕難為
情）：長城都沒去過，虧你還是個北京人。
【組詞】虧欠 / 虧損 / 多虧 / 幸虧 / 盈虧

**葵** 🔊 kuí 🔊 kwai4 攜 🔊 TNOK
艸部，13畫。

【釋義】指某些開大花的草本植物：錦葵 / 向
日葵。

**睽** 🔊 kuí 🔊 kwai1 規 ✖ kwai4 葵
🔊 BUNOK
目部，14畫。
【釋義】〔睽睽〕睜大眼睛注視的樣子：眾目
睽睽。

**魁** 🔊 kuí 🔊 fui1 灰 🔊 HIYJ
鬼部，14畫。

【釋義】①首位，居第一的：奪魁 / 罪魁禍
首。②（身體）高大：魁偉 / 魁梧。③魁星，
北斗七星中形成斗形的四顆星。

**傀** 🔊 kuǐ 🔊 faai3 塊 🔊 OHI
人部，12畫。
【釋義】〔傀儡〕①木偶戲裏的木頭人。②比喻
受人操縱的人或組織：傀儡政權。

**愧** 🔊 kuì 🔊 kwai3 規三聲
✖ kwai5 規五聲 🔊 PHI
心部，13畫。

【釋義】慚愧：羞愧 / 問心無愧。
【組詞】愧恨 / 愧疚 / 愧色 / 慚愧
【成語】當之無愧

**匱** | 匮 🔊 kuì 🔊 gwai6 跪 🔊 SLMC
匚部，14畫。
【釋義】缺乏：糧食匱乏。

**潰** | 溃 🔊 kuì 🔊 kui2 繪 🔊 ELMC
水部，15畫。

【釋義】①（水）沖破（堤壩）：潰決 / 潰堤。
②（軍隊）被打垮：潰敗 / 潰不成軍。③肌肉
組織腐爛：潰爛。
【組詞】潰散 / 崩潰 / 擊潰

**簣** | 篑 🔊 kuì 🔊 gwai6 跪 🔊 HLMC
竹部，18畫。
【釋義】古代一種用來盛土的筐子：功虧一簣。

**饋** | 馈 🔊 kuì 🔊 gwai6 跪
🔊 OILMC
食部，20畫。

【釋義】①贈送：饋贈。②傳遞（信息等）：反饋意見。
【組詞】回饋

---

## kun

**坤** 🔊 kūn 🔊 kwan1 昆 🔊 GLWL
土部，8畫。
【釋義】八卦之一，代表地。
【組詞】乾坤
【成語】顛倒乾坤／扭轉乾坤

**昆** 🔊 kūn 🔊 kwan1 昆 🔊 APP
日部，8畫。

昆　昆　昆　昆　昆

【釋義】①哥哥：昆弟／昆仲。②〔昆蟲〕蟲類的總稱。

**崑** | 昆 🔊 kūn 🔊 kwan1 坤 🔊 UAPP
山部，11畫。
【釋義】〔崑崙〕山脈名，西起帕米爾高原，綿延在青藏高原北部邊緣。

**捆** 🔊 kūn 🔊 kwan2 菌 🔊 QWD
手部，10畫。

捆　扣　捆　捆　捆

【釋義】①用繩子等把東西纏緊打結：捆綁／捆紮。②表示單位。用於捆起來的東西：一捆書／一捆柴火。

**困** 🔊 kùn 🔊 kwan3 睏 🔊 WD
口部，7畫。

口　困　困　困　困

【釋義】①陷在艱難痛苦中無法擺脫：為病所困。②控制在一定範圍裏，包圍：圍困／把敵人困在山溝裏。③窮苦，困難：困境／困苦。④疲乏：困乏。
【組詞】困頓／困惑／困擾／貧困／窮困

**睏** | 困 🔊 kùn 🔊 kwan3 困 🔊 BUWD
目部，12畫。
【釋義】疲乏想睡：孩子睏了，該睡覺了。

---

## kuo

**括** 🔊 kuò 🔊 kut3 豁 🔊 QHJR
手部，9畫。

括　扦　括　括　括

【釋義】①包括：囊括／總括。③給部分文字加上括號：把這段話括起來。
【組詞】括號／括弧／包括／概括

**廓** 🔊 kuò 🔊 kwok3 擴 🔊 IYDL
广部，14畫。
【釋義】①廣闊，空曠：廓落（形容空闊寂靜）／寥廓。②物體的外緣、邊緣：耳廓／輪廓。

**闊** | 阔 🔊 kuò 🔊 fut3 呼括三聲 🔊 ANEHR
門部，17畫。

闊　門　閂　閣　闊

【釋義】①寬，廣闊：寬闊／遼闊／昂首闊步。②時間久：闊別。③空泛，不切實際：高談闊論。④排場大，有錢：闊氣。
【組詞】闊綽／闊度／廣闊／開闊／擴闊／壯闊
【成語】波瀾壯闊

**擴** | 扩 🔊 kuò 🔊 kwok3 廓 🔊 QITC
手部，18畫。

擴　扩　护　擴　擴

【釋義】使（範圍、規模等）比原來大：擴建／擴散／擴張。
【組詞】擴充／擴大／擴闊／擴展

# LI

## la

### 垃

普 lā 粵 laap6 臘 倉 GYT
土部，8畫。

【釋義】〔垃圾〕髒土、果皮、紙屑等或扔掉的破爛東西。

### 拉

普 lā 粵 laai1 賴一聲 倉 QYT
手部，8畫。

【釋義】①用力使（物體）朝自己所在的方向或跟著自己移動：拉車／拉過來。②用車載運：拉貨。③用弓拉奏帶弦的樂器：拉二胡／拉小提琴。④拖長，使延長：拉長聲音／拉開距離。⑤拉攏，聯絡：拉關係／拉幫結派。⑥招攬：拉客／拉生意。⑦排泄（大便）：拉肚子。
【組詞】拉扯／拉攏

### 啦

普 lā 粵 laa1 喇一聲 倉 RQYT
口部，11畫。

▲另見209頁 la。

【釋義】①形容聲音：呼啦／嘩啦／嘰哩呱啦／劈里啪啦。②〔哩哩啦啦〕見216頁 lǐ「哩」。

### 邋

普 lā 粵 laap6 垃 乂 laat6 辣
倉 YVVV
辵部，19畫。

【釋義】〔邋遢〕（遢：普 ta 粵 taap3 塔 乂 taat3 撻）不整潔，不利落：邋遢鬼／瞧他那邋遢模樣。

### 喇

㊀ 普 lǎ 粵 laa3 啦三聲 倉 RDLN
口部，12畫。

【釋義】〔喇叭〕①一種管樂器，上細下粗，下端的口部向四周張開，有擴音作用。②形狀像喇叭、有擴音作用的東西：汽車喇叭。

㊁ 普 lǎ 粵 laa1 啦

【釋義】〔喇嘛〕（嘛：普 ma 粵 maa4 麻）藏、蒙佛教對僧侶的尊稱。

### 落

普 là 粵 laai6 賴 倉 TEHR
艸部，13畫。

▲另見213頁 lào；241頁 luò。

【釋義】①遺漏：作業落了一道題。②忘記拿走：鑰匙落在家裏了。③跟不上而被丟在後面：他走得慢，落在後面。

### 辣

普 là 粵 laat6 賴滑六聲 倉 YJDL
辛部，14畫。

【釋義】①（味道）像薑、蒜、辣椒等，有刺激性的：辣醬／酸甜苦辣。②狠毒：毒辣／心狠手辣。
【組詞】辣椒／辛辣／辣乎乎

### 臘｜腊

普 là 粵 laap6 垃 倉 BVVV
肉部，19畫。

【釋義】①古代在農曆十二月合祭眾神叫做臘，後稱農曆十二月為臘月。②冬天（多在臘月）醃製後風乾或薰乾的（魚、肉等）：臘腸／臘肉／臘味。

### 蠟｜蜡

普 là 粵 laap6 臘 倉 LIVVV
虫部，21畫。

【釋義】①動物、礦物或植物所產生的油質，常溫下多為固體，具有可塑性，能燃燒，如蜂蠟、白蠟、石蠟等。②蠟燭，用蠟或其他油脂製成的東西，多為圓柱形，供照明用：點蠟。

【組詞】蠟筆 / 蠟像 / 蠟燭

## 啦 ⏥ la ⏥ laa1 喇一聲 ⏥ RQYT
口部，11畫。

▲另見208頁 lā。

【釋義】「了」（le）和「啊」（a）的合音，兼有「了」和「啊」的作用：下雨啦 / 你怎麼啦？

─── lai ───

## 來 | 来 ⏥ lái ⏥ loi4 萊 ⏥ DOO
人部，8畫。

【釋義】①從別的地方到說話人所在的地方（跟「去」相對）：來賓 / 來信 / 他來探我。②（問題、事情等）發生，來到：問題來了。③做某個動作（代替意義更具體的動詞）：好酒，再來一杯 / 你歇歇，讓我來。④跟「得」或「不」連用，表示可能或不可能：談得來 / 做不來。⑤表示要做某件事：你來說 / 大家來想辦法。⑥表示來做某件事：他拜年來了。⑦表示前者是方法、方向或態度，後者是目的：拿報紙來擋太陽 / 你們準備怎樣來戰勝對手？⑧來着，表示曾經發生過甚麼：我甚麼時候說過這話來？⑨未來，將來：來年 / 來世 / 來日方長。⑩從過去到現在的一段時間：從來 / 近來 / 別來無恙 / 兩千年來。⑪用在「十」「百」「千」等數詞或數量詞後面表示概數：十來天 / 二十來歲 / 三百來人。⑫用在「一」「二」「三」等數詞後面，列舉理由：一來工作忙，二來家人生病，我就不去了。⑬表示動作朝着說話人所在的地方：把書拿來 / 前方傳來捷報。⑭表示動作的結果或估量：說來話長 / 一覺醒來 / 想來你是早有準備的了。

【組詞】來電 / 來臨 / 來往 / 來源 / 本來 / 歸來 / 過來 / 後來 / 看來 / 向來

【成語】來龍去脈 / 翻來覆去 / 後來居上 / 心血來潮 / 繼往開來 / 捲土重來 / 苦盡甘來 / 死去活來 / 突如其來 / 信手拈來

## 萊 | 莱 ⏥ lái ⏥ loi4 來 ⏥ TDOO
艸部，12畫。

【釋義】①藜（蔾：⏥ lí ⏥ lai4 黎），草本植物，莖直立，葉子互生，略呈三角形，花黃綠色。全草入藥。②古代指郊外輪休的田地，也指荒地。

## 睞 | 睐 ⏥ lài ⏥ loi6 來六聲 ⏥ BUDOO
目部，13畫。

【釋義】看，向旁邊看：青睞。

## 賴 | 赖 ⏥ lài ⏥ laai6 拉六聲 ⏥ DLSHC
貝部，16畫。

【釋義】①依仗，依靠：仰賴 / 依賴。②留在某處不肯動：賴着不走。③不承認自己的錯誤或責任：抵賴。④硬說別人有錯誤：誣賴。⑤責怪：大家都有責任，不能賴哪一個人。⑥不好，壞：小姑娘唱得真不賴。⑦無賴，蠻不講理：賴皮 / 耍賴。

【組詞】賴賬 / 無賴 / 信賴

## 癩 | 癞 ⏥ lài ⏥ laai3 賴三聲 ⏥ KDLC
疒部，21畫。

【釋義】①麻風病，症狀是皮膚麻木、變厚，毛髮脫落，感覺喪失。②方言：黃癬：癩瘡 / 癩子（也指頭上長黃癬的人）。

## 籟 | 籁 ⏥ lài ⏥ laai6 賴 ⏥ HDLC
竹部，22畫。

【釋義】①古代一種似簫的管樂器，用竹做

成。②從孔穴中發出的聲音。後用來泛指各種聲音：天籟 / 萬籟俱寂。

【釋義】不讓通過，阻擋：攔截 / 攔阻。
【組詞】攔擋 / 攔路 / 遮攔 / 阻攔

## lan

**婪** 🔊lán 🔊laam4 藍 🔊DDV
女部，11 畫。
【釋義】貪愛（財物等），不知滿足：貪婪。

**嵐** | 岚 🔊lán 🔊laam4 藍 🔊UHNI
山部，12 畫。
【釋義】山中的霧氣：嵐煙 / 山嵐。

**闌** | 阑 🔊lán 🔊laan4 蘭 🔊ANDWF
門部，17 畫。
【釋義】①同「欄①」，見本頁 lán。②將盡：夜闌人靜。③〔闌珊〕衰殘，衰落：春意闌珊 / 意興闌珊。

**藍** | 蓝 🔊lán 🔊laam4 籃 🔊TSIT
艸部，18 畫。

【釋義】①像晴天天空那樣的顏色：碧藍 / 蔚藍 / 湛藍。②蓼藍（蓼：🔊liáo 🔊liu5 了），草本植物，葉子含藍汁，可用來做藍色染料：青出於藍。
【組詞】藍色 / 藍天 / 寶藍

**襤** | 褴 🔊lán 🔊laam4 籃 🔊LSIT
衣部，19 畫。
【釋義】〔襤褸〕（褸：🔊lǚ 🔊leoi5 呂 🔊lau5 柳）衣服破爛的樣子：衣衫襤褸。

**瀾** | 澜 🔊lán 🔊laan4 蘭 🔊EANW
水部，20 畫。
【釋義】大波浪：波瀾 / 推波助瀾。
【成語】波瀾壯闊 / 力挽狂瀾

**攔** | 拦 🔊lán 🔊laan4 蘭 🔊QANW
手部，20 畫。

**籃** | 篮 🔊lán 🔊laam4 藍 🔊HSIT
竹部，20 畫。

【釋義】①籃子，用藤、竹、柳條、塑料等編成的容器，有提樑：菜籃 / 花籃 / 竹籃。②籃球架上供投球用的鐵圈和網子：扣籃 / 投籃。③指籃球：男籃 / 女籃。
【組詞】籃板 / 籃球 / 籃子 / 搖籃

**蘭** | 兰 🔊lán 🔊laan4 欄 🔊TANW
艸部，21 畫。

【釋義】①蘭花，草本植物，葉子細長，叢生，春季開花，味清香，供觀賞。②蘭草，草本植物，莖直立，葉子披針形，邊緣有鋸齒，秋季開花，全株有香氣。③古書上指木蘭（一種喬木）。
【成語】春蘭秋菊

**欄** | 栏 🔊lán 🔊laan4 蘭 🔊DANW
木部，21 畫。

【釋義】①欄杆：橋欄 / 石欄 / 憑欄遠眺。②養家畜的圈：牛欄 / 豬欄。③報刊、書籍在每版或每頁用線條或空白隔開的部分，有時也指性質相同的一整頁或若干頁：左欄 / 廣告欄 / 專欄。④表格中區分項目的大格：備註欄。⑤集中張貼公告、報紙等的地方：佈告欄。
【組詞】欄杆 / 欄目 / 跨欄 / 柵欄 / 專欄

**懶** | 懒 🔊lǎn 🔊laan5 蘭五聲 🔊PDLC
心部，19 畫。

【釋義】①不願勞動或工作，不勤快：懶惰／偷懶。②疲倦，沒精神：懶散／倦懶。③不想，不願意：懶得跟他説話。

【組詞】懶洋洋

【成語】好吃懶做

---

**覽** | 览　⊕ lǎn　⊜ laam5 攬　⊜ SWBUU
見部，21 畫。

【釋義】看：閱覽／一覽無餘。

【組詞】博覽／瀏覽／遊覽／展覽

---

**攬** | 揽　⊕ lǎn　⊜ laam5 覽　⊜ QSWU
手部，24 畫。

【釋義】①用胳膊摟：母親把孩子攬在懷裏。②把事情拉到自己這方面來：包攬／他把責任都攬到自己身上了。③把持，掌握：獨攬大權。

---

**欖** | 榄　⊕ lǎn　⊜ laam5 覽　⊜ DSWU
木部，25 畫。

【釋義】〔橄欖〕見110頁 gǎn「橄」。

---

**纜** | 缆　⊕ lǎn　⊜ laam6 艦　⊜ VFSWU
糸部，27 畫。

【釋義】①拴船用的鐵索或粗繩：纜繩／船纜／解纜（開船）。②形狀像纜的東西：電纜／鋼纜。③用繩纜拴（船）：纜舟。

【組詞】纜車

---

**濫** | 滥　⊕ làn　⊜ laam6 纜　⊜ ESIT
水部，17 畫。

【釋義】①水滿溢出：氾濫。②過度，沒有限制：濫用職權／寧缺毋濫。③浮泛，不切實際：陳腔濫調。

【組詞】濫用

【成語】濫竽充數

---

**爛** | 烂　⊕ làn　⊜ laan6 懶六聲　⊜ FANW
火部，21 畫。

【釋義】①某些固體物質因為組織受到破壞或浸水過多而鬆軟：爛泥／牛肉燉得很爛。②有機體由於微生物滋生而破壞：腐爛／霉爛。③破碎，破爛：爛紙／破銅爛鐵。④頭緒混亂：一盤爛賬／收拾爛攤子。⑤表示程度極深：爛醉／背得爛熟。⑥明亮，光彩：燦爛／絢爛。

【組詞】潰爛／糜爛／破爛

【成語】爛醉如泥／滾瓜爛熟／海枯石爛

---

## lang

---

**啷**　⊕ lāng　⊜ long1 郎一聲　⊜ RIIL
口部，12 畫。

【釋義】①〔噹啷〕形容搖鈴或其他金屬物撞擊時發出的聲音：噹啷一聲，鍋蓋掉到地上了。②〔哐啷〕形容器物撞擊或震動時發出的聲音：門哐啷一聲關上了。

---

**郎**　⊕ láng　⊜ long4 狼　⊜ IINL
邑部，9 畫。

【釋義】①古代官名：侍郎／員外郎。②對某種人的稱呼：放牛郎。③舊時女子稱丈夫或情人：情郎／如意郎君。④對青年男女的美

稱：女郎 / 少年郎。⑤舊時指兒子：大郎 / 令郎。

【組詞】伴郎 / 新郎

【成語】郎才女貌 / 江郎才盡 / 牛郎織女

**狼** 曾 láng　粵 long4 郎　倉 KHIAV
犬部，10畫。

【釋義】哺乳動物，外形像狗，面部長，耳朵直立，尾巴下垂，晝伏夜出，吃野生動物和家畜等。

【組詞】狼狽 / 豺狼

【成語】狼狽不堪 / 狼狽為奸 / 狼吞虎嚥 / 狼心狗肺 / 引狼入室

**琅** 曾 láng　粵 long4 狼　倉 MGIAV
玉部，11畫。

【釋義】①一種玉石。②〔琅琅〕形容金石相擊的聲音、響亮的讀書聲音等：琅琅上口 / 書聲琅琅。

【成語】琳琅滿目

**廊** 曾 láng　粵 long4 郎　倉 IIIL
广部，12畫。

【釋義】屋簷下的過道或獨立的有頂的過道：長廊 / 遊廊。

【組詞】畫廊 / 走廊

**瑯**｜琅 曾 láng　粵 long4 狼
倉 MGIIL
玉部，13畫。

【釋義】同「琅①」，見本頁 láng。

**榔** 曾 láng　粵 long4 郎　倉 DIIL
木部，13畫。

【釋義】〔檳榔〕見24頁 bīng「檳」。

**螂** 曾 láng　粵 long4 狼　倉 LIIIL
虫部，15畫。

【釋義】①〔螳螂〕見371頁 táng「螳」。②〔蟑螂〕見485頁 zhāng「蟑」。

**鋃**｜锒 曾 láng　粵 long4 郎　倉 CIAV
金部，15畫。

【釋義】〔鋃鐺〕①鐵鎖鏈：鋃鐺入獄。②金屬物撞擊的聲音：鐵索鋃鐺。

**朗** 曾 láng　粵 long5 郎五聲　倉 IIB
月部，10畫。

【釋義】①光線充足，明亮：明朗 / 晴朗。②聲音清晰響亮：朗讀 / 朗誦。

【組詞】開朗 / 爽朗 / 硬朗

【成語】朗月清風 / 豁然開朗

**浪** 曾 làng　粵 long6 晾　倉 EIAV
水部，10畫。

【釋義】①波浪：浪潮 / 海浪。②像波浪那樣起伏的東西：熱浪 / 聲浪。③沒有約束，放縱：浪費 / 放浪。

【組詞】浪花 / 浪濤 / 浪子 / 波浪 / 風浪

【成語】浪跡天涯 / 風平浪靜 / 乘風破浪 / 驚濤駭浪 / 興風作浪

## lao

**撈**｜捞 曾 lāo　粵 lou4 牢
又 laau4 來淆四聲　倉 QFFS
手部，15畫。

【釋義】①從水或其他液體裏取東西：撈魚／打撈／大海撈針。②取得（多指用不正當的手段）：撈外快／趁機撈一把。

**牢** 🔊 láo 🔊 lou4 盧 🔊 JHQ
牛部，7畫。

【釋義】①養牲畜的圈：亡羊補牢。②監獄：牢獄／監牢。③堅固，經久：牢固／牢靠。
【組詞】牢房／牢記／坐牢
【成語】牢不可破／畫地為牢

**勞 | 劳** 〇 🔊 láo 🔊 lou4 牢
🔊 FFBKS
力部，12畫。

【釋義】①勞動：勞力／勞役／不勞而獲。②敬辭，表示請託：勞駕／煩勞／有勞諸位。③勞苦，疲勞：勞頓／任勞任怨。④功勞：汗馬之勞。
【組詞】勞工／勞累／勞碌／勞作／操勞／酬勞／代勞／勤勞／徒勞／辛勞
【成語】勞苦功高／勞民傷財／勞師動眾／徒勞無功／一勞永逸／好逸惡勞

〇 🔊 láo 🔊 lou6 路
【釋義】慰勞，用言語或物質慰問：勞軍／犒勞。

**嘮 | 唠** 🔊 láo 🔊 lou4 牢 🔊 RFFS
口部，15畫。
【釋義】〔嘮叨〕也作「叨嘮」。說起來沒完沒了：嘮叨半天／嘮嘮叨叨的。

**老** 🔊 láo 🔊 lou5 魯 🔊 JKP
老部，6畫。

【釋義】①年歲大（跟「幼」「少」（shào）相對）：老年／老翁／老弱殘兵。②老年人（常用作尊稱）：護老院／扶老攜幼。③很久以前就存在的：老朋友／陳年老酒。④陳舊：老機器／房子太老了。⑤原來的：老家／老脾氣。⑥閱歷深的，有經驗的：老練／老手。⑦烹調食物的時間過長，火候過大（跟「嫩」相對）：肉片不要炒得太老。⑧經常：這些日子老颳風。⑨很，極：老遠／老早。⑩前綴，用於稱呼人、排行次序、某些動植物名：老三／老師／老鼠／老王。
【組詞】老化／老將／老邁／老實／蒼老／古老／衰老／老人家
【成語】老當益壯／老奸巨猾／老謀深算／返老還童／未老先衰／白頭偕老

**佬** 🔊 láo 🔊 lou2 老二聲 🔊 OJKP
人部，8畫。

【釋義】成年男子（多含貶義）：闊佬／鄉巴佬。

**姥** 🔊 láo 🔊 lou5 老 🔊 VJKP
女部，9畫。

【釋義】〔姥姥〕外祖母。

**烙** 🔊 lào 🔊 lok3 洛 🔊 FHER
火部，10畫。

【釋義】①用燒熱的金屬器物燙，使衣服平整或在物體上燙出標記：烙印／烙衣服。②把麵食放在燒熱的鍋上烤熟：烙餅／烙鍋貼。

**落** 🔊 lào 🔊 lok6 絡六聲 🔊 TEHR
艸部，13畫。
▲另見208頁là；241頁luò。
【釋義】義同「落①⑤⑧⑨」（luò，見241頁），用於一些口語詞：落汗／落價／落枕。

**酪** 〇 🔊 lào 🔊 lok3 洛 🔊 MWHER
酉部，13畫。

酪

【釋義】用牛、羊、馬的乳汁做成的半凝固食品：奶酪。

□ 🔊 lào 🔊 lou6 路

【釋義】用果子或果仁做成的糊狀食品：山楂酪／杏仁酪。

## 潦｜潦

🔊 lào 🔊 lou6 路 🔊 EFFS
水部，15畫。

【釋義】①莊稼因雨水過多而被淹（跟「旱」相對）：潦災／防潦。②田地裏因雨水過多而積的水：排潦。

---

### le

## 勒

🔊 lè 🔊 lak6 肋 🔊 TJKS
力部，11畫。

▲ 另見本頁 lēi。

【釋義】①帶嚼子的馬籠頭：馬勒。②收住韁繩，使騾馬等停止前進：懸崖勒馬。③強制，逼迫：勒令／勒索。

## 樂｜乐

🔊 lè 🔊 lok6 落 🔊 VID
木部，15畫。

▲ 另見 472 頁 yuè。

【釋義】①愉快，高興：樂趣／快樂／助人為樂。②樂於：樂善好施／喜聞樂見。③笑：一句笑話把她逗樂了。

【組詞】樂得／樂觀／樂事／樂意／歡樂／康樂／享樂／遊樂／娛樂

【成語】樂此不疲／樂極生悲／安居樂業／不亦樂乎／津津樂道／幸災樂禍／尋歡作樂／知足常樂／自得其樂

## 了

🔊 le 🔊 liu5 瞭五聲 🔊 NN
亅部，2畫。

---

了

▲ 另見 226 頁 liǎo。

【釋義】①表示動作或變化已經完成或將要發生：買了一本書／你先去，我下了班就去。②用在句末或句中停頓的地方，表示出現新的情況：下雨了／他今年暑假不回家了。③用在句末或句中停頓的地方，表示催促或勸止：走吧，不能再等了！／好了，好了，別翻舊賬了！

【組詞】罷了／除了／得了／算了／為了

---

### lei

## 勒

🔊 lēi 🔊 lak6 肋 🔊 TJKS
力部，11畫。

▲ 另見本頁 lè。

【釋義】用繩子等捆住或套住，再用力拉緊：勒緊腰帶／行李沒捆緊，要勒一勒。

## 累

🔊 léi 🔊 leoi6 類 🔊 WVIF
糸部，11畫。

▲ 另見 215 頁 lěi；215 頁 lèi。

【釋義】〔累贅〕(a) 多餘，麻煩：你的作文中的語言過於累贅。(b) 使人感到麻煩或多餘：這些天真是太累贅你了。(c) 使人感到麻煩或多餘的事物：出門不能帶太多的東西，不然就會變成累贅。

## 雷

🔊 léi 🔊 leoi4 擂 🔊 MBW
雨部，13畫。

【釋義】①雲層放電時發出的巨響：雷雨／打雷／如雷貫耳。②軍事上用的爆炸武器：地雷／手雷／魚雷。

【組詞】雷電／雷擊／雷鳴／雷霆／悶雷

【成語】雷打不動／雷厲風行／雷霆萬鈞／大發雷霆／暴跳如雷

擂 曾léi 粵leoi4 雷 倉QMBW
手部，16畫。

擂 扚 撺 擂 擂

▲另見本頁léi。
【釋義】打：擂鼓／擂了他一拳。
【成語】自吹自擂

贏 曾léi 粵leoi4 雷 倉YRBTN
羊部，19畫。
【釋義】①瘦弱：身體贏弱。②疲勞：贏憊／贏頓。

纍 │累 曾léi 粵leoi4 雷 倉WWWF
糸部，21畫。
【釋義】〔纍纍〕連續成串：果實纍纍。

耒 曾léi 粵leoi6 類 倉QD
耒部，6畫。
【釋義】古代一種用來耕田的農具，形狀像木叉。

累 ㊀ 曾léi 粵leoi5 呂 倉WVIF
糸部，11畫。

累 罗 累 累 累

▲另見214頁léi；本頁lèi。
【釋義】①積累：累計／日積月累。②屢次，連續：累犯／累次三番。
【組詞】累次／累積／積累
【成語】長年累月
㊁ 曾lèi 粵leoi6 類
【釋義】牽連：累及／連累。

磊 曾léi 粵leoi5 呂 倉MRMRR
石部，15畫。
【釋義】①〔磊磊〕石頭很多的樣子：怪石磊磊。②〔磊落〕(a)心地光明，襟懷坦蕩：光明磊落。(b)多而錯雜的樣子：巨巖磊落。

蕾 曾léi 粵leoi5 呂 倉TMBW
艸部，17畫。

蕾 芾 蕾 蕾 蕾

【釋義】沒有開放的花：蓓蕾／花蕾。

儽 曾léi 粵leoi5 呂 倉OWWW
人部，17畫。
【釋義】〔傀儽〕見206頁kuǐ「傀」。

壘 │垒 曾lěi 粵leoi5 旅 倉WWWG
土部，18畫。

壘 罗 罗 壘 壘

【釋義】①用磚、石等砌築：壘牆。②軍營的圍牆或工事：堡壘。
【成語】深溝高壘

肋 曾lèi 粵lɑk6 勒 倉BKS
肉部，6畫。
【釋義】胸部的側面：肋骨／兩肋。

淚 │泪 曾lèi 粵leoi6 慮 倉EHSK
水部，11畫。

淚 汩 淚 淚 淚

【釋義】①眼淚：熱淚。②像眼淚的東西：燭淚（蠟燭燃燒時淌下的蠟油）。
【組詞】淚花／淚水／淚珠／眼淚／淚汪汪
【成語】淚如泉湧／淚如雨下／聲淚俱下／催人淚下

累 曾lèi 粵leoi6 類 倉WVIF
糸部，11畫。

累 罗 累 累 累

▲另見214頁léi；本頁lèi。
【釋義】①疲勞：勞累／吃苦受累。②使疲勞，使勞累：累人／別累着他。③操勞：累了一天，該休息了。

擂 曾lèi 粵leoi4 雷 倉QMBW
手部，16畫。

**擂**

▲另見215頁léi。

【釋義】擂台，為了比武所搭的台子：擺擂台／打擂台。

【組詞】擂台

**類｜类** 曾 lèi 粵 leoi6 淚 倉 FKMBC
頁部，19畫。

【釋義】①許多相似或相同的事物的綜合，種類：類型／出類拔萃／觸類旁通。②像，相似：類似／畫虎不成反類犬。

【組詞】類比／類別／類推／分類／人類／同類／種類

【成語】不倫不類／諸如此類

**leng**

**稜｜棱** 曾 léng 粵 ling4 鈴 倉 HDGCE
禾部，13畫。

【釋義】①物體上不同方向的兩個平面連接的部分：稜角／三稜鏡。②物體上凸起的條形部分：眉稜／瓦稜。

【成語】模稜兩可

**冷** 曾 lěng 粵 laang5 羅猛五聲 倉 IMOII
冫部，7畫。

【釋義】①温度低，感覺温度低（跟「熱」相對）：冷風／冰冷／寒冷。②不熱情，不温和：冷淡／冷言冷語。③寂靜，不熱鬧：冷寂／冷落。④生僻，少見的：冷僻。⑤不受歡迎的，沒人過問的：冷門／坐冷板凳。⑥乘人不備的，暗中的：冷箭／冷不防。⑦形容灰心或失望：心灰意冷。

【組詞】冷靜／冷峻／冷酷／冷漠／冷氣／冷清／冷卻／冷笑

【成語】冷嘲熱諷／冷若冰霜／冷眼旁觀

**愣** 曾 lèng 粵 ling6 令 倉 PWLS
心部，12畫。

【釋義】①發呆，失神：發愣。②魯莽，冒失，做事不考慮後果：愣頭愣腦。③偏偏，偏要：説了這麼多，他愣是不明白。

**li**

**哩** 曾 lí 粵 le1 啦爹一聲 倉 RWG
口部，10畫。

▲另見221頁li。

【釋義】①〔哩哩啦啦〕斷斷續續或零零散散的樣子：因為下雨，客人們哩哩啦啦還沒到齊。②〔哩哩囉囉〕形容説話囉唆不清楚。

**厘** 曾 lí 粵 lei4 離 倉 MWG
厂部，9畫。

【釋義】計量單位名稱：厘米／厘升。

**狸** 曾 lí 粵 lei4 梨 倉 KHWG
犬部，10畫。

【釋義】①〔狸貓〕哺乳動物，外形像貓，毛棕黃色，頭部有黑色條紋，身上有黑褐色斑點，尾部有橫紋，性兇猛。也叫豹貓、山貓。②〔狐狸〕見140頁hú「狐」。

**梨** 曾 lí 粵 lei4 離 倉 HND
木部，11畫。

【釋義】落葉喬木，葉呈卵形，一般開白色花。果實是普通水果，可用來釀酒，做果脯、罐頭和梨膏等。品種很多。

**犁** 普 lí 粤 lai4 黎 倉 HNHQ
牛部，11 畫。

【釋義】①翻土用的農具。②用犁耕地：犁田。

**漓** 普 lí 粤 lei4 厘 倉 EYUB
水部，14 畫。

【釋義】〔淋漓〕見 227 頁 lín「淋」。

**璃** 普 lí 粤 lei4 梨 倉 MGYUB
玉部，15 畫。

【釋義】①〔玻璃〕見 25 頁 bō「玻」。②〔琉璃〕
見 231 頁 liú「琉」。

**黎** 普 lí 粤 lai4 例四聲 倉 HHOE
黍部，15 畫。

【釋義】①眾：黎民／黎庶。②〔黎明〕快要
天亮的時候。

**罹** 普 lí 粤 lei4 離 倉 WLPOG
网部，16 畫。

【釋義】遭遇，遭受（災禍或疾病）：罹病／
罹難。

**釐** ｜ 厘 普 lí 粤 lei4 離 倉 JKMWG
里部，18 畫。

【釋義】①計量單位名稱。(a)長度，10 毫等
於 1 釐，10 釐等於 1 分。(b)重量，10 毫等
於 1 釐，10 釐等於 1 分。(c)地積，10 毫等
於 1 分。(d)利率，年利率 1 釐是本金的百分
之一，月利率 1 釐是本金的千分之一。②整
理，改正：釐定／釐正。

**離** ｜ 离 普 lí 粤 lei4 梨 倉 YBOG
佳部，19 畫。

【釋義】①分離，離開：離別／隔離／悲歡離
合。②在空間或時間上相隔，相距：這裏離
車站很近／離年底還有兩個月。③缺少：魚
離不了水。

【組詞】離婚／離去／離題／離職／撤離／距離／
偏離／脫離／遠離

【成語】離經叛道／離鄉背井／流離失所／生離
死別／支離破碎／寸步不離／形影不離／眾叛
親離

**灘** ｜ 滩 普 lí 粤 lei4 厘 倉 EYBG
水部，22 畫。

【釋義】灘江，水名，在廣西。

**籬** ｜ 篱 普 lí 粤 lei4 梨 倉 HYBG
竹部，25 畫。

【釋義】籬笆，用竹子或樹枝等編成的遮攔
物：樊籬／竹籬茅舍。

【組詞】籬笆／籬柵

**鸝** ｜ 鹂 普 lí 粤 lei4 梨 倉 MPHAF
鳥部，30 畫。

【釋義】〔黃鸝〕鳥名。羽毛黃色，從眼邊到頭
後部有黑色斑紋，叫的聲音很好聽。吃森林
中的害蟲，對林業有益。也叫黃鶯。

**李** 普 lǐ 粤 lei5 里 倉 DND
木部，7 畫。

【釋義】李子樹，小喬木，花白色，果實球
形，黃色或紫紅色，是普通水果。

【組詞】李子／桃李

【成語】瓜田李下／投桃報李

# 里 ⓟ lǐ ⓒ lei5 李 ⓒ WG
里部，7畫。

【釋義】①街坊，巷弄：里巷 / 鄰里。②家鄉：故里 / 鄉里。③長度單位，1里等於500米，1公里等於1000米。
【組詞】公里
【成語】一日千里

# 俚 ⓟ lǐ ⓒ lei5 里 ⓒ OWG
人部，9畫。

【釋義】民間的，通俗的：俚俗 / 俚語。

# 理 ⓟ lǐ ⓒ lei5 李 ⓒ MGWG
玉部，11畫。

【釋義】①物質組織的條紋，紋理：肌理。②條理，層次或秩序：文理 / 有條有理。③道理，事理：合理 / 真理 / 至理名言。④自然科學，有時特指物理學：理科 / 數理化（指數學、物理、化學）。⑤管理，辦理：理財 / 處理 / 日理萬機。⑥整理，使整齊：理髮 / 修理。⑦對別人的言行表示態度，表示意見（多用於否定）：理睬 / 置之不理。
【組詞】理會 / 理解 / 理論 / 理想 / 理由 / 理智 / 清理 / 梳理 / 推理 / 心理
【成語】理所當然 / 理直氣壯 / 據理力爭 / 順理成章 / 無理取鬧 / 心安理得 / 強詞奪理 / 傷天害理 / 通情達理

# 裏 ｜里 ⓟ lǐ ⓒ leoi5 旅 ⓒ YWGV
衣部，13畫。

【釋義】①裏邊，裏邊的（跟「外」相對，下②同）：裏屋 / 裏院。②裏面，內部：手裏 / 櫃子裏 / 話裏有話。③附在「這」「那」「哪」等後面，表示處所：那裏 / 這裏。

【組詞】裏邊 / 裏面 / 裏頭 / 哪裏 / 心裏 / 夜裏
【成語】裏應外合 / 百裏挑一 / 忙裏偷閒 / 死裏逃生 / 字裏行間

□ ⓟ lǐ ⓒ lei5 理

【釋義】衣服被褥等不露在外面的那一層，紡織品的反面：被裏 / 襯裏 / 衣服裏子。

# 禮 ｜礼 ⓟ lǐ ⓒ lai5 例五聲 ⓒ IFTWT
示部，17畫。

【釋義】①社會生活中，由於道德觀念和風俗習慣而形成、為大家共同遵守的儀式：典禮 / 婚禮。②表示尊敬的言語或動作：禮貌 / 禮儀 / 敬禮。③以禮相待：禮賢下士。④禮物，贈送的物品：禮品 / 賀禮 / 送禮。
【組詞】禮節 / 禮讓 / 禮物 / 賠禮 / 行禮
【成語】禮尚往來 / 禮義廉恥 / 彬彬有禮

# 鯉 ｜鲤 ⓟ lǐ ⓒ lei5 理 ⓒ NFWG
魚部，18畫。

【釋義】鯉魚，身體側扁，青黃色，嘴邊有鬚一對，是中國重要的淡水魚類之一。
【組詞】鯉魚 / 錦鯉

# 力 ⓟ lì ⓒ lik6 歷 ⓒ KS
力部，2畫。

【釋義】①物體之間的相互作用，是使物體改變速度和發生形變的外因。力的三要素是力的大小、方向和作用點。②力量，能力：視力 / 藥力 / 戰鬥力。③專指體力：大力士 / 力大如牛 / 四肢無力。④盡力，努力：力圖 / 力爭上游。
【組詞】暴力 / 動力 / 奮力 / 魅力 / 潛力 / 實力 / 勢力 / 壓力 / 毅力 / 阻力
【成語】力不從心 / 力挽狂瀾 / 全力以赴 / 自力

更生／身體力行／勢均力敵／不遺餘力／不自量力／無能為力

## 立

⊕ lì ⊜ lap6 笠六聲 ⊗ laap6 垃
⊜ YT

立部，5畫。

【釋義】①站：立正／站立／坐立不安。②豎起，使直立：立竿見影。③直立：聳立／屹立。④建立，制定：立法／立志／樹立。⑤存在，生存：獨立／勢不兩立。⑥立刻：當機立斷。

【組詞】立場／立刻／立足／成立／創立／對立／建立／林立／確立／自立

【成語】立功贖罪／立錐之地／孤立無援／成家立業／亭亭玉立

## 吏

⊕ lì ⊜ lei6 利 ⊜ JLK

口部，6畫。

【釋義】舊時泛指官員：官吏／廉吏。

【成語】貪官污吏

## 利

⊕ lì ⊜ lei6 例 ⊜ HDLN

刀部，7畫。

【釋義】①鋒利，銳利（跟「鈍」相對）：利刃／利爪／尖利。②順利，便利：不利／吉利／成敗利鈍（鈍：不順利）。③利益（跟「害」「弊」相對）：功利／名利／見利忘義。④利潤或利息：紅利／薄利多銷。⑤使有利：損人利己／平等互利。

【組詞】利弊／利害／利用／福利／權利／失利／勢利／盈利／有利／專利

【成語】利慾薰心／急功近利／自私自利

## 戾

⊕ lì ⊜ leoi6 淚 ⊜ HSIK

戶部，8畫。

【釋義】①罪過：罪戾。②兇殘，乖張：暴戾／乖戾。

## 例

⊕ lì ⊜ lai6 勵 ⊜ OMNN

人部，8畫。

【釋義】①用來幫助說明或證明某種情況或說法的事物：例句／例題／舉例。②從前有過，後來可以仿效或依據的事情：先例／援例。③指合於某種條件的事物：病例。④規則，體例：破例／條例／發凡起例。⑤按常規的，照例進行的：例會／例行公事。

【組詞】例如／例外／例證／法例／範例／慣例／規例／立例／事例／特例

【成語】史無前例／下不為例

## 俐

⊕ lì ⊜ lei6 利 ⊜ OHDN

人部，9畫。

【釋義】〔伶俐〕見229頁líng「伶」。

## 荔

⊕ lì ⊜ lai6 例 ⊜ TKSS

艸部，10畫。

【釋義】〔荔枝〕喬木，果實球形或卵形，外皮有瘤狀突起，熟時紫紅色，果肉白色，多汁味甜。

## 栗

⊕ lì ⊜ leot6 律 ⊜ MWD

木部，10畫。

【釋義】喬木，果實包在多刺的殼斗內，成熟時殼斗裂開而散出。果實可以吃，樹皮和殼斗可用來染色和使獸皮變得柔軟。

【組詞】栗子／板栗

## 粒

⊕ lì ⊜ nap1 凹 ⊜ FDYT

米部，11畫。

【釋義】①小圓珠形或小碎塊形的東西：飯

粒 / 顆粒 / 鹽粒。②表示單位。用於粒狀的東西：兩粒藥 / 一粒米。

# 莉
曾 lì 粵 lei6 利 倉 THDN
艸部，11 畫。
【釋義】〔茉莉〕見 260 頁 mò「茉」。

# 喡
曾 lì 粵 leoi6 類 倉 RHSK
口部，11 畫。
【釋義】鳥鳴：風聲鶴喡。

# 笠
曾 lì 粵 lap1 立一聲 倉 HYT
竹部，11 畫。
【釋義】用竹篾、草等編製的圓形寬簷帽，可用來遮光擋雨：斗笠。

# 痢
曾 lì 粵 lei6 利 倉 KHDN
疒部，12 畫。
【釋義】痢疾，傳染病，主要症狀是腹痛、腹瀉、大便帶血和黏液。

# 傈
曾 lì 粵 leot6 律 倉 OMWD
人部，12 畫。
【釋義】〔傈僳族〕(傈：曾 sù 粵 suk1 粟) 中國少數民族之一，分佈在雲南和四川。

# 慄｜栗
曾 lì 粵 leot6 律 倉 PMWD
心部，13 畫。
【釋義】發抖：戰慄 / 不寒而慄。

# 蒞｜莅
曾 lì 粵 lei6 利 倉 TEOT
艸部，14 畫。
【釋義】到(含敬意)：歡迎蒞臨。

# 厲｜厉
曾 lì 粵 lai6 例 倉 MTWB
厂部，15 畫。

【釋義】①嚴格：厲行節約。②嚴肅，猛烈：凌厲 / 嚴厲 / 雷厲風行。
【組詞】厲害 / 厲色 / 厲聲
【成語】正顏厲色 / 變本加厲

# 歷｜历
曾 lì 粵 lik6 力 倉 MDYLM
止部，16 畫。

【釋義】①經歷，經過：歷程 / 來歷 / 歷盡艱辛。②統指過去的各個或各次：歷朝 / 歷屆 / 歷年。③遍，逐個地：歷訪 / 歷覽。
【組詞】歷經 / 歷來 / 歷時 / 病歷 / 經歷 / 履歷 / 學歷 / 閱歷 / 資歷
【成語】歷歷可數 / 歷歷在目

# 曆｜历
曾 lì 粵 lik6 力 倉 MDA
日部，16 畫。

【釋義】①曆法，推算年月日和節氣的方法：陽曆 / 陰曆。②曆書，記錄年月日和節氣的書、表等：日曆。
【組詞】曆法 / 公曆 / 農曆

# 隸｜隶
曾 lì 粵 dai6 弟 倉 DFLE
隶部，17 畫。

【釋義】①附屬：隸屬。②社會地位低下、被奴役的人：奴隸 / 僕隸。③隸書，漢字的一種字體。

# 勵｜励
曾 lì 粵 lai6 例 倉 MBKS
力部，17 畫。

【釋義】勸勉：鼓勵 / 勉勵。
【組詞】激勵 / 獎勵
【成語】勵精圖治

# 瀝｜沥
曾 lì 粵 lik6 力 倉 EMDM
水部，19 畫。

【釋義】①液體一滴一滴地落下：嘔心瀝血 /
披肝瀝膽。②〔瀝青〕一種有機化合物的混
合物，呈黑色或棕黑色，膠狀。可用來鋪路
面，也可做防水、防腐材料等。通稱柏油。

經擺好了。

---

## lia

**倆** | 俩 曾 liǎ 粵 loeng5 兩 倉 OMLB
人部，10 畫。

【釋義】①兩個（後面不能再接「個」字或其他
量詞）：咱倆 / 姐妹倆。②不多，幾個：這倆
錢買不了甚麼 / 就那麼倆人，恐怕搬不動。

---

**麗** | 丽 曾 lì 粵 lai6 例 倉 MMBBP
鹿部，19 畫。

【釋義】好看，美麗：華麗 / 秀麗 / 富麗堂皇。
【組詞】瑰麗 / 美麗 / 絢麗 / 豔麗 / 壯麗
【成語】天生麗質 / 風和日麗

---

## lian

**連** | 连 曾 lián 粵 lin4 憐 倉 YJWJ
辵部，11 畫。

【釋義】①連接：心連心 / 藕斷絲連。②連
續，接續：連綿 / 連載 / 連年豐收。③軍隊
的編制單位，由若干排組成：連隊 / 連長。
④包括在內：連根拔起 / 連我才三個人。
⑤表示強調下文，多跟「也」「都」等呼應，含
有「甚至於」的意思：笑得連腰也直不起來了 /
你怎麼連這個字都不認識？
【組詞】連貫 / 連環 / 連忙 / 連日 / 連鎖 / 連同 /
接連 / 牽連 / 相連 / 一連串
【成語】連綿不絕 / 價值連城 / 叫苦連天 / 接二
連三 / 血肉相連

---

**礪** | 砺 曾 lì 粵 lai6 例 倉 MRMTB
石部，20 畫。

【釋義】①較粗的磨刀石：礪石。②磨（刀），
比喻磨練：砥礪 / 磨礪。

---

**礫** | 砾 曾 lì 粵 lik1 力一聲
倉 MRVID
石部，20 畫。

【釋義】小石塊，碎石：瓦礫。
【組詞】礫石 / 砂礫

---

**儷** | 俪 曾 lì 粵 lai6 例 倉 OMMP
人部，21 畫。

【釋義】①成對的，成雙的：儷句（對偶句）。
②指夫婦：儷影（夫妻的合影）。

---

**靂** | 雳 曾 lì 粵 lik6 力 又 lik1 力一聲
倉 MBMDM
雨部，24 畫。

【釋義】〔霹靂〕見 287 頁 pī「霹」。

---

**哩** 曾 lī 粵 le1 啦爹一聲 倉 RWG
口部，10 畫。

▲ 另見 216 頁 lǐ。

【釋義】①用在句末，跟「呢」相同，但不用
於疑問句：雪還沒融化哩。②用在句末，跟
「啦」相同，用於列舉：碗哩，筷子哩，都已

---

**廉** 曾 lián 粵 lim4 簾 倉 ITXC
广部，13 畫。

【釋義】①不貪財，不貪污：廉政 / 清廉。
②便宜，（價格）低：低廉 / 價廉物美。
【組詞】廉恥 / 廉價 / 廉潔 / 廉明 / 廉正
【成語】廉潔奉公 / 禮義廉恥

---

**漣** | 涟 曾 lián 粵 lin4 連 倉 EYJJ
水部，14 畫。

【釋義】①水面被風吹起的波紋：漣漪。②淚流不止的樣子：淚水漣漣。

**憐｜怜**　@ lián　@ lin4 連　@ PFDQ
心部，15畫。

【釋義】①憐憫，同情：憐惜／可憐。②愛：憐愛。
【組詞】憐憫／憐恤／愛憐
【成語】憐香惜玉／同病相憐／搖尾乞憐

**蓮｜莲**　@ lián　@ lin4 連　@ TYJJ
艸部，15畫。

【釋義】草本植物，生在淺水中，葉子圓形，花淡紅色或白色。地下莖叫藕，種子叫蓮子，都可以吃。也叫荷、芙蓉。
【組詞】蓮花／蓮子

**聯｜联**　@ lián　@ lyun4 戀　@ SJVIT
耳部，17畫。

【釋義】①結合，聯合：聯歡／聯絡／聯繫。②對聯：春聯／門聯。
【組詞】聯邦／聯結／聯盟／聯賽／聯手／聯想／串聯／關聯／互聯網

**簾｜帘**　@ lián　@ lim4 廉　@ HITC
竹部，19畫。

【釋義】①用布、竹子等做的有遮蔽作用的用具：簾幕／窗簾／竹簾。②作用像簾的東西：眼簾。
【組詞】簾子／門簾

**鐮｜镰**　@ lián　@ lim4 廉　@ CITC
金部，21畫。

【釋義】鐮刀，收割莊稼和割草的農具，由刀片和木把構成：開鐮（指農民開始收割莊稼）。

**鰱｜鲢**　@ lián　@ lin4 連　@ NFYJJ
魚部，22畫。

【釋義】鰱魚，生活在淡水中，身體側扁，鱗片很細，腹部白色，是中國重要的淡水魚。

**斂｜敛**　@ liǎn　@ lim5 臉　@ OOOK
支部，17畫。

【釋義】①收起，約束：收斂。②收集，徵收：斂財／聚斂／橫徵暴斂。

**臉｜脸**　@ liǎn　@ lim5 廉五聲　@ BOMO
肉部，17畫。

【釋義】①面部，從額到下巴：洗臉／瓜子臉。②情面，面子：丟臉／露臉／賞臉／沒臉見人。③臉上的表情：鬼臉／笑臉。
【組詞】臉蛋／臉紅／臉頰／臉龐／臉容／臉色／變臉／翻臉／嘴臉
【成語】愁眉苦臉

**煉｜炼**　@ liàn　@ lin6 練　@ FDWF
火部，13畫。

【釋義】①用加熱等方法使物質純淨或堅韌：煉鋼／提煉／千錘百煉。②燒：真金不怕火煉。③用心琢磨詞句使精美簡潔：煉句／煉字。
【組詞】鍛煉

**練｜练**　@ liàn　@ lin6 練　@ VFDWF
糸部，15畫。

【釋義】①白絹：江平如練。②學習，訓練：練字／操練／勤學苦練。③經驗多，純熟：老練／熟練。

【組詞】練習 / 幹練 / 簡練 / 教練 / 精練 / 排練 /
訓練

**殮** | 殓 📖 liàn 🔊 lim6 臉六聲
🔡 MNOMO
歹部，17 畫。

【釋義】把死人裝進棺材：殮屍 / 殮葬 / 入殮。

**鏈** | 链 📖 liàn 🔊 lin6 練 🔡 CYJJ
金部，19 畫。

【釋義】①用金屬環連成的條狀物：鎖鏈 / 鐵
鏈 / 項鏈。②像鏈子的東西：拉鏈。
【組詞】鏈子 / 頸鏈

**戀** | 恋 📖 liàn 🔊 lyun2 聯二聲
🔊 lyun5 聯五聲 🔡 VFP
心部，23 畫。

【釋義】①相愛：戀愛 / 熱戀。②想念不忘，
不忍分離：眷戀 / 留戀 / 戀戀不捨。
【組詞】戀情 / 戀人 / 愛戀 / 初戀 / 迷戀 / 失戀 /
依戀

― liang ―

**良** 📖 liáng 🔊 loeng4 梁 🔡 IAV
艮部，7 畫。

【釋義】①好：良醫 / 善良 / 優良。②善良的
人：良莠不齊 / 除暴安良。③很：良久 / 用心
良苦。
【組詞】良好 / 良機 / 良心 / 良藥 / 良知 / 不良 /
改良 / 精良
【成語】良辰美景 / 良師益友 / 良藥苦口 / 喪盡
天良

**涼** | 凉 📖 liáng 🔊 loeng4 良
🔡 EYRF
水部，11 畫。

▲另見 224 頁 liàng。
【釋義】①溫度低，冷 (指天氣時，比「冷」的
程度淺)：涼快 / 清涼 / 冬暖夏涼。②比喻灰
心或失望：聽到這消息，心裏就涼了半截。
③寂寞，冷清：荒涼 / 凄涼。④避熱取涼用
的東西：涼蓆 / 涼鞋。
【組詞】涼爽 / 涼亭 / 悲涼 / 冰涼 / 蒼涼 / 乘涼 /
清涼 / 陰涼 / 着涼
【成語】世態炎涼

**梁** 📖 liáng 🔊 loeng4 良 🔡 EID
木部，11 畫。

【釋義】①朝代。(a)南朝之一，蕭衍所建。
(b)五代之一，公元 907－923 年，朱全忠所
建，史稱後梁。②姓。

**量** 📖 liáng 🔊 loeng4 良 🔡 AMWG
里部，12 畫。

▲另見 224 頁 liàng。
【釋義】①用器具測定事物的長短、大小、多
少等：丈量 / 量體溫。②思量，估計：打量 /
估量。
【組詞】量度 / 測量 / 掂量 / 衡量 / 商量 / 思量
【成語】車載斗量

**粱** 📖 liáng 🔊 loeng4 涼 🔡 EIFD
米部，13 畫。

【釋義】穀子的優良品種。
【組詞】高粱
【成語】黃粱一夢

**樑** | 梁 📖 liáng 🔊 loeng4 良
🔡 DEID
木部，15 畫。

【釋義】①水平方向的長條形承重構件。木結構屋架中專指順着前後方向架在柱子上的長木；房樑／橫樑。②橋：津樑／橋樑。③隆起成長條的部分：鼻樑。④器物便於用手提的部分：提樑。

【組詞】棟樑／脊樑

【成語】雕樑畫棟／偷樑換柱／餘音繞樑

## 糧｜粮　普liáng　粤loeng4 良　倉FDAMG
米部，18畫。

【釋義】糧食：糧倉／粗糧。

【組詞】糧食／斷糧／乾糧／軍糧／口糧／食糧／雜糧

## 兩｜两　㊀普liǎng　粤loeng5 倆　倉MLBO
入部，8畫。

【釋義】①數目，二。「兩」字一般用於量詞和「半」「千」「萬」「億」前：兩扇門／兩枝筆／兩個半月／兩千多人。②雙方：兩小無猜／勢不兩立。③表示不定的數目，跟「幾」差不多：我來說兩句／他真有兩下子。

【組詞】兩岸／兩邊／兩難／兩旁

【成語】兩敗俱傷／兩全其美／兩袖清風／三三兩兩／三言兩語／一刀兩斷

㊁普liǎng　粤loeng2 量二聲

【釋義】重量單位。舊制16兩等於1斤。

【組詞】斤兩

【成語】半斤八兩

## 亮｜亮　普liàng　粤loeng6 諒　倉YRBU
亠部，9畫。

【釋義】①光線強：光亮／明亮。②發光：電燈亮了／天還沒亮。③（聲音）強，響；嘹亮／響亮。④使聲音響亮：亮起嗓子叫喊。⑤（心胸、思想等）開朗，清楚：心明眼亮。⑥顯露，顯示：亮相／亮底牌。

【組詞】亮光／亮麗／洪亮／漂亮／閃亮／天亮／透亮／雪亮／亮晶晶

## 涼｜凉　普liàng　粤loeng4 良　倉EYRF
水部，11畫。

▲另見223頁 liáng。

【釋義】把熱的東西放一會兒，使溫度降低：粥太燙，涼涼再喝。

## 晾　普liàng　粤long6 浪　倉AYRF
日部，12畫。

【釋義】把東西放在太陽底下曬或放在通風的地方使乾燥：晾乾菜／晾衣服。

## 量　普liàng　粤loeng6 亮　倉AMWG
里部，12畫。

▲另見223頁 liáng。

【釋義】①能容納或承受的限度：膽量／飯量／寬宏大量。②數目的多少：流量／數量／降雨量。③估計，衡量：量力／量刑。

【組詞】份量／含量／較量／力量／能量／容量／食量／音量／質量／重量

【成語】量力而行／量體裁衣／不自量力

## 踉　普liàng　粤long4 郎　倉RMIAV
足部，14畫。

【釋義】〔踉蹌〕（蹌：普qiàng 粤coeng3 唱）走路不穩的樣子：一個踉蹌，險些跌倒。

## 諒｜谅　普liàng　粤loeng6 亮　倉YRYRF
言部，15畫。

【釋義】①原諒：諒解 / 體諒。②料想：諒不見怪 / 諒他不會來了。

【組詞】原諒

**靚** | 靓　曾 liàng　普 leng3 拉鏡三聲　倉 QBBUU
青部，15 畫。

【釋義】漂亮，美麗，好看：靚女 / 靚仔。

**輛** | 辆　曾 liàng　普 loeng6 亮　倉 JJMLB
車部，15 畫。

【釋義】表示單位。用於車：一輛巴士。

## liao

**撩**　曾 liāo　普 liu1 聊一聲　倉 QKCF
手部，15 畫。
▲另見本頁 liáo。

【釋義】①把東西垂下的部分掀起來：撩起門簾 / 把頭髮撩上去。②用手灑水：給花撩點水。

**聊**　曾 liáo　普 liu4 遼　倉 SJHHL
耳部，11 畫。

【釋義】①姑且，暫時地：聊以自慰。②略微：聊勝於無。③依靠，依賴：百無聊賴 / 民不聊生。④閒談：聊天 / 閒聊。

【組詞】無聊

**寥**　曾 liáo　普 liu4 聊　倉 JSMH
宀部，14 畫。

【釋義】①稀少：寥落 / 寥若晨星。②靜寂，空曠：寥廓 / 寂寥。

【成語】寥寥可數 / 寥寥無幾

**僚**　曾 liáo　普 liu4 聊　倉 OKCF
人部，14 畫。

【釋義】①官吏：臣僚 / 官僚。②同一官署的官吏：僚屬（下屬的官吏）/ 同僚（泛指同事）。

**潦**　㊀曾 liáo　普 liu4 聊　倉 EKCF
水部，15 畫。

【釋義】〔潦草〕做事不認真，字跡不工整：敷衍潦草 / 字跡潦草。
㊁曾 liáo　普 lou5 老
【釋義】〔潦倒〕頹喪，不得意：窮困潦倒。

**撩**　曾 liáo　普 liu4 聊　倉 QKCF
手部，15 畫。
▲另見本頁 liāo。
【釋義】挑逗，招惹：撩撥 / 撩逗 / 春色撩人。

**嘹**　曾 liáo　普 liu4 聊　倉 RKCF
口部，15 畫。

【釋義】〔嘹亮〕（聲音）清晰響亮：歌聲嘹亮。

**獠**　曾 liáo　普 liu4 聊　倉 KHKCF
犬部，15 畫。
【釋義】醜惡的樣子：青面獠牙。

**燎**　曾 liáo　普 liu4 聊　倉 FKCF
火部，16 畫。
▲另見 226 頁 liǎo。
【釋義】蔓延燃燒：星火燎原。

**遼** | 辽　曾 liáo　普 liu4 聊　倉 YKCF
辵部，16 畫。

**遼** 🔊 liáo 🔊 liu5 🔊 BUKCF
辵部，15畫。

【釋義】①遠：遼闊／遼遠。②朝代，公元907－1125年，契丹人耶律阿保機所建，在中國北部，初名契丹，938年（一說947年）改稱遼。

**療** | 疗 🔊 liáo 🔊 liu4 聊 🔊 KKCF
疒部，17畫。

【釋義】醫治：醫療／治療。
【組詞】療程／療效／療養／診療

**繚** | 缭 🔊 liáo 🔊 liu4 聊 🔊 VFKCF
糸部，18畫。

【釋義】纏繞：繚亂／繚繞。
【成語】眼花繚亂

**了** 🔊 liǎo 🔊 liu5 嘹五聲 🔊 NN
亅部，2畫。

▲另見214頁 le。

【釋義】①完畢，結束：了結／沒完沒了。②跟「得」「不」連用，表示可能或不可能：受不了／做得了。③完全（不），一點（也沒有）：了不相涉／了無懼色。④明白，懂得：了解／了然於心。
【組詞】了得／了斷／了卻／了然／了不起／不得了
【成語】不了了之／一了百了／一目了然

**燎** 🔊 liáo 🔊 liu4 聊 🔊 FKCF
火部，16畫。

▲另見225頁 liáo。

【釋義】挨近了火而燒焦（多用於毛髮）：把頭髮燎着了。

**瞭** | 了 🔊 liǎo 🔊 liu5 了 🔊 BUKCF
目部，17畫。

▲另見本頁 liào。

【釋義】明白，懂得：明瞭／瞭如指掌。

**料** 🔊 liào 🔊 liu6 廖 🔊 FDYJ
斗部，10畫。

【釋義】①預料，猜測：料想／意料。②材料，原料：布料／燃料。③給牲口吃的穀物：草料／飼料。④照看，管理：料理／照料。
【組詞】不料／材料／肥料／顏料／預料／原料／資料
【成語】料事如神／出人意料／偷工減料

**撂** 🔊 liào 🔊 loek6 略 🔊 QWHR
手部，14畫。

【釋義】①放下：他把書撂在桌子上就走了。②弄倒：他一下子把敵人撂在地上。③拋棄，拋：每次都把我的事撂在一邊。

**瞭** 🔊 liào 🔊 liu4 聊 🔊 BUKCF
目部，17畫。

▲另見本頁 liǎo。

【釋義】登高遠望：瞭望。

**鐐** | 镣 🔊 liào 🔊 liu4 遼 🔊 CKCF
金部，20畫。

【釋義】套在腳腕上的刑具，由一條鐵鏈連着兩個鐵箍做成：腳鐐。
【組詞】鐐銬

─── **lie** ───

**咧** 🔊 liě 🔊 lit6 列 🔊 RMNN
口部，9畫。

【釋義】嘴角向兩邊伸展：咧着嘴笑。
【組詞】咧嘴

# 列 曾 liè 粵 lit6 烈 倉 MNLN
刀部，6畫。

| 一 | 歹 | 列 | 列 | 列 |

【釋義】①排列：羅列／名列前茅。②安插到某類事物之中：列入議程。③行列：出列／隊列。④表示單位。用於成行列的事物：一列火車。⑤類：不在此列。⑥各，眾：列島／列國／列強／列位觀眾。

【組詞】列車／列隊／列舉／並列／陳列／行列／排列／系列

# 劣 曾 liè 粵 lyut3 列月三聲 倉 FHKS
力部，6畫。

| 小 | 少 | 劣 | 劣 | 劣 |

【釋義】壞，不好（跟「優」相對）：劣等／惡劣／拙劣。

【組詞】劣勢／劣質／卑劣／粗劣／低劣／優劣

# 冽 曾 liè 粵 lit6 列 倉 IMMNN
冫部，8畫。

【釋義】寒冷：清冽／寒風凜冽。

# 烈 曾 liè 粵 lit6 列 倉 MNF
火部，10畫。

| 歹 | 列 | 烈 | 烈 | 烈 |

【釋義】①強烈，猛烈：烈酒／烈日／激烈。②剛直，嚴正：剛烈。③為正義而死難的人：烈士／先烈。

【組詞】烈火／慘烈／劇烈／猛烈／濃烈／強烈／熱烈／壯烈

【成語】烈烈／興高采烈

# 裂 曾 liè 粵 lit6 烈 倉 MNYHV
衣部，12畫。

| 歹 | 列 | 裂 | 裂 | 裂 |

【釋義】破而分開：裂縫／分裂／破裂。

【組詞】裂痕／裂口／裂紋／爆裂／割裂／決裂

【成語】身敗名裂／四分五裂／天崩地裂

# 獵｜猎 曾 liè 粵 lip6 利葉六聲 倉 KHVVV
犬部，18畫。

| 犭 | 獵 | 獵 | 獵 | 獵 |

【釋義】①捕捉禽獸：獵犬／打獵／狩獵。②搜尋，追求：獵奇／獵取。

【組詞】獵人／獵物／涉獵

# 鬣 曾 liè 粵 lip6 獵 倉 SHVVV
髟部，25畫。

【釋義】某些獸類頸上的長毛：鬣毛。

---

## lín

# 拎 曾 lín 粵 ling1 令一聲 倉 QOII
手部，8畫。

| 扌 | 扑 | 扲 | 拎 | 拎 |

【釋義】用手提：下課了，他拎着書包就跑。

# 林 曾 lín 粵 lam4 臨 倉 DD
木部，8畫。

| 木 | 林 | 林 | 林 | 林 |

【釋義】①成片的樹林或竹子：森林／園林／竹林。②聚集在一起的同類的人或事物：武林／槍林彈雨。

【組詞】林立／林木／叢林／密林／山林／樹林

【成語】林林總總

# 淋 曾 lín 粵 lam4 林 倉 EDD
水部，11畫。

| 氵 | 沐 | 淋 | 淋 | 淋 |

【釋義】①水或別的液體落在物體上：淋浴／日曬雨淋／衣服淋濕了。②〔淋漓〕(a)形容濕

淋淋地往下滴落：大汗淋漓。(b)形容暢快：痛快淋漓。
【成語】淋漓盡致 / 酣暢淋漓

## 琳
🔊 lín　🔊 lam4 林　🔊 MGDD
玉部，12 畫。

【釋義】美玉：琳琅滿目。

## 粼
🔊 lín　🔊 leon4 倫　🔊 FQVV
米部，14 畫。

【釋義】〔粼粼〕清澈，明淨：波光粼粼。

## 鄰｜邻
🔊 lín　🔊 leon4 倫　🔊 FQNL
邑部，15 畫。

【釋義】①住處接近的人家：左鄰右舍 / 遠親不如近鄰。②鄰接，鄰近：鄰國 / 鄰座。
【組詞】鄰近 / 鄰居 / 鄰舍 / 近鄰 / 相鄰

## 嶙
🔊 lín　🔊 leon4 倫　🔊 UFDQ
山部，15 畫。

【釋義】〔嶙峋〕(峋：🔊 xún 🔊 seon1 詢) ①非常消瘦，連骨頭都顯露出來：瘦骨嶙峋。②山石突兀，重疊不平：怪石嶙峋。③（人）剛直，有骨氣：傲骨嶙峋。

## 霖
🔊 lín　🔊 lam4 林　🔊 MBDD
雨部，16 畫。

【釋義】久下不停的雨：甘霖 / 秋霖。

## 臨｜临
🔊 lín　🔊 lam4 林　🔊 SLORR
臣部，17 畫。

【釋義】①靠近，對着：臨街 / 臨近。②來到，到達：光臨 / 來臨。③照着字畫模仿：臨摹 / 臨帖。④從高處往低處看：居高臨下。⑤將要，快要：臨別 / 臨走時。

【組詞】臨場 / 臨時 / 臨終 / 瀕臨 / 降臨 / 面臨
【成語】臨渴掘井 / 臨危不懼 / 臨陣脫逃 / 身臨其境 / 大難臨頭 / 雙喜臨門

## 磷
🔊 lín　🔊 leon4 鄰　🔊 MRFDQ
石部，17 畫。

【釋義】非金屬元素，符號 P。磷是植物營養的重要成分之一：磷肥。

## 麟
🔊 lín　🔊 leon4 鄰　🔊 IPFDQ
鹿部，23 畫。

【釋義】〔麒麟〕見 299 頁 qí「麒」。

## 鱗｜鳞
🔊 lín　🔊 leon4 倫　🔊 NFFDQ
魚部，23 畫。

【釋義】①魚類、爬行動物和少數哺乳動物身體表面的角質或骨質薄片，具有保護作用：鱗片。②像魚鱗一樣的：鱗波 / 遍體鱗傷。
【組詞】魚鱗
【成語】一鱗半爪 / 櫛比鱗次

## 凜｜凛
🔊 lín　🔊 lam5 林五聲　🔊 IMYWD
冫部，15 畫。

【釋義】①寒冷：凜冽。②嚴肅，嚴厲：凜若冰霜 / 正氣凜然。
【成語】大義凜然 / 威風凜凜

## 吝
🔊 lìn　🔊 leon6 論　🔊 YKR
口部，7 畫。

【釋義】小氣，過分愛惜：吝嗇 / 不吝賜教。

## 賃｜赁
🔊 lìn　🔊 jam6 任　🔊 OGBUC
貝部，13 畫。

【釋義】租借：出賃 / 租賃。

## 躪｜躏
🔊 lìn　🔊 leon6 論　🔊 RMTAG
足部，27 畫。

【釋義】〔蹂躪〕見323頁 róu「蹂」。

---

## ling

伶 曾 líng 粵 ling4 鈴 倉 OOII
人部，7畫。

【釋義】①舊時指戲曲演員：伶人／名伶。②〔伶仃〕(仃：曾 dīng 粵 ding1 叮) 孤獨無依：孤苦伶仃。③〔伶俐〕聰明靈活：口齒伶俐。

玲 曾 líng 粵 ling4 鈴 倉 MGOII
玉部，9畫。

【釋義】〔玲瓏〕(瓏：曾 lóng 粵 lung4 龍) ①形容東西精巧細緻：小巧玲瓏。②形容人靈活敏捷：八面玲瓏／嬌小玲瓏。
【成語】玲瓏剔透

凌 曾 líng 粵 ling4 鈴 倉 IMGCE
冫部，10畫。

【釋義】①侵犯，欺壓：凌辱／欺凌。②逼近：凌晨。③升高：凌空／凌霄。
【組詞】凌厲／侵凌
【成語】盛氣凌人／壯志凌雲

羚 曾 líng 粵 ling4 鈴 倉 TQOII
羊部，11畫。

【釋義】①羚羊，哺乳動物，外形類似山羊，四肢細長，生活在山上，有角。②指羚羊角。

聆 曾 líng 粵 ling4 零 倉 SJOII
耳部，11畫。

【釋義】聽：聆聽。

翎 曾 líng 粵 ling4 鈴 倉 OISMM
羽部，11畫。

【釋義】鳥的翅膀或尾巴上的長而硬的羽毛：翎毛／雁翎／孔雀翎。

陵 曾 líng 粵 ling4 聆 倉 NLGCE
阜部，11畫。

【釋義】①大的土山：丘陵／山陵。②陵墓：陵園／中山陵。

菱 曾 líng 粵 ling4 聆 倉 TGCE
艸部，12畫。

【釋義】草本植物，生在池沼中，葉子浮在水面，果實的硬殼有角，果肉可以吃。通稱菱角。

零 曾 líng 粵 ling4 鈴 倉 MBOII
雨部，13畫。

【釋義】①零碎，小數目的(跟「整」相對)：零錢／零售。②不成整數，餘數：零頭／八十有零。③放在兩個數量中間，表示較大的量之下附有較小的量：一年零五天。④數的空位，在數碼中多用「〇」表示：三零六號。⑤表示沒有數量：二減二等於零。⑥(草木花葉)枯萎而落下：零落／凋零。⑦(雨、淚等落下)：感激涕零。
【組詞】零件／零散／零食／零碎／零星／飄零／零用錢
【成語】零敲碎打／七零八落

鈴 | 铃 曾 líng 粵 ling4 凌 倉 COII
金部，13畫。

【釋義】①用金屬製成的響器：鈴鐺／風鈴。②形狀像鈴的東西：啞鈴。

【組詞】門鈴
【成語】解鈴繫鈴 / 掩耳盜鈴

## 綾 | 绫　🔊 líng　🔊 ling4 鈴　⌨ VFGCE
糸部，14 畫。

【釋義】一種很薄的絲織品，像緞子但比緞子更薄：綾子 / 綾羅綢緞。

## 齡 | 龄　🔊 líng　🔊 ling4 聆　⌨ YUOII
齒部，20 畫。

【釋義】①歲數：高齡 / 年齡。②泛指年數：工齡 / 教齡。
【組詞】妙齡 / 適齡

## 靈 | 灵　🔊 líng　🔊 ling4 菱　⌨ MBRRM
雨部，24 畫。

【釋義】①靈巧，不呆板：靈敏 / 機靈 / 失靈。②精神：靈魂：心靈 / 幽靈。③稱神仙或關於神仙的：神靈。④有效，應驗：靈驗 / 靈藥。⑤(消息)來得快，來源廣：靈通 / 消息不靈。⑥裝殮死者的棺材或關於死人的：靈車 / 靈牌 / 守靈。
【組詞】靈感 / 靈魂 / 靈活 / 靈巧 / 精靈
【成語】靈丹妙藥 / 靈機一動 / 人傑地靈 / 在天之靈

## 領 | 领　🔊 líng　🔊 ling5 嶺　⌨ OIMBC
頁部，14 畫。

【釋義】①脖子：領巾 / 引領而望。②衣領，衣服圍繞脖子的部分：領章 / 翻領 / 圓領。③大綱，要點：要領 / 提綱挈領。④帶，引：領唱 / 帶領。⑤佔有，管轄的：領地 / 佔領。⑥領取：領獎 / 認領。⑦接受：領教 / 心領。⑧了解(意思)：領略 / 領悟。
【組詞】領帶 / 領導 / 領會 / 領情 / 領土 / 領先 / 領袖 / 本領 / 率領
【成語】心領神會

## 嶺 | 岭　🔊 lǐng　🔊 ling5 領　⌨ UOIC
山部，17 畫。

【釋義】山脈：山嶺 / 翻山越嶺。
【組詞】分水嶺
【成語】崇山峻嶺

## 另　🔊 ling　🔊 ling6 令　⌨ RKS
口部，5 畫。

【釋義】另外，別的，此外的：另議 / 另一個人 / 另一回事。
【組詞】另類 / 另外
【成語】另起爐灶 / 另眼相看

## 令　🔊 ling　🔊 ling6 另　⌨ OINI
人部，5 畫。

【釋義】①上級對下級的指示：命令 / 下令 / 發號施令。②使：令人髮指 / 令人振奮。③古代官名：令尹 / 縣令。④時節：時令 / 夏令。⑤敬辭，用於對方的親屬或有關係的人：令郎 / 令堂 / 令尊。
【組詞】法令 / 號令 / 口令 / 司令 / 指令
【成語】令人捧腹 / 令人注目 / 三令五申

---

liu

---

## 溜　🔊 liū　🔊 lau6 漏　⌨ EHHW
水部，13 畫。

▲另見 232 頁 liù。

【釋義】①滑行，(往下) 滑：溜冰 / 溜滑梯。②光滑，平滑：滑溜 / 光溜溜。③偷偷地走開：溜走 / 不能讓小偷溜了。

## 流 🔊 liú 🔊 lau4 流 🔊 EYIU
水部，10 畫。

【釋義】①液體流動：流汗 / 奔流。②移動不定：流浪 / 流星。③流傳，傳播：流行 / 流言。④向壞的方向轉變：流於形式 / 放任自流。⑤舊時的刑罰，把犯人送到邊遠地方去：流放。⑥指江河湖海的流水：河流 / 急流。⑦像水流的東西：暖流 / 氣流 / 人流。⑧種類，等級：名流 / 一流。

【組詞】流暢 / 流露 / 流失 / 流通 / 流域 / 潮流 / 寒流 / 輸流 / 溪流 / 主流

【成語】流芳百世 / 流離失所 / 流連忘返 / 川流不息 / 同流合污 / 中流砥柱 / 顛沛流離 / 落花流水 / 隨波逐流

## 留 🔊 liú 🔊 lau4 流 🔊 HHW
田部，10 畫。

【釋義】①停在某個處所或地位不離去：留級 / 留學 / 停留。②使留下來，使不離開：拘留 / 挽留。③注意力集中在某方面：留神 / 留心。④保留：留底稿 / 留鬍子 / 留一手。⑤接受，收下：收留 / 留下禮物。⑥遺留，以前的事物或現象留下來，繼續存在：留言 / 祖先留給我們豐富的文化遺產。

【組詞】留戀 / 留念 / 留下 / 留意 / 留影 / 保留 / 逗留 / 羈留 / 遺留 / 滯留

【成語】寸草不留

## 琉 🔊 liú 🔊 lau4 流 🔊 MGYIU
玉部，11 畫。

【釋義】〔琉璃〕用鋁和鈉的硅酸化合物燒製成的釉料 (釉：🔊 yòu 🔊 jau6 右)，多為綠色和金黃色，用來加在黏土外層，燒製成缸、盆、磚瓦等。

## 硫 🔊 liú 🔊 lau4 流 🔊 MRYIU
石部，12 畫。

【釋義】非金屬元素，符號S。淺黃色結晶體，用來製造硫酸、火藥、殺蟲劑等。通稱硫磺。

## 榴 🔊 liú 🔊 lau4 流 🔊 DHHW
木部，14 畫。

【釋義】石榴，灌木或小喬木，果實球形，內有很多種子，種子外皮多汁，可以吃。根皮和果皮可入藥。

## 瘤 🔊 liú 🔊 lau4 留 🔊 KHHW
疒部，15 畫。

【釋義】腫瘤，有機體某一部分組織或細胞長期不正常增生所形成：毒瘤 / 肉瘤。

【組詞】腫瘤

## 劉|刘 🔊 liú 🔊 lau4 樓 🔊 HCLN
刀部，15 畫。

【釋義】姓。

## 瀏|浏 🔊 liú 🔊 lau4 留 🔊 EHCN
水部，18 畫。

【釋義】①〔瀏陽〕地名，在湖南省。②〔瀏覽〕粗略地看：瀏覽報紙。

## 餾|馏 🔊 liú 🔊 lau6 漏 🔊 OIHHW
食部，18 畫。

【釋義】蒸餾，加熱液體，使化為蒸氣後再凝結成純淨的液體：蒸餾水。

## 柳 🔊 liǔ 🔊 lau5 摟 🔊 DHHL
木部，9 畫。

【釋義】①喬木或灌木，枝條柔韌，葉子狹長：垂柳／楊柳。②星宿名，二十八宿之一。

【組詞】柳條／柳絮

【成語】柳暗花明

**絡｜络** 🔊liù 🔊lau5 柳 🔊VFHOR
糸部，14畫。

【釋義】表示單位。用於成束的較柔軟的細絲狀的東西：三絡絲線／一絡頭髮。

**六** 🔊liù 🔊luk6 陸 🔊YC
八部，4畫。

【釋義】數目字，五加一後所得。

【成語】六親不認／六神無主／三頭六臂／五顏六色

**陸｜陆** 🔊liù 🔊luk6 六 🔊NLGCG
阜部，11畫。

▲另見235頁lù。

【釋義】數目字「六」的大寫。

**溜** 🔊liù 🔊lau6 漏 🔊EHHW
水部，13畫。

▲另見230頁liū。

【釋義】①迅速的水流：急溜。②表示單位。排，條：一溜五間房／一溜煙跑了。

**遛** 🔊liù 🔊lau6 漏 🔊YHHW
辵部，14畫。

【釋義】①慢慢走，散步：出去遛遛。②為了使牲畜解除疲勞而牽着牲畜慢慢走：遛狗／遛馬。

## long

**隆** 🔊lōng 🔊lung4 龍 🔊NLHEM
阜部，12畫。

▲另見本頁lóng。

【釋義】〔轟隆〕形容雷聲、爆炸聲、機器聲等：轟隆一聲，大牆倒塌了。

**隆** 🔊lóng 🔊lung4 龍 🔊NLHEM
阜部，12畫。

▲另見本頁lōng。

【釋義】①盛大：隆重。②興盛：隆盛／興隆。③深厚，程度深：隆冬／隆恩。④凸出：隆起。⑤〔隆隆〕形容劇烈震動的聲音：雷聲隆隆。

**龍｜龙** 🔊lóng 🔊lung4 隆
🔊YBYSP
龍部，16畫。

【釋義】①中國古代傳說中的神異動物，身體長，有鱗，有角，能飛，能游泳，能興雲降雨。②封建時代用龍作為帝王的象徵：龍袞／龍袍／龍顏。③古生物學上指一些巨大的爬行動物，如恐龍、翼手龍等。④形狀像龍的或裝有龍的圖案的：龍船／龍舟。⑤比喻首領或豪傑才俊：人中之龍／臥虎藏龍。

【組詞】蛟龍／恐龍

【成語】龍飛鳳舞／龍盤虎踞／龍蛇混雜／龍潭虎穴／生龍活虎／葉公好龍

**窿** 🔊lóng 🔊lung4 隆
🔊lung1 拉空一聲 🔊JCNLM
穴部，17畫。

【釋義】〔窟窿〕洞穴，孔：牆上有個窟窿。

**嚨｜咙** 🔊lóng 🔊lung4 隆 🔊RYBP
口部，19畫。

【釋義】喉嚨，咽喉。
【組詞】喉嚨

## 矓｜眬 🔊 lóng 🔊 lung4 隆 🔊 AYBP
日部，20畫。

【釋義】〔曚矓〕見251頁 méng「曚」。

## 朧｜胧 🔊 lóng 🔊 lung4 隆 🔊 BYBP
月部，20畫。

【釋義】〔朦朧〕見251頁 méng「朦」。

## 矓｜眬 🔊 lóng 🔊 lung4 龍 🔊 BUYBP
目部，21畫。

【釋義】〔矇矓〕見251頁 méng「矇」。

## 聾｜聋 🔊 lóng 🔊 lung4 龍 🔊 YPSJ
耳部，22畫。

【釋義】耳朵聽不見聲音或聽覺遲鈍：聾子。
【成語】裝聾作啞／震耳欲聾

## 籠｜笼 🔊 lóng 🔊 lung4 龍 🔊 HYBP
竹部，22畫。

▲另見本頁 lǒng。
【釋義】①籠子，閣養動物或裝東西的器具，用竹木、鐵絲等製成：雞籠／鳥籠／蒸籠。②舊時囚禁犯人的刑具：囚籠。
【組詞】籠子／燈籠

## 壟｜垄 🔊 lóng 🔊 lung5 龍五聲 🔊 YPG
土部，19畫。

【釋義】①田地裏種植作物的土埂或淺溝：壟溝／麥壟。②田地分界的稍稍高起的小路，

田埂：界壟。③形狀像壟的東西：瓦壟。

## 攏｜拢 🔊 lǒng 🔊 lung5 壟 🔊 QYBP
手部，19畫。

【釋義】①合上：合攏。②靠近，到達：靠攏。③總合：攏共／攏總。④使不鬆散或不離開：收攏／攏住他的心／用繩子攏住柴火。⑤梳（頭髮）：她用梳子攏了攏頭髮。
【組詞】聚攏／拉攏

## 籠｜笼 🔲 🔊 lǒng 🔊 lung4 龍 🔊 HYBP
竹部，22畫。

▲另見本頁 lóng。
【釋義】像籠（lóng）子似的罩在上面：籠罩。
🔲 🔊 lǒng 🔊 lung5 壟
【釋義】較大的箱子：箱籠。

## 弄 🔊 lòng 🔊 lung6 龍六聲 🔊 MGT
廾部，7畫。

▲另見275頁 nòng。
【釋義】方言。小巷，胡同：弄堂／里弄。

## lou

## 摟｜摟 🔊 lōu 🔊 lau1 柳一聲 🔊 QLWV
手部，14畫。

▲另見234頁 lǒu。
【釋義】①把東西聚集到自己面前：摟柴火。②用手攏着提起來（指衣服）：摟起袖子。③搜刮（財物）：摟錢。

## 婁｜娄 🔊 lóu 🔊 lau4 留 🔊 LWLV
女部，11畫。

【釋義】星宿名，二十八宿之一。

## 嘍｜喽 🔊 lóu 🔊 lau4 留 🔊 RLWV
口部，14畫。

▲另見本頁 lou。

【釋義】〔嘍囉〕舊時稱強盜頭目的部下。現多比喻追隨壞人的人。

## 樓 | 楼　曾 lóu 粵 lau4 流 倉 DLWV
木部，15 畫。

【釋義】①樓房，兩層以上的房子：高樓大廈／摩天大樓。②樓房的一層：樓層／五樓。③房屋或其他建築物上加蓋的一層房子：城樓／鐘樓。④某些店鋪的名稱：茶樓／酒樓。

【組詞】樓房／樓梯／樓宇／高樓／閣樓／騎樓／寫字樓

【成語】海市蜃樓

## 摟 | 摟　曾 lǒu 粵 lau5 柳 倉 QLWV
手部，14 畫。

▲另見 233 頁 lōu。

【釋義】兩臂合抱，用胳膊攏着：摟抱／奶奶把孫女摟在懷裏。

## 簍 | 篓　曾 lǒu 粵 lau5 柳 倉 HLWV
竹部，17 畫。

【釋義】用竹子、荊條等編成的盛東西的器具：簍子／竹簍。

## 陋 | 陋　曾 lòu 粵 lau6 漏 倉 NLMBV
阜部，9 畫。

【釋義】①不好看，醜：醜陋。②狹小，簡陋：陋室／陋巷。③不文明，不合理：陋俗／陋習。④（見聞）少：淺陋／孤陋寡聞。

【組詞】簡陋

## 漏 | 漏　曾 lòu 粵 lau6 陋 倉 ESMB
水部，14 畫。

【釋義】①東西從孔或縫中滴下、透出或掉出：漏風／漏雨。②泄露：走漏風聲。③遺落：缺漏／疏漏／掛一漏萬。④逃脫：漏稅／漏網之魚。

【組詞】漏洞／錯漏／泄漏／遺漏

【成語】漏洞百出／滴水不漏／疏而不漏

## 鏤 | 镂　曾 lòu 粵 lau6 漏 倉 CLWV
金部，19 畫。

【釋義】雕刻：鏤刻／鏤空。

## 露　曾 lòu 粵 lou6 路 倉 MBRMR
雨部，21 畫。

▲另見 236 頁 lù。

【釋義】義同「露③④」(lù，見 236 頁)，多用於口語詞語：露底／露臉。

## 嘍 | 喽　曾 lou 粵 lau1 柳一聲
倉 RLWV
口部，14 畫。

▲另見 233 頁 lóu。

【釋義】①用於句尾，相當於「啦」：別說嘍／太好嘍。②用於句尾，相當於「了」：起來嘍。

---

lu

---

## 盧 | 卢　曾 lú 粵 lou4 牢 倉 YPWBT
皿部，16 畫。

【釋義】姓。

## 廬 | 庐　曾 lú 粵 lou4 牢 倉 IYPT
广部，19 畫。

【釋義】簡陋的房屋：草廬／茅廬。

【成語】初出茅廬／三顧茅廬

## 爐 | 炉　曾 lú 粵 lou4 牢 倉 FYPT
火部，20 畫。

【釋義】爐子，供做飯、取暖、冶煉等用的設備：爐灶／鍋爐／火爐。
【組詞】爐子／電爐／熔爐
【成語】爐火純青／另起爐灶

## 蘆 | 芦 ⓹ lú ⓸ lou4 牢 ⓺ TYPT
艸部，20 畫。

【釋義】①蘆葦，草本植物，多生在水邊。葉子披針形，莖中空，花紫色。莖可以編蓆，也可造紙，根狀莖可入藥。②〔葫蘆〕見141頁 hú「葫」。

## 顱 | 颅 ⓹ lú ⓸ lou4 牢 ⓺ YTMBC
頁部，25 畫。

【釋義】頭的上部，包括頭骨和腦。也指頭：頭顱。
【組詞】顱骨／顱腔

## 虜 | 虏 ⓹ lǔ ⓸ lou5 老 ⓺ YPWKS
虍部，13 畫。

【釋義】①活捉，俘獲：虜獲／俘虜敵軍三千人。②打仗時捉住的敵人：俘虜。③對敵方的蔑稱：敵虜／強虜。

## 滷 | 卤 ⓹ lǔ ⓸ lou5 老 ⓺ EYWI
水部，14 畫。

【釋義】①用鹽水加五香或醬油煮製：滷蛋／滷味。②用肉類、雞蛋等做湯加澱粉製成的濃汁：陳年老滷。
【組詞】滷水

## 魯 | 鲁 ⓹ lǔ ⓸ lou5 老 ⓺ NWFA
魚部，15 畫。

【釋義】①遲鈍，笨：魯鈍／愚魯。②莽撞，粗野：魯莽／粗魯。③周朝國名，在今山東省曲阜一帶。④山東省的別稱。

## 擄 | 掳 ⓹ lǔ ⓸ lou5 老 ⓺ QYPS
手部，16 畫。

【釋義】搶劫，把人搶走：擄掠。

## 櫓 | 橹 ⓹ lǔ ⓸ lou5 魯 ⓺ DNWA
木部，19 畫。

【釋義】用來撥水使船前進的器具，比槳長而大，安裝在船梢或船旁：船櫓／搖櫓。

## 鹿 ⓹ lù ⓸ luk6 陸 ⓺ IXP
鹿部，11 畫。

【釋義】哺乳動物，四肢細長，尾巴短，有的身上有斑紋，通常雄的頭上有角，性情溫馴。
【組詞】鹿角／鹿茸／麋鹿／馴鹿／梅花鹿
【成語】鹿死誰手／指鹿為馬／逐鹿中原

## 陸 | 陆 ⓹ lù ⓸ luk6 六 ⓺ NLGCG
阜部，11 畫。

▲另見232頁 liù。
【釋義】陸地：陸軍／陸路／大陸／水陸交通。
【組詞】陸地／登陸／內陸／著陸

## 祿 | 禄 ⓹ lù ⓸ luk6 六 ⓺ IFVNE
示部，12 畫。

【釋義】古代官吏領取的錢糧：俸祿／高官厚祿。

# 碌｜碌
曾 lù　粵 luk1 六一聲
倉 MRVNE
石部，13 畫。

石　碌　碌　碌　碌

【釋義】①平凡（指人）：庸碌／碌碌無為。
②事物繁雜：勞碌／忙碌。

# 賂｜赂
曾 lù　粵 lou6 路　倉 BCHER
貝部，13 畫。

貝　賂　賂　賂　賂

【釋義】賄賂，贈送財物買通別人，或指用來
買通別人的財物。
【組詞】賄賂

# 路
曾 lù　粵 lou6 露　倉 RMHER
足部，13 畫。

路　路　路　路　路

【釋義】①道路：公路／水路。②路程，道路
的遠近：三里路／路遙知馬力。③途徑，門
路：生路／銷路／廣開言路。④條理：思路。
⑤方面，種類：各路英雄／不是一路人。
⑥路線，應遵循的道路、途徑或準則：分三
路進發／107 路公共汽車。
【組詞】路軌／路過／路徑／路途／出路／馬路／
迷路／讓路／退路／走路
【成語】路不拾遺／輕車熟路／窮途末路／走投
無路

# 綠｜绿
曾 lù　粵 luk6 六　倉 VFVNE
系部，14 畫。

▲另見 238 頁 lǜ。

【釋義】義同「綠」（lǜ，見 238 頁），用於「綠
林」「鴨綠江」等。

# 戮
曾 lù　粵 luk6 六　倉 SHI
戈部，15 畫。

【釋義】殺：殺戮／屠戮。

# 錄｜录
曾 lù　粵 luk6 六　倉 CVNE
金部，16 畫。

錄　錄　錄　錄　錄

【釋義】①記載，抄寫，用儀器記下（聲音、
圖像）：錄像／錄音／記錄／摘錄。②原指為備
用而登記，後轉指採取或任用：錄取／錄用／
收錄。③用作記載物的名稱：目錄／語錄／備
忘錄／回憶錄。
【組詞】錄影／錄製／筆錄／抄錄／紀錄／節錄／
攝錄

# 麓
曾 lù　粵 luk1 碌　倉 DDIXP
鹿部，19 畫。

林　麓　麓　麓　麓

【釋義】山腳：山麓。

# 露
曾 lù　粵 lou6 路　倉 MBRMR
雨部，21 畫。

雫　露　露　露　露

▲另見 234 頁 lòu。

【釋義】①靠近地面的水蒸氣在夜間遇冷凝
結成的水珠：露水／雨露。②加入果汁或藥
料等製成的飲料或藥劑：果子露／枇杷露。
③顯露，表現：暴露／揭露／不露行跡。④在
室外，沒有遮蓋：露天／露營。
【組詞】露珠／敗露／表露／流露／裸露／披露／
透露／顯露
【成語】嶄露頭角／鋒芒畢露／原形畢露

---

## lú

# 驢｜驴
曾 lú　粵 leoi4 雷　🅧 lou4 牢
倉 SFYPT
馬部，26 畫。

馬　馬　驢　驢　驢

【釋義】哺乳動物，比馬小，耳朵長，能馱東西、拉車、供人騎乘。
【組詞】驢子 / 毛驢
【成語】非驢非馬 / 黔驢技窮

## 呂 | 吕 ⓹ lǚ ⓺ leoi5 旅 ⓒ RHR
口部，7畫。

【釋義】姓。

## 侶 | 侣 ⓹ lǚ ⓺ leoi5 旅 ⓒ ORHR
人部，9畫。

【釋義】同伴：伴侶 / 情侶。

## 旅 ⓹ lǚ ⓺ leoi5 侶 ⓒ YSOHV
方部，10畫。

【釋義】①在外地作客，旅行：旅客 / 旅途。②軍隊的編制單位，隸屬於師，轄若干團或營。③泛指軍隊：軍旅生涯 / 強兵勁旅。
【組詞】旅伴 / 旅程 / 旅館 / 旅行 / 旅遊

## 捋 ⓹ lǚ ⓺ lyut3 劣 ⓒ QBDI
手部，10畫。

▲另見240頁 luō。
【釋義】用手指順着抹過去，使物體順溜或乾淨：老人家捋了捋鬍子。

## 屢 | 屡 ⓹ lǚ ⓺ leoi5 旅 ⓒ SLWV
尸部，14畫。

【釋義】一次又一次，多次：屢次 / 屢試不爽（爽：差錯）/ 屢戰屢敗。
【組詞】屢屢
【成語】屢次三番 / 屢見不鮮 / 屢教不改

## 鋁 | 铝 ⓹ lǚ ⓺ leoi5 旅 ⓒ CRHR
金部，15畫。

【釋義】金屬元素，符號Al。銀白色，質輕，用途很廣：鋁鍋。

## 履 ⓹ lǚ ⓺ lei5 李 ⓒ SHOE
尸部，15畫。

【釋義】①鞋：衣履 / 削足適履。②踩，走：履險如夷 / 如履薄冰。③腳步：步履。④實踐，實行：履行 / 履約。

## 縷 | 缕 ⓹ lǚ ⓺ leoi5 旅 ⓒ VFLWV
糸部，17畫。

【釋義】①線：不絕如縷 / 千絲萬縷。②一條一條地，詳細：縷述 / 條分縷析。③表示單位。用於細的東西：一縷炊煙 / 一縷頭髮。

## 律 ⓹ lǜ ⓺ leot6 栗 ⓒ HOLQ
彳部，9畫。

【釋義】①法律，規則：定律 / 規律 / 紀律。②律詩，古詩的一種體裁，分五言、七言兩種：七律 / 五律。③約束：自律 / 嚴於律己。
【組詞】律師 / 律政 / 法律
【成語】千篇一律

## 率 ⓹ lǜ ⓺ leot6 律 ⓒ YIOJ
玄部，11畫。

▲另見354頁 shuài。
【釋義】兩個相關的數在一定條件下的比值：比率 / 匯率 / 頻率。
【組詞】概率 / 利率 / 速率 / 效率

## 氣 | 氯 ⓹ lǜ ⓺ luk6 綠 ⓒ ONVNE
气部，12畫。

L

**【釋義】**氣體元素，符號Cl。黃綠色，有刺激性臭味，有毒，可用來漂白、殺菌等。通稱氯氣。

## 綠｜绿　⊜ lǜ　⊜ luk6 六　⊜ VFVNE
系部，14畫。

▲ 另見236頁lù。

**【釋義】**像草和樹葉茂盛時那樣的顏色：碧綠 / 翠綠 / 青山綠水。

**【組詞】**綠地 / 綠化 / 綠色 / 綠葉 / 綠蔭 / 綠洲 / 墨綠 / 嫩綠 / 綠油油

**【成語】**花花綠綠

## 廬｜庐　⊜ lǘ　⊜ leoi6 淚　⊜ YPWP
心部，15畫。

**【釋義】**①思考：考慮 / 深思熟慮。②擔憂，發愁：顧慮 / 憂慮。

**【組詞】**焦慮 / 思慮 / 疑慮

**【成語】**處心積慮 / 無憂無慮

## 濾｜滤　⊜ lǜ　⊜ leoi6 淚　⊜ EYPP
水部，18畫。

**【釋義】**使液體、氣體通過紗布、木炭或沙子等材料，除去雜質，變得純淨：濾水 / 過濾。

### luan

## 巒｜峦　⊜ luán　⊜ lyun4 聯　⊜ VFU
山部，22畫。

**【釋義】**山（多指連綿的）：山巒起伏。

**【組詞】**峯巒 / 山巒

**【成語】**層巒疊嶂

## 孿｜孪　⊜ luán　⊜ lyun4 聯　⊜ VFND
子部，22畫。

**【釋義】**一胎生兩個，即雙生：孿生姐妹。

## 鸞｜鸾　⊜ luán　⊜ lyun4 聯　⊜ VFHAF
鳥部，30畫。

**【釋義】**傳說中鳳凰一類的鳥：鸞鳥 / 鸞鳳和鳴。

## 卵｜卵　⊜ luǎn　⊜ leon2 論二聲　⊜ HHSLI
卩部，7畫。

**【釋義】**①卵子，動植物的雌性生殖細胞：排卵。②特指雞、鴨等卵生動物的蛋：以卵擊石 / 殺雞取卵。

**【組詞】**卵巢 / 卵子

## 亂｜乱　⊜ luàn　⊜ lyun6 聯六聲　⊜ BBU
乙部，13畫。

**【釋義】**①沒有秩序，沒有條理：紛亂 / 凌亂 / 雜亂。②戰爭，社會動盪不安：動亂 / 叛亂。③使混亂：擾亂 / 擾亂 / 以假亂真。④（心緒）不寧：心煩意亂。⑤任意，隨便：亂花錢 / 胡思亂想 / 歡蹦亂跳。⑥不正當的男女關係：淫亂。

**【組詞】**暴亂 / 錯亂 / 搗亂 / 胡亂 / 慌亂 / 混亂 / 騷亂 / 戰亂 / 亂哄哄 / 亂糟糟

**【成語】**亂七八糟 / 心亂如麻 / 胡言亂語 / 天花亂墜 / 兵荒馬亂 / 手忙腳亂 / 眼花繚亂

### lüe

## 掠｜掠　⊜ lüè　⊜ loek6 略　⊜ QYRF
手部，11畫。

**【釋義】**①搶奪（多指財物）：掠奪 / 搶掠。

②輕輕擦過或拂過：清風掠面／燕子掠過水面。

【組詞】擄掠

【成語】浮光掠影

## 略

普 lüè 粵 loek6 掠 倉 WHER
田部，11 畫。

【釋義】①簡單，簡要（跟「詳」相對）：粗略／簡略／詳略得當。②簡單扼要的敘述：史略／事略／要略。③省去，簡化：略去／省略。④疏忽：忽略。⑤計劃，計謀：策略／戰略。⑥奪取（多指土地）：侵略／攻城略地。⑦稍微：略微／略知一二。

【組詞】大略／概略／領略／謀略／約略

【成語】略高一籌／略見一斑／雄才大略

# lun

## 掄｜抡

普 lūn 粵 leon4 輪
倉 QOMB
手部，11 畫。

【釋義】用力揮動：掄刀／掄拳。

## 侖｜仑

普 lún 粵 leon4 輪 倉 OMBT
人部，8 畫。

【釋義】條理，次序。

## 倫｜伦

普 lún 粵 leon4 淪
倉 OOMB
人部，10 畫。

【釋義】①人與人之間的道德關係：倫理／人倫。②條理，次序：語無倫次。③同類，同等：不倫不類／無與倫比。

【組詞】倫常／天倫

【成語】天倫之樂／荒謬絕倫

## 淪｜沦

普 lún 粵 leon4 倫 倉 EOMB
水部，11 畫。

【釋義】①沉沒：沉淪。②沒落，陷入（不利的境地）：淪落／淪陷。

## 崙｜仑

普 lún 粵 leon4 輪 倉 UOMB
山部，11 畫。

【釋義】〔崑崙〕見 207 頁 kūn「崑」。

## 綸｜纶

普 lún 粵 leon4 輪
倉 VFOMB
糸部，14 畫。

【釋義】①釣魚用的線：垂綸。②某些合成纖維的名稱：丙綸／滌綸。

## 論｜论

普 lún 粵 leon4 倫
倉 YROMB
言部，15 畫。

▲另見本頁 lùn。

【釋義】《論語》，古書名，內容是記錄孔子及其弟子的言行，是儒家經典之一。

## 輪｜轮

普 lún 粵 leon4 倫
倉 JJOMB
車部，15 畫。

【釋義】①車輛或機械上能夠旋轉的圓形部件：車輪／齒輪。②形狀像輪子的東西：年輪／月輪。③輪船：輪渡／漁輪。④依照次序一個接替一個（做事）：輪班／輪流。⑤表示單位。(a) 多用於紅日、明月等：一輪明月。(b) 用於循環的事物或動作：第二輪會談。

【組詞】輪船／輪番／輪胎／輪子／渡輪／小輪／郵輪

## 論｜论

普 lùn 粵 leon6 吝
倉 YROMB
言部，15 畫。

▲另見本頁 lún。

【釋義】①分析和説明事理：論述／論證／辯論／討論。②分析和説明事理的話或文章：立論／興論。③學説：進化論／唯物論。④説，看待：相提並論／一概而論。⑤衡量，評定：論功行賞／評頭論足。⑥按照：論斤計價。

【組詞】定論／概論／結論／理論／評論／談論／推論／言論／議論／爭論

【成語】無論如何／議論紛紛／長篇大論／高談闊論

---

## luo

**捋** 🔊luō 🔊lyut3 劣 🔊QBDI
手部，10畫。

▲另見237頁lǔ。

【釋義】用手握住條狀物向一端滑動：捋起袖子。

**囉** | 啰 🔊luō 🔊lo1 羅一聲
🔊RWLG
口部，22畫。

▲另見241頁luo。

【釋義】〔囉唆〕也作「囉嗦」。①（言語）繁複：他囉囉唆唆説了半天，還是沒把問題説清楚。②（事情）瑣碎，麻煩：手續繁多，囉唆極了。

**螺** 🔊luó 🔊lo4 羅 🔊LIWVF
虫部，17畫。

【釋義】①軟體動物，體外包有帶旋紋的硬殼，種類很多，如田螺、海螺等。②螺旋形的東西：螺絲釘。

【組詞】螺絲／螺紋／螺旋／陀螺

**羅** | 罗 🔊luó 🔊lo4 邏 🔊WLVFG
网部，19畫。

【釋義】①捕鳥獸的網：羅網。②張網捕（鳥獸）：門可羅雀。③招請，搜集：搜羅／網羅。④陳列：羅列／星羅棋佈。⑤質地輕軟稀疏的絲織品：羅扇／綾羅綢緞。

【組詞】包羅／張羅

【成語】包羅萬象／天羅地網

**騾** | 骡 🔊luó 🔊lo4 羅 🔊leoi4 雷
🔊SFWVF
馬部，21畫。

【釋義】哺乳動物，驢和馬交配所生，一般不能生殖，多用作力畜。

【組詞】騾子

**蘿** | 萝 🔊luó 🔊lo4 羅 🔊TWLG
艸部，23畫。

【釋義】①通常指某些能爬蔓的植物：松蘿／藤蘿。②〔蘿蔔〕草本植物，主根肥大，圓柱形或球形，是普通蔬菜。

**邏** | 逻 🔊luó 🔊lo4 羅 🔊YWLG
辵部，23畫。

【釋義】①巡察：巡邏。②〔邏輯〕(a)邏輯學，研究人的思維形式與規律的科學。(b)人的思維和客觀生活的規律：合乎邏輯／思維邏輯。

**籮** | 箩 🔊luó 🔊lo4 羅 🔊HWLG
竹部，25畫。

【釋義】一種用竹子編的器具，底方口圓，用來盛糧食、蔬菜等。

【組詞】籮筐

# 鑼 ｜ 锣
🔊 luó　🔊 lo4 羅　🔊 CWLG
金部，27 畫。

【釋義】一種打擊樂器，用銅製成，形狀像盤子，用鑼槌敲打：鳴鑼開道 / 敲鑼打鼓。
【組詞】鑼鼓
【成語】鑼鼓喧天 / 緊鑼密鼓

# 裸
🔊 luǒ　🔊 lo2 羅二聲　🔊 LWD
衣部，13 畫。

【釋義】露出，沒有遮蓋：裸露 / 裸體。
【組詞】赤裸
【成語】赤身裸體

# 洛
🔊 luò　🔊 lok3 駱　🔊 EHER
水部，9 畫。

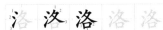

【釋義】洛河，水名。有兩條，一在陝西省北部，也說北洛河；一發源於陝西省南部，流入河南省，也說南洛河。

# 絡 ｜ 络
🔊 luò　🔊 lok3 洛　🔊 VFHER
糸部，12 畫。

【釋義】①網，也泛指網狀的東西：網絡。②中醫指人體內氣血運行通路的旁支或小支：經絡。③用網狀的東西兜住：頭上絡着一個髮網。④維繫，聯繫：聯絡 / 籠絡人心。

【組詞】籠絡 / 脈絡
【成語】絡繹不絕

# 落
🔊 luò　🔊 lok6 絡六聲　🔊 TEHR
艸部，13 畫。

▲另見 208 頁 là ；213 頁 lào。

【釋義】①掉下來，往下降：落淚 / 落葉 / 太陽落山。②使下降：落難。③衰敗，飄零：凋落 / 破落 / 衰落。④遺留在後面，跟不上：落伍 / 落選。⑤停留，留下：落腳 / 不落痕跡。⑥停留的地方：下落 / 着落。⑦聚居的地方：部落 / 村落。⑧歸屬：這項任務落到我們小組了。⑨得到：落空。⑩用筆寫：落筆 / 落款 / 大處落墨。

【組詞】落敗 / 落後 / 落日 / 落實 / 墜落 / 降落 / 冷落 / 日落 / 脫落 / 墜落
【成語】落井下石 / 落葉歸根 / 名落孫山 / 水落石出 / 一落千丈 / 光明磊落 / 七零八落

# 駱 ｜ 骆
🔊 luò　🔊 lok3 洛　🔊 SFHER
馬部，16 畫。

【釋義】〔駱駝〕哺乳動物，身體高大，背上有駝峯。耐飢渴，適合在沙漠中負重遠行。

# 囉 ｜ 啰
🔊 luo　🔊 lo3 羅三聲
🔊 RWLG
口部，22 畫。

▲另見 240 頁 luō。

【釋義】放在句末，表示肯定語氣：你放心好囉！

# Mm

疤痕：麻臉。⑥表面有細碎斑點的：麻雀。⑦身體某部位感覺不良或輕度喪失感覺，或者因血流不暢等原因引起的像針刺般的不適感：腿腳發麻。

【組詞】麻痺／麻木／麻醉／芝麻／密密麻麻

【成語】麻木不仁／心亂如麻

## 嗎｜吗
⊜ má ⊜ maa4 麻 ⊜ RSQF
口部，13 畫。

▲另見本頁 mǎ；243 頁 ma。

【釋義】方言。甚麼：幹嗎？／你說嗎？／要有嗎。

## 蟆
⊜ má ⊜ maa4 麻 ⊜ LITAK
虫部，17 畫。

【釋義】〔蛤蟆〕見 129 頁 há「蛤」。

## 馬｜马
⊜ mǎ ⊜ maa5 碼 ⊜ SQSF
馬部，10 畫。

馬　馬　馬　馬　馬

【釋義】①哺乳動物，頸部有長毛，尾也生有長毛，四肢強健，善跑，是重要的力畜之一，可供拉車、乘騎等用。②大：馬蜂。

【組詞】馬鞍／馬場／馬車／馬匹／駿馬／賽馬／戰馬／千里馬

【成語】天馬行空／萬馬奔騰／一馬當先／兵荒馬亂／車水馬龍／人仰馬翻／蛛絲馬跡／害羣之馬／千軍萬馬／懸崖勒馬

## 嗎｜吗
⊜ mǎ ⊜ maa5 馬 ⊜ RSQF
口部，13 畫。

▲另見本頁 má；243 頁 ma。

【釋義】〔嗎啡〕藥名，白色粉末，味苦，有毒，由鴉片製成，用作鎮痛劑，連續使用會成癮。

## 獁｜犸
⊜ mǎ ⊜ maa5 馬
⊜ KHSQF
犬部，13 畫。

【釋義】〔猛獁〕古代哺乳動物，形狀、大小都像現代的象，全身有長毛，門齒向上彎曲，生活在寒冷地區。

---

## ma

## 抹
⊜ mǎ ⊜ maat3 麻壓三聲 ⊜ QDJ
手部，8 畫。

抹　抹　抹　抹　抹

▲另見 260 頁 mǒ；260 頁 mò。

【釋義】①擦：抹布／抹桌子。②用手按着並向下移動：把衣服抹平。

## 媽｜妈
⊜ mā ⊜ maa1 麻一聲
⊜ VSQF
女部，13 畫。

媽　媽　媽　媽　媽

【釋義】①母親。②稱長一輩或年長的已婚婦女：姑媽／姨媽。③舊時連着姓稱中老年的女僕：王媽。

【組詞】媽媽／舅媽／奶媽

## 麻
⊜ má ⊜ maa4 媽四聲 ⊜ IJCC
麻部，11 畫。

麻　麻　麻　麻　麻

【釋義】①大麻、亞麻、黃麻、劍麻等植物的統稱。②麻類植物的纖維，是紡織工業等的重要原料：麻布／麻繩。③芝麻：麻醬／麻油。④表面凹凸、粗糙不光滑：這種紙一面光、一面麻。⑤麻子，人出天花後留下的

# 瑪 | 玛
普 mǎ 粵 maa5 馬
倉 MGSQF
玉部，14 畫。

【釋義】〔瑪瑙〕礦物，有各種顏色，質地堅硬耐磨，可做軸承、裝飾品等。

# 碼 | 码
普 mǎ 粵 maa5 馬
倉 MRSQF
石部，15 畫。

【釋義】①表示數目的符號：號碼／頁碼。②表示數目的用具：籌碼。③表示單位。用於事情（數詞只限於「一」「兩」）：兩碼事／你和他說的是一碼事。④堆疊：碼放／碼磚。⑤英美制長度單位，1 碼等於 3 英尺，合0.9144 米。

【組詞】編碼／尺碼／代碼／密碼／數碼

# 螞 | 蚂
普 mǎ 粵 maa5 馬 倉 LISQF
虫部，16 畫。

▲另見本頁 mà。

【釋義】①〔螞蟻〕蟻的一種，黑色或褐色，在地下築巢，成羣穴居。②〔螞蟥〕（蟥：普huáng 粵wong4黃）蛭的一種。有時也指水蛭。

# 罵 | 骂
普 mà 粵 maa6 媽六聲
倉 WLSQF
网部，15 畫。

【釋義】①用粗野或惡意的話侮辱人：辱罵。②斥責：責罵。

【組詞】叫罵／咒罵

【成語】指桑罵槐／破口大罵

# 螞 | 蚂
普 mà 粵 maa6 媽六聲 倉 LISQF
虫部，16 畫。

▲另見本頁 mǎ。

【釋義】〔螞蚱〕蝗蟲。

# 嗎 | 吗
普 ma 粵 maa1 媽 倉 RSQF
口部，13 畫。

▲另見 242 頁 má；242 頁 mǎ。

【釋義】①用在句末，表示疑問：你找我嗎？②用於反問，帶有質問、責備的語氣：難道一點辦法也沒有嗎？

# 嘛 | 嘛
普 ma 粵 maa3 媽三聲 倉 RIJC
口部，14 畫。

【釋義】①用在句末，表示事情或道理很明顯：有事你就說嘛。②表示勸阻、期望：你等一下嘛。③用在句中停頓處，以引起聽話人的注意：其實嘛，這也沒甚麼大不了的。

## mai

# 埋
普 mái 粵 maai4 買四聲 倉 GWG
土部，10 畫。

▲另見 244 頁 mán。

【釋義】①（用土、雪、落葉等）蓋住：掩埋／埋地雷。②隱藏：埋伏。

【組詞】埋藏／埋沒／埋頭／埋葬

【成語】隱姓埋名

# 霾
普 mái 粵 maai4 埋 倉 MBBHG
雨部，22 畫。

【釋義】空氣中因為懸浮着大量的煙、塵等微粒而形成的渾濁現象，通稱陰霾。

# 買 | 买
普 mǎi 粵 maai5 埋五聲
倉 WLBUC
貝部，12 畫。

買｜買　買

【釋義】拿錢換東西（跟「賣」相對）：購買／招兵買馬。
【組詞】買家／買賣／收買

脈｜脉　⓪mài ⓰mak6 麥　⓯BHHV
肉部，10畫。

朋　朋　脈

▲另見261頁 mò。

【釋義】①血管：動脈／靜脈。②脈搏，指動脈的跳動：脈象／把脈。③像血管那樣連貫而成系統的東西：山脈／葉脈。
【組詞】脈搏／脈絡／命脈／血脈
【成語】一脈相傳／來龍去脈

麥｜麦　⓪mài ⓰mak6 陌　⓯JONI
麥部，11畫。

十　來　夾　麥

【釋義】草本植物，子實用來磨麵粉，是重要的糧食作物。種類很多，有小麥、大麥、黑麥、燕麥等，通常專指小麥。
【組詞】麥片／麥子

賣｜卖　⓪mài ⓰maai6 邁　⓯GWLC
貝部，15畫。

賣　賣　賣

【釋義】①拿東西換錢（跟「買」相對）：賣布／販賣。②出賣祖國或親友：賣國／賣友求榮。③儘量使出來：賣力。④故意顯示，誇耀：賣弄／倚老賣老。
【組詞】賣點／賣命／賣座／擺賣／出賣／買賣／拍賣／售賣／非賣品

邁｜迈　⓪mài ⓰maai6 賣　⓯YTWB
走部，17畫。

邁　萬　萬　邁

【釋義】①抬腳向前走，跨：邁步／邁進。②老：老邁／年邁。③英里，用於行車速度：時速120邁。

## man

埋　⓪mán ⓰maai4 買四聲　⓯GWG
土部，10畫。

埋　坦　埋

▲另見243頁 mái。

【釋義】〔埋怨〕因事不如意而責怪別人。

瞞｜瞒　⓪mán ⓰mun4 門　⓯BULB
目部，16畫。

瞞　瞞　瞞　瞞

【釋義】隱藏真實的情況，不讓人知道：欺瞞／隱瞞。
【成語】瞞上欺下／瞞天過海

饅｜馒　⓪mán ⓰maan4 蠻　Ⓧmaan6 慢　⓯OIAWE
食部，19畫。

食　饅　饅　饅

【釋義】〔饅頭〕①用發酵麵粉蒸成的麵食，沒有餡。②方言。包子：肉饅頭。

蠻｜蛮　⓪mán ⓰maan4 萬四聲　⓯VFLMI
虫部，25畫。

言　蠻　蠻　蠻

【釋義】①粗野，兇惡，不通情理：蠻橫／刁蠻／野蠻／蠻不講理。②強悍，魯莽：蠻幹／蠻勁。③中國古代稱南方的民族。④方言。很，挺：蠻多／蠻好。

# 滿|满
⊕ mǎn ⊜ mun5 門五聲
⊛ ETLB
水部，14 畫。

【釋義】①全部充實，容量達到極限：充滿 / 滿載而歸。②使滿：滿上這杯酒！③達到一定期限：屆滿 / 滿一年。④全，整個：滿不在乎 / 滿頭大汗。⑤感到足夠：滿意。⑥驕傲：自滿 / 滿招損，謙受益。⑦挺，很：滿有味道 / 寫得滿好。⑧滿族，中國少數民族之一，主要分佈在遼寧、黑龍江、吉林、河北、北京和內蒙古。
【組詞】滿分 / 滿腔 / 滿載 / 滿足 / 飽滿 / 不滿 / 豐滿 / 美滿 / 期滿 / 圓滿
【成語】滿城風雨 / 滿面春風 / 滿腔熱忱 / 心滿意足 / 琳琅滿目 / 志得意滿

# 曼
⊕ màn ⊜ maan6 萬 ⊛ AWLE
又部，11 畫。
【釋義】①柔美：曼麗 / 輕歌曼舞。②長：曼聲歌唱。
【組詞】曼妙 / 曼聲

# 漫
⊕ màn ⊜ maan6 慢 ⊛ EAWE
水部，14 畫。

【釋義】①水過滿，向外流：漫溢 / 水漫出來了。②淹沒：大水漫過了農田。③到處都是，遍：瀰漫 / 漫山遍野 / 漫天黃沙。④不受約束，隨便：漫談 / 散漫。⑤長，廣闊：漫長 / 長夜漫漫。
【組詞】漫步 / 漫延 / 漫遊
【成語】漫不經心 / 漫無邊際

# 慢
⊕ màn ⊜ maan6 萬 ⊛ PAWE
心部，14 畫。

【釋義】①速度低，行動遲緩（跟「快」相對）：慢走 / 緩慢。②從緩，延緩：且慢 / 車慢點開，人還沒到齊。③態度冷淡，沒有禮貌：傲慢 / 輕慢。
【組詞】怠慢 / 快慢
【成語】慢條斯理

# 幔
⊕ màn ⊜ maan6 慢 ⊛ LBAWE
巾部，14 畫。
【釋義】為遮擋而懸掛起來的綢、布、絲絨等：幔帳 / 窗幔 / 帷幔。

# 蔓
⊕ màn ⊜ maan6 慢 ⊛ TAWE
艸部，15 畫。

▲另見 390 頁 wàn。

【釋義】①細長的、能纏繞他物的莖：枝蔓。②滋生，擴展：蔓延 / 滋蔓。

# 謾|谩
⊕ màn ⊜ maan6 慢
⊛ YRAWE
言部，18 畫。

【釋義】沒有禮貌：謾罵。

---

## mang

# 忙
⊕ máng ⊜ mong4 亡 ⊛ PYV
心部，6 畫。

【釋義】①事情多，沒有空暇（跟「閒」相對）：忙碌 / 繁忙。②急迫不停地加緊做：你近來忙些甚麼？
【組詞】忙亂 / 幫忙 / 匆忙 / 趕忙 / 慌忙 / 急忙 / 連忙
【成語】忙裏偷閒 / 手忙腳亂 / 不慌不忙

# 芒
⊟ ⊕ máng ⊜ mong4 亡 ⊛ TYV
艸部，7 畫。

M

【釋義】①草本植物，葉子細長，莖頂生穗，果實多毛。②某些禾本科植物子實外殼上長的針狀物：麥芒。③像芒的東西：鋒芒／光芒。
【成語】芒刺在背／鋒芒畢露／光芒萬丈
〇 ⓟ máng ⓒ mong1 亡一聲
【釋義】〔芒果〕常綠喬木，果肉黃色，可以吃。產於亞熱帶地區。

### 盲
ⓟ máng ⓒ maang4 猛四聲
ⓒ YVBU
目部，8畫。

【釋義】①看不見東西，瞎：盲人。②比喻對某種事物不能辨別或分辨不清，也指這種人：色盲／文盲。③認識不清地，盲目地：盲從。
【組詞】盲點／盲目
【成語】盲人摸象／盲人瞎馬／問道於盲

### 氓
ⓟ máng ⓒ man4 文 ⓧ mong4 亡
ⓒ YVRVP
氏部，8畫。

【釋義】〔流氓〕原指無業遊民，後指不務正業、為非作歹的人。

### 茫
ⓟ máng ⓒ mong4 亡 ⓒ TEYV
艸部，10畫。

【釋義】①形容沒有邊際、看不清楚：渺茫／茫茫大海。②甚麼也不知道：茫然不知。
【組詞】茫茫／茫然／迷茫／白茫茫
【成語】茫然不解／茫然若失／茫無頭緒

### 莽
ⓟ máng ⓒ mong5 網 ⓒ TIKT
艸部，11畫。

【釋義】①密生的草：莽原／草莽。②粗魯，冒失：莽撞／魯莽。

### 漭
ⓟ mǎng ⓒ mong5 網 ⓒ ETIT
水部，14畫。

【釋義】〔漭漭〕水勢浩大，廣闊無邊。

### 蟒
ⓟ mǎng ⓒ mong5 網 ⓒ LITIT
虫部，17畫。

【釋義】蟒蛇，一種無毒的大蛇，多生活在熱帶森林裏，以捕食其他動物為生。

---

## mao

### 貓｜猫
ⓟ māo ⓒ maau1 矛一聲
ⓒ BHTW
豸部，16畫。

【釋義】哺乳動物，面部略圓，瞳孔大小隨光線強弱而變化，行動敏捷，善跳躍，能捕鼠。

### 毛
ⓟ máo ⓒ mou4 巫 ⓒ HQU
毛部，4畫。

【釋義】①動植物皮上生的絲狀物：睫毛／羊毛。②東西發霉長的絲狀物：天氣潮濕，牆壁容易長毛。③地面上生的草木：不毛之地（不生草木的荒涼土地）。④粗糙的，還沒有加工的：毛坯。⑤不純淨的：毛利／毛重。⑥粗略，約計的：毛估／毛算。⑦小：毛孩子／毛毛雨。⑧做事粗心，不細緻：毛糙／毛手毛腳。⑨驚慌：嚇毛了／心裏直發毛。⑩一元的十分之一，角。
【組詞】毛筆／毛髮／毛巾／毛線／毛衣／眉毛／皮毛／羽毛／毛茸茸
【成語】毛骨悚然／雞毛蒜皮／一毛不拔／多如牛毛／九牛一毛

矛 曾máo 粵maau4 茅 倉NINH
矛部，5畫。

【釋義】古代的一種兵器，在長桿的一端裝有金屬槍頭。

【組詞】矛盾／矛頭

【成語】自相矛盾

茅 曾máo 粵maau4 矛 倉TNIH
艸部，9畫。

【釋義】白茅，草本植物，花穗上密生白毛。根莖可以吃，也可入藥，全草可做造紙原料：茅屋。

【組詞】茅草／茅廬／茅舍

【成語】茅塞頓開／初出茅廬／三顧茅廬／名列前茅

髦 曾máo 粵mou4 毛 又mou1 毛一聲
倉SHHQU
髟部，14畫。

【釋義】①古代稱幼兒垂在前額的短頭髮。②〔時髦〕人的衣着、裝飾跟得上潮流：趕時髦。

犛 曾máo 粵lei4 離 倉JKMHQ
牛部，15畫。

【釋義】〔犛牛〕牛的一種，身體兩旁和四肢外側長有長毛，耐寒，可用來拉犂或馱運貨物，產於中國青藏高原地區。

錨｜锚 曾máo 粵maau4 矛
倉CTW
金部，17畫。

【釋義】鐵製停船器具，一端有鈎爪，用鐵鏈連在船上，停泊時拋到水底，使船停穩：拋錨／起錨。

卯 曾mǎo 粵maau5 牡 倉HHSL
卩部，5畫。

【釋義】①地支的第四位。②卯時，舊式計時法指早晨五點到七點這段時間。③卯時為舊時官署開始辦公的時間，借指點名、簽到等活動：點卯／應卯。④某些器物接榫處（榫：曾sǔn 粵seon2 筍）凹入的部分。

鉚｜铆 曾mǎo 粵maau5 牡
倉CHHL
金部，13畫。

【釋義】用釘子把金屬器件連接固定在一起：鉚釘／鉚接。

茂 曾mào 粵mau6 貿 倉TIH
艸部，9畫。

【釋義】①草木繁盛：茂密／根深葉茂。②豐富精美：圖文並茂。

【組詞】茂盛／繁茂／豐茂

冒 曾mào 粵mou6 務 倉ABU
冂部，9畫。

【釋義】①向外透，往上升：冒汗／冒煙。②不顧（危險、惡劣環境等），頂着：冒險／冒雨。③魯莽，輕率：冒犯。④假充：冒充／冒名頂替。

【組詞】冒火／冒名／冒牌／冒失／假冒

耄 曾mào 粵mou6 冒 倉JPHQU
老部，10畫。

【釋義】八九十歲的年紀，泛指年老：耄耋之年。

帽 曾mào 粵mou6 冒 倉LBABU
巾部，12畫。

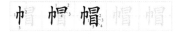

【釋義】①帽子，戴在頭上保暖、防雨、遮陽光等或做裝飾的物品：草帽／安全帽。②作用或形狀像帽子的東西：筆帽／螺絲帽。

**貿**｜貿　⑱ mào　⑲ mau6 茂
⑳ HHBUC
貝部，12畫。

【釋義】①交換財物，買賣商品：貿易／外貿。②輕率，冒失：貿然。
【組詞】經貿／商貿

**貌**　⑱ mào　⑲ maau6 矛六聲
⑳ BHHAU
豸部，14畫。

【釋義】①相貌，長相：面貌／其貌不揚。②表面的形象，樣子：貌似／貌合神離。
【組詞】風貌／禮貌／美貌／容貌／外貌／相貌
【成語】花容月貌／郎才女貌

### me

**麼**｜么　⑱ me　⑲ mo1 摩　⑳ IDVI
麻部，14畫。

【釋義】後綴：多麼／怎麼／這麼。
【組詞】那麼／甚麼／沒甚麼／為甚麼

### mei

**沒**｜没　⑱ méi　⑲ mut6 末　⑳ ENE
水部，7畫。

▲另見260頁mò。
【釋義】①對「領有」「具有」「存在」等的否定（跟「有」相對）：沒錢／沒辦法。②不及，不夠：他沒我胖／跑了沒幾步就站住了。③未，不曾：他沒走／衣服沒髒。
【組詞】沒用／沒有／沒關係／沒甚麼
【成語】沒大沒小／沒精打采

**玫**　⑱ méi　⑲ mui4 媒　⑳ MGOK
玉部，8畫。

【釋義】〔玫瑰〕灌木，枝上有刺，花多為紫紅色或白色，供觀賞。

**枚**　⑱ méi　⑲ mui4 梅　⑳ DOK
木部，8畫。

【釋義】表示單位。跟「個」相近，多用於形體小的東西：一枚針／三枚獎牌。
【成語】不勝枚舉

**眉**　⑱ méi　⑲ mei4 微　⑳ AHBU
目部，9畫。

【釋義】①眉毛，生在眼眶上緣的毛：眉目／眉飛色舞。②指書頁上方空白的地方：眉批／書眉。
【組詞】眉毛／眉梢／眉頭
【成語】眉開眼笑／眉目傳情／眉清目秀／愁眉苦臉／燃眉之急／揚眉吐氣／迫在眉睫

**莓**　⑱ méi　⑲ mui4 梅　⑳ TOWY
艸部，11畫。

【釋義】灌木或多年生草本植物，果實很小，聚生在球形肉質花托上，可以吃，也可以用來釀酒。有山莓、草莓等。

# 梅

⊜méi ⊜mui4 玫 ⊜DOWY
木部，11畫。

【釋義】喬木，耐寒，早春開五瓣花，有粉紅、白、紅等顏色，供觀賞。果實球形，味酸。

【組詞】梅花

【成語】青梅竹馬 / 望梅止渴

# 媒

⊜méi ⊜mui4 梅 ⊜VTMD
女部，12畫。

【釋義】①男女婚事的撮合者，婚姻介紹人：媒人 / 做媒。②使雙方發生關係的人或事物：媒介 / 傳媒。

【組詞】媒體 / 多媒體

# 煤

⊜méi ⊜mui4 梅 ⊜FTMD
火部，13畫。

【釋義】礦物，黑色或黑褐色，主要成分是碳，是古代植物埋在地下形成的，用作燃料或化工原料。

【組詞】煤礦 / 煤氣 / 煤炭

# 楣

⊜méi ⊜mei4 眉 ⊜DAHU
木部，13畫。

【釋義】門框上邊的橫木：門楣。

# 霉

⊜méi ⊜mui4 枚 ⊜MBOWY
雨部，15畫。

【釋義】東西發霉變質：霉爛 / 發霉。

# 黴 | 霉

⊜méi ⊜mei4 眉
⊜HOUFK
黑部，23畫。

【釋義】黴菌，真菌的一類，體呈絲狀，叢生。種類很多，如黑黴、青黴、曲黴等。

# 每

⊜měi ⊜mui5 妹五聲 ⊜OWYI
毌部，7畫。

【釋義】①指全體中的任何一個或一組：每人 / 每天。②表示反覆的動作中的任何一次：本刊每逢雙月出版。③往往，常常：春秋佳日，每作郊遊。④後綴，相當於「們」（多見於早期白話）。

【組詞】每當 / 每逢 / 每每

【成語】每下愈況

# 美

⊜měi ⊜mei5 尾 ⊜TGK
羊部，9畫。

【釋義】①漂亮，好看（跟「醜」相對）：美觀 / 美麗。②使漂亮：美化 / 美容。③令人滿意的：美德 / 美夢 / 價廉物美。④令人滿意的事物，好事：美不勝收 / 成人之美。⑤稱讚：讚美 / 溢美之詞。⑥指美洲，包括北美洲和南美洲，世界七大洲中的兩個：北美 / 南美。⑦指美國。

【組詞】美好 / 美景 / 美滿 / 美妙 / 美味 / 精美 / 審美 / 甜美 / 完美 / 優美

【成語】美輪美奐 / 美玉無瑕 / 美中不足 / 盡善盡美 / 兩全其美 / 十全十美

# 妹

⊜mèi ⊜mui6 昧 ⊜VJD
女部，8畫。

【釋義】①妹妹：姐妹 / 兄妹。②親戚或某種關係中同輩而年紀比自己小的女子：表妹 / 師妹。

# 袂

⊜mèi ⊜mai6 迷六聲 ⊜LDK
衣部，9畫。

【釋義】衣袖：聯袂（一起，手拉手）。

# 昧 ⓟ mèi ⓨ mui6 妹 ⓒ AJD
日部，9畫。

【釋義】①糊塗，不明白：蒙昧 / 愚昧。②隱藏：昧心（違背良心）/ 拾金不昧。③昏暗：幽昧。

【組詞】曖昧 / 冒昧

# 寐 ⓟ mèi ⓨ mei6 未 ⓒ JVMD
宀部，12畫。

【釋義】睡，睡着：夢寐以求 / 夜不能寐。

# 媚 ⓟ mèi ⓨ mei6 味 ⓒ VAHU
女部，12畫。

【釋義】①有意討人喜歡，巴結：諂媚 / 崇洋媚外。②美好，可愛：嫵媚 / 春光明媚。

【組詞】媚態 / 明媚 / 獻媚

【成語】千嬌百媚

# 魅 ⓟ mèi ⓨ mei6 味 ⓒ HIJD
鬼部，15畫。

【釋義】①傳說中的鬼怪：鬼魅。②誘惑，吸引：魅惑 / 魅力。

---

## men

# 悶 ｜ 闷 ⓟ mēn ⓨ mun6 門六聲 ⓒ ANP
心部，12畫。

▲另見本頁 mèn。

【釋義】①氣壓低或空氣不流通而感覺不舒暢：悶熱。②使不透氣：茶悶一會兒再喝。③在屋裏呆着，不到外面去：出去走走，別老悶在家裏。④方言。聲音不響亮：悶聲悶氣。

# 門 ｜ 门 ⓟ mén ⓨ mun4 瞞 ⓒ AN
門部，8畫。

【釋義】①房屋、車船等的出入口：城門 / 房門。②裝在出入口，能開關的障礙物：鐵門 / 防盜門。③器物上可以開關的部分：櫃門。④形狀或作用像門的東西：電門（電器開關）/ 球門。⑤途徑，訣竅：門徑 / 竅門。⑥舊時指家族或家族的一支，現在指一般的家庭：寒門 / 豪門 / 雙喜臨門。⑦宗教、學術思想上的派別：佛門 / 旁門左道。⑧傳統指稱和師傅有關的：門徒 / 同門。⑨一般事物的分類：熱門 / 分門別類。⑩表示單位。(a)用於炮：一門大炮。(b)用於功課、技術等：五門功課 / 掌握一門技術。

【組詞】門口 / 門票 / 大門 / 關門 / 後門 / 開門 / 冷門 / 閘門 / 專門

【成語】門當戶對 / 門可羅雀 / 門庭若市 / 班門弄斧 / 閉門造車 / 開門見山 / 五花八門

# 捫 ｜ 扪 ⓟ mén ⓨ mun4 門 ⓒ QAN
手部，11畫。

【釋義】摸，按：捫心自問。

# 悶 ｜ 闷 ⓟ mèn ⓨ mun6 門六聲 ⓒ ANP
心部，12畫。

▲另見本頁 mēn。

【釋義】①心情不舒暢，心煩：愁悶 / 悶悶不樂。②密閉，不透氣：窒悶。

【組詞】沉悶 / 煩悶 / 解悶 / 苦悶 / 納悶 / 鬱悶

# 們 ｜ 们 ⓟ men ⓨ mun4 門 ⓒ OAN
人部，10畫。

【釋義】後綴，用在代詞或指人的名詞後面，表示複數：你們 / 他們 / 我們。

【組詞】人們 / 她們 / 咱們

---
## meng
---

蒙 ⓟ mēng ⓺ mung4 朦 ⓒ TBMO
艸部，14 畫。

▲ 另見本頁 méng；本頁 měng。

【釋義】昏迷：被打蒙了。

矇 | 蒙 ⓟ mēng ⓺ mung4 蒙 ⓒ BUTBO
目部，19 畫。

【釋義】①欺騙：矇騙 / 欺上矇下。②胡亂猜測：不會可別瞎矇。③〔矇矓〕兩眼半開半閉，看不清楚東西的樣子：睡眼矇矓。

虻 ⓟ méng ⓺ mong4 忙 ⓒ LIYV
虫部，9 畫。

【釋義】昆蟲名，成蟲像蠅，身體灰黑色，體粗壯多毛，頭闊，觸角短，複眼大，翅透明。生活在田野雜草中，種類很多，如牛虻。

萌 ⓟ méng ⓺ mang4 盟 ⓒ TAB
艸部，12 畫。

【釋義】①植物發芽：萌發 / 萌芽。②事物開始，發生：萌動 / 萌生。
【成語】故態復萌

盟 ⓟ méng ⓺ mang4 萌 ⓒ ABBT
皿部，13 畫。

【釋義】①舊時指宣誓締約，現在指團體和團體、階級和階級或國和國的聯合：盟友 / 聯盟。②指結拜的（弟兄）：盟弟 / 盟兄。③內蒙古自治區的行政區域，包括若干旗、縣、市。
【組詞】盟國 / 盟軍 / 盟誓 / 盟約 / 加盟 / 結盟 / 同盟
【成語】海誓山盟

蒙 ⓟ méng ⓺ mung4 朦 ⓒ TBMO
艸部，14 畫。

▲ 另見本頁 mēng；本頁 měng。

【釋義】①遮蓋：蒙蔽 / 用手蒙住眼。②受：蒙難 / 蒙冤。③愚昧，無知：蒙昧 / 啟蒙。
【組詞】蒙混 / 蒙受 / 承蒙

濛 | 蒙 ⓟ méng ⓺ mung4 蒙 ⓒ ETBO
水部，17 畫。

【釋義】微雨的樣子：細雨濛濛。
【組詞】濛濛

曚 ⓟ méng ⓺ mung4 蒙 ⓒ ATBO
日部，18 畫。

【釋義】〔曚曨〕日光暗淡不明：天色曚曨。

朦 ⓟ méng ⓺ mung4 蒙 ⓒ BTBO
月部，18 畫。

【釋義】〔朦朧〕①月光不明。②不清楚，模糊：山色朦朧 / 煙霧朦朧。

猛 ⓟ měng ⓺ maang5 蜢 ⓒ KHNDT
犬部，11 畫。

【釋義】①氣勢壯，力量大：猛將 / 迅猛。②忽然，突然：猛然。③力氣集中地使出來：一猛勁把石板掀起來。
【組詞】猛烈 / 猛獸 / 兇猛 / 勇猛
【成語】洪水猛獸 / 突飛猛進

蒙 ⓟ měng ⓺ mung4 朦 ⓒ TBMO
艸部，14 畫。

M

▲另見251頁 měng；251頁 méng。

【釋義】蒙古族，中國少數民族之一，主要分佈在內蒙古、吉林、黑龍江、寧夏、新疆、甘肅、青海、河北、河南。也是蒙古國人數最多的民族。

## 錳 | 锰　⊕ měng　⊕ maang5 猛　⊕ CNDT
金部，16畫。

【釋義】金屬元素，符號 Mn。灰白色，主要用來製錳鋼合金。

## 懵　⊕ měng　⊕ mung5 蒙五聲　⊕ PTWU
心部，19畫。

【釋義】〔懵懂〕糊塗，不明事理。

## 孟　⊕ mèng　⊕ maang6 盲六聲　⊕ NDBT
子部，8畫。

【釋義】①指農曆一季的第一個月：孟春（正月）／孟冬十月。②舊時在兄弟排行裏代表最大的：孟兄。

## 夢 | 梦　⊕ mèng　⊕ mung6 蒙六聲　⊕ TWLN
夕部，14畫。

【釋義】①睡眠時局部大腦皮質還沒有完全停止活動而引起的腦中的表象活動：夢鄉／入夢。②做夢：夢見。③比喻幻想：夢幻。

【組詞】夢境／夢想／噩夢／美夢／睡夢／做夢

【成語】夢寐以求／夜長夢多／醉生夢死／同牀異夢

---

### mi

---

## 咪　⊖　⊕ mī　⊕ miu1 喵　⊕ RFD
口部，9畫。

【釋義】〔咪咪〕形容貓叫的聲音。

---

## ⊜　⊕ mī　⊕ mei1 微一聲
【釋義】〔咪咪〕形容微笑的樣子。

【組詞】笑咪咪

## 迷　⊕ mí　⊕ mai4 謎　⊕ YFD
辵部，10畫。

【釋義】①分辨不清，失去判斷能力：迷路／迷途知返。②因對某人或某一事物發生特殊愛好而沉醉：迷戀／入迷。③沉醉於某一事物的人：球迷／影迷。④使看不清，使迷惑，使陶醉：迷魂湯／景色迷人。

【組詞】迷宮／迷糊／迷惑／迷人／迷失／迷信／沉迷／歌迷／昏迷／着迷

【成語】執迷不悟／撲朔迷離／當局者迷／紙醉金迷

## 瞇 | 眯　⊖　⊕ mī　⊕ mei1 微一聲　⊕ BUYFD
目部，15畫。

▲另見本頁 mí。

【釋義】①眼皮微微合上：瞇着眼笑。②方言。小睡：瞇一會兒。

## 瞇 | 眯　⊜　⊕ mí　⊕ mai5 米　⊕ BUYFD
目部，15畫。

▲另見本頁 mī。

【釋義】塵埃等進入眼中，使眼睛一時睜不開：風很大，沙子瞇了眼。

## 謎 | 谜　⊕ mí　⊕ mai4 迷　⊕ YRYFD
言部，17畫。

【釋義】①謎語，暗射事物、文字等供人猜測的隱語：猜謎／燈謎。②比喻還沒有弄明白的或難以理解的事物：揭開生命之謎。

【組詞】謎底／謎團／謎語

## 糜　⊕ mí　⊕ mei4 微　⊕ IDFD
米部，17畫。

【釋義】①濃的粥，像粥的食品：肉糜。②腐爛：糜爛。

**麋** 🔊 mí 🔊 mei 微 🔊 IPFD
鹿部，17畫。

【釋義】〔麋鹿〕哺乳動物，頭像馬，尾像驢，蹄像牛，角像鹿，全身灰褐色。雄的有角。性溫順，以植物為食，是一種稀有的珍貴動物。又叫四不像。

**彌**｜弥 🔊 mí 🔊 nei4 尼 ✕ mei4 微
🔊 NMFB
弓部，17畫。

弓 弥 弥 彌 彌

【釋義】①遍，滿：彌天大謊。②填滿，填補：彌補。③更加：欲蓋彌彰。
【成語】彌天大罪

**靡** 🔊 mí 🔊 mei4 微 🔊 IDLMY
非部，19畫。
▲另見本頁 mǐ。

【釋義】浪費：靡費／奢靡。

**瀰**｜弥 🔊 mí 🔊 nei4 尼 ✕ mei4 微
🔊 ENMB
水部，20畫。

氵 氿 瀰 瀰 瀰

【釋義】〔瀰漫〕也作「彌漫」。煙塵、霧氣、水等充滿、佈滿，到處都是：四處煙霧瀰漫。

**獼**｜猕 🔊 mí 🔊 mei4 微 ✕ nei4 尼
🔊 KHNMB
犬部，20畫。

【釋義】〔獼猴〕猴的一種，上身皮毛灰褐色，腰部以下橙黃色，胸腹部和腿部深灰色，臉部紅色無毛。以野果、野菜為食物，有時偷吃農作物。

**米** 🔊 mǐ 🔊 mai5 迷五聲 🔊 FD
米部，6畫。

米 米 半 米 米

【釋義】①稻米，大米：米飯。②泛指去掉殼或皮後的種子，多指可以吃的：小米／高粱米／花生米。③像米粒的食物：蝦米。④長度單位，1米等於100厘米。
【組詞】米粉／米粒／糙米／大米／糯米
【成語】柴米油鹽／無米之炊

**靡** 🔊 mǐ 🔊 mei5 美 🔊 IDLMY
非部，19畫。
▲另見本頁 mí。

【釋義】順風倒下：風靡一時（形容事物一時流行，像草木順風而倒的樣子）。
【組詞】披靡／委靡
【成語】所向披靡／望風披靡

**汨** 🔊 mì 🔊 mik6 覓 🔊 EA
水部，7畫。

【釋義】〔汨水〕水名，源出湘贛交界處，流入湖南省，與羅水匯合，稱為汨羅江。

**泌** 🔊 mì 🔊 bei3 臂 🔊 EPH
水部，8畫。

氵 泌 泌 泌 泌

【釋義】分泌，從生物體中產生出某種物質：泌尿。
【組詞】分泌

**祕**｜秘 🔊 mì 🔊 bei3 臂 🔊 IFPH
示部，9畫。

衤 祕 祕 祕 祕

【釋義】①不公開的，隱祕的：祕方／祕訣。②不被人知道的，難以捉摸的：奧祕／神祕。③保守祕密：祕而不宣。④罕見的，稀有的：祕寶。⑤祕書，掌管文書並協助部門負責人處理日常工作的人員，也指這項職務。
【組詞】祕密／隱祕

# 密
普 mì 粵 mat6 勿 倉 JPHU
宀部，11畫。

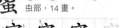

【釋義】①事物之間距離近，事物的部分之間空隙小（跟「稀」「疏」相對）：密閉／緊密。②關係近，感情好：密友／親密。③精緻，細緻：精密／周密。④祕密：保密／機密。
【組詞】密封／密集／密碼／密謀／密切／稠密／茂密／祕密／濃密／嚴密
【成語】密不通風／親密無間／緊鑼密鼓

# 覓｜覓
普 mì 粵 mik6 明翼六聲
倉 BBUU
見部，11畫。

【釋義】尋找：覓食／尋覓。
【組詞】覓求／覓取

# 蜜
普 mì 粵 mat6 勿 倉 JPHI
虫部，14畫。

【釋義】①蜂蜜，蜜蜂採集花蜜釀成的黏稠液體，黃白色，有甜味，供食用和藥用。②像蜂蜜的東西：蜜餞／糖蜜。③甜美：甜蜜。
【組詞】蜜蜂／蜜月
【成語】口蜜腹劍／甜言蜜語

# 謐｜谧
普 mì 粵 mat6 物 倉 YRPHT
言部，17畫。

【釋義】安靜：靜謐／寧謐。

---

## mian

# 眠
普 mián 粵 min4 棉 倉 BURVP
目部，10畫。

【釋義】①睡覺：失眠／睡眠。②某些動物在一段時間內不動不吃：蟄眠／冬眠。
【組詞】安眠／入眠

# 棉
普 mián 粵 min4 眠 倉 DHAB
木部，12畫。

【釋義】①草棉，草本植物，果實形狀像桃，內有白色纖維（棉絮），是紡織業的重要原料。種子可榨油。通稱棉花。②木棉，喬木，種子的表皮生有白色纖維，可用來裝枕頭、褥墊等。③成熟的棉花果實中的纖維，可用來紡織品：棉被／棉衣。④像棉花的絮狀物：石棉。
【組詞】棉花／棉絮

# 綿｜绵
普 mián 粵 min4 眠
倉 VFHAB
糸部，14畫。

【釋義】①絲綿，用蠶絲做成的像棉花的東西，可供製衣被等。②連續不斷：綿延／連綿。③柔軟，單薄：綿薄／綿軟。
【組詞】綿長／絲綿
【成語】綿延不絕

# 免
普 miǎn 粵 min5 勉 倉 NAHU
儿部，7畫。

【釋義】①去掉，除掉：罷免／減免。②避免，防止：免疫／幸免於難。③不可，不要：閒人免進。
【組詞】免除／免得／免費／避免／不免／寬免／難免／赦免／未免／以免
【成語】在所難免

# 勉
普 miǎn 粵 min5 免 倉 NUKS
力部，9畫。

勉 【釋義】①努力：奮勉／勤勉。②鼓勵：勉勵／嘉勉。③力量不夠而盡力做：勉強／勉為其難。

【組詞】勉力／勤勉

娩 ⊜ miǎn ⊜ min5 免 ⊜ VNAU
女部，10 畫。

【釋義】生小孩，也指動物生幼畜：分娩。

冕 ⊜ miǎn ⊜ min5 免 ⊜ ANAU
冂部，11 畫。

【釋義】①古代天子、諸侯、卿、大夫所戴的禮帽，後來專指王冠：冠冕／加冕。②比喻競賽中的冠軍的榮譽地位：衛冕。

【成語】冠冕堂皇

湎 ⊜ miǎn ⊜ min5 免 ⊜ EMWL
水部，12 畫。

【釋義】沉迷，貪戀（多指喝酒）：沉湎酒色。

腼 ⊜ miǎn ⊜ min5 免 ⊜ BMWL
肉部，13 畫。

【釋義】〔腼腆〕（腆：⊜ tiǎn ⊜ tin2 天二聲）也作「靦覥」。害羞，不自然，不敢見陌生人：他生性腼腆。

緬 ｜ 缅 ⊜ miǎn ⊜ min5 免
⊜ VFMWL
糸部，15 畫。

【釋義】遙遠，緬懷／緬想。

面 ⊜ miǎn ⊜ min6 麵 ⊜ MWYL
面部，9 畫。

【釋義】①臉：面孔／笑容滿面。②向着：面壁／面山而居。③物體的表面：地面／桌面。④當面：面談／價格面議。⑤衣物露在外面的一層或紡織品的正面：鞋面／手感粗糙的是裏兒，光滑的是面兒。⑥幾何學上稱線移動所構成的圖形，有長有寬，沒有厚：面積／平面。⑦部位，方面：全面／正面／面面俱到。⑧放在表示方向或位置的詞語的後面：前面／外面／下面。⑨表示單位。(a)用於扁平的物件：一面牆／十面彩旗／一面鏡子。(b)用於會見的次數：見過幾面。

【組詞】面對／面頰／面臨／面貌／面子／反面／會面／局面／片面／迎面

【成語】面不改色／面紅耳赤／面目全非／人面獸心／四面八方／四面楚歌／鐵面無私／一面之交／別開生面／洗心革面

麵 ｜ 面 ⊜ miǎn ⊜ min6 面
⊜ JEMLS
麥部，15 畫。

【釋義】①糧食磨成的粉，特指小麥磨成的粉：白麵。②麵條：湯麵／方便麵。

【組詞】麵包／麵粉／麵條／伊麵／車仔麵

## miao

苗 ⊜ miáo ⊜ miu4 描 ⊜ TW
艸部，9 畫。

【釋義】①初生的種子植物，也專指某些蔬菜的嫩莖或嫩葉：秧苗／幼苗。②某些初生的飼養的動物：魚苗／豬苗。③子孫後代：苗裔。④某些事物早期顯露的跡象：苗頭。⑤疫苗，促使機體產生免疫力的藥劑：卡介苗／牛痘苗。⑥形狀像苗的東西：火苗。⑦苗族，中國少數民族之一，主要分佈在貴州、雲南、湖南等地：苗寨／苗家兒女。

【組詞】苗圃／禾苗／樹苗／疫苗

【成語】拔苗助長

描 @普 miáo @粵 miu4 苗 @倉 QTW
手部，12 畫。

【釋義】①照底樣畫（多指用薄紙蒙在底樣上畫）：描繪／描圖。②在原來顏色淡或需要改正的地方重複塗抹：描紅／描眉／寫毛筆字，一筆是一筆，不要描。
【組詞】描摹／描述／描寫
【成語】輕描淡寫

瞄 @普 miáo @粵 miu4 苗 @倉 BUTW
目部，14 畫。

【釋義】把視力集中在一點上，注意看：瞄準。

秒 @普 miǎo @粵 miu5 渺 @倉 HDFH
禾部，9 畫。

【釋義】計量單位。①時間，60 秒等於 1 分。②弧或角，60 秒等於 1 分。③經度或緯度，60 秒等於 1 分。
【組詞】秒鐘／分秒
【成語】分秒必爭／爭分奪秒

渺 @普 miǎo @粵 miu5 秒 @倉 EBUH
水部，12 畫。

【釋義】①形容遼闊無邊，遙遠：渺茫／渺若雲煙。②微小：渺小／渺不足道。

藐 @普 miǎo @粵 miu5 秒 @倉 TBHU
艸部，18 畫。

【釋義】①小：藐小。②輕視，小看：藐視。

妙 @普 miào @粵 miu6 廟 @倉 VFH
女部，7 畫。

【釋義】①好，美妙：曼妙／妙不可言。②神奇，巧妙，奧妙：微妙／玄妙。
【組詞】妙計／奧妙／美妙／奇妙／巧妙
【成語】妙趣橫生／妙手回春／靈丹妙藥／莫名其妙

廟｜庙 @普 miào @粵 miu6 妙 @倉 IJJB
广部，15 畫。

【釋義】①供祖宗神位的處所：宗廟／祖廟。②供神佛或歷史上有名人物的處所：孔廟／寺廟。③廟會，設在寺廟裏或附近的集市，在特定日子舉行：趕廟。④指朝廷：廟堂／廊廟。
【組詞】廟會／廟宇

― mie ―

滅｜灭 @普 miè @粵 mit6 蔑 @倉 EIHF
水部，13 畫。

【釋義】①熄滅：燈滅了。②使熄滅：滅燈／滅火器。③淹沒，埋沒：滅頂（水漫過頭頂，指淹死）。④完，盡，不再存在：自生自滅。⑤使不存在，使消滅：滅蚊蠅。
【組詞】滅火／滅絕／滅亡／滅種／毀滅／殲滅／磨滅／消滅
【成語】滅頂之災／滅絕人性／大義滅親／自取滅亡／不可磨滅／灰飛煙滅／天誅地滅

蔑 @普 miè @粵 mit6 滅 @倉 TWLI
艸部，15 畫。

【釋義】①小：蔑視。②輕視：輕蔑／侮蔑。

篾 @普 miè @粵 mit6 滅 @倉 HWLI
竹部，17 畫。

【釋義】用竹子劈成的片，也泛指用蘆葦、高

梁等莖皮劈成的片：篾蓆 / 竹篾。

## 蠛｜蔑 曾miè 粤mit6 滅 倉HTTWI
血部，21畫。

【釋義】原指血污，比喻毀謗：污蠛 / 誣蠛。

---

min

---

民 曾mín 粤man4 文 倉RVP
氏部，5畫。

【釋義】①人民，社會基本成員：民眾 / 國民 / 為民除害。②某族的人：漢民 / 藏民。③從事某種職業的人：牧民 / 農民。④民間的：民歌 / 民謠。⑤非軍人的，非軍事的：民航。⑥非官方的：民辦 / 民營。

【組詞】民生 / 民俗 / 民意 / 民主 / 民族 / 居民 / 平民 / 市民 / 漁民

【成語】民不聊生 / 民窮財盡 / 國計民生 / 國泰民安 / 禍國殃民

皿 曾mǐn 粤ming5 茗 倉BT
皿部，5畫。

【釋義】器皿，碗、碟、杯、盤一類用具的總稱。

【組詞】器皿

泯 曾mǐn 粤man5 敏 倉ERVP
水部，8畫。

【釋義】消滅，喪失：人性泯滅 / 一笑泯恩仇。

抿 曾mǐn 粤man5 敏 倉QRVP
手部，8畫。

【釋義】①合攏，收斂：抿着嘴笑。②嘴脣輕輕地收斂，略微喝一點：淺淺地抿了一口酒。③刷，抹：往頭髮上抿了點護髮油。

敏 曾mǐn 粤man5 吻 倉OYOK
支部，11畫。

【釋義】靈活，反應快：敏感 / 靈敏。

【組詞】敏捷 / 敏銳 / 機敏

閩｜闽 曾mǐn 粤man5 敏 倉ANLMI
門部，14畫。

【釋義】①〔閩江〕水名，在福建省。②福建省的別稱。

憫｜悯 曾mǐn 粤man5 敏 倉PANK
心部，15畫。

【釋義】①哀憐，同情：憐憫 / 悲天憫人。②憂愁：憫然涕下。

---

ming

---

名 曾míng 粤ming4 明 倉NIR
口部，6畫。

【釋義】①名字，名稱：地名 / 姓名。②名字叫做：我姓楊，名林。③名義，做某事時作為依據的、表面上的名號或稱呼：名正言順 / 有名無實。④名聲，名譽：出名 / 聞名 / 不慕名利。⑤出名的，有名聲的：名醫 / 至理名言。⑥說出：莫名其妙 / 不可名狀。⑦佔有：一文不名。⑧表示單位。用於人：第一名 / 三名翻譯人員。

【組詞】名牌 / 名氣 / 名人 / 名勝 / 名言 / 成名 / 馳名 / 盛名 / 知名 / 著名

【成語】名不虛傳 / 名副其實 / 名利雙收 / 大名鼎鼎 / 顧名思義 / 身敗名裂 / 赫赫有名 / 欺世盜名

明 曾míng 粤ming4 名 倉AB
日部，8畫。

【釋義】①明亮（跟「暗」相對，下③同）：明月 / 燈火通明。②明白，清楚：明顯 / 去向不

明。③公開，顯露在外，不隱蔽：有話明説/明槍易躲，暗箭難防。④眼力好，觀察事物能力強：聰明/耳聰目明。⑤心地光明：明人不做暗事。⑥明達，對事物有明確透徹的認識：明君。⑦視覺：復明/失明。⑧懂得，了解：深明大義。⑨表明，説明：賦詩明志/開宗明義。⑩次於今年、今天的：明年/明天。⑪明明，表示顯然如此或確實：明知故問。⑫朝代，公元1368－1644年，朱元璋所建。

【組詞】明朗/明媚/明確/明智/表明/精明/聲明/鮮明/英明/照明

【成語】明辨是非/明察秋毫/明目張膽/明爭暗鬥/明知故犯/柳暗花明/棄暗投明/自知之明

## 冥 曾 míng 粵 ming4 明 倉 BAYC
冖部，10 畫。

【釋義】①迷信的人稱人死後靈魂進入的境界：冥府。②昏暗：晦冥/幽冥。③糊塗，愚昧：冥頑不靈。④深沉，深奧：冥思/冥想。

## 茗 曾 míng 粵 ming5 皿 倉 TNIR
艸部，10 畫。

【釋義】①茶樹的嫩芽。②茶：品茗/香茗。

## 暝 曾 míng 粵 ming4 明 倉 ABAC
日部，14 畫。

【釋義】①天黑，日落：天色已暝。②黃昏：暝色。③昏暗：天霧晝暝。

## 鳴｜鸣 曾 míng 粵 ming4 名 倉 RHAF
鳥部，14 畫。

【釋義】①（鳥獸或昆蟲）叫：蛙鳴/雞鳴犬吠。②發出聲音，使發出聲音：耳鳴/鳴槍示警。③表達，發表（情感、意見、主張）：鳴謝/不平則鳴。

【組詞】鳴叫/哀鳴/共鳴

【成語】一鳴驚人/自鳴得意/百家爭鳴/孤掌難鳴

## 銘｜铭 曾 míng 粵 ming4 明 倉 CNIR
金部，14 畫。

【釋義】①鑄或刻在器物上記述事實、功績等的文字，或寫出或刻出的警戒自己的文字：墓誌銘/座右銘。②在器物上刻字，表示紀念，也比喻深刻記住：銘記/銘刻。

【成語】刻骨銘心

## 瞑 曾 míng 粵 ming4 明 倉 BUBAC
目部，15 畫。

【釋義】①閉眼：通夜不瞑。②眼睛昏花：耳聾目瞑。

## 螟 曾 míng 粵 ming4 明 倉 LIBAC
虫部，16 畫。

【釋義】螟蟲，昆蟲，種類很多，侵害農作物及林木、果樹等。

## 酩 曾 mǐng 粵 ming5 皿 倉 MWNIR
酉部，13 畫。

【釋義】〔酩酊〕喝酒過量，醉得迷迷糊糊的：酩酊大醉。

## 命 曾 mìng 粵 ming6 明六聲 倉 OMRL
口部，8 畫。

【釋義】①生命，性命：救命。②壽命：長命百歲。③命運，天命：算命/樂天知命。④下達指示，指派：命駕（令人駕車）/耳提面命。⑤下達的指示：奉命/唯命是聽。⑥給予（名稱等）：命名/命題。⑦認為，以為：自命不凡。

【組詞】命令/斃命/革命/拼命/任命/生命/使命/壽命/致命

【成語】亡命之徒/一命嗚呼/草菅人命/謀財害命/疲於奔命/聽天由命/相依為命

## miu

謬 | 谬 ⓐ miù ⓒ mau6 茂
ⓒ YRSMH
言部，18 畫。

言 謬 謬 謬 謬

【釋義】錯誤，差錯：謬誤 / 荒謬。

## mo

摸 ⓐ mō ⓒ mo2 魔二聲 ⓒ QTAK
手部，14 畫。

摸 摸 摸 摸 摸

【釋義】①用手接觸或接觸後輕輕移動：撫摸 / 盲人摸象。②用手探取：摸魚 / 順藤摸瓜。③試着了解，試探：摸索 / 捉摸。④在黑暗中行動，在看不清的道路上行走：摸黑 / 摸到牀邊開亮了燈。
【成語】捉摸不定 / 渾水摸魚

摩 ⓐ mó ⓒ mo1 魔 ⓒ IDQ
手部，15 畫。

广 庐 麻 摩 摩

【釋義】①摩擦，物體和物體緊密接觸來回移動：摩拳擦掌。②摸，撫摩：按摩 / 撫摩。③研究切磋：揣摩 / 觀摩。

摹 ⓐ mó ⓒ mou4 毛 ⓒ TAKQ
手部，15 畫。

【釋義】照着樣子寫或畫，模仿：臨摹 / 描摹。

模 ⓐ mó ⓒ mou4 毛 ⓒ DTAK
木部，15 畫。

模 模 模 模 模

▲ 另見 262 頁 mú。
【釋義】①法式，規範，標準：模範 / 模型。

②仿效：模仿 / 模擬。
【組詞】模式 / 模樣 / 規模
【成語】一模一樣

膜 ⓐ mó ⓒ mok6 莫 ⓒ BTAK
肉部，15 畫。

月 膜 膜 膜 膜

【釋義】①人或動植物體內像薄皮的組織：耳膜 / 眼角膜。②像膜的薄皮：橡皮膜 / 塑料薄膜。
【組詞】視網膜

磨 ⓐ mó ⓒ mo4 蘑 ⓒ IDMR
石部，16 畫。

广 庐 麻 磨 磨

▲ 另見 261 頁 mò。
【釋義】①摩擦，物體和物體緊密接觸並來回移動：腳上磨出了水泡。②用磨料磨物體使光滑、鋒利等：磨刀 / 研磨 / 鐵杵磨成針。③折磨，糾纏：磨難 / 好事多磨。④消滅，逐漸消失：磨滅。⑤消耗時間，拖延：消磨。
【組詞】磨合 / 磨練 / 磨損 / 打磨 / 折磨 / 琢磨

嬤 ⓐ mó ⓒ maa1 媽 ⓒ VIDI
女部，17 畫。

【釋義】〔嬤嬤〕①舊時稱奶媽。②對年老婦女的稱呼。

饃 | 馍 ⓐ mó ⓒ mo4 蘑 ⓒ OITAK
食部，19 畫。

【釋義】方言。饅頭。

蘑 ⓐ mó ⓒ mo4 磨 ⓒ TIDR
艸部，20 畫。

蘑 蘑 蘑 蘑 蘑

【釋義】蘑菇，某些可以食用的真菌：口蘑。
【組詞】蘑菇

M

# 魔
⊜ mó ⊜ mo1 摩 ⊜ IDHI
鬼部，21畫。

| 广 | 庐 | 磨 | 魔 | 魔 |
|---|---|---|---|---|

【釋義】①魔鬼：魔王／妖魔。②神祕，奇異：魔力／魔術。
【組詞】魔法／魔鬼／魔幻／魔掌／魔爪／病魔／惡魔／着魔
【成語】羣魔亂舞／妖魔鬼怪

# 抹
⊜ mǒ ⊜ mut3 沫三聲 ⊜ QDJ
手部，8畫。

| 抹 | 抹 | 抹 | 抹 | 抹 |
|---|---|---|---|---|

▲另見242頁mā；本頁mò。
【釋義】①塗抹：抹粉／抹灰。②擦：抹眼淚／吃完飯抹抹嘴就走。③勾掉，除去，不計在內：抹零（付款時不計算零頭，只付整數）／抹殺。
【組詞】抹黑／塗抹
【成語】塗脂抹粉／濃妝艷抹

# 末
⊜ mò ⊜ mut6 沒 ⊜ DJ
木部，5畫。

| 末 | 三 | 丰 | 末 | 末 |
|---|---|---|---|---|

【釋義】①東西的梢，盡頭：末端／秋毫之末（秋天鳥獸新生細毛的末端，比喻極細微的東西）。②不是根本的、重要的事物（跟「本」相對）：末學／本末倒置。③最後，終了，末尾：春末／週末／末班車。④細碎的或成粉狀的東西：粉末／肉末。⑤戲曲角色，扮演中年男子，京劇歸入老生一類。
【組詞】末路／末年／末期／末日／始末
【成語】窮途末路／強弩之末／捨本逐末

# 沒 ｜ 没
⊜ mò ⊜ mut6 末 ⊜ ENE
水部，7畫。

| 沒 | 沒 | 沒 | 沒 | 沒 |
|---|---|---|---|---|

▲另見248頁méi。
【釋義】①向下沉或沒入水中：沉沒／覆沒。②漫過，蓋過：沒頂／雪深沒膝。③隱藏，隱沒：出沒／埋沒。④沒收：抄沒家產。⑤盡，終：沒齒／沒世。⑥同「歿」（歿：⊜ mò ⊜ mut6末），死。
【組詞】沒落／沒收／吞沒／淹沒／隱沒
【成語】沒齒難忘／全軍覆沒／神出鬼沒

# 沫
⊜ mò ⊜ mut6 沒 ⊜ EDJ
水部，8畫。

| 沫 | 沫 | 沫 | 沫 | 沫 |
|---|---|---|---|---|

【釋義】泡沫：唾沫／口吐白沫。
【成語】相濡以沫

# 抹
⊜ mò ⊜ mut3 沫三聲 ⊜ QDJ
手部，8畫。

▲另見242頁mǒ；本頁mò。
【釋義】①塗上泥或灰後再用工具弄平：抹牆。②緊挨着繞過：轉彎抹角。

# 茉 ｜ 茉
⊜ mò ⊜ mut6 沒 ⊜ TDJ
艸部，9畫。

【釋義】〔茉莉〕灌木，花白色，香味濃，可用來薰製茶葉。

# 陌
⊜ mò ⊜ mak6 麥 ⊜ NLMA
阜部，9畫。

| 陌 | 陌 | 陌 | 陌 | 陌 |
|---|---|---|---|---|

【釋義】①田間東西方向的道路，泛指田間的道路：阡陌／陌頭楊柳。②街道：街陌／巷陌。③〔陌生〕生疏、不熟悉：他們多年不見，難免感到陌生。

# 秣
⊜ mò ⊜ mut3 沫三聲 ⊜ HDDJ
禾部，10畫。

【釋義】①牲口的飼料：糧秣。②餵牲口：厲兵秣馬。

# 脈 | 脉
⊕ mò ⊜ mak6 麥 ⊛ BHHV
肉部，10 畫。

▲ 另見 244 頁 mài。

【釋義】〔脈脈〕默默地用眼神或行動表達情意：含情脈脈 / 溫情脈脈。

# 莫
⊕ mò ⊜ mok6 漢 ⊛ TAK
艸部，11 畫。

莫 莫 莫 莫 莫

【釋義】①表示「沒有誰」或「沒有哪一種東西」：莫不欣喜 / 哀莫大於心死。②不：愛莫能助 / 一籌莫展。③不要：莫哭 / 請莫見怪。④表示揣測或反問：莫非 / 莫不是。

【成語】莫名其妙 / 莫逆之交 / 高深莫測 / 望塵莫及

# 漠
⊕ mò ⊜ mok6 莫 ⊛ ETAK
水部，14 畫。

漠 漠 漠 漠 漠

【釋義】①沙漠：大漠 / 荒漠。②冷淡，不經心：漠視 / 淡漠。

【組詞】漠然 / 冷漠 / 沙漠

【成語】漠不關心 / 漠然置之

# 寞
⊕ mò ⊜ mok6 莫 ⊛ JTAK
宀部，14 畫。

寞 寞 寞 寞 寞

【釋義】安靜，冷落：寂寞 / 落寞。

# 墨
⊕ mò ⊜ mak6 陌 ⊛ WGFG
黑部，15 畫。

墨 墨 黑 墨 墨

【釋義】①寫字繪畫用的黑色顏料，塊狀，用煤煙或松煙等製成，也指用墨和水研出來的汁。②泛指寫字繪畫或印製用的顏料：紅墨水 / 藍油墨。③借指寫的字和畫的畫：墨寶 / 遺墨。④比喻學問或讀書識字的能力：文墨 / 胸無點墨。⑤黑：墨鏡 / 墨綠。⑥貪污：墨吏。⑦古代的一種刑罰，刺面或額，染上黑色，作為標記。也叫黥（黥：⊕ qíng ⊜ king4 鯨）。

【組詞】墨黑 / 墨跡 / 墨水 / 筆墨 / 油墨

【成語】墨守成規 / 粉墨登場 / 舞文弄墨

# 磨
⊕ mò ⊜ mo6 蘑六聲 ⊛ IDMR
石部，16 畫。

广 庐 麻 磨 磨

▲ 另見 259 頁 mó。

【釋義】①把糧食弄碎的器具，通常是由兩個圓石盤合成的：磨盤 / 石磨。②用磨把糧食弄碎：磨麵 / 磨麥子。

# 默
⊕ mò ⊜ mak6 麥 ⊛ WFIK
黑部，16 畫。

默 默 黑 默 默

【釋義】①不說話，不明白表示出來：默讀 / 沉默。②憑記憶寫出（讀過的文字）：默寫。

【組詞】默哀 / 默默 / 默契 / 默然 / 默認 / 默書 / 默許 / 緘默 / 靜默

【成語】默默無聞 / 默默無言 / 沉默寡言

# 驀 | 蓦
⊕ mò ⊜ mak6 默 ⊛ TAKF
馬部，21 畫。

【釋義】忽然，突然：驀然回首。

## mou

# 哞
⊕ mōu ⊜ mau4 謀 ⊛ RIHQ
口部，9 畫。

【釋義】形容牛叫的聲音：小牛哞哞直叫。

# 牟
⊕ móu ⊜ mau4 謀 ⊛ IHQ
牛部，6 畫。

【釋義】謀取（名利）：牟利 / 牟取暴利。

M

**眸** 🔊 móu 🔊 mau4 謀 🔊 BUIHQ
目部，11畫。

【釋義】眼珠，眸子。泛指眼睛：明眸 / 回眸一笑。

**謀** ｜ **谋** 🔊 móu 🔊 mau4 牟 🔊 YRTMD
言部，16畫。

【釋義】①主意，計謀，計策：謀略 / 陰謀。②圖謀，謀求：謀生 / 合謀。③商議：不謀而合。
【組詞】謀害 / 謀劃 / 謀取 / 謀殺 / 參謀 / 串謀 / 密謀 / 預謀 / 主謀
【成語】謀財害命 / 出謀劃策 / 老謀深算 / 深謀遠慮 / 圖謀不軌 / 有勇無謀 / 足智多謀

**繆** ｜ **缪** 🔊 móu 🔊 mau4 謀 🔊 VFSMH
糸部，17畫。

【釋義】〔綢繆〕①修繕：未雨綢繆。②纏綿：情意綢繆。

**某** 🔊 mǒu 🔊 mau5 畝 🔊 TMD
木部，9畫。

【釋義】①指一定的人或事物（知道名稱而不說出）：王某 / 政府某部。②用在名詞前面，指不確定的人或事物：某地 / 某人 / 某一時期 / 某種跡象。③用來代替自己的名字，如姓李的自稱「李某」或「李某人」。④用來代替別人的名字，常有不客氣的意味：告訴劉某，別太囂張！
【組詞】某些

---

## mu

**模** 🔊 mú 🔊 mou4 毛 🔊 DTAK
木部，15畫。

▲另見259頁mó。
【釋義】模子，用壓製或澆灌的方法使材料成為一定形狀的工具：模具 / 銅模。
【組詞】模樣
【成語】大模大樣 / 怪模怪樣 / 裝模作樣

**母** 🔊 mǔ 🔊 mou5 武 🔊 WYI
毋部，5畫。

【釋義】①母親：母愛 / 母女。②家族、親戚中或有某種關係的長輩女子：伯母 / 師母 / 祖母。③雌性的（跟「公」相對）：母雞 / 母老虎。④有產生或包容其他事物的能力或作用的：航空母艦。
【組詞】母子 / 父母 / 舅母 / 姨母 / 岳母
【成語】賢妻良母 / 衣食父母 / 再生父母

**牡** 🔊 mǔ 🔊 maau5 卯 🔊 HQG
牛部，7畫。

【釋義】①雄性的（指鳥獸，跟「牝」相對）：牡馬 / 牡牛。②〔牡丹〕觀賞植物，花朵大，有白、紅等多種顏色，根、皮均可入藥，主要產自中國河南省洛陽。

**拇** 🔊 mǔ 🔊 mou5 母 🔊 QWYI
手部，8畫。

【釋義】拇指，手和腳的第一個指頭。
【組詞】拇指 / 大拇指

**姆** 🔊 mǔ 🔊 mou5 母 🔊 VWYI
女部，8畫。

姆 妞 姆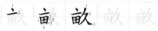

【釋義】〔保姆〕受僱為人照管兒童或從事家務勞動的婦女。

畝|亩 ⬤mǔ ⬤mau5 某
⬤YWNO
田部，10畫。

亩 亩 畝

【釋義】土地面積單位。100畝等於1頃。

木 ⬤mù ⬤muk6目 ⬤D
木部，4畫。

一 十 才 木 木

【釋義】①樹木：伐木 / 林木。②木頭，木材和木料的統稱：原木 / 檀香木。③棺材：棺木 / 行將就木。④質樸：木訥。⑤麻木：舌頭木了，甚麼味道也嘗不出來。

【組詞】木板 / 木材 / 木偶 / 木頭 / 木屋 / 草木 / 積木 / 麻木 / 樹木

【成語】木雕泥塑 / 木已成舟 / 大興土木 / 移花接木

目 ⬤mù ⬤muk6木 ⬤BU
目部，5畫。

丨 冂 冃 月 目

【釋義】①眼睛：目光 / 目擊 / 注目。②看：一目了然。③大項中再分的小項：節目 / 項目。④目錄：劇目 / 篇目 / 書目。

【組詞】目標 / 目的 / 目睹 / 目前 / 奪目 / 科目 / 盲目 / 數目 / 題目 / 矚目

【成語】目不暇給 / 目不轉睛 / 目瞪口呆 / 目中無人 / 觸目驚心 / 耳目一新 / 刮目相看 / 明目張膽 / 有目共睹 / 賞心悅目

沐 ⬤mù ⬤muk6目 ⬤ED
水部，7畫。

沐 沐 沐 沐 沐

【釋義】洗頭髮，也泛指洗滌：沐浴 / 櫛風沐雨（風梳髮，雨洗頭。形容在外奔波辛勞）。

牧 ⬤mù ⬤muk6木 ⬤HQOK
牛部，8畫。

牛 牧 牧 牧 牧

【釋義】①放養牲畜，畜牧：牧民 / 遊牧。②古代官名：州牧。

【組詞】牧場 / 牧童 / 畜牧

苜 ⬤mù ⬤muk6目 ⬤TBU
艸部，9畫。

【釋義】〔苜蓿〕（蓿：⬤xu⬤suk1宿）豆科多年生草本植物，通常指中國北方的紫花苜蓿。花紫色，葉子長圓，結莢果。可做肥料，也是優質飼料。

募 ⬤mù ⬤mou6冒 ⬤TAKS
力部，13畫。

艹 莫 莫 募 募

【釋義】廣泛徵集（財物或兵員等）：募集 / 募捐 / 募徵。

【組詞】籌募 / 招募

睦 ⬤mù ⬤muk木 ⬤BUGCG
目部，13畫。

眇 眇 睦 睦 睦

【釋義】相處融洽，親近，不爭吵：睦鄰（跟鄰居或鄰國和睦相處）/ 和睦。

墓 ⬤mù ⬤mou6冒 ⬤TAKG
土部，14畫。

莫 莫 莫 墓 墓

【M】

【釋義】墳墓，掩埋死人的地方：墓地 / 陵墓。

【組詞】墓碑 / 墓穴 / 墳墓 / 掃墓

【成語】自掘墳墓

幕 🔊 mù 🔈 mok6 莫 🄰 TAKB
巾部，14 畫。

【釋義】①帳篷，覆蓋在上面的大塊的布、網、氈子等：帳幕。②垂掛的大塊布、網、絲絨等（多供演戲或放映電影用）：閉幕 / 開幕 / 銀幕。③像幕布的東西：夜幕 / 雨幕。④古代將帥辦公的地方：幕府 / 幕僚。⑤戲劇較完整的段落，每幕可以分若干場：獨幕劇 / 第三幕第二場。

【組詞】幕後 / 幕前 / 揭幕 / 屏幕 / 序幕 / 熒幕

慕 🔊 mù 🔈 mou6 務 🄰 TAKP
心部，15 畫。

【釋義】羨慕，仰慕：慕名。②依戀，思念：愛慕。

【組詞】傾慕 / 羨慕 / 仰慕

暮 🔊 mù 🔈 mou6 冒 🄰 TAKA
日部，15 畫。

【釋義】①傍晚：暮靄 / 暮色。②（時間）將盡，晚：暮春 / 遲暮 / 天寒歲暮。

【成語】日暮途窮 / 朝三暮四

穆 🔊 mù 🔈 muk6 木 🄰 HDHAH
禾部，16 畫。

【釋義】恭敬，嚴肅：靜穆 / 肅穆。

M

# Nn

示不能確定的某一個：哪天有空來玩吧。③任指，表示任何一個：哪種款式她都不滿意。④表示反問：沒有辛勤耕耘，哪有纍纍碩果？

【組詞】哪兒/哪個/哪裏/哪怕/哪些/哪樣

---

## na

**南** 🅟 nā 🅗 naa1 拿一聲 🅒 JBTJ
十部，9畫。

▲另見266頁 nán。

【釋義】〔南無〕（無：🅟 mó 🅗 mo4 麼）佛教用語。表示對佛的尊敬或皈依：南無阿彌陀佛。

**拿** 🅟 ná 🅗 naa4 那四聲 🅒 OMRQ
手部，10畫。

【釋義】①用手取或握住、搬動（東西）：拿筆/拿行李/拿張紙來。②用強力取，捕捉：捉拿匪徒/拿下敵人的碉堡。③掌握，把握：拿得穩/拿主意。④取得，得到：拿一等獎。⑤用：拿尺量/拿舊的換新的。⑥引進所處置或所關注的對象：拿他沒辦法/別拿我開玩笑。

【組詞】拿獲/拿捏/拿手/擒拿/捉拿

【成語】拿手好戲/十拿九穩

**哪** 🅟 nǎ 🅗 naa5 那 🅒 RSQL
口部，10畫。

▲另見266頁 na；268頁 né；268頁 nèi。

【釋義】①表示疑問，即要求在幾個人或事物中加以確指：這書架上哪本書最好看？②表

**吶** 🅟 nà 🅗 naap6 納 🅒 ROB
口部，7畫。

【釋義】〔吶喊〕大聲喊叫助威：啦啦隊為運動員吶喊打氣。

【成語】搖旗吶喊

**那** 🅟 nà 🅗 naa5 拿五聲 🅒 SQNL
邑部，7畫。

▲另見268頁 nèi。

【釋義】①指示較遠的人或事物：那個人/那棵大樹。②代替較遠的人或事物：那是誰？/那我早就知道。③承接上文，說明應有的結果：你要是不願意，那就不要去了。

【組詞】那兒/那個/那裏/那麼/那些/那樣

**衲** 🅟 nà 🅗 naap6 納 🅒 LOB
衣部，9畫。

【釋義】①和尚穿的衣服，也用作和尚的自稱：老衲。②縫補，補綴：百衲衣。

**娜** 🅟 nà 🅗 no4 挪 🅒 VSQL
女部，10畫。

▲另見276頁 nuó。

【釋義】用於人名。

**納** | 纳 🅟 nà 🅗 naap6 吶 🅒 VFOB
糸部，10畫。

【釋義】①收進來，放進去：出納/納入正軌。②接受：接納/招賢納士。③享受：納

福 / 納涼。④交付（捐稅、公糧等）：納稅 / 繳納。

【組詞】納入 / 採納 / 歸納 / 容納

**捺** 🔊nà 🔊naat6 拿達六聲 🔊QKMF
手部，11畫。

【釋義】①用手按：捺手印。②忍耐，抑制：按捺 / 捺不住心頭的怒火。③漢字的筆畫，形狀是「㇏」。

**鈉**｜钠 🔊nà 🔊naap6 納 🔊COB
金部，12畫。

【釋義】金屬元素，符號Na。銀白色，鈉和它的化合物在工業上用途廣泛。

**哪** 🔊na 🔊naa1 拿一聲 🔊RSQL
口部，10畫。

▲另見265頁 nǎ；268頁 né；268頁 něi。

【釋義】「啊」受前一字韻尾 n 的影響變成輕聲，可改寫為「哪」(na)：天哪 / 謝謝您哪。

## nai

**乃** 🔊nǎi 🔊naai5 奶 🔊NHS
丿部，2畫。

【釋義】①是，就（是）：失敗乃成功之母。②於是：因力不從心，乃中途作罷。③才，表示只有在某種條件下然後怎樣：唯虛心乃能進步。

【組詞】乃至

**奶** 🔊nǎi 🔊naai5 乃 🔊VNHS
女部，5畫。

【釋義】①乳房，哺乳的器官。②乳汁：牛奶 / 餵奶。③主要為產奶而飼養的：奶牛。④稱呼跟祖母輩分相同或年紀相仿的婦女：奶奶 / 老奶奶。

【組詞】奶粉 / 奶油

**奈** 🔊nài 🔊noi6 內 🔊KMMF
大部，8畫。

【釋義】奈何，怎樣，如何：無奈 / 無可奈何。

【組詞】奈何 / 怎奈

**耐** 🔊nài 🔊noi6 內 🔊MBDI
而部，9畫。

【釋義】①受得住，禁得起：耐寒 / 刻苦耐勞。②忍受，勉強承受：難耐 / 忍耐。

【組詞】耐煩 / 耐看 / 耐力 / 耐心 / 耐性 / 耐用 / 能耐

【成語】耐人尋味 / 俗不可耐

## nan

**男** 🔊nán 🔊naam4 喃 🔊WKS
田部，7畫。

【釋義】①男性（跟「女」相對）：男兒 / 男子。②兒子：長男。③中國古代五等爵位（公、侯、伯、子、男）的第五等。

【組詞】男孩 / 男女 / 男人 / 男生 / 男性 / 男子漢

【成語】男婚女嫁 / 男女老幼

**南** 🔊nán 🔊naam4 男 🔊JBTJ
十部，9畫。

▲另見265頁 nā。

【釋義】四個主要方向之一，早晨面對太陽時右手的一邊：南方 / 南極。

【組詞】南北 / 南下 / 南半球 / 指南針

【成語】南腔北調 / 南轅北轍 / 天南地北

**喃** 普 nán 粵 naam4 男 倉 RJBJ
口部，12畫。

【釋義】〔喃喃〕連續不斷地小聲說話：喃喃自語。

**楠** 普 nán 粵 naam4 男 倉 DJBJ
木部，13畫。

【釋義】〔楠木〕常綠大喬木，木材棕綠色，堅固，耐腐蝕，是貴重的建築材料，也可供造船、做家具用。主要產地是中國的雲南省和四川省。

**難｜难** 普 nán 粵 naan4 挪晏四聲
倉 TOOG
隹部，19畫。

▲另見本頁 nàn。

【釋義】①做起來費事的（跟「易」相對）：難關／事情難辦。②使感到困難：這道題可難不住他。③不好：難看／難聽。④不容易，不大可能：難免／難保不出問題。
【組詞】難得／難度／難過／難堪／難受／難題／難忘／艱難／困難／疑難
【成語】難辭其咎／難分難解／難能可貴／難以置信／知難而退／寸步難行／孤掌難鳴／有口難言／在所難免／自身難保

**難｜难** 普 nàn 粵 naan6 挪晏六聲
倉 TOOG
隹部，19畫。

▲另見本頁 nán。

【釋義】①不幸的遭遇，災難：苦難／大難臨頭。②問責：非難／責難。
【組詞】難民／患難／罹難／磨難／受難／逃難／遇難／災難
【成語】多災多難

**囊** 普 náng 粵 nong4 尼昂四聲
倉 JBRRV
口部，22畫。

【釋義】①口袋：皮囊／探囊取物。②像口袋的東西：膽囊／腮囊／毛囊。③用袋子裝：囊括。
【組詞】背囊
【成語】慷慨解囊／中飽私囊

**孬** 普 nāo 粵 bou2 保 倉 MFVND
子部，10畫。

【釋義】①壞，不好：脾氣很孬。②膽小，怯懦：孬種（罵人的話）。

**撓｜挠** 普 náo 粵 naau4 鬧四聲
倉 QGGU
手部，15畫。

【釋義】①（用手指）抓，搔：抓耳撓腮。②擾亂，阻止，使別人的事情不能順利進行：阻撓。③彎曲，比喻屈服：百折不撓／不屈不撓。

**惱｜恼** 普 nǎo 粵 nou5 努 倉 PVVW
心部，12畫。

【釋義】①生氣，發怒：惱火／氣惱。②煩悶：煩惱／苦惱。
【組詞】惱恨／惱怒／惱人／懊惱
【成語】惱羞成怒

**瑙** 普 nǎo 粵 nou5 腦 倉 MGVVW
玉部，13畫。

【釋義】〔瑪瑙〕見243頁 mǎ「瑪」。

## 腦 | 脑 ⓸nǎo ⓹nou5 努 ⓺BVWW
肉部，13畫。

【釋義】①人和高等動物中樞神經系統的主要部分，主管全身感覺和運動，人的腦還主管思維和記憶：大腦。②腦筋，思維、記憶的能力：既動手又動腦。③頭：探頭探腦。④指物體中提煉出的精華部分：樟腦 / 薄荷腦。

【組詞】腦袋 / 腦海 / 腦筋 / 腦子 / 頭腦

【成語】絞盡腦汁 / 搖頭晃腦

## 淖 ⓸nào ⓹naau6 鬧 ⓺EYAJ
水部，11畫。

【釋義】爛泥，泥沼：泥淖。

## 鬧 | 闹 ⓸nào ⓹naau6 撓六聲 ⓺LNYLB
鬥部，15畫。

【釋義】①喧譁，不安靜：鬧市 / 熱鬧 / 鬧哄哄。②吵，擾亂：吵鬧 / 打鬧 / 又哭又鬧。③發泄（感情）：鬧脾氣 / 鬧情緒。④發生（疾病、災害或不好的事）：鬧肚子 / 鬧水災。⑤幹，弄，搞：問題一時鬧不清楚。

【組詞】鬧劇 / 鬧事 / 鬧騰 / 胡鬧 / 喧鬧

【成語】無理取鬧

---

### ne

## 哪 ⓸né ⓹naa4 拿 ⓺RSQL
口部，10畫。

▲另見265頁nǎ；266頁na；本頁něi。

【釋義】〔哪吒〕神話中一個神的名字。

## 訥 | 讷 ⓸nè ⓹neot6 拿術六聲
Ⓧnaap6 納 ⓺YROB
言部，11畫。

【釋義】說話遲鈍，不善講話：木訥。

## 呢 ⓸ne ⓹ne1 挪些一聲 ⓺RSP
口部，8畫。

▲另見269頁ní。

【釋義】①表示疑問：你問誰呢？②表示確認事實，略帶誇張：天氣可冷呢。③表示動作或情況持續：外面正颳着大風呢。④表示停頓：其實呢，不去也好。

---

### nei

## 哪 ⓸něi ⓹naa5 拿五聲 ⓺RSQL
口部，10畫。

▲另見265頁nǎ；266頁na；本頁né。

【釋義】「哪」(nǎ)和「一」的合音，但指數量時不限於一：哪個 / 哪年 / 哪些。

## 餒 | 馁 ⓸něi ⓹neoi5 女 ⓺OIBV
食部，15畫。

【釋義】失掉勇氣：氣餒 / 勝不驕，敗不餒。

## 內 ⓸nèi ⓹noi6 奈 ⓺OB
入部，4畫。

【釋義】①裏頭，裏頭的（跟「外」相對）：內部 / 內衣 / 國內。②妻子或妻子的親屬：內人。③內心，內臟：內省 / 五內俱焚。

【組詞】內地 / 內涵 / 內疚 / 內容 / 內向 / 內在 / 海內 / 室內 / 以內 / 之內

【成語】內外交困 / 內憂外患 / 外柔內剛

## 那 ⓸nèi ⓹naa5 拿五聲 ⓺SQNL
邑部，7畫。

▲另見265頁nà。

【釋義】「那」(nà)和「一」的合音，但指數量時不限於一：那個 / 那年 / 那些。

## nen

**嫩** 🔊 nèn ⬤ nyun6 暖六聲 ⬤ VDLK
女部，14畫。

【釋義】①初生而柔弱，嬌嫩（跟「老」相對）：
嫩芽／嫩葉。②指某些食物烹調時間短，容
易咀嚼：肉絲炒得嫩。③（某些顏色）淺：嫩
綠。④閱歷淺，不老練：他擔任這個職位還
嫌嫩了點。
【組詞】嬌嫩／細嫩／鮮嫩／稚嫩

## neng

**能** 🔊 néng ⬤ nang4 尼恆四聲 ⬤ IBPP
肉部，10畫。

【釋義】①能力，才幹：能耐／技能／軟弱無
能。②有能力的：能人／能者多勞。③能
夠：力所能及／一定能按時完成。④科學上
指能量：能源／光能／熱能。
【組詞】能否／能幹／本能／才能／功能／可能／
潛能／效能／只能／智能
【成語】能歌善舞／能屈能伸／能說會道／難能
可貴／無能為力／耳熟能詳／無所不能

## ng

**嗯** 🔊 ńg ⬤ ng2 五二聲 ⬤ RWKP
口部，13畫。

▲另見本頁ňg；本頁ǹg。
【釋義】表示疑問：嗯？你說甚麼？

**嗯** 🔊 ňg ⬤ ng2 五二聲 ⬤ RWKP
口部，13畫。

▲另見本頁ńg；本頁ǹg。

【釋義】表示不以為然或出乎意外：嗯！你怎
麼在家裏？

**嗯** 🔊 ǹg ⬤ ng6 誤 ⬤ RWKP
口部，13畫。

▲另見本頁ńg；本頁ňg。
【釋義】表示答應：嗯！就這樣決定。

## ni

**妮** 🔊 nī ⬤ nei4 尼 ⬤ VSP
女部，8畫。
【釋義】方言。女孩子：妮子。

**尼** 🔊 ní ⬤ nei4 妮 ⬤ SP
尸部，5畫。

【釋義】尼姑，出家修行的女佛教徒：僧尼／
削髮為尼。

**泥** 🔊 ní ⬤ nai4 尼危四聲 ⬤ ESP
水部，8畫。

▲另見270頁nì。
【釋義】①含水的半固體狀的土：泥土／爛
泥。②半固體狀的像泥的東西：蒜泥／印泥。
【組詞】泥巴／泥膠／泥漿／泥沙／山泥／水泥／
淤泥／泥石流
【成語】拖泥帶水／爛醉如泥

**呢** 🔊 ní ⬤ nei4 妮 ⬤ RSP
口部，8畫。

▲另見268頁ne。
【釋義】①呢子，一種較厚的毛織品，多用
來做外套等：呢絨／毛呢。②﹝呢喃﹞(a)象聲
詞，常指燕子的叫聲：燕語呢喃。(b)形容小
聲說話：呢喃細語。

**倪** 🔊 ní ⬤ ngai4 危 ⬤ OHXU
人部，10畫。

【釋義】①端，邊際：端倪（事情的頭緒）。
②姓。

## 霓 曾 ní 粵 ngai4 危 倉 MBHXU
雨部，16畫。

【釋義】雨後天空有時與虹同時出現的彩色圓
弧，顏色比虹淡，彩帶排列順序和虹相反，
紅色在內，紫色在外。也叫副虹。
【組詞】霓虹

## 鯢｜鲵 曾 ní 粵 ngai4 危 倉 NFHXU
魚部，19畫。

【釋義】一種兩棲類動物，分大鯢和小鯢兩
種。大鯢體長可達1.8米，四肢短，叫的聲音
像嬰兒，俗稱娃娃魚。小鯢長5－9厘米，外
形和大鯢相似。牠們都生活在淡水中。

## 你 曾 nǐ 粵 nei5 尼五聲 倉 ONF
人部，7畫。

【釋義】①稱對方（一個人），有時也用來指稱
「你們」：你好／你校。②泛指任何人，有時實
際上指「我」：他的手藝叫你不得不服氣／天天
跟你嘮叨，你有甚麼辦法？
【組詞】你們
【成語】你死我活

## 擬｜拟 曾 nǐ 粵 ji5 已 倉 QPKO
手部，17畫。

【釋義】①設計，起草：擬稿。②打算，想
要：擬於明天起程。③模仿：模擬。④相
比：比擬。⑤猜測，假設：虛擬。
【組詞】擬定／草擬
【成語】無可比擬

## 泥 曾 ní 粵 nei6 膩 倉 ESP
水部，8畫。
▲另見269頁 ní。
【釋義】固執地堅持：拘泥。
【成語】泥古不化

## 逆 曾 nì 粵 jik6 亦 倉 YTU
辵部，10畫。

【釋義】①方向相反（跟「順」相對）：逆風／逆
流。②抵觸，不順從：忤逆／忠言逆耳。
③不順當：逆境。④背叛：叛逆／逆賊／逆轉。
【組詞】逆向／逆行／逆轉
【成語】逆來順受／逆水行舟／大逆不道

## 匿 曾 nì 粵 nik1 溺一聲 倉 STKR
匸部，11畫。
【釋義】隱藏，不讓人知道：隱匿。
【組詞】匿藏／匿名／藏匿／逃匿
【成語】銷聲匿跡

## 溺 曾 nì 粵 nik6 挪力六聲 倉 ENMM
水部，13畫。

【釋義】①淹沒在水裏：溺水。②沉迷不悟，
過分：溺愛／沉溺。
【組詞】遇溺

## 暱｜昵 曾 nì 粵 nik1 匿 倉 ASTR
日部，15畫。
【釋義】親熱，親近：親暱。
【組詞】暱稱

## 膩｜腻 曾 nì 粵 nei6 餌 倉 BIPC
肉部，16畫。

【釋義】①食物中油脂過多：肥膩／油膩。②厭煩：膩煩／看不膩。③潤澤細緻：細膩。④黏：他倆總是膩在一起。

---

## nian

**拈** 曾niān 粵nim1 念一聲 倉QYR
手部，8畫。

【釋義】用手指頭夾或捏：拈輕怕重／信手拈來。

**年** 曾nián 粵nin4 那連四聲 倉OQ
干部，6畫。

【釋義】①時間單位，地球繞太陽運行一周的時間。現行曆法規定，平年365天，閏年366天，每4年有1個閏年：往年／一年半載。②每年的：年報／年會。③歲數：年紀／年輕。④一生中按年齡劃分的階段：青年／童年。⑤時期，時代：近年／唐朝初年。⑥一年中莊稼的收成：豐年／荒年。⑦年節，春節：年夜／拜年／新年。⑧有關年節的（用品）：年糕／年畫／年貨。

【組詞】年代／年份／年級／年齡／年邁／年青／成年／歷年／少年／週年

【成語】年富力強／長年累月／十年寒窗／延年益壽／風燭殘年／遺臭萬年／有生之年

**黏** 曾nián 粵nim4 念四聲
　　　 又nim1 念一聲 倉HEYR
黍部，17畫。

【釋義】像膠水或漿糊等具有的屬性，能使一個物體附着在另一個物體上：黏液。

【組詞】黏土

**捻** 曾niǎn 粵nin2 呢演二聲
　　　 又nim2 呢掩二聲 倉QOIP
手部，11畫。

【釋義】①用手指搓：捻線／捻鬍鬚。②用紙搓成的條狀物或用線織成的帶狀物：紙捻子。

**輦**｜輦 曾niǎn 粵lin5 連五聲
　　　　 倉QOJWJ
車部，15畫。

【釋義】古時用人拉的車，後來多指帝王坐的車子：龍車鳳輦。

**碾** 曾niǎn 粵nin5 年五聲 又zin2 展
　　　 倉MRSTV
石部，15畫。

【釋義】①碾子，軋碎或壓平東西的工具：石碾。②滾動碾子使穀物去皮、破碎，或使其他物體破碎：碾米／碾藥。

**攆**｜攆 曾niǎn 粵lin5 連五聲
　　　　 倉QQOJ
手部，18畫。

【釋義】①驅逐，趕走：攆出門外。②方言。追趕：他走得快，我攆不上他。

**廿** 曾niàn 粵jaa6 義訝六聲
　　　 又je6 夜 倉T
廾部，4畫。

【釋義】二十。

**念** 曾niàn 粵nim6 唸 倉OINP
心部，8畫。

【釋義】①想念：念舊／懷念／念念不忘。②心裏的想法、打算，念頭：意念／一念之差／轉念一想。③同「唸」，見本頁niàn。

【組詞】悼念／概念／掛念／觀念／紀念／留念／思念／信念／懸念

【成語】萬念俱灰／私心雜念

**唸**｜念 曾niàn 粵nim6 念 倉ROIP
口部，11畫。

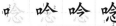

【釋義】①看着文字發出聲音，讀：唸出來我聽聽。②指上學，讀書：唸大學。

【組詞】唸書

【成語】唸唸有詞

---

## niang

娘 ｜ 娘　⑧niáng ⑧noeng4 挪良四聲　⑥VIAV
女部，10畫。

【釋義】①母親：爹娘。②稱長一輩或年長的已婚婦女：大娘。③年輕婦女：姑娘 / 新娘。

釀 ｜ 酿　⑧niàng ⑧joeng6 樣　⑥MWYRV
酉部，24畫。

【釋義】①利用發酵的方法製造酒、醬油等，釀造：釀酒。②蜜蜂做蜜：釀蜜。③逐漸形成：釀成大禍。④烹調方法，將肉、魚、蝦等剁碎做成的餡填或塞入掏空的甜椒、冬瓜等，然後用油煎或蒸。⑤酒：佳釀。

【組詞】釀造 / 醞釀

---

## niao

鳥 ｜ 鸟　⑧niǎo ⑧niu5 尿五聲　⑥HAYF
鳥部，11畫。

【釋義】①脊椎動物的一類。溫血，卵生，全身有羽毛，後肢能行走，前肢多變成翅膀，一般會飛，也有的兩翼退化，不能飛行。

【組詞】鳥瞰 / 候鳥 / 雀鳥

【成語】鳥語花香 / 驚弓之鳥

---

裊 ｜ 袅　⑧niǎo ⑧niu5 鳥　⑥HAYV
衣部，13畫。

【釋義】柔軟細長的樣子：裊娜 / 炊煙裊裊。

尿　⑧niào ⑧niu6 鳥六聲　⑥SE
尸部，7畫。

【釋義】①由人或動物的腎臟產生，從尿道排泄出來的液體。②撒尿：尿牀。

【組詞】尿布 / 尿道 / 撒尿

---

## nie

捏　⑧niè ⑧nip6 聶　⑥QHXM
手部，10畫。

【釋義】①用拇指和其他手指夾：捏鼻子 / 捏住筆桿。②用手指把軟的東西弄成一定的形狀：捏餃子。③假造事實，虛構：捏造。

【成語】憑空捏造

聶 ｜ 聂　⑧niè ⑧nip6 躡　⑥SJSJJ
耳部，18畫。

【釋義】姓。

嚙 ｜ 啮　⑧niè ⑧ngit6 五熱六聲　Ⓧjit6 熱　⑥RYMU
口部，18畫。

【釋義】（鼠、兔等動物）用牙啃咬：蟲咬鼠嚙。

孽　⑧niè ⑧jit6 熱　Ⓧjip6 業　⑥THJD
子部，20畫。

【釋義】①邪惡：妖孽。②罪惡：造孽 / 罪孽。③不孝或不忠：孽臣 / 孽子。

【組詞】孽種 / 作孽

躡 ｜ 蹑　⑧niè ⑧nip6 聶　⑥RMSJJ
足部，25畫。

【釋義】①放輕（腳步）：躡手躡腳。②追隨，跟蹤：躡跡 / 躡蹤。③踩：躡足。

## 鑷 | 镊 🔊 niè 🔊 nip6 聶 🔊 CSJJ
金部,26 畫。

【釋義】①鑷子,拔毛或夾取細小東西的用具,多用金屬製成。②(用鑷子)夾:從肉上鑷出三根木刺。

【組詞】鑷子

---

## nin

## 您 🔊 nín 🔊 nei5 你 🔊 OFP
心部,11 畫。

【釋義】「你」的敬稱:老師,您好!

---

## ning

## 寧 | 宁 🔊 níng 🔊 ning4 檸 🔊 JPBN
宀部,14 畫。

▲ 另見本頁 nìng。

【釋義】①安寧:寧靜 / 坐卧不寧。②使安寧:息事寧人。③南京的別稱。

【組詞】安寧

【成語】雞犬不寧

## 凝 🔊 níng 🔊 jing4 形 🔊 IMPKO
冫部,16 畫。

【釋義】①凝結,氣體變成液體或液體變成固體:凝固。②注意力集中:凝視 / 凝思。

【組詞】凝結 / 凝聚 / 凝望 / 凝重

## 擰 | 拧 🔊 níng 🔊 ning4 寧 🔊 QJPN
手部,17 畫。

▲ 另見本頁 nǐng。

【釋義】①讓物體兩端分別向相反的方向旋轉:擰手巾。②用手指夾住皮肉使勁轉動:擰耳朵。

---

## 獰 | 狞 🔊 níng 🔊 ning4 寧 🔊 KHJPN
犬部,17 畫。

【釋義】(面目)兇惡:獰笑。

【組詞】猙獰

## 檸 | 柠 🔊 níng 🔊 ning4 寧 🔊 DJPN
木部,18 畫。

【釋義】〔檸檬〕小喬木,果實長橢圓形,果肉味極酸,可製飲料,果皮黃色,可提取檸檬油。

## 擰 | 拧 🔊 nǐng 🔊 ning6 寧六聲 🔊 QJPN
手部,17 畫。

▲ 另見本頁 níng。

【釋義】控制物體向裏轉或向外轉:擰螺絲 / 把瓶蓋擰開。

## 佞 🔊 nìng 🔊 ning6 濘 🔊 OMMV
人部,7 畫。

【釋義】善於用花言巧語吹捧、諂媚:佞臣 / 奸佞。

## 寧 | 宁 🔊 nìng 🔊 ning4 檸 🔊 JPBN
宀部,14 畫。

▲ 另見本頁 níng。

【釋義】寧可,寧願:寧缺毋濫 / 寧死不屈。

【組詞】寧可 / 寧願

## 濘 | 泞 🔊 nìng 🔊 ning6 寧六聲 🔊 EJPN
水部,17 畫。

| 濘 | 濘 | 濘 | 濘 | 濘 |
|---|---|---|---|---|

【釋義】爛泥；泥濘。

## niu

### 妞
⦿ niǔ　⦿ nau2 扭　⦿ VNG
女部，7畫。

【釋義】女孩子：小妞。

### 牛
⦿ niú　⦿ ngau4 偶四聲　⦿ HQ
牛部，4畫。

| 牛 | 午 | 仁 | 牛 | 牛 |
|---|---|---|---|---|

【釋義】①哺乳動物，頭上有一對角，力氣大，可供役使。肉和奶營養價值高，可供食用。②比喻固執或驕傲：牛脾氣。③星宿名，二十八宿之一。

【組詞】牛奶

【成語】牛刀小試 / 牛郎織女 / 對牛彈琴 / 九牛一毛

### 忸
⦿ niǔ　⦿ nuk6 女六六聲
⦿ nau2 扭　⦿ PNG
心部，7畫。

【釋義】〔忸怩〕（怩：⦿ ní ⦿ nei4 尼）形容不大方或不好意思的樣子：說話別要忸忸怩怩的。

### 扭
⦿ niǔ　⦿ nau2 紐　⦿ QNG
手部，7畫。

| 扭 | 扌 | 扣 | 扭 | 扭 |
|---|---|---|---|---|

【釋義】①掉轉，轉動：扭轉 / 扭過頭來看。②擰（nǐng）：扭斷樹枝 / 強扭的瓜不甜。③擰傷（筋骨）：扭了腰。④身體左右搖動：扭擺 / 扭了兩步。⑤揪住：扭打 / 扭作一團。⑥不正：歪歪扭扭。

【組詞】扭曲

【成語】扭轉乾坤

### 紐
⦿ niǔ　⦿ nau2 扭　⦿ VFNG
糸部，10畫。

| 紐 | 紐 | 紐 | 紐 | 紐 |
|---|---|---|---|---|

【釋義】①器物上可以抓住提起或繫掛的部分：秤紐 / 印紐。②衣服的扣子：紐子。③事物的關鍵或相互聯繫的中心環節：樞紐。

### 鈕
⦿ niǔ　⦿ nau2 扭　⦿ CNG
金部，12畫。

| 鈕 | 鈕 | 鈕 | 鈕 | 鈕 |
|---|---|---|---|---|

【釋義】①同「紐①②」，見本頁 niǔ。②機器、儀表等器物上用手開關或調節的部分：按鈕。

### 拗
⦿ niù　⦿ aau3 坳　⦿ QVIS
手部，8畫。

▲另見5頁 ào。

【釋義】固執，不隨和：執拗 / 脾氣拗。

## nong

### 農
⦿ nóng　⦿ nung4 濃　⦿ TWMMV
辰部，13畫。

| 農 | 農 | 農 | 農 | 農 |
|---|---|---|---|---|

【釋義】①農業：農具 / 務農。②農民：菜農 / 士農工商。

【組詞】農場 / 農村 / 農夫 / 農耕 / 農田 / 農藥 / 農產品 / 農作物

### 濃
⦿ nóng　⦿ nung4 農　⦿ ETWV
水部，16畫。

| 濃 | 濃 | 濃 | 濃 | 濃 |
|---|---|---|---|---|

【釋義】①液體或氣體中所含的某種成分多，稠密（跟「淡」相對）：濃茶 / 濃墨 / 濃香。②顏色深：濃眉大眼。③程度深：興趣濃厚 / 睡意正濃。

【組詞】濃度／濃厚／濃烈／濃密／濃縮／濃郁
【成語】濃妝艷抹

# 膿｜脓 曾 nóng 粵 nung4 農
粵 BTWV
肉部，17畫。

【釋義】化膿性炎症病變所形成的黃綠色黏液；膿腫／流膿。
【組詞】膿包

# 弄 曾 nòng 粵 lung6 龍六聲 粵 MGT
廾部，7畫。

王 弄 弄 弄 弄

▲另見 233 頁 lòng。

【釋義】①手拿着、擺弄着或逗引着玩：小孩愛弄沙土。②做，幹，辦，搞：弄飯／把書弄壞了。③設法取得：到河裏弄點水來。④耍弄，玩弄：弄權／捉弄／舞文弄墨。
【組詞】擺弄／撥弄／嘲弄／逗弄／糊弄／賣弄／玩弄／戲弄／作弄
【成語】弄假成真／弄巧反拙／弄虛作假／搬弄是非／班門弄斧／擠眉弄眼／裝神弄鬼

---
### nu
---

# 奴 曾 nú 粵 nou4 努四聲 粵 VE
女部，5畫。

ㄑ 奴 女 奴 奴

【釋義】①受壓迫、剝削、役使而沒有自由的人（跟「主」相對）：奴隸。②像對待奴隸一樣地蹂躪、使用：奴役。
【組詞】奴婢／奴才／奴僕

# 駑｜驽 曾 nú 粵 nou4 奴 粵 VESQF
馬部，15畫。

【釋義】①劣（用於馬）：駑馬。②比喻人才能低下平庸：駑才／駑鈍。

# 努 曾 nǔ 粵 nou5 腦 粵 VEKS
力部，7畫。

女 奴 努 努 努

【釋義】①儘量使出（力氣）：努力。②凸出：努嘴（撅嘴向人示意）。

# 弩 曾 nǔ 粵 nou5 腦 粵 VEN
弓部，8畫。

【釋義】一種利用機械力量射箭的弓：弓弩／強弩之末。

# 怒 曾 nù 粵 nou6 奴六聲 粵 VEP
心部，9畫。

女 奴 怒 怒 怒

【釋義】①憤怒：惱怒／喜怒哀樂。②形容氣勢很盛：百花怒放／狂風怒號。
【組詞】怒斥／怒吼／怒火／怒氣／怒色／動怒／發怒／憤怒
【成語】怒髮衝冠／怒火中燒／怒目而視／怒氣沖沖／心花怒放／惱羞成怒

---
### nü
---

# 女 曾 nǚ 粵 neoi5 餒 粵 V
女部，3畫。

ㄑ 女 女 女 女

【釋義】①女性（跟「男」相對）：女人／女子／少女。②女兒：兒女／長女。③星宿名，二十八宿之一。
【組詞】女孩／女生／女婿／婦女／男女／淑女／孫女
【成語】男女老幼／郎才女貌／金童玉女／牛郎織女／窈窕淑女

---
### nuan
---

# 暖 曾 nuǎn 粵 nyun5 嫩五聲 粵 ABME
日部，13畫。

暖 暖 暖 暖 暖

【釋義】①暖和：溫暖／春暖花開。②使暖和：暖酒／暖一暖手。

【組詞】暖和／和暖／冷暖／取暖／暖洋洋

【成語】噓寒問暖

## nüe

**虐**　⓹nüè　⓺joek6 若　⓻YPSM
虍部，9畫。

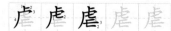

【釋義】發暴狠毒：虐待／暴虐。

【成語】助紂為虐

**瘧｜疟**　⓹nüè　⓺joek6 弱　⓻KYPM
疒部，14畫。

【釋義】瘧疾，急性傳染病，傳染媒介是蚊子，症狀是週期性發冷發熱，熱後大量出汗，頭痛口渴，全身無力。

## nuo

**挪**　⓹nuó　⓺no4 懦四聲　⓻QSQL
手部，10畫。

【釋義】移動位置，轉移：挪動／挪移／挪用。

**娜**　⓹nuó　⓺no5 挪五聲　⓻VSQL
女部，10畫。

▲另見265頁nà。

【釋義】①〔婀娜〕見89頁ē「婀」。②〔裊娜〕形容（草木）柔軟細長，或（女子）姿態優美：裊娜的柳絲。

**諾｜诺**　⓹nuò　⓺nok6 挪岳六聲　⓻YRTKR
言部，16畫。

【釋義】①答應，允許：諾言／一諾千金。②答應的聲音（表示同意）：唯唯諾諾。

【組詞】承諾／許諾／應諾／允諾

**懦**　⓹nuò　⓺no6 糯　⓻PMBB
心部，17畫。

【釋義】軟弱無能，膽小：懦夫／怯懦。

【組詞】懦弱

**糯**　⓹nuò　⓺no6 懦　⓻FDMBB
米部，20畫。

【釋義】黏性的（米穀）：糯米。

# Ｏｏ

## o

### 喔 ⊜ō ⊜o1 噢 ⊛RSMG
口部，12畫。

▲另見 398 頁 wō。
【釋義】表示了解：喔，我明白了。

### 噢｜噢 ⊜ō ⊜o1 柯 ⊛RHBK
口部，16畫。

【釋義】表示答應或了解：噢，原來是你！／
噢，我馬上來了。

### 哦 ⊜ó ⊜o4 柯四聲 ⊗o2 柯二聲
⊛RHQI
口部，10畫。

▲另見本頁 ò。
【釋義】表示將信將疑：哦，他也要來參加我
們的聚會？

### 哦 ⊜ò ⊜o6 柯六聲 ⊛RHQI
口部，10畫。

▲另見本頁 ó。
【釋義】表示領會、醒悟：哦，我想起來了。

## ou

### 歐｜欧 ⊜ōu ⊜au1 鷗 ⊛SRNO
欠部，15畫。

【釋義】①歐洲，世界七大洲之一：東歐。
②姓。

### 毆｜殴 ⊜ōu ⊜au2 喔 ⊛SRHNE
殳部，15畫。

【釋義】打（人）：鬥毆。
【組詞】毆打

### 謳｜讴 ⊜ōu ⊜au1 歐 ⊛YRSRR
言部，18畫。

【釋義】①歌唱：謳歌。②民歌：吳謳／越謳。

### 鷗｜鸥 ⊜ōu ⊜au1 歐 ⊛SRHAF
鳥部，22畫。

【釋義】鳥，頭大，嘴扁平，前趾有蹼，翼長
而尖，羽毛多為白。多生活在海邊，主要捕
食魚類，種類很多，如海鷗、黑尾鷗等。

### 偶 ⊜ǒu ⊜ngau5 藕 ⊛OWLB
人部，11畫。

【釋義】①用木頭、泥土等製成的人像：偶像／
木偶。②雙數，成對的（跟「奇」(jī) 相對）：
偶數／對偶。③配偶，指夫妻中的一方：佳
偶／求偶。④偶然，偶爾：偶合／偶遇。
【組詞】偶爾／偶然／布偶／配偶／玩偶
【成語】無獨有偶

**嘔｜呕** 普ǒu 粤au2 毆 倉RSRR
口部，14畫。

【釋義】①吐（tù），不由自主地從嘴裏湧出：
嘔吐。②形容費盡心思（多用於文學創作）：
嘔心瀝血。

**藕** 普ǒu 粤ngau5 偶 倉TQDB
艸部，19畫。

【釋義】蓮的地下莖，肥大有節，白色，中間
有許多管狀孔，折斷後有絲相連，可以吃。
【組詞】蓮藕
【成語】藕斷絲連

**慪｜怄** 普òu 粤au1 歐 倉PSRR
心部，14畫。

【釋義】①故意惹人惱怒或逗人發笑：你別
慪人了。②〔慪氣〕鬧彆扭，生悶氣：不要
慪氣。

# Pp

---

## pa

趴 ⓟ pā ⓨ paa1 扒一聲 ⓒ RMC
足部，9畫。

【釋義】①胸腹向下臥倒：趴在地上射擊。
②身體向前倚靠，伏：趴在桌上畫畫。

啪 ⓟ pā ⓨ paa1 趴 ⓥ paak1 拍一聲
ⓒ RQHA
口部，11畫。

【釋義】形容拍掌、東西撞擊時發出的聲音：
台下掌聲啪啪地響個不停。

葩 ⓟ pā ⓨ paa1 趴 ⓥ baa1 巴
ⓒ THAU
艸部，13畫。
【釋義】花：奇葩。

扒 ⓟ pá ⓨ paa4 爬 ⓒ QC
手部，5畫。
▲另見6頁 bà。
【釋義】①用手或耙子等把東西聚攏或散開：
扒草。②偷竊別人身上的財物：扒竊／扒
手。③煨爛，一種烹飪方法：扒白菜／扒
羊肉。

---

爬 ⓟ pá ⓨ paa4 扒 ⓒ HOAU
爪部，8畫。

【釋義】①昆蟲、爬行動物等行動，人手腳並
用伏地移動：爬蟲／爬行。②抓着東西往上
去，攀登：爬山／爬樹。

耙 ⓟ pá ⓨ paa4 爬 ⓒ QDAU
耒部，10畫。
▲另見7頁 bà。
【釋義】①耙子，一種有許多齒的農具，用來
平整土地或聚攏、散開柴草、穀物等：釘耙／
糞耙。②用耙子平整土地或聚攏、散開柴
草、穀物等：耙地／把穀子耙開曬曬。

琶 ⓟ pá ⓨ paa4 爬 ⓒ MGAU
玉部，12畫。
【釋義】〔琵琶〕見287頁 pí「琵」。

怕 ⓟ pà ⓨ paa3 爬三聲 ⓒ PHA
心部，8畫。

【釋義】①害怕，畏懼：懼怕／可怕。②恐
怕，表示擔心或估計：這樣處理怕不行吧。
【組詞】怕生／怕事／怕羞／害怕／恐怕／哪怕／
生怕
【成語】欺善怕惡／貪生怕死／擔驚受怕

帕 ⓟ pà ⓨ paak3 拍 ⓒ LBHA
巾部，8畫。

【釋義】用來包頭或擦手擦臉的紡織品，多為
方形：帕子／手帕／頭帕。

---

## pai

拍 ⓟ pāi ⓨ paak3 帕 ⓒ QHA
手部，8畫。

## 拍

拍拍　拍　拍　拍

【釋義】①用手掌打：拍打／拍手。②撞、擊：驚濤拍岸。③拍打東西的用具：球拍／蒼蠅拍。④音樂的節拍：合拍／打拍子。⑤拍攝：拍照／拍電影。⑥諂媚奉承：拍馬屁。

【組詞】拍賣／拍攝／拍戲／拍子／節拍

【成語】拍案而起／拍案叫絕／拍手稱快／一拍即合

## 排

🔊 *pái* 🔊 *paai4* 牌 🔊 QLMY
手部，11畫。

排　排　排　排　排

【釋義】①按着順序擺，排列：排版／排隊／編排。②排成的行列：後排／排了好幾排。③軍隊的編制單位，在連以下，班以上。④表示單位。用於成行列的東西：兩排牙齒／一排小凳。⑤排演，演出前在導演指導下逐段練習：排戲／彩排。⑥一種水上交通工具，用竹木平排地紮成：木排／竹排。⑦除去：排除／把水排出去。⑧推，推開：排斥／排山倒海。⑨一種西式食品，用較大較厚的肉煎成：牛排。

【組詞】排放／排行／排擠／排練／排列／排名／排水／排泄／安排／並排

【成語】排兵佈陣／排斥異己／排除萬難

## 徘

🔊 *pái* 🔊 *pui4* 培 🔊 HOLMY
彳部，11畫。

徘　徘　徘　徘　徘

【釋義】〔徘徊〕①在一個地方來回地走：在門口徘徊。②比喻猶豫不決：他徘徊了很久都無法做決定。

## 牌

🔊 *pái* 🔊 *paai4* 排 🔊 LLHHJ
片部，12畫。

牌　牌　牌　牌　牌

【釋義】①用木板或其他材料做成的標誌或憑證：招牌／廣告牌。②產品的專用名稱，商標：名牌／雜牌。③盾牌：擋箭牌。④一種娛樂用品，也用作賭具：骨牌／紙牌／撲克牌。⑤獎牌：金牌。⑥詞曲的調子：詞牌／曲牌。

【組詞】牌匾／牌照／牌子／盾牌／獎牌／冒牌／門牌／銅牌／銀牌

## 迫

🔊 *pǎi* 🔊 *bik1* 碧 🔊 YHA
辵部，9畫。

▲ 另見 294 頁 *pò*。

【釋義】〔迫擊炮〕一種從炮口裝彈的火炮，炮身短，射程近，彈道彎曲。

## 派

🔊 *pài* 🔊 *paai3* 排三聲 🔊 EHHV
水部，9畫。

派　汦　派　派　派

【釋義】①江河的支流：茫茫九派流中國。②指立場、見解、作風等相同的一些人：派別／黨派。③作風，風度：氣派／正派。④表示單位。(a)用於派別：兩派學者。(b)用於景色、氣象、聲音、語言等（前面只可用「一」字）：一派胡言／一派新氣象。⑤分配，派遣：分派／指派／特派員。

【組詞】派遣／派送／委派／學派

## 湃

🔊 *pài* 🔊 *paai3* 派 🔊 baai3 拜
🔊 EHQJ
水部，12畫。

湃　湃　湃　湃　湃

【釋義】〔澎湃〕見 285 頁 *péng*「澎」。

## pan

## 番

🔊 *pān* 🔊 *pun1* 潘 🔊 HDW
田部，12畫。

▲ 另見 93 頁 *fān*。

【釋義】〔番禺〕（禺：🔊 *yú* 🔊 *jyu4* 如）地名，在廣東省。

# 潘
🔊 pān 🔈 pun1 判一聲 📺 EHDW
水部，15畫。

【釋義】姓。

# 攀
🔊 pān 🔈 paan1 盼一聲 📺 DDKQ
手部，19畫。

【釋義】①抓住東西向上爬：攀登／攀緣。②指跟地位高的人結親戚或拉關係：高攀／攀龍附鳳。③設法接觸，牽扯：攀扯／攀談。④拉，牽，挽：攀折。
【組詞】攀附／攀升
【成語】高不可攀

# 胖
🔊 pán 🔈 pun4 盤 📺 BFQ
肉部，9畫。

▲另見282頁 pàng。

【釋義】安泰舒適，大：心廣體胖。

# 磐
🔊 pán 🔈 pun4 盤 📺 HEMR
石部，15畫。

【釋義】巨大的石頭：磐石。

# 盤 ｜ 盘
🔊 pán 🔈 pun4 盆 📺 HEBT
皿部，15畫。

【釋義】①古代的一種盥洗用具。②盛放菜餚、果品等的扁而淺的器具：茶盤／托盤。③形狀或功用像盤子的東西：棋盤／算盤／方向盤。④指商品行情，市場上成交的價格：開盤／收盤。⑤迴旋地繞：盤繞／盤旋／盤根錯節。⑥仔細問或清點：盤點／盤問。⑦指轉讓（工商企業）：招盤／把店子盤給別人。⑧表示單位：三盤棋／一盤水果。
【組詞】盤查／盤算／盤子／樓盤／羅盤／全盤
【成語】盤根問底／杯盤狼藉／一盤散沙／如意算盤

# 蹣 ｜ 蹒
🔊 pán 🔈 pun4 盤
📺 mun4 門 📺 RMTLB
足部，18畫。

【釋義】〔蹣跚〕（蹣：🔊 shān 🔈 saan1 山）腿腳不靈活，走路遲緩而搖擺的樣子：步履蹣跚。

# 判
🔊 pàn 🔈 pun3 潘三聲 📺 FQLN
刀部，7畫。

【釋義】①分開，分辨：判別／判斷。②顯然（有區別）：判然不同／判若兩人。③評定：裁判／評判。④判決，司法機關對案件作出決定：判刑／審判。
【組詞】判處／判定／判決／批判／談判／宣判
【成語】判若鴻溝

# 拚 ｜ 拼
🔊 pàn 🔈 pun3 判 📺 QIT
手部，8畫。

【釋義】捨棄不顧：拚命。

# 叛
🔊 pàn 🔈 bun6 伴 📺 FQHE
又部，9畫。

【釋義】背離自己的一方，投靠敵方：叛徒／反叛。
【組詞】叛變／叛亂／叛逆／背叛
【成語】眾叛親離

# 盼
🔊 pàn 🔈 paan3 攀三聲 📺 BUCSH
目部，9畫。

【釋義】①殷切地希望：盼望／企盼。②看：左顧右盼。
【組詞】期盼
【成語】顧盼生輝

**畔** 🔊 pàn 🔊 bun6 伴 🔊 WFQ
田部，10畫。

| 畔 | 畔 | 畔 | 畔 | 畔 |

【釋義】旁邊，附近：耳畔／江畔。
【組詞】河畔

## pang

**乒** 🔊 pāng 🔊 pong1 旁一聲
🔊 bam1 泵 🔊 OMI
丿部，6畫。

| 乒 | 乒 | 乒 | 乒 | 乒 |

【釋義】①形容關門聲、槍聲、砸東西的聲音等：乒乒幾聲槍響／乒的一下門關上了。②〔乒乓〕見292頁pīng「乒」。

**滂** 🔊 pāng 🔊 pong1 旁一聲
🔊 pong4 旁 🔊 EYBS
水部，13畫。

【釋義】〔滂沱〕（沱：🔊 tuó 🔊 to4 駝）雨下得很大，也比喻眼淚流得很多的樣子：大雨滂沱／涕淚滂沱。

**彷** 🔊 páng 🔊 pong4 旁 🔊 HOYHS
彳部，7畫。

▲另見96頁 fǎng。

【釋義】〔彷徨〕（徨：🔊 huáng 🔊 wong4 王）徘徊，猶豫不決，不知道往哪裏去：苦悶彷徨。

**旁** 🔊 páng 🔊 pong4 龐 🔊 YBYHS
方部，10畫。

| 旁 | 旁 | 旁 | 旁 | 旁 |

【釋義】①旁邊，左右兩側：路旁。②其他，另外：旁人／旁證。③漢字的偏旁：聲旁／形旁／火字旁。④旁泛：旁徵博引。⑤古通「傍」（bàng，見12頁）。
【組詞】旁邊／旁觀／兩旁／身旁／一旁

【成語】旁觀者清／旁門左道／旁敲側擊／旁若無人／觸類旁通／袖手旁觀／責無旁貸

**膀** 🔊 páng 🔊 pong4 旁 🔊 BYBS
肉部，14畫。

▲另見11頁 bǎng。

【釋義】〔膀胱〕（胱：🔊 guāng 🔊 gwong1 光）人或高等動物體內儲存尿的囊狀器官，位於盆腔內。

**磅** 🔊 páng 🔊 pong4 旁 🔊 MRYBS
石部，15畫。

▲另見12頁 bàng。

【釋義】〔磅礴〕①（氣勢）盛大：氣勢磅礴。②（氣勢）充滿：磅礴宇內。

**螃** 🔊 páng 🔊 pong4 旁 🔊 LIYBS
虫部，16畫。

【釋義】〔螃蟹〕節肢動物，全身有甲殼，足有五對，第一對呈鉗狀，橫着爬。種類很多。生活在水中。

**龐｜庞** 🔊 páng 🔊 pong4 旁 🔊 IYBP
广部，19畫。

| 龐 | 龐 | 龐 | 龐 | 龐 |

【釋義】①（數量、形體、機構等）大：龐大／龐然大物。②多而雜亂：龐雜。③臉的形狀、輪廓：面龐。
【組詞】臉龐

**胖** 🔊 pàng 🔊 bun6 伴 🔊 BFQ
肉部，9畫。

| 胖 | 胖 | 胖 | 胖 | 胖 |

▲另見281頁 pán。

【釋義】（人體）脂肪多，肉多（跟「瘦」相對）：肥胖／他真胖。
【組詞】胖子／發胖

## pao

**拋** 普pāo 粵paau1 跑一聲 倉QKUS
手部，8畫。

拋 扙 拋 拋 拋

【釋義】①扔，投擲：拋球/拋磚引玉。②捨棄，丟下：拋棄/拋頭顱，灑熱血。③減售，壓價出賣大量商品：拋售股票。④暴露：拋頭露面。
【組詞】拋售/拋擲

**刨** 普páo 粵paau4 刨四聲 倉PULN
刀部，7畫。

勹 包 刨 刨 刨

▲另見13頁bào。
【釋義】用鋤頭等挖掘：刨坑/刨土。

**庖** 普páo 粵paau4 刨 倉IPRU
广部，8畫。

【釋義】①廚房：庖廚。②廚師：名庖/庖丁解牛。

**咆** 普páo 粵paau4 刨 倉RPRU
口部，8畫。

【釋義】(猛獸等)怒吼：咆哮。

**炮** 普páo 粵paau4 刨 倉FPRU
火部，9畫。

▲另見本頁pào。
【釋義】把生藥放在熱鐵鍋裏炒，使變焦黃爆裂，是製中藥的一種方法。
【組詞】炮製

**袍** 普páo 粵pou4 葡 倉LPRU
衣部，10畫。

衤 衤 袍 袍 袍

【釋義】中式的長衣服：長袍/龍袍。
【組詞】袍子/旗袍

**跑** 普páo 粵paau2 跑二聲 倉RMPRU
足部，12畫。

口 趵 趵 跑 跑

【釋義】①兩隻腳或四條腿迅速前進：奔跑/賽跑。②逃走：別讓賊人跑了。③方言。走：跑路。④為某種事務而奔走：跑材料/跑買賣。⑤離開所在的位置：風把帽子颳跑了。⑥漏出，揮發：跑電/跑氣。
【組詞】跑步/跑道/長跑/短跑/起跑/逃跑
【成語】東奔西跑

**泡** ㈠普pào 粵pou5 抱 倉EPRU
水部，8畫。

泡 氻 泡 泡 泡

【釋義】氣體在液體內使液體鼓起而成的球狀體：冒泡/水泡。
【組詞】泡沫/氣泡
㈡普pào 粵paau1 拋
【釋義】形狀像泡的東西：燈泡/腳底磨了泡。
【組詞】泡影/電燈泡
㈢普pào 粵paau3 豹
【釋義】①浸在液體裏：泡菜/泡茶/浸泡。②故意消磨(時間)：泡茶館。

**炮** 普pào 粵paau3 豹 倉FPRU
火部，9畫。

火 灼 炮 炮 炮

▲另見本頁páo。
【釋義】①火炮，口徑在2厘米以上，能發射炮彈的重型射擊武器：火箭炮/迫擊炮。②爆竹：炮仗/鞭炮。
【組詞】炮彈/炮火/炮擊/大炮/開炮
【成語】炮火連天

P

---

## pei

**呸** 🔊 pēi 🔊 pei1 披 🔊 RMFM
口部，8畫。
【釋義】表示斥責或唾棄：呸！說得好聽。

**胚** 🔊 pēi 🔊 pui1 配一聲 🔊 BMFM
肉部，9畫。
【釋義】初期發育的生物體，由精細胞和卵細胞結合發展而成。
【組詞】胚胎／胚芽

**培** 🔊 péi 🔊 pui4 陪 🔊 GYTR
土部，11畫。

| 培 | 培 | 培 | 培 | 培 |
|---|---|---|---|---|

【釋義】①在根基部分填土：培土。②培養（人）：培訓。
【組詞】培養／培育／培植／栽培

**陪** 🔊 péi 🔊 pui4 培 🔊 NLYTR
阜部，11畫。

| 陪 | 陪 | 陪 | 陪 | 陪 |
|---|---|---|---|---|

【釋義】①陪伴：陪嫁／陪同／奉陪。②從旁協助：陪審。
【組詞】陪伴／陪襯／失陪

**賠** | 赔 🔊 péi 🔊 pui4 培 🔊 BCYTR
貝部，15畫。

| 賠 | 賠 | 賠 | 賠 | 賠 |
|---|---|---|---|---|

【釋義】①補償損失：賠償／賠款。②道歉，認錯：賠禮／賠罪。③做買賣損失本錢（跟「賺」相對）：賠本／賠錢。

**沛** 🔊 pèi 🔊 pui3 佩 🔊 EJB
水部，7畫。

| 沛 | 沛 | 沛 | 沛 | 沛 |
|---|---|---|---|---|

【釋義】盛大，旺盛：充沛／豐沛。

**佩** 🔊 pèi 🔊 pui3 配 🔊 OHNB
人部，8畫。

| 佩 | 佩 | 佩 | 佩 | 佩 |
|---|---|---|---|---|

【釋義】①佩帶：佩劍／胸佩紅花。②佩服：欽佩。③同「珮」，見本頁pèi。
【組詞】佩帶／佩戴／佩服／敬佩

**珮** 🔊 pèi 🔊 pui3 配 🔊 MGHNB
玉部，10畫。
【釋義】古代繫在衣帶上的裝飾品：玉珮。

**配** 🔊 pèi 🔊 pui3 佩 🔊 MWSU
酉部，10畫。

| 酉 | 配 | 配 | 配 | 配 |
|---|---|---|---|---|

【釋義】①兩性結合：配偶／婚配。②使（動物）交配：配種。③按適當標準或比例調和或湊在一起：配藥／搭配。④有計劃地分派：配給／分配。⑤把缺少的一定規格的物品補足：配件／配線匙。⑥襯托，陪襯：配角／紅花配綠葉。⑦夠得上，符合，相當：匹配／相配。⑧充軍，古時一種刑罰，把罪犯押到邊遠地區當兵或勞動：發配邊疆。
【組詞】配備／配搭／配對／配合／配套／配音／編配／調配／支配

**轡** | 辔 🔊 pèi 🔊 bei3 祕 🔊 VFR
車部，22畫。
【釋義】駕馭牲口的嚼子或韁繩：轡頭／鞍轡。

---

## pen

**噴** | 喷 🔊 pēn 🔊 pan3 貧三聲 🔊 RJTC
口部，15畫。

| 噴 | 噴 | 噴 | 噴 | 噴 |
|---|---|---|---|---|

▲另見285頁pèn。
【釋義】（液體、氣體、粉末等）受壓力而射

出：噴射／噴霧器。
【組詞】噴發／噴泉／噴灑／噴嚏

盆 <sup>普</sup> pén <sup>粵</sup> pun4 盤 <sup>倉</sup> CSHT
皿部，9 畫。

【釋義】①盛東西或洗臉、栽種用的口大、底小的器皿：花盆／臉盆。②形狀像盆的東西：盆地。
【組詞】盆景／盆栽／盆子
【成語】傾盆大雨

噴｜喷 <sup>普</sup> pèn <sup>粵</sup> pan3 貧三聲
<sup>倉</sup> RJTC
口部，15 畫。

▲另見 284 頁 pēn。
【釋義】香氣濃郁撲鼻：噴香。

---

## peng

怦 <sup>普</sup> pēng <sup>粵</sup> ping1 砰 <sup>倉</sup> PMFJ
心部，8 畫。
【釋義】形容心跳：怦然心動／心怦怦直跳。

抨 <sup>普</sup> pēng <sup>粵</sup> ping1 砰 <sup>倉</sup> QMFJ
手部，8 畫。
【釋義】抨擊，用語言或文字攻擊對方的過失或短處：撰文抨擊時弊。

砰 <sup>普</sup> pēng <sup>粵</sup> ping1 平一聲 <sup>倉</sup> MRMFJ
石部，10 畫。

【釋義】重物落地時發出的撞擊或爆裂的聲音：砰的一聲／屋門砰地關上了。

烹 <sup>普</sup> pēng <sup>粵</sup> paang1 彭一聲 <sup>倉</sup> YRNF
火部，11 畫。

【釋義】①煮：烹飪／烹調。②一種烹飪方法，先用熱油略炒，再加入醬油等作料迅速攪拌，隨即盛出：烹對蝦。

朋 <sup>普</sup> péng <sup>粵</sup> pang4 憑 <sup>倉</sup> BB
月部，8 畫。

【釋義】①朋友，彼此友好的人：良朋／親朋。②結黨，結合成團體：朋比為奸（互相勾結幹壞事）。
【組詞】朋友
【成語】高朋滿座

彭 <sup>普</sup> péng <sup>粵</sup> paang4 棚 <sup>倉</sup> GTHHH
彡部，12 畫。
【釋義】姓。

棚 <sup>普</sup> péng <sup>粵</sup> paang4 澎 <sup>倉</sup> DBB
木部，12 畫。

【釋義】①遮蔽太陽或風雨的設備，用竹木、草葦等搭成：涼棚。②支撐植物的架子，棚架：豆棚／瓜棚。③簡陋的房屋：工棚／牛棚／窩棚。

硼 <sup>普</sup> péng <sup>粵</sup> pang4 朋 <sup>倉</sup> MRBB
石部，13 畫。
【釋義】非金屬元素，符號 B。硼的化合物廣泛應用於農業、醫藥和玻璃工業。

澎 <sup>普</sup> péng <sup>粵</sup> paang4 棚 <sup>倉</sup> EGTH
水部，15 畫。

【釋義】①〔澎湃〕形容波浪互相撞擊，比喻聲勢浩大、氣勢雄偉：熱情澎湃／洶湧澎湃。②〔澎湖列島〕羣島名，在台灣海峽中。

蓬 <sup>普</sup> péng <sup>粵</sup> pung4 碰四聲 <sup>倉</sup> TYHJ
艸部，15 畫。

蓬　芆　蓫　蓬　蓬

【釋義】①飛蓬，草本植物，葉子像柳葉，花白色，子實有毛。②蓬鬆，鬆散：蓬亂／蓬頭垢面。③表示單位。用於枝葉茂盛的花草：一蓬鳳尾竹。
【組詞】蓬勃／蓬鬆／亂蓬蓬
【成語】朝氣蓬勃

膨　曾 péng　粵 paang4 棚　倉 BGTH
肉部，16 畫。

月　肜　肜　膧　膨

【釋義】脹大：膨脹。

篷　曾 péng　粵 pung4 蓬　倉 HYHJ
竹部，17 畫。

【釋義】①遮蔽太陽或風雨的設備，用竹木、葦席或帆布等製成（多指車船上用的）：車篷／帳篷／敞篷汽車。②船帆：扯起篷來。

鵬｜鹏　曾 péng　粵 paang4 棚
倉 BBHF
鳥部，19 畫。

【釋義】傳說中最大的鳥。
【成語】鵬程萬里

捧　曾 péng　粵 pung2 碰二聲
又 bung2 波碰二聲　倉 QQKQ
手部，11 畫。

扌　扗　捧　捧　捧

【釋義】①用雙手托：捧腹大笑／捧着大碗。②表示單位。用於能捧的東西：一捧米／兩捧瓜子。③奉承人或代人吹噓：捧場／吹捧。

碰　曾 pèng　粵 pung3 鋪控三聲
倉 MRTTC
石部，13 畫。

石　矼　碰　碰　碰

【釋義】①物體跟物體突然接觸，撞擊：碰杯／碰撞。②遇到：路上碰見一位熟人。③試探：碰運氣／你去碰一碰，説不定能買到。
【組詞】碰見／碰面／碰巧／碰頭

## pi

批　曾 pī　粵 pai1 匹低一聲　倉 QPP
手部，7 畫。

扌　批　批　批　批

【釋義】①對下級文件表示意見或對文章予以批評（多指寫在原件上）：批示／審批。②批評，批判：批駁。③大量（買賣貨物）：批發／批銷。④表示單位。用於數量較大的貨物或人：一批貨／我們分兩批出發。
【組詞】批改／批判／批評／批閱／批准／大批

坯　曾 pī　粵 pui1 胚　倉 GMFM
土部，8 畫。

【釋義】①指未經燒製的磚瓦、陶瓷等：磚坯。②特指土坯，把黏土放在模型裏製成的土塊：打坯／脫坯。③方言。指半成品，還需要加工的製造品：坯料／毛坯。

披　曾 pī　粵 pei1 砒　倉 QDHE
手部，8 畫。

扌　扙　披　披　披

【釋義】①覆蓋或搭在肩背上：披風／披掛。②打開，散開：披覽／披閱。
【組詞】披肩／披露
【成語】披荊斬棘／披頭散髮／披星戴月／所向披靡

砒　曾 pī　粵 pei1 披　倉 MRPP
石部，9 畫。

【釋義】〔砒霜〕砷的氧化物，多為白色粉末狀，有劇毒，可以用來殺蟲。也叫信石。

劈　曾 pī　粵 pik1 僻　又 pek3 撇吃三聲
倉 SJSH
刀部，15 畫。

▲另見 288 頁 pǐ。

【釋義】①用刀斧縱着破開：劈開 / 劈木頭。②正對着，衝着：劈頭 / 劈面而來。③雷電毀壞或擊死：雷劈死一頭牛。

**霹** 曾 pī 粵 pik1 僻 倉 MBSRJ
雨部，21 畫。

【釋義】〔霹靂〕響聲巨大的雷。
【成語】晴天霹靂

**皮** 曾 pí 粵 pei4 疲 倉 DHE
皮部，5 畫。

【釋義】①人或生物體表面的一層組織：皮膚 / 樹皮。②皮革或毛皮：皮褥 / 皮箱 / 皮鞋。③包在或圍在外面的一層東西：封皮。④表面：地皮。⑤某些薄片狀的東西：粉皮 / 豆腐皮。⑥表面，外表：皮相。⑦頑皮，調皮。⑧指橡膠：皮球 / 橡皮。
【組詞】皮帶 / 皮革 / 皮具 / 皮毛 / 表皮 / 肚皮 / 果皮 / 臉皮 / 調皮 / 頑皮
【成語】皮開肉綻 / 雞毛蒜皮

**枇** 曾 pí 粵 pei4 皮 倉 DPP
木部，8 畫。

【釋義】〔枇杷〕（杷：曾 pá 粵 paa4 爬）常綠小喬木，葉大，長橢圓形。開白花。果實也叫枇杷，圓形或橢圓形，黃色，味甜，可吃。葉子和核可入藥。

**毗** 曾 pí 粵 pei4 皮 倉 WPP
比部，9 畫。

【釋義】接連：毗連 / 毗鄰。

**疲** 曾 pí 粵 pei4 皮 倉 KDHE
疒部，10 畫。

【釋義】疲乏，勞累：疲倦 / 疲勞。
【組詞】疲憊 / 疲乏 / 疲弱
【成語】疲於奔命 / 筋疲力盡 / 精疲力竭 / 樂此不疲

**啤** 曾 pí 粵 be1 爸些一聲 倉 RHHJ
口部，11 畫。

【釋義】〔啤酒〕以大麥為主要原料製成的酒，有泡沫和特殊的香味。

**琵** 曾 pí 粵 pei4 疲 倉 MGPP
玉部，12 畫。

【釋義】〔琵琶〕弦樂器，用木做成，體呈半梨形，上有長柄，四根弦，柄端彎曲。是民間流行的樂器。

**脾** 曾 pí 粵 pei4 皮 倉 BHHJ
肉部，12 畫。

【釋義】①人或高等動物的內臟之一，有製造血細胞、破壞衰老血細胞及儲血等功能。人的脾在胃的左下側。也叫脾臟。②〔脾氣〕性情，有時指容易激動的性情：脾氣好 / 發脾氣。
【組詞】脾胃 / 脾臟
【成語】沁人心脾

**羆** | 羆 曾 pí 粵 bei1 悲 倉 WLIPF
网部，19 畫。

【釋義】熊的一種。毛棕褐色，能爬樹、游水，有時也傷害人畜。也叫馬熊或人熊。

**匹** 曾 pǐ 粵 pat1 趴乞一聲 倉 SC
匸部，4 畫。

【釋義】①比得上，相當，相配：匹敵／匹配。②單獨：匹夫之勇／單槍匹馬。③表示單位。用於騾馬等：三匹馬。④同「疋」，見本頁 pǐ。

【組詞】馬匹

**疋** 🔊pǐ 🔊pat1 匹 🔊NYO
疋部，5畫。

【釋義】表示單位。用於整卷的綢布：兩疋布。

**否** 🔊pǐ 🔊pei2 鄙 🔊MFR
口部，7畫。

▲另見102頁 fǒu。

【釋義】壞，惡：否極泰來。

**痞** 🔒 🔊pǐ 🔊pei2 鄙 🔊KMFR
疒部，12畫。

【釋義】〔痞塊〕也叫痞積，用手可以摸到的肚中的硬塊，因脾臟腫大而引起。敗血症、黑熱病、傷寒病、慢性瘧疾等都會引發這種病。

🔒 🔊pǐ 🔊mau1 謀一聲

【釋義】無賴，流氓，惡棍：痞子／地痞流氓。

**劈** 🔊pǐ 🔊pik1 僻 🔊pek3 撇吃三聲
🔊SJSH
刀部，15畫。

▲另見286頁 pī。

【釋義】分開：劈成兩半。

**癖** 🔊pǐ 🔊pik1 闢 🔊KSRJ
疒部，18畫。

【釋義】嗜好，特別的愛好：癖好／怪癖。

**屁** 🔊pì 🔊pei3 譬 🔊SPP
尸部，7畫。

【釋義】由肛門排出的臭氣：放屁。

【組詞】屁股

**睥** 🔊pì 🔊pai5 批五聲 🔊BUHHJ
目部，13畫。

【釋義】〔睥睨〕（睨：🔊nì 🔊ngai6 藝）斜着眼睛向旁邊看，形容高傲的樣子：睥睨一切。

**媲** 🔊pì 🔊pei3 譬 ✕bei2 彼
🔊VHWP
女部，13畫。

【釋義】匹敵，匹配，比得上：媲美。

**僻** 🔊pì 🔊pik1 闢 🔊OSRJ
人部，15畫。

【釋義】①偏僻：僻靜／窮鄉僻壤。②性情古怪：孤僻／怪僻。③不常見的（多指文字）：冷僻／生僻。

【組詞】乖僻／荒僻／偏僻

**譬** 🔊pì 🔊pei3 屁 🔊SJYMR
言部，20畫。

【釋義】比喻，比方：譬如。

**闢** ｜辟 🔊pì 🔊pik1 辟 🔊ANSRJ
門部，21畫。

【釋義】①開闢，從無到有地開發建設：闢地墾荒／另闢蹊徑。②透徹：精闢／透闢。③駁斥，排除（不正確的言論或謠言）：闢謠。

【組詞】開闢

【成語】開天闢地

## pian

**片** 🔊 piān 🔊 pin3 騙 🔊 LLML
片部，4畫。

ノ ノ' ア 片

▲另見本頁 piàn。

【釋義】義同「片①」（piàn，見本頁），用於「片子」「唱片兒」「畫片兒」「相片兒」「影片兒」「照片兒」等。

**扁** 🔊 piān 🔊 pin1 編 🔊 HSBT
戶部，9畫。

▲另見21頁 biǎn。

【釋義】〔扁舟〕小船：一葉扁舟。

**偏** 🔊 piān 🔊 pin1 編 🔊 OHSB
人部，11畫。

偏 伊 伤 偏 偏

【釋義】①不正，傾斜（跟「正」（zhèng）相對）：偏離 / 太陽偏西了。②（地位）次要的，輔助的：偏房 / 偏將。③只注重一方面，不公正：偏愛 / 兼聽則明，偏信則暗。④與某個標準相比有差距：工資偏低 / 體溫偏高。⑤偏偏，表示跟一般情況或願望、預料的不相同：早就告訴他不行，他偏不聽。

【組詞】偏差 / 偏見 / 偏僻 / 偏偏 / 偏食 / 偏向 / 偏心 / 偏移 / 偏遠 / 偏重

【成語】不偏不倚

**翩** 🔊 piān 🔊 pin1 編 🔊 HBSMM
羽部，15畫。

戶 扁 翩 翩 翩

【釋義】很快地飛，形容動作輕快：翩然 / 翩翩起舞。

【組詞】翩翩

**篇** 🔊 piān 🔊 pin1 編 🔊 HHSB
竹部，15畫。

篇 笛 篇 篇 篇

【釋義】①首尾完整的詩文：篇章 / 詩篇。②寫着或印着文字的單張紙：單篇講義。③表示單位。用於紙張、書頁（一篇是兩頁）或文章等：三篇紙 / 一篇論文。

【組詞】篇幅 / 篇目 / 短篇

【成語】長篇大論 / 千篇一律

**便** 🔊 pián 🔊 pin4 片四聲 🔊 OMLK
人部，9畫。

便 仁 恒 便 便

▲另見21頁 biàn。

【釋義】①〔便便〕肚子肥大的樣子：大腹便便。②〔便宜〕價格低：這些衣服都很便宜。

**駢** | 骈 🔊 pián 🔊 pin4 片四聲 🔊 SFTT
馬部，16畫。

【釋義】①兩馬並駕。②並列的，對偶的：駢文（一種要求詞句整齊對偶的文體）。

**片** 🔊 piàn 🔊 pin3 騙 🔊 LLML
片部，4畫。

ノ ノ' ア 片

▲另見本頁 piān。

【釋義】①扁平而薄的東西：紙片 / 竹片 / 明信片。②指電影、電視劇等：片場 / 片酬。③用刀橫割成薄片：片肉片。④不全的，零星的，簡短的：片刻 / 片面。⑤表示單位。(a)用於成片的東西：一片藥 / 一片樹葉。(b)用於地面或水面：一片草地 / 一片汪洋。(c)用於景色、氣象、聲音、語言、心意等（前面只可用「一」字）：一片真心 / 一片豐收景象。

【組詞】片段 / 底片 / 卡片 / 名片 / 碎片 / 圖片 / 相片 / 葉片 / 影片 / 照片

【成語】片甲不留 / 隻言片語 / 打成一片

**騙**｜骗　⊜ piàn　⊜ pin3 遍
⊜ SFHSB
馬部，19 畫。

【釋義】用謊言或詭計使人上當，欺騙：騙局／
受騙。
【組詞】騙取／騙子／哄騙／欺騙／詐騙
【成語】招搖撞騙

---

### piao

**剽**　⊜ piāo　⊜ piu5 飄五聲　⊜ MFLN
刀部，13 畫。

【釋義】①搶劫，掠奪：剽掠。②動作敏捷：
剽悍。③竊取，抄襲：剽竊／剽取。

**漂**　⊜ piāo　⊜ piu1 飄　⊜ EMWF
水部，14 畫。

▲ 另見本頁 piǎo；本頁 piào。
【釋義】浮在液體表面上並隨之移動：漂泊／
漂浮。
【組詞】漂流

**縹**｜缥　⊜ piāo　⊜ piu1 飄五聲
⊜ VFMWF
糸部，17 畫。

【釋義】〔縹緲〕（緲：⊜ miǎo　⊜ miu5秒）也作
「飄渺」。隱隱約約，若有若無：虛無縹緲／雲
霧縹緲。

**飄**｜飘　⊜ piāo　⊜ piu1 票一聲
⊜ MFHNI
風部，20 畫。

【釋義】隨風搖動或飛揚：飄盪／飄揚。
【組詞】飄動／飄忽／飄零／飄散／飄搖／飄逸／

飄飄然／輕飄飄
【成語】飄飄欲仙／風雨飄搖

**朴**　⊜ piáo　⊜ piu4 嫖　⊜ DY
木部，6 畫。
【釋義】姓。

**嫖**　⊜ piáo　⊜ piu4 飄四聲　⊜ VMWF
女部，14 畫。
【釋義】男子玩弄妓女的墮落行為：嫖妓。

**瓢**　⊜ piáo　⊜ piu4 嫖　⊜ MFHVO
瓜部，16 畫。
【釋義】用來舀水或撮取麵粉等的器具，多用
對半剖開的葫蘆或木頭做成。

**漂**　⊜ piǎo　⊜ piu3 票　⊜ EMWF
水部，14 畫。

▲ 另見本頁 piāo；本頁 piào。
【釋義】①用化學藥劑使纖維和織品變白：漂
白／漂染。②用水沖去雜質：用水漂一漂。
【組詞】漂洗

**暽**　⊜ piǎo　⊜ piu5 飄五聲　⊜ BUMWF
目部，16 畫。
【釋義】斜着眼睛看一下：暽了小王一眼。

**票**　⊜ piào　⊜ piu3 飄三聲　⊜ MWMMF
示部，11 畫。

【釋義】①作為憑證的紙片：車票／投票／郵
票。②鈔票，紙幣：零票／百元大票。③舊
時強盜稱搶來作抵押的人：綁票／撕票。
【組詞】票價／票據／鈔票／發票／門票／選票／
支票

**漂**　⊜ piào　⊜ piu3 票　⊜ EMWF
水部，14 畫。

漂　漂　漂　漂　漂

▲另見 290 頁 piāo；290 頁 piǎo。

【釋義】〔漂亮〕①長得好：漂亮女孩。②出色：幹得漂亮。

---

## pie

瞥 ● piē ● pit3 撇 ● FKBU
目部，16 畫。

【釋義】短時間內大略地看一下：瞥了一眼。

撇 ● piě ● pit3 瞥 ● QFBK
手部，14 畫。

【釋義】①拋棄，丟：他早把那事撇在腦後了。②漢字的筆畫，形狀是「丿」。③表示單位。用於像漢字筆畫「撇」的東西：兩撇小鬍子。

---

## pin

拼 ● pīn ● ping1 砯 ⊗ ping3 聘
● QTT
手部，9 畫。

拼　扩　拼　拼　拼

【釋義】①合在一起：拼音 / 把兩塊木板拼起來。②不顧一切地幹，豁出去：拼搏 / 拼命。

【組詞】拼湊

【成語】東拼西湊

姘 ● pīn ● ping1 砯 ● VTT
女部，9 畫。

【釋義】非夫妻關係而發生性行為：姘夫 / 姘婦。

貧｜贫 ● pín ● pan4 頻 ● CSHC
貝部，11 畫。

八　分　貧　貧　貧

【釋義】①窮（跟「富」相對）：貧窮 / 一貧如洗。②缺少：貧血。

【組詞】貧乏 / 貧瘠 / 貧賤 / 貧苦 / 貧困 / 貧民 / 扶貧 / 清貧

【成語】貧賤之交 / 安貧樂道 / 劫富濟貧

頻｜频 ● pín ● pan4 貧 ● YHMBC
頁部，16 畫。

步　步　頻　頻　頻

【釋義】屢次，連續多次：頻繁 / 捷報頻傳。

【組詞】頻頻 / 頻仍

嬪｜嫔 ● pín ● pan4 貧 ● VJMC
女部，17 畫。

【釋義】封建時代皇帝的妾，也指皇宮裏的宮女：嬪妃。

顰｜颦 ● pín ● pan4 貧 ● YCHHJ
頁部，24 畫。

【釋義】皺眉頭：一顰一笑 / 東施效顰。

品 ● pǐn ● ban2 稟 ● RRR
口部，9 畫。

品　品　品　品　品

【釋義】①物品，各種東西：產品 / 商品。②等級：極品 / 上品 / 下品。③種類：品種。④品質：品德 / 人品。⑤辨別好壞，品評：品茶。

【組詞】品嘗 / 品格 / 品味 / 貨品 / 獎品 / 用品 / 展品 / 珍品 / 製品 / 作品

【成語】評頭品足

牝 ● pìn ● pan5 貧五聲 ● HQP
牛部，6 畫。

【釋義】雌性的（指鳥獸，跟「牡」相對）：牝雞 / 牝馬。

聘 ● pìn ● ping3 砯三聲 ● SJLWS
耳部，13 畫。

**聘**

【釋義】①請人擔任職務：聘請 / 聘用。②定親，訂婚：聘禮。

【組詞】聘金 / 聘任 / 解聘 / 招聘

---

## ping

**乒** 🔊 pīng 🔈 ping1 砰 ✕ bing1 兵
🖐 OMH
丿部，6畫。

【釋義】①形容槍聲或撞擊聲：乒的一聲槍響。②指乒乓球：乒賽 / 乒壇。③〔乒乓〕(a)形容槍聲或撞擊聲：乒乓一聲。(b)指乒乓球：打乒乓。

**娉** 🔊 pīng 🔈 ping1 砰 🖐 VLWS
女部，10畫。

【釋義】〔娉婷〕形容女子的樣子或姿態很美好：舉止娉婷 / 體態娉婷。

**平** 🔊 píng 🔈 ping4 坪 🖐 MFJ
干部，5畫。

【釋義】①表面沒有高低凹凸，不傾斜：平坦 / 平原。②跟別的東西高度相同，不相上下：平局 / 平列。③平等，對等：平起平坐。④平均，公平：持平 / 平分秋色。⑤安定：平穩 / 風平浪靜。⑥用武力鎮壓，平定：平亂 / 平叛。⑦經常的，普通的：平常 / 平凡。⑧平聲，漢語四聲之一：平上去入。

【組詞】平淡 / 平地 / 平衡 / 平滑 / 平靜 / 平日 / 平手 / 平息 / 平行 / 和平

【成語】平淡無奇 / 平心而論 / 平心靜氣 / 平易近人 / 不平則鳴 / 和平共處 / 四平八穩 / 打抱不平 / 粉飾太平 / 忿忿不平

**坪** 🔊 píng 🔈 ping4 坪 🖐 GMFJ
土部，8畫。

---

**坪**

【釋義】①山區或黃土高原上的平地（多用於地名）：茨坪（在江西省）/ 武家坪（在山西省）。②平坦的場地：草坪 / 停機坪。

**屏** 🔊 píng 🔈 ping4 平 🖐 STT
尸部，9畫。

▲另見25頁 bǐng。

【釋義】①屏風，放在室內擋風或隔斷視線的用具：畫屏 / 圍屏。②屏條，成組的條幅，通常四幅各成一組：掛屏。③熒光屏：屏幕。④遮擋：屏蔽 / 屏障。

【組詞】屏風 / 顯示屏

**瓶** 🔊 píng 🔈 ping4 平 🖐 TTMVN
瓦部，11畫。

【釋義】一種容器，口小，頸細，腹大，多用玻璃或瓷製成。

【組詞】瓶子 / 花瓶

【成語】守口如瓶

**評｜评** 🔊 píng 🔈 ping4 平
🖐 YRMFJ
言部，12畫。

【釋義】①議論，指出好壞：評論 / 批評。②評判，分辨鑒定：評獎 / 評選。③評語，評價；評定價值的標準：獲得好評。

【組詞】評分 / 評估 / 評價 / 評理 / 評判 / 評語 / 好評 / 書評 / 影評

【成語】評頭品足

**萍** 🔊 píng 🔈 ping4 平 🖐 TEMJ
艸部，12畫。

【釋義】浮萍，草本植物，浮生在水中。有青萍、紫萍等。
【組詞】浮萍
【成語】萍水相逢 / 萍蹤浪跡

## 憑 | 凭
曾 píng 粵 pang4 朋 倉 IFP
心部，16 畫。

【釋義】①（身體）靠著：憑几 / 憑欄遠眺。②倚靠，倚仗：憑藉 / 憑着勇氣克服困難。③證據：憑據 / 文憑。④根據：憑空捏造 / 憑票付款。⑤任憑：海闊憑魚躍，天高任鳥飛。
【組詞】憑證 / 任憑
【成語】真憑實據 / 不足為憑 / 空口無憑

## 蘋 | 苹
曾 píng 粵 ping4 平 倉 TYHC
艸部，20 畫。

【釋義】〔蘋果〕喬木，果實圓形，味甜或略酸，是普通水果。

---

## po

## 泊
曾 pō 粵 bok6 薄 倉 EHA
水部，8 畫。

▲另見 26 頁 bó。

【釋義】①湖（多用於湖名）：湖泊 / 梁山泊（在今山東）/ 羅布泊（在新疆）。②大面積的水或血：水泊 / 血泊。

## 坡
曾 pō 粵 bo1 波 倉 GDHE
土部，8 畫。

【釋義】①地形傾斜的地方：爬坡 / 山坡。②傾斜的：坡地 / 坡度。
【組詞】坡道 / 陡坡 / 斜坡

## 頗 | 颇
㊀曾 pō 粵 po1 婆一聲 倉 DEMBC
頁部，14 畫。

【釋義】偏，不正：偏頗。
㊁曾 pō 粵 po2 婆二聲
【釋義】很，相當地：頗佳 / 頗感興趣。

## 潑 | 泼
曾 pō 粵 put3 婆活三聲 倉 ENOE
水部，15 畫。

【釋義】①把液體用力向外倒或灑，使散開：潑水。②蠻橫不講理：潑婦。③方言。有魄力，有生氣，有活力：他做事真潑。
【組詞】潑辣 / 潑灑 / 活潑
【成語】潑水難收

## 婆
曾 pó 粵 po4 破四聲 倉 EEV
女部，11 畫。

【釋義】①年老的婦女：老太婆。②舊時指從事某種職業的婦女：媒婆 / 巫婆。③丈夫的母親：婆媳關係。④長本人兩輩的女性親屬：外婆。
【組詞】婆婆 / 老婆 / 老婆婆
【成語】苦口婆心 / 三姑六婆

## 鄱
曾 pó 粵 po4 婆 倉 HWNL
邑部，15 畫。
【釋義】〔鄱陽〕湖名，在江西省。

## 叵
曾 pǒ 粵 po2 婆二聲 倉 SR
口部，5 畫。

【釋義】不可，不能：居心叵測。

## 笸

🔊 pǒ 🔊 po2 婆二聲 🔊 HSR
竹部，11畫。

【釋義】〔笸籮〕用柳條或篾條編成的一種盛東西的器物，較淺，有圓形的，也有略呈長方形的：針線笸。

## 迫

🔊 pò 🔊 bik1 碧 ❌ baak1 白一聲
🔊 YHA
辵部，9畫。

▲另見280頁 pǎi。

【釋義】①逼迫，強迫：壓迫。②急促：迫切／迫不及待。③接近：迫近。
【組詞】迫害／迫使／被迫／逼迫／擠迫／緊迫／強迫／脅迫
【成語】迫不得已／迫在眉睫／從容不迫

## 破

🔊 pò 🔊 po3 婆三聲 🔊 MRDHE
石部，10畫。

【釋義】①完整的東西受到損傷變得不完整：破碎／破損。②使損壞：破釜沉舟。③使分裂，劈開：破冰／勢如破竹。④突破，破除（規定、習慣、思想等）：破格／破例。⑤打敗（敵人），拿下（據點）：大破敵軍／攻破城池。⑥花費：破費。⑦使真相露出，揭穿：破案／破獲／一語道破。⑧破舊，質量低劣：破電影不要蹬。
【組詞】破產／破壞／破爛／破裂／破滅／破綻／爆破／殘破／打破／識破
【成語】破鏡重圓／破口大罵／破涕為笑／破綻百出／家破人亡／石破天驚／頭破血流／乘風破浪／支離破碎／牢不可破

## 粕

🔊 pò 🔊 pok3 樸 🔊 FDHA
米部，11畫。

【釋義】①米渣滓。②〔糟粕〕比喻沒有價值的東西。

## 魄

🔊 pò 🔊 paak3 拍 🔊 HAHI
鬼部，15畫。

【釋義】①迷信的人指依附人體而存在的精神：魂魄。②魄力或精力：氣魄／體魄。
【成語】魂飛魄散／驚心動魄／失魂落魄

## pou

## 剖

🔊 pōu 🔊 pau2 跑抖二聲 ❌ fau2 否
🔊 YRLN
刀部，10畫。

【釋義】①破開：剖面／解剖。②分辨，分析：剖解／剖析。
【組詞】剖白／剖腹

## pu

## 仆

🔊 pū 🔊 fu6 付 🔊 OY
人部，4畫。

【釋義】向前跌倒：前仆後繼。

## 撲｜扑

🔊 pū 🔊 pok3 樸 🔊 QTCO
手部，15畫。

【釋義】①身體猛地伏在物體上：餓虎撲食／撲到媽媽懷裏。②拂，衝：春風撲面／香氣撲鼻。③把全部心力用到（工作、事業等上面）：她一心撲在幼兒教育上。④撲打，拍：撲蝶／小鳥撲着翅膀想飛。
【組詞】撲鼻／撲救／撲空／撲面／撲滅
【成語】撲朔迷離

## 鋪｜铺

🔊 pū 🔊 pou1 普一聲
🔊 CIJB
金部，15畫。

鋪 鋪 鋪 鋪 鋪

▲另見296頁pù。

【釋義】把東西展開或攤平：鋪淋／鋪設。

【組詞】鋪陳／鋪墊／鋪路／鋪張

【成語】鋪天蓋地

匍 🔊pú 🔊pou4 袍 🔊PIJB
勹部，9畫。

【釋義】〔匍匐〕(匐：🔊fú🔊baak6白🔊fuk6伏)
①身體貼着地面爬行：匍匐前進。②趴：由
於沒人管理，葡萄藤全都匍匐在地上。

脯 🔊pú 🔊pou2 普 🔊BIJB
肉部，11畫。

▲另見105頁fǔ。

【釋義】指胸部：胸脯。

菩 🔊pú 🔊pou4 葡 🔊TYTR
艸部，12畫。

菩 菩 菩 菩 菩

【釋義】①〔菩薩〕(a)佛教用語，指修行到了
一定程度、地位僅次於佛的人。(b)泛指佛和
神。(c)對高僧的尊稱。(d)比喻心地善良：菩
薩心腸。②〔菩提〕(a)佛教用語，指察覺善
惡，達到覺悟的境界。(b)菩提樹。

葡 🔊pú 🔊pou4 袍 🔊TPIB
艸部，13畫。

葡 勺 荀 葡 葡

【釋義】〔葡萄〕藤本植物，果實成熟時呈紫色
或黃色，味酸甜。

蒲 🔊pú 🔊pou4 菩 🔊TEIB
艸部，14畫。

【釋義】香蒲，草本植物，果穗成熟叫蒲棒，
有絨毛，可做枕芯，葉子可做扇子、蒲包等。

僕｜仆 🔊pú 🔊buk6 瀑 🔊OTCO
人部，14畫。

僕 僕 僕 僕 僕

【釋義】①僕人(跟「主」相對)，被僱到家裏
供役使、做雜事的人：僕從／僕役／奴僕。
②〔僕僕〕形容旅途勞累：風塵僕僕。

【組詞】僕人／公僕

璞 🔊pú 🔊pok3 樸 🔊MGTCO
玉部，16畫。

【釋義】①含玉的石頭，也指未經雕琢的玉：
渾金璞玉。②比喻質樸、淳樸：返璞歸真。

浦 🔊pú 🔊pou2 普 🔊EIJB
水部，10畫。

【釋義】水邊或河流入海的地方(多用於地
名)：浦口(在江蘇省)／乍浦(在浙江省)。

圃 🔊pǔ 🔊pou2 普 🔊WIJB
口部，10畫。

圃 同 圃 圃 圃

【釋義】種蔬菜、花草的園子或園地：花圃／
苗圃。

【組詞】菜圃／園圃

普 🔊pǔ 🔊pou2 圃 🔊TCA
日部，12畫。

普 普 普 普 普

【釋義】普遍，全面：普及／普通。

【組詞】普遍／普查／普選／普照

【成語】普天同慶

樸｜朴 🔊pǔ 🔊pok3 撲 🔊DTCO
木部，16畫。

木 樸 樸 樸 樸

【釋義】樸實，樸質：樸素 / 淳樸。
【組詞】樸實 / 古樸 / 儉樸 / 簡樸 / 質樸
【成語】質樸無華

## 譜 ｜ 谱　🔊 pǔ　🔊 pou2 普　🔊 YRTCA
言部，19畫。

【釋義】①按照事物的類別或系統編製的表冊或編輯的圖書：年譜 / 食譜。②用來指導練習的格式或圖形：畫譜 / 棋譜。③曲譜，戲曲或歌曲等不包括詞的部分：歌譜 / 樂譜。④就歌詞配曲：譜曲 / 譜寫。⑤大致的標準，把握：心裏沒譜 / 做事有譜。
【組詞】離譜

## 蹼　🔊 pǔ　🔊 buk6 僕　🔊 RMTCO
足部，19畫。

【釋義】①青蛙、烏龜、鴨子、水獺等動物腳趾中間的薄膜，便於用腳划水：蹼趾。②像蹼的用具：蹼泳 / 腳蹼。

## 鋪 ｜ 铺　🔊 pù　🔊 pou3 普三聲　🔊 CIJB
金部，15畫。

## 鋪 ｜ 铺
▲另見294頁 pū。

【釋義】①設有門面出售商品的處所，商店：金鋪 / 雜貨鋪。②用板子搭的牀：鋪板 / 牀鋪 / 臥鋪。③舊時的驛站（現多用於地名）：十里鋪。
【組詞】鋪面 / 鋪位 / 店鋪

## 瀑　🔊 pù　🔊 buk6 僕　🔊 EATE
水部，18畫。

【釋義】瀑布，從高山上陡直地流下來的水，遠看像掛着的白布：飛瀑。
【組詞】瀑布

## 曝　🔊 pù　🔊 buk6 僕　🔊 AATE
日部，19畫。

▲另見14頁 bào。
【釋義】曬：曝曬 / 一曝十寒。

# Qq

柒

【釋義】數目字「七」的大寫。

---

## qi

七　⊜ qī　⊜ cat1 漆　⊜ JU
一部，2 畫。

七

【釋義】①數目字，六加一後所得。②舊俗，人死後每隔七天祭奠一次，直到第四十九天為止，共分七個「七」：頭七。
【組詞】七彩
【成語】七零八落／七竅生煙／七上八下／七手八腳／七嘴八舌／橫七豎八／亂七八糟

沏　⊜ qī　⊜ cai3 砌　⊜ EPSH
水部，7 畫。
【釋義】（用水）沖，泡：沏茶。

妻　⊜ qī　⊜ cai1 凄　⊜ JLV
女部，8 畫。

妻

【釋義】妻子，已婚男子的配偶：夫妻／未婚妻。
【組詞】妻子
【成語】妻離子散

柒　⊜ qī　⊜ cat1 漆　⊜ EPD
木部，9 畫。

凄｜凄　⊜ qī　⊜ cai1 妻　⊜ EJLV
水部，11 畫。
【釋義】①寒冷：風雨凄凄。②形容冷落蕭條：凄涼／凄清。
【成語】凄風苦雨

戚　⊜ qī　⊜ cik1 斥　⊜ IHYMF
戈部，11 畫。

戚

【釋義】①親戚：親朋戚友。②憂愁，悲哀：悲戚／休戚與共。
【組詞】哀戚／親戚

萋　⊜ qī　⊜ cai1 妻　⊜ TJLV
艸部，12 畫。
【釋義】〔萋萋〕草木生長得很茂盛的樣子：芳草萋萋。

期　⊜ qī　⊜ kei4 其　⊜ TCB
月部，12 畫。

期

【釋義】①預定的時日：過期／限期／遙遙無期。②一段時間：假期／時期。③表示單位。用於分期的事物：第一期培訓班／該雜誌每年出版十二期。④約定時日：不期而遇。⑤等待，盼望：期待／預期。
【組詞】期間／期望／期限／初期／近期／如期／晚期／學期／逾期／早期
【成語】後會有期

欺　⊜ qī　⊜ hei1 希　⊜ TCNO
欠部，12 畫。

欺

Q

【釋義】①欺騙：欺詐／自欺欺人。②欺負：
欺侮／欺壓／欺善怕惡。

【組詞】欺負／欺凌／欺騙

【成語】欺人太甚／欺世盜名／仗勢欺人／童叟
無欺

---

## 棲 | 栖　普 qī　粵 cai1 妻　倉 DJLV
木部，12畫。

【釋義】本指鳥停在樹上，泛指居住，停留：
棲身／棲息／兩棲動物。

---

## 漆　普 qī　粵 cat1 七　倉 EDOE
水部，14畫。

【釋義】①各種黏液狀塗料的統稱：油漆／如
膠似漆。②用漆塗：把大門漆成紅色的。

【組詞】漆黑／噴漆

---

## 蹊　普 qī　粵 kai1 溪　倉 RMBVK
足部，17畫。

▲另見405頁 xī。

【釋義】〔蹊蹺〕也作「蹺蹊」。奇怪，可疑：這
事有點蹊蹺。

---

## 祈　普 qí　粵 kei4 其　倉 IFHML
示部，8畫。

【釋義】①向神默告自己的願望：祈禱／祈
福。②請求，希望：祈求。

---

## 其　普 qí　粵 kei4 奇　倉 TMMC
八部，8畫。

【釋義】①代指人或事物。(a)他(她、它)的，
他(她、它)們的；其貌不揚／各得其所。(b)

他(她、它)，他(她、它)們：出其不意／任
其自流。(c)那個，那樣：不厭其煩／若無
其事。(d)虛指：忘其所以。②詞尾：極其／
尤其。

【組詞】其次／其間／其實／其他／其餘／其中／
何其／與其

【成語】投其所好／不計其數／大行其道／兩全
其美／名副其實／莫名其妙／首當其衝／突如
其來／物盡其用／自得其樂／自食其力

---

## 奇　普 qí　粵 kei4 其　倉 KMNR
大部，8畫。

▲另見154頁 jī。

【釋義】①罕見的，特殊的，不尋常的：奇跡／
奇聞／奇恥大辱。②出人意料的，令人難察
的：奇兵／奇遇。③驚異：驚奇／不足為奇。
④非常，很：奇缺／奇癢。

【組詞】奇怪／奇景／奇妙／奇特／奇異／傳奇／
好奇／神奇／稀奇／新奇

【成語】奇花異卉／奇談怪論／奇形怪狀／奇珍
異寶／出奇制勝／千奇百怪／無奇不有／蔚為
奇觀／平平無奇

---

## 歧　普 qí　粵 kei4 其　倉 YMJE
止部，8畫。

【釋義】①岔(道)，大路分出的(路)：歧路／
歧途。②不相同，不一致：歧義／分歧。

【組詞】歧視／歧異

---

## 耆　普 qí　粵 kei4 其　倉 JPA
老部，10畫。

【釋義】六十歲以上的(人)：耆老。

---

## 畦　普 qí　粵 kwai4 葵　倉 WGG
田部，11畫。

【釋義】用土埂分成的排列整齊的小塊田地：
畦田／種一畦菜。

崎 ⓟ qí ⓒ kei1 畸 ⓒ UKMR
山部，11 畫。

【釋義】〔崎嶇〕①形容山路或地面高低不平：山路崎嶇。②也比喻處境艱難：崎嶇的人生道路。

棋 ⓟ qí ⓒ kei4 奇 ⓒ DTMC
木部，12 畫。

【釋義】①棋類，文娛活動其中一類，下棋人按規則在棋盤上移動或擺放棋子，比出輸贏：圍棋 / 象棋。②指棋子：舉棋不定 / 星羅棋佈。
【組詞】棋局 / 棋盤 / 棋子 / 下棋
【成語】棋逢對手

齊 | 齐 ⓟ qí ⓒ cai4 妻四聲 ⓒ YX
齊部，14 畫。

【釋義】①整齊：長短不齊。②達到同樣的高度：水深齊腰。③同樣，一致：齊名 / 齊心協力。④一塊兒，同時：齊唱 / 一齊。⑤完備，全：齊備 / 齊全。⑥跟某一點或某一直線取齊：齊根剪斷。⑦周朝國名，在今山東省北部和河北省東南部。⑧朝代。(a)南朝之一，公元479－502年，蕭道成所建，史稱南齊。(b)北朝之一，公元550－577年，高洋所建，史稱北齊。
【組詞】齊集 / 齊聲 / 齊心 / 整齊
【成語】百花齊放 / 並駕齊驅 / 雙管齊下 / 參差不齊 / 良莠不齊

旗 ⓟ qí ⓒ kei4 其 ⓒ YSOTC
方部，14 畫。

【釋義】①旗子，用綢布、紙張等做成的標誌，多掛在杆子或牆壁上：國旗 / 紅旗 / 錦旗。②清代滿族的軍隊組織和戶口編制，共分八旗。泛指屬於滿族的：旗袍 / 旗人。③內蒙古自治區的行政區劃單位，相當於縣。
【組詞】旗幟 / 旗子 / 升旗
【成語】旗鼓相當 / 旗開得勝 / 搖旗吶喊 / 重整旗鼓 / 大張旗鼓

騎 | 骑 ⓐ ⓟ qí ⓒ kei4 其
ⓧ ke4 奇耶四聲 ⓒ SFKMR
馬部，18 畫。

【釋義】①兩腿分開跨坐：騎馬 / 騎單車。②兼跨兩邊：騎牆 / 騎縫蓋章。
【組詞】騎樓 / 騎師 / 騎士
【成語】騎虎難下

ⓑ ⓟ qí ⓒ gei6 技 ⓧ kei3 冀
【釋義】①騎的馬，泛指人騎的牲畜：坐騎。②騎兵，也泛指騎馬的人：輕騎 / 鐵騎。

薺 | 荠 ⓟ qí ⓒ cai4 齊 ⓒ TYX
艸部，18 畫。
▲另見161頁 jì。
【釋義】〔荸薺〕見17頁 bí「荸」。

臍 | 脐 ⓟ qí ⓒ ci4 持 ⓒ BYX
肉部，18 畫。

【釋義】①肚臍：臍帶。②螃蟹腹部的甲殼：尖臍（雄蟹的臍）/ 團臍（雌蟹的臍）。
【組詞】肚臍

麒 ⓟ qí ⓒ kei4 其 ⓒ IPTMC
鹿部，19 畫。
【釋義】〔麒麟〕古代傳說中的一種神獸，形狀像鹿，頭上有角，身上有鱗甲，尾像牛尾。古人用麒麟象徵祥瑞。有時也簡稱為麟。

**鰭**｜鳍 ⓟqí ⓔkei4 其 ⓒNFJPA
魚部，21畫。
【釋義】魚類的運動器官，由刺狀的硬骨或軟骨支撐薄膜構成。按它所在的部位，可分為胸鰭、腹鰭、背鰭、臀鰭和尾鰭。

**乞** ⓟqǐ ⓔhat1 瞎一聲 ⓒON
乙部，3畫。

乞　乞　乞　乞　乞

【釋義】向人討取，乞求：乞丐 / 行乞。
【組詞】乞求 / 乞討
【成語】搖尾乞憐

**企** ⓟqǐ ⓔkei5 其五聲 ⓒOYLM
人部，6畫。

企　个　企　企　企

【釋義】①抬起腳後跟站着：企足而待（比喻很快就可以實現）。②盼望：企盼 / 企求。
【組詞】企圖 / 高企

**杞** ⓟqǐ ⓔgei2 己 ⓒDSU
木部，7畫。
【釋義】①[枸杞]見119頁gǒu「枸」。②[杞柳]一種落葉灌木，生在水邊，枝條可用來編箱、籠、筐、籃等物。③周代諸侯國名，在今河南省杞縣：杞人憂天。

**起** ⓟqǐ ⓔhei2 喜 ⓒGORU
走部，10畫。

起　起　起　起　起

【釋義】①由坐卧爬伏改為站立或由躺着為坐：起牀 / 起立。②離開原來的位置：起飛 / 起身。③物體由下往上升：起伏 / 時起時落。④長出：起痱子。⑤取出：起貨 / 起釘子。⑥發生，發動：起疑 / 起作用 / 異軍突起。⑦擬定：起草。⑧建立：另起爐灶 / 白手起家。⑨開始：起程 / 起點。⑩表示單位。相當於「件」「次」：一起事故。⑪用在動詞後，表示向上：抬起箱子。⑫表示力量夠

得上或夠不上：買得起 / 經不起考驗。
【組詞】起步 / 起初 / 起勁 / 起來 / 起源 / 發起 / 崛起 / 掀起 / 興起 / 引起
【成語】起死回生 / 此起彼落 / 風起雲湧 / 後起之秀 / 急起直追 / 翩翩起舞 / 肅然起敬 / 聞雞起舞 / 坐言起行 / 東山再起

**豈**｜岂 ⓟqǐ ⓔhei2 起 ⓒUMRT
豆部，10畫。

豈　豈　豈　豈　豈

【釋義】表示反問：豈有此理。
【組詞】豈敢 / 豈可 / 豈止

**啟**｜启 ⓟqǐ ⓔkai2 溪二聲 ⓒHROK
支部，11畫。

户　启　啟　啟　啟

【釋義】①打開：開啟。②開導：啟迪 / 啟示。③開始：啟動 / 啟用 / 承上啟下。④陳述，說明：啟事 / 謹啟。
【組詞】啟程 / 啟發 / 啟蒙

**綺**｜绮 ⓟqǐ ⓔji2 椅 ⓒVFKMR
糸部，14畫。
【釋義】①有花紋的絲織品：綺羅。②美麗，美妙：綺麗。

**汽** ⓟqì ⓔhei3 氣 ⓒEOMN
水部，7畫。

汽　汽　汽　汽　汽

【釋義】①由液體或固體受熱變成的氣體。②特指水蒸氣：汽船 / 汽笛 / 汽輪機。
【組詞】汽車 / 汽油 / 蒸汽

**迄** ⓟqì ⓔngat6 屹 ⓒYON
辵部，7畫。
【釋義】①到：迄今。②始終，一直：迄未成功 / 迄無音信。

泣 ⓟ qì ⓒ jap1 邑 ⓒ EYT
水部，8畫。

泣 泣 泣 泣 泣

【釋義】①小聲哭：抽泣／泣不成聲。②眼淚：飲泣／泣下沾襟。
【組詞】泣訴／哭泣
【成語】可歌可泣

契 ⓟ qì ⓒ kai3 溪三聲 ⓒ QHK
大部，9畫。

丰 契 契 契 契

【釋義】①契約，證明買賣、抵押、租賃等關係的文書：地契／房契。②投合：契合／默契。
【組詞】契約

砌 ⓟ qì ⓒ cai3 齊三聲 ⓒ MRPSH
石部，9畫。

砌 砌 砌 砌 砌

【釋義】①用和好的灰泥把磚石等一層層地疊起：砌牆／堆砌。②台階：雕欄玉砌。
【組詞】雕砌／鋪砌

訖 | 讫 ⓟ qì ⓒ ngat6 屹 ⓒ YRON
言部，10畫。

【釋義】①完結，終了：收訖／驗訖。②截止：起訖。

氣 | 气 ⓟ qì ⓒ hei3 汽 ⓒ ONFD
气部，10畫。

气 氣 氣 氣 氣

【釋義】①氣體：霧氣／沼氣。②特指空氣：氣流／氣溫。③氣息，呼吸時出入的氣：有氣無力／上氣不接下氣。④指自然界冷熱陰晴等現象：氣象／天氣／秋高氣爽。⑤氣味：臭氣／香氣。⑥人的精神狀態：勇氣／朝氣。⑦人的作風、習氣：孩子氣。⑧氣勢，氣氛：氣概／氣魄／死氣沉沉。⑨命運：氣數／運氣。⑩生氣，發怒：氣得發抖。⑪使人生氣：這話實在氣人！⑫欺壓：受氣／忍氣吞聲。⑬中醫指人體內能使各器官正常地發揮機能的原動力：氣虛／元氣。⑭中醫指某種病象：濕氣／痰氣。
【組詞】氣候／氣餒／氣球／氣質／風氣／和氣／力氣／脾氣／神氣／士氣
【成語】氣急敗壞／氣象萬千／一氣呵成／理直氣壯／天朗氣清／心平氣和／垂頭喪氣／平心靜氣／一鼓作氣

棄 | 弃 ⓟ qì ⓒ hei3 汽 ⓒ YITD
木部，12畫。

亠 查 棄 棄 棄

【釋義】捨去，扔掉：棄權／拋棄。
【組詞】棄置／丟棄／放棄／捨棄／遺棄
【成語】前功盡棄／自暴自棄

葺 ⓟ qì ⓒ cap1 輯 ⓒ TRSJ
艸部，13畫。

【釋義】用茅草覆蓋房頂。現泛指修理房屋：修葺。

憩 ⓟ qì ⓒ hei3 汽 ⓒ HUP
心部，16畫。

舌 舌 憩 憩 憩

【釋義】休息：小憩／休憩。

器 ⓟ qì ⓒ hei3 氣 ⓒ RRIKR
口部，16畫。

吅 哭 器 器 器

【釋義】①用具：器物／電器。②器官，生物體中具有某種獨立生理機能的部分：臟器／生殖器。③度量，才能：器量／大器晚成。④重視：器重。
【組詞】器材／器官／器具／器皿／瓷器／機器／容器／武器／儀器／樂器

---

## qia

掐 🔊 qiā 🔊 haap3 狹三聲 🔊 QNHX
手部，11畫。

【釋義】①用指甲按，用拇指和另一個指頭使勁捏或截斷：掐花。②用手的虎口緊緊按住：一把掐住脖子。

卡 🔊 qiǎ 🔊 kaa1 崎鴉一聲 🔊 YMY
卜部，5畫。

▲另見195頁 kǎ。

【釋義】①夾在中間，不能活動：魚刺卡在喉嚨裏。②為警備或收稅而設置的檢查站或崗哨：關卡／哨卡。

洽 🔊 qià 🔊 hap1 恰 🔊 EOMR
水部，9畫。

洽　洽　洽　洽　洽

【釋義】①和睦，協調一致：融洽。②跟人商量有關的事：洽談。

【組詞】接洽／商洽

恰 🔊 qià 🔊 hap1 洽 🔊 POMR
心部，9畫。

恰　恰　恰　恰　恰

【釋義】①適當，合適：恰當。②剛好，正好：恰好／恰似。

【組詞】恰恰／恰巧

【成語】恰到好處／恰如其分

## qian

千 🔊 qiān 🔊 cin1 遷 🔊 HJ
十部，3畫。

千　千　千　千　千

【釋義】①數目，十個百。②比喻很多：千家萬戶／千奇百怪／千秋萬世。

【組詞】千萬／萬千／千里馬

【成語】千變萬化／千方百計／千呼萬喚／千軍萬馬／千里迢迢／千千萬萬／千言萬語／千真萬確／成千上萬／一日千里

仟 🔊 qiān 🔊 cin1 千 🔊 OHJ
十部，5畫。

【釋義】數目字「千」的大寫。

阡 🔊 qiān 🔊 cin1 千 🔊 NLHJ
阜部，6畫。

【釋義】田間南北方向的小路：阡陌。

牽｜牵 🔊 qiān 🔊 hin1 掀 🔊 YVBQ
牛部，11畫。

牵　玄　牵　牵　牽

【釋義】①拉：牽引／手牽手。②牽涉，關聯到：牽連／牽制。

【組詞】牽扯／牽動／牽掛／牽強／牽涉

【成語】牽腸掛肚／牽強附會／無牽無掛

鉛｜铅 🔊 qiān 🔊 jyun4 完 🔊 CCR
金部，13畫。

金　鉛　鉛　鉛　鉛

【釋義】①金屬元素，符號Pb。青灰色，用來製造合金、蓄電池等。②指用石墨等製成的鉛筆芯。

【組詞】鉛筆

遷｜迁 🔊 qiān 🔊 cin1 千 🔊 YMWU
辵部，15畫。

遷　覂　覉　遷　遷

【釋義】①遷移：遷居／搬遷。②轉變：變遷／事過境遷。③調動官職（多指升官）：升遷。

【組詞】遷徙／遷移

【成語】見異思遷／時過境遷

謙｜谦 🔊 qiān 🔊 him1 欠一聲
🔊 YRTXC
言部，17畫。

**謙**

【釋義】虛心，不自滿：謙虛 / 滿招損，謙受益。

【組詞】謙卑 / 謙恭 / 謙厚 / 謙讓 / 謙遜

【成語】謙謙君子

**簽 | 签** 🔊 qiān 🔊 cim1 籤 🔊 HOMO
竹部，19畫。

【釋義】①在文件、單據上親自寫名或畫符號：簽到 / 簽名。②簡要地寫出：簽呈 / 簽註意見。③同「籤」，見本頁 qiān。

【組詞】簽訂 / 簽收 / 簽署 / 簽約 / 簽證

**籤 | 签** 🔊 qiān 🔊 cim1 簽 🔊 HOIM
竹部，23畫。

【釋義】①占卜或賭博、比賽等用的刻着文字符號的小竹片或小細棍：抽籤 / 求籤問卜。②作為標誌的紙片等：標籤 / 書籤。③竹木削成的尖的小細棍：牙籤 / 竹籤。

**韆** 🔊 qiān 🔊 cin1 千 🔊 TJYMU
革部，24畫。

【釋義】〔鞦韆〕見312頁 qiū「鞦」。

**前** 🔊 qián 🔊 cin4 錢 🔊 TBLN
刀部，9畫。

【釋義】①人或物正面的方位（跟「後」相對，下③④同）：前門 / 面前。②往前走：停滯不前 / 勇往直前。③次序在先的：前排 / 前五名。④過去的或較早的時間：前天 / 前夕。⑤從前的：前校長。⑥指某事物之前：史前（沒有書面記載的遠古）。⑦未來的（用於展望）：前程 / 前景 / 前途。

【組詞】前輩 / 前進 / 前來 / 前往 / 前瞻 / 當前 / 目前 / 日前 / 以前

【成語】前功盡棄 / 前所未有 / 前無古人 / 前因後果 / 空前絕後 / 名列前茅 / 史無前例 / 痛改前非 / 裹足不前

**虔** 🔊 qián 🔊 kin4 乾 🔊 YPYK
虍部，10畫。

【釋義】恭敬：虔誠 / 虔心。

**乾** 🔊 qián 🔊 kin4 虔 🔊 JJON
乙部，11畫。

▲另見109頁 gān。

【釋義】八卦之一，代表天：乾坤。

**鉗 | 钳** 🔊 qián 🔊 kim4 黔 🔊 CTM
金部，13畫。

【釋義】①鉗子，用來夾住或夾斷東西的金屬工具：火鉗 / 老虎鉗。②夾住，限制，約束：鉗制 / 鉗口結舌。

【組詞】鉗子

**潛 | 潜** 🔊 qián 🔊 cim4 簽四聲 🔊 EMUA
水部，15畫。

【釋義】①隱沒在水下：潛水 / 潛艇。②隱藏：潛伏。③祕密地：潛逃。

【組詞】潛力 / 潛能 / 潛入 / 潛在 / 潛質

【成語】潛移默化

**黔** 🔊 qián 🔊 kim4 鉗 🔊 WFOIN
黑部，16畫。

【釋義】貴州省的別稱：黔驢技窮（比喻虛有其表，本領有限）。

**錢 | 钱** 🔊 qián 🔊 cin4 前 🔊 CII
金部，16畫。

錢｜钱　曾qián　粵cin2 錢二聲　倉EII
　　　金部，16 畫。

【釋義】①貨幣，引申指一切的費用：錢幣 / 借錢 / 銅錢。②錢財，財富：有錢有勢。③重量單位。10 錢等於 1 兩。

【組詞】錢包 / 錢財 / 花錢 / 價錢 / 金錢 / 零錢 / 值錢 / 賺錢 / 零用錢

淺｜浅　曾qiǎn　粵cin2 錢二聲　倉EII
　　　水部，11 畫。

【釋義】①從上到下或從外到裏的距離小（跟「深」相對，下②一④同）：淺海 / 水淺 / 山洞很淺。②淺顯，簡明易懂：淺近 / 淺易 / 深入淺出。③淺薄，不深厚：交情淺 / 才疏學淺。④（顏色）淡：淺黃 / 淺綠。⑤（時間）短：相處的日子還淺。

【組詞】淺薄 / 淺見 / 膚淺 / 深淺

遣　曾qiǎn　粵hin2 顯　倉YLMR
　　辵部，14 畫。

【釋義】①派遣，打發：遣返 / 調遣。②消除，發泄：消遣。

【組詞】遣散 / 差遣 / 派遣

【成語】調兵遣將

繾｜缱　曾qiǎn　粵hin2 顯　倉VFYLR
　　　糸部，20 畫。

【釋義】〔繾綣〕（綣：曾quǎn 粵hyun3 勸）情意綿綿的樣子：夫妻繾綣。

譴｜谴　曾qiǎn　粵hin2 顯
　　　　　粵YRYLR
　　　　言部，21 畫。

【釋義】責備，申斥：譴責。

欠　曾qiàn　粵him3 謙三聲　倉NO
　　欠部，4 畫。

【釋義】①睏倦時張口出氣：欠伸 / 哈欠。②身體或身體的一部分稍稍向上移動：欠身。③借人的財物等沒還，應給人的還沒給：欠債 / 拖欠。④不夠，缺乏：欠佳 / 欠缺。

【組詞】欠款 / 虧欠

倩　曾qiàn　粵sin3 線　倉OQMB
　　人部，10 畫。

【釋義】美麗：倩女 / 倩影。

嵌　曾qiàn　粵ham6 憾　倉UTMO
　　山部，12 畫。

【釋義】把較小的物體卡進較大物體的凹處或縫隙裏（多用來做裝飾）：鑲嵌。

歉　曾qiàn　粵hip3 協　倉TCNO
　　欠部，14 畫。

【釋義】①收成不好：歉收。②對不起人的心情：歉意 / 抱歉。

【組詞】歉疚 / 道歉

塹｜堑　曾qiàn　粵cim3 簽三聲　倉JLG
　　　土部，14 畫。

【釋義】①作為防禦用的壕溝：塹壕 / 天塹。②比喻困難、挫折：吃一塹，長一智。

縴｜纤　曾qiàn　粵hin1 牽　倉VFYVQ
　　　糸部，17 畫。

【釋義】拉船用的繩子：縴夫 / 縴繩。

## qiang

羌　曾qiāng　粵goeng1 薑　倉TGHU
　　羊部，8 畫。

【釋義】①中國古代民族，原分佈在甘肅、青海、四川一帶，東晉時建立了後秦政權（公

元 384－417 年)。②羌族,中國少數民族之一,分佈在四川省。

## 腔
🔊 qiāng　🔊 hong1 康　🔊 BJCM
肉部,12 畫。

腔　腔　腔　腔　腔

【釋義】①動物身體內中空的部分:口腔 / 胸腔。②話:答腔 / 開腔。③樂曲的調子:唱腔 / 高腔。④說話的聲音、語氣:官腔 / 油腔滑調。

【組詞】腔調 / 滿腔

【成語】滿腔熱忱 / 南腔北調 / 裝腔作勢

## 槍 | 枪
🔊 qiāng　🔊 coeng1 昌
🔊 DOIR
木部,14 畫。

槍　槍　槍　槍　槍

【釋義】①舊式兵器,長柄的一端裝有金屬尖頭:紅纓槍。②口徑在 2 厘米以下,發射子彈的武器:手槍。③性能或形狀像槍的器具:焊槍 / 水槍。

【組詞】槍斃 / 槍彈 / 槍殺 / 槍械 / 槍戰

【成語】槍林彈雨 / 脣槍舌劍 / 匹馬單槍

## 鏘 | 锵
🔊 qiāng　🔊 coeng1 昌
🔊 CVMI
金部,19 畫。

【釋義】形容撞擊金屬器物時發出的聲音:鏗鏘 / 鑼鼓鏘鏘。

## 強 | 强
🔊 qiáng　🔊 koeng4 其羊四聲
🔊 NILI
弓部,11 畫。

強　強　強　強　強

▲另見 170 頁 jiàng;本頁 qiáng。

【釋義】①力量大,健壯(跟「弱」相對):強大 / 強壯。②感情或意志所要求達到的程度高:堅強 / 責任心強。③使用強力的,強迫

的:強搶 / 強佔。④優越,好(多用於比較):這裏的條件比那裏強。

【組詞】強調 / 強勁 / 強烈 / 強盛 / 強勢 / 強硬 / 強制 / 富強 / 加強 / 頑強

【成語】外強中乾 / 自強不息 / 弱肉強食 / 發憤圖強

## 薔 | 蔷
🔊 qiáng　🔊 coeng4 場
🔊 TGOW
艸部,17 畫。

【釋義】〔薔薇〕一種落葉灌木。莖上多刺,初夏開花,有紅、白等顏色,可製香料。果實可入藥。也指這種植物的花朵。

## 檣 | 樯
🔊 qiáng　🔊 coeng4 場
🔊 DGOW
木部,17 畫。

【釋義】帆船上掛風帆的桅杆:檣櫓(桅杆和槳,泛指船)。

## 牆 | 墙
🔊 qiáng　🔊 coeng4 場
🔊 VMGOW
爿部,17 畫。

牆　牆　牆　牆　牆

【釋義】①用磚石等築成的分隔內外的屏障:牆壁 / 城牆 / 圍牆。②形狀或作用像牆的東西:人牆。

【成語】銅牆鐵壁

## 強 | 强
🔊 qiǎng　🔊 koeng5 其羊五聲
🔊 NILI
弓部,11 畫。

強　強　強　強　強

▲另見 170 頁 jiàng;本頁 qiáng。

【釋義】①使人做不願做的事:強人所難。②不是心甘情願的:強笑。③硬要:強求。

【組詞】強迫 / 勉強

【成語】強詞奪理

**搶**｜抢　曾 qiǎng　粵 coeng2 昌二聲　倉 QOIR
手部，13 畫。

【釋義】①用強力奪：搶奪／搶劫。②爭先：搶先／搶着參加活動。③抓緊，突擊：搶修。
【組詞】搶答／搶救

**襁**｜襁　曾 qiǎng　粵 koeng5 其養五聲　倉 LNII
衣部，16 畫。

【釋義】〔襁褓〕(褓：曾 bǎo 粵 bou2 保) 包裹嬰兒用的被、毯等。

**嗆**｜呛　曾 qiàng　粵 coeng3 唱　倉 ROIR
口部，13 畫。

【釋義】有刺激性的氣體進入呼吸器官而感覺難受：濃煙嗆得人喘不過氣來。

## qiao

**悄**　曾 qiāo　粵 ciu2 肖二聲　又 ciu3 肖　倉 PFB
心部，10 畫。

▲ 另見 307 頁 qiǎo。
【釋義】〔悄悄〕沒有聲音或聲音很低：他悄悄地走了。
【組詞】靜悄悄

**敲**　曾 qiāo　粵 haau1 哮　倉 YBYE
攴部，14 畫。

【釋義】①擊，打：敲門／敲鐘。②敲竹槓，訛詐財物或抬高價格：敲詐。
【組詞】敲打／敲擊

**橇**　曾 qiāo　粵 hiu1 僥　倉 DHUU
木部，16 畫。

【釋義】在冰雪上滑行的工具：雪橇。

**鍬**｜锹　曾 qiāo　粵 ciu1 超　倉 CHDF
金部，17 畫。

【釋義】鐵鍬，一種起沙、土等的工具。

**蹺**｜跷　㊀ 曾 qiāo　粵 hiu1 僥　倉 RMGGU
足部，19 畫。

【釋義】①抬起 (腿)，豎起 (指頭)：蹺起二郎腿／蹺着大拇指。②腳後跟抬起，腳尖着地：蹺着腳看。
㊁ 曾 qiāo　粵 kiu2 橋二聲
【釋義】高蹺，一種民間舞蹈，表演者踩着有踏腳裝置的木棍，邊走邊表演。也指表演高蹺用的木棍。

**喬**｜乔　曾 qiáo　粵 kiu4 橋　倉 HKRBR
口部，12 畫。

【釋義】①高：喬木。②假 (扮)：喬裝打扮。
【組詞】喬裝

**僑**｜侨　曾 qiáo　粵 kiu4 喬　倉 OHKB
人部，14 畫。

【釋義】①古代指在外鄉居住，現指在外國居住：僑居。②僑民，住在外國而保留本國國籍的人：華僑。

**憔**　曾 qiáo　粵 ciu4 潮　倉 POGF
心部，15 畫。

【釋義】〔憔悴〕形容人瘦弱，氣色不好：面容憔悴。

**蕎**｜荞　曾 qiáo　粵 kiu4 喬　倉 THKB
艸部，16 畫。

【釋義】〔蕎麥〕草本植物，莖略紅，葉子三角形，子實磨成粉供食用。

**橋** | 桥　🔊 qiáo 🔊 kiu4 喬　🔊 DHKB
木部，16 畫。

橋　橋　橋　橋　橋

【釋義】橋樑，架在水上或空中供人或車輛等通行的建築物：拱橋 / 木橋。
【組詞】橋樑 / 天橋
【成語】過河拆橋

**樵**　🔊 qiáo 🔊 ciu4 潮　🔊 DOGF
木部，16 畫。
【釋義】①柴：砍樵。②打柴：樵夫。

**瞧**　🔊 qiáo 🔊 ciu4 潮　🔊 BUOGF
目部，17 畫。

瞧　瞧　瞧　瞧　瞧

【釋義】看：瞧見 / 小瞧 / 瞧不起。

**翹** | 翘　🔊 qiáo 🔊 kiu4 喬
🔊 GUSMM
羽部，18 畫。
▲另見 308 頁 qiào。
【釋義】①抬起（頭）：翹首以待 / 翹望星空。②平的板狀物由濕變乾後變得不平：紙板受潮後翹起來了。

**巧**　🔊 qiáo 🔊 haau2 考　🔊 MMVS
工部，5 畫。

巧　巧　巧　巧　巧

【釋義】①心思靈敏，技藝高明：巧幹 / 能工巧匠。②靈巧，巧妙：精巧 / 手巧。③恰好，正遇上：巧合 / 恰巧。④虛浮不實：花言巧語。
【組詞】巧妙 / 湊巧 / 剛巧 / 乖巧 / 技巧 / 靈巧 / 碰巧 / 輕巧 / 小巧
【成語】巧奪天工 / 巧立名目 / 巧取豪奪 / 弄巧成拙 / 小巧玲瓏

**悄**　🔊 qiáo 🔊 ciu2 肖二聲
🔊 ciu3 肖　🔊 PFB
心部，10 畫。
▲另見 306 頁 qiáo。
【釋義】寂靜無聲：悄寂 / 悄然 / 悄聲。

**俏**　🔊 qiáo 🔊 ciu3 肖　🔊 OFB
人部，9 畫。
【釋義】樣子好看，輕盈美好：俏麗 / 俊俏。

**峭**　🔊 qiáo 🔊 ciu3 肖　🔊 UFB
山部，10 畫。

峭　峭　峭　峭　峭

【釋義】①山勢又高又陡：陡峭 / 峻峭。②比喻嚴屬：為人峭直（剛直嚴峻）。
【組詞】峭壁 / 峭立
【成語】懸崖峭壁

**殻** | 壳　🔊 qiáo 🔊 hok3 學三聲
🔊 GNHNE
殳部，12 畫。

殻　殻　殻　殻　殻

▲另見 199 頁 ké。
【釋義】堅硬的外皮：地殼 / 甲殼 / 金蟬脫殼。
【組詞】外殼

**撬**　🔊 qiáo 🔊 giu6 叫六聲　🔊 QHUU
手部，15 畫。
【釋義】把棍棒、刀錐等的一端插入孔隙中，用力扳：撬門 / 撬鎖。

**鞘**　🔊 qiáo 🔊 ciu3 肖　🔊 TJFB
革部，16 畫。
【釋義】裝刀劍的套子：刀鞘 / 劍鞘。

**窾** | 窍　🔊 qiáo 🔊 hiu3 曉三聲
🔊 JCHSK
穴部，18 畫。

Q

【釋義】①窟窿，孔洞：七竅。②比喻事情的關鍵：竅門 / 訣竅。

【組詞】開竅

【成語】七竅生煙 / 一竅不通

# 翹｜翘　🔊 qiào　粵 kiu4 喬　⚡ GUSMM
羽部，18畫。

▲ 另見 307 頁 qiáo。

【釋義】物體的一端向上仰起：翹尾巴 (比喻驕傲自大)。

---

## qie

# 切　🔊 qiè　粵 cit3 設　⚡ PSH
刀部，4畫。

▲ 另見本頁 qiè。

【釋義】用刀把東西分開：切除 / 切割。

# 茄　🔊 qié　粵 ke4 奇耶四聲
❌ ke2 奇耶二聲　⚡ TKSR
艸部，9畫。

▲ 另見 162 頁 jiā。

【釋義】①茄子，草本植物，果實球形或長圓形，多為紫色，表面有光澤，是普通蔬菜。②番茄，草本植物，果實球形或扁圓形，紅或黃色，是普通蔬菜。

# 且　🔊 qiě　粵 ce2 扯　⚡ BM
一部，5畫。

【釋義】①暫時，暫且：且慢。②尚且，表示進一步：死且不怕，困難又算甚麼呢？③並且，而且：老樹既高且大。④重複使用，表示兩個動作同時進行：且談且走 / 且戰且退。

【組詞】並且 / 而且 / 姑且 / 況且 / 尚且 / 暫且

【成語】得過且過

# 切　㊀　🔊 qiè　粵 cit3 設　⚡ PSH
刀部，4畫。

▲ 另見本頁 qiè。

【釋義】①合，符合：切合 / 切題。②貼近，親近：親切 / 切膚之痛。③急迫，殷切：急切 / 求勝心切。④務必，一定：切忌 / 切記。⑤舊時漢語的注音方法，取上一字的聲母和下一字的韻母和聲調，拼成一個音，也叫反切，如「同，徒紅切」。⑥中醫指切脈、把脈：望聞問切。

【組詞】切身 / 切實 / 切勿 / 關切 / 密切 / 迫切 / 確切 / 深切 / 貼切 / 真切

【成語】切中時弊 / 咬牙切齒

㊁　🔊 qiè　粵 cai3 砌

【釋義】所有，全部：一切。

【成語】不顧一切 / 目空一切

# 妾　🔊 qiè　粵 cip3 差接三聲　⚡ YTV
女部，8畫。

【釋義】①舊時男子在妻子以外娶的女子：納妾 / 妻妾。②古代女子謙稱自己：妾身。

# 怯　🔊 qiè　粵 hip3 脅　⚡ PGI
心部，8畫。

【釋義】膽小，害怕：怯懦 / 怯弱 / 膽怯。

# 愜｜惬　🔊 qiè　粵 hip3 脅　⚡ PSKO
心部，12畫。

【釋義】滿足，暢快：愜懷 / 愜意。

# 簏｜簏　🔊 qiè　粵 haap6 狹　⚡ HSKO
竹部，15畫。

【釋義】小箱子：藤簏 / 翻箱倒簏。

# 竊｜窃　🔊 qiè　粵 sit3 泄　⚡ JCHDB
穴部，23畫。

【釋義】①偷：竊賊／偷竊。②偷偷地：竊聽／竊笑。

【組詞】竊取／竊喜／爆竊／盜竊／失竊

【成語】竊竊私語

---

## qin

---

侵  普 qīn 粵 cam1 尋一聲 倉 OSME
人部，9畫。

【釋義】進犯，損害：侵略／入侵。

【組詞】侵奪／侵犯／侵害／侵權／侵擾／侵入／侵蝕／侵襲／侵佔

欽｜钦 普 qīn 粵 jam1 音 倉 CNO
欠部，12畫。

【釋義】①敬重：欽敬／欽慕／欽佩。②封建社會指皇帝親自（做）：欽定／欽命／欽差大臣。

親｜亲 普 qīn 粵 can1 陳一聲
倉 YDBUU
見部，16畫。

▲另見312頁 qìng。

【釋義】①父母：父親／母親／雙親。②血統最接近的：親姐妹。③有血統或婚姻關係的人：親戚／沾親帶故。④婚姻：親事／定親。⑤指新娘：娶親／迎親。⑥關係近，感情好（跟「疏」相對）：親愛／親疏。⑦親自：親身／親眼所見。⑧用嘴唇接觸，表示親熱：親吻。

【組詞】親近／親密／親切／親情／親人／親手／親友／親自／探親／鄉親

【成語】非親非故／相親相愛／眾叛親離／大義滅親／和藹可親／舉目無親

芹 普 qín 粵 kan4 勤 倉 THML
艸部，8畫。

【釋義】芹菜，草本植物，葉柄肥大，是普通蔬菜。

秦  普 qín 粵 ceon4 巡 倉 QKHD
禾部，10畫。

【釋義】①周朝國名，在今陝西省中部、甘肅省東部。②朝代，公元前221－公元前206年，秦始皇嬴政所建。③指陝西省和甘肅省，特指陝西省。④姓。

琴  普 qín 粵 kam4 禽 倉 MGOIN
玉部，12畫。

【釋義】①古琴，中國很早就有的一種弦樂器，用梧桐等木料做成，有五根弦，後增加為七根。②泛指某些樂器：鋼琴／口琴／小提琴。

【組詞】琴弦／彈琴

【成語】琴棋書畫／對牛彈琴

勤  普 qín 粵 kan4 芹 倉 TMKS
力部，13畫。

【釋義】①做事盡力，不偷懶（跟「懶」「惰」相對）：勤勞／辛勤。②次數多：勤洗澡／雨水勤。③在規定時間內的工作或勞動：出勤／考勤。

【組詞】勤奮／勤儉／勤快／後勤／值勤

【成語】克勤克儉

禽  普 qín 粵 kam4 琴 倉 OYUB
禸部，13畫。

【釋義】①鳥類：飛禽／家禽。②鳥獸的總稱。

【組詞】禽獸
【成語】飛禽走獸 / 衣冠禽獸

## 擒

普 qín　粵 kam4 琴　倉 QOYB
手部，16 畫。

【釋義】捉拿：擒獲 / 擒拿。
【成語】束手就擒

## 嚐

普 qín　粵 kam4 琴　倉 ROYB
口部，16 畫。

【釋義】含在裏面：嚐着眼淚 / 嘴裏嚐了一塊糖。

## 寢 | 寝

普 qín　粵 cam2 侵二聲
倉 JVME
宀部，14 畫。

【釋義】①睡：廢寢忘食。②卧室：就寢 / 壽終正寢。③帝王的墳墓：陵寢。
【成語】寢食不安

## 沁

普 qìn　粵 sam3 滲　倉 EP
水部，7 畫。

【釋義】（香氣、液體等）滲入，透出：沁人心脾 / 晚風沁涼。

---

### qīng

## 青

普 qīng　粵 cing1 稱　倉 QMB
青部，8 畫。

【釋義】①藍色或綠色：青山 / 青天。②黑色：青絲（比喻黑色的頭髮）/ 青眼（比喻對人的喜愛或重視）。③青草或沒有成熟的莊稼：踏青 / 青黃不接。④比喻年輕：青年。
【組詞】青草 / 青春 / 青苔 / 年青
【成語】青出於藍 / 青紅皂白 / 青梅竹馬 / 平步青雲

## 卿

普 qīng　粵 hing1 輕　倉 HHAIL
卩部，10 畫。

【釋義】①古代高官名：卿相 / 上卿。②古代君稱臣：愛卿。③古代夫妻或好友之間表示親愛的稱呼。
【成語】卿卿我我

## 清

普 qīng　粵 cing1 青　倉 EQMB
水部，11 畫。

【釋義】①純淨（跟「濁」相對）：清澈 / 水清見底。②潔淨，純潔：清白 / 冰清玉潔。③寂靜：清靜 / 淒清。④公正廉潔：清官 / 清廉。⑤清楚：清晰 / 分清是非。⑥單純，不混雜別的：清唱 / 清湯。⑦徹底：清查 / 清除。⑧還清，結清（賬目）：清欠。⑨清理，點：清倉。⑩朝代名，公元 1616－1911 年，滿族人愛新覺羅，努爾哈赤所建，初名後金，1636 年改為清。1644 年入關，定都北京。
【組詞】清拆 / 清脆 / 清潔 / 清掃 / 清水 / 清洗 / 清香 / 清醒 / 澄清 / 冷清
【成語】眉清目秀 / 一清二楚 / 兩袖清風 / 糾纏不清 / 天朗氣清

## 氫 | 氢

普 qīng　粵 hing1 輕
倉 ONMVM
气部，11 畫。

【釋義】氣體元素，符號 H。無色無臭，是密度最小的元素，用途很廣。

## 傾 | 倾

普 qīng　粵 king1 頃一聲
倉 OPMC
人部，13 畫。

【釋義】①歪，斜：傾斜。②傾向，趨向：右傾 / 左傾。③倒塌：傾覆 / 傾頹。④使反轉或歪斜，盡數倒出全部東西：傾瀉 / 傾盆大雨。⑤用盡（力量）：傾力相助。⑥嚮往，欽佩：傾慕 / 一見傾心。
【組詞】傾倒 / 傾訴 / 傾聽 / 傾向 / 傾心
【成語】傾巢而出 / 傾國傾城 / 傾家蕩產

# 輕 | 轻
普 qīng 粵 hing1 兄
倉 JJMVM
車部，14 畫。

車　輕　輕　輕　輕

【釋義】①重量小，比重小（跟「重」（zhòng）相對）：身輕如燕／棉花很輕。②負載小，裝備簡單：輕舟／輕裝。③數量少，程度淺：輕微／年輕。④輕鬆：輕快／無病一身輕。⑤用力不猛：輕聲／輕拿輕放。⑥輕率：輕信／輕舉妄動。⑦輕視：輕敵／重男輕女。
【組詞】輕便／輕巧／輕視／輕率／輕鬆／輕易／輕盈／輕重
【成語】輕而易舉／輕描淡寫／風輕雲淡／駕輕就熟／掉以輕心／舉足輕重／避重就輕／人微言輕／頭重腳輕

# 蜻
普 qīng 粵 cing1 青 倉 LIQMB
虫部，14 畫。

虫　蜻　蜻　蜻　蜻

【釋義】〔蜻蜓〕昆蟲，身體細長，有兩對膜狀的翅。捕食蚊子等小飛蟲，雌的用尾點水而產卵於水中。
【成語】蜻蜓點水

# 情
普 qíng 粵 cing4 呈 倉 PQMB
心部，11 畫。

忄　情　情　情　情

【釋義】①感情：熱情／虛情假意。②情面，情分和面子：留情／求情。③愛情：情侶／戀情。④情慾，性慾：發情／色情。⑤情形，情況：情景／詳情。⑥人的常情和一般道理：合情合理。
【組詞】情感／情節／情緒／交情／盡情／深情／神情／抒情／同情／鍾情
【成語】情不自禁／情投意合／含情脈脈／閒情逸致／舐犢情深／心甘情願／一往情深／一廂情願／不近人情／觸景生情

# 晴
普 qíng 粵 cing4 呈 倉 AQMB
日部，12 畫。

日　晴　晴　晴　晴

【釋義】天空無雲或雲很少：晴朗／雨過天晴。
【成語】晴天霹靂

# 擎
普 qíng 粵 king4 鯨 倉 TKQ
手部，17 畫。
【釋義】往上托，舉：擎天柱。

# 頃 | 顷
普 qīng 粵 king2 傾二聲
倉 PMBC
頁部，11 畫。

匕　頃　頃　頃　頃

【釋義】①土地面積單位。1 頃等於 100 畝。②很短的時間，片刻：頃刻。

# 請 | 请
普 qǐng 粵 cing2 拯
倉 YRQMB
言部，15 畫。

言　請　請　請　請

【釋義】①求：請假／申請。②邀請，聘請：請客／宴請。③敬辭，用於希望對方做某事：請坐／請勿吸煙。
【組詞】請教／請求／請示／請帖／請問／請願／聘請／邀請

# 慶 | 庆
普 qìng 粵 hing3 馨 倉 IXE
心部，15 畫。

慶　慶　慶　慶　慶

【釋義】①慶賀，祝賀：慶功／歡慶勝利。②值得慶祝的週年紀念日：國慶／校慶。
【組詞】慶典／慶賀／慶幸／慶祝／喜慶
【成語】普天同慶

# 親 | 亲

🔊 qing 🔊 can3 襯
🔊 YDBUU
見部，16畫。

▲另見309頁 qīn。

【釋義】〔親家〕①兩家兒女婚配而成的親屬關係。②夫妻雙方的父母相互之間的稱呼：親家母／親家翁。

# 馨

🔊 qing 🔊 hing3 慶 🔊 GEOJU
缶部，17畫。

【釋義】①盡，空，完：售罄。②用盡，全部拿出：罄竹難書（形容罪狀極多，難以寫盡）。

---

## qiong

# 穹

🔊 qióng 🔊 kung4 窮 🔊 JCN
穴部，8畫。

【釋義】天空：蒼穹。

# 窮 | 穷

🔊 qióng 🔊 kung4 窮
🔊 JCHHN
穴部，15畫。

【釋義】①缺乏錢財（跟「富」相對）：窮困／貧窮。②盡，完：層出不窮。③徹底（追究）：窮根究底／窮追猛打。④極端：窮奢極侈／窮兇極惡。

【組詞】窮苦／無窮

【成語】窮途末路／窮鄉僻壤／無窮無盡／其樂無窮

# 瓊 | 琼

🔊 qióng 🔊 king4 鯨
🔊 MGNBE
玉部，19畫。

【釋義】①美玉，泛指精美的東西：瓊漿（美酒）／仙山瓊閣。②海南省的別稱。

---

## qiu

# 丘

🔊 qiū 🔊 jau1 休 🔊 OM
一部，5畫。

【釋義】小土山，土堆：丘陵／沙丘。

# 秋

🔊 qiū 🔊 cau1 抽 🔊 HDF
禾部，9畫。

【釋義】①秋季：秋風／一葉知秋。②莊稼成熟的時節：麥秋。③指一年的時間：千秋萬世／一日不見，如隔三秋。④指某個時期（多指不好的）：多事之秋／危急存亡之秋。

【組詞】秋季／秋色／秋天／金秋／中秋

【成語】秋高氣爽／明察秋毫／平分秋色

# 蚯

🔊 qiū 🔊 jau1 休 🔊 LIOM
虫部，11畫。

【釋義】〔蚯蚓〕環節動物，身體柔軟細長，有剛毛。生活在土壤中，能使土壤疏鬆、肥沃。

# 鞦 | 秋

🔊 qiū 🔊 cau1 抽 🔊 TJHDF
革部，18畫。

【釋義】〔鞦韆〕也作「秋千」。一種運動和遊戲用具，在木架或鐵架上繫兩根長繩，下面拴上一塊板子。人坐在板上用腳蹬，使在空中前後擺動。

# 鰍 | 鳅

🔊 qiū 🔊 cau1 抽 🔊 NFHDF
魚部，20畫。

【釋義】〔泥鰍〕一種魚。身體圓柱形，生活在池塘、河湖、水田裏，潛伏在泥中。

# 囚

🔊 qiú 🔊 cau4 酬 🔊 WO
口部，5畫。

【釋義】①拘禁：囚禁。②被拘禁的人：死囚／階下囚。

【組詞】囚犯

# 求

普 qiú 粵 kau4 球 倉 IJE
水部,7 畫。

【釋義】①請求,求助:求救／求助。②要求,提出願望或條件:苛求／精益求精。③追求,探求,尋求:求知慾／實事求是。④需要:需求／供不應求。

【組詞】求教／求情／求饒／求生／求學／求醫／求證／力求／祈求／徵求

【成語】求同存異／求之不得／有求必應／夢寐以求

# 汎

普 qiú 粵 cau4 酬 倉 EWO
水部,8 畫。

【釋義】浮水,游泳:汎渡／汎水。

# 酋

普 qiú 粵 jau4 由 倉 TCWM
酉部,9 畫。

【釋義】酋長,部落的首領。

【組詞】酋長

# 球

普 qiú 粵 kau4 求 倉 MGIJE
玉部,11 畫。

【釋義】①圓形的立體物:球體。②球形或接近球形的物體:棉球／眼球。③指某些體育用品:籃球／羽毛球。④指球類運動:球迷／球賽／球星。⑤星球,也特指地球:月球／北半球／譽滿全球。

【組詞】球場／球隊／球鞋／球員／地球／環球／排球／氣球／全球／足球

# 裘

普 qiú 粵 kau4 求 倉 IEYHV
衣部,13 畫。

【釋義】皮衣:裘皮大衣。

---

## qu

# 曲

普 qū 粵 kuk1 卡屋一聲 倉 TW
日部,6 畫。

▲另見 314 頁 qǔ。

【釋義】①彎曲(跟「直」相對):曲線／曲折。②使彎曲:彎腰曲背。③彎曲的地方:河曲／山曲。④不合理,不公正:曲解／歪曲。

【組詞】曲直／扭曲／彎曲

【成語】曲徑通幽／曲意逢迎／委曲求全／是非曲直

# 屈

普 qū 粵 wat1 鬱 倉 SUU
尸部,8 畫。

【釋義】①彎曲,使彎曲:屈膝／屈指可數。②屈服,使屈服:屈從／威武不屈。③理虧:理屈詞窮。④委屈,冤枉:冤屈／屈打成招。

【組詞】屈服／屈辱／委屈

【成語】不屈不撓／首屈一指／寧死不屈

# 祛

普 qū 粵 keoi1 拘 倉 IFGI
示部,9 畫。

【釋義】除去,驅逐:祛痰／祛風除濕。

# 區｜区

普 qū 粵 keoi1 拘 倉 SRRR
匸部,11 畫。

【釋義】①分開,劃分:區別／區分。②地區,區域:山區／風景區。③行政區劃單位,如自治區、市轄區等。

【組詞】區域／地區／郊區／禁區／社區／市區／災區

**蛆** 曾 qū　粵 ceoi1 催　倉 LIBM
虫部，11 畫。
【釋義】蒼蠅的幼蟲，白色，體柔軟，有環節。多生在糞便、動物屍體等處。

**嶇**｜岖 曾 qū　粵 keoi1 拘　倉 USRR
山部，14 畫。

山 山區 山區 嶇 嶇

【釋義】〔崎嶇〕見 299 頁 qí「崎」。

**趨**｜趋 曾 qū　粵 ceoi1 吹
倉 GOPUU
走部，17 畫。

走 走 趍 趨 趨

【釋義】①快走：趨前／趨之若鶩。②向某個方向發展：趨勢／趨向／日趨繁榮。
【成語】大勢所趨／亦步亦趨

**軀**｜躯 曾 qū　粵 keoi1 拘
倉 HHSRR
身部，18 畫。

身 軀 軀 軀 軀

【釋義】身體：軀體／身軀。
【組詞】軀幹／軀殼

**麴**｜麹 曾 qū　粵 kuk1 曲　倉 JNPFD
麥部，19 畫。
【釋義】釀酒和製醬的發酵劑，塊狀，用麴黴（一種真菌）和它的培養基（多為麥子、麩皮、大豆的混合物）製成。

**驅**｜驱 曾 qū　粵 keoi1 拘　倉 SFSRR
馬部，21 畫。

馬 馬區 馬區 驅 驅

【釋義】①趕（牲口）：驅馬。②駕駛或乘坐（車輛）：驅車。③快跑：長驅直入。④趕

走：驅邪／驅逐。
【組詞】驅除／驅動／驅趕／驅散／驅使
【成語】並駕齊驅

**渠** 曾 qú　粵 keoi4 拒四聲　倉 ESD
水部，12 畫。

渠 渠 渠 渠 渠

【釋義】人工開鑿的水道：溝渠／水到渠成。
【組詞】渠道／水渠

**曲** 曾 qǔ　粵 kuk1 卡屋一聲　倉 TW
日部，6 畫。

口 曲 曲 曲 曲

▲另見 313 頁 qū。
【釋義】①一種韻文形式，出現於南宋和金代，盛行於元代，句法較詞靈活，多用口語。②歌曲，樂曲：曲調／戲曲／高歌一曲。③歌譜：配曲／譜曲。
【組詞】曲譜／曲子／歌曲／粵曲／樂曲／作曲
【成語】曲高和寡／曲終人散／異曲同工

**取** 曾 qǔ　粵 ceoi2 娶　倉 SJE
又部，8 畫。

耳 取 取 取 取

【釋義】①拿：取款／取行李。②得到，招致：獲取／自取滅亡。③採取，選取：取名／錄取／取長補短。
【組詞】取代／取得／取締／取捨／取勝／取消／奪取／索取／吸取／爭取
【成語】取而代之／取之不盡／無理取鬧／以貌取人／咎由自取

**娶** 曾 qǔ　粵 ceoi3 翠　又 ceoi2 取
倉 SEV
女部，11 畫。

耳 取 娶 娶 娶

【釋義】把女子接過來成親（跟「嫁」相對）：娶妻。

---

**去** 🔊 qù 🔊 heoi3 許三聲 🔊 GI
ㄙ部，5畫。

【釋義】①從所在地到別的地方（跟「來」相對）：去路 / 去向 / 明天去上海。②離開：去世 / 一去不返。③失去，失掉：大勢已去。④除去，除掉：去皮 / 去蕪存菁。⑤距離：相去甚遠 / 去今五十年。⑥過去的（時間，多指剛過去的一年）：去年。⑦用在動詞前面，表示要做某事：你去寫稿子。⑧用在動賓結構後面，表示去做某件事：他看電影去了。⑨用在動詞結構（或介詞結構）與動詞（或動詞結構）之間，表示前者是後者的方法、方向或態度，後者是前者的目的：提水去澆花 / 從主要方面去檢查。⑩用在動詞後面，表示動作的趨向或持續：進去 / 說下去。⑪去聲，漢語四聲之一：平上去入。

【組詞】去留 / 出去 / 過去 / 回去 / 離去 / 上去 / 失去 / 下去

【成語】何去何從 / 死去活來 / 來龍去脈 / 翻來覆去 / 揚長而去

---

**趣** 🔊 qù 🔊 ceoi3 脆 🔊 GOSJE
走部，15畫。

【釋義】①興味，使人感到愉快、有意思的情味：情趣 / 興趣。②有興味的：趣聞。③志向：志趣。

【組詞】趣事 / 趣味 / 風趣 / 樂趣 / 有趣

【成語】妙趣橫生 / 相映成趣 / 自討沒趣

---

**覷 | 覻** 🔊 qù 🔊 ceoi3 脆
🔊 YMBUU
見部，19畫。

【釋義】看，偷看：小覷 / 面面相覷。

---

## quan

**圈** 🔊 quān 🔊 hyun1 喧 🔊 WFQU
口部，11畫。

▲ 另見 191 頁 juàn。

【釋義】①圓而中空的形狀，環形的東西：眼圈 / 圓圈。②一定的範圍：圈內 / 圈外 / 娛樂圈。③圍：用籬笆把菜地圈起來。④畫圈做記號：把錯字圈出來。

【組詞】圈套 / 圈子 / 花圈 / 呼拉圈

---

**全** 🔊 quán 🔊 cyun4 存 🔊 OMG
入部，6畫。

【釋義】①完備，齊全：完全 / 殘缺不全。②保全，使完整不缺：成全 / 兩全其美。③全部，整個：全局 / 全神貫注。④完全，都：他講的話我全記下來了。

【組詞】全力 / 全面 / 全民 / 全球 / 全體 / 全線 / 安全 / 顧全 / 健全 / 周全

【成語】全軍覆沒 / 全力以赴 / 全心全意 / 十全十美 / 面目全非 / 委曲求全 / 一應俱全 / 智勇雙全

---

**泉** 🔊 quán 🔊 cyun4 全 🔊 HAE
水部，9畫。

【釋義】從地下流出來的水：泉水 / 噴泉 / 溫泉。

【成語】淚如泉湧

---

**拳** 🔊 quán 🔊 kyun4 權 🔊 FQQ
手部，10畫。

【釋義】①拳頭：揮拳 / 握拳。②拳術，徒手的武術：打拳 / 太極拳。

【組詞】拳擊 / 拳腳 / 拳術 / 拳頭 / 猜拳
【成語】拳打腳踢 / 摩拳擦掌 / 赤手空拳

## 痊

普 quán　粵 cyun4 全　倉 KOMG
疒部，11畫。

【釋義】病好了，恢復健康：痊癒。

## 詮｜诠

普 quán　粵 cyun4 存
倉 YROMG
言部，13畫。

【釋義】①說明，解釋：詮釋。②事理，真理：真詮。

## 蜷

普 quán　粵 kyun4 權　倉 LIFQU
虫部，14畫。

【釋義】彎曲，不伸展：蜷曲 / 蜷縮。

## 權｜权

普 quán　粵 kyun4 拳
倉 DTRG
木部，22畫。

【釋義】①衡量：權衡 / 權其輕重。②權力，職責範圍內的強制或支配力量：當權 / 職權。③權利，應有的權力和享受的利益：權益 / 版權 / 優先權。④有利的形勢：主動權。⑤暫時的，根據形勢可變通的：權宜之計 / 通權達變。
【組詞】權威 / 權限 / 棄權 / 侵權 / 人權 / 授權 / 特權 / 掌權 / 政權
【成語】喪權辱國

## 犬

普 quǎn　粵 hyun2 喧二聲　倉 IK
犬部，4畫。

【釋義】狗。
【成語】犬馬之勞 / 雞犬不寧

## 券

普 quàn　粵 hyun3 勸　叉 gyun3 眷
倉 FQSH
刀部，8畫。

【釋義】票據或作為憑證的紙片：門券 / 債券。
【組詞】獎券 / 入場券
【成語】穩操勝券

## 勸｜劝

普 quàn　粵 hyun3 絢
倉 TGKS
力部，20畫。

【釋義】①講明事理，使人聽從：勸導 / 奉勸。②勉勵：勸勉 / 懲惡勸善。
【組詞】勸告 / 勸解 / 勸誡 / 勸說 / 勸諭 / 勸阻 / 規勸

---

que

---

## 缺

普 quē　粵 kyut3 決　倉 OUDK
缶部，10畫。

【釋義】①短少，不夠：缺乏 / 缺水。②殘破，殘缺：缺口 / 缺陷。③該到而未到：缺課 / 缺席。④缺點，不夠好的地方：完美無缺。⑤泛指一般職務的空額：補缺 / 候缺。
【組詞】缺德 / 缺點 / 缺少 / 缺失 / 殘缺 / 短缺 / 空缺 / 欠缺
【成語】寧缺毋濫 / 不可或缺

## 瘸

普 qué　粵 ke4 奇耶四聲　倉 KKRB
疒部，16畫。

【釋義】腿腳有毛病，走路不穩：瘸腿 / 瘸子（瘸腿的人）。

## 卻｜却

普 què　粵 koek3 卡約三聲
倉 CRSL
卩部，9畫。

【釋義】①後退：卻步 / 退卻。②推辭，拒絕：推卻 / 卻之不恭。③去，掉：冷卻 / 忘卻。④表示轉折，比「倒」「可」的語氣略輕：文章雖長，卻無內容。

【成語】望而卻步 / 盛情難卻

**雀** 普 què 粵 zoek3 爵 倉 FOG
佳部，11 畫。

【釋義】①麻雀，也泛指小鳥。②有些鳥也稱雀：孔雀。

【組詞】雀鳥 / 雀躍 / 麻雀

【成語】鴉雀無聲

**榷** 普 què 粵 kok3 確 倉 DOBG
木部，14 畫。

【釋義】商量，商討：商榷。

**確** | 确 普 què 粵 kok3 榷 倉 MROBG
石部，15 畫。

【釋義】①符合事實的，真實的：確切 / 千真萬確。②堅固，堅定：確定 / 確立。③的確，完全實在：確有此事。

【組詞】確保 / 確認 / 確實 / 確信 / 的確 / 精確 / 明確 / 正確 / 準確

**闋** | 阕 普 què 粵 kyut3 決 倉 ANNOK
門部，17 畫。

【釋義】①歌曲或詞一首叫一闋：填一闋詞 / 彈琴一闋。②分兩段的一首詞，前一段叫上闋，後一段叫下闋。

**鵲** | 鹊 普 què 粵 coek3 卓 倉 TAHAF
鳥部，19 畫。

【釋義】喜鵲，一種鳥，嘴尖，尾長，叫聲嘈雜。

---

## qun

**裙** 普 qún 粵 kwan4 羣 倉 LSKR
衣部，12 畫。

【釋義】①裙子，一種圍在腰部以下的服裝：短裙 / 連衣裙。②像裙子的東西：圍裙。

【組詞】裙子

**羣** | 群 普 qún 粵 kwan4 裙 倉 SRTQ
羊部，13 畫。

【釋義】①聚在一起的人或物：人羣 / 羊羣 / 建築羣。②成羣的：羣居 / 羣龍無首。③眾，諸：博覽羣書。④表示單位。用於成羣的人或東西：一羣孩子 / 一羣山羊。

【組詞】羣島 / 羣山 / 羣體 / 羣星 / 羣雄 / 羣眾 / 超羣 / 成羣 / 合羣

【成語】羣策羣力 / 成羣結隊 / 鶴立雞羣 / 卓爾不羣

# Rr

## ran

**然** 🔊rán 🔊jin4 言 🔊BKF
火部，12畫。

| 夕 | 狀 | 然 | 然 | 然 |
|---|---|---|---|---|

【釋義】①對，是：不以為然。②如此，這樣，那樣：不盡然／反之亦然。③表示轉折：然而／此事雖小，然不可忽視。④後綴，表示狀態：忽然／顯然。
【組詞】然後／當然／果然／既然／竟然／偶然／雖然／突然／依然／要不然
【成語】煥然一新／截然不同／龐然大物／怡然自得／油然而生／躍然紙上／大義凜然／理所當然／毛骨悚然／一目了然

**燃** 🔊rán 🔊jin4 言 🔊FBKF
火部，16畫。

| 火 | 焠 | 燃 | 燃 | 燃 |
|---|---|---|---|---|

【釋義】①燃燒，物質劇烈氧化而發光發熱：燃料／自燃。②引火點着：燃香／點燃。
【組詞】燃燒／燃油
【成語】燃眉之急／死灰復燃

**冉** 🔊rǎn 🔊jim5 染 🔊GB
冂部，5畫。
【釋義】〔冉冉〕慢慢地：月亮冉冉上升。

**染** 🔊rǎn 🔊jim5 掩五聲 🔊END
木部，9畫。

| 氿 | 氿 | 染 | 染 | 染 |
|---|---|---|---|---|

【釋義】①用染料着色：染布／印染。②感染，沾染：染病／傳染。
【組詞】染料／染色／感染／污染／渲染／沾染／傳染病
【成語】耳濡目染／一塵不染

## rang

**嚷** 🔊rāng 🔊joeng6 樣 🔊RYRV
口部，20畫。
▲另見319頁 rǎng。
【釋義】〔嚷嚷〕喧譁，吵鬧：你們別在這裏亂嚷嚷。

**瓤** 🔊ráng 🔊nong4 囊 🔊YVHVO
瓜部，22畫。
【釋義】瓜果皮裏包着種子的肉或瓣：瓜瓤。

**壤** 🔊rǎng 🔊joeng6 樣 🔊GYRV
土部，20畫。

| 𡈽 | 壌 | 壤 | 壤 | 壤 |
|---|---|---|---|---|

【釋義】①土壤，地球表面疏鬆的、能生長作物的一層土：沃壤。②地：天壤之別。③地區：接壤／窮鄉僻壤。
【組詞】土壤

**攘** 🔊㊀ 🔊rǎng 🔊joeng4 洋 🔊QYRV
手部，20畫。
【釋義】①排除，排斥：攘除／攘敵。②搶奪：攘奪。③捋起（袖子）：攘臂（捋起袖子，伸出胳膊）。

㊁ 🔊rǎng 🔊joeng5 仰
【釋義】形容紛亂：攘攘。
【成語】熙熙攘攘

嚷 曾 rǎng 粵 joeng6 樣 倉 RYRV
口部，20 畫。

▲另見 318 頁 rǎng。

【釋義】①喊叫，吵鬧：吵嚷／叫嚷。

讓｜让 曾 ràng 粵 joeng6 樣
倉 YRYRV
言部，24 畫。

【釋義】①把方便或好處給別人：謙讓／忍讓。②請人接受招待：讓茶／讓座。③有代價地把財物的所有權轉移給別人：出讓／轉讓。④表示指使、容許或聽任：誰讓你來的？／讓我考慮考慮。⑤被：腿讓蚊子咬了。
【組詞】讓步／讓路／辭讓／割讓／禮讓／推讓／退讓
【成語】當仁不讓

## rao

饒｜饶 曾 ráo 粵 jiu4 搖 倉 OIGGU
食部，20 畫。

【釋義】①豐富，多：豐饒／富饒。②饒恕，寬容：饒命／饒了他吧。
【組詞】饒恕／求饒

擾｜扰 曾 rǎo 粵 jiu5 腰五聲
⊗ jiu2 妖 倉 QMBE
手部，18 畫。

【釋義】①擾亂：紛擾／干擾。②受人款待表示客氣的說法：叨擾（叨：曾 tāo 粵 tou1 滔）。
【組詞】擾亂／擾民／擾攘／打擾／困擾／騷擾

【成語】庸人自擾

繞｜绕 曾 rào 粵 jiu5 腰五聲
⊗ jiu2 妖 倉 VFGGU
糸部，18 畫。

【釋義】①纏繞：繞線。②圍着轉動：繞圈。③曲折迂迴地通過：繞道／繞彎。
【組詞】纏繞／環繞／圍繞／縈繞
【成語】餘音繞樑

## re

惹 曾 rě 粵 je5 野 倉 TKRP
心部，13 畫。

【釋義】①招引，引起（不好的事情）：惹禍／惹事。②觸犯：他脾氣古怪，可不是好惹的。③引起愛憎等的反應：惹人討厭／惹人注意。
【組詞】招惹
【成語】惹是生非／拈花惹草

熱｜热 曾 rè 粵 jit6 宜烈六聲 倉 GIF
火部，15 畫。

【釋義】①溫度高（跟「冷」相對）：熱水／炎熱。②使熱，加熱（多指食物）：飯菜涼了，熱一下再吃。③生病引起的高體溫：發熱／退燒。④情意深厚：熱愛／親熱。⑤旺，繁華：熱鬧。⑥形容非常羨慕或急切想得到：熱切／熱衷。⑦很受人歡迎的：熱門。⑧指某種事物風行：籃球熱／旅遊熱。
【組詞】熱潮／熱忱／熱淚／熱烈／熱情／熱心／熱血／熾熱／狂熱／悶熱
【成語】熱氣騰騰／熱血沸騰／打鐵趁熱／水深火熱／炙手可熱

R

# ren

## 人
⚓ rén ⏏ jan4 仁 ⍟ O
人部，2畫。

【釋義】①具有智慧和靈性的高等動物：人類／人羣。②每人／一般人：人手一冊／人所共知／膽識過人。③指成年人：長大成人。④指某種人：工人／軍人。⑤別人：人云亦云／捨己為人。⑥指人的品質、性格或名譽：這位先生很好。⑦指人的身體或意識：天氣乍冷乍熱，讓人不大舒服。⑧指人手、才：公司正缺人。

【組詞】人生／人員／動人／感人／驚人／迷人／為人／偉人／行人／眾人

【成語】人多勢眾／人仰馬翻／出人頭地／出人意表／引人入勝／大快人心／目中無人／平易近人／一鳴驚人／自欺欺人

## 壬
⚓ rén ⏏ jam4 吟 ⍟ HG
士部，4畫。

【釋義】天干的第九位。用來排列次序時表示第九。

## 仁
⚓ rén ⏏ jan4 人 ⍟ OMM
人部，4畫。

【釋義】①對人同情、愛護，富有助人精神的思想感情：仁愛／仁慈。②果核或果殼最裏頭可吃的部分：杏仁／核桃仁。

【組詞】仁厚／仁義

【成語】仁義道德／仁至義盡／當仁不讓／見仁見智／麻木不仁／一視同仁

## 忍
⚓ rěn ⏏ jan2 隱 ⍟ SIP
心部，7畫。

【釋義】①忍耐，忍受：忍讓／容忍。②忍心，能夠硬着心腸：殘忍／於心不忍。

【組詞】忍耐／忍受／忍痛／忍心／不忍／堅忍／忍不住

【成語】忍俊不禁／忍氣吞聲／忍辱負重／忍無可忍／慘不忍睹

## 刃
⚓ rèn ⏏ jan6 孕 ⍟ SHI
刀部，3畫。

【釋義】①刀、剪等的鋒利部分：刀刃／迎刃而解。②刀：利刃。③用刀殺：手刃仇人。

## 仞
⚓ rèn ⏏ jan6 刃 ⍟ OSHI
人部，5畫。

【釋義】古時以七尺或八尺為一仞：萬仞高山／為山九仞，功虧一簣。

## 任
⚓ rèn ⏏ jam6 飪 ⍟ OHG
人部，6畫。

【釋義】①任用，委派人擔任職務：任免／任命／委任。②擔任，擔當某種職務：任職／勝任。③擔當，承受：任勞任怨。④職務，責任：離任／上任／重任在肩。⑤表示單位。用於擔任官職的次數：先後當過三任董事長。⑥相信：信任。⑦任憑，聽憑：放任／任其自然。⑧不論，無論：任誰也不准亂動這裏的東西。

【組詞】任何／任憑／任務／任性／任意／任由／出任／擔任／聽任／責任

【成語】任重道遠／走馬上任

## 妊
⚓ rèn ⏏ jam6 飪 ⍟ VHG
女部，7畫。

【釋義】懷孕：妊婦／妊娠（娠：⚓shēn⏏san1申）。

## 紉 | 纫
⚓ rèn ⏏ jan6 刃 ⍟ VFSHI
糸部，9畫。

【釋義】①引線穿針：紉針。②用針縫：縫紉。

# 韌 | 韧
普 rèn　粵 ngan6 銀六聲
又 jan6 刃　倉 DQSHI
韋部，12 畫。

【釋義】受外力作用變形而不易折斷，柔軟而結實（跟「脆」相對）：堅韌。
【組詞】韌性 / 柔韌
【成語】堅韌不拔

# 飪 | 饪
普 rèn　粵 jam6 任　倉 OIHG
食部，12 畫。

【釋義】做飯菜：烹飪。

# 認 | 认
普 rèn　粵 jing6 英六聲
倉 YRSIP
言部，14 畫。

【釋義】①認識，分辨：認字 / 辨認。②表示同意，承認：認可 / 公認 / 默認。
【組詞】認得 / 認定 / 認識 / 認輸 / 認同 / 認為 / 認真 / 承認 / 否認 / 確認

## reng

# 扔
普 rēng　粵 jing4 仍　倉 QNHS
手部，5 畫。

【釋義】①投，擲，揮動手臂，使拿着的東西離開手：扔球。②拋棄，丟：把果皮扔進垃圾筒 / 怎麼能把工作扔下不管？

# 仍
普 réng　粵 jing4 形　倉 ONHS
人部，4 畫。

【釋義】①依照：仍舊。②頻繁：頻仍。③依然，表示沒有變化：仍然 / 事情仍在考慮中。

## ri

# 日
普 rì　粵 jat6 逸　倉 A
日部，4 畫。

丨　冂　日　日

【釋義】①太陽：日出 / 日光 / 旭日。②白天（跟「夜」相對）：日夜。③一晝夜，天：日曆 / 今日。④每天：日記 / 日新月異。⑤泛指一段時間：近日 / 昔日。⑥特指某一天：假日 / 生日。⑦指日本。
【組詞】日常 / 日後 / 日漸 / 日前 / 即日 / 節日 / 落日 / 往日 / 翌日 / 早日
【成語】日薄西山 / 日積月累 / 日理萬機 / 日以繼夜 / 一日千里 / 指日可待 / 江河日下 / 蒸蒸日上 / 光天化日

## rong

# 戎
普 róng　粵 jung4 容　倉 IJ
戈部，6 畫。

【釋義】①軍事，軍隊：戎裝 / 投筆從戎。②古代兵器的總稱：兵戎。③中國古代稱西方的民族。

# 容
普 róng　粵 jung4 溶　倉 JCOR
宀部，10 畫。

容　容　突　容

【釋義】①容納，包含：容量 / 收容。②寬容，原諒：容忍 / 天理難容。③允許，讓：容許 / 義不容辭。④神情和氣色：愁容 / 笑容。⑤相貌：容貌 / 儀容。⑥比喻事物所呈現的景象、狀態：市容 / 陣容。
【組詞】容納 / 容器 / 包容 / 從容 / 寬容 / 面容 / 內容 / 形容 / 縱容
【成語】容光煥發 / 不容置疑 / 從容不迫 / 笑容可掬 / 刻不容緩 / 無地自容

# 茸
普 róng　粵 jung4 容　倉 TSJ
艸部，10 畫。

【釋義】①初生的草，纖細柔軟的毛：毛茸

茸。②鹿茸，雄鹿的嫩角，帶茸毛。
【組詞】茸毛/ 鹿茸/ 綠茸茸

## 絨 | 绒
曾 róng 粤 jung4 容 倉 VFIJ
系部，12畫。

【釋義】①細而柔軟的短毛：絨毛。②上面有一層絨毛的紡織品：棉絨/ 絲絨。
【組詞】絨布/ 絨線/ 羽絨

## 溶
曾 róng 粤 jung4 容 倉 EJCR
水部，13畫。

【釋義】物質在水中或其他液體中化開：溶化/ 溶解/ 溶於水。

## 熔
曾 róng 粤 jung4 容 倉 FJCR
火部，14畫。

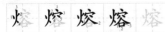

【釋義】熔化，固體經加熱變為液體：熔煉/ 熔爐。
【組詞】熔化/ 熔巖/ 熔鑄

## 榮 | 荣
曾 róng 粤 wing4 永四聲
倉 FFBD
木部，14畫。

【釋義】①草木茂盛：欣欣向榮。②興盛：繁榮。③光榮（跟「辱」相對）：榮幸/ 虛榮。
【組詞】榮華/ 榮獲/ 榮耀/ 榮譽/ 光榮
【成語】榮華富貴/ 繁榮富強

## 蓉
曾 róng 粤 jung4 容 倉 TJCR
艸部，14畫。

【釋義】①〔芙蓉〕見103頁 fú「芙」。②四川省成都的別稱。

## 榕
曾 róng 粤 jung4 容 倉 DJCR
木部，14畫。

【釋義】①喬木，樹冠大，分枝多，生長在熱帶地方。②福建省福州的別稱。
【組詞】榕樹

## 融
曾 róng 粤 jung4 容 倉 MBLMI
虫部，16畫。

【釋義】①融化，（冰、雪等）變成水：融解/ 消融。②融合，調和：融洽/ 水乳交融。③流通：金融。
【組詞】融合/ 融和/ 融化/ 通融
【成語】融會貫通

## 冗
曾 rǒng 粤 jung2 擁 倉 BHN
冖部，4畫。

【釋義】①多餘的：冗長/ 冗員。②煩瑣：冗雜/ 煩冗。③繁忙的事：希望您能撥冗出席。

### rou

## 柔
曾 róu 粤 jau4 由 倉 NHD
木部，9畫。

【釋義】①軟：柔韌/ 柔軟。②柔和（跟「剛」相對）：柔情/ 溫柔。
【組詞】柔和/ 柔滑/ 柔美/ 柔嫩/ 柔弱/ 柔順/ 嬌柔/ 輕柔
【成語】剛柔相濟/ 優柔寡斷

## 揉
曾 róu 粤 jau4 由 倉 QNHD
手部，12畫。

【釋義】用手來回擦或搓：揉搓/ 揉眼睛。

**糅** 🔊 róu 🔊 nau6 紐六聲
🔊 jau2 由二聲 🔊 FDNHD
米部，15畫。
【釋義】混雜：糅合中西特色。

**蹂** 🔊 róu 🔊 jau4 由 🔊 RMNHD
足部，16畫。
【釋義】〔蹂躪〕踐踏。比喻用暴力欺壓、摧殘：慘遭蹂躪。

**肉** 🔊 ròu 🔊 juk6 玉 🔊 OBO
肉部，6畫。

冂 内 肉 肉 肉

【釋義】①人或動物體內接近皮的柔韌物質。②某些瓜果裏可以吃的部分：果肉／棗肉。
【組詞】肉食／肉體／肉眼／骨肉／肌肉／血肉
【成語】皮開肉綻／心驚肉跳／行屍走肉／有血有肉

--- ru ---

**如** 🔊 rú 🔊 jyu4 余 🔊 VR
女部，6畫。

乚 夕 女 如 如

【釋義】①適合，依照：如期／如實／如願。②同，好像：如狼似虎／江山如畫。③及，比得上（只用於否定）：自愧不如／百聞不如一見。④表示超過：光景一年強如一年。⑤表示舉例：許多珍奇動物，如大熊貓、金絲猴等，都是中國獨有的。⑥到，往：如廁。⑦如果，表示假設：如有意見，就提出來。⑧後綴，表示狀態：突如其來／應付裕如。
【組詞】如此／如何／如今／如同／如意／比如／假如／例如／猶如／正如
【成語】如出一轍／如虎添翼／如火如荼／如釋重負／如願以償／瞭如指掌／易如反掌／和好如初／心急如焚／栩栩如生

**茹** 🔊 rú 🔊 jyu4 余 🔊 TVR
艸部，10畫。

【釋義】吃：茹毛飲血／含辛茹苦。

**儒** 🔊 rú 🔊 jyu4 如 🔊 OMBB
人部，16畫。

儒 儒 儒 儒 儒

【釋義】①先秦時期以孔子為代表的學派：儒家／儒術。②舊時指讀書人：儒生／鴻儒。
【組詞】儒學

**濡** 🔊 rú 🔊 jyu4 如 🔊 EMBB
水部，17畫。
【釋義】浸濕，沾染：耳濡目染（形容聽多了、看多了，無形中受到影響）。

**孺** 🔊 rú 🔊 jyu4 余 🔊 NDMBB
子部，17畫。
【釋義】幼兒，小孩子：孺子／婦孺。

**蠕** 🔊 rú 🔊 jyun5 軟 🔊 jyu4 余
🔊 LIMBB
虫部，20畫。
【釋義】像蚯蚓爬行那樣動：蠕動。

**汝** 🔊 rǔ 🔊 jyu5 羽 🔊 EV
水部，6畫。
【釋義】你：汝等。

**乳** 🔊 rǔ 🔊 jyu5 羽 🔊 BDU
乙部，8畫。

乳 乳 乳 乳 乳

【釋義】①繁殖，生育：孳乳（孳：🔊 zī 滋 🔊 zi1支）。②乳房，人或動物的哺乳器官：乳腺。③奶汁：哺乳／母乳。④初生的：乳齒／乳豬。
【組詞】乳白／乳房／乳名／乳牛／乳汁
【成語】乳臭未乾／水乳交融

**辱** 🔊 rǔ 🔊 juk6 肉 🔊 MVDI
辰部，10畫。

**辱**

【釋義】①恥辱 (跟「榮」相對)：屈辱。②使受恥辱：辱罵／凌辱。
【組詞】恥辱／榮辱／污辱／侮辱／羞辱
【成語】含垢忍辱／奇恥大辱

**入** 瞥 rù 粵 jap6 泣六聲 倉 OH
入部，2畫。

【釋義】①進來或進去 (跟「出」相對)：入冬／進入。②參加到某種組織中：入伍／入學。③收入：入不敷出。④合乎：入情入理。⑤達到某種程度或狀態：入迷／入睡。⑥入聲，漢語四聲之一：平上去入。
【組詞】入場／入境／入門／入侵／入神／入圍／入住／納入／深入／投入
【成語】入木三分／入鄉隨俗／深入淺出／先入為主／出神入化／引人入勝／長驅直入／乘虛而入／格格不入／無孔不入

**褥** 瞥 rù 粵 juk6 肉 倉 LMVI
衣部，15畫。

【釋義】坐臥的墊子，用布裹着棉花或用獸皮等製成：被褥／牀褥。

**縟** ｜ 缛 瞥 rù 粵 juk6 肉 倉 VFMVI
糸部，16畫。

【釋義】繁多，煩瑣，繁重：繁文縟節。

─── **ruan** ───

**軟** ｜ 软 瞥 ruǎn 粵 jyun5 遠 倉 JJNO
車部，11畫。

【釋義】①柔軟 (跟「硬」相對)：軟糖／鬆軟。②柔和，溫和不強烈：軟風細雨／軟言相勸。③軟弱：欺軟怕硬。④容易被感動或動搖：心軟／耳根軟。
【組詞】軟化／軟弱／柔軟／軟綿綿
【成語】軟弱無力／軟硬兼施／心慈手軟

─── **rui** ───

**蕊** 瞥 ruǐ 粵 jeoi5 銳五聲 倉 TPPP
艸部，16畫。

【釋義】花蕊，植物的生殖器官：雌蕊／雄蕊。
【組詞】花蕊

**瑞** 瞥 ruì 粵 seoi6 睡 倉 MGUMB
玉部，13畫。

【釋義】吉祥：瑞雪／祥瑞。

**睿** 瞥 rui 粵 jeoi6 銳 倉 YBMCU
目部，14畫。

【釋義】通達，明智，看得深遠：睿智。

**銳** ｜ 锐 瞥 rui 粵 jeoi6 睿 倉 CCRU
金部，15畫。

【釋義】①鋒利 (跟「鈍」相對)：銳利／尖銳。②勇往直前、強而有力的氣勢：銳氣／養精蓄銳。③急劇：銳減。
【組詞】銳角／精銳／敏銳
【成語】銳不可當

─── **run** ───

**閏** ｜ 闰 瞥 rùn 粵 jeon6 潤 倉 ANMG
門部，12畫。

【釋義】地球公轉一周的時間為365天5小時48分46秒。陽曆定一年為365天，所餘的時間每四年積累成一天，加在二月裏。農曆定一年為354天或355天，所餘的時間約每三年積累成一個月，加在一年裏。這樣的辦法在曆法上叫做閏：閏年 / 閏日 / 閏月。

**潤 | 潤** 🔊 rùn 🔊 jeon6 閏 🔊 EANG
水部，15畫。

【釋義】①含水分多，不乾燥：濕潤 / 滋潤。②使不乾燥：潤膚 / 潤喉。③細膩光滑：豐潤 / 光潤。④使有光彩（指修改文章）：潤色 / 潤飾。⑤利益，好處：利潤。

【組詞】潤滑 / 潤澤 / 紅潤 / 溫潤 / 圓潤

【成語】珠圓玉潤

---

### ruo

**若** 🔊 ruò 🔊 joek6 弱 🔊 TKR
艸部，9畫。

【釋義】①如，好像：若無其事 / 旁若無人。②假如，如果：如若 / 倘若。

【組詞】若非 / 若果 / 若然 / 若是 / 假若

【成語】若即若離 / 若隱若現 / 若有所失 / 呆若木雞 / 判若兩人 / 置若罔聞 / 趨之若鶩 / 欣喜若狂

**弱** 🔊 ruò 🔊 joek6 若 🔊 NMNIM
弓部，10畫。

【釋義】①力氣小，勢力差（跟「強」（qiáng）相對）：軟弱 / 衰弱 / 不甘示弱。②年幼：老弱。③差，不如：他的智力不弱於同齡人。④不堅強，柔弱：脆弱 / 懦弱。

【組詞】弱點 / 弱勢 / 薄弱 / 疲弱 / 柔弱 / 示弱 / 瘦弱 / 微弱 / 虛弱 / 削弱

【成語】弱不禁風 / 弱肉強食

R

# Ss

仨 曾sā 粵saam1 衫 倉OMMM
人部，5畫。
【釋義】三個（後面不能再接「個」字或其他量詞）：他們仨一起去上海。

撒 曾sā 粵saat3 殺 倉QTBK
手部，15畫。

▲另見本頁sǎ。
【釋義】①放開，發出：撒網/撒手不管/撒腿就跑。②儘量施展，故意表現（含貶義）：撒賴/撒野。
【組詞】撒謊/撒嬌

撒 曾sǎ 粵saat3 殺 倉QTBK
手部，15畫。

▲另見本頁sā。
【釋義】散佈，散落（東西）：撒播/撒種/小心點，別撒了湯。

灑｜洒 曾sǎ 粵saa2 耍 倉EMMP
水部，22畫。

【釋義】①分散地落下（多指液體）：水灑了一地。②使分散地落下：噴灑。③自然大方，不呆板：灑脫/瀟灑。

【成語】揮灑自如/洋洋灑灑

卅 曾sà 粵saa1 沙 倉TJ
十部，4畫。
【釋義】三十：他今年卅歲。

颯｜飒 曾sà 粵saap3 圾 倉YTHNI
風部，14畫。
【釋義】①形容風聲：清風颯至。②〔颯爽〕豪邁而矯健：颯爽英姿。
【組詞】颯然/颯颯

薩｜萨 曾sà 粵saat3 殺 倉TNLM
艸部，18畫。

【釋義】〔菩薩〕見295頁pú「菩」。

塞 曾sāi 粵sak1 沙克一聲 倉JTCG
土部，13畫。

▲另見本頁sài；329頁sè。
【釋義】①把東西放進空隙裏，堵塞：塞漏洞/箱子太滿，這些衣服塞不下。②塞住容器口使內外隔絕的東西：活塞/瓶塞。
【組詞】塞車/耳塞

腮 曾sāi 粵soi1 鰓 倉BWP
肉部，13畫。
【釋義】兩頰的下半部：兩腮/抓耳撓腮。
【成語】尖嘴猴腮

鰓｜鳃 曾sāi 粵soi1 腮 倉NFWP
魚部，20畫。
【釋義】某些水生動物的呼吸器官，多為羽毛狀、板狀或絲狀，用來吸取溶解於水的氧。

塞 曾sài 粵coi3 菜 倉JTCG
土部，13畫。

▲另見326頁 sāi；329頁 sè。
【釋義】可做屏障的險要地方：邊塞。
【組詞】塞外 / 要塞
【成語】塞翁失馬

**賽** | 賽　🔊 sài 🔈 coi3 菜 ⌨ JTCC
貝部，17畫。

【釋義】①比賽：賽跑 / 競賽 / 決賽。②勝，比得上：他的水平賽過我。
【組詞】賽場 / 賽程 / 賽道 / 賽況 / 賽事 / 比賽 / 參賽 / 複賽 / 球賽 / 預賽

---

### san

**三** 🔊 sān 🔈 saam1 衫 ⌨ MMM
一部，3畫。

【釋義】①數目字，二加一後所得。②表示多數或多次：三番五次。
【組詞】三甲 / 再三 / 三角形
【成語】三長兩短 / 三顧茅廬 / 三頭六臂 / 三心二意 / 說三道四 / 朝三暮四 / 一波三折 / 接二連三 / 舉一反三

**叁** 🔊 sān 🔈 saam1 衫 ⌨ IKMM
厶部，8畫。

【釋義】數目字「三」的大寫。

**散** 🔊 sǎn 🔈 saan2 山二聲 ⌨ TBOK
攴部，12畫。

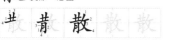

▲另見本頁 sàn。
【釋義】①沒有約束，鬆開：鬆散 / 散漫。②零碎的，不集中的：散房 / 散裝。③藥末（多用作中藥名）：五石散 / 丸散膏丹。
【組詞】散文 / 懶散 / 零散
【成語】一盤散沙

**傘** | 伞　🔊 sǎn 🔈 saan3 山三聲
⌨ OOOJ
人部，12畫。

【釋義】①擋雨或遮太陽的用具，中間有柄，可以張合：陽傘 / 雨傘。②像傘的東西：降落傘。

**散** 🔊 sàn 🔈 saan3 傘 ⌨ TBOK
攴部，12畫。

▲另見本頁 sǎn。
【釋義】①由聚集而分離：散會 / 離散。②分佈，分發：散發 / 擴散。③排除：散心。
【組詞】散播 / 散步 / 散佈 / 散場 / 拆散 / 分散 / 解散 / 疏散 / 四散 / 消散
【成語】不歡而散 / 魂飛魄散 / 曲終人散 / 煙消雲散 / 一鬨而散

---

### sang

**桑** 🔊 sāng 🔈 song1 嗓 ⌨ EEED
木部，10畫。

【釋義】喬木，葉子是蠶的飼料，嫩枝的韌皮纖維可以造紙，果穗叫桑葚，可以吃。
【成語】桑榆暮景

**喪** | 丧　🔊 sāng 🔈 song1 桑
⌨ GRRV
口部，12畫。

S

▲另見本頁 sàng。

【釋義】跟與死亡有關的事情：喪葬／弔喪。

【組詞】喪服／喪禮／喪事／報喪／奔喪

---

**嗓** 🔊 sǎng 🔊 song1 桑 🔊 REED
口部，13 畫。

【釋義】①喉嚨。②聲帶發出的聲音：嗓音／啞嗓子。

【組詞】嗓門／嗓子

---

**喪** | 丧 🔊 sàng 🔊 song3 爽三聲 🔊 GRRV
口部，12 畫。

▲另見 327 頁 sǎng。

【釋義】失去：喪失／淪喪。

【組詞】喪命／喪氣／喪生／懊喪／沮喪／頹喪

【成語】喪家之犬／喪盡天良／喪權辱國／喪心病狂／垂頭喪氣／聞風喪膽

---

### sao

**搔** | 搔 🔊 sāo 🔊 sou1 蘇 🔊 QEII
手部，13 畫。

【釋義】用指甲撓：搔癢。

【成語】搔首弄姿

---

**臊** 🔊 sāo 🔊 sou1 蘇 🔊 BRRD
肉部，17 畫。

▲另見本頁 sào。

【釋義】像尿或狐狸的氣味：臊氣／腥臊。

---

**騷** | 骚 🔊 sāo 🔊 sou1 蘇 🔊 SFEII
馬部，20 畫。

---

**騷** | 骚
【釋義】①擾亂，不安定：騷亂。②舉止不莊重，放蕩：風騷。③同「臊」，見本頁 sāo。

【組詞】騷動／騷擾

---

**掃** | 扫 🔊 sǎo 🔊 sou3 素 🔊 QSMB
手部，11 畫。

▲另見本頁 sào。

【釋義】①用掃帚除去塵土、垃圾等：掃地。②除去，消滅：掃蕩。③很快地左右移動：掃描／掃視。

【組詞】掃除／掃墓／掃射／掃興／打掃／清掃

【成語】橫掃千軍／一掃而空

---

**嫂** 🔊 sǎo 🔊 sou2 素二聲 🔊 VHXE
女部，12 畫。

【釋義】①哥哥的妻子：大嫂。②泛稱年紀不大的已婚婦女：張嫂。

【組詞】嫂嫂／嫂子

---

**掃** | 扫 🔊 sào 🔊 sou3 素 🔊 QSMB
手部，11 畫。

▲另見本頁 sǎo。

【釋義】義同「掃」（sǎo，見本頁），用於「掃帚」「掃把」等。

---

**臊** 🔊 sào 🔊 sou3 素 🔊 BRRD
肉部，17 畫。

▲另見本頁 sāo。

【釋義】羞，難為情：害臊／臊得臉通紅。

## se

色 @sè @sik1 息 @NAU
色部，6畫。

▲另見331頁shǎi。

【釋義】①顏色：色彩／白色／染色。②臉上表現出的神情、樣子：面不改色／喜形於色。③種類：貨色／形形色色。④情景，景象：景色／秋色。⑤物品的質量：成色／足色。⑥指婦女美貌：姿色／年老色衰。⑦指情慾：色情。

【組詞】色調／色澤／彩色／出色／臉色／神色／特色／天色／遜色／夜色

【成語】古色古香／行色匆匆／眉飛色舞／談虎色變／察言觀色／大驚失色／和顏悅色／疾言屬色／五光十色／五顏六色

塞 @sè @sak1 沙克一聲 @JTCG
土部，13畫。

▲另見326頁sāi；326頁sài。

【釋義】義同「塞」(sāi，見326頁)，用於某些合成詞：閉塞／堵塞。

【組詞】搪塞／阻塞

【成語】茅塞頓開／敷衍塞責

瑟 @sè @sat1 室 @MGPH
玉部，13畫。

【釋義】①古代的一種弦樂器，像琴。現在所用的瑟有二十五根弦和十六根弦兩種：鼓瑟。②〔瑟瑟〕(a)形容輕細的聲音：秋風瑟瑟。(b)形容顫抖：瑟瑟發抖。

【組詞】琴瑟

嗇｜嗇 @sè @sik1 式 @GOWR
口部，13畫。

【釋義】小氣，不大方，該使用財物時捨不得用：吝嗇。

澀｜澀 @sè @saap3 圾 ✗gip3 劫
@ESIM
水部，17畫。

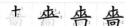

【釋義】①像明礬或生柿子那樣使舌頭感到麻木乾燥的味道。②摩擦時阻力大，不潤滑：滯澀。③(文句)不流暢，難讀，難懂：晦澀。

【組詞】乾澀／艱澀／苦澀／生澀

穡｜穡 @sè @sik1 式
@HDGOW
禾部，18畫。

【釋義】收割莊稼：稼穡。

## sen

森 @sēn @sam1 心 @DDD
木部，12畫。

【釋義】①形容樹木多而密：森林。②緊密，眾多：森羅萬象(紛然羅列的各種事物現象)。③陰暗：陰森。

【成語】壁壘森嚴

## seng

僧 @sēng @zang1 增 @OCWA
人部，14畫。

【釋義】出家修行的男性佛教徒，和尚：僧人／高僧。

【組詞】僧侶／僧尼

【成語】僧多粥少

# sha

## 沙 ⓟshā ⓒsaa1 紗 ⓒEFH
水部，7畫。

【釋義】①細小的石粒：沙漠 / 風沙。②像沙的東西：豆沙。③（嗓音）不清脆，不響亮：沙啞。

【組詞】沙包 / 沙丘 / 沙灘 / 沙土 / 沙子 / 泥沙

【成語】沙裏淘金 / 飛沙走石 / 含沙射影 / 一盤散沙

## 砂 ⓟshā ⓒsaa1 沙 ⓒMRFH
石部，9畫。

【釋義】同「沙①」，見本頁 shā。

## 剎｜剎 ⓟshā ⓒsaat3 殺 ⓒKCLN
刀部，9畫。

▲另見36頁 chà。

【釋義】止住（車、機器等）：剎車。

## 紗｜纱 ⓟshā ⓒsaa1 沙 ⓒVFFH
糸部，10畫。

【釋義】①棉花、麻等紡織的較鬆的細絲，可以紡線或織布：紗廠 / 紡紗。②用紗織成的較稀疏的織品：紗布 / 窗紗。

【組詞】婚紗

## 殺｜杀 ⓟshā ⓒsaat3 撒 ⓒKCHNE
殳部，11畫。

【釋義】①使人或動物失去生命，弄死：殺害 / 屠殺。②戰鬥：殺出重圍。③削弱，消除：抹殺 / 殺風景。

【組詞】殺機 / 殺戮 / 殺氣 / 殺生 / 暗殺 / 殘殺 / 扼殺 / 謀殺 / 自殺

【成語】殺雞取卵 / 殺氣騰騰 / 殺人滅口 / 殺人如麻 / 殺身成仁 / 殺一儆百 / 借刀殺人 / 斬盡殺絕 / 自相殘殺

## 煞 ⓟshā ⓒsaat3 撒 ⓒNKF
火部，13畫。

▲另見331頁 shà。

【釋義】①結束，收尾：煞筆 / 煞尾。②勒緊，扣緊：煞一煞腰帶。③同「殺③」，見本頁 shā。

## 鯊｜鲨 ⓟshā ⓒsaa1 沙 ⓒEHNWF
魚部，18畫。

【釋義】〔鯊魚〕魚，身體紡錘形，稍扁，尾鰭刃狀。生活在海洋中，性兇猛，行動敏捷，捕食其他魚類。種類很多，常見的有真鯊、角鯊等。

## 啥 ⓟshá ⓒsaa2 耍 ⓒROMR
口部，11畫。

【釋義】方言。甚麼：有啥說啥。

## 傻 ⓟshǎ ⓒso4 梳四聲 ⓒOHCE
人部，13畫。

【釋義】①頭腦糊塗，不明事理：傻瓜。②死

心眼，不知變通：在雨中傻等半天。③形容發愣，失神：嚇傻了。
【組詞】傻勁 / 傻氣 / 傻笑 / 傻子 / 傻乎乎
【成語】裝瘋賣傻

**廈｜厦** 🔊 shà 🔊 haa6 夏 📋 IMUE
广部，13 畫。

▲另見 409 頁 xià。
【釋義】(高大的) 房子：高樓大廈。
【組詞】大廈

**煞** 🔊 shà 🔊 saat3 殺 📋 NKF
火部，13 畫。

▲另見 330 頁 shā。
【釋義】①迷信的人指兇神：兇神惡煞。②極，很：煞費苦心 / 臉色煞白。
【組詞】煞氣
【成語】煞有介事

**霎** 🔊 shà 🔊 saap3 圾 📋 MBYTV
雨部，16 畫。
【釋義】短時間，一會兒：霎時 / 一霎。

## shai

**篩｜筛** 🔊 shāi 🔊 sai1 西 📋 HHRB
竹部，16 畫。

【釋義】①篩子，用竹條、鐵絲等編成的有許多小孔的器具，用來把東西中粗細不同的分開。②把東西放在篩子 (或籮) 裏來回搖動，使粗細不同的分開：篩米 / 篩選。

**色** 🔊 shǎi 🔊 sik1 息 📋 NAU
色部，6 畫。
▲另見 329 頁 sè。

【釋義】義同「色」(sè，見 329 頁)，用於口語：掉色 / 褪色。

**曬｜晒** 🔊 shài 🔊 saai3 徙三聲
📋 AMMP
日部，23 畫。

【釋義】①陽光照射：風吹日曬。②在陽光下吸收光和熱：曬太陽。
【組詞】晾曬 / 曝曬

## shan

**山** 🔊 shān 🔊 saan1 刪 📋 U
山部，3 畫。

【釋義】①地面上形成的高聳的部分：山脈 / 雪山。②形狀像山的東西：冰山。
【組詞】山川 / 山峯 / 山谷 / 山火 / 山嶺 / 山腰 / 山嶽 / 登山 / 深山
【成語】山崩地裂 / 山盟海誓 / 山明水秀 / 山窮水盡 / 刀山火海 / 東山再起 / 排山倒海 / 地動山搖 / 開門見山 / 愚公移山

**杉** 🔊 shān 🔊 caam3 懺 📋 DHHH
木部，7 畫。
【釋義】喬木，樹幹直而高，葉子針狀，果實球形。木材供建築和製器具用。
【組詞】杉樹 / 雲杉

**刪｜删** 🔊 shān 🔊 saan1 山
📋 BTLN
刀部，7 畫。

【釋義】去掉 (文辭中的某些字句)：刪除 / 刪掉一段話。
【組詞】刪改 / 刪削
【成語】刪繁就簡

**衫** 普 shān 粵 saam1 三 倉 LHHH
衣部，8畫。

【釋義】單的上衣：襯衫／羊毛衫。

**姍｜姍** 普 shān 粵 saan1 山 倉 VBT
女部，8畫。

【釋義】〔姍姍〕走路緩慢從容的樣子：姍姍來遲。

**珊｜珊** 普 shān 粵 saan1 山
倉 MGBT
玉部，9畫。

【釋義】〔珊瑚〕（瑚：普 hú 粵 wu4 狐）許多珊瑚蟲（一種海中腔腸動物）的石灰質骨骼聚集而成的東西。形狀像樹枝，多為紅色，也有白色或黑色的。

**舢** 普 shān 粵 saan1 山 倉 HYU
舟部，9畫。

【釋義】〔舢板〕也作「舢舨」（舨：普 bǎn 粵 baan2 板）。一種小船，一般只能坐兩三人。

**搧｜扇** 普 shān 粵 sin3 線 倉 QHSM
手部，13畫。

【釋義】①搖動扇子或其他片狀物生風：搧風／搧扇子。②用手掌或手背打：搧耳光。

**煽** 普 shān 粵 sin3 線 倉 FHSM
火部，14畫。

【釋義】①用扇子搧風，使火勢變大：煽火烤肉。②鼓動別人做不該做的事：煽動／煽風點火。

**潸** 普 shān 粵 saan1 山 倉 EJCB
水部，15畫。

【釋義】流淚的樣子：潸然淚下。

**羶｜膻** 普 shān 粵 zin1 煎
倉 TQYWM
羊部，19畫。

【釋義】像羊肉的氣味：羶味／腥羶。

**閃｜闪** 普 shǎn 粵 sim2 陝 倉 ANO
門部，10畫。

【釋義】①迅速地側身躲避：閃躲／閃開。②因動作過猛而扭傷：閃了腰。③閃電：電閃雷鳴。④突然出現：靈光一閃。⑤光亮忽明忽暗，搖擺不定：閃爍／閃閃發光。

【組詞】閃電／閃光／閃亮／閃現／閃耀

**陝｜陕** 普 shǎn 粵 sim2 閃
倉 NLKOO
阜部，10畫。

【釋義】指陝西省。

**訕｜讪** 普 shàn 粵 saan3 傘 倉 YRU
言部，10畫。

【釋義】①譏笑，諷刺：訕笑。②不好意思，難為情的樣子：訕訕地走開了。

**扇** 普 shàn 粵 sin3 線 倉 HSSMM
戶部，10畫。

【釋義】①搖動生風的用具：扇子／風扇。②指板狀或片狀的東西：隔扇／門扇。③表示單位。用於門窗等：四扇窗／一扇門。

【組詞】扇形／摺扇

**善** 普 shàn 粵 sin6 羨 倉 TGTR
羊部，12畫。

【釋義】①品行好，善良（跟「惡」（è）相對，下②同）：善舉／慈善。②好的品行，善事：行善／隱惡揚善。③良好：完善／盡善盡美。④友好，和好：和善／友善。⑤熟悉：面善。⑥辦好，做好：善後／善始善終。⑦擅長，長於：能言善辯／英勇善戰。⑧好好地：善待／善罷甘休。⑨容易，易於：善變／

多愁善感。

【組詞】善款 / 善良 / 善心 / 善意 / 善於 / 改善 / 妥善 / 偽善

【成語】善男信女 / 乏善足陳 / 能歌善舞 / 循循善誘 / 多多益善 / 與人為善

## 單｜单
曾 shàn 粵 sin6 善 倉 RRWJ
口部，12 畫。

▲ 另見 37 頁 chán；65 頁 dān。

【釋義】姓。

## 禪｜禅
曾 shàn 粵 sin6 善 倉 IFRRJ
示部，16 畫。

▲ 另見 37 頁 chán。

【釋義】帝王讓位給別人：禪讓 / 禪位。

## 擅
曾 shàn 粵 sin6 善 倉 QYWM
手部，16 畫。

【釋義】①自作主張：擅自 / 擅離職守。②長於，善於：擅長 / 不擅辭令。

## 膳
曾 shàn 粵 sin6 善 倉 BTGR
肉部，16 畫。

【釋義】飯食：膳食 / 用膳。

## 繕｜缮
曾 shàn 粵 sin6 善
倉 VFTGR
糸部，18 畫。

【釋義】①修補，整治：修繕。②抄寫：繕寫。

## 贍｜赡
曾 shàn 粵 sim6 閃六聲
⊗ sin6 善 倉 BCNCR
貝部，20 畫。

【釋義】供給生活所需，特指晚輩供養長輩：贍養父母。

---

## shang

## 商
曾 shāng 粵 soeng1 傷 倉 YCBR
口部，11 畫。

【釋義】①交換意見：商量 / 商談。②商業：商場 / 經商 / 通商。③商人：商旅 / 廠商。④除法運算的得數：十除以四的商是二。⑤二十八宿中的心宿。⑥朝代，公元前 1600－公元前 1046 年，湯所建。

【組詞】商標 / 商店 / 商販 / 商户 / 商機 / 商討 / 商務 / 商議 / 磋商 / 協商

## 傷｜伤
曾 shāng 粵 soeng1 商
倉 OOAH
人部，13 畫。

【釋義】①人體或其他物體受到的損害：傷勢 / 內傷。②傷害：傷神 / 傷感情。③悲傷：傷感 / 憂傷。④妨礙：無傷大雅 / 有傷風化。

【組詞】傷疤 / 傷口 / 傷痛 / 傷亡 / 傷心 / 傷者 / 哀傷 / 創傷 / 負傷 / 損傷

【成語】傷風敗俗 / 傷天害理 / 勞民傷財 / 救死扶傷 / 兩敗俱傷

## 殤｜殇
曾 shāng 粵 soeng1 商
倉 MNOAH
歹部，15 畫。

【釋義】①未到成年就死去。②戰死者：國殤（為國家而死的人）。

## 上
曾 shǎng 粵 soeng5 尚五聲 倉 YM
一部，3 畫。

▲ 另見 334 頁 shàng。

【釋義】〔上聲〕見 334 頁 shàng「上㇐」。

## 晌
曾 shǎng 粵 hoeng2 享 倉 AHBR
日部，10 畫。

【釋義】①一天以內的一段時間，片刻：半晌 / 工作了一晌。②中午：晌午。

S

# 賞｜賞 ⓟshǎng ⓔsoeng2 想
ⓒFBRBC
貝部，15畫。

【釋義】①賜給，獎勵：賞賜／論功行賞。②賜給或獎勵的東西：領賞／懸賞。③欣賞，觀賞：賞玩／鑒賞。④重視，讚揚：賞識／讚賞。

【組詞】賞臉／賞析／賞月／觀賞／獎賞／欣賞

【成語】賞罰分明／賞心樂事／賞心悅目／孤芳自賞

# 上 ⓐ ⓟshàng ⓔsoeng6 尚 ⓒYM
一部，3畫。

▲另見333頁shǎng。

【釋義】①位置在高處的：上面／上游。②等級或品質高的：上賓／上品／上司。③次序或時間在前的：上卷／上午／上月。④長輩或地位高的人，舊時特指皇帝：上諭／聖上／無尊上。⑤向上面：上進／上升。⑥指某種物體表面、某種範圍內或某一方面：地上／書上／理論上。

【組詞】上層／上乘／上等／上空／上述／上旬／上夾／上漲／路上／世上

【成語】上行下效／承上啟下／錦上添花／雪上加霜／紙上談兵／高高在上／躍然紙上

ⓑ ⓟshàng ⓔsoeng5 尚五聲

【釋義】①由低處到高處：上樓／上山。②到，去（某個地方）：上街／上學。③向上級呈遞：上書／謹上。④向前進：蜂擁而上／迎着困難上。⑤添補，增加：上貨。⑥安裝：上螺絲／⑦塗，搽：上色／上藥。⑧登載：上報紙。⑨擰緊：上弦／上發條。⑩到規定時間開始工作或學習等：上班／上課。⑪達到，夠（一定數量或程度）：上了年紀。⑫〔上聲〕（「上」く又讀shǎng）古漢語四聲中的第二聲（平、上、去、入），現代漢語普通話四聲中的第三聲（陰平、陽平、上聲、去聲）。⑬用在動詞後面。(a)表示由低處向高

處：登上山頂。(b)表示達到目的：考上了大學。(c)表示開始並繼續：愛上了他。

【組詞】上車／上來／上前／上去／上任／上市／上學／上演／上映／上陣

【成語】成千上萬／後來居上／蒸蒸日上

# 尚 ⓟshàng ⓔsoeng6 上六聲 ⓒFBR
小部，8畫。

【釋義】①尊崇，注重：崇尚。②風尚：時尚。③還，仍舊：為時尚早。④尚且（表示進一層的意思，常跟「何況」連用）：大人尚且覺得累，何況小孩呢？

【成語】禮尚往來

# 裳 ⓟshang ⓔsoeng4 常 ⓒFBRYV
衣部，14畫。

▲另見39頁cháng。

【釋義】〔衣裳〕衣服。

---

## shao

# 捎 ⓟshāo ⓔsaau1 梢 ⓒQFB
手部，10畫。

【釋義】順便帶：捎帶／捎個口信。

# 梢 ⓟshāo ⓔsaau1 捎 ⓒDFB
木部，11畫。

【釋義】條狀物的較細的一頭：眉梢／樹梢。

# 稍 ⓟshāo ⓔsaau2 哨二聲 ⓒHDFB
禾部，12畫。

▲另見335頁shào。

【釋義】稍微，表示數量不多或程度不深：稍候／兩者稍有不同。

【組詞】稍後／稍稍／稍微／稍為

【成語】稍勝一籌／稍縱即逝

## 艄 ⓹shāo ⓺saau1 梢 ⓼HYFB
舟部，13畫。

【釋義】①船尾：船艄。②船舵：艄公（泛指撐船的人）／掌艄。

## 燒 | 烧 ⓹shāo ⓺siu1 消 ⓼FGGU
火部，16畫。

【釋義】①使着火：焚燒／燃燒。②用火或發熱的東西使物體受熱起變化：燒水／燒炭。③一種烹飪方法，先用油炸再炒或燉，或先煮熟再用油炸：燒茄子／紅燒魚。④一種烹飪方法，烤：燒雞／叉燒。⑤體溫過高：高燒／退燒。

【組詞】燒毀／燒烤／燒傷／發燒

【成語】怒火中燒

## 勺 ⓹sháo ⓺zoek3 雀 ⓽soek3 削 ⓼PI
勺部，3畫。

【釋義】舀東西的用具，略作半球形，有柄：勺子／飯勺。

## 芍 ⓹sháo ⓺zoek3 雀 ⓼TPI
艸部，7畫。

【釋義】〔芍藥〕草本植物，花大而美麗，供觀賞，根可入藥。

## 韶 ⓹sháo ⓺siu4 消四聲 ⓼YASHR
音部，14畫。

【釋義】美：韶光／韶華。

## 少 ⓹shǎo ⓺siu2 小 ⓼FH
小部，4畫。

▲另見本頁shào。

【釋義】①數量小（跟「多」相對，下②同）：少數／少許。②不夠原有或應有的數目，缺少：少一塊錢。③丟，遺失：家裏少了東西。④暫時，稍微：少安毋躁。

【組詞】少量／多少／減少／缺少／稀少／至少

【成語】少見多怪／積少成多／僧多粥少／凶多吉少

## 少 ⓹shào ⓺siu3 笑 ⓼FH
小部，4畫。

▲另見本頁shǎo。

【釋義】①年紀輕（跟「老」相對）：少年。②稱富貴人家的孩子：少爺／闊少。

【組詞】少兒／少女／少壯／老少／年少

【成語】少不更事／少年老成／男女老少

## 哨 ⓹shào ⓺saau3 梢三聲 ⓼RFB
口部，10畫。

【釋義】①為警戒、偵察等而設的崗位：哨兵／崗哨。②一種用金屬等製成的器物，能吹出尖銳聲音：哨子。③用嘴吹出聲音：吹口哨。

## 紹 | 绍 ⓹shào ⓺siu6 兆 ⓼VFSHR
糸部，11畫。

【釋義】①引進、帶入（新的人或事物）：介紹。②指浙江紹興。

## 稍 ⓹shào ⓺saau2 哨二聲 ⓼HDFB
禾部，12畫。

▲另見334頁shāo。

【釋義】〔稍息〕軍事或體操口令，命令從立正姿勢變為休息姿勢。

## she

**奢** 🔊shē 🔈ce1 車 🏮KJKA
大部，11畫。

【釋義】①奢侈，過分揮霍、享受：奢華／窮奢極侈。②過分的：奢求。
【組詞】奢侈／奢望

**賒｜賒** 🔊shē 🔈se1 些 🏮BCOMF
貝部，14畫。

【釋義】賒欠，延期付款或收款：賒賬。

**舌** 🔊shé 🔈sit6 屑六聲 ❌sit3 屑 🏮HJR
舌部，6畫。

【釋義】①舌頭。②像舌頭的東西：火舌／帽舌。③指說的話，言語：脣槍舌劍／鸚鵡學舌。
【組詞】舌頭／脣舌／喉舌／口舌
【成語】瞠目結舌／七嘴八舌

**折** 🔊shé 🔈zit3 節 🏮QHML
手部，7畫。
▲另見488頁zhé。

【釋義】①斷（多用於長條形的東西）：棍子折了。②虧損：折本／虧折。

**蛇** 🔊shé 🔈se4 余 🏮LIJP
虫部，11畫。

【釋義】爬行動物，身體圓而細長，有鱗，沒有四肢。吃蛙、鼠、鳥等小動物。種類很多，有的有毒。
【組詞】毒蛇／蟒蛇
【成語】畫蛇添足／杯弓蛇影／虎頭蛇尾／牛鬼

蛇神／打草驚蛇

**捨｜舍** 🔊shě 🔈se2 寫 🏮QOMR
手部，11畫。

【釋義】①放棄，拋棄：捨棄／取捨。②把財物送給窮人或出家人：施捨。
【組詞】捨得／捨命／捨身／割捨
【成語】捨本逐末／捨己為人／捨生取義／難捨難分／鍥而不捨／依依不捨

**社** 🔊shè 🔈se5 寫五聲 🏮IFG
示部，7畫。

【釋義】①某些集體組織或機構：報社／出版社／旅行社。②社會，由於共同物質條件而相互聯繫的人羣，也指同一階層的羣體：社區／上流社會。③古代指土神，也指祭土神的地方、日子和祭禮：社稷（土神和穀神，後泛指國家）。
【組詞】社工／社會／社交／社論／社羣／社團

**舍** 🔊shè 🔈se3 赦 🏮OMJR
舌部，8畫。

【釋義】①房屋：宿舍／校舍。②對人謙稱自己的家：寒舍。③養家畜的圈：豬舍。④謙辭，用於對別人稱自己的輩分低或年紀小的親屬：舍弟。⑤表示單位。古代三十里為一舍：退避三舍。
【組詞】鄰舍／旅舍
【成語】打家劫舍／左鄰右舍

**涉** 🔊shè 🔈sip3 攝 🏮EYLH
水部，10畫。

【釋義】①徒步過水，泛指從水上經過：跋山涉水／長途跋涉。②經歷：涉險／涉世未深。③牽連：涉及／牽涉。

【組詞】涉獵／涉嫌／涉足／干涉／交涉

射 ⓹shè ⓺se6 捨六聲 ⓻HHDI
寸部，10畫。

身　射　射　射　射

【釋義】①用推力或彈力送出（箭、子彈、足球等）：射擊／射箭／發射。②用壓力使液體通過小孔迅速擠出：噴射／注射。③放出（光、熱、電波等）：照射／折射。④語言文字外另有所指：隱射／影射。

【組詞】反射／放射／輻射／掃射

【成語】含沙射影

設 ⓹shè ⓺cit3 徹 ⓻YRHNE
言部，11畫。

言　設　設　設　設

【釋義】①設立，佈置：設宴／設置。②籌劃，想辦法，定計劃：設計／想方設法。③假設，假定：設想／設身處地。

【組詞】設備／設法／設立／設施／擺設／陳設／假設／架設／建設／開設

【成語】天造地設

赦 ⓹shè ⓺se3 卸 ⓻GCOK
赤部，11畫。

【釋義】減輕或免除刑罰：赦免／大赦／特赦。

【成語】十惡不赦

麝 ⓹shè ⓺se6 射 ⓻IPHHI
鹿部，21畫。

【釋義】一種哺乳動物。形狀像鹿，但比鹿小，無角，善於跳躍，毛黃褐色或灰褐色。雄的臍部有麝腺，能分泌麝香。

懾｜慑 ⓹shè ⓺sip3 涉 ⓻PSJJ
心部，21畫。

【釋義】害怕，驚恐：威懾／震懾。

攝｜摄 ⓹shè ⓺sip3 涉 ⓻QSJJ
手部，21畫。

揖　揖　攝　攝　攝

【釋義】①吸取：攝取／攝食。②攝製或攝像：攝製／拍攝。③代理：攝政。

【組詞】攝錄／攝影

---

## shei

誰｜谁 ⓹shéi ⓺seoi4 垂 ⓻YROG
言部，15畫。

言　誰　誰　誰　誰

【釋義】又讀shuí。①問人：你找誰？②虛指，表示不能肯定的人：書不知被誰拿走了。③任指，表示任何人：誰也不清楚是怎麼回事。

【組詞】誰人

【成語】鹿死誰手／捨我其誰

---

## shen

申 ⓹shēn ⓺san1 身 ⓻LWL
田部，5畫。

中　口　日　日　申

【釋義】①説明，陳述：申述／三令五申。②地支的第九位。③申時，舊式計時法指下午三點鐘到五點鐘的時間。④上海的別稱。

【組詞】申報／申辯／申明／申請／申訴／申冤／重申／引申

伸 ⓹shēn ⓺san1 申 ⓻OLWL
人部，7畫。

伊　伊　伸　伸　伸

【釋義】（肢體或物體的一部分）展開：伸手／伸縮。

【組詞】伸展／延伸

【成語】能屈能伸

## 身 ⨀shēn ⨀san1 申 ⨀HXH
身部，7畫。

【釋義】①身體：身材 / 身軀。②指生命：獻身 / 奮不顧身。③自己，本身：身臨其境 / 以身作則。④人的身分、地位：出身 / 身敗名裂。⑤人的品格和修養：修身。⑥物體的中心或主要部分：船身 / 機身。⑦表示單位。用於衣服：一身西裝。

【組詞】身分 / 身手 / 身影 / 動身 / 渾身 / 親身 / 投身 / 置身 / 終身 / 自身

【成語】身不由己 / 身經百戰 / 身體力行 / 粉身碎骨 / 潔身自愛 / 設身處地 / 挺身而出 / 自身難保 / 大顯身手

## 呻 ⨀shēn ⨀san1 申 ⨀RLWL
口部，8畫。

【釋義】〔呻吟〕人因痛苦而發出聲音：無病呻吟。

## 深 ⨀shēn ⨀sam1 心 ⨀EBCD
水部，11畫。

【釋義】①從上到下或從外到內的距離大（跟「淺」相對，下③一⑥同）：深山 / 深淵。②深度，深淺程度：枯井有八米深。③高深奧妙，不易理解：深奧 / 由淺入深。④深刻，深入：深思 / 深談。⑤（感情）厚，（關係）密切：深交 / 深情。⑥（顏色）濃：深紅。⑦久，時間長：深秋 / 深夜。⑧很，十分：深表謝意 / 深信不疑。

【組詞】深沉 / 深厚 / 深化 / 深遠 / 深造 / 高深 / 加深 / 艱深 / 資深

【成語】深仇大恨 / 深惡痛絕 / 深居簡出 / 深入淺出 / 深思熟慮 / 根深蒂固 / 水深火熱 / 發人深省 / 博大精深

## 莘 ⨀shēn ⨀san1 申 ⨀TYTJ
艸部，11畫。

【釋義】〔莘莘〕眾多：莘莘學子。

## 參｜参 ⨀shēn ⨀sam1 深 ⨀IIIH
厶部，11畫。

▲另見31頁cān；見34頁cēn。

【釋義】①人參、黨參等的統稱。通常指人參。②星宿名，二十八宿之一。

## 紳｜绅 ⨀shēn ⨀san1 身 ⨀VFLWL
糸部，11畫。

【釋義】①古代士大夫束在腰間的大帶子。②舊時地方上有勢力、有功名的人：紳士 / 鄉紳 / 土豪劣紳。

## 神 ⨀shén ⨀san4 臣 ⨀IFLWL
示部，9畫。

【釋義】①宗教指天地萬物的創造者和統治者，神話傳說中指能力超凡的人，也指能力、德行高超的人物死後的精靈：神靈 / 神仙 / 用兵如神。②不平凡的，特別高超的：神童 / 神醫。③奇妙的，令人驚異的：神奇 / 神速。④精神，精力：費神 / 閉目養神。⑤氣色，表情：神情 / 神色。

【組詞】神采 / 神話 / 神祕 / 神氣 / 神聖 / 神態 / 出神 / 傳神 / 精神 / 眼神

【成語】神采飛揚 / 神出鬼沒 / 神機妙算 / 神通廣大 / 出神入化 / 全神貫注 / 鬼斧神工 / 心曠神怡 / 心領神會 / 聚精會神

## 甚｜什 ⨀shén ⨀sam6 森六聲 ⨀TMMV
甘部，9畫。

# 甚

甚

▲另見本頁 shèn。

【釋義】〔甚麼〕①表示疑問：你說甚麼？②虛指，表示不肯定的事物：他們正在議論着甚麼。③表示任指：心裏煩，甚麼也不願幹。④表示否定：擠甚麼！按次序來。⑤表示驚訝或不滿：甚麼！功課還沒做完？⑥用於列舉：甚麼花呀草呀，種了一院子。

【組詞】沒甚麼 / 為甚麼

# 沈

沈 🔊 shěn 🔊 sam2 審 🔊 ELBU
水部，7畫。

【釋義】姓。

# 審｜审

審｜审 🔊 shěn 🔊 sam2 嬸
🔊 JHDW
宀部，15畫。

【釋義】①詳細，周密：審慎 / 審視。②審查，檢查核對：審議 / 審閱。③審訊，查問案子：審理 / 公審。

【組詞】審查 / 審訂 / 審核 / 審理 / 審美 / 審判 / 審問 / 審訊 / 評審 / 受審

【成語】審時度勢

# 瀋｜沈

瀋｜沈 🔊 shěn 🔊 sam2 審
🔊 EJHW
水部，18畫。

【釋義】〔瀋陽〕地名，在遼寧省。

# 嬸｜婶

嬸｜婶 🔊 shěn 🔊 sam2 審
🔊 VJHW
女部，18畫。

【釋義】①叔叔的妻子：嬸嬸。②稱呼跟母親輩分相同而年紀較小的已婚婦女：大嬸。

# 甚

甚 🔊 shèn 🔊 sam6 森六聲 🔊 TMMV
甘部，9畫。

▲另見 338 頁 shén。

【釋義】①很，極：甚佳 / 欺人太甚。②超過，勝過：日甚一日。

【組詞】甚多 / 甚好 / 甚至

# 腎｜肾

腎｜肾 🔊 shèn 🔊 san6 慎 🔊 SEB
肉部，12畫。

【釋義】人或高等動物的主要排泄器官，在脊柱兩側，形狀像蠶豆，暗紅色。也叫腎臟。

# 慎

慎 🔊 shèn 🔊 sam6 腎 🔊 PJBC
心部，13畫。

【釋義】謹慎，小心：慎重 / 不慎。

【組詞】謹慎 / 審慎

【成語】謹小慎微 / 小心謹慎

# 葚

葚 🔊 shèn 🔊 sam6 甚 🔊 TTMV
艸部，13畫。

【釋義】桑樹的果穗，成熟時黑紫色或白色，有甜味，可以食用：桑葚。

# 蜃

蜃 🔊 shèn 🔊 san5 申五聲 🔊 san6 慎
🔊 MVLMI
虫部，13畫。

【釋義】①大蛤蜊。②〔蜃景〕由於光線的折射作用，使遠處的景物反映到其他地方形成幻影，在沿海或沙漠地帶有時能看到。古人誤以為是蜃吐氣而成。也叫海市蜃樓。

# 滲｜渗

滲｜渗 🔊 shèn 🔊 sam3 沁 🔊 EIIH
水部，14畫。

【釋義】液體慢慢地透過或漏出：滲漏 / 滲水。

【組詞】滲入 / 滲透

S

# sheng

**升** 普 shēng 粵 sing1 星 倉 HT
十部，4畫。

升　升　升　升　升

【釋義】①由低往高移動（跟「降」（jiàng）相對，下②同）：升旗／回升／上升。②（等級）提高：升級／晉升。③容量單位。1公升等於1000毫升。
【組詞】升讀／升降／升遷／升學／升值／升職／提升／升降機／直升機

**生** 普 shēng 粵 sang1 甥 倉 HQM
生部，5畫。

生　生　生　生　生

【釋義】①生育：生殖／生孩子。②生長：生根／叢生。③生存，活（跟「死」相對）：生還／貪生怕死。④生計，維持生活的手段：民生／謀生。⑤生命：喪生／捨生取義。⑥生平，一輩子：畢生／今生。⑦具有生命力的，活的：生靈／生物。⑧產生，發生：生事／生效。⑨（果實）沒有成熟，（食物）沒有煮熟的（跟「熟」（shú）相對，下⑩⑪同）：生米煮成熟飯／這西瓜是生的。⑩沒有加工或沒有煉過的：生鐵／生石灰。⑪生疏，不熟悉：生僻／生字／生面孔。⑫生硬，勉強：生搬硬套／生拉硬扯。⑬很（用在少數表示感情、感覺的詞前面）：生怕被人發現／把頭撞得生疼。⑭讀書人，學生：師生／書生／招生。⑮稱某種人或從事某些職業的人：醫生／後生可畏。⑯戲曲角色，扮演男子，有老生、小生、武生等。
【組詞】生產／生動／生機／生涯／誕生／萌生／陌生／天生／野生／終生
【成語】生離死別／生龍活虎／生生不息／生死存亡／出生入死／自生自滅／節外生枝／七竅生煙／無中生有／自力更生

**牲** 普 shēng 粵 sang1 生 倉 HQHQM
牛部，9畫。

**牲** 牲　牲　牲　牲　牲

【釋義】①家畜：牲畜／牲口／畜牲。②古代祭神用的牛、羊、豬等。③〔犧牲〕見405頁xī「犧」。

**笙** 普 shēng 粵 sang1 生 倉 HHQM
竹部，11畫。

笙　笙　笙　笙　笙

【釋義】管樂器，用長短不同的若干裝有簧的竹管和一根吹氣管裝在一起製成。

**甥** 普 shēng 粵 sang1 生 倉 HMWKS
生部，12畫。

甥　甥　甥　甥　甥

【釋義】姐姐或妹妹的兒子：外甥。

**聲｜声** 普 shēng 粵 sing1 升 倉 GESJ
耳部，17畫。

聲　声　殸　聲　聲

【釋義】①聲音：風聲／歌聲。②表示單位。用於聲音發出的次數：喊了一聲。③發出聲音，宣佈，陳述：聲稱／聲張／聲東擊西。④名聲，名譽：聲望／聲譽。⑤聲母：雙聲疊韻。⑥聲調：平聲／四聲／仄聲。
【組詞】聲明／聲響／聲言／高聲／鼾聲／回聲／連聲／齊聲／心聲／掌聲
【成語】聲嘶力竭／風聲鶴唳／先聲奪人／有聲有色／怨聲載道／虛張聲勢／泣不成聲／忍氣吞聲／鴉雀無聲／異口同聲

**繩｜绳** 普 shéng 粵 sing4 成 倉 VFRXU
糸部，19畫。

繩　紀　繩　繩　繩

【釋義】①繩子：繩索 / 麻繩。②糾正，約束，制裁：繩之於法。③標準，法度：準繩。
【組詞】繩子 / 跳繩

**省** 🔊shěng 🔊saang2 司橙二聲
🔊FHBU
目部，9畫。

少 省 省 省 省

▲另見 423 頁 xǐng。
【釋義】①節約（跟「費」相對）：省錢 / 省吃儉用。②免掉，減去：省略 / 省事。③行政區劃單位：廣東省。
【組詞】省城 / 省份 / 儉省 / 節省

**盛** 🔊shèng 🔊sing6 剩 🔊ISBT
皿部，11畫。

厉 成 盛 盛 盛

▲另見 45 頁 chéng。
【釋義】①興盛，繁盛：茂盛 / 百花盛開。②強烈，旺盛：火勢很盛 / 年輕氣盛。③盛大，隆重：盛會 / 盛況。④豐富的：盛饌 / 豐盛。⑤深厚：盛情 / 盛意。⑥廣泛：盛傳 / 盛行。⑦用力大，程度深：盛讚。
【組詞】盛產 / 盛名 / 盛怒 / 盛世 / 盛事 / 盛譽 / 昌盛 / 鼎盛 / 強盛 / 旺盛
【成語】盛極一時 / 盛況空前 / 盛氣凌人 / 盛情難卻

**剩** 🔊shèng 🔊sing6 盛 🔊HPLN
刀部，12畫。

千 乖 乖 乘 剩

【釋義】從某個數量中減去一部分後遺留下來：剩飯 / 剩餘。
【組詞】剩下 / 過剩

**勝** ｜胜 🔊shèng 🔊sing3 姓
🔊BFQS
力部，12畫。

月 朕 朕 勝 勝

【釋義】①勝利（跟「負」「敗」相對）：獲勝 / 出奇制勝。②打敗（別人）：戰勝 / 以少勝多。③比另一個優越，超過：略勝一籌 / 事實勝於雄辯。④優美的（景物、境界等）：旅遊勝地。
【組詞】勝負 / 勝利 / 勝算 / 勝仗 / 得勝 / 好勝 / 決勝 / 名勝 / 取勝 / 優勝
【成語】勝券在握 / 百戰百勝 / 反敗為勝 / 克敵制勝 / 旗開得勝 / 引人入勝 / 戰無不勝 / 爭強好勝
㊁ 🔊shèng 🔊sing1 升
【釋義】能夠承擔或承受：勝任 / 不勝枚舉 / 美不勝收。

**聖** ｜圣 🔊shèng 🔊sing3 姓
🔊SRHG
耳部，13畫。

聖 聖 聖 聖 聖

【釋義】①最崇高的：聖地 / 神聖。②稱學識或技能有極高成就的人：棋聖 / 詩聖。③指品德高尚、智慧高超的人：聖人 / 聖賢。④封建社會尊稱帝王：聖上 / 聖旨。⑤宗教徒對所崇拜的事物的尊稱：聖經 / 聖靈。
【組詞】聖誕 / 聖潔 / 朝聖
【成語】超凡入聖

---

## shi

**尸** 🔊shi 🔊si1 司 🔊S
尸部，3畫。
【釋義】①古代祭祀時代表死者受祭的人。②空佔着職位而不做事：尸位素餐。

**失** 🔊shī 🔊sat1 室 🔊HQO
大部，5畫。

失 矢 矢 失 失

【釋義】①失掉，丟掉（跟「得」（dé）相對）：消

失/遺失。②沒把握住：失手/失足。③找不
著：失蹤/走失。④沒有達到目的：失望/失
意。⑤改變（常態）：失態。⑥違背，背棄：
失實/失信。⑦發生意外：失火。⑧錯誤：
失誤/智者千慮，必有一失。
【組詞】失敗/失控/失明/失散/得失/過失/
流失/迷失/喪失/損失
【成語】失魂落魄/失之交臂/大驚失色/顧此
失彼/驚惶失措/流離失所/啞然失笑/得不
償失/茫然若失/萬無一失

## 施 ｜ 施
🔊 shī 🔊 si1 私 🔊 YSOPD
方部，9畫。

【釋義】①實行，施展：施工/無計可施。
②給予：施恩/施捨。③加上：施肥/施壓。
【組詞】施加/施行/施展/施政/措施/設施/
實施
【成語】因材施教/倒行逆施/樂善好施/軟硬
兼施

## 屍 ｜ 尸
🔊 shī 🔊 si1 司 🔊 SMNP
尸部，9畫。

【釋義】屍體，人或動物死後的身體：屍骨/
屍骸。
【組詞】屍首/屍體/死屍
【成語】屍橫遍野/五馬分屍

## 師 ｜ 师
🔊 shī 🔊 si1 司 🔊 HRMLB
巾部，10畫。

【釋義】①稱某些傳授知識技術的人：導師/
教師。②學習的榜樣：為人師表。③掌握專
門學術或技藝的人：律師/騎師/巫師/工程
師。④指由師徒關係產生的：師母/師兄。
⑤軍隊的編制單位，隸屬於軍，下轄若干
團。⑥泛指軍隊：出師/誓師。

【組詞】師範/師傅/師生/師長/師資/大師/
講師/老師
【成語】勞師動眾/良師益友

## 詩 ｜ 诗
🔊 shī 🔊 si1 私 🔊 YRGDI
言部，13畫。

【釋義】文學體裁的一種，通過有節奏、韻律
的語言反映生活，抒發感情。
【組詞】詩詞/詩歌/詩集/詩句/詩人/詩意/
古詩/唐詩
【成語】詩情畫意/如詩如畫

## 獅 ｜ 狮
🔊 shī 🔊 si1 司 🔊 KHHRB
犬部，13畫。

【釋義】獅子，哺乳動物，毛棕黃色，四肢
強壯，有鈎爪，雄獅的頸部有長毛。吼聲很
大，有「獸王」之稱。

## 蝨 ｜ 虱
🔊 shī 🔊 sat1 失 🔊 NJLII
虫部，15畫。

【釋義】蝨子，昆蟲，沒有翅膀，腹部大，寄
生在人、畜身上吸血，能傳染疾病。

## 濕 ｜ 湿
🔊 shī 🔊 sap1 拾一聲 🔊 EAVF
水部，17畫。

【釋義】沾了水或含水分多（跟「乾」（gān）相
對）：濕度/濕潤/潮濕。

## 十
🔊 shí 🔊 sap6 拾 🔊 J
十部，2畫。

【釋義】①數目，九加一後所得。②表示達到

頂點：十分／十足／十全十美。
【成語】十惡不赦／十拿九穩／十年寒窗／十萬火急／五光十色

**什** 曾 shí 粵 sap6 十 又 zaap6 雜 倉 OJ
人部，4 畫。
【釋義】多種多樣的：什錦／什物／家什。

**石** 曾 shí 粵 sek6 碩 倉 MR
石部，5 畫。

▲ 另見 66 頁 dàn。

【釋義】構成地殼的堅硬物質，由礦物集合而成：石頭／巖石。
【組詞】石板／石刻／石窟／石像／寶石／磁石／化石／鑽石／大理石
【成語】石沉大海／石破天驚／鐵石心腸／投石問路／海枯石爛／水落石出／飛沙走石／落井下石

**拾** 曾 shí 粵 sap6 十 倉 QOMR
手部，9 畫。

【釋義】①把地上的東西拿起來，撿：拾取／拾金不昧。②整理：收拾。③數目字「十」的大寫。

**食** 曾 shí 粵 sik6 蝕 倉 OIAV
食部，9 畫。

【釋義】①吃：捕食／服食／吞食。②吃的東西：零食／美食／甜食。③供食用或調味用的：食鹽／食油。④同「蝕②」，見本頁 shí。
【組詞】食具／食品／食肆／食物／食用／食慾／糧食／偏食／膳食／飲食
【成語】食不果腹／寢食不安／自食其果／豐衣足食／飢不擇食／弱肉強食

**時** | 时 曾 shí 粵 si4 匙 倉 AGDI
日部，10 畫。

【釋義】①指較長的一段時間：時代／古時／盛極一時。②規定的時候：按時／屆時。③季節：時節／時令。④當前，現在：時尚／時事。⑤計時的單位。(a)時辰，古時把一晝夜分為十二個時段，每段就叫一個時辰：午時／子時。(b)小時：下午三時。⑥時機，機會：待時而動／天時地利人和。⑦時常，常常：不時／時有發生。⑧重複使用，跟「時而……時而……」相同；有時候：時斷時續／時隱時現。
【組詞】時光／時刻／頓時／過時／及時／歷時／臨時／隨時／暫時／準時
【成語】時來運轉／時移勢易／不識時務／曾幾何時

**實** | 实 曾 shí 粵 sat6 失六聲 倉 JWJC
宀部，14 畫。

【釋義】①內部完全填滿，沒有空隙：充實／實心球。②真實，真誠：誠實／老實／實話實說。③實際，事實：實例／史實／現實。④真的去做：實習／實行／實驗。⑤果實，種子：子實／開花結實。
【組詞】實踐／實力／實施／實現／實用／落實／樸實／確實／證實／忠實
【成語】實事求是／實至名歸／腳踏實地／名存實亡／真才實學／真憑實據／華而不實／名副其實／言過其實

**蝕** | 蚀 曾 shí 粵 sik6 食 倉 OILMI
虫部，14 畫。

【釋義】①損失，損傷，虧耗：蝕本／腐蝕／侵蝕。②日月虧蝕的自然現象：日蝕（月球處於

地球、太陽之間遮蔽了太陽）/ 月蝕（地球處於太陽、月球之間遮蔽了月球）。

**識｜识** 曾 shí 粵 sik1 色 倉 YRYIA
言部，19畫。

識 識 識 識 識

▲另見500頁 zhì。

【釋義】①認識，知道：識字 / 素不相識。②懂得，能辨別：識貨 / 識趣。③見識，知識：常識 / 學識。

【組詞】識別 / 識破 / 共識 / 見識 / 結識 / 認識 / 賞識 / 意識 / 知識

【成語】不識抬舉 / 老馬識途 / 目不識丁 / 似曾相識

**史** 曾 shǐ 粵 si2 屎 倉 LK
口部，5畫。

史 史 史 史 史

【釋義】①歷史：史書 / 正史。②古代掌管記載史事的官：太史。

【組詞】史籍 / 史實 / 史學 / 歷史

【成語】史無前例

**矢** 曾 shǐ 粵 ci2 始 倉 OK
矢部，5畫。

【釋義】①箭：弓矢 / 無的放矢。②發誓：矢口否認 / 矢志不渝。

**豕** 曾 shǐ 粵 ci2 始 倉 MSHO
豕部，7畫。

【釋義】豬：狼奔豕突。

**使** 曰 曾 shǐ 粵 si2 史 倉 OJLK
人部，8畫。

使 使 使 使 使

【釋義】①派遣，支使：使喚 / 指使。②使用：使勁 / 使手段。③讓，叫：促使 / 迫使。④假如：假使。

【組詞】使得 / 使用 / 差使 / 即使 / 驅使 / 唆使 / 行使 / 致使 / 縱使

【成語】鬼使神差 / 見風使舵

曰 曾 shì 粵 si3 試

【釋義】奉使命辦事的人：使節 / 大使。

【組詞】使館 / 使命 / 使者 / 天使

**始** 曾 shǐ 粵 ci2 此 倉 VIR
女部，8畫。

始 始 始 始 始

【釋義】①最初，起頭，開始（跟「終」相對）：原始 / 周而復始。②才：今日始見成效 / 虛心始能進步。

【組詞】始末 / 始終 / 始祖 / 創始 / 開始

【成語】始終不渝 / 始終如一 / 始作俑者 / 有始有終 / 貫徹始終

**屎** 曾 shǐ 粵 si2 史 倉 SFD
尸部，9畫。

屎 屎 屎 屎 屎

【釋義】①從肛門出來的排泄物，糞：拉屎。②眼睛、耳朵等分泌出來的東西：耳屎 / 眼屎。

**駛｜驶** 曾 shǐ 粵 sai2 洗 倉 SFLK
馬部，15畫。

駛 駛 駛 駛 駛

【釋義】①（車馬等）飛快地跑：急駛 / 疾駛。②開動（車船等）：駕駛 / 行駛。

**士** 曾 shì 粵 si6 示 倉 JM
士部，3畫。

士 士 士 士 士

【釋義】①古代指讀書人，現在指知識分子：士人 / 學士。②軍人：士氣 / 將士。③軍銜的一級，在尉以下：上士 / 下士。④指從事某

種職業的技術人員：護士 / 助產士。⑤對人的美稱：男士 / 女士 / 義士 / 壯士。
【組詞】士兵 / 士卒 / 博士 / 烈士 / 紳士 / 碩士 / 武士 / 勇士 / 戰士
【成語】身先士卒

## 氏 曾 shì 粵 si6 是 倉 HVP
氏部，4畫。

【釋義】①姓：姓氏 / 張氏父子。②舊時用在已婚婦女姓後，通常父姓前再加夫姓，用為稱呼：劉（夫姓）張（父姓）氏。

## 市 曾 shì 粵 si5 時五聲 倉 YLB
巾部，5畫。

【釋義】①集中進行商品交易的場所：市場 / 集市。②買賣，交易：開市 / 收市。③城市：市區 / 都市。④行政區劃單位：北京市。
【組詞】市面 / 市民 / 市鎮 / 市政 / 城市 / 花市 / 街市 / 門市 / 鬧市 / 上市
【成語】門庭若市 / 招搖過市

## 示 曾 shì 粵 si6 士 倉 MMF
示部，5畫。

【釋義】表明，把事物擺出來或指出來使人知道：示意 / 表示 / 顯示。
【組詞】示範 / 示威 / 暗示 / 標示 / 告示 / 啟示 / 提示 / 圖示 / 展示 / 指示
【成語】不甘示弱

## 世 曾 shì 粵 sai3 細 倉 PT
一部，5畫。

【釋義】①人的一生，一輩子：今世 / 來世。②一代又一代的：世交 / 世代相傳。③有世交關係的：世叔 / 世兄。④時代，某個時期：當世 / 盛世。⑤世界，世間：世上 / 世外桃源。
【組詞】世紀 / 世俗 / 出世 / 去世 / 身世 / 時世 / 逝世 / 問世 / 在世
【成語】世態炎涼 / 欺世盜名 / 玩世不恭 / 與世無爭 / 不可一世

## 仕 曾 shì 粵 si6 士 倉 OG
人部，5畫。

【釋義】做官：仕途 / 出仕。

## 式 曾 shi 粵 sik1 色 倉 IPM
弋部，6畫。

【釋義】①樣式：款式 / 新式。②格式，有一定規格的式樣：版式 / 程式。③典禮，儀式：開幕式。④自然科學中表明某種規律的一組符號：公式 / 方程式。
【組詞】式樣 / 方式 / 格式 / 模式 / 算式 / 形式 / 樣式 / 儀式 / 正式
【成語】各式各樣

## 似 曾 shì 粵 ci5 恃 倉 OVIO
人部，7畫。

▲另見358頁sì。
【釋義】[似的] 表示跟某種事物或情況相似：像雪似的那麼白。

## 事 曾 shi 粵 si6 士 倉 JLLN
亅部，8畫。

【釋義】①事情：公事 / 家事。②事故，意外發生的不幸的事情：出事 / 平安無事。③職業，工作：謀事 / 同事。④關係或責任：你別管，沒有你的事。⑤從事，進行：不事生

產 / 大事宣揚。

【組詞】事故 / 事跡 / 事實 / 事業 / 辦事 / 懂事 / 故事 / 時事 / 往事 / 心事

【成語】事半功倍 / 事不宜遲 / 事過境遷 / 事與願違 / 實事求是 / 息事寧人 / 一事無成 / 置身事外 / 賞心樂事 / 無濟於事

## 侍 ⓹ shì ⓺ si6 士 ⓻ OGDI
人部，8畫。

侍　侍　侍　侍　侍

【釋義】陪伴侍候：侍衛 / 服侍。

【組詞】侍從 / 侍奉 / 侍候 / 侍應

## 室 ⓹ shi ⓺ sat1 失 ⓻ JMIG
宀部，9畫。

室　室　室　室　室

【釋義】①房屋，房間：卧室 / 浴室。②機關、學校等內部的工作單位：編輯室 / 祕書室。③星宿名，二十八宿之一。

【組詞】室內 / 教室 / 課室 / 辦公室 / 實驗室

【成語】登堂入室 / 引狼入室

## 恃 ⓹ shì ⓺ ci5 似 ⓻ PGDI
心部，9畫。

【釋義】依賴，倚仗：仗恃 / 自恃。

【成語】恃才傲物 / 有恃無恐

## 拭 ⓹ shi ⓺ sik1 色 ⓻ QIPM
手部，9畫。

【釋義】擦：拭淚 / 擦拭 / 拭目以待。

## 柿 ⓹ shì ⓺ ci2 此 ⓻ DYLB
木部，9畫。

柿　柿　柿　柿　柿

【釋義】喬木，果實扁圓形或圓錐形，橙黃色或紅色，可以吃。

【組詞】柿餅 / 柿子

## 是 ⓹ shì ⓺ si6 事 ⓻ AMYO
日部，9畫。

是　是　是　是　是

【釋義】①對，正確（跟「非」相對）：是非分明 / 自以為是。②表示答應：是，我知道了。③這，這個：如是 / 是可忍，孰不可忍。④表示肯定判斷：這本書是我的 / 北京是中國的首都。⑤表示存在：街上全是人。⑥表示讓步，含有「雖然」的意思：家具舊是舊，可是還能用。⑦用在句首，加重語氣：是誰告訴你的？⑧含有「凡是」的意思：是科幻小說他都看。⑨含有「適合」的意思：這場雨下得是時候。

【組詞】是否 / 但是 / 還是 / 就是 / 要是 / 於是 / 真是 / 正是 / 只是 / 總是

【成語】惹是生非 / 似是而非 / 馬首是瞻 / 頭頭是道 / 唯利是圖 / 一無是處 / 比比皆是 / 莫衷一是 / 實事求是

## 舐 ⓹ shì ⓺ saai5 徙五聲 ⓻ HRHVP
舌部，10畫。

【釋義】舐：舐犢情深（比喻對子女的慈愛）。

## 視 | 视 ⓹ shì ⓺ si6 士 ⓻ IFBUU
示部，11畫。

視　視　視　視　視

【釋義】①看：俯視 / 仰視 / 視而不見。②看待，對待：藐視 / 重視。③考察：視察 / 巡視。

【組詞】視覺 / 視線 / 視野 / 忽視 / 監視 / 凝視 / 歧視 / 輕視 / 影視 / 注視

【成語】視若無睹 / 視死如歸 / 虎視眈眈 / 一視同仁

## 逝 ⓹ shì ⓺ sai6 誓 ⓻ YQHL
辵部，11畫。

逝　逝　逝　逝　逝

【釋義】①（時間、水流等）過去：稍縱即逝。②死亡：逝世／病逝。
【組詞】飛逝／流逝／消逝

**試** | 试　@ shi　@ si3 嗜　@ YRIPM
言部，13 畫。

【釋義】①試驗，嘗試：試行／你去試試。②考試：試卷／筆試。
【組詞】試探／試圖／試驗／試用／測試／嘗試／考試／口試／面試
【成語】牛刀小試／躍躍欲試

**勢** | 势　@ shi　@ sai3 細　@ GIKS
力部，13 畫。

【釋義】①勢力，政治、經濟、軍事等方面的力量：失勢／威勢。②表現出的情況、樣子：形勢／勢如破竹／山勢險峻。③姿態：手勢／姿勢。
【組詞】勢必／攻勢／局勢／劣勢／氣勢／強勢／趨勢／傷勢／聲勢／優勢
【成語】勢不兩立／勢均力敵／因勢利導／仗勢欺人／人多勢眾／時移勢易／虛張聲勢／裝腔作勢

**嗜** | @ shi　@ si3 試　@ RJPA
口部，13 畫。

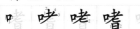

【釋義】特別愛好：嗜好／嗜酒。

**弒** | 弑　@ shi　@ si3 嗜　@ KCIPM
弋部，13 畫。

【釋義】古代稱臣殺君或子女殺死父母的行為：弒父／弒君。

**飾** | 饰　@ shi　@ sik1 式　@ OIOLB
食部，13 畫。

【釋義】①裝飾，添加附屬東西使好看：粉飾／修飾。②裝飾品：服飾／首飾。③遮掩：掩飾。④扮演：飾演。
【組詞】飾物／燈飾／裝飾
【成語】粉飾太平

**誓** | @ shi　@ sai6 逝　@ QLYMR
言部，14 畫。

【釋義】①表示決心實踐自己的諾言，發誓：誓不兩立。②表示決心的話：起誓／宣誓。
【組詞】誓言／誓約／發誓／立誓
【成語】信誓旦旦／山盟海誓

**適** | 适　@ shi　@ sik1 式　@ YYCB
辵部，15 畫。

【釋義】①適合，符合：適當／適用。②恰好：適中／適得其反。③舒服：舒適／身體不適。④去，往：無所適從。
【組詞】適合／適量／適時／適宜／適應／合適
【成語】適逢其會／適可而止／各適其適

**噬** | @ shi　@ sai6 逝　@ RHMO
口部，16 畫。

【釋義】咬：吞噬。

**諡** | 谥　@ shi　@ si3 嗜　@ YRTCT
言部，17 畫。

【釋義】中國古代帝王、貴族、大臣等死後，依其生前事跡給他的另一個稱號，如諸葛亮諡「忠武」。也叫諡號。

**釋** | 释　@ shi　@ sik1 式　@ HDWLJ
釆部，20 畫。

【釋義】①解釋：釋義／註釋。②消除：釋疑／冰釋前嫌。③放開，放下：如釋重負。④把坐監獄服刑的人釋放：保釋／獲釋。

【組詞】釋放／闡釋／解釋／詮釋

【成語】愛不釋手

匙 ❀shi ⦿si4 時 ⦿AOP
匕部，11畫。

▲另見46頁chí。

【釋義】〔鑰匙〕見445頁yào「鑰」。

---

## shou

收 ❀shōu ⦿sau1 修 ⦿VLOK
攴部，6畫。

【釋義】①把外面的拿到裏面，把攤開的或分散的聚攏：收藏／收集。②取回屬於自己的東西：收復／收回。③獲得（經濟利益）：收益／收支平衡。④收穫，收割：收成／豐收。⑤接受，容納：收留／收容。⑥約束，控制（感情或行動）：收斂／收心。⑦逮捕，拘禁：收監／收押。⑧結束，停止（工作）：收工／收尾。

【組詞】收費／收購／收取／收拾／收縮／收效／接收／沒收／吸收／徵收

【成語】覆水難收／美不勝收

熟 ❀shóu ⦿suk6 屬 ⦿YIF
火部，15畫。

▲另見351頁shú。

【釋義】義同「熟」（shú，見351頁），用於口語。

手 ❀shǒu ⦿sau2 守 ⦿Q
手部，4畫。

【釋義】①人體上肢前端能拿東西的部分：手腕／手心／握手。②拿着：人手一冊。③小巧而便於拿的：手冊／手機／手槍。④親手（做）：手抄／手書。⑤指技能、本領：妙手回春／眼高手低。⑥指手段、方法：下毒手／心狠手辣。⑦擅長某種技能或做某種工作的人：水手／選手／神槍手。⑧表示單位。用於技能、本領：留一手／有兩手絕技。

【組詞】手續／手藝／動手／對手／放手／高手／揮手／身手／隨手／助手

【成語】手足無措／措手不及／束手無策／袖手旁觀／遊手好閒／炙手可熱／不擇手段／大顯身手／得心應手／鹿死誰手

守 ❀shǒu ⦿sau2 手 ⦿JDI
宀部，6畫。

【釋義】①防守（跟「攻」相對）：守衞／把守。②守候，看護：守護。③遵守，遵循：守法／安分守己。

【組詞】守備／守候／守舊／守信／守則／保守／防守／看守／留守／遵守

【成語】守口如瓶／守望相助／守株待兔／墨守成規／奉公守法／因循守舊／盡忠職守

首 ❀shǒu ⦿sau2 手 ⦿THBU
首部，9畫。

【釋義】①頭：昂首／回首。②第一，最高的：首富／首屆。③首領，領導人：首長／禍首。④首先：首倡。⑤出頭告發或認罪：出首／自首。⑥表示單位。用於詩詞、歌曲等：一首詩。

【組詞】首次／首都／首腦／首位／首席／首選／首要／元首

【成語】首當其衝 / 馬首是瞻 / 翹首以待 / 不堪回首 / 羣龍無首 / 痛心疾首 / 罪魁禍首

## 受 shòu sau6 售 BBE
又部，8畫。

【釋義】①接受：受惠 / 受賄 / 受益。②遭受、蒙受（某種損害或不幸）：受害 / 受折磨。③忍受，禁受：難受 / 受得住。
【組詞】受罰 / 受驚 / 受苦 / 受騙 / 受傷 / 受罪 / 承受 / 感受 / 享受 / 遭受
【成語】受寵若驚 / 逆來順受 / 自作自受

## 狩 shòu sau3 秀 KHJDI
犬部，9畫。

【釋義】打獵，古代特指冬天打獵：狩獵。

## 授 shòu sau6 售 QBBE
手部，11畫。

【釋義】①交付，給予（多用於正式或隆重的場合）：授獎 / 授權。②傳授，教：授課 / 講授。
【組詞】授命 / 授予 / 傳授 / 教授
【成語】臨危授命

## 售 shòu sau6 受 OGR
口部，11畫。

【釋義】賣：零售 / 銷售。
【組詞】售價 / 售賣 / 出售 / 兜售 / 發售 / 拋售 / 售貨員

## 瘦 shòu sau3 秀 KHXE
疒部，14畫。

【釋義】①肌肉不豐滿，脂肪少（跟「肥」「胖」（pàng）相對）：瘦弱。②土地不肥沃：瘦田。
【組詞】瘦長 / 瘦身 / 瘦小 / 瘦削 / 清瘦 / 消瘦
【成語】瘦骨嶙峋 / 面黃肌瘦

## 壽 | 寿 shòu sau6 售 GNMI
士部，14畫。

【釋義】①活的歲數大，長命：壽星 / 人壽年豐。②年歲，生命：長壽 / 延年益壽。③生日：壽辰 / 祝壽。④婉辭，生前預備的，裝殮死人的：壽材 / 壽衣。
【組詞】壽誕 / 壽命 / 拜壽 / 祝壽
【成語】壽比南山 / 壽終正寢

## 獸 | 兽 shòu sau3 秀 RRIK
犬部，19畫。

【釋義】①通常指有四條腿、全身長毛的哺乳動物：野獸 / 飛禽走獸。②比喻野蠻，下流：獸行 / 獸性大發。
【組詞】獸醫 / 怪獸 / 猛獸 / 禽獸
【成語】人面獸心 / 洪水猛獸 / 衣冠禽獸

### shu

## 抒 shū syu1 書 QNIN
手部，7畫。

【釋義】表達，發表：抒發 / 抒情。
【成語】各抒己見 / 直抒胸臆

## 叔 shū suk1 宿 YFE
又部，8畫。

【釋義】①父親的弟弟：叔父 / 叔叔 / 叔姪倆。

②稱呼跟父親輩分相同而年紀較小的男子：大叔。③丈夫的弟弟：小叔子。④在弟兄排行的次序裏代表第三：伯仲叔季。

## 殊
🔊 shū 📢 syu4 著 🈯 MNHJD
歹部，10畫。

【釋義】①不同，差異：懸殊／殊途同歸。②特別：殊榮／特殊。③很，極：殊佳。

## 書｜书
🔊 shū 📢 syu1 舒 🈯 LGA
日部，10畫。

【釋義】①寫字，記錄：書法／書寫。②字體：草書／楷書。③書本，書籍：書目／叢書／古書。④信件：書信／家書／情書。⑤文件：聘書／證書。
【組詞】書報／書畫／書架／書局／書桌／藏書／讀書／教書／圖書
【成語】書香門第／知書達禮／奮筆疾書／罄竹難書

## 淑
🔊 shū 📢 suk6 熟 🈯 EYFE
水部，11畫。

【釋義】溫和善良，美好：淑女／賢淑。
【成語】窈窕淑女

## 梳
🔊 shū 📢 so1 疏 🈯 DYIU
木部，11畫。

【釋義】①梳子，整理頭髮的用具。②用梳子整理：梳妝打扮。
【組詞】梳理／梳頭／梳洗／梳子

## 倏
🔊 shū 📢 suk1 叔 🈯 OLOK
人部，11畫。

【釋義】迅速，極快：倏地／倏忽。

## 舒
🔊 shū 📢 syu1 書 🈯 ORNIN
舌部，12畫。

【釋義】①伸展，寬解拘束或憋悶狀態：舒暢／舒展。②緩慢，從容：舒緩。
【組詞】舒服／舒適／舒坦

## 疏
㊀ 🔊 shū 📢 so1 梳 🈯 NMYIU
疋部，12畫。

【釋義】①清除阻塞使通暢：疏導／疏通。②事物間距離遠，空隙大（跟「密」相對）：疏落／稀疏。③關係遠，不親近：疏遠／親疏。④不熟悉：生疏。⑤疏忽：疏漏／疏失。⑥空虛：空疏／志大才疏。⑦分散，使從密變稀：疏散／仗義疏財。
【組詞】疏忽／疏鬆／粗疏
【成語】疏而不漏／才疏學淺

㊁ 🔊 shū 📢 so3 梳三聲
【釋義】①封建時代臣下向君主分條陳述事情的文字：上疏／奏疏。②對古書的「注」所做的注解，比一般的「注」更詳細：《十三經注疏》。

## 樞｜枢
🔊 shū 📢 syu1 書 🈯 DSRR
木部，15畫。

【釋義】①門上的轉軸。②指重要或中心部分：樞紐／中樞。

## 蔬
🔊 shū 📢 so1 梳 🈯 TNMU
艸部，16畫。

【釋義】蔬菜，可以做菜吃的草本植物，如白菜、蘿蔔等。
【組詞】蔬菜

**輸** | 输　🔊shū　🔊syu1 書
🔊JJOMN
車部，16 畫。

**釋義**①運輸，運送：輸出 / 輸送。②捐獻：捐輸。③在較量時失敗，敗（跟「贏」相對）：認輸。

**組詞**輸入 / 輸血 / 輸贏 / 傳輸 / 服輸 / 灌輸 / 運輸

**秫** 🔊shú　🔊seot6 述　🔊HDIJC
禾部，10 畫。

**釋義**高粱（多指有黏性的高粱）：秫秸 / 秫米。

**孰** 🔊shú　🔊suk6 淑　🔊YDKNI
子部，11 畫。

**釋義**①誰，哪個：孰是孰非 / 人非聖賢，孰能無過？②甚麼：是可忍，孰不可忍。

**熟** 🔊shú　🔊suk6 屬　🔊YIF
火部，15 畫。

▲另見 348 頁 shóu。

**釋義**①植物的果實等完全長成（跟「生」相對，下②—⑤同）：瓜熟蒂落。②食物加熱到可以吃的程度：熟食。③加工製造或煉過的：熟鐵 / 熟石灰。④因常見或常用而知道得清楚：熟路 / 熟人。⑤熟練：純熟 / 熟能生巧。⑥程度深：熟睡 / 深思熟慮。

**組詞**熟練 / 熟悉 / 熟習 / 成熟 / 早熟

**成語**熟視無睹 / 耳熟能詳 / 半生不熟 / 滾瓜爛熟 / 駕輕就熟

**贖** | 赎　🔊shú　🔊suk6 熟
🔊BCGWC
貝部，22 畫。

**釋義**①用財物換回抵押的人或物：贖身 / 把東西贖來。②抵消、彌補（罪過）：將功贖罪。

**組詞**贖回 / 贖金 / 贖罪

**暑** 🔊shǔ　🔊syu2 鼠　🔊AJKA
日部，12 畫。

**釋義**熱（跟「寒」相對）：暑假 / 酷暑。

**組詞**暑期 / 暑氣 / 暑天 / 避暑 / 消暑 / 中暑

**成語**寒來暑往

**黍** 🔊shǔ　🔊syu2 鼠　🔊HDOE
黍部，12 畫。

**釋義**黍子，草本植物，子實淡黃色，去皮後叫黃米。

**署** 🔊shǔ　🔊cyu5 柱　🔊WLJKA
网部，13 畫。

**釋義**①辦公的處所：公署 / 警署 / 總署。②佈置：部署。③暫時代理：署理。④簽名，題名：署名 / 簽署。

**蜀** 🔊shǔ　🔊suk6 熟　🔊WLPLI
虫部，13 畫。

**釋義**①周朝國名，在今四川省成都一帶。②蜀漢，三國之一，公元221－263 年，劉備所建。③四川省的別稱。

**鼠** 🔊shǔ　🔊syu2 暑　🔊HXVYV
鼠部，13 畫。

**釋義**老鼠，哺乳動物，體小尾長，門齒發達。種類很多，有的能傳播鼠疫。

**組詞**倉鼠 / 老鼠 / 松鼠

**成語**鼠目寸光 / 抱頭鼠竄 / 膽小如鼠

S

## 數 | 数 Ⓟ shǔ ⓒ sou2 嫂 ⓒ LVOK
支部，15畫。

【釋義】①查點數目，逐個說出數目：數鈔票 / 歷歷可數。②比較起來最突出：數一數二 / 數他有辦法。③列舉過錯、罪狀：數落 / 數說。

▲ 另見353頁shù。

【成語】數不勝數 / 如數家珍 / 屈指可數

## 薯 Ⓟshǔ ⓒsyu4 殊 ⓒTWLA
艸部，17畫。

【釋義】甘薯、馬鈴薯等農作物的統稱。

【組詞】薯片 / 馬鈴薯

## 曙 Ⓟshǔ ⓒcyu5 柱 ⓒAWLA
日部，17畫。

【釋義】天剛亮的時候：曙光。

## 屬 | 属 Ⓟshǔ ⓒsuk6 熟 ⓒSYYI
尸部，21畫。

【釋義】①類別：金屬。②生物學分類中的一個層次，科下為屬，屬下為種。③隸屬：附屬 / 直屬。④歸屬：屬於。⑤有血統關係的人：家屬 / 親屬。⑥是，符合：查明屬實。⑦用十二屬相（即生肖）記生年：我屬鼠。

【組詞】屬土 / 屬下 / 屬性 / 部屬 / 眷屬 / 隸屬 / 統屬 / 下屬 / 歸屬感

## 戍 Ⓟshù ⓒsyu3 庶 ⓒIHI
戈部，6畫。

【釋義】防衛，防守：戍邊 / 戍守。

## 束 Ⓟshù ⓒcuk1 促 ⓒDL
木部，7畫。

【釋義】①捆，繫：束腰帶。②表示單位。用於捆在一起的東西：一束鮮花。③聚集成一條的東西：光束。④控制，約束：管束 / 拘束。

【組詞】束縛 / 結束 / 約束

【成語】束手待斃 / 束手就擒 / 束手束腳 / 束手無策 / 無拘無束

## 述 Ⓟshù ⓒseot6 術 ⓒYIJC
辵部，9畫。

【釋義】陳說，敍述：記述 / 講述 / 論述。

【組詞】述說 / 表述 / 闡述 / 陳述 / 複述 / 概述 / 描述 / 著述 / 轉述 / 自述

## 恕 Ⓟshù ⓒsyu3 戍 ⓒVRP
心部，10畫。

【釋義】①不計較別人的過錯，原諒：寬恕 / 饒恕。②客套話，請對方不要計較：恕難從命。

【成語】恕己及人

## 庶 Ⓟshù ⓒsyu3 恕 ⓒITF
广部，11畫。

【釋義】①眾多：庶務 / 富庶。②平民，百姓：庶民。③宗法制度下指家庭的旁支（跟「嫡」相對）：庶出（妾所生，區別於妻所生）/ 庶子。

## 術 | 术 Ⓟshù ⓒseot6 述
ⓒHOICN
行部，11畫。

【釋義】①技藝，技術，學術：劍術 / 美術 / 醫術。②方法，策略：權術 / 戰術。③指手術：術後傷口有點發炎。④術數，推測人事吉凶禍福的法術，如看相、占卜等。

【組詞】技術 / 魔術 / 手術 / 算術 / 武術 / 學術 / 藝術

【成語】心術不正 / 不學無術 / 回天乏術

**漱** 🔊shù 🔈sau3 秀 🄰EDLO
水部，14畫。

【釋義】含水洗口腔：漱口。

**墅** 🔊shù 🔈seoi5 緒 ⊗seoi6 睡 🄰WNG
土部，14畫。

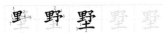

【釋義】別墅，正式住宅以外，建在郊區、風景區的有園林的房屋，供遊玩、休養。

【組詞】別墅

**豎 | 竖** 🔊shù 🔈syu6 樹 🄰SEMRT
豆部，15畫。

【釋義】①直立的，垂直的（跟「橫」（héng）相對）：豎排 / 豎琴。②使物體跟地面垂直：豎起大拇指 / 把旗桿豎起來。③漢字的筆畫，形狀是「丨」。

【組詞】豎立 / 橫豎

【成語】橫七豎八

**數 | 数** 🔊shù 🔈sou3 訴 🄰LVOK
攴部，15畫。

▲另見352頁shǔ。

【釋義】①數目：數據 / 人數 / 歲數。②命運，

天數：劫數 / 氣數。③幾，幾個：數次 / 數人。

【組詞】數量 / 數學 / 數值 / 數字 / 次數 / 多數 / 分數 / 少數 / 總數

【成語】數以萬計 / 不計其數 / 濫竽充數 / 心中有數

**樹 | 树** 🔊shù 🔈syu6 豎 🄰DGTI
木部，16畫。

【釋義】①木本植物的通稱：樹林 / 楊樹 / 植樹。②種植，栽培：十年樹木，百年樹人。③樹立，建立：建樹 / 樹雄心，立壯志。

【組詞】樹叢 / 樹敵 / 樹幹 / 樹立 / 樹苗 / 樹木 / 樹梢 / 樹葉 / 樹蔭 / 樹枝

【成語】樹大招風 / 獨樹一幟

---

## shua

**刷** 🔊shuā 🔈caat3 察 🄰SBLN
刀部，8畫。

▲另見354頁shuà。

【釋義】①刷子，清除髒物或塗抹膏油等的用具，用毛、棕、塑料絲等製成：鞋刷 / 牙刷。②用刷子清除或塗抹：刷牙 / 洗刷。

【組詞】刷洗 / 刷子 / 沖刷 / 粉刷

**唰** 🔊shuā 🔈caat3 察 🄰RSBN
口部，11畫。

【釋義】象聲詞，形容迅速擦過去的聲音：風吹樹葉唰唰地響。

**耍** 🔊shuǎ 🔈saa2 灑 🄰MBV
而部，9畫。

【釋義】①玩，遊戲：玩耍。②玩弄，戲弄：耍人 / 被他耍了。③施展表現出來（多含貶義）：耍花招 / 耍無賴。

**刷** 🔵 shuà 🔵 saat3 殺 🔵 SBLN
刀部，8畫。

▲ 另見 353 頁 shuā。

【釋義】〔刷白〕色白而微青：面色刷白。

---

## shuai

**衰** 🔵 shuāi 🔵 seoi1 須 🔵 YWMV
衣部，10畫。

【釋義】衰弱，由強變弱：衰亡／興衰。

【組詞】衰敗／衰減／衰竭／衰老／衰落／衰弱／衰退

【成語】盛衰榮辱／未老先衰

**摔** 🔵 shuāi 🔵 seot1 恤 🔵 QYIJ
手部，14畫。

【釋義】①身體失去平衡而倒下：摔倒／摔跤。②很快地往下落：小心別摔下來。③使落下而破損：不留神把鏡子摔了。④扔：把書往牀上一扔就走。

**甩** 🔵 shuǎi 🔵 lat1 拉乞一聲 🔵 BQU
用部，5畫。

【釋義】①揮動：甩手／袖子一甩。②往外扔：甩手榴彈。③拋開，丟下：他把對手遠遠地甩在後面。

**帥** │ 帅 🔵 shuài 🔵 seoi3 稅 🔵 HRLB
巾部，9畫。

【釋義】①軍隊中的最高指揮員：元帥／主帥。②瀟灑，漂亮，英俊：長得帥／這武打動作乾淨利落，太帥了。

【組詞】帥氣／將帥／統帥

**率** 🔵 shuài 🔵 seot1 恤 🔵 YIOJ
玄部，11畫。

▲ 另見 237 頁 lǜ。

【釋義】①帶領：率領／統率。②不加思考，不慎重：草率／輕率。③直爽坦白：率直。④模範，榜樣：表率。

【組詞】率先／率性／坦率／直率

**蟀** 🔵 shuài 🔵 seot1 恤 🔵 LIYIJ
虫部，17畫。

【釋義】〔蟋蟀〕見 405 頁 xī「蟋」。

---

## shuan

**拴** 🔵 shuān 🔵 saan1 山 🔵 QOMG
手部，9畫。

【釋義】用繩子等繫上：把馬拴在樹下。

**閂** │ 闩 🔵 shuān 🔵 saan1 山 🔵 ANM
門部，9畫。

【釋義】①關門時插在門後使門無法推開的棍棒：門閂。②插上門閂：將門閂好。

**栓** 🔵 shuān 🔵 saan1 山 🔵 DOMG
木部，10畫。

【釋義】①器物上可以開關的機件：槍栓／消火栓。②塞子，也泛指像塞子的東西：栓劑／血栓。

**涮** 🔵 shuàn 🔵 saan3 傘 🔵 ESBN
水部，11畫。

【釋義】①把東西放在水裏擺動，使東西乾淨；把水放在器物裏搖動，使器物乾淨；涮

毛巾 / 涮瓶子。②把肉片等放在開水裏燙一下就取出來（蘸醬料吃）：涮羊肉。

霜 🔊 shuāng 🔊 soeng1 商 🔊 MBDBU
雨部，17 畫。

【釋義】①氣溫降到 0°C 以下時，空氣中的水汽在地面或物體上凝結成的白色冰晶。②像霜的東西：糖霜。③比喻白色：霜鬢（兩鬢的白髮）。
【組詞】霜凍 / 霜降 / 冰霜 / 風霜
【成語】飽經風霜 / 冷若冰霜 / 雪上加霜

雙 | 双 🔊 shuāng 🔊 soeng1 商
🔊 OGE
隹部，18 畫。

【釋義】①兩個（多為對稱的，跟「單」（dān）相對）：雙翅 / 雙親。②偶數的（二、四、六、八等，跟「單」（dān）相對）：雙數。③加倍的：雙份 / 雙料。④表示單位。用於成對的東西：一雙手 / 五雙筷子。
【組詞】雙親 / 雙重 / 雙打 / 雙方 / 雙積 / 雙雙
【成語】雙管齊下 / 雙宿雙飛 / 雙喜臨門 / 成雙成對 / 一箭雙鵰 / 智勇雙全 / 舉世無雙

孀 🔊 shuāng 🔊 soeng1 雙 🔊 VMBU
女部，20 畫。

【釋義】死了丈夫的女人，寡婦：遺孀。

爽 🔊 shuǎng 🔊 song2 桑二聲
🔊 KKKK
爻部，11 畫。

【釋義】①明朗，清亮：秋高氣爽 / 神清目爽。②性格率直，痛快：爽快 / 豪爽。③舒服，愉快：人逢喜事精神爽。④失誤，差錯：爽約 / 屢試不爽。
【組詞】爽口 / 爽朗 / 爽直 / 涼爽 / 清爽 / 直爽
【成語】英姿颯爽

水 🔊 shuǐ 🔊 seoi2 雖二聲 🔊 E
水部，4 畫。

【釋義】①最簡單的氫化合物，無色無味的液體：井水 / 食水 / 礦泉水。②河流：漢水 / 渭水。③江、河、湖、海、洋的通稱：水產 / 水運。④汁液：墨水 / 藥水。
【組詞】水滴 / 水流 / 水塘 / 水源 / 水災 / 水珠 / 汗水 / 淚水 / 雨水 / 水蒸氣
【成語】水泄不通 / 杯水車薪 / 萍水相逢 / 順水推舟 / 山明水秀 / 如魚得水 / 行雲流水 / 一頭霧水 / 遊山玩水

稅 🔊 shuì 🔊 seoi3 帥 🔊 HDCRU
禾部，12 畫。

【釋義】國家向集體或個人按稅率徵收的貨幣或實物：納稅 / 營業稅。
【組詞】稅收 / 逃稅 / 徵稅

說 | 说 🔊 shuì 🔊 seoi3 帥
🔊 YRCRU
言部，14 畫。

▲ 另見 356 頁 shuō。

【釋義】勸說別人使聽從自己的意見：說服 / 遊說。

睡 🔊 shuì 🔊 seoi6 瑞 🔊 BUHJM
目部，14 畫。

睡 睡 睡 睡 睡

【釋義】睡覺：睡眠／睡意／入睡。
【組詞】睡覺／安睡／沉睡／酣睡／昏睡／熟睡／小睡／打瞌睡
【成語】昏昏欲睡

## shun

吮 ⬛shǔn ⬛syun5 宣五聲 ⬛RIHU
口部，7 畫。
【釋義】用嘴吸：吮吸／吮吮。

順 ｜ 顺 ⬛shùn ⬛seon6 信六聲
⬛LLLC
頁部，12 畫。

順 順 順 順 順

【釋義】①向着同一方向（跟「逆」相對）：順風／順流而下。②依着自然情勢移動，沿着：順藤摸瓜／順着大路走。③使方向一致，使有條理有次序：順一順頭髮。④有條理：通順。⑤趁便，順便：順帶／順手牽羊。⑥適合，如意：順心／順眼。⑦依次：順序／順延。⑧服從：歸順／溫順。⑨順利：順遂／工作很順。⑩均勻，適度：風調雨順。
【組詞】順暢／順從／順道／順口／順路／順勢／順手／順應／孝順
【成語】順理成章／順其自然／順水推舟／逆來順受／名正言順／千依百順／文從字順／一帆風順

瞬 ⬛shùn ⬛seon3 信 ⬛BUBBQ
目部，17 畫。

瞬 瞬 瞬 瞬 瞬

【釋義】眼珠子一動，一眨眼：瞬間／瞬息萬變。
【組詞】轉瞬間

## shuo

説 ｜ 说 ⬛shuō ⬛syut3 雪
⬛YRCRU
言部，14 畫。

説 説 説 説 説

▲ 另見 355 頁 shuì。

【釋義】①用話來表達意思：説話／説笑話。②解釋：説明／解説。③言論，主張：學説／著書立説。④責備，批評：數説／爸爸説了他一頓。
【組詞】説法／説謊／説教／傳説／據説／勸説／訴説／聽説／演説／説不定
【成語】説三道四／胡説八道／眾説紛紜／痴人説夢／不容分説／道聽途説／自圓其説

朔 ⬛shuò ⬛sok3 索 ⬛TUB
月部，10 畫。
【釋義】①農曆每月初一：朔望（初一和十五）。②北：朔方／朔風。

碩 ｜ 硕 ⬛shuò ⬛sek6 石
⬛MRMBC
石部，14 畫。

碩 碩 碩 碩 碩

【釋義】大：碩大／碩果僅存。

爍 ｜ 烁 ⬛shuò ⬛soek3 削 ⬛FVID
火部，19 畫。

爍 爍 爍 爍 爍

【釋義】光亮的樣子：閃爍。

## si

司 ⬛sī ⬛si1 思 ⬛SMR
口部，5 畫。

**司** ⓹sī ⓷si1 司 ⓸HDI
口部，5畫。

【釋義】①主持，掌管，操作，經營：司機 / 司儀。②國家機關裏按業務劃分的辦事部門：政務司。
【組詞】司法 / 司令 / 公司 / 上司
【成語】司空見慣

**私** ⓹sī ⓷si1 司 ⓸HDI
禾部，7畫。

【釋義】①屬於個人的或為了個人的（跟「公」相對）：私交 / 私事 / 私信。②利己的想法：私心 / 無私奉獻。③暗地裏，私下：私議 / 竊竊私語。④祕密而不合法的：私貨 / 私通。
【組詞】私人 / 私吞 / 私下 / 私營 / 私有 / 私自 / 緝私 / 隱私 / 自私 / 走私
【成語】自私自利 / 大公無私 / 假公濟私 / 以權謀私

**思** ⓹sī ⓷si1 私 ⓸WP
心部，9畫。

【釋義】①思考，想：苦思 / 思前想後 / 深思熟慮。②思念，懷念，想念：思鄉 / 相思。③思路，思緒：愁思 / 文思。
【組詞】思慮 / 思索 / 思維 / 思想 / 沉思 / 反思 / 構思 / 深思 / 心思
【成語】胡思亂想 / 集思廣益 / 不假思索 / 不可思議 / 顧名思義 / 痛定思痛 / 匪夷所思 / 費盡心思 / 若有所思

**斯** ⓹sī ⓷si1 司 ⓸TCHML
斤部，12畫。

【釋義】這，此，這個，這裏：斯人 / 斯時 / 生於斯，長於斯。

**絲｜丝** ⓹sī ⓷si1 司 ⓸VFVIF
糸部，12畫。

【釋義】①蠶絲：絲棉 / 絲線。②形狀像絲的東西：鐵絲 / 蛛絲。③泛指極少或極小：絲毫 / 一絲不苟。④指弦樂器：絲竹。
【組詞】絲綢 / 絲帶 / 蠶絲
【成語】絲絲入扣 / 千絲萬縷 / 紋絲不動 / 一絲不掛 / 蛛絲馬跡 / 藕斷絲連

**廝｜厮** ⓹sī ⓷si1 司 ⓸ITCL
广部，15畫。

【釋義】①舊時稱男僕人：小廝。②舊時對人輕蔑的稱呼：這廝。③互相：廝打 / 廝殺。

**撕** ⓹sī ⓷si1 司 ⓸QTCL
手部，15畫。

【釋義】用手使東西裂開或離開附着處：撕扯 / 撕裂 / 撕下來。
【組詞】撕掉 / 撕毀 / 撕開 / 撕爛 / 撕破 / 撕碎

**嘶** ⓹sī ⓷sai1 西 ⓸RTCL
口部，15畫。

【釋義】①馬叫：人喊馬嘶。②聲音沙啞：嘶啞 / 聲嘶力竭。

**死** ⓹sǐ ⓷sei2 四二聲 ⓸MNP
歹部，6畫。

【釋義】①生物失去生命（跟「生」「活」相對）：死亡 / 垂死。②不顧生命，拚死：死守 / 死戰。③不可調和的：死敵 / 死對頭。④固定，不活動：死水 / 死腦筋。⑤不能通過：死路 / 死胡同。⑥表示達到極點：高興死了 / 難受死了。
【組詞】死板 / 死黨 / 死角 / 死傷 / 死刑 / 死者 / 處死 / 臨死

【成語】死灰復燃 / 死去活來 / 死心塌地 / 見死不救 / 視死如歸 / 出生入死 / 貪生怕死 / 醉生夢死

## 巳 ⓹si ⓹zi6 自 ⓹RU
己部，3畫。

【釋義】①地支的第六位。②巳時，舊式計時法指上午九點鐘到十一點鐘的時間。

## 四 ⓹sì ⓹sei3 死三聲 ⓹WC
口部，5畫。

| 四 | 丨 | 冂 | 四 | 四 |
|---|---|---|---|---|

【釋義】數目字，三加一後所得：四方 / 四時 / 四肢。

【組詞】四處 / 四季 / 四面 / 四起 / 四散 / 四周

【成語】四分五裂 / 四腳朝天 / 四面八方 / 四面楚歌 / 四平八穩 / 四通八達 / 家徒四壁 / 五湖四海 / 朝三暮四

## 寺 ⓹si ⓹zi6 自 ⓹GDI
寸部，6畫。

| 寺 | 寺 | 寺 | 寺 | 寺 |
|---|---|---|---|---|

【釋義】①佛教的廟宇：寺廟 / 寺院 / 佛寺。②伊斯蘭教徒禮拜、講經的地方：清真寺。

## 祀 ⓹si ⓹zi6 自 ⓹IFRU
示部，7畫。

【釋義】祭祀，向神佛或祖先進獻供品，以表示崇敬並祈求保佑：祀天 / 祀祖。

## 似 ⓹si ⓹ci5 恃 ⓹OVIO
人部，7畫。

| 似 | 似 | 似 | 似 | 似 |
|---|---|---|---|---|

▲另見345頁shì。

【釋義】①像，如同：近似 / 神似 / 似水流年。②好像：似曾相識。③表示超過：生活一年好似一年 / 不是親人，勝似親人。

【組詞】似乎 / 好似 / 類似 / 貌似 / 相似 / 形似 / 疑似

【成語】似是而非 / 歸心似箭 / 如花似玉 / 如膠似漆 / 如狼似虎

## 伺 ⓹si ⓹zi6 字 ⓹OSMR
人部，7畫。

▲另見57頁cì。

【釋義】觀察，守候：伺機 / 窺伺。

## 泗 ⓹si ⓹si3 試 ⓹EWC
水部，8畫。

【釋義】泗水，又叫泗河，水名，在山東省。

## 俟 ⓹si ⓹zi6 字 ⓹OIOK
人部，9畫。

【釋義】等待：俟機進攻。

## 肆 ㊀si ⓹si3 試 ⓹SILQ
聿部，13畫。

| 肄 | 肆 | 肆 | 肆 | 肆 |
|---|---|---|---|---|

【釋義】①不顧一切，任意妄為：大肆 / 放肆。②鋪子：食肆 / 茶樓酒肆。

【組詞】肆虐 / 肆意

【成語】肆無忌憚 / 肆意妄為

㊁si ⓹sei3 四

【釋義】數目字「四」的大寫。

## 嗣 ⓹si ⓹zi6 字 ⓹RBSMR
口部，13畫。

【釋義】①接續，繼承：嗣位 / 嗣子。②子孫：後嗣。

## 飼|饲 ⓹si ⓹zi6 字 ⓹OISMR
食部，13畫。

| 飼 | 飣 | 飼 | 飼 | 飼 |
|---|---|---|---|---|

【釋義】餵養牲畜：飼料 / 飼養 / 餵飼。

## 駟|驷 ⓹si ⓹si3 試 ⓹SFWC
馬部，15畫。

【釋義】古代指套着四匹馬的車,也指同拉一輛車的四匹馬:一言既出,駟馬難追。

---

## song

**松** ⓹sōng ⓺cung4 從 ⓒDCI
木部,8畫。

【釋義】松樹,多為常綠喬木,樹皮鱗片狀,葉子針形,果實卵圓形,有木質鱗片。如油松、馬尾松等。
【組詞】松柏 / 松樹
【成語】松柏後凋 / 歲寒松柏

**淞** ⓹sōng ⓺sung1 鬆 ⓒEDCI
水部,11畫。

【釋義】淞江,又叫吳淞江、蘇州河。源起江蘇太湖,流至上海市與黃浦江匯合。

**嵩** ⓹sōng ⓺sung1 鬆 ⓒUYRB
山部,13畫。

【釋義】嵩山,五嶽中的中嶽,在河南省登封。

**鬆** | 松 ⓹sōng ⓺sung1 送一聲
ⓒSHDCI
髟部,18畫。

【釋義】①鬆散,不堅實(跟「緊」相對):蓬鬆。②放開,使鬆:鬆綁 / 鬆手。③不緊張,不嚴格:鬆弛 / 鬆懈。④經濟寬裕:手頭鬆。⑤用魚、蝦、瘦肉等做成的絨狀或碎末狀的食品:肉鬆。
【組詞】鬆動 / 鬆緊 / 鬆散 / 放鬆 / 寬鬆 / 輕鬆 / 疏鬆

**悚** ⓹sǒng ⓺sung2 聳 ⓒPDL
心部,10畫。

【釋義】恐懼,害怕:驚悚。

**慫** | 怂 ⓹sǒng ⓺sung2 ⓒHOP
心部,15畫。

【釋義】〔慫恿〕(慂:⓹yǒng ⓺jung2 擁)鼓動別人去做某事:不要受人慫恿做壞事。

**聳** | 耸 ⓹sǒng ⓺sung2 慫
ⓒHOSJ
耳部,17畫。

【釋義】①高起,直立:聳立 / 高聳入雲。②引起注意,使人吃驚:聳人聽聞 / 危言聳聽。
【組詞】聳動 / 聳肩 / 高聳

**宋** ⓹sòng ⓺sung3 送 ⓒJD
宀部,7畫。

【釋義】①周朝國名,在今河南省商丘一帶。②朝代。(a)南朝之一,公元420－479年,劉裕所建。(b)公元960－1279年,趙匡胤所建。

**送** ⓹sòng ⓺sung3 宋 ⓒYTK
辵部,10畫。

【釋義】①傳遞,運輸:送貨 / 送信。②贈給:送禮 / 贈送。③陪着離去的人走一段路:送客 / 送孩子上學。④失掉,失去:送命 / 斷送。
【組詞】送別 / 送達 / 送交 / 送行 / 傳送 / 歡送 / 接送 / 輸送 / 押送 / 運送
【成語】投懷送抱 / 雪中送炭

**訟** | 讼 ⓹sòng ⓺zung6 頌
ⓒYRCI
言部,11畫。

【釋義】①在法庭上爭辯是非曲直,打官司:訴訟。②爭辯是非:爭訟 / 聚訟紛紜。

S

## 頌 | 颂
🔊 sòng 🔊 zung6 誦
🔊 CIMBC
頁部，13畫。

【釋義】①讚揚：頌揚／歌頌。②表示良好願望，祝頌（多用於書信問候）：敬頌大安。
【組詞】稱頌／傳頌／讚頌
【成語】歌功頌德

## 誦 | 诵
🔊 sòng 🔊 zung6 頌
🔊 YRNIB
言部，14畫。

【釋義】①讀出聲音來，唸：誦讀／朗誦／吟誦。②背誦：過目成誦。③稱述，述說：傳誦。

### sou

## 搜 | 搜
🔊 sōu 🔊 sau2 手 🔊 sau1 收
🔊 QHXE
手部，12畫。

【釋義】①尋找：搜集／搜羅。②搜查：搜身。
【組詞】搜捕／搜查／搜刮／搜索／搜尋
【成語】搜腸刮肚／搜索枯腸

## 嗖
🔊 sōu 🔊 sau1 收 🔊 RHXE
口部，12畫。

【釋義】象聲詞，形容急速通過的聲音：汽車嗖的一聲開過去了／子彈嗖嗖地從耳邊飛過。

## 艘
🔊 sōu 🔊 sau2 手 🔊 sau1 收
🔊 HYHXE
舟部，15畫。

【釋義】表示單位。用於船隻：一艘客輪。

## 餿 | 馊
🔊 sōu 🔊 sau1 收
🔊 OIHXE
食部，17畫。

【釋義】食物因變質而發出酸臭味：饅頭餿了，別吃了。

## 叟
🔊 sǒu 🔊 sau2 手 🔊 HXLE
又部，9畫。

【釋義】年老的男人：老叟／童叟無欺。

## 擻 | 擞
🔊 sǒu 🔊 sau2 手 🔊 QLVK
手部，18畫。

【釋義】〔抖擻〕振作，振奮：抖擻精神。

## 嗽
🔊 sòu 🔊 sau3 秀 🔊 RDLO
口部，14畫。

【釋義】咳嗽。

### su

## 甦 | 苏
🔊 sū 🔊 sou1 蘇 🔊 MKHQM
生部，12畫。

【釋義】同「蘇②」，見本頁sū。

## 酥
🔊 sū 🔊 sou1 蘇 🔊 MWHD
酉部，12畫。

【釋義】①古代指酥油，從牛奶或羊奶中提取的脂肪。②鬆而易碎：酥餅／酥糖。③含油多，鬆而易碎的點心：桃酥／杏仁酥。④身體軟弱無力：酥軟。
【組詞】酥脆／酥麻／麻酥酥

## 蘇 | 苏
🔊 sū 🔊 sou1 穌 🔊 TNFD
艸部，20畫。

**蘇**
【釋義】①植物名：白蘇／紫蘇。②從昏迷中醒過來：蘇醒／死而復蘇。③指江蘇省蘇州：上有天堂，下有蘇杭。

**俗** 普 sú 粵 zuk6 族 倉 OCOR
人部，9畫。

【釋義】①風俗：民俗／習俗。②大眾的，廣泛流行的：俗話／通俗。③庸俗：俗氣／脫俗。④指沒出家的人（區別於出家的佛教徒等）：還俗／僧俗。
【組詞】俗稱／俗套／俗語／鄙俗／粗俗／低俗／世俗
【成語】俗不可耐／雅俗共賞／凡夫俗子／約定俗成／超凡脫俗／憤世嫉俗／驚世駭俗／入鄉隨俗／傷風敗俗

**夙** 普 sù 粵 suk1 叔 倉 HNMNI
夕部，6畫。
【釋義】①早晨：夙興夜寐。②素有的，舊有的：夙願。

**素** 普 sù 粵 sou3 訴 倉 QMVIF
糸部，10畫。

【釋義】①本色，白色：素服／素絲。②顏色單純，不艷麗：素淨／樸素。③指蔬菜瓜果一類食物（跟「葷」相對）：素食／吃素。④本來的，原有的：素材／素質。⑤帶有根本性質的物質：色素／元素。⑥平時，向來：素來／素不相識。
【組詞】素菜／素描／素雅／素養／平素／要素／因素／質素
【成語】素昧平生／我行我素

**宿** 普 sù 粵 suk1 叔 倉 JOMA
宀部，11畫。

▲另見426頁 xiǔ；見426頁 xiù。
【釋義】①住，過夜：宿舍／留宿。②舊有的，一向有的：宿敵。③年老的，有經驗的：宿將／宿儒。
【組詞】宿營／歸宿／寄宿／借宿／露宿／住宿
【成語】雙宿雙飛／風餐露宿

**速** 普 sù 粵 cuk1 促 倉 YDL
辵部，11畫。

【釋義】①迅速，快：速記／火速／急速。②速度：風速／光速。③邀請：不速之客。
【組詞】速遞／速度／速食／速效／高速／加速／減速／快速／時速／迅速
【成語】速戰速決

**訴|诉** 普 sù 粵 sou3 素 倉 YRHMY
言部，12畫。

【釋義】①說給人聽：訴說／告訴。②吐出心裏的話：訴苦／傾訴。③控告：控訴／上訴。
【組詞】訴訟／敗訴／起訴／申訴／勝訴／投訴
【成語】如泣如訴

**粟** 普 sù 粵 suk1 叔 倉 MWFD
米部，12畫。

【釋義】穀子，去殼後叫小米。舊時泛指糧食：滄海一粟。

**溯** 普 sù 粵 sou3 素 倉 ETUB
水部，13畫。

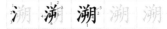

【釋義】①逆着水流的方向走：溯流而上。②往上推求或回想：上溯／追溯。

【組詞】溯源／回溯

【成語】窮源溯流／追本溯源

**愫** 普 sù 粤 sou3 素 倉 PQMF
心部，13畫。

【釋義】誠意，真實的心情：情愫。

**塑** 普 sù 粤 sou3 訴 倉 TBG
土部，13畫。

屰　屰　朔　塑　塑

【釋義】①用石膏、泥土等做成人或物的形象：塑像／雕塑。②塑料：塑膠。

【組詞】塑料／塑造／泥塑／可塑性

【成語】泥塑木雕

**肅 ｜ 肃** 普 sù 粤 suk1 叔 倉 LX
聿部，14畫。

肀　聿　肅　肅　肅

【釋義】①恭敬：肅立。②嚴肅：肅靜／肅穆。③清除：肅清。

【成語】肅然起敬

**簌** 普 sù 粤 cuk1 促 倉 HDLO
竹部，17畫。

【釋義】〔簌簌〕①形容風吹葉子等的聲音：樹葉簌簌地響。②形容眼淚紛紛落下的樣子：簌簌淚下。③形容肢體發抖的樣子：手指簌簌地抖。

## suan

**瘦 ｜ 痠** 普 suān 粤 syun1 宣 倉 KICE
疒部，12畫。

【釋義】微痛而無力的感覺：痠軟／痠痛。

**酸** 普 suān 粤 syun1 宣 倉 MWICE
酉部，14畫。

酉　酸　酸　酸　酸

【釋義】①氣味或味道像醋的：酸菜／酸梅。②悲傷，傷心：酸楚／辛酸。③舊時譏諷文人迂腐、貧窮或小氣：寒酸。④同「痠」，見本頁 suān。

【組詞】尖酸／窮酸／心酸

【成語】酸甜苦辣／尖酸刻薄

**蒜** 普 suàn 粤 syun3 蒜 倉 TMFF
艸部，14畫。

【釋義】草本植物，葉嫩時可做蔬菜，地下莖叫蒜頭，味辣，有刺激性氣味。是常用的佐料，也可入藥。

【組詞】蒜頭／大蒜

【成語】雞毛蒜皮

**算** 普 suàn 粤 syun3 蒜 倉 HBUT
竹部，14畫。

筭　筭　算　算　算

【釋義】①計算數目：算盤／心算／預算。②謀劃，計劃：算計／失算。③推測，料想：推算。④認做，當做：他算是一個好學生。⑤承認有效力，算數：他說的不算。⑥作罷，不再計較：不願意去就算了。⑦總算：這事算搞清楚了。

【組詞】打算／點算／估算／核算／計算／就算／清算／演算／驗算／運算

【成語】秋後算賬／如意算盤／精打細算／老謀深算／神機妙算

## sui

**雖 ｜ 虽** 普 suī 粤 seoi1 須 倉 RIOG
隹部，17畫。

雖　虽　雖　雖　雖

【釋義】①雖然：事情雖小，影響卻很大。②縱然，即使：雖敗猶榮。

【組詞】雖然／雖說／雖則

【成語】雖死猶生

## 隋
🔵 suí 🔴 ceoi4 除 🟢 NLKMB
阜部，12 畫。
【釋義】朝代，公元581－618 年，楊堅建立。

## 遂
🔵 suí 🔴 seoi6 瑞 🟢 YTPO
辵部，13 畫。
▲ 另見本頁 suì。
【釋義】〔半身不遂〕身體一側癱瘓。

## 綏 | 绥
🔵 suí 🔴 seoi1 須 🟢 VFBV
糸部，13 畫。
【釋義】①安，安撫：綏靖。②平安（多用於書信）：順頌時綏。

## 隨 | 随
🔵 suí 🔴 ceoi4 除 🟢 NLYKB
阜部，16 畫。

隌　隌　隋　隨　隨

【釋義】①跟着：隨同 / 伴隨 / 跟隨。②順從：隨和 / 入鄉隨俗。③任憑：隨意 / 隨心所欲。④順便：隨手。⑤隨時：隨傳隨到。
【組詞】隨便 / 隨處 / 隨地 / 隨後 / 隨機 / 隨即 / 隨身 / 隨時 / 隨行 / 追隨
【成語】隨波逐流 / 隨機應變 / 隨聲附和 / 隨遇而安 / 如影隨形 / 夫唱婦隨 / 形影相隨

## 髓
🔵 suí 🔴 seoi5 緒 🟢 BBYKB
骨部，23 畫。

血　骨　骨　骨　髓

【釋義】①骨髓，骨頭空腔中柔軟像膠的物質。②像骨髓的東西：脊髓 / 腦髓。③比喻事物的精華部分：精髓。

## 祟
🔵 suí 🔴 seoi6 瑞 🟢 UUMMF
示部，10 畫。

出　祟　祟　祟　祟

【釋義】原指鬼怪害人，現多指不正當的行動：鬼祟 / 作祟。
【成語】鬼鬼祟祟

## 遂
🔵 suì 🔴 seoi6 瑞 🟢 YTPO
辵部，13 畫。

遂　荗　荗　遂　遂

▲ 另見本頁 suí。
【釋義】①順，如意：遂心 / 遂意。②成功：陰謀未遂。③就，於是：雙方因理念不同，遂終止合作。
【成語】遂心如意

## 碎
🔵 suì 🔴 seoi3 稅 🟢 MRYOJ
石部，13 畫。

石　砕　碎　碎　碎

【釋義】①完整的東西碎成零片零塊：粉碎 / 破碎。②使碎：碎屍萬段 / 粉身碎骨。③零星，不完整：碎屑 / 瑣碎。
【組詞】碎片 / 零碎 / 細碎
【成語】支離破碎

## 歲 | 岁
🔵 suì 🔴 seoi3 稅 🟢 YMIHH
止部，13 畫。

歲　卢　岁　歲　歲

【釋義】①年：歲末 / 歲月。②表示年齡的單位：五歲的孩子。
【組詞】歲數 / 歲晚 / 年歲 / 萬歲 / 壓歲錢
【成語】歲寒三友 / 千秋萬歲

## 隧
🔵 suì 🔴 seoi6 瑞 🟢 NLYTO
阜部，16 畫。

隧　隊　隊　隧　隧

【釋義】地道：隧道。

## 燧
🔵 suì 🔴 seoi6 瑞 🟢 FYTO
火部，17 畫。

【釋義】①上古時代取火的器具：鑽燧取火。②古代舉火示警的烽煙：烽燧。

穗 ⑱ suì ⑲ seoi6 瑞 ⑯ HDJIP
禾部，17畫。

穗　穗　穗　穗　穗

【釋義】①稻、麥等植物聚生在莖端的花或果實：穀穗 / 麥穗。②用絲線等紮成的、掛起來往下垂的裝飾品，也叫「流蘇」：燈穗 / 旗穗。③廣州市的別稱。

邃 ⑱ suì ⑲ seoi6 瑞 ⑯ YJCO
辵部，18畫。

【釋義】①（時間和空間）深遠：深邃。②指程度精深：精邃。

## sun

孫｜孙 ⑱ sūn ⑲ syun1 宣
⑯ NDHVF
子部，10畫。

孫　孫　孫　孫　孫

【釋義】①兒子的兒子：孫子 / 兒孫。②孫子以後的各代：玄孫 / 曾孫。③跟孫子同輩的親屬：外孫。
【組詞】孫兒 / 孫女 / 長孫 / 子孫 / 祖孫
【成語】孝子賢孫 / 長子嫡孫

飧 ⑱ sūn ⑲ syun1 宣 ⑯ NIOIV
食部，12畫。

【釋義】晚飯。也指熟食：誰知盤中飧，粒粒皆辛苦。

隼 ⑱ sūn ⑲ zeon2 准 ⑯ OGJ
隹部，10畫。

【釋義】舊稱鶻（鶻：⑱ hú ⑲ gwat1 骨），一類兇猛的鳥。翅膀窄而尖，上嘴呈鈎曲狀，背青黑色，尾尖白色，腹部黃色，捕食鼠、兔、鳥。

筍｜笋 ⑱ sǔn ⑲ seon2 詢二聲
⑯ HPA
竹部，12畫。

【釋義】竹筍，竹的嫩芽，味鮮美，可以做菜。
【成語】雨後春筍

損｜损 ⑱ sǔn ⑲ syun2 選 ⑯ QRBC
手部，13畫。

損　損　損　損　損

【釋義】①減少：損耗 / 虧損。②損害：損人利己。③損壞：破損。
【組詞】損害 / 損壞 / 損毀 / 損傷 / 損失 / 耗損 / 勞損 / 磨損
【成語】損兵折將

## suo

娑 ⑱ suō ⑲ so1 梳 ⑯ EHV
女部，10畫。

【釋義】〔婆娑〕盤旋（多指舞蹈）：婆娑起舞。

唆 ⑱ suō ⑲ so1 梳 ⑯ RICE
口部，10畫。

【釋義】指使或挑動別人去做壞事：唆使 / 教唆。

梭 ⑱ suō ⑲ so1 梳 ⑯ DICE
木部，11畫。

梭　梭　梭　梭　梭

【釋義】織布時牽引緯線（橫線）左右來回交織的工具，中間粗，兩頭尖，形狀像棗核：穿梭 / 日月如梭。

嗦 ⑱ suō ⑲ so1 梳 ⑯ RJBF
口部，13畫。

【釋義】〔哆嗦〕見87頁duō「哆」。

縮｜缩 ⑱ suō ⑲ suk1 叔 ⑯ VFJOA
糸部，17畫。

【釋義】①由大變小、由長變短或由多變少，收縮：縮減 / 緊縮 / 萎縮。②沒伸開或伸開後又收回去，不伸出：龜縮。③後退：退縮 / 畏縮。

【組詞】縮短 / 縮小 / 縮影 / 濃縮 / 伸縮 / 收縮 / 壓縮

【成語】節衣縮食

**所** 普 suǒ 粵 so2 鎖 倉 HSHML
户部，8畫。

【釋義】①處所，地方：場所 / 寓所 / 流離失所。②用作機關或其他辦事地方的名稱：派出所 / 研究所。③表示單位。用於房屋等：一所房子 / 一所學校。④跟「為」或「被」合用，表示被動：為人所知。⑤用在動詞前面，構成「所……的」結構，修飾後面的名詞，表示名詞是受事者：觀眾所喜愛的演員。⑥用在「是……的」中間的名詞、代詞和動詞之間，強調施事者和動作的關係：經濟建設是大家所關心的。⑦用在動詞前面，跟動詞構成名詞性結構，表示「……的事物」等：所見所聞 / 各盡所能。

【組詞】所得 / 所謂 / 所以 / 所有 / 所在 / 所致 / 廁所 / 處所 / 診所 / 住所

【成語】所向無敵 / 前所未有 / 為所欲為 / 無所適從 / 眾所周知 / 不知所措 / 匪夷所思 / 隨心所欲 / 一無所知 / 眾望所歸

**索** ㊀ 普 suǒ 粵 sok3 朔 倉 JBVIF
糸部，10畫。

【釋義】①粗的繩子或鏈條：繩索 / 鐵索。②孤單：離羣索居。③寂寞，沒有興趣：索然無味。

【組詞】線索

【成語】興致索然

㊁ 普 suǒ 粵 saak3 絲策三聲

【釋義】①搜尋，探求：搜索 / 探索。②討取，要：索取。

【組詞】摸索 / 思索

【成語】不假思索

**嗩** | 唢 普 suǒ 粵 so2 所 倉 RFBC
口部，13畫。

【釋義】〔嗩吶〕一種管樂器，形狀像喇叭。

**瑣** | 琐 普 suǒ 粵 so2 所 倉 MGFBC
玉部，14畫。

【釋義】細碎：瑣事 / 瑣碎 / 煩瑣。

**鎖** | 锁 普 suǒ 粵 so2 所 倉 CFBC
金部，18畫。

【釋義】①安裝在門、箱、櫃、抽屜等上面，使人不能隨便打開的金屬器具：門鎖 / 密碼鎖。②用鎖使門、箱、櫃、抽屜等關住或使鐵鏈拴住：鎖門。③封閉：封鎖。④鎖鏈，用來束縛人、物的鐵鏈：枷鎖。

【組詞】鎖鏈 / 鎖匙 / 反鎖 / 連鎖

S

# Tt

## ta

**它** 曾 tā 粵 taa1 他 倉 JP
宀部，5畫。

它 它 它 它 它

【釋義】稱人和動物以外的事物：鎖壞了，別用它了。
【組詞】它們

**他** 曾 tā 粵 taa1 它 倉 OPD
人部，5畫。

他 他 仇 他 他

【釋義】①稱自己和對方以外的某個人。多指男性，有時泛指，不分性別：這事你別問我，問他去。②處指：睡他一覺。③指別的方面或其他地方：留作他用。④另外的，其他的：他人／他日。
【組詞】他們／其他

**她** 曾 tā 粵 taa1 他 倉 VPD
女部，6畫。

她 她 她 她 她

【釋義】①稱自己和對方以外的某個女性：你是姐姐，她是妹妹，你應該照顧她。②稱自己敬愛或珍愛的事物，如國家、故鄉等。
【組詞】她們

**牠** | 它 曾 tā 粵 taa1 他 倉 HQPD
牛部，7畫。

牠 牠 牠 牠 牠

【釋義】稱人以外的動物：那狗不咬人，別怕牠。
【組詞】牠們

**塌** 曾 tā 粵 taap3 塔 倉 GASM
土部，13畫。

塌 塌 塌 塌 塌

【釋義】①（支起來的東西）倒下或陷下：塌台／倒塌。②凹下：塌鼻樑。
【組詞】塌陷／崩塌

**踏** 曾 tā 粵 daap6 答六聲 倉 RMEA
足部，15畫。

▲另見367頁tà。
【釋義】〔踏實〕①（態度）切實，不浮躁：他工作挺踏實。②（情緒）安定，安穩：睡得踏實／心裏踏實。

**塔** 曾 tā 粵 taap3 塌 倉 GTOR
土部，13畫。

塔 塔 塔 塔

【釋義】①佛教的一種尖頂的建築物，通常有五層到十三層：寶塔／鐵塔。②形狀像塔的建築物：燈塔／水塔。
【組詞】塔樓／金字塔
【成語】聚沙成塔

**獺** | 獭 曾 tǎ 粵 caat3 察 倉 KHDLC
犬部，19畫。

【釋義】水獺，頭寬扁，尾巴長，腳短，趾間有蹼。穴居水邊捕食魚類。另也有旱獺，生活在陸地上。

**拓** 🅟 tà 🅚 taap3 塔 🅒 QMR
手部，8畫。

▲另見386頁 tuò。

【釋義】把石碑、銅器等上面的文字、圖形印下來。方法是在石碑、銅器等上面蒙一層紙，拍打使凹凸分明，然後上墨，顯出文字、圖像：拓印 / 把碑文拓下來。

**沓** 🅟 tà 🅚 daap6 踏 🅒 EA
水部，8畫。

▲另見62頁 dá。

【釋義】眾多而重複：雜沓 / 紛至沓來。

**榻** 🅟 tà 🅚 taap3 塔 🅒 DASM
木部，14畫。

【釋義】狹長而較矮的牀，泛指牀：病榻 / 竹榻。

**踏** 🅟 tà 🅚 daap6 答六聲 🅒 RMEA
足部，15畫。

▲另見366頁 tā。

【釋義】踩：踏步 / 腳踏車。

【組詞】踏青 / 踐踏

【成語】腳踏實地

**撻** | **挞** 🅟 tà 🅚 taat3 他壓三聲
🅒 QYGQ
手部，16畫。

【釋義】用鞭、棍等打：鞭撻。

**蹋** 🅟 tà 🅚 daap6 踏 🅒 RMASM
足部，17畫。

【釋義】①踩，踏：糟蹋。②踢。

───── tai ─────

**苔** 🅟 tāi 🅚 toi1 胎 🅒 TIR
艸部，9畫。

▲另見本頁 tái。

【釋義】〔舌苔〕舌頭表面上滑膩的物質。中醫常根據舌苔的顏色、薄厚來診斷病情。

**胎** 🅟 tāi 🅚 toi1 台一聲 🅒 BIR
肉部，9畫。

【釋義】①人或哺乳動物母體內的幼體：胎兒。②懷孕或生育的次數：頭胎 / 生過兩胎。③襯在衣物的面子和裏子之間的東西：棉花胎。④某些器物的坯子：銅胎。⑤輪胎：車胎 / 備用胎。

【組詞】輪胎 / 胚胎

**台** 🅟 tái 🅚 toi4 抬 🅒 IR
口部，5畫。

【釋義】①平而高的建築：瞭望台 / 亭台樓閣。②公共場所高出地面便於講話或表演的設備：講台 / 舞台。③某些做座子用的器物：燈台 / 蠟台。④像台的東西：窗台。⑤表示某些事物的單位：一台戲 / 兩台機器。⑥敬辭，舊時用於稱呼對方或跟對方有關的動作：台鑒 / 兄台。⑦指台灣。

【組詞】台詞 / 台階 / 登台 / 擂台 / 平台 / 上台 / 月台

【成語】近水樓台

**抬** 🅟 tái 🅚 toi4 台 🅒 QIR
手部，8畫。

【釋義】①往上托，舉：抬手 / 抬頭。②共同用手或肩搬東西：抬轎 / 抬擔架。

【組詞】抬高 / 抬舉

**苔** 🅟 tái 🅚 toi4 台 🅒 TIR
艸部，9畫。

▲另見367頁 tāi。

【釋義】苔蘚植物的一類，根、莖、葉的區別不明顯，綠色，生長在陰濕的地方。

【組詞】苔蘚 / 青苔

# 枱｜台　🔊 tái　🔊 toi4 台　🔊 DIR
木部，9 畫。

【釋義】桌子或類似桌子的器物：寫字枱。

# 跆　🔊 tái　🔊 toi4 台　🔊 RMIR
足部，12 畫。

【釋義】①踩，踏。②〔跆拳道〕一種拳腳並用的搏擊運動。

# 颱｜台　🔊 tái　🔊 toi4 台　🔊 HNIR
風部，14 畫。

【釋義】颱風，發生在太平洋西部海洋和南海海上的一種極猛烈的風暴，同時有暴雨。

【組詞】颱風

# 太　🔊 tài　🔊 taai3 泰　🔊 KI
大部，4 畫。

【釋義】①高，大：太空。②極久遠：太古。③身分最高或輩分更高的：太公 / 太后。④表示程度過分：水太熱，待會再喝。⑤表示程度極高，用於讚歎：那太好了！⑥很（用於否定）：錢不太夠。

【組詞】太平 / 太陽

【成語】太平盛世 / 粉飾太平 / 欺人太甚

# 汰　🔊 tài　🔊 taai3 太　🔊 EKI
水部，7 畫。

【釋義】淘汰，去掉壞的、不適合的，留下好的、適合的；優勝劣汰。

【組詞】淘汰

# 泰　🔊 tài　🔊 taai3 太　🔊 QKE
水部，10 畫。

【釋義】平安，安寧：安泰 / 國泰民安。

【組詞】泰然 / 康泰

【成語】泰然處之 / 泰然自若 / 否極泰來

# 態｜态　🔊 tài　🔊 taai3 太　🔊 IPP
心部，14 畫。

【釋義】①形狀，狀態：事態 / 形態。②態度，人的舉止神情：神態 / 失態。③一種語法範疇，多表明句子中動詞所表示的動作跟主語所表示的事物之間的關係，如主動態、被動態等。

【組詞】態度 / 變態 / 常態 / 醜態 / 動態 / 生態 / 心態 / 液態 / 狀態 / 姿態

【成語】世態炎涼 / 一反常態

## tan

# 坍　🔊 tān　🔊 taan1 灘　🔊 GBY
土部，7 畫。

【釋義】崖、岸、建築物或堆起的東西等倒塌，從基部崩壞：房屋坍了 / 河堤坍了。

# 貪｜贪　🔊 tān　🔊 taam1 探一聲　🔊 OINC
貝部，11 畫。

【釋義】①原指愛財，後多指貪污：貪官。②慾望不滿足，求多：貪婪 / 貪得無厭。③片面追求，貪圖：貪便宜。

【組詞】貪財 / 貪吃 / 貪戀 / 貪圖 / 貪污 / 貪心 / 貪慾

【成語】貪官污吏 / 貪生怕死 / 貪贓枉法

灘 | 滩　⚲tān ⚪taan1 攤 ⚭ETOG
水部，22 畫。

【釋義】①河、海、湖邊水深時淹沒而水淺時露出的地方，泛指水邊比岸低的地方：海灘 / 沙灘。②江河中水淺石多流急的地方：險灘。
【組詞】泳灘

攤 | 摊　⚲tān ⚪taan1 灘
⚭QTOG
手部，22 畫。

【釋義】①攤開，鋪平：把被子攤在牀上。②在路旁、廣場上擺設的售貨處：攤販 / 地攤。③分攤：攤派 / 分攤。④表示單位。用於攤開的糊狀物：一攤泥。
【組詞】攤檔 / 攤開 / 攤位 / 攤主 / 攤子

癱 | 瘫　⚲tān ⚪taan1 攤
✘taan2 坦 ⚭KTOG
疒部，24 畫。

【釋義】癱瘓，由於神經機能發生障礙，肢體不能活動。常比喻機構、交通等不能正常運轉或發揮作用。
【組詞】癱瘓

痰　⚲tán ⚪taam4 談 ⚭KFF
疒部，13 畫。

【釋義】肺泡、支氣管和氣管分泌出來的黏液，發炎時分泌量增加。

潭　⚲tán ⚪taam4 談 ⚭EMWJ
水部，15 畫。

【釋義】①深的水池：清潭 / 龍潭虎穴。②坑：泥潭。

談 | 谈　⚲tán ⚪taam4 潭 ⚭YRFF
言部，15 畫。

【釋義】①說話或討論：談論 / 談天 / 洽談。②所說的話：美談 / 奇談。
【組詞】談話 / 談及 / 談判 / 談笑 / 暢談 / 會談 / 交談 / 閒談 / 言談 / 座談
【成語】談何容易 / 談虎色變 / 談天說地 / 談笑風生 / 紙上談兵 / 泛泛而談 / 誇誇其談 / 老生常談 / 無稽之談

彈 | 弹　⚲tán ⚪taan4 壇 ⚭NRRJ
弓部，15 畫。

▲另見67 頁 dàn。

【釋義】①用彈力發射：彈射。②被另一手指壓住的手指用力掙開，並觸物使動：把帽子上的土彈去。③用手指、器具撥弄或敲打，使物體振動：彈鋼琴。④抨擊：彈劾。
【組詞】彈奏
【成語】對牛彈琴

壇 | 坛　⚲tán ⚪taan4 檀 ⚭GYWM
土部，16 畫。

【釋義】①古代舉行祭祀、誓師等大典用的台：祭壇 / 天壇。②用土堆成的台，多在上面種花：花壇。③指文藝界、體育界、輿論陣地等：論壇 / 文壇。
【組詞】歌壇 / 體壇 / 影壇

曇 | 昙　⚲tán ⚪taam4 談 ⚭AMBI
日部，16 畫。

【釋義】〔曇花〕常綠灌木，花大，白色，多在夜間開放，開花的時間極短，供觀賞：曇花一現（比喻稀有的事物或顯赫一時的人物出現不久就消逝）。

## 檀 ⊜tán ⊜taan4 壇 ⊜DYWM
木部，17畫。

【釋義】喬木，木質堅硬，用來製造家具、農具和樂器。

【組詞】檀木 / 檀香

## 罈｜坛 ⊜tán ⊜taam4 談
⊜OUMWJ
缶部，18畫。

【釋義】罈子，口小腹大的陶器、瓷器：酒罈 / 泡菜罈。

## 譚｜谭 ⊜tán ⊜taam4 談
⊜YRMWJ
言部，19畫。

【釋義】①同「談」：天方夜譚。②周朝國名，在今山東省濟南東。③姓。

## 忐 ⊜tǎn ⊜taan2 坦 ⊜YMP
心部，7畫。

【釋義】〔忐忑〕（忑：⊜tè ⊜tik1 剔）心神不定：忐忑不安 / 忐忑難眠。

## 坦 ⊜tǎn ⊜taan2 袒 ⊜GAM
土部，8畫。

【釋義】①平：平坦。②直爽，沒有隱瞞：坦白。③心裏安定：坦然。

【組詞】坦誠 / 坦蕩 / 坦露 / 坦率 / 坦言

## 袒 ⊜tǎn ⊜taan2 坦 ⊜LAM
衣部，10畫。

【釋義】①脫去或敞開上衣，露出身體的一部分：袒胸露臂。②無原則地保護和支持：袒護。

【組詞】袒露 / 偏袒

## 毯 ⊜tǎn ⊜taan2 坦 ⊗taam2 貪二聲
⊜HUFF
毛部，12畫。

【釋義】毯子，鋪在牀上、地上或掛在牆上的較厚的紡織品：地毯 / 毛毯。

【組詞】毯子

## 炭 ⊜tàn ⊜taan3 歎 ⊜UMF
火部，9畫。

【釋義】①木炭，把木材和空氣隔絕，再加高熱燒成的一種黑色燃料：燒炭。②煤：煤炭。③像木炭的東西：山楂炭（一種中藥）。

【組詞】火炭 / 焦炭 / 木炭

【成語】生靈塗炭 / 雪中送炭

## 探 ⊜tàn ⊜taam3 談三聲 ⊜QBCD
手部，11畫。

【釋義】①摸取：探囊取物。②尋求，試圖發現：探測 / 試探。③偵察，打聽：刺探 / 打探。④做偵察工作的人：密探。⑤看望：探親 / 探視。⑥向前伸：探頭探腦。

【組詞】探病 / 探察 / 探訪 / 探究 / 探索 / 探討 / 探望 / 探險 / 窺探 / 偵探

## 碳 ⊜tàn ⊜taan3 歎 ⊜MRUMF
石部，14畫。

【釋義】非金屬元素，符號C。碳是構成有機物的主要成分，在工業和醫藥上用途很廣。

【組詞】二氧化碳

# 歎｜叹 
普 tàn　粵 taan3 炭
倉 TONO
欠部，15 畫。

【釋義】①歎氣：歎息 / 哀歎。②吟哦：詠歎。③發出讚美的聲音：讚歎。

【組詞】歎氣 / 悲歎 / 感歎 / 驚歎 / 慨歎

【成語】歎為觀止 / 長吁短歎

## tang

# 湯｜汤 
普 tāng　粵 tong1 堂一聲
倉 EAMH
水部，12 畫。

【釋義】①熱水，開水：赴湯蹈火。②特指溫泉（現多用於地名）：小湯山（在北京）。③食物煮後所得的汁液：雞湯。④烹調後汁液特別多的副食：蛋湯 / 豆腐湯。⑤湯藥：柴胡湯 / 煎湯服用。

# 唐 
普 táng　粵 tong4 堂　倉 ILR
口部，10 畫。

【釋義】①（言談）虛誇：荒唐。②空，徒然：功不唐捐（功未不白費）。③朝代。(a)傳說中的朝代，堯所建。(b)公元 618－907 年，李淵和他的兒子李世民所建，建都長安（今陝西省西安）。(c)五代之一，公元 923－936 年，李存勗（勗：普 xù 粵 juk1 沃）所建，史稱後唐。

# 堂 
普 táng　粵 tong4 堂　倉 FBRG
土部，11 畫。

【釋義】①正房，高大寬敞的房屋：堂屋 / 廳堂。②有專門用途的房屋：禮堂 / 食堂。③舊時官府中審案的地方：大堂 / 過堂。④同宗而非嫡親的：堂妹 / 堂兄。⑤表示單位。用於分節的課堂：一堂課。

【組詞】祠堂 / 殿堂 / 課堂 / 學堂

【成語】堂而皇之 / 堂堂正正 / 登堂入室 / 富麗堂皇 / 冠冕堂皇 / 濟濟一堂 / 金玉滿堂

# 棠 
普 táng　粵 tong4 唐　倉 FBRD
木部，12 畫。

【釋義】棠梨，喬木，果實小，有褐色斑點，味澀而酸。

# 塘 
普 táng　粵 tong4 堂　倉 GILR
土部，13 畫。

【釋義】①堤岸，堤防：河塘。②水池：池塘 / 魚塘。

【組詞】荷塘 / 水塘

# 搪 
普 táng　粵 tong4 堂　倉 QILR
手部，13 畫。

【釋義】①敷衍，應付：搪塞 / 推搪。②把泥土或塗料均勻地塗上：搪瓷 / 搪爐子。

# 膛 
普 táng　粵 tong4 唐　倉 BFBG
肉部，15 畫。

【釋義】①胸腔：胸膛。②器物的中空的部分：爐膛 / 槍膛。

# 糖 
普 táng　粵 tong4 堂　倉 FDILR
米部，16 畫。

【釋義】①有機化合物的一類，是人體內產生熱能的主要物質，如葡萄糖、澱粉等。也叫碳水化合物。②食糖，包括白糖、紅糖、冰糖等。③糖果：牛奶糖 / 水果糖。

【組詞】糖果 / 糖漿

# 螳 
普 táng　粵 tong4 唐　倉 LIFBG
虫部，17 畫。

T

【釋義】〔螳螂〕①俗稱刀螂。體綠色或黃褐色，頭三角形，胸細長，前腳發達像鐮刀，是食蟲性昆蟲，對農作物有益。②簡稱為螳：螳臂當車（比喻不自量力，必敗無疑）。

## 倘 　曾 tǎng　粵 tong2 躺　倉 OFBR
人部，10 畫。

【釋義】如果，假若：倘或 / 倘若 / 倘有不測，如何交代？

## 淌 　曾 tǎng　粵 tong2 躺　倉 EFBR
水部，11 畫。

【釋義】往下流：淌汗 / 淌血。
【組詞】流淌

## 躺 　曾 tǎng　粵 tong2 倘　倉 HHFBR
身部，15 畫。

【釋義】身體平臥，也指車輛、器具等倒在地上：躺在牀上休息。
【組詞】躺下

## 趟 　曾 tàng　粵 tong3 燙　倉 GOFBR
走部，15 畫。

【釋義】表示單位。用於走動的次數：來一趟。

## 燙 ｜ 烫 　曾 tàng　粵 tong3 趟　倉 EHF
火部，16 畫。

【釋義】①物體溫度高：滾燙。②溫度高的物體與皮膚接觸使感覺疼痛或受傷：燙傷 / 燙手。③利用溫度高的物體使另一物體溫度升高或發生其他變化：燙酒（用熱水暖酒）/ 燙衣服（用熱熨斗使衣服平整）。④指燙髮，用熱能或藥水使頭髮捲曲美觀：電燙。

----

# tao

## 掏 　曾 tāo　粵 tou4 逃　倉 QPOU
手部，11 畫。

【釋義】①用手或工具伸進物體的口內，把東西弄出來：掏耳朵 / 掏腰包。②挖：在牆上掏一個洞。

## 滔 　曾 tāo　粵 tou1 韜　倉 EBHX
水部，13 畫。

【釋義】大水瀰漫：白浪滔天。
【成語】滔滔不絕 / 罪惡滔天

## 濤 ｜ 涛 　曾 tāo　粵 tou4 桃　倉 EGNI
水部，17 畫。

【釋義】①大波浪：波濤 / 驚濤駭浪。②像波濤那樣的聲音：林濤（樹林被風吹動時，所發出的像波濤的聲音）。
【組詞】浪濤

## 韜 ｜ 韬 　曾 tāo　粵 tou1 滔　倉 DQBHX
韋部，19 畫。

【釋義】①遮掩，隱蔽：韜光養晦（比喻隱藏才能，不使外露）。②用兵的謀略：韜略。

## 桃 　曾 táo　粵 tou4 逃　倉 DLMO
木部，10 畫。

【釋義】①喬木，花多為粉紅色，果實略呈球形，表面有短絨毛，味甜多汁，是一種常見

的水果。核仁可入藥。②形狀像桃的東西：
壽桃。③指核桃：桃酥。
【組詞】桃花 / 桃子
【成語】桃紅柳綠 / 桃李滿門

**逃** 🔊 táo 🔊 tou4 徒 🔊 YLMO
辵部，10 畫。

【釋義】①逃跑：逃匿 / 逃脫。②逃避，避
開：逃難 / 逃學。
【組詞】逃避 / 逃犯 / 逃離 / 逃命 / 逃跑 / 逃生
/ 逃亡 / 逃走 / 出逃 / 潛逃
【成語】逃之夭夭 / 插翅難逃 / 臨陣脫逃 / 落荒
而逃 / 在劫難逃

**淘** 🔊 táo 🔊 tou4 逃 🔊 EPOU
水部，11 畫。

【釋義】①用器物盛顆粒狀的東西，加水攪
動，或放在水裏簸動，使除去雜質：淘米。
②從深的地方舀出污水、泥沙、糞便等：淘
井。③耗費：淘神。④頑皮：這孩子真淘氣。
【組詞】淘氣 / 淘汰

**啕** 🔊 táo 🔊 tou4 逃 🔊 RPOU
口部，11 畫。

【釋義】哭：號啕大哭。

**陶** 🔊 táo 🔊 tou4 逃 🔊 NLPOU
阜部，11 畫。

【釋義】①用黏土燒製的器物：陶器 / 陶俑 / 彩
陶。②比喻造就、培養：陶冶 / 熏陶。③快
樂：陶然 / 陶醉。
【組詞】陶瓷 / 陶藝 / 陶鑄
【成語】陶然自得 / 自我陶醉

**萄** 🔊 táo 🔊 tou4 桃 🔊 TPOU
艸部，12 畫。

【釋義】〔葡萄〕見 295 頁 pú「葡」。

**討** | 讨 🔊 táo 🔊 tou2 土 🔊 YRDI
言部，10 畫。

【釋義】①出兵攻打：討伐 / 聲討。②索取，
請求：討饒 / 討債。③招惹：討好 / 討厭。
④討論：商討 / 探討。
【組詞】討教 / 討論 / 檢討 / 研討 / 征討
【成語】討價還價 / 自討苦吃 / 自討沒趣 / 東征
西討

**套** 🔊 táo 🔊 tou3 吐 🔊 KSMI
大部，10 畫。

【釋義】①做成一定形狀、罩在外面的東西：
手套。②罩在外面：套上外衣。③互相銜接
或重疊：套色印刷 / 一環套一環。④河流或
山勢彎曲的地方：河套。⑤用繩子等結成的
環狀物：繩套 / 牲口套。⑥用套拴緊：套車 /
套馬。⑦模仿，照樣子做：套用 / 套公式 / 生
搬硬套。⑧應酬的話，或陳陳相因的辦法：
套語 / 客套 / 俗套。⑨引出真情實話：套不出
他的底細。⑩拉攏：套交情 / 套近乎。⑪表
示單位。用於成組的事物：一套家具 / 一整套
措施。
【組詞】套餐 / 套票 / 套裝 / 配套 / 圈套 / 外套

— te —

**特** 🔊 tè 🔊 dak6 得六聲 🔊 HQGDI
牛部，10 畫。

【釋義】①超出一般，不尋常的：特殊／特效／奇特。②特地；特意／特發獎狀，以資鼓勵。③指特務：特工。

【組詞】特別／特產／特點／特定／特價／特色／特徵／特製／特質／獨特

## teng

疼 @ téng @ tang4 騰 @ KHEY
疒部，10畫。

【釋義】①疾病創傷引起的難受的感覺，痛：疼痛。②心疼，憐愛：疼愛／爸爸媽媽都很疼我。

膳 ｜謄 @ téng @ tang4 騰
@ BFQR
言部，17畫。

【釋義】按照原稿抄寫：膳錄／膳寫。

藤 @ téng @ tang4 騰 @ TBFE
艹部，19畫。

【釋義】某些植物如葡萄、紫藤等的葡萄莖或攀緣莖，有的可以編製箱子、椅子等：藤椅／瓜藤。

【組詞】藤蔓

【成語】順藤摸瓜

騰 ｜騰 @ téng @ tang4 藤
@ BFQF
馬部，20畫。

【釋義】①奔跑或跳躍：奔騰／歡騰。②升到空中：飛騰。③使空：騰出房間／騰出時間溫習。④用在某些動詞後面，表示反覆：翻騰／折騰。

【組詞】騰飛／騰空／騰躍／沸騰

【成語】騰雲駕霧／龍騰虎躍／萬馬奔騰

## ti

剔 @ tī @ tik1 惕 @ AHLN
刀部，10畫。

【釋義】①從骨頭上把肉刮下來：把肉剔得乾乾淨淨。②把東西從縫隙裏往外挑：剔牙。③除去壞的，挑出並去掉不合格的：剔除／挑剔。

梯 @ tī @ tai1 題一聲 @ DCNH
木部，11畫。

【釋義】①便利人上下的用具或設備：梯子／樓梯。②作用像樓梯的設備：電梯。③形狀像樓梯的：梯田。

【組詞】梯級／梯形／階梯／雲梯

踢 @ tī @ tek3 拖尺三聲 @ RMAPH
足部，15畫。

【釋義】抬起腿用腳或蹄子撞擊：踢球／踢腿／踢毽子。

提 @ tí @ tai4 題 @ QAMO
手部，12畫。

▲ 另見72頁 dī。

【釋義】①垂手拿着使懸空：提着籃子。②使事物由下往上：提高／提升。③使預定期限往前移：提前／提早。④指出或舉出：提問／提醒。⑤提取：提貨／提款。⑥把犯人從關押的地方帶出來：提訊。⑦談起，談到：舊事重提／隻字不提。⑧漢字的筆畫，形狀是「㇀」。

【組詞】提倡 / 提出 / 提供 / 提及 / 提交 / 提名 / 提示 / 提議 / 前提 / 手提

【成語】提綱挈領 / 提心吊膽 / 耳提面命 / 相提並論

## 啼 曾 tí 粵 tai4 提 倉 RYBB
口部，12 畫。

【釋義】①出聲地哭：啼哭 / 悲啼。②某些鳥獸叫：雞啼 / 虎嘯猿啼。

【成語】啼笑皆非

## 蹄 曾 tí 粵 tai4 提 倉 RMYBB
足部，16 畫。

【釋義】馬、牛、羊等動物生在趾端的角質物，也指具有這種角質物的腳。

【組詞】蹄子 / 馬蹄

【成語】馬不停蹄

## 題｜题 曾 tí 粵 tai4 提 倉 AOMBC
頁部，18 畫。

【釋義】①題目：題解 / 命題。②寫上，簽上：題款 / 題字。

【組詞】題材 / 題目 / 標題 / 話題 / 課題 / 難題 / 試題 / 問題 / 主題 / 專題

【成語】借題發揮 / 小題大做 / 金榜題名 / 文不對題

## 體｜体 曾 tǐ 粵 tai2 梯二聲
粵 BBTWT
骨部，23 畫。

【釋義】①身體，有時指身體的一部分：體力 / 體重 / 肢體。②物體：固體 / 液體 / 整體。

③文字的書寫形式，作品的體裁：文體 / 字體 / 古體詩。④體制：國體 / 政體。⑤親身（經驗），設身處地（着想）：體會 / 體驗。⑥一種語法範疇，多表示動詞所指動作進行的情況：進行體 / 完成體。

【組詞】體諒 / 體魄 / 體現 / 體形 / 個體 / 集體 / 具體 / 媒體 / 軀體 / 團體

【成語】體貼入微 / 體無完膚 / 遍體鱗傷 / 身體力行 / 五體投地 / 心寬體胖 / 不識大體 / 魂不附體 / 衣不蔽體

## 剃 曾 tì 粵 tai3 替 倉 CHLN
刀部，9 畫。

【釋義】用刀刮去毛髮：剃頭。

【組詞】剃刀

## 涕 曾 tì 粵 tai3 替 倉 ECNH
水部，10 畫。

【釋義】①眼淚：痛哭流涕。②哭泣：涕泣 / 破涕為笑。③鼻涕：涕淚交流。

【組詞】涕淚 / 鼻涕

## 倜 曾 tì 粵 tik1 惕 倉 OBGR
人部，10 畫。

【釋義】〔倜儻〕（儻：曾 tǎng 粵 tong2 躺）不拘束，豪爽大方：風流倜儻。

## 惕 曾 tì 粵 tik1 剔 倉 PAPH
心部，11 畫。

【釋義】謹慎小心：警惕。

## 屜｜屉 曾 tì 粵 tai3 替 倉 SHOT
尸部，11 畫。

| | | | | |
|---|---|---|---|---|
| 屉 | 屉 | 屉 | 屉 | 屉 |

【釋義】器物中可以隨意拿出或抽出的裝東西的部分，常常是盒子形的，或是分層的格子架：抽屉。

**替**　🔊tì　🗣tai3 涕　🖋QOA
日部，12畫。

| | | | | |
|---|---|---|---|---|
| 夫 | 扶 | 替 | 替 | 替 |

【釋義】①替代：替身 / 替罪。②為，給：大家替他出主意。③衰敗：朝代興替。
【組詞】替補 / 替代 / 替換 / 代替 / 頂替 / 交替 / 接替
【成語】替天行道 / 冒名頂替

**嚏**　🔊tì　🗣tai3 替　🖋RJBO
口部，17畫。

| | | | | |
|---|---|---|---|---|
| 嚏 | 嚏 | 嚏 | 嚏 | 嚏 |

【釋義】〔噴嚏〕鼻黏膜受到刺激後引起的一種猛烈帶聲音的噴氣現象。

## tian

**天**　🔊tiān　🗣tin1 田一聲　🖋MK
大部，4畫。

| | | | | |
|---|---|---|---|---|
| 天 | 天 | 天 | 天 | 天 |

【釋義】①天空：天際 / 頂天立地。②位置在頂部的，凌空架設的：天窗 / 天橋。③一晝夜二十四小時的時間，有時專指白天：當天 / 每天。④一天裏的某一段時間：五更天。⑤季節，時節：春天 / 冬天。⑥天氣：晴天 / 陰天。⑦天然的，天生的：天資。⑧自然界：天災 / 人定勝天。⑨迷信的人指自然界的主宰者：天意。⑩迷信的人指神佛仙人所住的地方：天堂 / 歸天。
【組詞】天邊 / 天才 / 天賦 / 天亮 / 天色 / 天文 / 天性 / 天真 / 露天 / 先天
【成語】天翻地覆 / 天馬行空 / 天壤之別 / 天涯海角 / 天衣無縫 / 得天獨厚 / 如日中天 / 無法無天 / 一步登天 / 坐井觀天

**添**　🔊tiān　🗣tim1 甜一聲　🖋EHKP
水部，11畫。

| | | | | |
|---|---|---|---|---|
| 添 | 添 | 添 | 添 | 添 |

【釋義】①增加：添加 / 添置。②生（小孩）：大嫂添了個男孩。
【組詞】添丁 / 增添
【成語】畫蛇添足 / 錦上添花 / 如虎添翼

**田**　🔊tián　🗣tin4 填　🖋W
田部，5畫。

| | | | | |
|---|---|---|---|---|
| 田 | 田 | 田 | 田 | 田 |

【釋義】①田地（有的地區專指水田）：田間 / 田野 / 農田。②蘊藏礦物可供開採的地帶：煤田 / 油田。
【組詞】田地 / 田園 / 稻田
【成語】瓜田李下 / 滄海桑田 / 解甲歸田

**恬**　🔊tián　🗣tim4 甜　🖋PHJR
心部，9畫。

【釋義】①安靜：恬靜。②淡泊，不追求名利：恬淡。③坦然，不放在心上：恬不知恥（做了壞事卻滿不在乎，不感到羞恥）。
【組詞】恬然 / 恬適
【成語】恬淡無為

**甜**　🔊tián　🗣tim4 恬　🖋HRTM
甘部，11畫。

| | | | | |
|---|---|---|---|---|
| 舌 | 舌 | 甜 | 甜 | 甜 |

【釋義】①味道像糖和蜜的：甜食。②比喻幸福、美好：憶苦思甜。③形容感覺舒適、甜美：嘴甜 / 睡得甜。
【組詞】甜美 / 甜蜜 / 甜品 / 甜味 / 甘甜 / 香甜 / 甜絲絲
【成語】甜言蜜語 / 酸甜苦辣

**填** 🔊 tián 🔊 tin4 田 🔊 GJBC
土部，13畫。

填 填 填 填 填

【釋義】①把凹陷或空的地方墊平或塞滿：填平坑洞。②補充：填補。③按照項目、格式在表格、單據上寫：填寫。
【組詞】填充 / 填詞 / 堆填

**殄** 🔊 tiǎn 🔊 tin5 天五聲 🔊 MNOHH
歹部，9畫。

【釋義】消滅，滅絕：暴殄天物（任意糟蹋物品）。

**舔** 🔊 tiǎn 🔊 tim2 添二聲 🔊 HRHKP
舌部，14畫。

舌 舌 舔 舔 舔

【釋義】用舌頭接觸東西或取東西：舔飯粒 / 舔盤子。

---

tiao

**佻** 🔊 tiāo 🔊 tiu4 條 ✕ tiu1 挑
🔊 OLMO
人部，8畫。

【釋義】輕浮，不莊重：輕佻。

**挑** 🔊 tiāo 🔊 tiu1 條一聲 🔊 QLMO
手部，9畫。

挑 挑 挑 挑 挑

▲另見本頁 tiǎo。
【釋義】①選擇：挑選 / 挑好的送給他。②在細節上過分苛求：挑剔 / 挑毛病。③扁擔等兩頭掛上東西，用肩膀支起來搬運：挑水 / 挑擔子。④扁擔和它兩頭所掛的東西：菜挑子。⑤表示單位。用於成挑的東西：一挑白菜。

**迢** 🔊 tiáo 🔊 tiu4 條 🔊 YSHR
辵部，9畫。

【釋義】遠，遙遠：千里迢迢。

**笤** 🔊 tiáo 🔊 tiu4 條 🔊 HSHR
竹部，11畫。

【釋義】〔笤帚〕一種除去塵土、垃圾等的用具，多用去粒高粱穗、黍子穗或棕綁紮而成。

**條|条** 🔊 tiáo 🔊 tiu4 調 🔊 OLOD
木部，11畫。

條 條 條 條 條

【釋義】①細長的樹枝：荊條 / 枝條。②泛指細長的東西：麵條 / 紙條。③細長的形狀：條紋。④分項目的：條款 / 條例。⑤層次，秩序，條理：有條不紊 / 井井有條。⑥表示單位。(a)用於長形的東西：三條魚。(b)用於分項目的事物：一條新聞。
【組詞】條件 / 條理 / 條文 / 條約 / 線條
【成語】慢條斯理 / 有條有理

**調|调** 🔊 tiáo 🔊 tiu4 條 🔊 YRBGR
言部，15畫。

調 訊 調 調 調

▲另見78頁 diào。
【釋義】①配合得均勻合適：風調雨順 / 飲食失調。②使配合得均勻合適：調劑 / 調節。③勸說雙方停止爭執，消除糾紛：調解 / 調停。④挑逗：調情 / 調笑。
【組詞】調和 / 調校 / 調味 / 調養 / 調整 / 烹調 / 失調 / 協調

**挑** 🔊 tiǎo 🔊 tiu1 條一聲 🔊 QLMO
手部，9畫。

挑 挑 挑 挑 挑

▲另見本頁 tiāo。
【釋義】①用竹竿等的一頭支起：挑燈籠。

②用細長或帶尖的東西撥：挑刺。③挑撥，挑動：挑逗／挑釁。④漢字的筆畫，即「提」。

【組詞】挑撥／挑動／挑戰

【成語】挑撥離間

## 眺 🔊 tiào 🔈 tiu3 跳 🀄 BULMO
目部，11畫。

【釋義】向遠方看：眺望。

## 跳 🔊 tiào 🔈 tiu3 眺 🀄 RMLMO
足部，13畫。

【釋義】①腿上用力，使身體突然離開所在的地方：跳躍／歡蹦亂跳。②物體由於彈性作用突然向上移動：新皮球跳得很高。③一起一伏地動：心跳／眼皮跳。④越過，超越：跳級。

【組詞】跳動／跳高／跳繩／跳水／跳舞／跳遠／跳蚤／蹦跳／彈跳

【成語】暴跳如雷／狗急跳牆／心驚肉跳

― tie ―

## 帖 🔊 tiē 🔈 tip3 貼 🀄 LBYR
巾部，8畫。

▲另見本頁tiě；本頁tiè。

【釋義】①服從：服帖。②妥當，穩當：妥帖。

## 貼 ｜贴 🔊 tiē 🔈 tip3 帖 🀄 BCYR
貝部，12畫。

【釋義】①把片狀的東西粘在另一個東西上：粘貼／貼揮春。②緊挨，靠近：貼身／貼心。③貼補，在經濟上補助：倒貼。④工資以外的補助費：津貼。⑤表示單位。膏藥一張叫一貼。⑥同「帖」，見本頁tiè。

## 帖 🔊 tiě 🔈 tip3 貼 🀄 LBYR
巾部，8畫。

▲另見本頁tiē；本頁tiè。

【釋義】①邀請客人的通知：請帖。②方言。表示單位。用於配合起來的若干味湯藥：一帖藥。

## 鐵 ｜铁 🔊 tiě 🔈 tit3 拖熱三聲 🀄 CJIG
金部，21畫。

【釋義】①金屬元素，符號Fe。灰色或銀白色，易生鏽，是煉鋼的主要原料。②指刀槍等：手無寸鐵。③形容堅硬，堅強，強而有力：鐵拳／銅牆鐵壁。④形容強悍或精銳：鐵騎／鐵蹄。⑤形容確定不移：鐵證／鐵案如山。

【組詞】鐵定／鐵軌／鐵鏈／鐵路／鐵皮／鐵絲／鐵塔／地鐵／鋼鐵／鑄鐵

【成語】鐵面無私／鐵石心腸／打鐵趁熱／斬釘截鐵

## 帖 🔊 tiè 🔈 tip3 貼 🀄 LBYR
巾部，8畫。

▲另見本頁tiē；本頁tiě。

【釋義】學習寫字或繪畫時臨摹用的樣本：碑帖／臨帖／字帖。

― ting ―

## 汀 🔊 tīng 🔈 ting1 亭一聲 🀄 EMN
水部，5畫。

【釋義】水邊或水中的平地：汀洲／綠汀。

# 聽 | 听

㊀ 曾 tīng 國 ting1 亭一聲
又 ting3 亭三聲 倉 SGJWP
耳部，22 畫。

**【釋義】**①用耳朵接受聲音：聽覺 / 聽力 / 收聽。②聽從勸告，接受意見：言聽計從 / 我勸他，他不聽。

**【組詞】**聽從 / 聽見 / 聽取 / 聽說 / 聽聞 / 聽眾 / 打聽 / 動聽 / 聆聽 / 傾聽

**【成語】**危言聳聽

㊁ 曾 tīng 國 ting3 亭三聲
**【釋義】**①治理，判斷：聽政。②隨其發展，不加干預；任憑：聽便 / 聽天由命。

**【組詞】**聽命 / 聽憑 / 聽任

# 廳 | 厅

曾 tīng 國 teng1 他鄭一聲
倉 ISGP
广部，25 畫。

**【釋義】**①聚會或招待客人用的大房間：廳堂 / 客廳。②政府機關的辦事部門：辦公廳。

**【組詞】**廳房 / 餐廳 / 大廳 / 飯廳

# 廷

曾 tíng 國 ting4 亭 倉 NKHG
廴部，7 畫。

**【釋義】**帝王接受朝見和辦理政務的地方，也指以帝王為首的中央統治機構：朝廷 / 宮廷。

# 亭

曾 tíng 國 ting4 廷 倉 YRBN
亠部，9 畫。

**【釋義】**①亭子。路旁或園林裏供人休息用的建築物，大多有頂無牆：涼亭 / 六角亭。②形狀像亭子的小型建築：電話亭。

**【組詞】**亭子

**【成語】**亭台樓閣

# 庭

曾 tíng 國 ting4 亭 倉 INKG
广部，10 畫。

**【釋義】**①廳堂：大庭廣眾。②正房前的院子：庭院。③指法庭：庭審 / 開庭。

**【組詞】**庭園 / 出庭 / 法庭 / 休庭

# 停

曾 tíng 國 ting4 亭 倉 OYRN
人部，11 畫。

**【釋義】**①停止：停頓 / 停業。②停留，暫時不前進：停幾天再走。③停放，停泊：停靠 / 把車停好。

**【組詞】**停泊 / 停留 / 停手 / 停戰 / 停止 / 不停 / 暫停 / 停車場

**【成語】**馬不停蹄

# 婷

曾 tíng 國 ting4 亭 倉 VYRN
女部，12 畫。

**【釋義】**形容人或花木美好：婷婷。

# 蜓

曾 tíng 國 ting4 亭 倉 LINKG
虫部，13 畫。

**【釋義】**〔蜻蜓〕見 311 頁 qīng「蜻」。

# 霆

曾 tíng 國 ting4 亭 倉 MBNKG
雨部，15 畫。

**【釋義】**急雷，霹靂：雷霆萬鈞。

# 挺

曾 tǐng 國 ting5 亭五聲 倉 QNKG
手部，10 畫。

【釋義】①硬而直：挺立／筆挺。②伸直或凸出身體或身體的一部分：昂首挺胸。③勉強支撐：硬挺着。④很：味道挺香。
【成語】挺身而出

艇 ⓖ tǐng ⓟ ting5 挺　ⓧ teng5 拖鄭五聲　ⓒ HYNKG
舟部，13 畫。

【釋義】①指比較輕便的船：遊艇。②指某些大船：潛艇。
【組詞】艦艇／快艇

鋌｜铤 ⓖ tǐng ⓟ ting5 挺　ⓒ CNKG
金部，15 畫。
【釋義】快走的樣子：鋌而走險 (指無路可走而採取冒險行動)。

---

### tong

通 ⓖ tōng ⓟ tung1 同一聲　ⓒ YNIB
辵部，11 畫。

【釋義】①沒有堵塞，可以穿過：暢通。②使不堵塞：通風／疏通。③有路達到：四通八達。④連接，相來往：溝通。⑤傳達，使知道：通報／通知。⑥了解，懂得：通曉／精通多國語言。⑦指精通某一方面的人：日本通／萬事通。⑧通順：通暢／文章寫得不通。⑨普通，一般：通常。⑩整個，全部：通盤／通力合作。⑪表示單位。用於文書電報：一通電報。
【組詞】通道／通過／通俗／通往／通行／通訊／通用／交通／開通／流通
【成語】通情達理／神通廣大／融會貫通／水泄不通／一竅不通

同 ⓖ tóng ⓟ tung4 童　ⓒ BMR
口部，6 畫。

▲ 另見 381 頁 tòng。

【釋義】①相同，一樣：同類／同齡。②跟……相同：同前／人同此心。③共同，一齊從事：同甘共苦／同來同往。④引進動作的對象，與「跟」相同：有事同你商量。⑤引進比較的事物，與「跟」相同：內陸的氣候同海邊不一樣。⑥表示替人做事，與「給」相同：這封信我一直同你保存着。⑦表示並列關係，與「和」相同：糧食同蔬菜都充足。
【組詞】同伴／同情／同時／同學／同樣／同意／連同／陪同／認同／贊同
【成語】同病相憐／同舟共濟／不同凡響／大同小異／非同小可／一視同仁／異口同聲／異曲同工／不約而同／與眾不同

彤 ⓖ tóng ⓟ tung4 童　ⓒ BYHHH
彡部，7 畫。
【釋義】紅色：彤霞。
【組詞】彤雲／紅彤彤

桐 ⓖ tóng ⓟ tung4 童　ⓒ DBMR
木部，10 畫。
【釋義】①油桐，喬木，葉卵形，果實綠色，近球形。種子榨的油叫桐油，用作塗料。②泡桐，喬木，葉子大，花紫白色。木質疏鬆，可用來製作樂器。③〔梧桐〕見 399 頁 wú「梧」。

童 ⓖ tóng ⓟ tung4 同　ⓒ YTWG
立部，12 畫。

【釋義】兒童：童年／頑童。
【組詞】童話／童趣／童心／童謠／童真／童裝／童子／孩童／小童／學童
【成語】童叟無欺／金童玉女／鶴髮童顏／返老還童

銅｜铜 ⓖ tóng ⓟ tung4 童　ⓒ CBMR
金部，14 畫。

金 釦 銅 銅 銅

【釋義】金屬元素，符號Cu。淡紫紅色，延展性、導電性和導熱性強。銅的合金是工業的重要原料。
【組詞】銅牌 / 銅錢 / 銅像
【成語】銅牆鐵壁

**瞳** 🔵 tóng 🔵 tung4 童 🔵 BUYTG
目部，17畫。

【釋義】瞳孔，眼球中央進光的圓孔，可以因光線的強弱而縮小或擴大。
【組詞】瞳孔

**捅** 🔵 tǒng 🔵 tung2 桶 🔵 QNIB
手部，10畫。

【釋義】①戳，扎：捅馬蜂窩 / 紙一捅就破。②戳穿，揭露：把事情都捅出來了。

**桶** 🔵 tǒng 🔵 tung2 統 🔵 DNIB
木部，11畫。

木 杆 桶 桶 桶

【釋義】一種盛東西的器具，多為圓柱形，用木板、鐵皮、塑料等製成，有的有提樑：水桶 / 鐵桶。

**筒** 🔵 tǒng 🔵 tung4 童 🔵 HBMR
竹部，12畫。

筒 竹 筒 筒 筒

【釋義】①粗大的竹管：竹筒。②較粗的管狀器物：筆筒 / 郵筒。③衣服、鞋襪上的筒狀部分：袖筒 / 長筒襪。
【組詞】電筒 / 滾筒 / 滅火筒 / 萬花筒

**統|统** 🔵 tǒng 🔵 tung2 桶
🔵 VFYIU
糸部，12畫。

統 絖 統 統 統

【釋義】①事物彼此之間連續的關係：傳統 / 血統 / 正統。②總起來，總括：統籌 / 統計。③統轄，統管：統兵。
【組詞】統領 / 統帥 / 統轄 / 統一 / 統治 / 系統 / 總統
【成語】不成體統

**同** 🔵 tòng 🔵 tung4 童 🔵 BMR
口部，6畫。

冂 冂 同 同 同

▲另見380頁 tóng。
【釋義】〔胡同〕見141頁hú「胡」。

**痛** 🔵 tòng 🔵 tung3 通三聲 🔵 KNIB
疒部，12畫。

疒 疒 痛 痛 痛

【釋義】①疾病、創傷等引起的難受的感覺：疼痛 / 頭痛。②悲傷：哀痛。③盡情地，深切地，徹底地：痛悔 / 痛飲 / 痛改前非（徹底改正過去的錯誤）。
【組詞】痛楚 / 痛恨 / 痛哭 / 痛苦 / 痛快 / 痛心 / 悲痛 / 沉痛 / 痠痛 / 心痛
【成語】痛不欲生 / 痛哭流涕 / 痛心疾首 / 切膚之痛

**慟|恸** 🔵 tòng 🔵 dung6 洞
🔵 PHGS
心部，14畫。

【釋義】極度悲哀，痛哭：悲傷大慟。

---

## tou

**偷** 🔵 tōu 🔵 tau1 頭一聲 🔵 OOMN
人部，11畫。

亻 价 价 偷 偷

【釋義】①私下裏拿走別人的東西，據為己有：偷盜／偷竊。②指偷盜的人：小偷。③瞞着人做事；偷看／偷聽。④抽出時間：偷空／忙裏偷閒。⑤只顧眼前，得過且過：苟且偷生。

【組詞】偷渡／偷懶／偷偷／偷襲

【成語】偷工減料／偷天換日／偷偷摸摸

**投** 普 tóu 粵 tau4 頭 倉 QHNE
手部，7畫。

投 扠 投 投 投

【釋義】①向一定目標扔：投籃／投擲。②放進去，送進去：投票／投資。③跳進去（專指自殺行為）：投河。④投射：把眼光投到他身上。⑤寄給人書信等：投遞／投稿。⑥找上去，參加進去：投軍／投考。⑦合，迎合：投緣／投其所好／情投意合。

【組詞】投放／投機／投寄／投靠／投入／投身／投訴／投降／競投

【成語】投機取巧／投石問路／投鼠忌器／投桃報李／自投羅網／走投無路／臭味相投

**頭|头** 普 tóu 粵 tau4 投 倉 MTMBC
頁部，16畫。

頭 頭 頭 頭 頭

【釋義】①人身體的最上部或動物身體最前部長着口、鼻、眼等器官的部分。②指頭髮或所留頭髮的樣式：平頭／剃頭。③物體的頂端或末梢：山頭／針頭。④事情的起點或終點：盡頭／開頭／從頭說起。⑤物品的殘餘部分：煙頭／鉛筆頭。⑥頭目：工頭。⑦方面：兩頭不得罪。⑧第一：頭等艙／頭條新聞。⑨領頭的，次序居先的：頭馬。⑩表示次序或時間在前的：頭兩年／頭一遍。⑪表示單位。(a)用於牛、騾等牲畜：一頭牛。(b)用於像頭的物體：一頭蒜。⑫名詞後綴。放在名詞、動詞或形容詞語素後：木頭／念頭／甜頭。⑬方位詞後綴：裏頭／上頭。

【組詞】頭獎／頭腦／頭銜／帶頭／額頭／關頭／箭頭／口頭／苦頭／埋頭

【成語】頭昏腦脹／頭破血流／頭頭是道／垂頭喪氣／交頭接耳／三頭六臂／迎頭趕上／出人頭地／嶄露頭角／大難臨頭

**透** 普 tòu 粵 tau3 偷三聲 倉 YHDS
辵部，11畫。

透 秀 透 透 透

【釋義】①（液體、光線等）滲透，穿透：透風／透明。②暗地裏告訴：透露／透漏風聲。③透徹：看透世事／把道理講透。④達到飽滿、充分的程度：熟透了。⑤顯露：白裏透紅。

【組詞】透徹／透過／透漏／透氣／透視／看透／摸透／滲透／通透

【成語】力透紙背／風雨不透／玲瓏剔透

---

## tu

**凸** 普 tū 粵 dat6 突 倉 BSS
凵部，5畫。

凸 凸 凸 凸 凸

【釋義】高於周圍（跟「凹」相對）：凸出／凸透鏡。

**禿|秃** 普 tū 粵 tuk1 拖屋一聲 倉 HDHU
禾部，7畫。

禿 禿 禿 禿 禿

【釋義】①人沒有頭髮，鳥獸頭頂或尾沒有毛：禿頭／禿鷹。②樹木沒有枝葉，山沒有樹木：禿樹／禿山野嶺。

【組詞】光禿禿

**突** 普 tū 粵 dat6 凸 倉 JCIK
穴部，9畫。

突 突 突 突 突

【釋義】①突然：突變／異軍突起。②猛衝：

突圍 / 衝突。③高於周圍：突出 / 突起。
【組詞】突發 / 突擊 / 突破 / 突然 / 突襲
【成語】突飛猛進 / 突如其來

徒 🔊 tú 🔊 tou4 逃 🔊 HOGYO
彳部，10畫。

【釋義】①步行：徒步。②空着，光着：徒手。③表示除此之外，沒有別的；僅僅：家徒四壁。④白白地：徒勞 / 徒然。⑤徒弟，學生：門徒。⑥信仰某種宗教的人：基督徒。⑦指某種人（含貶義）：匪徒 / 酒徒。⑧〔徒刑〕剝奪犯人自由的刑罰，分有期徒刑和無期徒刑兩種。
【組詞】徒弟 / 暴徒 / 歹徒 / 賭徒 / 叛徒 / 囚徒 / 師徒 / 信徒 / 兇徒 / 學徒
【成語】徒勞無功 / 徒有虛名 / 亡命之徒

茶 🔊 tú 🔊 tou4 途 🔊 TOMD
艸部，11畫。

【釋義】①古書上說的一種苦菜：荼毒（比喻毒害）。②古書上指茅草的白花：如火如荼（像火那樣紅、像荼那樣白。原比喻軍容之盛，現用來形容旺盛、熱烈或激烈）。

途 🔊 tú 🔊 tou4 逃 🔊 YOMD
辵部，11畫。

【釋義】道路：途徑 / 旅途。
【組詞】途經 / 途人 / 途中 / 長途 / 路途 / 歧途 / 前途 / 沿途 / 用途 / 中途
【成語】半途而廢 / 迷途知返 / 窮途末路 / 道聽途說 / 老馬識途 / 誤入歧途

屠 🔊 tú 🔊 tou4 徒 🔊 SJKA
尸部，11畫。

【釋義】①宰殺（牲畜）：屠宰。②大規模地殺人：屠城。
【組詞】屠刀 / 屠夫 / 屠殺

塗 ｜涂 🔊 tú 🔊 tou4 徒 🔊 EDG
土部，13畫。

【釋義】①使油漆、顏色、脂粉、藥物等附着在物體上：塗料 / 塗抹。②亂寫或亂畫，隨意地寫字或畫畫：塗寫 / 塗鴉。③抹去：塗改。④泥：生靈塗炭（形容百姓處境困苦）。
【成語】塗脂抹粉

圖 ｜图 🔊 tú 🔊 tou4 徒 🔊 WRYW
囗部，14畫。

【釋義】①用繪畫表現出來的形象，圖畫：插圖 / 地圖。②描繪，畫：繪影圖形。③謀劃，計議：圖謀。④貪圖：唯利是圖。⑤意圖，計劃：良圖 / 大展鴻圖。
【組詞】圖案 / 圖片 / 圖示 / 圖書 / 圖騰 / 圖像 / 圖形 / 繪圖 / 企圖 / 試圖
【成語】圖謀不軌 / 圖文並茂 / 發憤圖強 / 感恩圖報 / 有利可圖

土 🔊 tǔ 🔊 tou2 討 🔊 G
土部，3畫。

一 十 土

【釋義】①土壤，泥土：黃土 / 沙土。②土地：故土 / 國土。③本地：土產。④不合潮流，不開通：土包子 / 土裏土氣。
【組詞】土地 / 土壤 / 本土 / 塵土 / 出土 / 領土 / 泥土 / 屬土 / 水土 / 混凝土
【成語】土崩瓦解 / 土生土長 / 捲土重來 / 面如土色 / 揮金如土

吐 🔊 tǔ 🔊 tou3 兔 🔊 RG
口部，6畫。

吐 吐 吐 吐 吐

▲ 另見本頁 tù。

【釋義】①自己使東西從嘴裏出來：吐氣 / 吐痰。②從嘴中或縫裏透出來或露出來：蠶吐絲。③說出來：談吐 / 吐露實情。

【組詞】吐露 / 吞吐

【成語】吞吞吐吐 / 吞雲吐霧 / 揚眉吐氣

吐 ⑮tù ⑱tou3 兔 ⑯RG
口部，6畫。

吐 吐 吐 吐 吐

▲ 另見 383 頁 tǔ。

【釋義】消化道或呼吸道裏的東西不自主地從嘴裏湧出來：吐血 / 嘔吐 / 上吐下瀉。

兔 ⑮tù ⑱tou3 吐 ⑯NUI
儿部，8畫。

兔 兔 兔 兔 兔

【釋義】哺乳動物，耳長，上脣中間分裂，尾短，後肢比前肢長，善跑跳。

【組詞】兔子

【成語】兔死狐悲 / 守株待兔

## tuan

湍 ⑮tuān ⑱teon1 盾一聲 ⑯EUMB
水部，12畫。

【釋義】水勢急，水流很急的樣子：湍流。

團 ｜团 ⑮tuán ⑱tyun4 豚 ⑯WJII
口部，14畫。

囗 圎 圎 圑 團

【釋義】①圓形或球形的東西：團扇 / 紙團。②會合在一起：團聚 / 團圓。③工作或活動的集體：團體 / 交流團。④軍隊的編制單位，一般隸屬於師，下轄若干營。⑤表示單

位。用於成團的東西：一團毛線。

【組詞】團隊 / 團結 / 團員 / 集團 / 劇團 / 軍團 / 樂團

## tui

推 ⑮tuī ⑱teoi1 退一聲 ⑯QOG
手部，11畫。

推 推 推 推 推

【釋義】①向外用力使物體沿用力方向移動：推車 / 推開門。②使事情開展：推廣 / 推銷。③根據已知的事情斷定其他，從某方面的情況想到其他方面：推測 / 推理。④讓給別人，辭讓：推讓 / 半推半就。⑤找理由拒絕：推託 / 推三阻四。⑥把預定的時間向後改動：推遲。⑦稱讚，重視：推崇 / 推重。⑧舉薦：推舉 / 選推。

【組詞】推動 / 推翻 / 推薦 / 推敲 / 推卻 / 推算 / 推卸 / 推行 / 推延 / 推展

【成語】推波助瀾 / 推陳出新 / 推己及人 / 推心置腹 / 順水推舟

頹 ｜颓 ⑮tuí ⑱teoi4 推四聲
⑯HUMBC
頁部，16畫。

禿 禿 頹 頹 頹

【釋義】①崩壞，倒塌：頹垣斷壁。②衰敗：頹敗 / 衰頹。③委靡，精神或意志低落：頹廢 / 頹喪。

腿 ⑮tuǐ ⑱teoi2 推二聲 ⑯BYAV
肉部，14畫。

腿 腿 腿 腿 腿

【釋義】①人和動物用來支持身體和行走的部分。②器物下部像腿一樣起支撐作用的部分：桌子腿。

退 ⑮tuì ⑱teoi3 蛻 ⑯YAV
辵部，10畫。

**退**

【釋義】①向後移動（跟「進」相對）：退步 / 退卻 / 倒退。②使向後移動：退兵 / 退敵。③退出：退席 / 退役 / 告退。④減退，下降：退燒 / 衰退。⑤退還：退貨 / 退錢。⑥把已定的事撤銷：退婚。

【組詞】退避 / 退後 / 退化 / 退路 / 退讓 / 退縮 / 退伍 / 退休 / 撤退 / 後退

【成語】退避三舍 / 進退兩難 / 功成身退 / 急流勇退 / 知難而退

**蜕** 🔊 tui 🔊 teoi3 退 🔊 LICRU
虫部，13畫。

【釋義】①蛇、蟬等脫皮：蛻皮。②蛇、蟬等脫下的皮：蟬蛻。③鳥換毛（脫毛重長）：大雁蛻去舊毛。④比喻事物的變化：蛻變 / 蛻化。

**褪** 🔊 tuì 🔊 tan3 吞三聲 🔊 teoi3 退
🔊 LYAV
衣部，15畫。

【釋義】脫（顏色、衣服、羽毛）等：褪色 / 褪去外套。

─── tun ───

**吞** 🔊 tūn 🔊 tan1 他因一聲 🔊 HKR
口部，7畫。

【釋義】①不嚼或不細嚼，整個或成塊地嚥下去：吞食 / 吞嚥。②兼併，侵佔：吞併 / 侵吞土地。

【組詞】吞吐 / 獨吞

【成語】吞吞吐吐 / 吞雲吐霧 / 狼吞虎嚥 / 忍氣吞聲

**屯** 🔊 tún 🔊 tyun4 團 🔊 PU
屮部，4畫。

【釋義】①聚集，儲存：屯集 / 屯糧。②軍隊駐紮：屯兵 / 駐屯。

**囤** 🔊 tún 🔊 tyun4 團 🔊 WPU
口部，7畫。

▲另見86頁dùn。

【釋義】儲存：囤積 / 囤聚 / 囤糧。

**豚** 🔊 tún 🔊 tyun4 團 🔊 BMSO
豕部，11畫。

【釋義】①小豬，泛指豬。②〔海豚〕哺乳動物，身體紡錘形，鼻孔長在頭頂上，嘴喙細長，背鰭三角形。生活在海洋中，吃魚、蝦等。

**臀** 🔊 tún 🔊 tyun4 團 🔊 SEB
肉部，17畫。

【釋義】屁股：臀部。

─── tuo ───

**托** 🔊 tuō 🔊 tok3 託 🔊 QHP
手部，6畫。

【釋義】①手掌或其他東西向上承受物體：托着盤子 / 兩手托着下巴。②承托東西的器具：托盤 / 花托。③陪襯：襯托 / 烘托。

**拖** 🔊 tuō 🔊 to1 妥一聲 🔊 QOPD
手部，8畫。

【釋義】①拉，牽引，使物體沿着地面或另一物體表面移動：拖曳 / 拖地板。②在身體後面垂着：拖着尾巴。③拖延：拖拉 / 這件工作已經拖了很久。

【組詞】拖累 / 拖欠 / 拖延

【成語】拖泥帶水

**託|托** 🔊 tuō 🔊 tok3 托 🔊 YRHP
言部，10畫。

**託**

【釋義】①委託，寄託：託兒所／託人幫忙。②推託，藉故拒絕：託詞／託病不來。③依賴：託庇／託福。
【組詞】託管／拜託／寄託／推託／委託／囑託

**脫** 普 tuō 粵 tyut3 拖月三聲 倉 BCRU
肉部，11 畫。

【釋義】①皮膚、毛髮等脫落：脫毛／脫皮。②取下，除去：脫鞋／脫衣。③離開，躲開：擺脫／逃脫。④不受拘束，不拘小節：灑脫。
【組詞】脫離／脫落／脫險／解脫
【成語】脫口而出／脫胎換骨／脫穎而出／金蟬脫殼／臨陣脫逃

**駄｜駄** 普 tuó 粵 to4 駝 倉 SFK
馬部，13 畫。

【釋義】用背部承受物體的重量：駄運／馬駄着行李。

**駝｜駝** 普 tuó 粵 to4 駝 倉 SFJP
馬部，15 畫。

【釋義】①指駱駝：駝峯。②背彎曲：駝背。
【組詞】駱駝

**鴕｜鸵** 普 tuó 粵 to4 駝 倉 HFJP
鳥部，16 畫。

【釋義】鴕鳥，現代鳥類中最大的鳥，雄鳥

高可達 3 米，兩翼退化，不能飛，腿長。善走，生活在非洲的草原和沙漠地帶。

**妥** 普 tuǒ 粵 to5 橢 倉 BV
女部，7 畫。

【釋義】①合適，適當：妥當／穩妥。②齊備，停當：事情辦妥了／他們商量妥了。
【組詞】妥善／妥協

**橢｜椭** 普 tuǒ 粵 to5 妥 倉 DNLB
木部，16 畫。

【釋義】〔橢圓〕長圓形，也指橢圓體。

**拓** 普 tuò 粵 tok3 托 倉 QMR
手部，8 畫。

▲另見 367 頁 tà。
【釋義】開闢（土地、道路），擴充：拓荒／拓寬視野。
【組詞】拓展／開拓
【成語】拓土開疆

**唾** 普 tuò 粵 to3 拖三聲
✕ toe3 拖靴三聲 倉 RHJM
口部，12 畫。

【釋義】①唾液，口腔中分泌的液體。通稱唾沫。②用力吐唾沫：唾手可得（比喻容易得到）。③吐唾沫表示鄙視：唾罵／唾棄。
【組詞】唾沫／唾液

# Ww

---

## wa

**挖** 普 wā 粵 waat3 滑三聲 倉 QJCN
手部，9 畫。

【釋義】①用工具或手從物體表面向裏用力，取出其一部分或其中包藏的東西：挖洞／挖土／挖個坑。②發掘，探求：挖掘／挖空心思。

**哇** 普 wā 粵 waa1 蛙 倉 RGG
口部，9 畫。

【釋義】形容哭叫、嘔吐等的聲音：哇哇大叫／哇哇大哭／他ינ的一聲把藥全吐出來了。

**蛙** 普 wā 粵 waa1 哇 倉 LIGG
虫部，12 畫。

【釋義】兩棲動物，無尾，前肢短，後肢長，善於跳躍、游泳、捕食昆蟲，種類很多，青蛙是常見的蛙科動物：牛蛙／青蛙。

【成語】井底之蛙

**媧** ｜娲 普 wā 粵 wo1 窩 倉 VBBR
女部，12 畫。

【釋義】〔女媧〕中國古代神話傳說中的女神，傳說她曾煉五色石補天。

**窪** ｜洼 普 wā 粵 waa1 蛙 倉 JCEGG
穴部，14 畫。

【釋義】①凹陷：窪地。②凹陷的地方：山窪／水窪。

【組詞】低窪

**娃** 普 wá 粵 waa1 蛙 倉 VGG
女部，9 畫。

【釋義】小孩：娃娃／男娃／女娃。

**瓦** 普 wǎ 粵 ngaa5 雅 倉 MVNI
瓦部，5 畫。

【釋義】①用來覆蓋屋頂的建築材料，用泥土燒成或用水泥等製成：屋子被火燒得片瓦無存。②用泥土燒成的：瓦盆／瓦器。③瓦特（電的功率單位的簡稱）。

【成語】土崩瓦解／添磚加瓦

**襪** ｜袜 普 wà 粵 mat6 勿 倉 LTWI
衣部，20 畫。

【釋義】穿在腳上的東西，用棉紗、化學纖維等製成。

【組詞】襪子

---

## wai

**歪** 普 wāi 粵 waai1 壞一聲 倉 MFMYM
止部，9 畫。

【釋義】①不正，斜，偏（跟「正」（zhèng）相

對）：歪斜／東倒西歪。②不正當的，不正派的：邪門歪道。
【組詞】歪風／歪理／歪曲

## 外

🔊 wài 🔊 ngoi6 礙 🔊 NIY
夕部，5畫。

外 夕 夕 外 外

【釋義】①外邊（跟「內」「裏」相對）：外表／外傷。②指自己所在地以外的：外地／外鄉。③外國，外國的：外語／對外貿易／古今中外。④稱母親、姐妹或女兒方面的親戚：外婆／外孫。⑤關係疏遠的：外人／見外。⑥非正式的，非正規的：外號／外傳。
【組詞】外交／外貌／外圍／外形／出外／此外／額外／分外／例外／意外
【成語】節外生枝／世外桃源／裏應外合／九霄雲外／喜出望外／逍遙法外／置身事外

## wan

## 蜿

🔊 wān 🔊 jyun1 冤 🔊 jyun2 婉
🔊 LIJNU
虫部，14畫。

蚊 蛇 蛇 蜿 蜿

【釋義】〔蜿蜒〕①蛇爬行的樣子。②山脈、河流、道路等彎彎曲曲地延伸：小徑蜿蜒曲折。

## 豌

🔊 wān 🔊 wun1 碗一聲 🔊 wun2 碗
🔊 MTJNU
豆部，15畫。

【釋義】〔豌豆〕草本植物，結莢果，種子球形。嫩莢和種子供食用。

## 彎｜弯

🔊 wān 🔊 waan1 灣 🔊 VFN
弓部，22畫。

言 纏 纏 彎 彎

【釋義】①不直：彎路／彎曲。②使不直：彎腰。③彎曲的部分：拐彎。④拉弓：盤馬彎

弓。⑤表示單位。用於形狀如鈎的月亮：一彎新月。
【組詞】轉彎
【成語】拐彎抹角

## 灣｜湾

🔊 wān 🔊 waan1 彎 🔊 EVFN
水部，25畫。

灣 灣 灣 灣 灣

【釋義】①水流彎曲的地方：河灣／水灣。②海岸向陸地凹入的地方：港灣／海灣。

## 丸

🔊 wán 🔊 jyun4 元 🔊 KNI
丶部，3畫。

九 九 丸 丸 丸

【釋義】球形的小東西：泥丸／藥丸。
【組詞】丸子
【成語】彈丸之地

## 完

🔊 wán 🔊 jyun4 元 🔊 JMMU
宀部，7畫。

完 完 完 完 完

【釋義】①全，完整：完備／完美。②消耗盡，沒有剩的：賣完了／紙用完了。③完結，完成：完畢／事情做完了。④交納賦稅：完糧／完稅。
【組詞】完成／完稿／完工／完好／完結／完滿／完全／完善／完整
【成語】完璧歸趙／完美無缺／沒完沒了／體無完膚

## 玩

🔊 wán 🔊 waan4 還 🔊 wun6 換
🔊 MGMMU
玉部，8畫。

玩 玩 玩 玩 玩

【釋義】①玩耍，遊戲：到公園玩。②做某種文娛活動：玩皮球／玩紙牌。

【組詞】玩具 / 玩耍 / 玩笑 / 玩意 / 好玩 / 開玩笑

□ 🔊 wán 🔊 wun6 換

【釋義】①使用不正當的方法、手段等：玩弄 / 玩花招。②用不嚴肅的態度來對待，輕視，戲弄：玩世不恭。③觀賞：遊玩。④供觀賞的東西：古玩。

【成語】遊山玩水

## 紈 | 纨
🔊 wán 🔊 jyun4 元
🔊 VFKNI
糸部，9 畫。

【釋義】①細絹，細的絲織品：紈扇。②〔紈綺〕(綺：🔊 kù 🔊 fu3 褲)舊指富家子弟的華美衣着，泛指富家子弟：紈綺子弟。

## 頑 | 顽
🔊 wán 🔊 waan4 還
🔊 MUMBC
頁部，13 畫。

【釋義】①愚蠢無知：愚頑 / 冥頑不靈。②不容易開導或制伏，固執：頑固 / 頑抗。③頑皮：頑童。

【組詞】頑劣 / 頑皮 / 頑強

【成語】頑石點頭

## 宛
🔊 wán 🔊 jyun2 院
🔊 JNIU
宀部，8 畫。

【釋義】①曲折：宛轉。②彷彿：宛如。

## 挽
🔊 wǎn 🔊 waan5 輓
🔊 QNAU
手部，10 畫。

【釋義】①拉：挽弓。②設法使情況好轉或恢復原狀：挽回 / 挽救。③向上捲衣服：挽起袖子。

【組詞】挽留

【成語】力挽狂瀾

## 惋
🔊 wǎn 🔊 jyun2 院
🔊 PJNU
心部，11 畫。

【釋義】歎惜：惋惜 / 歎惋。

## 莞
🔊 wǎn 🔊 wun5 碗五聲
🔊 TJMU
艸部，11 畫。

【釋義】〔莞爾〕形容微笑的樣子：莞爾一笑 / 不覺莞爾。

## 晚
🔊 wǎn 🔊 maan5 萬五聲
🔊 ANAU
日部，11 畫。

【釋義】①晚上：傍晚 / 夜晚。②時間靠後的：晚年 / 晚秋。③比規定的或合適的時間靠後：晚點找你 / 八點再去就晚了。④後來的：晚輩 / 晚生。

【組詞】晚飯 / 晚會 / 晚間 / 晚期 / 晚上 / 晚霞 / 今晚 / 歲晚 / 早晚 / 昨晚

【成語】大器晚成 / 早出晚歸 / 相見恨晚

## 婉
🔊 wǎn 🔊 jyun2 宛
🔊 VJNU
女部，11 畫。

【釋義】和順，溫和，曲折：婉言 / 委婉。

【組詞】婉拒 / 婉謝 / 婉轉

## 皖
🔊 wǎn 🔊 wun5 碗五聲
🔊 HAJMU
白部，12 畫。

【釋義】安徽省的別稱。

## 碗
🔊 wǎn 🔊 wun2 腕
🔊 MRJNU
石部，13 畫。

【釋義】盛飲食的器具，口大底小，一般是圓形的：飯碗。

**輓** | 挽　🅰wǎn　🅱waan5 挽
　🅲JJNAU
　車部，14畫。
【釋義】哀悼死者：輓詞 / 輓聯。

**腕**　🅰wàn　🅱wun2 碗　🅲BJNU
　肉部，12畫。

【釋義】胳膊（或小腿）下端跟手掌（或腳）相連接的可以活動的部分。
【組詞】腕力 / 腳腕 / 手腕

**萬** | 万　🅰wàn　🅱maan6 慢
　🅲TWLB
　内部，13畫。

【釋義】①數目，十個一千。②比喻很多：萬物 / 萬水千山。③極，很，絕對：萬幸 / 萬不得已。
【組詞】萬分 / 萬能 / 萬千 / 萬全 / 萬歲 / 萬萬 / 萬一 / 千萬
【成語】萬家燈火 / 萬念俱灰 / 萬無一失 / 萬眾一心 / 十萬火急 / 鵬程萬里 / 千軍萬馬 / 千辛萬苦 / 千真萬確 / 瞬息萬變

**蔓**　🅰wàn　🅱maan6 慢　🅲TAWE
　艸部，15畫。
▲另見245頁màn。
【釋義】細長不能直立的莖：瓜蔓。
【組詞】藤蔓

## wang

**汪**　🅰wāng　🅱wong1 王一聲　🅲EMG
　水部，7畫。

【釋義】①水深而廣：汪洋。②液體聚集：眼裏汪着淚水。③形容狗叫的聲音：狗汪汪叫。
【組詞】淚汪汪 / 水汪汪
【成語】汪洋大海

**亡**　🅰wáng　🅱mong4 忙　🅲YV
　亠部，3畫。

【釋義】①逃跑：亡命 / 逃亡。②失去，丟失：消亡 / 名存實亡。③死：亡故 / 死亡。④死去的：亡友。⑤滅亡：亡國 / 衰亡。
【組詞】流亡 / 滅亡 / 傷亡 / 陣亡
【成語】亡命之徒 / 亡羊補牢 / 家破人亡 / 生死存亡

**王**　🅰wáng　🅱wong4 黃　🅲MG
　玉部，4畫。

【釋義】①帝王，君主：國王 / 君王。②君主國家最高的封爵：王府 / 親王。③一族或一類中的首領：龍王 / 獸王。
【組詞】王朝 / 王國 / 王室 / 王位 / 王子 / 大王 / 帝王
【成語】稱王稱霸 / 擒賊擒王

**枉**　🅰wǎng　🅱wong2 汪二聲　🅲DMG
　木部，8畫。

【釋義】①彎曲或歪斜。比喻錯誤或偏差：矯枉過正（糾正偏差超過了合理的限度）。②使歪曲：貪贓枉法（貪污受賄，破壞法紀）。③冤屈：冤枉。④白白地，徒然：枉費 / 枉然。

**罔**　🅰wǎng　🅱mong5 網　🅲BTYV
　网部，8畫。
【釋義】①蒙蔽，誣衊：罔己（受人誆騙）/ 罔民（陷害人民）。②無，沒有：置若罔聞。

往 曾wǎng 粵wong5 王五聲 倉HOYG
彳部，8畫。

【釋義】①去：往復 / 往還。②向某處去：一
個往東，一個往西。③過去的：往常 / 往事 /
往昔。
【組詞】往返 / 往後 / 往日 / 往往 / 過往 / 來往 /
前往 / 通往 / 嚮往 / 以往
【成語】勇往直前 / 禮尚往來 / 一如既往

惘 曾wǎng 粵mong5 網 倉PBTV
心部，11畫。

【釋義】不得意：悵惘 / 迷惘 / 惘然若失。

網｜网 曾wǎng 粵mong5 罔
倉VFBTV
糸部，14畫。

【釋義】①用繩線等結成的捕魚捉鳥的器具：
羅網 / 漁網。②形狀或作用像網的東西：髮
網 / 球網。③像編織一樣的組織或系統：交通
網 / 通訊網。④用網捕捉：出海網魚。
【組詞】網絡 / 網頁 / 網站 / 法網 / 互聯網
【成語】網開一面 / 一網打盡 / 天羅地網 / 自投
羅網

妄 曾wàng 粵mong5 網 倉YV
女部，6畫。

【釋義】①虛妄，不合實際的：狂妄。②非分
的，出了常規的；胡亂：妄求 / 妄想。
【成語】妄自菲薄 / 妄自尊大 / 痴心妄想 / 膽大
妄為 / 輕舉妄動

忘 曾wàng 粵mong4 亡 倉YVP
心部，7畫。

【釋義】忘記，不記得：忘卻 / 遺忘。

【組詞】忘記 / 淡忘 / 健忘 / 難忘
【成語】忘恩負義 / 廢寢忘食 / 流連忘返 / 沒齒
難忘 / 念念不忘

旺 曾wàng 粵wong6 王六聲 倉AMG
日部，8畫。

【釋義】旺盛，興盛：旺季 / 花開得正旺。
【組詞】旺盛 / 興旺

望 曾wàng 粵mong6 亡六聲 倉YBHG
月部，11畫。

【釋義】①向高處或遠處看：觀望 / 仰望 / 張
望。②探望：拜望 / 看望。③希望，期望：
渴望 / 願望 / 指望。④名望：德高望重。⑤對
着，朝着：望我點頭。⑥望日，即農曆每
月十五日（有時是十六日或十七日），地球上
會看見圓形的月亮：朔望（初一和十五）。
【組詞】絕望 / 凝望 / 盼望 / 奢望 / 聲望 / 失望 /
眺望 / 威望 / 慾望 / 展望
【成語】望塵莫及 / 望而卻步 / 望梅止渴 / 望子
成龍 / 守望相助 / 一望無際 / 眾望所歸 / 喜出
望外 / 大失所望 / 東張西望

## wei

危 曾wēi 粵ngai4 倪 倉NMSU
卩部，6畫。

【釋義】①危險，不安全（跟「安」相對）：危
急 / 居安思危。②使處於危險境地，損害：
危害。③指人快要死：病危。④高：危樓百
尺。⑤端正：正襟危坐。⑥星宿名，二十八
宿之一。
【組詞】危機 / 危及 / 危難 / 危險 / 安危
【成語】危言聳聽 / 危在旦夕 / 乘人之危

W

## 威 <sup>普</sup> wēi <sup>粵</sup> wai1 為一聲 <sup>倉</sup> IHMV
女部，9畫。

【釋義】①表現出來的能壓服人的力量或使人敬畏的氣魄：威信 / 威嚴。②憑藉威力採取某種行動：威嚇 / 威脅。

【組詞】威風 / 威力 / 威武 / 權威 / 示威

【成語】威風凜凜 / 威武不屈 / 威脅利誘 / 威震天下 / 作威作福 / 狐假虎威 / 耀武揚威

## 偎 <sup>普</sup> wēi <sup>粵</sup> wui1 煨 <sup>倉</sup> OWMV
人部，11畫。

【釋義】親熱地靠着，緊挨着：依偎 / 孩子偎在母親懷裏。

## 逶 <sup>普</sup> wēi <sup>粵</sup> wai1 威 <sup>倉</sup> YHDV
辵部，12畫。

【釋義】〔逶迤〕(迤 <sup>普</sup> yí <sup>粵</sup> ji4 而)形容道路、山脈、河流等彎彎曲曲，延續不絕的樣子：羣山逶迤。

## 煨 <sup>普</sup> wēi <sup>粵</sup> wui1 偎 <sup>倉</sup> FWMV
火部，13畫。

【釋義】①用小火將食物慢慢煮，是一種烹調方法：煨雞湯 / 把肉放在火上煨一煨。②在沒有完全熄滅的灰裏把東西燒熱：煨番薯。

## 微 ｜ 微 <sup>普</sup> wēi <sup>粵</sup> mei4 眉
<sup>倉</sup> HOUUK
彳部，13畫。

【釋義】①細小，輕微：微風 / 體貼入微。②衰落：衰微。③精深奧妙：微妙 / 精微。④稍微，略微：頭微俯。

【組詞】微薄 / 微弱 / 微微 / 微小 / 微笑 / 微型 / 低微 / 輕微 / 稍微 / 細微

【成語】微不足道 / 微乎其微 / 人微言輕 / 無微不至 / 謹小慎微

## 薇 ｜ 薇 <sup>普</sup> wēi <sup>粵</sup> mei4 微 <sup>倉</sup> THOK
艸部，17畫。

【釋義】①古書上指巢菜，即野豌豆。②〔薔薇〕見305頁 qiáng「薔」。

## 巍 <sup>普</sup> wēi <sup>粵</sup> ngai4 危 <sup>倉</sup> UHVI
山部，21畫。

【釋義】形容高大：巍峨。

【成語】巍然屹立

## 為 ｜ 为 <sup>普</sup> wéi <sup>粵</sup> wai4 圍 <sup>倉</sup> IKNF
火部，9畫。

▲ 另見394頁 wèi。

【釋義】①做：為人 / 為所欲為。②擔任，充當：選他為班長。③變成，成：化為烏有 / 混為一談。④是：識時務者為俊傑。⑤被(跟「所」字合用)：為人所知 / 不為所動。⑥後綴。(a)表示程度、範圍：廣為流傳。(b)加強語氣：極為重視。

【組詞】為難 / 為首 / 為止 / 為主 / 成為 / 人為 / 認為 / 行為 / 以為 / 作為

【成語】為非作歹 / 為人師表 / 歎為觀止 / 無能為力 / 一言為定 / 指鹿為馬 / 胡作非為 / 見義勇為

## 韋 ｜ 韦 <sup>普</sup> wéi <sup>粵</sup> wai4 圍 <sup>倉</sup> DMRQ
韋部，9畫。

【釋義】經去毛加工製成的熟皮子：韋編三絕(串聯竹簡的皮繩多次脫斷。比喻讀書刻苦)。

## 桅 <sup>普</sup> wéi <sup>粵</sup> wai4 圍 <sup>倉</sup> DNMU
木部，10畫。

【釋義】桅杆，船上掛帆的杆子：船桅。

## 惟 <sup>普</sup> wéi <sup>粵</sup> wai4 圍 <sup>倉</sup> POG
心部，11畫。

【釋義】同「唯」，見393頁 wéi。

# 唯
曾 wéi 粵 wai4 圍 倉 ROG
口部，11 畫。

【釋義】①單單，只：唯一。②只是：運球技巧不錯，唯體能不足。

【組詞】唯獨 / 唯恐 / 唯有

【成語】唯利是圖 / 唯我獨尊

# 帷
曾 wéi 粵 wai4 圍 倉 LBOG
巾部，11 畫。

【釋義】圍在四周的布幕：帷幕 / 帷幄（軍用的帳幕）。

# 圍 | 围
曾 wéi 粵 wai4 維 倉 WDMQ
口部，12 畫。

【釋義】①包圍，環繞：圍牆 / 圍繞。②四周：周圍。

【組詞】圍觀 / 圍巾 / 圍困 / 圍棋 / 包圍 / 範圍 / 入圍 / 突圍 / 外圍

# 違 | 违
曾 wéi 粵 wai4 維 倉 YDMQ
辵部，13 畫。

【釋義】①不遵照，不依從：違背 / 陽奉陰違。②離別：久違。

【組詞】違法 / 違反 / 違規 / 違抗 / 違例

【成語】違法亂紀 / 事與願違

# 維 | 维
曾 wéi 粵 wai4 圍 倉 VFOG
糸部，14 畫。

【釋義】①連接：維繫。②保持，保全：維持 / 維護。③思考，想：思維。④是：進退維谷（比喻進退都是困難的境地）。⑤構成空間的每一個因素（如長、寬、高）叫做一維，如直線是一維的，平面是二維的，空間是三維的。

【組詞】維修

# 尾
曾 wěi 粵 mei5 美 倉 SHQU
尸部，7 畫。

【釋義】①尾巴：虎頭蛇尾。②末端，末尾：尾聲 / 街頭巷尾。③主要部分以外的部分，沒有了結的事情：尾數 / 收尾。④跟在後面：尾隨。⑤星宿名，二十八宿之一。⑥表示單位。用於魚：一尾魚。

【組詞】尾巴 / 結尾

【成語】藏頭露尾 / 徹頭徹尾 / 畏首畏尾 / 搖頭擺尾

# 委
曾 wěi 粵 wai2 毀 倉 HDV
女部，8 畫。

【釋義】①把事交給別人去辦：委派 / 委託。②拋棄：委棄。③推託，推卸：委過 / 委罪。④曲折：委由 / 委婉。⑤事情的末尾：原委。⑥無精打采，不振作：委頓 / 委靡。⑦的確，確實：委實。

【組詞】委屈 / 委任 / 委員

【成語】委靡不振 / 委曲求全

# 娓
曾 wěi 粵 mei5 尾 倉 VSHU
女部，10 畫。

【釋義】〔娓娓〕形容談話不倦或說話具有吸引力：娓娓動聽 / 娓娓而談。

# 偽 | 伪
曾 wěi 粵 ngai6 藝 倉 OIKF
人部，11 畫。

【釋義】①有意做作掩蓋本來面貌的，虛假（跟「真」相對）：偽鈔 / 去偽存真。②不合法的：偽政權。

【組詞】偽善 / 偽造 / 偽證 / 偽裝 / 虛偽 / 真偽

W

# 偉｜伟　曾 wěi　粵 wai5 緯　倉 ODMQ
人部，11畫。

【釋義】①高大：宏偉／雄偉。②偉大，品格、才識、形象等令人景仰：偉論／偉人。
【組詞】偉大／偉業
【成語】豐功偉績

# 萎　曾 wěi　粵 wai2 委　倉 THDV
艸部，12畫。

【釋義】植物乾枯，衰落：枯萎。
【組詞】萎縮／萎謝／凋萎

# 猥　曾 wěi　粵 wai2 委　又 wui1 煨　倉 KHWMV
犬部，12畫。

【釋義】①眾多而雜：猥雜。②鄙陋，下流：猥瑣／猥褻。

# 葦｜苇　曾 wěi　粵 wai5 偉　倉 TDMQ
艸部，13畫。

【釋義】蘆葦，草本植物，多生在水邊，莖中空，可以用來編蓆、造紙。
【組詞】蘆葦

# 諉｜诿　曾 wěi　粵 wai2 委　倉 YRHDV
言部，15畫。

【釋義】推託，把責任推給別人：推諉。

# 緯｜纬　曾 wěi　粵 wai5 偉　倉 VFDMQ
糸部，15畫。

【釋義】①織物上橫向的紗或線（跟「經」相對）：緯線／經緯。②緯度，地球表面南北距離的度數：北緯／南緯。

# 未　曾 wèi　粵 mei6 味　倉 JD
木部，5畫。

【釋義】①表示否定。(a)沒（跟「已」相對）：未婚／未成年。(b)不：未必／未知可否。②地支的第八位。③未時，舊式計時法指下午一點鐘至三點鐘的時間。
【組詞】未曾／未嘗／未來／未免
【成語】未卜先知／未老先衰／未雨綢繆／防患未然／前所未有／聞所未聞

# 位　曾 wèi　粵 wai6 慧　倉 OYT
人部，7畫。

【釋義】①所在或所佔的地方：方位／座位／各就各位。②職位，地位：名位／學位。③特指皇帝的地位：即位／在位。④一個數中每個數碼所佔的位置：百位／個位。⑤表示單位。用於人（含敬意）：各位／三位客人。
【組詞】位置／部位／單位／地位／定位／崗位／櫃位／攤位／穴位／職位

# 味　曾 wèi　粵 mei6 未　倉 RJD
口部，8畫。

【釋義】①物質所具有的能使舌頭得到某種味覺的特性：口味／鹹味／滋味。②指某類菜餚、食品，或有滋味的食物：海味／臘味／珍饈百味。③物質所具有的能使鼻子得到某種嗅覺的特性：氣味／香味。④意味，趣味：韻味／文章枯燥無味。⑤辨別味道，體會：體味人生／耐人尋味。⑥中藥配方中，藥物的一種叫一味：這藥方共有七味藥。
【組詞】味道／味覺／乏味／風味／回味／品味／趣味／調味／意味／人情味
【成語】臭味相投／意味深長／津津有味／枯燥無味

# 為｜为　曾 wèi　粵 wai6 位　倉 IKNF
火部，9畫。

為

▲另見 392 頁 wéi。

【釋義】①引出行為的對象，給，替：為國捐軀／為民請命。②引出目的：為取得好成績而刻苦鍛煉。③表示原因，因為：為何／為甚麼。

【組詞】為此／為了／為着／因為

【成語】為民除害／捨己為人

畏 ⓿ wèi ⓿ wai3 慰 ⓿ WMV
田部，9 畫。

【釋義】①害怕：畏懼／望而生畏。②佩服：敬畏／後生可畏。

【組詞】畏縮／畏罪／大無畏

【成語】畏首畏尾／畏縮不前／無所畏懼／人言可畏

胃 ⓿ wèi ⓿ wai6 位 ⓿ WB
肉部，9 畫。

【釋義】①消化器官的一部分，形狀像口袋，上連食道，下連十二指腸，能分泌胃液，消化食物。②星宿名，二十八宿之一。

【組詞】胃病／胃口／反胃／開胃

尉 ⓿ wèi ⓿ wai3 畏 ⓿ SFDI
寸部，11 畫。

【釋義】①古代的官名：太尉。②尉官，尉級軍官，低於校官：上尉／少尉／中尉。

喂 ⓿ wèi ⓿ wai3 畏 ⓿ RWMV
口部，12 畫。

【釋義】招呼的聲音：喂，你的書掉了。

蔚 ⓿ wèi ⓿ wai3 畏 ⓿ TSFI
艸部，15 畫。

【釋義】①茂盛，盛大：蔚為大觀。②〔蔚藍〕像晴朗的天空那樣的顏色：蔚藍的海洋。

蝟｜猬 ⓿ wèi ⓿ wai6 位 ⓿ LIWB
虫部，15 畫。

【釋義】刺蝟，哺乳動物，頭部、背部和身體兩側有硬刺。吃昆蟲、鼠等，對農業有益。

【組詞】刺蝟

慰 ⓿ wèi ⓿ wai3 畏 ⓿ SIP
心部，15 畫。

【釋義】①使人心情安適：慰勞／撫慰。②心安：寬慰／欣慰。

【組詞】慰藉／慰問／安慰

謂｜谓 ⓿ wèi ⓿ wai6 位 ⓿ YRWB
言部，16 畫。

【釋義】①說：所謂／可謂勞苦功高。②稱呼，叫做：稱謂／何謂激光？

【組詞】可謂／無所謂

衞｜卫 ⓿ wèi ⓿ wai6 胃
⓿ HODBN
行部，16 畫。

【釋義】①保衞，防護：捍衞／保家衞國。②從事護衞工作的人：警衞／侍衞。

【組詞】衞冕／衞生／保衞／防衞／守衞／自衞

W

## 餵 ｜喂
- 普 wèi　粵 wai3 畏
- 倉 OIWMV
- 食部，17 畫。

【釋義】①給動物東西吃，飼養：餵豬。②把食物送到人嘴裏：餵奶 / 給病人餵飯。
【組詞】餵飼 / 餵食 / 餵養

## 魏
- 普 wèi　粵 ngai6 偽　倉 HVHI
- 鬼部，18 畫。

【釋義】①周朝國名，在今河南北部、陝西東部、山西西南部和河北南部一帶。②三國之一，公元220－265年，曹丕所建，領有今黃河流域各省和湖北、安徽、江蘇北部，遼寧中部。③北朝之一，公元386－534年，鮮卑人拓跋珪所建，史稱北魏，後分裂為東魏和西魏。

---

## wen

---

## 温
- 普 wēn　粵 wan1 瘟　倉 EABT
- 水部，12 畫。

【釋義】①不冷不熱：温泉 / 温水。②温度：温差 / 體温。③稍微加熱：把酒温一下。④温習，複習：温書 / 温故知新。⑤性情平和：温柔。
【組詞】温飽 / 温和 / 温暖 / 温情 / 温室 / 温習 / 温馨 / 保温 / 氣温
【成語】温文爾雅

## 瘟
- 普 wēn　粵 wan1 温　倉 KWOT
- 疒部，14 畫。

【釋義】人或動物的急性傳染病：瘟疫。

## 文
- 普 wén　粵 man4 民　倉 YK
- 文部，4 畫。

【釋義】①字，語言的書面形式：文盲 / 中文 / 甲骨文 / 咬文嚼字。②文章：文學 / 散文 / 作文。③文言：半文半白。④指社會發展到較高階段表現出來的狀態：文化 / 文明。⑤舊時指禮節儀式：繁文縟節。⑥非軍事的：文職 / 文武雙全。⑦柔和，不猛烈：文弱 / 文雅。⑧自然界的某些現象：水文 / 天文。⑨掩飾：文過飾非。⑩表示單位。用於舊時的銅錢：一文錢。⑪不收分文。
【組詞】文靜 / 文具 / 文憑 / 文物 / 文藝 / 文員 / 文娛 / 文字 / 斯文 / 語文
【成語】文不對題 / 文質彬彬 / 温文爾雅

## 蚊
- 普 wén　粵 man1 文一聲
- 又 man4 文　倉 LIYK
- 虫部，10 畫。

【釋義】昆蟲，幼蟲和蛹都生長在水中。雌蚊吸人畜的血液，能傳播疾病。
【組詞】蚊蟲 / 蚊子

## 紋 ｜纹
- 普 wén　粵 man4 文　倉 VFYK
- 糸部，10 畫。

【釋義】①花紋：紋理 / 條紋。②東西上的皺痕：指紋 / 皺紋。
【組詞】斑紋 / 波紋 / 花紋

## 聞 ｜闻
- 普 wén　粵 man4 文　倉 ANSJ
- 耳部，14 畫。

【釋義】①聽，聽見：充耳不聞 / 耳聞不如目見。②聽見的事情，消息：趣聞 / 新聞。③名氣，名望：默默無聞。④用鼻子嗅氣味：聞到一股氣味。
【組詞】聞名 / 醜聞 / 傳聞 / 緋聞 / 見聞 / 聽聞
【成語】聞風喪膽 / 聞雞起舞 / 喜聞樂見 / 孤陋寡聞 / 駭人聽聞 / 置若罔聞

**刎** 普 wěn 粵 man5 敏 倉 PHLN
刀部，6畫。
【釋義】用刀割脖子：自刎。

**吻** 普 wěn 粵 man5 敏 倉 RPHH
口部，7畫。

【釋義】①嘴脣：接吻。②用嘴脣接觸人或物，表示喜愛：吻別／媽媽在孩子臉上吻了一下。③指說話的語氣：口吻。
【組詞】親吻

**紊** 普 wěn 粵 man6 問 倉 YKVIF
糸部，10畫。

【釋義】雜亂，紛亂：紊亂／有條不紊。

**穩**｜稳 普 wěn 粵 wan2 允二聲
倉 HDBMP
禾部，19畫。

【釋義】①穩定，穩當：安穩／穩如泰山。②沉着，不輕浮：穩重／沉穩。③穩妥，可靠：平穩／穩操勝券。④使穩定：穩住陣腳。
【組詞】穩定／穩固／穩健／穩妥
【成語】穩紮穩打／十拿九穩／四平八穩

**問**｜问 普 wèn 粵 man6 紊 倉 ANR
口部，11畫。

【釋義】①有不知道或不明白的事情、道理請人解答：問路／提問／詢問。②為表示關切而詢問，慰問：問候／探問。③審訊，追究：拷問。④管，干預：過問。⑤向（某方面或某人要東西）：問他借支筆。

【組詞】問答／問題／查問／發問／訪問／顧問／盤問／學問／疑問／追問
【成語】問長問短／問心無愧／無人問津／興師問罪／噓寒問暖／不恥下問／答非所問／明知故問

---

## weng

**翁** 普 wēng 粵 jung1 雍 倉 CISM
羽部，10畫。

【釋義】①年老的男子：老翁。②父親：尊翁。③丈夫的父親：翁姑（公公和婆婆）。④妻子的父親：翁婿（岳父和女婿）。
【組詞】富翁／漁翁
【成語】塞翁失馬／醉翁之意不在酒

**嗡** 普 wēng 粵 jung1 翁 倉 RCIM
口部，13畫。

【釋義】形容昆蟲飛的時候發出的聲音：蜜蜂嗡嗡地飛。

**甕**｜瓮 普 wèng 粵 ung3 凍 (不讀聲母)
倉 YVGN
瓦部，18畫。

【釋義】一種盛水、酒等的陶器：酒甕／水甕／請君入甕 (比喻使人陷入已設計好的圈套)。

---

## wo

**倭** 普 wō 粵 wo1 窩 倉 OHDV
人部，10畫。
【釋義】古代稱日本：倭寇。

**渦**｜涡 普 wō 粵 wo1 窩 倉 EBBR
水部，12畫。
【釋義】漩渦：水渦。
【組詞】漩渦

# 喔 ⓟwō ⓒak1 扼 ⓒRSMG
口部，12畫。

▲另見277頁ō。

【釋義】雞啼聲。

# 萵｜萵 ⓟwō ⓒwo1 窩 ⓒTBBR
艸部，13畫。

【釋義】〔萵苣〕(苣：ⓟjù ⓒgeoi6巨)一年生或二年生草本植物，莖和嫩葉都是普通的蔬菜。分葉用和莖用兩種，葉用的亦稱生菜，莖用的亦稱萵筍。

# 窩｜窩 ⓟwō ⓒwo1 蝸 ⓒJCBBR
穴部，14畫。

【釋義】①鳥獸、昆蟲住的地方：鳥窩 / 螞蟻窩。②比喻壞人聚居的地方：賊窩 / 土匪窩。③凹進去的地方：眼窩 / 腋窩。④私藏罪犯、違禁品或贓物：窩藏 / 窩贓。⑤表示單位。用於一胎所生的或一次孵出的動物(豬、羊、狗、雞等)：一窩小豬。

【組詞】被窩 / 蜂窩 / 酒窩 / 燕窩

# 蝸｜蝸 ⓟwō ⓒwo1 窩 ⓒLIBBR
虫部，15畫。

【釋義】蝸牛，軟體動物，頭部有兩對觸角，殼有螺旋紋：蝸居。

【組詞】蝸牛

# 我 ⓟwǒ ⓒngo5 臥五聲 ⓒHQI
戈部，7畫。

【釋義】自稱，自己：我們 / 我校。

【組詞】自我

【成語】我行我素 / 唯我獨尊 / 自我陶醉 / 你死我活

# 沃 ⓟwò ⓒjuk1 郁 ⓒEHK
水部，7畫。

【釋義】①灌溉，澆：沃田。②(土地)肥：沃土 / 沃野。

【組詞】肥沃

# 臥 ⓟwò ⓒngo6 餓 ⓒSLY
臣部，8畫。

【釋義】①躺下：臥倒 / 坐臥不安。②睡覺用的：臥鋪 / 臥室。

【組詞】臥病 / 臥牀

# 握 ⓟwò ⓒak1 扼 Ⓧaak1 ⓒQSMG
手部，12畫。

【釋義】用手拿或抓：握手 / 把握 / 掌握。

【成語】握手言歡 / 勝券在握

# 幄 ⓟwò ⓒak1 扼 ⓒLBSMG
巾部，12畫。

【釋義】帳幕：運籌帷幄(在軍用帳幕中出謀策劃。比喻謀劃策略)。

# 斡 ⓟwò ⓒwaat3 挖 ⓒJJOYJ
斗部，14畫。

【釋義】轉，旋：斡旋(調解，把弄僵了的局面扭轉過來)。

# 齷｜齷 ⓟwò ⓒak1 扼 ⓒYUSMG
齒部，24畫。

【釋義】〔齷齪〕①骯髒，不乾淨：環境齷齪。②比喻人的品質卑劣：卑鄙齷齪。

# wu

**污** 曾wū 粵wu1 烏 倉EMMS
水部，6畫。

**【釋義】**①渾濁的水，泛指髒東西：納垢藏污。②髒：污點 / 污泥。③不廉潔：貪污。④弄髒：污染。

**【組詞】**污垢 / 污穢 / 污水 / 污濁 / 污漬 / 玷污 / 油污

**【成語】**貪官污吏 / 同流合污

**巫** 曾wū 粵mou4 毛 倉MOO
工部，7畫。

**【釋義】**以替人祈禱、求鬼神賜福為職業的人：巫婆 / 巫師。

**屋** 曾wū 粵uk1 谷（不讀聲母）倉SMIG
尸部，9畫。

**【釋義】**①房子：屋頂 / 房屋。②房間：裏屋 / 外屋。

**【組詞】**屋簷 / 屋宇 / 屋子 / 木屋

**【成語】**愛屋及烏

**烏** 曾wū 粵wu1 污 倉HRYF
火部，10畫。

**【釋義】**①烏鴉：月落烏啼。②顏色黑：烏黑 / 烏雲。

**【組詞】**烏鴉

**【成語】**烏合之眾 / 烏煙瘴氣 / 愛屋及烏

**嗚** 曾wū 粵wu1 污 倉RHRF
口部，13畫。

**【釋義】**形容哭聲、風聲、汽笛聲等：汽笛嗚嗚叫。

**【組詞】**嗚咽

**【成語】**一命嗚呼

**誣** 曾wū 粵mou4 毛 倉YRMOO
言部，14畫。

**【釋義】**捏造事實冤枉人：誣陷。

**【組詞】**誣告 / 誣衊

**毋** 曾wú 粵mou4 毛 倉WJ
毋部，4畫。

**【釋義】**表示禁止或勸阻，不要：毋須 / 毋庸置疑。

**吳** 曾wú 粵ng4 蜈 倉RVNK
口部，7畫。

**【釋義】**①周朝國名，在今江蘇省南部和浙江省北部，後來擴展到淮河流域。②三國之一，公元222－280年，孫權所建，在長江中下游和東南沿海一帶。③指江蘇省南部和浙江省北部一帶。

**梧** 曾wú 粵ng4 吳 倉DMMR
木部，11畫。

**【釋義】**〔梧桐〕喬木，葉子大，葉柄長，木材可製樂器等。

**無** 曾wú 粵mou4 毛 倉OTF
火部，12畫。

W

**無**

【釋義】①沒有（跟「有」相對）：無力／無限／無所畏懼。②不：無論／無視。③不論：事無大小，都親自動手。④同「毋」，見399頁wú。

【組詞】無恥／無辜／無聊／無奈／無窮／無私／無意／無知／毫無／無所謂

【成語】無家可歸／無精打采／無可奈何／無論如何／無能為力／無所適從／無中生有／忍無可忍／一無所知／一事無成

**蜈** | 蜈　🔊wú　🔊ng4 吳　🔊LIRVK
虫部，13畫。

【釋義】〔蜈蚣〕節肢動物，體扁而長，有許多對足，第一對足呈鈎狀，有毒腺。中醫入藥。

**蕪** | 芜　🔊wú　🔊mou4 毛　🔊TOTF
艸部，16畫。

【釋義】①草長得多而亂：荒蕪。②亂草叢生的地方：平蕪。③比喻雜亂（多指文辭）：去蕪存菁。

**五**　🔊wǔ　🔊ng5 午　🔊MDM
二部，4畫。

【釋義】數目字，四加一後所得：五穀／五味（甜、酸、苦、辣、鹹五種滋味）。

【組詞】五彩／五官

【成語】五彩繽紛／五光十色／五湖四海／五花八門／五體投地／五顏六色／三令五申／四分五裂

**午**　🔊wǔ　🔊ng5 五　🔊OJ
十部，4畫。

**午**

【釋義】①地支的第七位。②午時，舊式計時法指上午十一點鐘到下午一點鐘的時間。③日中的時候，白天十二點：午飯／午休／中午。

【組詞】午餐／午間／午睡／午夜／上午／下午／正午

**伍**　🔊wǔ　🔊ng5 午　🔊OMDM
人部，6畫。

【釋義】①古代軍隊的最小單位，由五個人編成，現泛指軍隊或排成的行列：隊伍／入伍／退伍。②同夥的人：羞與為伍。③數目字「五」的大寫。

**忤**　🔊wǔ　🔊ng5 午　🔊POJ
心部，7畫。

【釋義】逆，不順從：忤逆。

**武**　🔊wǔ　🔊mou5 母　🔊MPYLM
止部，8畫。

【釋義】①關於軍事的：武力／武器。②關於技擊的：武術／武藝。③勇猛，猛烈：威武／英武。

【組詞】武打／武功／武將／武士／武俠／武裝／比武／練武／勇武

【成語】耀武揚威

**侮**　🔊wǔ　🔊mou5 武　🔊OOWY
人部，9畫。

【釋義】欺負，輕慢：侮辱／欺侮／輕侮。

**捂**　🔊wǔ　🔊wu2 烏二聲　🔊QMMR
手部，10畫。

【釋義】嚴密地遮蓋住或封住：捂着鼻子 / 捂得嚴嚴實實。

**舞** 😀wǔ 🔊mou5 武 🈳OTNIQ
舛部，14畫。

【釋義】①舞蹈，按一定的節奏轉動身體表演各種姿勢：芭蕾舞 / 手舞足蹈。②拿着某種東西而舞蹈：舞劍 / 舞獅。③耍，玩弄：舞文弄墨。
【組詞】舞步 / 舞蹈 / 舞動 / 舞會 / 舞台 / 舞姿 / 飛舞 / 歌舞 / 跳舞
【成語】張牙舞爪 / 龍飛鳳舞 / 眉飛色舞 / 聞雞起舞 / 載歌載舞

**嫵** ｜妩 😀wǔ 🔊mou5 武 🈳VOTF
女部，15畫。
【釋義】〔嫵媚〕形容女子、花木等姿態美好可愛：嫵媚多姿。

**鵡** ｜鹉 😀wǔ 🔊mou5 武
🈳MMHAF
鳥部，19畫。
【釋義】〔鸚鵡〕見456頁yīng「鸚」。

**兀** 😀wù 🔊ngat6 屹 🈳MU
儿部，3畫。
【釋義】高高地突起：突兀。

**勿** 😀wù 🔊mat6 密 🈳PHH
勹部，4畫。

【釋義】表示禁止或勸阻，不，不要：請勿吸煙 / 非請勿進。
【組詞】切勿

**戊** 😀wù 🔊mou6 務 🈳IH
戈部，5畫。
【釋義】天干的第五位。用來排列次序時表示第五。

**物** 😀wù 🔊mat6 密 🈳HQPHH
牛部，8畫。

【釋義】①東西，事物：物價 / 物品 / 貨物。②指自己以外的人或跟自己相對的環境：待人接物。③內容，實質：言之有物。
【組詞】物件 / 物體 / 物資 / 財物 / 景物 / 禮物 / 人物 / 實物 / 飾物 / 雜物
【成語】物歸原主 / 物以類聚 / 睹物思人 / 價廉物美

**悟** 😀wù 🔊ng6 誤 🈳PMMR
心部，10畫。

【釋義】①了解，領會：領悟。②覺醒：悔悟 / 覺悟。
【組詞】悟性 / 感悟 / 醒悟
【成語】大徹大悟 / 恍然大悟 / 執迷不悟

**晤** 😀wù 🔊ng6 悟 🈳AMMR
日部，11畫。

【釋義】見面：晤談（見面談話）/ 會晤。

**務** ｜务 😀wù 🔊mou6 冒
🈳NHOKS
力部，11畫。

【釋義】①事情：公務 / 任務 / 事務。②從事，致力於：務農 / 務實。③務必：務須 / 除惡務盡。
【組詞】務必 / 務求 / 財務 / 服務 / 家務 / 商務 / 義務 / 債務 / 職務
【成語】不務正業 / 當務之急 / 不識時務

W

# 惡｜恶

音 wù　普 wu3 烏三聲
倉 MMP
心部，12 畫。

▲ 另見 90 頁 è。

【釋義】討厭，憎恨（跟「好」（hào）相對）：可惡 / 厭惡 / 憎惡。

# 塢｜坞

音 wù　普 wu2 烏二聲
倉 GHRF
土部，13 畫。

【釋義】①地勢周圍高而中央凹的地方：山塢。②在水邊修建的停船或修造船隻的地方：船塢。

# 寤｜寤

音 wù　普 ng6 悟　倉 JVMR
宀部，14 畫。

【釋義】睡醒：寤寐以求（醒時睡時，時時刻刻都想得到）。

# 誤｜误

音 wù　普 ng6 悟　倉 YRRVK
言部，14 畫。

【釋義】①錯誤：誤會 / 誤解 / 失誤。②耽誤：誤事 / 延誤。③使受損害：誤人不淺。④不是故意得罪人或損害人：誤傷。
【組詞】誤差 / 誤導 / 誤會 / 錯誤 / 耽誤 / 謬誤
【成語】誤人子弟 / 誤入歧途

# 霧｜雾

音 wù　普 mou6 冒
倉 MBNHS
雨部，19 畫。

【釋義】①氣溫下降時，空氣中所含的水蒸氣凝結成小水點，浮在接近地面的空氣中，叫霧或霧氣。②指像霧的許多小水點：噴霧器。
【組詞】迷霧 / 煙霧 / 雲霧
【成語】霧裏看花 / 雲消霧散 / 騰雲駕霧 / 吞雲吐霧

# 騖｜骛

音 wù　普 mou6 務
倉 NKSQF
馬部，19 畫。

【釋義】追求：好高騖遠（不切實際地追求高遠的目標）。

# 鶩｜鹜

音 wù　普 mou6 務
倉 NKHAF
鳥部，20 畫。

【釋義】鴨子：趨之若鶩（比喻很多人爭着去，含貶義）。

# Xx

---
### xī
---

**夕** 曾 xī 粵 zik6 直 倉 NI
夕部，3畫。

【釋義】①日落的時候，傍晚：夕陽。②泛指晚上：除夕 / 七夕。
【組詞】旦夕 / 前夕 / 朝夕
【成語】朝發夕至 / 危在旦夕 / 一朝一夕 / 朝不保夕

**汐** 曾 xī 粵 zik6 直 倉 ENI
水部，6畫。
【釋義】夜間的海潮：潮汐。

**西** 曾 xī 粵 sai1 犀 倉 MCW
西部，6畫。

【釋義】①四個主要方向之一，太陽落下去的一邊：西邊 / 河西。②指西洋歐美各國：西餐 / 西醫。
【組詞】西方 / 西服 / 西式 / 西洋 / 西裝 / 東西
【成語】東奔西跑 / 東倒西歪 / 東躲西藏 / 東拉西扯 / 東張西望 / 日薄西山 / 聲東擊西

**吸** 曾 xī 粵 kap1 給 倉 RNHE
口部，7畫。

【釋義】①把液體、氣體等從口或鼻孔引入體內：吸毒 / 吸煙 / 呼吸。②把外界物質引入物體內部：吸收 / 吸塵器。③把別的物體、力量等引到自己方面：吸引。
【組詞】吸附 / 吸納 / 吸取 / 吸食

**希** 曾 xī 粵 hei1 欺 倉 KKLB
巾部，7畫。

【釋義】①希望：希求 / 敬希讀者指正。②同「稀①」，見404頁 xī。
【組詞】希冀 / 希望

**昔** 曾 xī 粵 sik1 色 倉 TA
日部，8畫。

【釋義】從前：昔日 / 撫今追昔。
【組詞】昔時 / 今昔 / 往昔
【成語】今非昔比

**析** 曾 xī 粵 sik1 式 倉 DHML
木部，8畫。

【釋義】①分開，散開：分崩離析。②分析：解析 / 剖析。
【組詞】辨析 / 分析
【成語】條分縷析

**息** 曾 xī 粵 sik1 色 倉 HUP
心部，10畫。

【釋義】①呼吸時進出的氣：喘息 / 歎息 / 窒息。②消息：信息。③停止：息怒 / 息息。

④休息：安息／歇息。⑤滋生，繁殖：休養生息。⑥利錢，利息：年息／還本付息。
【組詞】利息／平息／棲息／氣息／入息／聲息／小息／休息／訊息／作息
【成語】息事寧人／息息相關／一息尚存／川流不息／奄奄一息

**淅** 曾xī 粵sik1 式 倉EDHL
水部，11畫。
【釋義】〔淅瀝〕形容輕微的風雨聲或落葉的聲音：雨聲淅淅瀝瀝地下個不停。

**惜** 曾xī 粵sik1 式 倉PTA
心部，11畫。

| 惜 | 惜 | 惜 | 惜 | 惜 |

【釋義】①愛惜：憐惜／珍惜。②惋惜，可惜：歎惜／痛惜。③過分愛惜，捨不得：惜別。
【組詞】愛惜／不惜／可惜／惋惜
【成語】惜老憐貧／惜墨如金／憐香惜玉／在所不惜

**悉** 曾xī 粵sik1 色 倉HDP
心部，11畫。

| 釆 | 悉 | 悉 | 悉 | 悉 |

【釋義】①全，盡：悉力／悉心。②知道：洞悉／知悉。
【組詞】獲悉／據悉／熟悉
【成語】悉心畢力

**晰** 曾xī 粵sik1 色 倉ADHL
日部，12畫。

| 晰 | 晰 | 晰 | 晰 | 晰 |

【釋義】清楚，明白：明晰／清晰。

**稀** 曾xī 粵hei1 欺 倉HDKKB
禾部，12畫。

| 稀 | 稀 | 稀 | 稀 | 稀 |

【釋義】①事物出現得少：稀奇／稀有。②事物之間距離遠，事物的部分之間空隙大（跟「密」相對）：稀疏／地廣人稀。③含水多，稀薄（跟「稠」相對）：稀飯。④用於表示程度深：稀爛。
【組詞】稀薄／稀罕／稀客／稀少／稀釋
【成語】稀奇古怪／月明星稀

**犀** 曾xī 粵sai1 西 倉SYYQ
牛部，12畫。

| 犀 | 犀 | 犀 | 犀 | 犀 |

【釋義】①哺乳動物，外形略像牛，鼻上有一隻或兩隻角，皮粗而厚，色微黑，毛稀少，產在亞洲和非洲的熱帶森林裏。通稱犀牛。②堅固、鋒利：犀利。
【組詞】犀牛
【成語】心有靈犀

**溪** 曾xī 粵kai1 稽 倉EBVK
水部，13畫。

| 溪 | 溪 | 溪 | 溪 | 溪 |

【釋義】原指山間的小河溝，現泛指小河：溪流／清溪。
【組詞】溪澗／溪水／小溪

**皙** 曾xī 粵sik1 色 倉DLHA
白部，13畫。
【釋義】人的皮膚白：白皙。

**熄** 曾xī 粵sik1 色 倉FHUP
火部，14畫。

| 熄 | 熄 | 熄 | 熄 | 熄 |

【釋義】①停止燃燒：爐火熄了。②關燈：熄燈。
【組詞】熄火／熄滅

# 熙
⊜ xī ⊜ hei1 希 ⊜ SUF
火部，14 畫。

【釋義】〔熙熙攘攘〕也說「熙來攘往」。形容人來人往，非常熱鬧：街上熙熙攘攘，熱鬧得很。

# 蜥
⊜ xī ⊜ sik1 色 ⊜ LIDHL
虫部，14 畫。

【釋義】〔蜥蜴〕（蜴：⊜ yì ⊜ jik6 亦）爬行動物，有四肢，尾巴很長，容易斷，腳上有鈎爪。生活在草叢裏，捕食昆蟲和其他小動物。俗稱四腳蛇。

# 嘻
⊜ xī ⊜ hei1 希 ⊜ RGRR
口部，15 畫。

【釋義】形容笑的樣子或聲音：笑嘻嘻 / 嘻嘻哈哈（亦形容不嚴肅或不認真）。

# 膝
⊜ xī ⊜ sat1 失 ⊜ BDOE
肉部，15 畫。

【釋義】膝蓋，大腿和小腿相連的關節的前部：護膝 / 卑躬屈膝。
【組詞】膝蓋
【成語】促膝談心

# 嬉
⊜ xī ⊜ hei1 希 ⊜ VGRR
女部，15 畫。

【釋義】遊戲，玩耍：嬉戲 / 嬉遊。
【組詞】嬉鬧 / 嬉笑
【成語】嬉皮笑臉 / 嬉笑怒罵

# 錫 | 锡
⊜ xī ⊜ sek3 石三聲
⊜ CAPH
金部，16 畫。

【釋義】金屬元素，符號 Sn。純錫銀白色，質軟，用來鍍鐵、焊接金屬或製造合金等。

# 蟋
⊜ xī ⊜ sik1 式 ⊜ LIHDP
虫部，17 畫。

【釋義】〔蟋蟀〕昆蟲，身體黑褐色，觸角很長，後肢發達，善跳躍，雄的好鬥，兩翅摩擦能發聲。生活在陰濕的地方，吃植物的根、莖和種子，對農業有害。

# 蹊
⊜ xī ⊜ hai4 繫四聲 ⊜ RMBVK
足部，17 畫。

▲另見 298 頁 qī。

【釋義】小路：蹊徑。

# 曦
⊜ xī ⊜ hei1 希 ⊜ ATGS
日部，20 畫。

【釋義】陽光（多指早晨的）：晨曦。

# 犧 | 牺
⊜ xī ⊜ hei1 希 ⊜ HQTGS
牛部，20 畫。

【釋義】①古代指做祭品用的毛色純一的牲畜。②〔犧牲〕(a)為了正義的目的而捨棄自己的生命：為國犧牲。(b)放棄或損害一方的利益：犧牲休息時間去做義工。

# 席
⊜ xí ⊜ zik6 直 ⊜ ITLB
巾部，10 畫。

【釋義】①同「蓆」，見406頁 xí。②席位，座位：缺席。③特指議會中的席位，表示當選的人數。④酒宴：宴席。⑤表示單位。用於說的話或成桌的菜式：一席話 / 一席酒。
【組詞】席位 / 出席 / 酒席 / 列席 / 首席 / 退席 / 筵席 / 議席 / 主席
【成語】一席之地 / 座無虛席

# 習｜习

習 xí　zaap6 集　SMHA
羽部，11 畫。

【釋義】①練習，溫習：習題 / 演習 / 自習。
②對某事物常常接觸而熟悉：習以為常。
③習慣：習俗 / 惡習。
【組詞】習性 / 習作 / 補習 / 複習 / 陋習 / 實習 /
熟習 / 學習 / 研習 / 預習
【成語】積習難改 / 陳規陋習 / 習慣成自然

# 媳

媳 xí　sik1 式　VHUP
女部，13 畫。

【釋義】媳婦，兒子或其他晚輩親屬的妻子：
婆媳。
【組詞】媳婦 / 弟媳 / 兒媳

# 蓆｜席

蓆 xí　zik6 直　TITB
艸部，14 畫。
【釋義】用葦篾、竹篾、草等編成的片狀物，
用來鋪墊或遮蔽：涼蓆。
【組詞】蓆子

# 檄

檄 xí　hat6 核　DHSK
木部，17 畫。
【釋義】古代官府用以徵召或聲討的文書：
檄文。

# 襲｜袭

襲 xí　zaap6 習　YPYHV
衣部，22 畫。

【釋義】①出其不意地突然攻擊，侵襲：襲擊 /
空襲。②照樣做，依照着繼續下去：抄襲 /
沿襲。③表示單位。用於成套的衣服：一襲
棉衣。
【組詞】侵襲 / 偷襲 / 突襲

# 洗

洗 xǐ　sai2 駛　EHGU
水部，9 畫。

【釋義】①用水去掉體上的髒東西：洗滌 /
洗臉。②洗禮，基督教的入教儀式：受洗。
③洗清恥辱、冤屈等：洗雪 / 洗冤。④像用
水洗淨一樣殺光或搶光：洗劫 / 血洗。⑤照
相的顯影定影，沖洗：洗相片。⑥玩牌時把
牌摻和整理，以便繼續玩：洗牌。
【組詞】洗刷 / 洗澡 / 沖洗 / 清洗 / 梳洗
【成語】洗耳恭聽 / 洗心革面 / 一貧如洗

# 徙

徙 xǐ　saai2 璽　HOYLO
彳部，11 畫。

【釋義】遷移：徙居（搬家）/ 遷徙。

# 喜

喜 xǐ　hei2 起　GRTR
口部，12 畫。

【釋義】①快樂，高興：歡喜 / 欣喜。②可慶
賀的：喜事。③值得慶賀的事：賀喜。④稱
懷孕為「有喜」。⑤愛好：喜聞樂見。⑥某種
生物適宜於甚麼環境，某種東西適宜於配合
甚麼東西：喜光植物。
【組詞】喜愛 / 喜好 / 喜歡 / 喜劇 / 喜慶 / 喜訊 /
喜悅 / 恭喜 / 驚喜
【成語】喜出望外 / 喜怒無常 / 喜氣洋洋 / 喜新
厭舊 / 喜形於色 / 大喜過望 / 欣喜若狂 / 歡天
喜地 / 沾沾自喜

# 禧

禧 xǐ　hei1 希　IFGRR
示部，16 畫。
【釋義】福，吉祥：年禧 / 恭賀新禧。

# 璽｜玺

璽 xǐ　saai2 徙　MBMGI
玉部，19 畫。
【釋義】印，自秦代以後專指帝王的印：玉璽。

## 系 @xì @hai6 係 @HVIF
系部，7畫。

【釋義】①系統：派系 / 體系。②高等學校中按學科區分的教學行政單位：物理系 / 中文系。
【組詞】系列 / 系統 / 一系列

## 係 | 系 @xì @hai6 繫 @OHVF
人部，9畫。

【釋義】①是：魯迅先生係浙江紹興人。②有關聯的：關係 / 沒關係。

## 細 | 细 @xì @sai3 世 @VFW
系部，11畫。

【釋義】①條狀物橫剖面小，窄（跟「粗」相對，下②—⑤同）：細線 / 細鐵絲 / 細水長流。②顆粒小：細沙 / 細鹽。③音量小：嗓音細 / 細聲細氣。④精細：這雕刻做得真細。⑤仔細，詳細，周密：細則 / 細緻。⑥細微，細小：細節 / 瑣細。
【組詞】細密 / 細膩 / 細微 / 細小 / 細心 / 粗細 / 精細 / 詳細 / 仔細
【成語】和風細雨 / 精打細算 / 膽大心細

## 隙 @xì @gwik1 瓜益一聲 @NLFHF
阜部，13畫。

【釋義】①縫隙，裂縫：孔隙 / 牆隙。②空閒的時間或地方：隙地 / 間隙。③漏洞，機會：無隙可乘。④感情上的裂痕：嫌隙。
【組詞】縫隙 / 空隙
【成語】白駒過隙

## 戲 | 戏 @xì @hei3 汽 @YTI
戈部，17畫。

【釋義】①玩耍，遊戲：嬉戲。②開玩笑，嘲弄：戲弄。③戲劇，也指雜技：戲曲 / 馬戲。
【組詞】戲劇 / 戲院 / 把戲 / 拍戲 / 演戲 / 遊戲
【成語】逢場作戲 / 視同兒戲

## 繫 | 系 @xì @hai6 系 @JEVIF
系部，19畫。

▲另見161頁jì。

【釋義】①拴，綁：繫馬。②聯結，聯繫（多用於抽象事物）：維繫 / 成敗繫於此舉。③牽掛：繫念。
【組詞】聯繫

---

## xia

## 呷 @xiā @haap3 峽三聲 @RWL
口部，8畫。

【釋義】小口喝：呷茶 / 請呷口酒。

## 瞎 @xiā @hat6 轄 @BUJQR
目部，15畫。

【釋義】①喪失視覺，失明：瞎子 / 瞎了一隻眼。②沒有根據地，沒有來由地，沒有效果地：瞎忙 / 瞎說。
【成語】瞎子摸象

## 蝦 | 虾 @xiā @haa1 哈 @LIRYE
虫部，15畫。

【釋義】節肢動物，身上有薄而透明的軟殼，腹部由很多環節構成，頭部有鬚。生活在水

中，種類很多。

【成語】蝦兵蟹將

**匣** 曾 xiá 粵 haap6 峽 倉 SWL
匚部，7畫。

【釋義】裝東西的小盒子，有蓋，多為方形：
鏡匣 / 木匣。

【組詞】匣子

**狎** 曾 xiá 粵 haap6 匣 倉 KHWL
犬部，8畫。

【釋義】親近而不莊重：狎侮。

**俠** ┃ 俠　曾 xiá 粵 haap6 峽
　　　　 乂 hap6 合　倉 OKOO
人部，9畫。

【釋義】①舊時指武藝高強、講義氣的人：俠
客 / 劍俠。②講義氣，見義勇為：俠義。

【組詞】大俠 / 武俠

**峽** ┃ 峽　曾 xiá 粵 haap6 狹
　　　　 倉 UKOO
山部，10畫。

【釋義】兩山夾水的地方：峽谷。

【組詞】地峽 / 海峽

**狹** ┃ 狹　曾 xiá 粵 haap6 峽
　　　　 倉 KHKOO
犬部，10畫。

【釋義】窄（跟「廣」相對）：狹長。

【組詞】狹隘 / 狹小 / 狹窄

【成語】狹路相逢

**瑕** 曾 xiá 粵 haa4 霞 倉 MGRYE
玉部，13畫。

【釋義】①玉上的斑點。②比喻缺點，過失：
瑕疵 / 瑕瑜互見（缺點和優點並存）。

**遐** 曾 xiá 粵 haa4 霞 倉 YRYE
辵部，13畫。

【釋義】①遠：遐邇（遠近）/ 遐想。②長久：
遐齡。

**暇** 曾 xiá 粵 haa6 夏 倉 ARYE
日部，13畫。

【釋義】沒有事的時候，空閒：閒暇。

【組詞】空暇 / 無暇 / 餘暇

【成語】目不暇給 / 應接不暇 / 自顧不暇

**霞** 曾 xiá 粵 haa4 瑕 倉 MBRYE
雨部，17畫。

【釋義】日光斜射在天空中，由於空氣的散射
作用而使天空和雲層呈現黃、橙、紅等色彩
的自然現象。通常指這樣出現的彩色的雲：
彩霞 / 晚霞 / 朝霞。

【組詞】霞光 / 煙霞 / 雲霞

**轄** ┃ 轄　曾 xiá 粵 hat6 瞎 倉 JJJQR
車部，17畫。

【釋義】管轄，管理：直轄。

【組詞】管轄 / 統轄

**黠** 曾 xiá 粵 hat6 瞎 乂 kit3 揭
　　　 倉 WFGR
黑部，18畫。

【釋義】聰明而狡猾：狡黠。

**下** 曰 曾 xià 粵 haa6 夏 倉 MY
一部，3畫。

【釋義】①位置在低處的：下身 / 下游。②等

次或品級低的：下策／下等。③次序或時間
在後的：下次／下半夜。④由高處到低處：
下樓／下山／順流而下。⑤（雨、雪等）降
落：下霜／下雨。⑥頒發，投遞：下命令。
⑦做出（言論、判斷等）：下定義／下決心。
⑧使用，開始使用：下筆／對症下藥。⑨到
規定時間結束日常工作或學習等：下班／下
課。⑩進行（棋類遊藝或比賽）：下圍棋。
⑪（動物）生產：母雞下蛋。⑫表示屬於一定
範圍、情況、條件等：部下／名下／在這種
情況下。⑬用在動詞後面。(a)表示動作的繼
續：堅持下去。(b)表示動作的完成或結果：
打下基礎。
【組詞】下跌／下降／下列／下令／下手／下旬／
低下／高下／屬下／眼下
【成語】下不為例／甘拜下風／落井下石／承上
啟下／瓜田李下／居高臨下／每況愈下／聲淚
俱下／雙管齊下

□ 🔊 xià 🔊 haa5 哈五聲
【釋義】①表示單位。用於動作的次數：鐘響
了三下。②〔下子〕用在「兩」「幾」後面，表
示本領、技能：他真有兩下子。

**夏** 🔊 xià 🔊 haa6 廈 🔊 MUHE
夂部，10畫。

【釋義】①季季：初夏。②朝代，約公元前
2070－公元前1600年，傳說為禹（一說啟）所
建。③指中國：華夏。
【組詞】夏季／夏日／夏天／夏至／盛夏

**廈**｜厦 🔊 xià 🔊 haa6 夏 🔊 IMUE
广部，13畫。
▲ 另見331頁 shà。
【釋義】〔廈門〕地名，在福建省。

**嚇**｜吓 🔊 xià 🔊 haak3 客 🔊 RGCC
口部，17畫。
▲ 另見136頁 hè。

【釋義】使害怕：嚇唬／嚇人一跳。
【組詞】嚇人／驚嚇

---

## xian

**仙** 🔊 xiān 🔊 sin1 先 🔊 OU
人部，5畫。

【釋義】神話中指神通廣大、長生不老的人，
神仙：仙女／仙人。
【組詞】仙境／仙子／神仙／天仙
【成語】飄飄欲仙

**先** 🔊 xiān 🔊 sin1 仙 🔊 HGHU
儿部，6畫。

【釋義】①時間或次第在前的（跟「後」相對）：
先鋒／先前／領先。②尊稱死去的人：先父／
先人／先賢／祖先。
【組詞】先後／先進／先天／搶先／事先／首先／
率先／優先／預先／原先
【成語】先睹為快／先發制人／先見之明／先入
為主／先聲奪人／先斬後奏／爭先恐後／捷足
先登／未老先衰／一馬當先

**掀** 🔊 xiān 🔊 hin1 牽 🔊 QHLO
手部，11畫。

【釋義】①揭開遮擋覆蓋的東西：掀開鍋蓋。
②翻騰，翻動：掀風鼓浪（比喻煽動情緒，挑
起事端）。
【組詞】掀動／掀起

**鮮**｜鲜 🔊 xiān 🔊 sin1 仙 🔊 NFTQ
魚部，17畫。

▲另見 411 頁 xiǎn。

【釋義】①新鮮的：鮮花／鮮肉。②色彩明亮：鮮紅／鮮明。③滋味好：鮮美。④鮮美的食物：嘗鮮／時鮮。⑤特指魚蝦等水產：海鮮。

【組詞】鮮嫩／鮮血／鮮豔／保鮮／新鮮

## 纖 | 纤　🔊xiān　🔊cim1 簽　🔊VFOIM
糸部，23 畫。

纖　纖　纖　纖　纖

【釋義】細小：纖弱。

【組詞】纖長／纖巧／纖細

## 弦　🔊xián　🔊jin4 言　🔊NYVI
弓部，8 畫。

弦　弦　弦　弦　弦

【釋義】①弓背兩端之間繫着的繩狀物，用牛筋製成，有彈性，用來發箭：弓弦。②樂器上發聲的線，一般用絲線、銅絲或鋼絲等製成：琴弦。

【組詞】管弦樂

【成語】弦外之音／扣人心弦

## 咸　🔊xián　🔊haam4 函　🔊IHMR
口部，9 畫。

【釋義】全，都：老少咸宜。

## 涎　🔊xián　🔊jin4 言　🔊ENKM
水部，11 畫。

【釋義】口水：垂涎。

【成語】垂涎三尺／垂涎欲滴

## 舷　🔊xián　🔊jin4 言　🔊HYYVI
舟部，11 畫。

【釋義】船、飛機等的左右兩側：舷窗／舷梯／船舷。

## 閒 | 闲　🔊xián　🔊haan4 嫻　🔊ANB
門部，12 畫。

閒　閒　閒　閒　閒

【釋義】①沒有事情做，有空（跟「忙」相對）：閒逛／清閒。②（房屋、器物等）不在使用中：閒置。③沒有事情做的時候：閒暇／農閒。④與正事無關的：閒話／閒書。

【組詞】閒聊／閒事／閒適／閒談／空閒／消閒／休閒／悠閒

【成語】閒情逸致／忙裏偷閒／遊手好閒

## 嫌　🔊xián　🔊jim4 炎　🔊VTXC
女部，13 畫。

嫌　嫌　婵　嫌　嫌

【釋義】①嫌疑，可疑的地方：避嫌。②怨恨，不滿的情緒：嫌隙／嫌怨。③厭惡，不滿意：嫌棄。

【組詞】嫌疑／涉嫌

## 銜 | 衔　🔊xián　🔊haam4 咸　🔊HOCMN
金部，14 畫。

銜　銜　銜　銜　銜

【釋義】①用嘴含：燕子銜泥。②存在心裏：銜恨／銜冤。③相連接：銜接。④等級或職務的稱號：授銜／頭銜。

【組詞】銜頭／官銜／職銜

【成語】結草銜環

## 賢 | 贤　🔊xián　🔊jin4 言　🔊SEBUC
貝部，15 畫。

賢　賢　賢　賢　賢

【釋義】①有德行的，有才能的：賢才／賢明。②有德行的人，有才能的人：聖賢／先賢。③敬辭，用於平輩或晚輩：賢弟。

【組詞】賢德／賢惠／賢良／賢能／賢人／賢淑

【成語】賢妻良母／禮賢下士／求賢若渴／選賢任能／任人唯賢

# 嫻｜娴 <sup>普</sup>xián <sup>粵</sup>haan4 閒 <sup>倉</sup>VAND

女部，15 畫。

【釋義】①文雅：嫻靜／嫻雅。②熟練：嫻熟／嫻於書法。

# 鹹｜咸 <sup>普</sup>xián <sup>粵</sup>haam4 咸 <sup>倉</sup>YWIHR

鹵部，20 畫。

【釋義】味道像鹽那樣的：鹹蛋／鹹魚。

# 險｜险 <sup>普</sup>xiǎn <sup>粵</sup>him2 謙二聲 <sup>倉</sup>NLOMO

阜部，16 畫。

【釋義】①地勢險惡，不容易通過：險地／險峻。②指地勢險惡，不易通過的地方：天險／憑險據守。③遭到不幸或發生災難的可能：危險／險象環生。④狠毒：陰險。⑤幾乎，差一點：險些／險遭不幸。

【組詞】險惡／險境／險要／保險／風險／驚險／冒險／探險／脫險

【成語】化險為夷／艱難險阻／鋌而走險

# 鮮｜鲜 <sup>普</sup>xiǎn <sup>粵</sup>sin2 癬 <sup>倉</sup>NFTQ

魚部，17 畫。

▲另見 409 頁 xiān。

【釋義】少：鮮見／鮮有／鮮為人知。

【成語】寡廉鮮恥

# 顯｜显 <sup>普</sup>xiǎn <sup>粵</sup>hin2 遣 <sup>倉</sup>AFMBC

頁部，23 畫。

【釋義】①露在外面容易看出來，明顯：顯然。②表現，露出來：顯露／顯示。③有名聲、有權勢和地位的：顯達／顯赫。

【組詞】顯得／顯現／顯眼／顯著／明顯／淺顯／彰顯／顯示屏／顯微鏡

【成語】顯而易見／大顯身手／各顯神通

# 見｜见 <sup>普</sup>xiàn <sup>粵</sup>jin6 現 <sup>倉</sup>BUHU

見部，7 畫。

▲另見 167 頁 jiàn。

【釋義】同「現⑤」，見本頁 xiàn：圖窮匕見。

# 限 <sup>普</sup>xiàn <sup>粵</sup>haan6 閒六聲 <sup>倉</sup>NLAV

阜部，9 畫。

【釋義】①指定的範圍：界限／無限。②指定範圍，不許超過：限期／限制。

【組詞】限定／限度／限額／限量／限時／極限／局限／寬限／期限／有限

# 現｜现 <sup>普</sup>xiàn <sup>粵</sup>jin6 譾 <sup>倉</sup>MGBUU

玉部，11 畫。

【釋義】①現在，此刻：現今／現狀。②當場，臨時：現做現賣。③當時可以拿出來的：現貨／現金。④指現金：兌現支票。⑤表露在外，使人可以看見：現形／現出笑容。

【組詞】現場／現代／現實／現象／呈現／發現／浮現／實現／體現／展現

【成語】安於現狀／丟人現眼／活靈活現／若隱若現／曇花一現

# 陷 <sup>普</sup>xiàn <sup>粵</sup>haam6 餡六聲 <sup>倉</sup>NLNHX

阜部，11 畫。

【釋義】①陷阱，為了捉野獸或敵人而挖的

坑。常比喻害人的圈套。②掉進（泥土等鬆軟的物體裏）：陷入泥潭。③凹進：凹陷。④設下圈套害人：陷害／誣陷。⑤被攻破，被佔領：淪陷／失陷。⑥缺點：缺陷。

【組詞】陷阱／陷入／塌陷
【成語】衝鋒陷陣

## 羨 ｜ 羡
🔊 xiàn 🔊 sin6 善 🔊 TGENO
羊部，13畫。

【釋義】喜愛而希望自己也有：羨慕。

## 腺
🔊 xiàn 🔊 sin3 線 🔊 BHAE
肉部，13畫。

【釋義】生物體內能分泌某些化學物質的組織，如人體內的汗腺、淚腺、甲狀腺，花的蜜腺等。

## 線 ｜ 线
🔊 xiàn 🔊 sin3 扇 🔊 VFHAE
糸部，15畫。

【釋義】①用絲、棉、麻、金屬等製成的細長的東西：電線／毛線。②幾何學上指一個點任意移動所構成的圖形（只有長度，沒有寬度和厚度）：曲線／直線。③細長像線的東西：光線。④交通路線：航線／專線。⑤邊緣交界的地方：界線／地平線。⑥比喻所接近的某種邊際：生命線。⑦線索：線報／眼線。⑧表示單位。用於抽象的事物，數詞限用「一」，表示極少：一線生機／一線希望。

【組詞】線路／線索／線條／出線／底線／防線／路線／視線／虛線／陣線
【成語】穿針引線／飛針走線

## 憲 ｜ 宪
🔊 xiàn 🔊 hin3 獻 🔊 JQMP
心部，16畫。

【釋義】①法令：憲令。②憲法，國家的根本

法：立憲／違憲。
【組詞】憲法／憲章／修憲

## 縣 ｜ 县
🔊 xiàn 🔊 jyun6 願 🔊 BFHVF
糸部，16畫。

【釋義】行政區劃單位，現在的縣由省、自治區、直轄市或省轄市管轄。
【組詞】縣城

## 餡 ｜ 馅
🔊 xiàn 🔊 haam6 鹹六聲
🔊 haam2 鹹二聲 🔊 OINHX
食部，16畫。

【釋義】麪食、點心等食品裏包的東西，多是糖、豆沙或細碎的肉、菜等：餃子餡。

## 獻 ｜ 献
🔊 xiàn 🔊 hin3 憲 🔊 YBIK
犬部，20畫。

【釋義】①恭敬莊嚴地送（實物或意見等）：獻禮／貢獻。②表現給人看：獻醜／獻技。
【組詞】獻策／獻給／獻花／獻計／呈獻／奉獻
【成語】借花獻佛

# xiang

## 相
日 🔊 xiāng 🔊 soeng1 商 🔊 DBU
目部，9畫。

▲ 另見415頁 xiàng。

【釋義】①互相：相識／相像。②表示一方對另一方的動作：反脣相譏／實不相瞞。
【組詞】相差／相處／相當／相等／相對／相關／相距／相連／相似／相應

【成語】相安無事 / 相持不下 / 相輔相成 / 相見恨晚 / 相提並論 / 相依為命 / 相映成趣 / 守望相助 / 息息相關 / 針鋒相對

㊁ 普 xiāng 粵 soeng3 商三聲
【釋義】親自觀看是否合心意：相親。

## 香
普 xiāng 粵 hoeng1 鄉 倉 HDA
香部，9畫。

禾　香

【釋義】①氣味好聞（跟「臭」(chòu) 相對）：香水 / 香噴噴。②食物味道好：香甜可口。③睡得踏實：睡得正香。④受歡迎，受器重：吃香。⑤香料：檀香。⑥用木屑摻香料做成的細條，舊俗在祭祀祖先或神佛時用，有的加上藥物，可以薰蚊子：燒香 / 蚊香 / 一炷香。
【組詞】香火 / 香料 / 香氣 / 香甜 / 香味 / 芳香 / 清香 / 幽香
【成語】憐香惜玉 / 國色天香 / 鳥語花香

## 湘
普 xiāng 粵 soeng1 商 倉 EDBU
水部，12畫。
【釋義】①湘江，水名，發源於廣西，流入湖南省。②湖南省的別稱。

## 廂｜厢
普 xiāng 粵 soeng1 商
倉 IDBU
广部，12畫。

广　床　廂

【釋義】①廂房，在正房前面兩旁的房屋：東廂 / 西廂。②像房子隔間的地方：包廂 / 車廂。

## 鄉｜乡
普 xiāng 粵 hoeng1 香
倉 VHIIL
邑部，12畫。

乡　纟乡　鄉

【釋義】①鄉村（跟「城」相對）：鄉親 / 鄉下。②家鄉：鄉音 / 故鄉。③行政區劃的基層單位，由縣或區領導。
【組詞】鄉村 / 鄉里 / 鄉鎮 / 城鄉 / 家鄉 / 水鄉 / 同鄉 / 異鄉
【成語】窮鄉僻壤 / 背井離鄉 / 衣錦還鄉

## 箱
普 xiāng 粵 soeng1 商 倉 HDBU
竹部，15畫。

箱　箱　箱

【釋義】①收藏衣物等的方形器具，用木頭、鐵皮等製成：皮箱。②像箱子的東西：冰箱 / 郵箱。
【組詞】箱子 / 木箱 / 水箱 / 信箱
【成語】翻箱倒櫃

## 鑲｜镶
普 xiāng 粵 soeng1 商
倉 CYRV
金部，25畫。

鑲　鑲　鑲　鐘　鑲

【釋義】把物體嵌入另一物體內或圍在另一物體的邊緣：鑲嵌 / 鑲牙。

## 降
普 xiāng 粵 hong4 杭 倉 NLHEQ
阜部，9畫。

阝　阼　降

▲另見 170 頁 jiàng。
【釋義】①投降：歸降 / 勸降。②制伏，使馴服：降伏。
【組詞】降服 / 投降
【成語】降龍伏虎

## 祥
普 xiāng 粵 coeng4 場 倉 IFTQ
示部，10畫。

祥　祥

【釋義】吉利：祥和 / 吉祥。
【組詞】祥瑞 / 慈祥
【成語】不祥之兆 / 吉祥如意

## 翔

🔊 xiáng　🔊 coeng4 祥　🔊 TQSMM
羽部，12 畫。

【釋義】飛或盤旋地飛：翔翔 / 飛翔 / 滑翔。

## 詳｜详

🔊 xiáng　🔊 coeng4 祥　🔊 YRTQ
言部，13 畫。

【釋義】① 詳細（跟「略」相對）：詳盡 / 詳情。
② 說明，細說：面詳。③ 事情清楚：生卒年
月不詳。
【組詞】詳細 / 端詳 / 周詳
【成語】耳熟能詳 / 語焉不詳

## 享

🔊 xiáng　🔊 hoeng2 響　🔊 YRND
亠部，8 畫。

【釋義】享受，享有：享用 / 分享。
【組詞】享福 / 享樂 / 享受 / 享有
【成語】坐享其成

## 想

🔊 xiáng　🔊 soeng2 賞　🔊 DUP
心部，13 畫。

【釋義】① 動腦筋，思索：聯想 / 遐想。② 推
測，認為：猜想 / 推想。③ 希望，打算：想
去外國讀書。④ 懷念，想念：懷想 / 朝思
暮想。
【組詞】想法 / 想像 / 感想 / 構想 / 幻想 / 空想 /
理想 / 夢想 / 思想 / 着想
【成語】想方設法 / 想入非非 / 可想而知 / 異想
天開 / 不堪設想 / 痴心妄想 / 胡思亂想 / 冥思
苦想 / 左思右想

## 飽｜饷

🔊 xiǎng　🔊 hoeng2 享　🔊 OIHBR
食部，14 畫。

【釋義】軍糧，薪金（舊指軍、警等的薪金）：
關飽 / 糧飽 / 領飽。
【組詞】差飽

## 響｜响

🔊 xiǎng　🔊 hoeng2 享　🔊 VLYTA
音部，21 畫。

【釋義】① 聲音：聲響 / 音響。② 發出聲音：
不聲不響。③ 使發出聲音：響鑼。④ 回聲：
響應 / 影響。⑤ 聲音大：響亮。
【組詞】響聲 / 迴響 / 響噹噹
【成語】響徹雲霄 / 不同凡響 / 一聲不響

## 向

🔊 xiàng　🔊 hoeng3 嚮　🔊 HBR
口部，6 畫。

【釋義】① 方向：動向 / 志向。② 對着，特指
臉或正面對着（跟「背」(bèi) 相對）：向陽 / 面
向。③ 偏袒：偏向。④ 向來，一向：向有研
究。⑤ 表示動作的方向：向前走。
【組詞】向來 / 方向 / 內向 / 傾向 / 趨向 / 去向 /
一向 / 意向 / 轉向 / 走向
【成語】所向披靡 / 所向無敵 / 人心所向 / 暈頭
轉向

## 巷

🔊 xiàng　🔊 hong6 項　🔊 TCRU
己部，9 畫。

【釋義】較窄的街道：小巷。
【組詞】巷口 / 巷子
【成語】萬人空巷

# 相

🔊 xiàng 🔊 soeng3 商三聲 🔊 DBU
目部，9畫。

▲ 另見 412 頁 xiāng。

【釋義】①觀察事物的外表，判斷其優劣：相馬。②容貌，外貌：相貌 / 長相。③物體的外觀：星相 / 月相。④坐、立等的姿態：睡相 / 站有站相，坐有坐相。⑤輔助：吉人天相。⑥宰相，中國古代輔助君主掌管國事的最高官員：丞相。

【組詞】相簿 / 相片 / 亮相 / 照相 / 真相

【成語】相機行事 / 相貌堂堂 / 真相大白

# 項

🔊 xiàng 🔊 hong6 巷 🔊 MMBC
頁部，12畫。

【釋義】①頸的後部：項鏈 / 頸項。②事物的種類或條目：項目 / 事項。③款項，經費：進項 / 用項。④表示單位。用於分項目的事物：三項運動 / 一項任務。

【組詞】獎項 / 款項 / 強項 / 弱項

# 象

🔊 xiàng 🔊 zoeng6 丈 🔊 NAPO
豕部，12畫。

【釋義】①哺乳動物，是陸地上最大的動物。耳朵大，眼睛小。鼻子長，呈圓筒形，能伸捲。多有一對長大的門牙伸出口外。產在中國雲南南部、印度、非洲等熱帶地區。②形狀，樣子：天象 / 印象。③仿效，模擬：象聲 / 象形。

【組詞】象徵 / 抽象 / 對象 / 跡象 / 假象 / 景象 / 氣象 / 現象 / 形象 / 意象

【成語】氣象萬千 / 萬象更新 / 包羅萬象 / 盲人摸象

# 像

🔊 xiàng 🔊 zoeng6 丈 🔊 ONAO
人部，14畫。

【釋義】①比照人物製成的形象：畫像 / 塑像。②在形象上相同或有某些共同點：她長得像她媽媽。③好像：像是要下雨的樣子。④比如，如：像岳飛這樣的英雄人物，還可以舉出許多。

【組詞】雕像 / 好像 / 人像 / 石像 / 銅像 / 圖像 / 相像 / 想像 / 肖像 / 影像

# 橡

🔊 xiàng 🔊 zoeng6 丈 🔊 DNAO
木部，16畫。

【釋義】①橡樹，即櫟樹（櫟：🔊 lì 🔊 lik1 力一聲）。落葉喬木，木材可做枕木、製家具，樹皮可做染料。②橡膠樹，常綠喬木，有乳狀汁液，可製橡膠。

【組詞】橡膠 / 橡皮 / 橡實 / 橡皮圈

# 嚮 | 向

🔊 xiàng 🔊 hoeng3 向
🔊 VLHBR
口部，18畫。

【釋義】①對着，朝着：嚮往 / 相嚮而行。②引導：嚮導。

---

## xiao

---

# 削

🔊 xiāo 🔊 soek3 燦 🔊 FBLN
刀部，9畫。

▲ 另見 430 頁 xuē。

【釋義】用刀斜着去掉物體的表層：削苹 / 切削 / 削果皮。

消 曾 xiāo 粵 siu1 燒 倉 EFB
水部，10 畫。

【釋義】①消失：消亡 / 消逝。②使消失，消除：消毒 / 消滅。③減退，衰退：消沉 / 此消彼長。④度過，消遣：消磨 / 消閒。⑤花費，耗費：消費 / 消耗。⑥經受，禁 (jīn)：吃不消。⑦需要：不消說。
【組詞】消除 / 消防 / 消化 / 消極 / 消失 / 抵消 / 取消
【成語】冰消瓦解 / 煙消雲散

宵 曾 xiāo 粵 siu1 消 倉 JFB
宀部，10 畫。

【釋義】夜：宵禁 / 元宵。
【組詞】今宵 / 年宵 / 通宵
【成語】通宵達旦

逍 曾 xiāo 粵 siu1 宵 倉 YFB
辵部，11 畫。

【釋義】〔逍遙〕自由自在，沒有甚麼拘束：逍遙自在。
【成語】逍遙法外

梟 | 梟 曾 xiāo 粵 hiu1 囂 倉 HAYD
木部，11 畫。

【釋義】①一種兇猛的鳥，常於夜間飛行，捕食小動物。②勇猛，難制服：梟將 / 梟雄。③魁首，頭領：毒梟 / 匪梟。④舊時懸掛砍下的人頭：梟示 / 梟首。

硝 曾 xiāo 粵 siu1 消 倉 MRFB
石部，12 畫。

【釋義】硝石，礦物，成分是硝酸鉀，用來製造炸藥或做肥料。

霄 曾 xiāo 粵 siu1 燒 倉 MBFB
雨部，15 畫。

【釋義】①雲：雲霄。②天空：重霄 / 九霄雲外。

銷 | 销 曾 xiāo 粵 siu1 消 倉 CFB
金部，15 畫。

【釋義】①熔化金屬：銷金。②除去，解除：撤銷。③銷售：銷路 / 推銷。④消費：開銷。
【組詞】銷毀 / 銷量 / 銷售 / 暢銷 / 經銷 / 展銷 / 註銷
【成語】銷聲匿跡 / 一筆勾銷

蕭 | 萧 曾 xiāo 粵 siu1 消 倉 TLX
艸部，18 畫。

【釋義】冷落，衰敗，沒有生氣：蕭颯 / 蕭條。
【組詞】蕭瑟 / 蕭索

簫 | 箫 曾 xiāo 粵 siu1 消 倉 HLX
竹部，20 畫。

【釋義】一種管樂器，單管，直着吹發聲。古代的簫用竹管排在一起做成：洞簫 / 排簫。

瀟 | 潇 曾 xiāo 粵 siu1 消 倉 ETLX
水部，21 畫。

【釋義】〔瀟灑〕（神情、舉止、風貌等）自然大方，不拘束：筆墨瀟灑 / 風姿瀟灑。

囂 | 嚣 曾 xiāo 粵 hiu1 僥 倉 RRMCR
口部，21 畫。

【釋義】喧譁，吵鬧：叫囂 / 喧囂。
【組詞】囂張

【成語】甚囂塵上

## 驕 | 骄
醬 xiāo 粵 hiu1 嚣
倉 SFGGU
馬部，22畫。

【釋義】勇猛，矯健：驕將／驍猛／驍勇。

## 淆
醬 xiáo 粵 ngaau4 餚 倉 EKKB
水部，11畫。

【釋義】混雜：淆亂／混淆。
【成語】混淆是非／混淆視聽

## 小
醬 xiǎo 粵 siu2 蕭二聲 倉 NC
小部，3畫。

【釋義】①在體積、面積、數量、力量、強度等方面，不及一般的或不及比較的對象（跟「大」(dà) 相對）：小河／短小／弱小。②短時間地：小酌／小坐。③排行最末的：小兒子。④年紀小的人：妻小／一家大小。⑤稍稍，略微：小有名氣／牛刀小試。⑥謙辭，稱自己或跟自己有關的人或事物：小弟／小女。
【組詞】小孩／小巧／小童／小學／小組／矮小／渺小／細小／狹小／幼小
【成語】小鳥依人／小巧玲瓏／小題大做／小心謹慎／小心翼翼／因小失大／大呼小叫／大街小巷／大同小異

## 曉 | 晓
醬 xiǎo 粵 hiu2 僥二聲
倉 AGGU
日部，16畫。

【釋義】①天剛亮的時候：拂曉／破曉。②知道：曉暢／通曉。③使人知道：揭曉。
【組詞】曉得／知曉
【成語】曉行夜宿／家喻戶曉

## 孝
醬 xiào 粵 haau3 烤三聲 倉 JKND
子部，7畫。

【釋義】①孝順，對父母盡心奉養並順從：孝敬／盡孝。②舊時尊長死後在一定時期內遵守的禮俗：弔孝／守孝。③喪服：穿孝／脫孝。
【組詞】孝道／孝順／孝心
【成語】孝子賢孫／忠孝兩全／母慈子孝

## 肖
醬 xiào 粵 ciu3 俏 倉 FB
肉部，7畫。

【釋義】相似，像：酷肖／惟妙惟肖。
【組詞】肖像

## 効 | 效
醬 xiào 粵 haau6 效
倉 YKKS
力部，8畫。

【釋義】同「效③」，見本頁 xiào。

## 效
醬 xiào 粵 haau6 校 倉 YKOK
攴部，10畫。

【釋義】①功用，效果：成效。②模仿：效法／仿效。③為別人或集團獻出力量或生命：效力／報效。
【組詞】效果／效勞／效率／效能／效益／功效／見效／收效／奏效
【成語】東施效顰／上行下效／行之有效／卓有成效

## 校
〓 醬 xiào 粵 haau6 效 倉 DYCK
木部，10畫。

## 校

▲ 另見 174 頁 jiào。
【釋義】學校：校舍／校園／母校。
【組詞】校風／校服／校規／校際／校訓／校長／學校／院校

□ ⓟ xiào ⓒ gaau3 教
【釋義】校官，校級軍官，低於將官，高於尉官：上校／少校。

## 哮

⌷ ⓟ xiào ⓒ haau1 敲 ⓒ RJKD
口部，10 畫。
【釋義】①形容急促喘氣的聲音：哮喘。②吼叫：咆哮。

## 笑

⌷ ⓟ xiào ⓒ siu3 嘯 ⓒ HHK
竹部，10 畫。

【釋義】①露出愉快的表情，發出歡悦的聲音：笑顏／歡笑。②譏笑：嘲笑／恥笑。
【組詞】笑話／笑容／可笑／冷笑／竊笑／取笑／談笑／玩笑／微笑
【成語】笑裏藏刀／笑容可掬／笑逐顏開／談笑風生／啼笑皆非／不苟言笑／眉開眼笑／破涕為笑／啞然失笑／嫣然一笑

## 嘯 | 啸

⌷ ⓟ xiào ⓒ siu3 笑 ⓒ RLX
口部，17 畫。

【釋義】①人撮口發出長而清脆的聲音：登高長嘯。②禽獸拉長聲音叫：虎嘯猿啼。③自然界發出某種聲響：風嘯／海嘯。
【組詞】呼嘯

## xie

## 些

⌷ ⓟ xiē ⓒ se1 賒 ⓒ YPMM
二部，8 畫。

【釋義】①表示不定的數量，一些：些微／某些。②表示略微的意思：慢些／簡單些。
【組詞】些小／好些／那些／哪些／險些／一些／有些／這些

## 楔

⌷ ⓟ xiē ⓒ sit3 屑 ⓒ DQHK
木部，13 畫。
【釋義】釘入木榫（榫：ⓟ sǔn ⓒ seon2 筍）縫中的上寬下扁的短木頭、木片，起固定作用：楔子／木楔。

## 歇

⌷ ⓟ xiē ⓒ hit3 氣潔三聲 ⓒ AVNO
欠部，13 畫。

【釋義】①休息：歇息。②停止：歇工／歇業。
【組詞】歇腳／歇涼／間歇／停歇

## 蠍 | 蝎

⌷ ⓟ xiē ⓒ hit3 歇 ⓒ LIAVO
虫部，19 畫。
【釋義】蠍子，節肢動物，身體黃褐色，腹部末端有毒鈎，吃蜘蛛、昆蟲等。
【組詞】蠍子／蛇蠍心腸

## 邪

⌷ ⓟ xié ⓒ ce4 斜 ⓒ MHNL
邑部，7 畫。

【釋義】①不正當、不正派：邪惡／邪説／邪念。②不正常：邪門。③稱妖魔、怪異等：邪術／中邪。
【組詞】邪氣／辟邪／驅邪
【成語】改邪歸正／天真無邪

## 協 | 协

⌷ ⓟ xié ⓒ hip6 挾 ✕ hip3 歉 ⓒ JKSS
十部，8 畫。

**協** | 协 ⓔxié ⓒhip6 協六聲 ⓢQKOO
斗部，應該部分

**協** ⓔxié ⓒhaai4 諧 ⓢTJGG
革部，15 畫。

**協**

【釋義】①共同：協商 / 協奏曲。②調和，和諧：協調。③齊，合：同心協力。④從旁幫助，輔助：協辦 / 協助。

【組詞】協定 / 協會 / 協力 / 協議 / 協作 / 妥協

**挾** | 挟 ⓔxié ⓒhip6 協六聲
ⓢQKOO
手部，10 畫。

**挾**

【釋義】①用胳膊夾住：挾泰山以超北海（比喻做辦不到的事）。②倚仗權勢或抓住對方弱點，強使順從：挾持 / 要挾。

**脅** | 胁 ⓔxié ⓒhip3 怯 ⓢKSKSB
肉部，10 畫。

**脅**

【釋義】①從腋下到腰上的部分：兩脅。②威逼，逼迫：威脅。

【組詞】脅持 / 脅迫

【成語】威脅利誘

**斜** ⓔxié ⓒce4 邪 ⓢODYJ
斗部，11 畫。

**斜**

【釋義】跟平面或直線既不平行也不垂直：傾斜 / 歪斜。

【組詞】斜路 / 斜面 / 斜坡

**偕** ⓔxié ⓒgaai1 佳 ⓢOPPA
人部，11 畫。

**偕**

【釋義】一同，一起：偕行 / 白頭偕老。

**鞋** ⓔxié ⓒhaai4 諧 ⓢTJGG
革部，15 畫。

**鞋**

【釋義】穿在腳上，走路時着地的東西：皮鞋 / 高跟鞋。

【組詞】鞋帶 / 鞋跟 / 鞋子 / 涼鞋 / 球鞋

**諧** | 谐 ⓔxié ⓒhaai4 鞋
ⓢYRPPA
言部，16 畫。

**諧**

【釋義】①配合得當：和諧。②滑稽有趣，引人發笑：詼諧。

**攜** | 携 ⓔxié ⓒkwai4 葵 ⓢQUOB
手部，21 畫。

**攜**

【釋義】①帶着：攜帶 / 扶老攜幼。②拉着手：攜手。

【組詞】提攜

**血** ⓔxié ⓒhyut3 何決三聲 ⓢHBT
血部，6 畫。

**血**

▲另見 431 頁 xuè。

【釋義】義同「血」（xuè，見 431 頁），用於口語，如「吐血」「血淋淋」「一針見血」。

**寫** | 写 ⓔxiě ⓒse2 捨 ⓢJHXF
宀部，15 畫。

**寫**

【釋義】①書寫：寫字 / 抄寫。②寫作，寫（文章）：寫信 / 編寫 / 撰寫。③描寫：寫景 / 寫實。④繪畫：寫生。

X

【組詞】寫照 / 寫作 / 改寫 / 描寫 / 默寫 / 謄寫 / 書寫 / 填寫

【成語】輕描淡寫

## 泄 🔊 xiè 🔊 sit3 屑 🔊 EPT
水部，8 畫。

【釋義】①液體、氣體排出：泄洪 / 排泄。②泄露：泄漏 / 泄密。③喪失，失去：泄勁。④發洩：泄憤。

【組詞】泄恨 / 泄露 / 泄氣 / 發泄 / 宣泄

【成語】泄漏天機 / 水泄不通

## 卸 🔊 xiè 🔊 se3 瀉 🔊 OMSL
卩部，8 畫。

【釋義】①把東西取下來：卸貨 / 卸妝 / 拆卸。②解除，推卸：卸任 / 卸責。

【組詞】推卸

## 屑 🔊 xiè 🔊 sit3 泄 🔊 SFB
尸部，10 畫。

【釋義】①碎末：木屑 / 碎屑。②瑣碎：瑣屑。③認為值得（做）：不屑一顧。

【組詞】不屑 / 紙屑

## 械 🔊 xiè 🔊 haai6 懈 🔊 DIT
木部，11 畫。

【釋義】①器械：機械。②武器：械鬥 / 軍械。

【組詞】繳械 / 器械 / 槍械

## 解 □ 🔊 xiè 🔊 gaai2 佳二聲 🔊 NBSHQ
角部，13 畫。

▲另見 177 頁 jiě；178 頁 jiè。

【釋義】①懂得，明白：解不開其中的道理。②舊時指雜技表演的各種技藝，特指騎在馬上表演的技藝：渾身解數 / 跑馬賣解。

□ 🔊 xiè 🔊 haai6 械

【釋義】解池，湖名，在山西省。

## 榭 🔊 xiè 🔊 ze6 謝 🔊 DHHI
木部，14 畫。

【釋義】建築在高土台上的房子：水榭 / 歌台舞榭。

## 懈 🔊 xiè 🔊 haai6 械 🔊 PNBQ
心部，16 畫。

【釋義】①鬆懈，不緊張：堅持不懈。②漏洞：無懈可擊。

【組詞】懈怠 / 不懈 / 鬆懈

## 謝 | 谢 🔊 xiè 🔊 ze6 榭 🔊 YRHHI
言部，17 畫。

【釋義】①感謝：謝意 / 道謝。②認錯，道歉：謝罪。③辭去，拒絕：謝絕 / 辭謝。④辭別，告別：謝世（辭別人世，指死亡）。⑤花葉脫落：凋謝 / 萎謝。

【組詞】謝幕 / 謝謝 / 答謝 / 多謝 / 感謝 / 致謝

【成語】謝天謝地

## 褻 | 亵 🔊 xiè 🔊 sit3 屑 🔊 YGIV
衣部，17 畫。

【釋義】①輕慢，親近且不莊重：褻瀆。②淫穢，下流行為：猥褻。

## 邂 🔊 xiè 🔊 haai6 械 🔊 YNBQ
辵部，17 畫。

【釋義】〔邂逅〕（逅：🔊 hòu 🔊 hau6 后）沒有約會而遇到：在外地邂逅老朋友。

## 瀉 | 泻
簡 xiè 粵 se3 舍 倉 EJHF
水部，18 畫。

【釋義】①很快地流：奔瀉／流瀉。②大便稀而且次數多：腹瀉／上吐下瀉。
【組詞】傾瀉
【成語】一瀉千里

## 蟹
簡 xiè 粵 haai5 駭 倉 NQLMI
虫部，19 畫。

【釋義】螃蟹，節肢動物，全身有甲殼，足五對，最前一對呈鉗狀，橫着爬。
【組詞】螃蟹
【成語】蝦兵蟹將

---

## xin

## 心
簡 xīn 粵 sam1 森 倉 P
心部，4 畫。

【釋義】①人和高等動物體內推動血液循環的器官。也叫心臟。②指思想的器官和思想、感情等：心境／心思／衷心。③中心，中央的部分：圓心／掌心／重心。④星宿名，二十八宿之一。
【組詞】心靈／心聲／心態／心血／心意／核心／恆心／貪心／信心／虛心
【成語】心安理得／心滿意足／心平氣和／心直口快／得心應手／全心全意／小心翼翼／專心致志／掉以輕心／力不從心

## 辛
簡 xīn 粵 san1 新 倉 YTJ
辛部，7 畫。

【釋義】①辣：辛辣／含辛茹苦。②勞苦：

辛苦／艱辛。③痛苦：辛酸。④天干的第八位。用來排列次序時表示第八。
【組詞】辛勞／辛勤
【成語】千辛萬苦

## 芯
簡 xīn 粵 sam1 心 倉 TP
艸部，8 畫。

【釋義】燈芯，油燈上用來點火的燈草、紗、線等。

## 欣
簡 xīn 粵 jan1 因 倉 HLNO
欠部，8 畫。

【釋義】喜悅：欣喜／歡欣。
【組詞】欣賞／欣慰／欣羨
【成語】欣喜若狂／歡欣鼓舞

## 新
簡 xīn 粵 san1 申 倉 YDHML
斤部，13 畫。

【釋義】①剛出現的或剛經驗到的：新聞／新秀／新品種。②性質上改變得更好的：新社會／新思想／新文化。③沒有用過的：新書／簇新。④使變成新的：改過自新。⑤指新的人或事物：嘗新／迎新。⑥結婚的或結婚不久的：新房／新郎／新娘。⑦最近，剛：新近。
【組詞】新潮／新年／新奇／新鮮／新興／新穎／創新／革新／更新／嶄新
【成語】日新月異／喜新厭舊／耳目一新／煥然一新／記憶猶新／破舊立新／推陳出新／萬象更新／溫故知新

## 鋅 | 锌
簡 xīn 粵 san1 辛 倉 CYTJ
金部，15 畫。

【釋義】金屬元素，符號 Zn。淺藍白色，質地脆，用來製合金或鍍鐵板等。

## 薪
簡 xīn 粵 san1 申 倉 TYDL
艸部，17 畫。

薪

【釋義】①柴火：杯水車薪／釜底抽薪。②工資：薪俸／發薪。

【組詞】薪酬／薪金／薪資／加薪／年薪／月薪

【成語】臥薪嘗膽

馨　普 xīn　粵 hing1 兄　倉 GEHDA
香部，20畫。

【釋義】散佈很遠的香氣：馨香。

【組詞】温馨

信　普 xìn　粵 seon3 訊　倉 OYMR
人部，9畫。

【釋義】①確實：信據／信史／信而有徵。②信用，得到的信任：信譽／失信／守信。③相信：信任／信仰／確信。④信奉（宗教）：信教／信徒。⑤聽憑，隨意，放任：信步／信口開河。⑥憑據：信物。⑦書信：信件／推薦信。⑧信息：信號／音信。

【組詞】信函／信賴／信念／信息／信心／可信／來信／迷信／深信／自信

【成語】信口雌黃／信誓旦旦／深信不疑／善男信女

釁｜衅　普 xìn　粵 jan6 孕　倉 HBMCH
酉部，25畫。

【釋義】嫌隙，爭端：釁端／挑釁／尋釁。

---

## xīng

星　普 xīng　粵 sing1 升　倉 AHQM
日部，9畫。

【釋義】①夜晚天空中閃爍發光的天體：繁星／月明星稀。②天文學上指宇宙間能發射光或反射光的天體，分為恆星（如太陽）、行星（如地球）、衛星（如月亮）、彗星、流星等。③細碎或細小的東西：一星半點。④星宿名，二十八宿之一。⑤明星：歌星。

【組詞】星辰／星光／星空／星球／星星／星宿／零星／球星

【成語】星火燎原／星羅棋佈／星星點點／星星之火／披星戴月／斗轉星移／大步流星

惺　普 xīng　粵 sing1 升　倉 PAHM
心部，12畫。

【釋義】①〔惺忪〕（忪：普 sōng 粵 sung1 鬆）因剛醒而眼睛模糊不清：睡眼惺忪。②〔惺惺〕聰明，也指聰明的人：惺惺相惜。

猩　普 xīng　粵 sing1 升　倉 KHAHM
犬部，12畫。

【釋義】猩猩，哺乳動物，比猴子大，兩臂長，全身有赤褐色長毛，沒有臀疣（猴類臀部厚而堅韌的皮，紅色，不生毛）。吃野果。

腥　普 xīng　粵 sing1 升　倉 BAHM
肉部，13畫。

【釋義】①生肉，現指魚、肉一類食物：葷腥。②魚蝦等的難聞的氣味：腥臭／腥氣。

【組詞】腥味／血腥

【成語】血雨腥風

興｜兴　普 xīng　粵 hing1 兄　倉 HXBC
臼部，16畫。

▲另見424頁 xìng。

【釋義】①開始，發動，創立：興辦／興建。②興盛，流行：興旺／復興。③提倡，使盛行：大興調查研究之風。

【組詞】興奮／興隆／興起／興盛／時興／新興／振興

【成語】興風作浪 / 興師動眾 / 興師問罪 / 大興土木

## 刑 ⓟxíng ⓒjing4 形 ⓒMTLN
刀部，6畫。

【釋義】國家依據刑事法律對犯人施行的法律制裁：刑罰 / 徒刑。
【組詞】刑法 / 刑警 / 刑期 / 刑事 / 減刑 / 酷刑 / 死刑
【成語】嚴刑峻法

## 行 ㊀ⓟxíng ⓒhang4 恆 ⓒHOMMN
行部，6畫。

▲另見132頁 háng。

【釋義】①走：行進 / 步行 / 寸步難行。②古代指道路、路程：千里之行，始於足下。③旅行或跟旅行相關的：行程 / 行裝。④流動性的，臨時性的：行商。⑤流通，推行：行銷 / 發行書報。⑥做，辦：行賄 / 實行 / 執行。⑦可以：行，就這麼辦吧。⑧能幹：你真行！⑨將要：行將出國。⑩行書，漢字的一種字體。⑪古詩的一種體裁：《琵琶行》。
【組詞】行動 / 行駛 / 行為 / 飛行 / 進行 / 舉行 / 可行 / 流行 / 履行 / 推行
【成語】行色匆匆 / 行屍走肉 / 行雲流水 / 行之有效 / 上行下效 / 天馬行空 / 雷厲風行 / 三思而行 / 身體力行 / 勢在必行 / 一意孤行

㊁ⓟxíng ⓒhang6 杏

【釋義】舊讀 xìng。表現着人的品質的行動、行為：德行 / 品行 / 獸行。
【組詞】操行 / 言行 / 罪行

## 形 ⓟxíng ⓒjing4 仍 ⓒMTHHH
彡部，7畫。

【釋義】①形狀：變形 / 地形 / 圓形。②形體，實體：無形 / 形影不離。③情形，形勢：魏、蜀、吳呈鼎足之形。④顯露，表現：喜形於色。⑤對照：相形見絀。
【組詞】形成 / 形式 / 形態 / 形象 / 雛形 / 畸形 / 體形 / 圖形 / 外形 / 隱形
【成語】形形色色 / 原形畢露 / 自慚形穢 / 得意忘形 / 如影隨形

## 邢 ⓟxíng ⓒjing4 形 ⓒMTNL
邑部，7畫。

【釋義】姓。

## 型 ⓟxíng ⓒjing4 迎 ⓒMNG
土部，9畫。

【釋義】①鑄造器物的模子：模型 / 砂型。②類型，式樣：髮型 / 新型。
【組詞】型號 / 大型 / 典型 / 類型 / 體型 / 微型 / 血型 / 造型

## 省 ⓟxǐng ⓒsing2 醒 ⓒFHBU
目部，9畫。

▲另見341頁 shěng。

【釋義】①檢查自己的思想行為：反省。②探望，問候（多指對尊長）：省親。③醒悟，明白：省悟 / 發人深省。
【組詞】內省 / 自省

## 醒 ⓟxǐng ⓒsing2 星二聲 ⓒMWAHM
酉部，16畫。

【釋義】①酒醉、麻醉或昏迷後神志恢復常態：蘇醒 / 酒醉未醒。②睡眠狀態結束，大腦皮層恢復興奮狀態，也指尚未入睡：如夢初醒。③醒悟，覺悟：覺醒。④使看得清楚、明顯：醒目。
【組詞】醒覺 / 醒悟 / 喚醒 / 驚醒 / 清醒 / 提醒

杏 🔊 xìng 🔊 hang6 幸 🔊 DR
木部，7 畫。

杏 杏 杏 杏 杏

【釋義】①杏樹，落葉喬木，花白色或粉紅色，果實圓形，成熟時黃紅色，味酸甜。②〔銀杏〕落葉喬木，種子橢圓形，外有橙黃色帶臭味的種皮，果仁可以吃，也可以入藥。

性 🔊 xìng 🔊 sing3 聖 🔊 PHQM
心部，8 畫。

性 性 性 性 性

【釋義】①性格：個性 / 天性。②事物所具有的性能或性質：韌性 / 酸性 / 彈性。③在思想、感情等方面的表現：惰性 / 母性。④有關生殖或性慾的：性器官。⑤性別：雌性 / 男性 / 女性 / 雄性。
【組詞】性別 / 性格 / 性能 / 性情 / 性質 / 耐性 / 人性 / 任性 / 特性 / 異性

幸 🔊 xìng 🔊 hang6 杏 🔊 GTJ
干部，8 畫。

幸 幸 幸 幸 幸

【釋義】①幸福，幸運：榮幸。②認為幸福而高興：慶幸。③望，希望：幸勿推辭。④僥幸，意外成功或免禍：幸虧 / 幸免。⑤古代指帝王到達某地：巡幸。
【組詞】幸而 / 幸福 / 幸好 / 幸會 / 幸運 / 不幸 / 有幸
【成語】幸災樂禍 / 三生有幸

姓 🔊 xìng 🔊 sing3 聖 🔊 VHQM
女部，8 畫。

女 姓 姓 姓 姓

【釋義】①表明家族的字：姓名 / 百姓。②姓……，以……為姓：他姓李 / 你姓甚麼？

【組詞】姓氏 / 貴姓
【成語】隱姓埋名

悻 🔊 xìng 🔊 hang6 杏 🔊 PGTJ
心部，11 畫。

【釋義】〔悻悻〕惱恨、不滿意的樣子：悻悻而去。

興｜兴 🔊 xìng 🔊 hing3 慶 🔊 HXBC
臼部，16 畫。

▲另見 422 頁 xīng。
【釋義】興致，興趣：盡興 / 雅興。
【組詞】興趣 / 興致 / 即興 / 掃興 / 興沖沖
【成語】興高采烈 / 興致勃勃

──── xiōng ────

凶 🔊 xiōng 🔊 hung1 空 🔊 UK
凵部，4 畫。

凵 乂 凶 凶 凶

【釋義】①不幸，不吉利（跟「吉」相對）：凶宅 / 凶兆。②收成不好的：凶年。
【組詞】吉凶
【成語】凶多吉少 / 逢凶化吉 / 吉凶未卜

兄 🔊 xiōng 🔊 hing1 輕 🔊 RHU
儿部，5 畫。

【釋義】①哥哥：兄長 / 父兄。②親戚或某種關係中同輩而年紀比自己大的男子：師兄 / 堂兄。③對男性朋友的尊稱：老兄 / 仁兄。
【組詞】兄弟 / 兄妹 / 弟兄
【成語】稱兄道弟 / 難兄難弟

兇 ⑱ xiōng ⑲ hung1 空 ⑳ UKHU
儿部，6畫。

【釋義】①兇惡：兇暴 / 兇狠。②厲害：鬧得
兇。③指殺害或傷害人的行為，也指行兇的
人：兇器 / 兇殺 / 元兇。

【組詞】兇殘 / 兇惡 / 兇猛 / 兇手 / 兇徒 / 兇險 /
幫兇 / 行兇 / 兇巴巴

【成語】窮兇極惡

匈 ⑱ xiōng ⑲ hung1 空 ⑳ PUK
勹部，6畫。

【釋義】匈奴。中國古代民族，戰國時遊牧
在燕、趙、秦北部。東漢時分裂為南、北兩
部，北部西遷，南部依附於漢。東晉時曾先
後建立前趙、後趙、夏、北涼等政權。

洶 ⑱ xiōng ⑲ hung1 空 ⑳ EPUK
水部，9畫。

【釋義】水往上湧：洶湧。
【成語】洶湧澎湃 / 氣勢洶洶

胸 ⑱ xiōng ⑲ hung1 空 ⑳ BPUK
肉部，10畫。

【釋義】①軀幹的一部分，在頸和腹之間：胸
膛 / 胸圍。②指內心，心裏：胸懷 / 心胸。
【組詞】胸部 / 胸襟 / 胸口
【成語】胸無城府 / 胸無點墨 / 胸有成竹 / 捶胸
頓足

雄 ⑱ xióng ⑲ hung4 紅 ⑳ KIOG
佳部，12畫。

【釋義】①生物中能產生精細胞的（跟「雌」
相對）：雄雞 / 雄性。②有氣魄的：雄偉 / 雄
姿。③強有力的：雄辯。④強有力的人或國
家：英雄 / 戰國七雄。
【組詞】雄風 / 雄健 / 雄心 / 雄壯 / 雌雄 / 羣雄 /
梟雄
【成語】雄才大略 / 雄心壯志 / 英雄氣短

熊 ⑱ xióng ⑲ hung4 紅 ⑳ IPF
火部，14畫。

【釋義】哺乳動物，頭大，尾短，四肢短而
粗，腳掌大，能爬樹，種類很多，如黑熊、
棕熊。
【成語】熊心豹膽 / 虎背熊腰

## xiu

休 ⑱ xiū ⑲ jau1 丘 ⑳ OD
人部，6畫。

【釋義】①休息：休養。②停止，罷休：休
刊 / 休學。③舊時指丈夫把妻子趕回娘家，
斷絕夫妻關係：休妻。④別，莫：休想 / 休
得無理。⑤吉慶，歡樂：休戚與共。
【組詞】休假 / 休想 / 休息 / 休閒 / 休戰 / 罷休 /
退休 / 午休
【成語】休戚相關 / 休養生息 / 喋喋不休 / 善罷
甘休

修 ⑱ xiū ⑲ sau1 收 ⑳ OLOH
人部，10畫。

【釋義】①修飾：修辭 / 裝修。②修理，整
治：維修 / 修橋補路。③寫，編寫：修函 / 修
史。④（在學習、品行方面）學習和鍛煉：修
身 / 進修。⑤修行：修道 / 修煉。⑥興建，建
築：修築 / 興修水利。⑦剪或削，使整齊：

修剪 / 修指甲。⑧長：修長 / 茂林修竹。
【組詞】修補 / 修訂 / 修復 / 修改 / 修建 / 修理 /
修飾 / 修養 / 修正 / 整修
【成語】不修邊幅

**羞** 🔊xiū 🔈sau1 收 🖋TQNG
羊部，11畫。

【釋義】①怕別人笑話的心理和表情：害羞 /
含羞。②因害羞而難為情：羞澀 / 羞答答。
③使難為情：你別羞他了。④羞恥，不光
彩：羞愧 / 惱羞成怒。⑤感到羞恥、恥辱：
羞與為伍。
【組詞】羞恥 / 羞憤 / 羞辱
【成語】閉月羞花

**饈**｜**馐** 🔊xiū 🔈sau1 羞 🖋OITQG
食部，19畫。
【釋義】美味的食品：珍饈。

**朽** 🔊xiū 🔈jau2 由二聲 ✖nau2 扭
🖋DMVS
木部，6畫。

【釋義】①腐爛（多指木頭）：朽木 / 枯朽。
②衰老：朽邁 / 老朽。③磨滅：永垂不朽。
【組詞】朽壞 / 朽爛 / 不朽 / 腐朽
【成語】朽木不雕 / 摧枯拉朽

**宿** 🔊xiū 🔈suk1 叔 🖋JOMA
宀部，11畫。
▲另見361頁sù；本頁xiù。
【釋義】表示單位。用於計算夜，一夜叫一
宿：三天兩宿。

**秀** 🔊xiù 🔈sau3 瘦 🖋HDNHS
禾部，7畫。

【釋義】①植物吐穗開花（多指莊稼）：秀穗 /
苗而不秀。②清秀：秀麗 / 俊秀。③特指優
異：優秀。④指特別優異的人：新秀 / 後起
之秀。
【組詞】秀美 / 清秀
【成語】秀外慧中 / 眉清目秀 / 山清水秀 / 鍾靈
毓秀

**袖** 🔊xiù 🔈zau6 就 🖋LLW
衣部，10畫。

【釋義】①袖子，衣服的套在胳膊上的筒狀部
分：衣袖。②藏在袖子裏：袖手旁觀。
【組詞】袖口 / 袖子 / 領袖
【成語】長袖善舞 / 拂袖而去 / 兩袖清風

**臭** 🔊xiù 🔈cau3 湊 🖋HUIK
自部，10畫。
▲另見50頁chòu。

【釋義】①氣味：乳臭 / 空氣是無色無臭的氣
體。②同「嗅」，見本頁xiù。
【成語】乳臭未乾 / 無聲無臭

**宿** 🔊xiù 🔈sau3 秀 🖋JOMA
宀部，11畫。
▲另見361頁sù；本頁xiū。

【釋義】中國古代天文學家把天上某些星的集
合體叫做宿：星宿 / 二十八宿。

**嗅** 🔊xiù 🔈cau3 臭 🖋RHUK
口部，13畫。

【釋義】用鼻子辨別氣味，聞：嗅覺。

**繡**｜**绣** 🔊xiù 🔈sau3 秀 🖋VFLX
糸部，20畫。

繡　絴　絴　繡　繡

【釋義】①用彩色絲線、絨線或棉線在綢、布等上面刺成花紋、圖像或文字：繡花／刺繡。②繡成的物品：錦繡。
【成語】錦繡河山／錦繡前程

鏽｜锈　⚫xiù　⚫sau3 秀　⚫CLX
金部，22畫。

鏽　鏽　鏽　鏽　鏽

【釋義】①金屬表面受潮而形成的氧化物：鐵鏽。②生鏽：鏽蝕。
【組詞】鏽跡／生鏽

## xu

戌　⚫xū　⚫seot1 恤　⚫IHM
戈部，6畫。
【釋義】①地支的第十一位。②戌時，舊式計時法指晚上七點到九點的時間。

吁　⚫xū　⚫heoi1 虛　⚫RMD
口部，6畫。
【釋義】歎氣：長吁短歎。

虛｜虚　⚫xū　⚫heoi1 墟　⚫YPTM
虍部，12畫。

虍　虍　虍　虛

【釋義】①空虛：虛幻／虛無縹緲。②缺乏信心或勇氣：心虛。③徒然，白白地：虛度／箭不虛發。④不真實：虛構／虛名。⑤不自滿：虛心／謙虛。⑥虛弱：虛汗／氣虛／腎虛。⑦星宿名，二十八宿之一。
【組詞】虛假／虛驚／虛擬／虛榮／虛弱／虛實／虛脫／虛偽／空虛
【成語】虛懷若谷／虛張聲勢／弄虛作假／子虛烏有／徒有虛名／作賊心虛

須｜须　⚫xū　⚫seoi1 雖　⚫HHMBC
頁部，12畫。

須　須　須　須　須

【釋義】①須要，一定要：須知／必須。②應當：白日放歌須縱酒，青春作伴好還鄉。
【組詞】無須／務須
【成語】莫須有／解鈴還須繫鈴人

需　⚫xū　⚫seoi1 須　⚫MBMBL
雨部，14畫。

需　需　需　需　需

【釋義】①需要：必需／急需。②需用的東西：軍需。
【組詞】需求／需要／供需
【成語】不時之需

墟｜墟　⚫xū　⚫heoi1 虛　⚫GYPM
土部，15畫。

墟　墟　墟　墟　墟

【釋義】過去有人住過而現在已荒廢的地方：廢墟。

鬚｜须　⚫xū　⚫sou1 蘇　⚫SHHHC
髟部，22畫。

鬚　鬚　鬚　鬚　鬚

【釋義】①原指長在下巴上的鬍子，後泛指鬍鬚：鬚眉。②動植物體上像鬚的東西：觸鬚。
【組詞】鬚髮／鬚根／鬍鬚

徐　⚫xú　⚫ceoi4 除　⚫HOOMD
彳部，10畫。

徐　徐　徐　徐　徐

【釋義】慢慢地：徐步／清風徐來。
【組詞】徐緩／徐徐

## 栩

🔊 xǔ 🔊 heoi2 許 🔊 DSMM
木部，10畫。

【釋義】〔栩栩〕形容生動傳神的樣子：栩栩如生。

## 許｜许

🔊 xǔ 🔊 heoi2 栩 🔊 YROJ
言部，11畫。

【釋義】①稱讚：稱許／嘉許。②事先答應：許諾／許配／許願。③允許，許可：特許／准許。④或者，可能：或許／也許。⑤表示程度：許多／少許。
【組詞】許久／許可／不許／默許／期許／容許／允許／讚許
【成語】以身許國

## 詡｜诩

🔊 xǔ 🔊 heoi2 許 🔊 YRSMM
言部，13畫。

【釋義】誇耀：誇詡／自詡。

## 旭

🔊 xù 🔊 juk1 沃 🔊 KNA
日部，6畫。

【釋義】初出的陽光：旭日。
【成語】旭日東升

## 序

🔊 xù 🔊 zeoi6 敍 🔊 ININ
广部，7畫。

【釋義】①次序：秩序／井然有序。②排次序：序齒／序次。③在正式內容以前的：序幕／序曲／序文。
【組詞】序言／程序／次序／工序／順序
【成語】循序漸進

## 恤

🔊 xù 🔊 seot1 摔 🔊 PHBT
心部，9畫。

【釋義】①憐憫：憐恤／體恤。②救濟：撫恤。

## 畜

🔊 xù 🔊 cuk1 促 🔊 YVIW
田部，10畫。

▲另見52頁 chù。
【釋義】飼養（家畜）：畜牧／畜養。

## 酗

🔊 xù 🔊 jyu3 御三聲 🔊 MWUK
酉部，11畫。

【釋義】〔酗酒〕沒有節制地喝酒，喝酒後發酒瘋：酗酒滋事。

## 敍｜叙

🔊 xù 🔊 zeoi6 序 🔊 ODYE
支部，11畫。

【釋義】①說，談：敍說／敍談。②記述：敍事／敍述。
【組詞】敍別／敍舊／記敍
【成語】平鋪直敍

## 絮

🔊 xù 🔊 seoi5 緒 🔊 VRVIF
糸部，12畫。

【釋義】①棉絮，棉花的纖維。②像棉絮的東西：柳絮／蘆絮。③在衣被裏鋪棉花、絲綿等：絮棉襖／絮褲子。④絮叨，說話囉唆，連續重複：絮語。
【組詞】絮叨／絮棉／絮絮／花絮／棉絮

## 婿

🔊 xù 🔊 sai3 世 🔊 VNOB
女部，12畫。

【釋義】①女婿，女兒的丈夫：翁婿。②丈夫：夫婿／妹婿。
【組詞】女婿
【成語】乘龍快婿

**煦** 🔵xù 🟢heoi2 許 🟡ARF
火部，13 畫。
【釋義】溫暖：春風和煦。

**蓄** 🔵xù 🟢cuk1 束 🟡TYVW
艸部，14 畫。

【釋義】①儲存，積蓄：儲蓄。②留着而不剃掉：蓄髮。③心裏藏着：蓄謀 / 蓄意。
【組詞】含蓄 / 積蓄
【成語】養精蓄銳

**緒** |绪 🔵xù 🟢seoi5 髓 🟡VFJKA
糸部，14 畫。

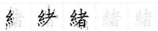

【釋義】①原指絲的頭，比喻事情的開端：緒言 / 頭緒。②指心情、思想等：思緒 / 心緒。
【組詞】愁緒 / 情緒
【成語】離情別緒 / 千頭萬緒

**續** |续 🔵xù 🟢zuk6 俗 🟡VFGWC
糸部，21 畫。

【釋義】①接連不斷：持續 / 繼續。②接在原有的後頭：續集。③添，加：續水。
【組詞】續約 / 後續 / 連續 / 陸續 / 延續

## xuan

**宣** 🔵xuān 🟢syun1 孫 🟡JMAM
宀部，9 畫。

【釋義】①公開説出，傳布出去：宣傳 / 宣揚。②疏導：宣泄。③指安徽省宣城或雲南省宣威：宣紙（一種高級紙張，用於寫毛筆字和畫國畫）。

【組詞】宣佈 / 宣稱 / 宣讀 / 宣告 / 宣判 / 宣誓 / 宣言 / 宣戰
【成語】照本宣科 / 祕而不宣 / 心照不宣

**軒** |轩 🔵xuān 🟢hin1 牽 🟡JJMJ
車部，10 畫。
【釋義】①高：軒昂。②有窗的廊子或小屋（多用作書齋名或店鋪字號）。
【成語】軒然大波 / 氣宇軒昂

**喧** 🔵xuān 🟢hyun1 圈 🟡RJMM
口部，12 畫。

【釋義】①聲音大而吵鬧：喧譁 / 喧囂。②高聲擾動：鑼鼓喧天。
【組詞】喧鬧 / 喧嚷
【成語】喧賓奪主

**玄** 🔵xuán 🟢jyun4 元 🟡YVI
玄部，5 畫。
【釋義】①黑色：玄狐 / 玄青（深黑色）。②深奧：玄奧 / 玄妙。③不真實，靠不住：故弄玄虛。
【組詞】玄機 / 玄虛

**旋** 🔵xuán 🟢syun4 船 🟡YSONO
方部，11 畫。

▲另見 430 頁 xuàn。
【釋義】①旋轉，轉動：盤旋。②返回，歸來：凱旋。③圈：螺旋 / 老鷹在空中打旋。④毛髮呈旋渦狀的地方：頭頂有兩個旋。⑤不久，很快地：旋即。
【組詞】旋律 / 旋轉 / 迴旋 / 周旋
【成語】天旋地轉

**漩** 🔵xuán 🟢syun4 旋 🟡EYSO
水部，14 畫。
【釋義】迴旋的水流：水打着漩。

X

# 懸│悬 ⓟxuán ⓒjyun4 完 ⓒBFP
心部，20畫。

【釋義】①掛，吊：懸掛／懸空。②公開揭示：懸賞。③無着落，沒結果：懸案。④掛念：懸望／心懸兩地。⑤距離遠，差別大：懸殊／懸隔千里。⑥高而陡：懸崖。

【組詞】懸垂／懸浮／懸念／懸疑

【成語】懸而未決／懸樑刺股／懸崖勒馬／懸崖峭壁／口若懸河／明鏡高懸

# 選│选 ⓟxuǎn ⓒsyun2 損
ⓒYRUC
辵部，16畫。

【釋義】①挑選：選拔／選擇／篩選。②選舉：選民／競選／普選。③被選中了的人或物：人選／入選。④選編在一起的作品：詩選／文選。

【組詞】選材／選舉／選取／選手／當選／落選／評選／首選／挑選／甄選

【成語】選賢任能

# 癬│癣 ⓟxuǎn ⓒsin2 仙二聲
ⓒKNFQ
疒部，22畫。

【釋義】由真菌引起的某些皮膚病的統稱，如腳癬、手癬、牛皮癬等。

# 炫 ⓟxuàn ⓒjyun4 原 ⓒFYVI
火部，9畫。

【釋義】①強烈的光線晃人的眼睛：炫目。②誇耀：炫示／炫耀。

# 眩 ⓟxuàn ⓒjyun6 願 ⓒBUYVI
目部，10畫。

【釋義】（眼睛）昏花：頭暈目眩。

# 旋 ⓟxuàn ⓒsyun4 船 ⓒYSONO
方部，11畫。

▲另見429頁 xuán。

【釋義】旋轉的：旋風。

# 絢│绚 ⓟxuàn ⓒhyun3 勸 ⓒVFPA
糸部，12畫。

【釋義】色彩華麗：絢爛／絢麗。

## xue

# 削 ⓟxuē ⓒsoek3 燥 ⓒFBLN
刀部，9畫。

▲另見415頁 xiāo。

【釋義】義同「削」（xiāo，見415頁），用於合成詞：削減／剝削。

【組詞】削弱／瘦削

【成語】削髮為僧／削鐵如泥／削足適履

# 靴 ⓟxuē ⓒhoe1 ⓒTJOP
革部，13畫。

【釋義】有長筒的鞋：馬靴／皮靴。

【組詞】靴子／雨靴

【成語】隔靴搔癢

# 薛 ⓟxuē ⓒsit3 屑 ⓒTHRJ
艸部，17畫。

【釋義】姓。

# 穴 ⓟxué ⓒjyut6 月 ⓒJC
穴部，5畫。

【釋義】①巖洞，泛指孔或坑：洞穴／空穴來

風。②動物的窩：虎穴 / 蟻穴。③墓穴，埋葬棺木或骨骸的洞穴或坑。④穴位，醫學上指人體上可以進行針灸的部位。

【組詞】穴位 / 巢穴 / 墓穴

【成語】穴居野處 / 龍潭虎穴 / 不入虎穴，焉得虎子

## 學｜学 普 xué 粵 hok6 鶴 倉 HBND
子部，16 畫。

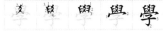

【釋義】①學習：學技術 / 學到許多知識。②模仿：鸚鵡學舌。③學問，知識：學識 / 才學 / 治學。④指學科，按學問的不同性質而劃分的門類：數學 / 醫學。⑤學校：辦學 / 小學。

【組詞】學歷 / 學期 / 學生 / 學術 / 學業 / 教學 / 求學 / 入學 / 升學 / 同學

【成語】學而不厭 / 學富五車 / 學業有成 / 學以致用 / 不學無術 / 真才實學

## 雪 普 xuě 粵 syut3 說 倉 MBSM
雨部，11 畫。

【釋義】①空中降落的白色結晶，多為六角形，是氣溫降到0℃以下時，由空氣中的水汽凝結而成：雪花 / 雪上加霜。②洗掉（恥辱、仇恨、冤枉等）：雪恥 / 雪恨 / 昭雪。

【組詞】雪白 / 雪崩 / 雪亮 / 冰雪 / 風雪 / 滑雪 / 積雪

【成語】雪中送炭 / 冰雪聰明 / 報仇雪恨 / 冰天雪地

## 血 普 xuè 粵 hyut3 何決三聲 倉 HBT
血部，6 畫。

▲另見 419 頁 xiě。

【釋義】①血液，人或高等動物體內循環系統中的紅色液體，有腥氣，由血漿、血細胞

和血小板構成：血泊 / 鮮血。②有血統關係的：血親 / 血緣。③比喻剛強、熱烈：血氣 / 血性。④比喻心思、精神氣力：心血。

【組詞】血管 / 血汗 / 血紅 / 血跡 / 血腥 / 血液 / 流血 / 熱血 / 輸血

【成語】血海深仇 / 血口噴人 / 血流成河 / 血氣方剛 / 血肉相連 / 血雨腥風 / 心血來潮 / 嘔心瀝血 / 茹毛飲血

## 謔｜谑 普 xuè 粵 joek6 虐 倉 YRYPM
言部，16 畫。

【釋義】開玩笑：戲謔。

---

### xun

## 勛｜勋 普 xūn 粵 fan1 分 倉 RCKS
力部，12 畫。

【釋義】功勛：勛業 / 勛章。

【組詞】勛績 / 功勛 / 受勛 / 授勛

## 熏 普 xūn 粵 fan1 分 倉 HGF
火部，14 畫。

【釋義】①煙、氣等接觸物體，使變顏色或沾上氣味：臭氣熏天 / 煙把牆熏黑了。②熏製（食品）：熏雞。③因長期接觸而受到影響：熏染（指壞的影響）/ 熏陶（指好的影響）。

## 薰 普 xūn 粵 fan1 分 倉 THGF
艸部，18 畫。

【釋義】①同「熏」，見本頁 xūn。②古書上說的一種香草，又泛指花草的香氣。

## 醺 普 xūn 粵 fan1 分 倉 MWHGF
酉部，21 畫。

X

【釋義】酒喝醉了：微醺／醉醺醺。

## 旬 ⊜xún ⊜ceon4 巡 ⊛PA
日部，6畫。

【釋義】①十日為一旬，一個月分上中下三旬：旬日（十天）／九月上旬。②十歲為一旬：年過七旬。

【組詞】上旬／下旬／中旬

## 巡 ⊜xún ⊜ceon4 秦 ⊛YVVV
辵部，7畫。

【釋義】①往來查看：巡查／巡診。②遍（用於給全座斟酒）：酒過三巡。

【組詞】巡察／巡迴／巡邏／巡視／巡演／巡遊／出巡

## 循 ⊜xún ⊜ceon4 秦 ⊛HOHJU
彳部，12畫。

【釋義】遵守，依照，沿襲：循例／遵循。

【組詞】循環／循序

【成語】循規蹈矩／循序漸進／循循善誘／因循守舊

## 尋｜寻 ⊜xún ⊜cam4 沉 ⊛SMMRI
寸部，12畫。

【釋義】①古代長度單位，八尺為一尋。②〔尋常〕平常，普通（尋和常都是古代平常的長度）：非比尋常。③找：尋訪／尋覓。

【組詞】尋求／尋找／搜尋／探尋／找尋／追尋

【成語】尋根究底／耐人尋味

## 詢｜询 ⊜xún ⊜seon1 殉 ⊛YRPA
言部，13畫。

【釋義】詢問，徵求意見：查詢／咨詢。

【組詞】詢問／徵詢

## 汛 ⊜xùn ⊜seon3 訊 ⊛ENJ
水部，6畫。

【釋義】河流定期的漲水：汛期／春汛／秋汛。

【組詞】潮汛／防汛

## 迅 ⊜xùn ⊜seon3 信 ⊛YNJ
辵部，7畫。

【釋義】快：迅捷／迅猛。

【組詞】迅即／迅急／迅速

【成語】迅雷不及掩耳

## 徇 ⊜xùn ⊜seon1 詢 ⊛HOPA
彳部，9畫。

【釋義】依從，曲從：徇私。

## 訊｜讯 ⊜xùn ⊜seon3 信 ⊛YRNJ
言部，10畫。

【釋義】①審問：審訊／刑訊。②問，打聽：問訊。③消息，信息：通訊／喜訊。

【組詞】訊號／訊息／電訊／死訊／資訊

## 訓｜训 ⊜xùn ⊜fan3 糞 ⊛YRLLL
言部，10畫。

【釋義】①教導，訓誡：教訓／培訓。②教育或訓誡的話：古訓／家訓／校訓。③訓練：集訓／受訓。④準則：不足為訓。⑤詞義解釋：訓詁（對古書字句的解釋）。

【組詞】訓斥 / 訓導 / 訓話 / 訓誡 / 訓練 / 訓示 / 軍訓

【成語】訓練有素

**殉** 🔊 xùn 🔊 seon1 詢 🔊 MNPA
歹部，10 畫。

【釋義】①殉葬。古代逼迫活人陪死人埋葬，也指用偶人或器物隨葬。②因為維護某種事物或追求某種理想而犧牲生命：殉難 / 殉職。

【組詞】殉國 / 殉情 / 殉葬

【成語】以身殉職

**馴** ｜ 馴 🔊 xùn 🔊 seon4 純 🔊 SFLLL
馬部，13 畫。

【釋義】①順服的，善良的：馴服 / 馴良 / 溫馴。②使順服：馴虎 / 馴養。

【成語】桀驁不馴

**遜** ｜ 逊 🔊 xùn 🔊 seon3 信 🔊 YNDF
辵部，14 畫。

【釋義】①讓出帝王的位子：遜位。②謙虛，謙恭：謙遜。③差，比不上，不及：遜色 / 稍遜一籌。

【成語】出言不遜

# Yy

## ya

**丫** 🔊 yā 🔊 aa1 鴉 🔊 CL
丨部，3 畫。

【釋義】〔丫頭〕方言。女孩子：小丫頭。

**呀** 🔊 yā 🔊 aa1 鴉 🔊 RMVH
口部，7 畫。

▲另見 436 頁 ya。

【釋義】①表示驚異：呀，下雨了！②形容開門時磨擦的聲音等：大門呀的一聲開了。

**押** 🔊 yā 🔊 aap3 鴨 ✕ aat3 壓 🔊 QWL
手部，8 畫。

【釋義】①把財物交給對方作為保證：押金 / 抵押。②暫時把人扣留，不准自由行動：拘押 / 看押。③跟隨着照料或看管：押送 / 押運。④在公文、契約上簽字或畫符號，作為憑信：畫押。⑤〔押韻〕詩詞作品中，某些句子的末字用韻母相同或相近的字，使音調和諧優美。
【組詞】押後 / 押解 / 關押 / 羈押 / 扣押 / 收押

**椏** ｜桠 🔊 yā 🔊 aa1 丫 🔊 DMLM
木部，12 畫。
【釋義】樹木分叉的部分：樹椏。

**鴉** ｜鸦 🔊 yā 🔊 aa1 丫 🔊 MHHAF
鳥部，15 畫。

【釋義】鳥，全身多為黑色，翅膀長。常見的有烏鴉、寒鴉等。
【成語】鴉雀無聲

**鴨** ｜鸭 🔊 yā 🔊 aap3 答(不讀聲母) 🔊 WLHAF
鳥部，16 畫。

【釋義】鴨子，鳥類，嘴扁，趾間有蹼，善游泳。有家鴨、野鴨等。
【組詞】鴨蛋 / 鴨子

**壓** ｜压 🔊 yā 🔊 aat3 遏 🔊 MKG
土部，17 畫。

▲另見 435 頁 yà。

【釋義】①壓力：氣壓 / 血壓。②從上向下施力：壓碎。③超越，勝過：技壓羣雄。④用強力制伏：壓制 / 欺壓。⑤逼近：大軍壓境。⑥擱着不動：積壓。
【組詞】壓倒 / 壓低 / 壓力 / 壓迫 / 壓縮 / 壓抑 / 壓榨 / 擠壓 / 鎮壓
【成語】泰山壓頂

**牙** 🔊 yá 🔊 ngaa4 芽 🔊 MVDH
牙部，4 畫。

【釋義】①牙齒：門牙 / 蛀牙。②與牙齒有關的：牙刷。③特指象牙：牙雕。

【組詞】牙齒 / 牙膏 / 牙科 / 牙醫
【成語】牙牙學語 / 伶牙俐齒 / 咬牙切齒 / 以牙還牙 / 張牙舞爪

**芽** 🔊 yá 🔈 ngaa4 牙 🔅 TMVH
艸部，8畫。

芽　芽

【釋義】植物剛長出來的幼體，可以發育成莖、葉或花：發芽 / 萌芽 / 嫩芽。

**蚜** 🔊 yá 🔈 ngaa4 牙 🔅 LIMVH
虫部，10畫。

【釋義】蚜蟲，昆蟲，身體卵圓形，吸食植物的汁液，是農業害蟲。

**涯** 🔊 yá 🔈 ngaai4 崖 🔅 EMGG
水部，11畫。

涯　汇　涯　涯

【釋義】水邊，泛指邊際：天涯海角 / 一望無涯。
【組詞】生涯 / 天涯
【成語】咫尺天涯

**崖** 🔊 yá 🔈 ngaai4 捱 🔅 UMGG
山部，11畫。

崖　屵　崖　崖

【釋義】山石或高地的陡立側面：山崖 / 懸崖。
【成語】懸崖勒馬 / 懸崖峭壁

**衙** 🔊 yá 🔈 ngaa4 牙 🔅 HOMRN
行部，13畫。

【釋義】衙門，舊時官員辦公的機關。

**啞** | 哑 🔊 yǎ 🔈 aa2 鴉二聲
🔅 RMLM
口部，11畫。

口　哑　哑　哑

【釋義】①由於生理缺陷或疾病而不能說話：聾啞。②不說話的：啞劇。③嗓子發音困難或發音低而不清楚：沙啞。
【組詞】啞巴 / 嘶啞
【成語】啞口無言 / 啞然失笑 / 盲婚啞嫁 / 裝聾作啞

**雅** 🔊 yǎ 🔈 ngaa5 瓦 🔅 MHOG
隹部，12畫。

牙　雅　雅　雅　雅

【釋義】①高尚的，不粗俗的：雅觀 / 文雅。②敬辭，用於稱對方的情意、舉動：雅教 / 雅意。
【組詞】雅趣 / 雅興 / 雅致 / 淡雅 / 典雅 / 高雅 / 素雅 / 幽雅 / 優雅
【成語】雅俗共賞 / 溫文爾雅 / 無傷大雅

**亞** | 亚 🔊 yà 🔈 aa3 呀三聲
🔅 MLLM
二部，8畫。

亞　亞　亞　亞

【釋義】①較差：他的技藝不亞於師傅。②次一等：亞軍 / 亞熱帶。③指亞洲，世界七大洲之一：東亞 / 南亞。

**軋** | 轧 🔊 yà 🔈 zaat3 扎 🔅 JJU
車部，8畫。
▲另見481頁 zhá。
【釋義】碾壓：軋馬路 / 軋棉花。

**訝** | 讶 🔊 yà 🔈 ngaa6 牙六聲
🔅 YRMVH
言部，11畫。

訝　訝　訝　訝　訝

【釋義】詫異：訝異 / 驚訝。

**壓** | 压 🔊 yà 🔈 aat3 遏 🔅 MKG
土部，17畫。

▲另見 434 頁 yǎ。

【釋義】〔壓根兒〕方言。根本，從來：他壓根兒沒來過這裏。

## 呀 粤 ya 普 aa3 亞 倉 RMVH
口部，7畫。

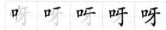

▲另見 434 頁 yǎ。

【釋義】句末助詞：「啊」受前一字韻母 a、e、i、o、ü 的影響而發生的變音：你們快去呀！

---

## yan

## 咽 普 yān 粤 jin1 煙 倉 RWK
口部，9畫。

▲另見 446 頁 yè。

【釋義】口腔後部主要由肌肉和粘膜構成的管子，是呼吸道和消化道的共同通路：咽喉。

## 殷 普 yān 粤 jin1 煙 倉 HSHNE
殳部，10畫。

▲另見 454 頁 yīn。

【釋義】赤黑色：殷紅。

## 胭 普 yān 粤 jin1 煙 倉 BWK
肉部，10畫。

【釋義】〔胭脂〕一種紅色顏料，化妝用品。

## 淹 普 yān 粤 jim1 炎一聲 倉 EKLU
水部，11畫。

【釋義】①大水漫過：淹埋／淹沒。②久，滯留：淹留／淹滯。

## 焉 ⊟ 普 yān 粤 jim1 煙 倉 MYLF
火部，11畫。

【釋義】表示疑問。哪裏，怎麼（多用於反問句）：焉能如此？／不入虎穴，焉得虎子？

□ ⊜ 普 yān 粤 jin4 言

【釋義】①相當於「於此」：善莫大焉／心不在焉。②表示肯定的語氣：三人行，必有我師焉。

## 湮 普 yān 粤 jan1 因 倉 EMWG
水部，12畫。

【釋義】埋沒：湮滅／湮沒。

## 煙｜烟 普 yān 粤 jin1 胭 倉 FMWG
火部，13畫。

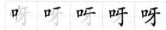

【釋義】①物質燃燒時產生的氣體：煙幕／冒煙。②像煙的東西：煙霧／煙靄。③煙草和煙草製品：抽煙／香煙。④特指鴉片：煙土／虎門銷煙。

【組詞】煙草／煙囪／煙花／煙灰／煙火／濃煙／吸煙／油煙

【成語】煙消雲散／烏煙瘴氣／過眼雲煙／浩如煙海／灰飛煙滅／荒無人煙／七竅生煙

## 嫣 普 yān 粤 jin1 煙 倉 VMYF
女部，14畫。

【釋義】①容貌美好（多用於女子）：嫣然一笑。②鮮豔：嫣紅。

## 醃｜腌 普 yān 粤 jim1 淹 ⊗ jip3 葉三聲 倉 MWKLU
酉部，15畫。

【釋義】把魚、肉、蛋、蔬菜等加上鹽、糖等：醃漬。

## 燕 普 yān 粤 jin1 煙 倉 TLPF
火部，16畫。

▲另見 440 頁 yàn。

【釋義】①周朝國名，在今河北省北部和遼寧省南部。②指河北省北部。

## 言 普 yán 粤 jin4 延 倉 YMMR
言部，7畫。

言 言 言 言 言

【釋義】①說：言之有理 / 暢所欲言。②話：
言談 / 言語 / 格言。③漢語的一個字或一句話
叫一言：五言詩 / 三言兩語 / 君子一言，駟馬
難追。

【組詞】言論 / 言行 / 發言 / 謊言 / 聲言 / 宣言 /
謠言 / 語言 / 寓言 / 預言

【成語】言不由衷 / 言傳身教 / 言而有信 / 言過
其實 / 言簡意賅 / 言聽計從 / 言無不盡 / 危言
聳聽 / 自言自語 / 至理名言

妍 曾 yán 粵 jin4 言 倉 VMT
女部，7 畫。

【釋義】美麗：百花爭妍。

沿｜沿 曾 yán 粵 jyun4 元 倉 ECR
水部，8 畫。

沿 沿 沿 沿 沿

【釋義】①順着（路、河或物體的邊）：沿路 /
沿途。②靠近：沿海 / 沿江。③依照以往的
方法、規矩、式樣等：沿革 / 沿用。④邊，
邊緣：牀沿。

【組詞】沿岸 / 沿街 / 沿襲 / 沿線

炎 曾 yán 粵 jim4 嫌 倉 FF
火部，8 畫。

火 炎 炎 炎 炎

【釋義】①極熱：炎熱 / 炎夏。②炎症，機體
某部發生的紅、腫、熱、痛等症狀：肺炎 /
肝炎。③指炎帝，傳說中的上古帝王：炎黃
子孫。

【組詞】炎暑 / 炎症 / 發炎 / 消炎
【成語】世態炎涼

芫 曾 yán 粵 jyun4 完 倉 TMMU
艸部，8 畫。

【釋義】〔芫荽〕（荽：曾 suī 粵 seoi1 須）俗稱香
菜，亦稱胡荽。草本植物，葉和莖有特殊香
氣，可用來調味。

延 曾 yán 粵 jin4 言 倉 NKHYM
廴部，8 畫。

正 延 延 延 延

【釋義】①延長：延伸 / 蔓延 / 綿延。②時間
向後推遲：延遲 / 延期 / 推延。③聘請，邀
請：延聘。

【組詞】延長 / 延緩 / 延誤 / 延續 / 延展 / 順延 /
拖延
【成語】延年益壽 / 苟延殘喘

研 曾 yán 粵 jin4 言 倉 MRMT
石部，9 畫。

石 研 研 研 研

【釋義】①細磨：研磨 / 研墨。②深入探究，
研究：科研 / 鑽研。

【組詞】研讀 / 研發 / 研究 / 研討 / 研習 / 研修 /
研製

蜒 曾 yán 粵 jin4 言 倉 LINKM
虫部，14 畫。

虫 蚚 蜒 蜒 蜒

【釋義】〔蜿蜒〕見 388 頁 wān「蜿」。

筵 曾 yán 粵 jin4 言 倉 HNKM
竹部，14 畫。

筵 筵 筵 筵 筵

【釋義】古人席地而坐時鋪的蓆，泛指酒席：
筵席。

閻｜阎 曾 yán 粵 jim4 炎 倉 ANNHX
門部，16 畫。

【釋義】姓。

Y

## 顏 | 颜 　普 yán 　粵 ngaan4 眼四聲
　倉 YHMBC
頁部，18 畫。

【釋義】①臉，臉上的表情：顏面 / 容顏。
②體面，面子：厚顏無恥。③顏色：五顏
六色。
【組詞】顏料 / 顏色 / 笑顏
【成語】和顏悅色 / 笑逐顏開

## 簷 | 檐 　普 yán 　粵 jim4 炎 　又 sim4 蟬
　倉 HNCR
竹部，19 畫。

【釋義】①屋頂向旁伸出的邊緣部分：簷下 /
屋簷。②覆蓋物的邊緣或伸出的部分：帽簷 /
傘簷。
【成語】飛簷走壁

## 嚴 | 严 　普 yán 　粵 jim4 炎
　倉 RRMMK
口部，20 畫。

【釋義】①沒有縫隙，緊密：嚴緊 / 嚴密。
②嚴厲，嚴格：威嚴 / 莊嚴。③厲害，猛
烈，程度深：嚴寒 / 嚴刑。④對別人稱自己
的父親：家嚴。
【組詞】嚴懲 / 嚴謹 / 嚴禁 / 嚴峻 / 嚴明 / 嚴守 /
嚴肅 / 嚴重 / 森嚴 / 尊嚴
【成語】嚴於律己 / 嚴陣以待 / 壁壘森嚴 / 義正
辭嚴

## 巖 | 岩 　普 yán 　粵 ngaam4 癌
　倉 URRK
山部，23 畫。

【釋義】①巖石，構成地殼的礦物的集合體：
巖層 / 巖洞 / 花崗巖。②巖石突起而成的山
峯：七星巖 (在廣西)。
【成語】巖居穴處

## 鹽 | 盐 　普 yán 　粵 jim4 炎 　倉 SWBT
鹵部，24 畫。

【釋義】食鹽，有鹹味，是調味劑和防腐劑：
海鹽 / 精鹽。
【組詞】鹽巴 / 鹽分 / 鹽水 / 鹽田 / 食鹽
【成語】柴米油鹽

## 奄 　㊀ 普 yǎn 　粵 jim2 掩 　倉 KLWU
大部，8 畫。

【釋義】①覆蓋，包括：奄有四海。②忽然，
突然：奄忽 / 奄然。
㊁ 普 yǎn 　粵 jim1 淹
【釋義】〔奄奄〕形容氣息微弱：奄奄一息。

## 衍 　普 yǎn 　粵 jin5 煙五聲 　又 hin2 顯
　倉 HOEMN
行部，9 畫。

【釋義】①開展，發揮：推衍。②多餘 (指字
句)：衍文。
【組詞】衍生 / 繁衍

## 掩 　普 yǎn 　粵 jim2 淹二聲 　倉 QKLU
手部，11 畫。

【釋義】①遮蓋，掩蔽：掩藏 / 掩埋。②關：
掩門。
【組詞】掩蔽 / 掩蓋 / 掩護 / 掩飾 / 遮掩
【成語】掩耳盜鈴 / 掩人耳目

## 眼 　普 yǎn 　粵 ngaan5 顏五聲 　倉 BUAV
目部，11 畫。

# 眼

【釋義】①眼睛，人或動物的視覺器官：眼淚／眨眼。②小洞，窟窿：泉眼。③指事物的關鍵所在：節骨眼。④戲曲中的拍子，比喻條理、層次或關鍵的地方：有板有眼。

【組詞】眼光／眼見／眼簾／眼前／眼神／眼下／親眼／耀眼／轉眼／眼睜睜

【成語】眼花繚亂／眼明手快／另眼相看／有眼無珠／大開眼界／眉開眼笑／頭昏眼花／擠眉弄眼／一板一眼／賊眉鼠眼

# 偃

曾 yǎn　粵 jin2 煙二聲　倉 OSAV
人部，11 畫。

【釋義】①仰面倒下，放倒：偃臥／偃旗息鼓。②停止，停息：偃武修文。

# 演

曾 yǎn　粵 jin5 煙五聲　又 jin2 煙二聲
倉 EJMC
水部，14 畫。

【釋義】①不斷變化：演化／演進。②發揮：演說／演繹。③依照程序練習或計算：演算／演習。④當眾表演技藝：演奏／表演。

【組詞】演變／演唱／演出／演講／演戲／演藝／演員／扮演／上演／飾演

# 魘 | 魇

曾 yǎn　粵 jim2 掩　倉 MKHI
鬼部，24 畫。

【釋義】指夢見甚麼可怕的東西驚叫起來，或覺得有甚麼東西壓住，不能動彈又呼叫不出：夢魘。

# 宴

曾 yàn　粵 jin3 嚥　倉 JAV
宀部，10 畫。

【釋義】①請人喝酒吃飯，聚在一起喝酒吃飯：宴客／歡宴。②酒席，宴會：赴宴／設宴。

【組詞】宴會／宴請／宴席／婚宴／盛宴／晚宴

# 唁

曾 yàn　粵 jin6 現　倉 RYMR
口部，10 畫。

【釋義】對遭遇喪事的人表示慰問：弔唁／慰唁。

# 焰

曾 yàn　粵 jim6 驗　倉 FNHX
火部，12 畫。

【釋義】①火苗：火焰／烈焰。②比喻氣勢：氣焰。

【成語】氣焰囂張／氣焰熏天

# 堰

曾 yàn　粵 jin2 煙二聲　倉 GSAV
土部，12 畫。

【釋義】比壩低的擋水建築物，用作提高上游水位，便利灌溉和航運：塘堰／修堤築堰。

# 硯 | 砚

曾 yàn　粵 jin6 現
倉 MRBUU
石部，12 畫。

【釋義】硯台，寫毛筆字時用於研墨的文具：筆墨紙硯。

# 雁

曾 yàn　粵 ngaan6 顏六聲　倉 MOOG
隹部，12 畫。

【釋義】鳥，外形略像鵝，善於游泳和飛行，常見的有鴻雁：大雁。

【成語】沉魚落雁

# 厭 | 厌

曾 yàn　粵 jim3 染三聲
倉 MABK
厂部，14 畫。

【釋義】①滿足：貪得無厭／學而不厭。②因過多而不喜歡：厭煩／厭倦。③憎惡：厭棄／

厭惡。

【組詞】厭恨 / 厭食 / 討厭

【成語】不厭其煩 / 兵不厭詐

## 諺 ｜ 谚 ⬤yàn ⬤jin6 現 ⬤YRYHH
言部，16 畫。

【釋義】諺語，民間流傳的固定語句，言辭簡單而含義深刻。如「三個臭皮匠，勝過一個諸葛亮」「天下無難事，只怕有心人」等。

## 燕 ⬤yàn ⬤jin3 宴 ⬤TLPF
火部，16 畫。

| 燕 | 燕 | 燕 | 燕 | 燕 |
|---|---|---|---|---|

▲ 另見436 頁 yān。

【釋義】鳥，尾巴分開像剪刀。捕食昆蟲，對農作物有益。

【組詞】燕窩 / 燕子

【成語】勞燕分飛 / 鶯歌燕舞

## 贋 ｜ 赝 ⬤yàn ⬤ngaan6 雁 ⬤MOGC
貝部，19 畫。

【釋義】假的，偽造的：贋品。

## 嚥 ｜ 咽 ⬤yàn ⬤jin3 宴 ⬤RTLF
口部，19 畫。

【釋義】使嘴裏的食物等通過咽頭到食道裏去：吞嚥 / 狼吞虎嚥 / 細嚼慢嚥。

## 驗 ｜ 验 ⬤yàn ⬤jim6 焰 ⬤SFOMO
馬部，23 畫。

| 馬 | 馬 | 駖 | 驗 | 驗 |
|---|---|---|---|---|

【釋義】①察看，查考：驗貨 / 檢驗 / 試驗。②產生預期的效果：靈驗 / 屢試屢驗。③預期的效果：效驗。

【組詞】驗收 / 驗算 / 驗證 / 測驗 / 化驗 / 經驗 / 考驗 / 實驗 / 體驗 / 應驗

## 豔 ｜ 艳 ⬤yàn ⬤jim6 驗 ⬤UTGIT
豆部，28 畫。

| 豔 | 豔 | 豐 | 豔 | 豔 |
|---|---|---|---|---|

【釋義】①色彩鮮明，鮮豔：豔麗 / 濃豔。②指關於愛情方面的，香豔：豔情。

【組詞】豔陽 / 嬌豔 / 明豔 / 鮮豔

【成語】濃妝豔抹 / 爭奇鬥豔

## yang

## 央 ⬤yāng ⬤joeng1 秧 ⬤LBK
大部，5 畫。

| 央 | 央 | 央 | 央 | 央 |
|---|---|---|---|---|

【釋義】①懇求：央告 / 央託 / 央求。②中心：中央。

## 泱 ⬤yāng ⬤joeng1 央 ⬤ELBK
水部，8 畫。

【釋義】〔泱泱〕①形容水面廣闊：海水泱泱。②形容氣魄宏大：泱泱大國。

## 殃 ⬤yāng ⬤joeng1 央 ⬤MNLBK
歹部，9 畫。

【釋義】①禍害：禍殃 / 災殃 / 遭殃。②使受禍害：禍國殃民。

## 秧 ⬤yāng ⬤joeng1 央 ⬤HDLBK
禾部，10 畫。

| 秧 | 秧 | 秧 | 秧 | 秧 |
|---|---|---|---|---|

【釋義】①植物的幼苗（多指可移栽的）：樹秧 / 育秧。②特指稻苗：秧田 / 稻秧。③某些植物的莖：豆秧 / 瓜秧。④某些飼養的幼小動物：魚秧。

## 鴦 ｜ 鸯 ⬤yāng ⬤joeng1 央 ⬤LKHAF
鳥部，16 畫。

【釋義】〔鵉鵉〕見469頁yuān「鵉」。

## 羊 ⓟ yáng ⓒ joeng4 陽 ⓒ TQ
羊部，6畫。

【釋義】哺乳動物，一般頭上有一對角。種類很多，常見的有山羊、綿羊、羚羊等。
【組詞】羊毛 / 羔羊
【成語】亡羊補牢 / 歧路亡羊 / 順手牽羊

## 佯 ⓟ yáng ⓒ joeng4 洋 ⓒ OTQ
人部，8畫。
【釋義】假裝：佯裝。

## 洋 ⓟ yáng ⓒ joeng4 揚 ⓒ ETQ
水部，9畫。

【釋義】①盛大，豐富：洋溢 / 洋洋大觀。②地球表面最大的水域，分為太平洋、大西洋、印度洋、北冰洋四個部分。③外國，外國的：洋人 / 西洋。④洋錢，銀元（舊時的銀幣）：大洋 / 銀洋。
【組詞】海洋 / 汪洋 / 洋娃娃
【成語】洋洋灑灑 / 崇洋媚外 / 汪洋大海 / 喜氣洋洋

## 揚 | 扬 ⓟ yáng ⓒ joeng4 羊 ⓒ QAMH
手部，12畫。

【釋義】①高舉，往上升：揚帆 / 昂揚。②飄動：飛揚 / 飄揚。③宣揚，傳播出去：揚言 / 傳揚 / 讚揚。④江蘇省揚州市的簡稱。
【組詞】揚名 / 揚威 / 表揚 / 發揚 / 弘揚 / 聲揚 / 頌揚 / 宣揚 / 悠揚 / 張揚

【成語】揚長而去 / 揚眉吐氣 / 發揚光大 / 抑揚頓挫 / 分道揚鑣 / 耀武揚威 / 其貌不揚 / 神采飛揚 / 趾高氣揚

## 陽 | 阳 ⓟ yáng ⓒ joeng4 洋 ⓒ NLAMH
阜部，12畫。

【釋義】①中國古代哲學認為存在於宇宙間一切事物中的兩大對立面之一（跟「陰」相對，下②一⑦同）：陰陽二氣。②太陽，日光：陽光 / 陽曆 / 向陽。③山的南面，水的北面（多用於地名）：衡陽（在衡山之南）/ 洛陽（在洛河之北）。④文字或圖案凸出的雕刻法：陽文。⑤外露的，表面的：陽溝 / 陽奉陰違。⑥指屬於人世間的：陽間。⑦帶正電的：陽極。⑧指男性生殖器：陽具。
【組詞】陽台 / 驕陽 / 太陽 / 夕陽 / 斜陽 / 朝陽
【成語】陰差陽錯

## 楊 | 杨 ⓟ yáng ⓒ joeng4 洋 ⓒ DAMH
木部，13畫。

【釋義】喬木，種類很多，如銀白楊、毛白楊、小葉楊等。
【組詞】楊柳 / 楊樹
【成語】水性楊花 / 百步穿楊

## 瘍 | 疡 ⓟ yáng ⓒ joeng4 洋 ⓒ KAMH
疒部，14畫。

【釋義】①瘡：腫瘍。②皮膚或黏膜潰爛：潰瘍。

## 仰 ⓟ yǎng ⓒ joeng5 養 ⓒ OHVL
人部，6畫。

【釋義】①臉向上（跟「俯」相對）：仰視／仰泳／仰臥。②敬慕：仰慕／敬仰／信仰。③依靠，依賴：仰賴／仰仗。

【組詞】仰面／仰望／景仰／久仰／瞻仰

【成語】前仰後合／人仰馬翻

---

**氧** 　普 yǎng　粵 joeng5 養　倉 ONTQ
气部，10畫。

【釋義】氣體元素，符號O。無色無味，在工業中用途很廣。氧氣是人和動物、植物呼吸所必需的氣體。

【組詞】氧化／氧氣／缺氧／二氧化碳

---

**養** ｜养　普 yǎng　粵 joeng5 氧
倉 TOIAV
食部，15畫。

【釋義】①供給生活資源或費用：撫養／供養。②飼養或培植動物、花草：養豬／馴養。③生育：養孩子／養孩子。④培養：從小養成好習慣。⑤使身心得到滋補或休息，以增進精力或恢復健康：療養／閉目養神。⑥維修保護：養護／保養。⑦修養：教養／涵養。⑧指有撫養關係（非親生的）：養父／養女。

【組詞】養病／養分／養活／養家／養生／養育／養殖／休養／營養／助養

【成語】養虎遺患／養精蓄銳／養尊處優／姑息養奸／嬌生慣養

---

**癢** ｜痒　普 yǎng　粵 joeng5 氧
倉 KTOV
疒部，20畫。

【釋義】皮膚或黏膜受到輕微刺激產生的想抓的感覺：發癢／搔癢。

【成語】不痛不癢／無關痛癢

---

**快** 　普 yàng　粵 joeng2 央二聲　倉 PLBK
心部，8畫。

【釋義】〔怏怏〕形容不滿意或不高興的神情：怏怏不樂／怏怏不悅。

---

**恙** 　普 yàng　粵 joeng6 樣　倉 TGP
心部，10畫。

【釋義】病：抱恙／微恙／安然無恙。

---

**漾** 　普 yàng　粵 joeng6 樣　倉 ETGE
水部，14畫。

【釋義】水面微微動盪：碧波盪漾。

【組詞】盪漾

---

**樣** ｜样　普 yàng　粵 joeng6 讓
倉 DTGE
木部，15畫。

【釋義】①形狀，形式：樣式／圖樣。②姿態，神情：裝模作樣。③作為標準或代表，供人模仿或觀看的事物：樣板／樣品。④表示物體的種類：每樣點心都好吃。

【組詞】樣本／樣子／榜樣／花樣／模樣／式樣／一樣／異樣／怎樣／照樣

【成語】大模大樣／各式各樣／一模一樣

---

## yao

**幺** 　普 yāo　粵 jiu1 腰　倉 VI
幺部，3畫。

【釋義】①數詞「一」的另外一種叫法（只能單用）。②小，排行最末的：幺女／幺叔。

---

**夭** 　普 yāo　粵 jiu1 腰　倉 HK
大部，4畫。

【釋義】夭折，未成年的人死去：夭亡 / 壽夭（長壽與夭折，指壽命長短）。

**吆** 🔊 yāo 🔊 jiu1 腰 🔊 RVI
口部，6畫。

【釋義】大聲喊叫，多指叫賣、趕牲口、呼喚等：吆喝。

**妖** 🔊 yāo 🔊 jiu1 腰 📝 jiu2 擾二聲 🔊 VHK
女部，7畫。

【釋義】①妖怪，神話、傳說中形狀奇怪、有妖術的精靈：妖魔。②邪惡而迷惑人的：妖術 / 妖言。③裝束奇特，作風不正派：妖媚 / 妖豔。

【組詞】妖怪 / 妖精 / 妖孽

【成語】妖魔鬼怪 / 妖言惑眾

**要** 🔊 yāo 🔊 jiu1 腰 🔊 MWV
西部，9畫。

▲另見444頁yào。

【釋義】①求：要求。②強迫，威脅：要挾。

**腰** 🔊 yāo 🔊 jiu1 邀 🔊 BMWV
肉部，13畫。

【釋義】①胯骨以上肋骨以下的部分，在身體的中部：腰帶 / 彎腰。②褲、裙等圍住腰的部分：褲腰。③事物的中間部分：山腰 / 樹腰。

【組詞】腰間 / 腰圍 / 腰斬

【成語】腰纏萬貫 / 點頭哈腰 / 虎背熊腰

**邀** 🔊 yāo 🔊 jiu1 腰 🔊 YHSK
辵部，17畫。

【釋義】①約，請：邀請。②求得：邀功。

【組詞】邀約 / 應邀

**姚** 🔊 yáo 🔊 jiu4 搖 🔊 VLMO
女部，9畫。

【釋義】姓。

**堯** | 尧 🔊 yáo 🔊 jiu4 搖 🔊 GGGU
土部，12畫。

【釋義】傳說中上古帝王名：堯舜 / 堯天舜日（比喻太平盛世）。

**搖** | 摇 🔊 yáo 🔊 jiu4 遙 🔊 QBOU
手部，13畫。

【釋義】擺動：搖擺 / 搖尾乞憐。

【組詞】搖動 / 搖晃 / 搖籃 / 搖頭 / 搖曳 / 動搖

【成語】搖旗吶喊 / 搖頭擺尾 / 搖頭晃腦 / 搖搖欲墜 / 大搖大擺 / 地動山搖 / 風雨飄搖

**徭** | 徭 🔊 yáo 🔊 jiu4 搖 🔊 HOBOU
彳部，13畫。

【釋義】古代統治者強迫人民承擔的無償勞動：徭役。

**遙** | 遥 🔊 yáo 🔊 jiu4 搖 🔊 YBOU
辵部，14畫。

【釋義】①遠：遙望 / 遙遠。②〔逍遙〕見416頁xiāo「逍」。

【組詞】遙控 / 遙想

【成語】遙遙無期 / 遙遙相對

**窯** | 窑 🔊 yáo 🔊 jiu4 搖 🔊 JCTGF
穴部，15畫。

【釋義】①燒製磚瓦、陶瓷等的建築物：瓷窯／磚窯／石灰窯。②指土法生產的煤礦：煤窯。③在土坡上挖成的、供人居住的洞：窯洞。

**饒｜肴** 🔵yáo 🔵ngaau4 淆 🔵OIKKB
食部，16畫。

饒　饒　饒　饒　饒

【釋義】魚、肉等葷菜：菜饒／佳饒。

**謠｜谣** 🔵yáo 🔵jiu4 搖 🔵YRBOU
言部，17畫。

言　詻　謠

【釋義】①歌謠：民謠／童謠。②沒有事實根據的消息：謠言／造謠。
【組詞】謠傳／歌謠／闢謠

**杳** 🔵yáo 🔵miu5 秒 🔵DA
木部，8畫。

【釋義】不見蹤影：杳無音信。

**咬** 🔵yáo 🔵ngaau5 淆五聲 🔵RYCK
口部，9畫。

咬　咬　咬　咬　咬

【釋義】①上下牙齒用力夾住、切斷或弄碎東西：咬了一口蘋果。②認定不變：一口咬定。③受責難或審訊時牽扯無辜的人：反咬一口。④發音：咬字。⑤推敲詞句：咬文嚼字（多指過分地斟酌字句）。
【成語】咬牙切齒

**窈** 🔵yáo 🔵jiu2 腰二聲 ❎miu5 秒 🔵JCVIS
穴部，10畫。

【釋義】〔窈窕〕（窕：🔵tiǎo 🔵tiu5 挑五聲）（女子）文靜而美好：窈窕淑女。

**舀** 🔵yáo 🔵jiu5 腰五聲 🔵BHX
臼部，10畫。

【釋義】用瓢、勺等取東西（多指液體）：舀一瓢水。

**要** 🔵yào 🔵jiu3 腰三聲 🔵MWV
西部，9畫。

▲另見443頁yāo。

【釋義】①重要：要事／主要。②重要的內容：提要／摘要。③希望得到：他要一本詞典。④表示做某件事的意志：他要學醫。⑤請求：他要我替他寫封信。⑥叫，讓：王老師要你去找他。⑦應該，必須：我們要努力學習。⑧需要：由家裏到學校要半小時。⑨將要：他要回來了，你再等一下。⑩表示估計（用於比較句）：樹陰下要比這裏涼快得多。⑪如果：要是／要不然。
【組詞】要點／要害／要緊／要領／要素／必要／次要／簡要／首要／需要
【成語】不得要領／簡明扼要

**藥｜药** 🔵yào 🔵joek6 若 🔵TVID
艸部，19畫。

藥　菳　藥　藥　藥

【釋義】①能防治疾病、蟲害等的物質：農藥／中藥／對症下藥。②某些有化學作用的物質：火藥／炸藥。③用藥治療：不可救藥。④用藥毒死：藥老鼠。
【組詞】藥材／藥房／藥劑／藥品／藥水／藥丸／藥物／藥用／彈藥／醫藥
【成語】不藥而癒／良藥苦口／靈丹妙藥

**耀** 🔵yào 🔵jiu6 腰六聲 🔵FUSMG
羽部，20畫。

光　光　耀　耀　耀

【釋義】①光線強烈地照射：耀眼／照耀。②顯示，顯揚：誇耀／耀武揚威。③光榮：榮耀。
【組詞】閃耀／炫耀
【成語】光宗耀祖

**鑰｜钥** 曾 yào 粵 joek6 若 倉 COMB
金部，25畫。

【釋義】〔鑰匙〕開鎖的用具。也稱「鎖匙」。

---

**ye**

**耶** 曾 yē 粵 je4 椰 倉 SJNL
耳部，9畫。
【釋義】〔耶穌〕基督教徒所信奉的救世主。

**掖** 曾 yē 粵 jik6 亦 倉 QYOK
手部，11畫。
▲另見446頁 yè。
【釋義】塞進衣袋或夾縫裏：藏掖／把書掖在懷裏。

**椰** 曾 yē 粵 je4 耶 倉 DSJL
木部，13畫。

木　桠　椰

【釋義】喬木，樹幹直而高大，不分枝，葉子大並叢生在樹端。果實叫椰子，果肉白色多汁，可以吃，也可榨油。
【組詞】椰子

**噎** 曾 yē 粵 jit3 熱三聲 倉 RGBT
口部，15畫。
【釋義】食物堵住食管：噎住／因噎廢食。

**揶** 曾 yé 粵 je4 爺 倉 QSJL
手部，12畫。
【釋義】〔揶揄〕(揄：曾 yú 粵 jyu4 魚) 嘲笑：受人揶揄。

**爺｜爷** 曾 yé 粵 je4 耶 倉 CKSJL
父部，13畫。

父　爷　爺

【釋義】①祖父：爺爺。②方言：父親：爺娘。③對長一輩或年長男子的尊稱：李爺／四爺。④舊時對官僚、主人等的稱呼：老爺／少爺／王爺。⑤對某些神的稱呼：財神爺／灶王爺。

**也** 曾 yě 粵 jaa5 衣呀五聲 倉 PD
乙部，3畫。

乀　乜　也

【釋義】①表示同樣：水庫可以灌溉、發電，也可以養魚。②重複使用，強調兩事並列或對等：義工團中也有小孩子，也有成年人。③重複使用，表示無論這樣或那樣：去也不是，不去也不是。④表示轉折或讓步：你不說，我也知道。⑤表示埋怨、委婉等語氣：你也太過分了／景象倒也可觀。⑥「連……也……」，表示強調：連爸爸也捧腹大笑。⑦用於否定句中，表示加強語氣：永遠也忘不了。
【組詞】也罷／也好／也是／也許

**冶** 曾 yě 粵 je5 野 倉 IMIR
冫部，7畫。

冶　冶　冶

【釋義】①熔煉（金屬）：冶金／冶煉。②形容裝飾豔麗（含貶義）：妖冶。

**野** 曾 yě 粵 je5 惹 倉 WGNIN
里部，11畫。

野　野

【釋義】①田野，野外：野戰／曠野／原野。②界限：分野／視野。③不是人所飼養或培植的動物或植物：野草／野菌／野獸。④蠻橫不講理，粗魯沒禮貌貌：野蠻／粗野。⑤不受

Y

約束：野性。

【組詞】野生 / 野外 / 野心 / 荒野 / 郊野 / 山野 / 田野

【成語】野心勃勃 / 哀鴻遍野 / 漫山遍野 / 屍橫遍野

**曳**　🔊 yè　🔈 jai6 拽　🖋 LWP
日部，6 畫。

【釋義】拖，拉，牽引：搖曳。

**夜**　🔊 yè　🔈 je6 野六聲　🖋 YONK
夕部，8 畫。

【釋義】從天黑到天亮的一段時間（跟「日」「晝」相對）：夜晚 / 深夜 / 昨夜。

【組詞】夜間 / 夜景 / 夜空 / 夜幕 / 夜色 / 半夜 / 過夜 / 黑夜 / 午夜 / 晝夜

【成語】夜不閉戶 / 夜長夢多 / 夜闌人靜 / 夜以繼日 / 天方夜譚

**頁** | **页**　🔊 yè　🔈 jip6 業　🖋 MBUC
頁部，9 畫。

【釋義】①張（指紙）：插頁 / 扉頁。②舊時指書本中的一張紙，現在指書本中一張紙的一面：頁碼 / 第十頁。

【組詞】頁面 / 活頁 / 書頁

**咽**　🔊 yè　🔈 jit3 噎　🖋 RWK
口部，9 畫。

▲ 另見 436 頁 yān。

【釋義】聲音因阻塞而低沉：悲咽 / 哽咽 / 嗚咽。

**液**　🔊 yè　🔈 jik6 亦　🖋 EYOK
水部，11 畫。

【釋義】液體，能夠流動的物質：血液。

【組詞】液態 / 液體 / 唾液

**掖**　🔊 yè　🔈 jik6 亦　🖋 QYOK
手部，11 畫。

▲ 另見 445 頁 yē。

【釋義】①攙扶別人的手臂：扶掖。②扶助，提拔：獎掖 / 提掖。

**腋**　🔊 yè　🔈 jik6 亦　🖋 BYOK
肉部，12 畫。

【釋義】上肢和肩膀連接處靠底下凹進去的部分。通稱夾肢窩：腋窩。

**葉** | **叶**　🔊 yè　🔈 jip6 頁　🖋 TPTD
艸部，13 畫。

【釋義】①植物的營養器官之一，通常由葉片和葉柄構成，呈薄片狀：荷葉 / 樹葉。②形狀像葉子的東西：百葉窗。③較長時期的分段：世紀中葉 / 唐朝末葉。

【組詞】葉片 / 葉子 / 茶葉 / 楓葉 / 落葉 / 綠葉 / 枝葉 / 中葉

【成語】葉落歸根 / 一葉知秋 / 粗枝大葉 / 金枝玉葉 / 添枝加葉

**業** | **业**　🔊 yè　🔈 jip6 頁　🖋 TCTD
木部，13 畫。

【釋義】①行業：工業 / 農業 / 漁業。②職業，個人所從事的工作：業務 / 就業 / 失業。③學業：畢業 / 肄業。④事業：業績 / 創業。⑤產業，財產：業主 / 家業。

【組詞】業界 / 業餘 / 結業 / 敬業 / 開業 / 企業 / 商業 / 物業 / 營業 / 專業

【成語】安居樂業 / 建功立業

## 謁｜谒 ⊜ yè ⊜ jit3 噎 ⊜ YRAPV
言部，16 畫。

【釋義】進見（地位或輩分較高的人）：謁見／拜謁／參謁。

---

### yi

## 一 ⊜ yī ⊜ jat1 壹 ⊜ M
一部，1 畫。

【釋義】①數目字，最小的正整數。②同樣：劃一／統一／一視同仁。③另外，又：《紅樓夢》，一名《石頭記》。④全，滿：一切／一生。⑤專一：一心一意。⑥每，各：一天三餐。⑦才，剛剛：一聽就懂／一學就會。⑧表示動作是一次的，或短暫的，或試探性的：瞧一眼／停一停。

【組詞】一共／一貫／一律／一齊／一致／單一／唯一／逐一／一輩子／一陣子

【成語】一本正經／一勞永逸／一鳴驚人／一目了然／一氣呵成／一日千里／一事無成／一絲不苟／一應俱全／獨一無二

【註】在去聲字前面，「一」字讀 yí；在陰平、陽平、上聲字前面，「一」字讀 yì。

## 衣 ⊜ yī ⊜ ji1 伊 ⊜ YHV
衣部，6 畫。

【釋義】①衣服：風衣／棉衣。②包在物體外面的一層東西：糖衣。

【組詞】衣服／衣裳／衣物／衣着／襯衣／大衣／毛衣／上衣／睡衣／外衣

【成語】衣不蔽體／衣冠楚楚／衣冠禽獸／衣衫襤褸／豐衣足食／天衣無縫

## 伊 ⊜ yī ⊜ ji1 依 ⊜ OSK
人部，6 畫。

【釋義】第三人稱代名詞，指他或她：伊人。

## 依 ⊜ yī ⊜ ji1 伊 ⊜ OYHV
人部，8 畫。

【釋義】①依靠：依傍／依賴。②順從，同意：依從／依順。③按照：依次／依舊。

【組詞】依附／依據／依靠／依戀／依然／依隨／依偎／依照

【成語】依然故我／依山傍水／依依不捨／千依百順／無依無靠／相依為命／小鳥依人／脣齒相依

## 咿 ⊜ yī ⊜ ji1 依 ⊜ ROSK
口部，9 畫。

【釋義】〔咿呀〕形容小孩學說話的聲音或划槳的聲音：小寶寶開始咿咿呀呀地學說話。

## 壹 ⊜ yī ⊜ jat1 一 ⊜ GBMT
士部，12 畫。

【釋義】數目字「一」的大寫。

## 揖 ⊜ yī ⊜ jap1 泣 ⊜ QRSJ
手部，12 畫。

【釋義】拱手行禮：揖讓／作揖。

## 漪 ⊜ yī ⊜ ji1 依 ⊜ EKHR
水部，14 畫。

【釋義】水的波紋：漣漪（細小的波紋）／清漪。

## 醫｜医 ⊜ yī ⊜ ji1 依 ⊜ SEMCW
酉部，18 畫。

【釋義】①醫生：獸醫／牙醫。②醫學，增進人類健康、預防和治療疾病的科學：西醫／中醫。③治療疾病：醫治。

【組詞】醫療／醫術／醫務／醫藥／醫院／法醫／

就醫 / 留醫 / 求醫 / 行醫
【成語】諱疾忌醫

## 夷 曾yí 粵ji4 宜 倉KN
大部，6畫。

【釋義】①平坦，平安：化險為夷 / 履險如夷。②破壞建築物使成為平地：夷為平地。③滅掉，殺盡：夷滅 / 夷族。④中國古代稱中原地區以東的部族，也泛指周邊少數民族：夷狄 / 淮夷。

## 宜 曾yí 粵ji4 而 倉JBM
宀部，8畫。

【釋義】①合適：宜人 / 合宜 / 適宜。②應當：事不宜遲。
【組詞】不宜 / 得宜 / 便宜 / 相宜
【成語】不合時宜 / 因地制宜

## 怡 曾yí 粵ji4 而 倉PIR
心部，8畫。

【釋義】愉快：怡然自得 / 心曠神怡。

## 咦 曾yí 粵ji2 綺 倉RKN
口部，9畫。

【釋義】表示驚訝：咦，這是甚麼東西？

## 姨 曾yí 粵ji4 而 倉VKN
女部，9畫。

【釋義】①母親的姐妹：姨母 / 姨丈。②稱呼跟母親年歲差不多的無親屬關係的婦女：阿姨 / 王姨。③妻子的姐妹：小姨。

## 胰 曾yí 粵ji4 宜 倉BKN
肉部，10畫。

【釋義】人或高等動物體內的腺體之一，能分泌胰液幫助消化，分泌胰島素調節體內糖的新陳代謝。也叫胰臟。

## 移 曾yí 粵ji4 而 倉HDNIN
禾部，11畫。

【釋義】①挪動，搬動：遷移 / 轉移。②改變，變動：移風易俗 / 堅定不移。
【組詞】移動 / 移居 / 移民 / 移植 / 推移
【成語】移花接木 / 移山倒海 / 潛移默化 / 時移勢易 / 愚公移山 / 斗轉星移 / 物換星移

## 貽｜贻 曾yí 粵ji4 而 倉BCIR
貝部，12畫。

【釋義】①遺留：貽患無窮 / 貽笑大方。②贈送：貽贈。

## 疑 曾yí 粵ji4 而 倉PKNIO
疋部，14畫。

【釋義】①不能確定是否真實，懷疑：疑心 / 嫌疑 / 將信將疑。②不能確定的，不能解決的：疑案 / 疑問。③疑難的問題：存疑 / 釋疑。
【組詞】疑犯 / 疑惑 / 疑慮 / 疑難 / 疑似 / 疑團 / 猜疑 / 遲疑 / 猶疑 / 質疑
【成語】疑神疑鬼 / 半信半疑 / 毋庸置疑

## 儀｜仪 曾yí 粵ji4 而 倉OTGI
人部，15畫。

【釋義】①人的外表：儀表 / 威儀。②禮節，儀式：禮儀 / 司儀。③禮物：賀儀 / 謝儀。④儀器：地球儀 / 渾天儀。⑤嚮往：心儀。

【組詞】儀器 / 儀容 / 儀式 / 儀態
【成語】儀表堂堂 / 儀態萬千

## 頤｜頤 曾yí 粵ji4 宜 倉SLMBC
頁部，16 畫。

【釋義】①面頰，腮：頤指氣使（形容以高傲的態度指使別人）。②保養：頤神 / 頤養天年。

## 遺｜遺 曾yí 粵wai4 圍 倉YLMC
辵部，16 畫。

遺 遺 遺 遺 遺

【釋義】①丟掉，丟失：遺棄 / 遺失。②遺失的東西：路不拾遺。③遺漏：遺忘。④留下：遺憾 / 遺跡 / 不遺餘力。⑤特指死人留下的：遺產 / 遺囑。⑥不自主的排泄大小便或精液：遺尿 / 夢遺。
【組詞】遺傳 / 遺留 / 遺漏 / 遺書 / 遺物 / 遺作
【成語】遺臭萬年 / 一覽無遺

## 彝 曾yí 粵ji4 宜 倉VMFFT
彐部，18 畫。

【釋義】①古代以青銅製成的器具，多用來盛酒。泛指祭祀用的禮器：彝器 / 鼎彝。②常道，法度：彝訓 / 彝章。③〔彝族〕中國少數民族之一，主要分佈在四川、雲南、貴州和廣西一帶。

## 乙 曾yǐ 粵jyut3 月三聲 又jyut6 月 倉NU
乙部，1 畫。

乙 乙 乙 乙 乙

【釋義】天干的第二位。用來排列次序時表示第二。

## 已 曾yǐ 粵ji5 以 倉SU
己部，3 畫。

已 已 已 已 已

【釋義】①停止：爭論不已。②已經，表示完成或達到某種程度：已閱 / 他早已知道此事。③此，如此：迫不得已。
【組詞】已經 / 不已 / 早已 / 不得已
【成語】死而後已

## 以 曾yǐ 粵ji5 耳 倉VIO
人部，5 畫。

以 以 以 以 以

【釋義】①用，拿：以柔克剛 / 以少勝多 / 以身作則。②依，按照：物以類聚。③因為：以人廢言。④表示目的，為了：學以致用 / 以免發生意外。⑤表示時間、方位、數量的界限：以前 / 以外 / 長江以北。⑥語助詞，沒有實質意義：得以 / 可以。
【組詞】以便 / 以後 / 以來 / 以往 / 以為 / 以致 / 加以 / 藉以 / 難以 / 予以
【成語】以貌取人 / 以逸待勞 / 不以為然 / 掉以輕心 / 難以置信 / 夢寐以求 / 全力以赴 / 如願以償 / 拭目以待 / 嚴陣以待

## 矣 曾yǐ 粵ji5 已 倉IOK
矢部，7 畫。

【釋義】①用在句末，與「了」相同：悔之晚矣 / 由來久矣。②表示感歎：大矣哉。

## 迤 曾yǐ 粵ji5 以 倉YOPD
辵部，9 畫。

【釋義】①往，向，表示往某方向延伸：天山迤東。②〔迤邐〕（邐 曾lǐ 粵lei5 里）曲折連綿：沿着曲折的山路迤邐而行。

## 倚 曾yǐ 粵ji2 椅 倉OKMR
人部，10 畫。

倚 倚 倚 倚 倚

【釋義】①靠：倚門而望。②仗恃，依仗：倚賴 / 倚仗。③歪：不偏不倚。
【組詞】倚傍 / 倚靠 / 倚重
【成語】倚老賣老 / 倚強凌弱

Y

# 椅
曾 yǐ　粵 ji2 倚　倉 DKMR
木部，12畫。

椅　椅　椅　椅　椅

【釋義】有靠背的坐具：輪椅／躺椅／藤椅。
【組詞】椅子

# 旖
曾 yǐ　粵 ji2 倚　倉 YSOKR
方部，14畫。

【釋義】〔旖旎〕（旎：曾 nǐ 粵 nei5 你）柔和美麗：風光旖旎。

# 蟻│蚁
曾 yǐ　粵 ngai5 危五聲
倉 LITGI
虫部，19畫。

蟻　蟻　蟻　蟻　蟻

【釋義】昆蟲，種類很多，一般體小腰細，黑色、紅色或褐色。羣居生活，分為雌蟻、雄蟻、工蟻和兵蟻。
【組詞】螞蟻

# 亦
曾 yì　粵 jik6 役　倉 YLNC
亠部，6畫。

亦　亠　亣　亦　亦

【釋義】也，也是，表示同樣：反之亦然／人云亦云。

# 艾
曾 yì　粵 ngaai6 涯六聲　倉 TK
艸部，6畫。

▲另見3頁 ài。

【釋義】治理，懲治：自怨自艾 (本義是悔恨自己的錯誤，自己改正。現在只指悔恨)。

# 屹
曾 yì　粵 ngat6 迄　倉 UON
山部，6畫。

屹　屹　屹　屹　屹

【釋義】山峯高聳的樣子：屹立／屹然。

【成語】巍然屹立

# 抑
曾 yì　粵 jik1 益　倉 QHVL
手部，7畫。

抑　抑　抑　抑　抑

【釋義】①向下按，壓制：抑制／壓抑。②表示選擇，相當於「或是」「還是」：抑或。
【組詞】抑鬱／抑止
【成語】抑惡揚善／抑揚頓挫

# 邑
曾 yì　粵 jap1 泣　倉 RAU
邑部，7畫。

【釋義】城市：城邑／通都大邑。

# 役
曾 yì　粵 jik6 亦　倉 HOHNE
彳部，7畫。

役　役　役　役　役

【釋義】①需要付出勞力的事：苦役／勞役。②當兵的義務：兵役／現役。③役使，使喚：奴役。④舊稱被使喚的人：差役／僕役。⑤戰爭：戰役／滑鐵盧之役。
【組詞】役使／服役／退役

# 易
㊀ 曾 yì　粵 ji6 二　倉 APHH
日部，8畫。

易　易　易　易　易

【釋義】①容易 (跟「難」（nán）相對)：簡易／淺易／好不容易。②平和：平易近人。
【組詞】輕易／容易
【成語】易如反掌／輕而易舉／顯而易見

㊁ 曾 yì　粵 jik6 亦
【釋義】①交換：交易／貿易。②改變，變換：易容／易地而處。
【成語】移風易俗／時移勢易

# 疫
曾 yì　粵 jik6 亦　倉 KHNE
疒部，9畫。

疒 疬 疫 疫 疫

【釋義】瘟疫：疫情／防疫／鼠疫。
【組詞】疫苗／疫區／檢疫／免疫／瘟疫

**奕** 🔊yi 🔊jik6 亦 🔊YCK
大部，9畫。

【釋義】〔奕奕〕精神飽滿的樣子：神采奕奕。

**弈** 🔊yi 🔊jik6 亦 🔊YCT
廾部，9畫。

【釋義】①圍棋。②下棋：對弈。

**益** 🔊yi 🔊jik1 億 🔊TCBT
皿部，10畫。

䒑 益 益 益 益

【釋義】①好處（跟「害」相對，下②同）：公
益／利益。②有益的：益蟲／益友。③增加：
損益／增益。④更，更加：日益繁榮／多多
益善。
【組詞】益處／益智／得益／權益／收益／受益／
效益／有益
【成語】精益求精／老當益壯／良師益友／延年
益壽／集思廣益／開卷有益／徒勞無益

**異**｜异 🔊yi 🔊ji6 二 🔊WTC
田部，11畫。

毘 畢 異 異 異

【釋義】①奇異，特殊：異味／異聞／特異。
②驚奇，奇怪：駭異／奇異。③有分別，不
相同：異樣／差異／迥異。④另外的，別的：
異地。⑤分開：離異。
【組詞】異常／異國／異同／異鄉／異性／異議／
詫異／怪異／驚異／優異
【成語】異乎尋常／異口同聲／異曲同工／異想
天開／標新立異／大同小異／求同存異／日新
月異

**翌** 🔊yi 🔊jik6 亦 🔊SMYT
羽部，11畫。

翌 翌 翌 翌 翌

【釋義】緊接着的、在今天或今年以後的時
間：翌年／翌日。

**軼**｜轶 🔊yi 🔊jat6 逸 🔊JJHQO
車部，12畫。

【釋義】①後車超前車。引申為超越。②散
失：軼事。

**逸** 🔊yi 🔊jat6 日 🔊YNUI
辵部，12畫。

逸 乚 兔 逸 逸

【釋義】①逃跑：逃逸。②散失，失傳：逸
書／逸聞。③安樂，安閒：安逸／以逸待勞。
④退隱，避世隱居：隱逸。⑤超過一般：
超逸。
【成語】一勞永逸

**溢** 🔊yi 🔊jat6 日 🔊ETCT
水部，13畫。

溢 洪 溢 溢 溢

【釋義】①充滿而流出來：洋溢／盈溢。②過
分：溢美之詞。
【組詞】溢出／充溢／外溢
【成語】溢於言表／才華橫溢

**意** 🔊yi 🔊ji3 伊三聲 🔊YTAP
心部，13畫。

意 音 意 意 意

【釋義】①意思，想法：來意／同意／言簡意
賅／醉翁之意不在酒。②心願，願望：意
願／如意。③意料，料想：意外／意想不到。
④情態，境界：秋意／詩情畫意。

【組詞】意見 / 意圖 / 意味 / 意志 / 誠意 / 故意 / 歉意 / 善意 / 用意 / 願意

【成語】意氣風發 / 意氣用事 / 意猶未盡 / 得意忘形 / 一意孤行 / 出人意表 / 心灰意冷 / 心滿意足 / 差強人意 / 善解人意

## 詣 | 诣 　⊕ yì　⊜ ngai6 偽　⊚ YRPA
言部，13 畫。

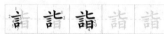

【釋義】〔造詣〕學問、技術等所達到的境地：他對於生物學造詣很深。

## 裔 　⊕ yì　⊜ jeoi6 銳　⊚ YVBCR
衣部，13 畫。

【釋義】後代：後裔 / 華裔。

## 義 | 义 　⊕ yì　⊜ ji6 二　⊚ TGHQI
羊部，13 畫。

【釋義】①正義：義士 / 道義 / 仁義。②合乎正義或公益的：義舉 / 義演。③情誼：情義 / 忘恩負義。④因撫養或拜認而成為親屬的：義父 / 結義。⑤人工製造的人體部分：義肢。⑥意義：定義 / 字義。

【組詞】義工 / 義賣 / 義氣 / 義務 / 義診 / 褒義 / 貶義 / 含義 / 名義 / 歧義

【成語】義不容辭 / 義無反顧 / 義正辭嚴 / 大義凜然 / 見義勇為 / 顧名思義 / 見利忘義 / 天經地義

## 肄 　⊕ yì　⊜ ji6 二　⊚ PKLQ
聿部，13 畫。

【釋義】學習：肄習 (學習) / 肄業 (學習課程，指沒有畢業或尚未畢業)。

## 毅 　⊕ yì　⊜ ngai6 偽　⊚ YOHNE
殳部，15 畫。

【釋義】堅決：剛毅 / 堅毅。

【組詞】毅力 / 毅然

## 誼 | 谊 　⊕ yì　⊜ ji6 二　⊗ ji4 宜
　⊚ YRJBM
言部，15 畫。

【釋義】交情：聯誼 / 情誼 / 友誼。

【成語】深情厚誼

## 億 | 亿 　⊕ yì　⊜ jik1 益　⊚ OYTP
人部，15 畫。

【釋義】①數目，一萬萬：億萬 (泛指極大的數目)。

## 憶 | 忆 　⊕ yì　⊜ jik1 益　⊚ PYTP
心部，16 畫。

【釋義】回想，記得：回憶 / 記憶。

【組詞】憶想 / 追憶

【成語】憶苦思甜 / 記憶猶新

## 臆 　⊕ yì　⊜ jik1 益　⊚ BYTP
肉部，17 畫。

【釋義】①胸口：胸臆。②主觀地：臆測 / 臆想。

## 翼 　⊕ yì　⊜ jik6 亦　⊚ SMWTC
羽部，17 畫。

【釋義】①翅膀：蟬翼 / 羽翼。②兩側伸出像翅膀的部分：鼻翼 / 機翼。③兩側中的一側：

側翼 / 右翼。
【成語】比翼雙飛 / 不翼而飛 / 小心翼翼 / 如虎添翼

藝｜艺 🔊yì 🔊ngai6 偽 🔊TGII
艸部，19畫。

【釋義】①技能，技術：工藝 / 技藝 / 多才多藝。②藝術：藝人 / 曲藝 / 文藝。
【組詞】藝術 / 才藝 / 絕藝 / 賣藝 / 手藝 / 武藝 / 學藝 / 演藝 / 影藝 / 園藝

繹｜绎 🔊yì 🔊jik6 亦 🔊VFWLJ
糸部，19畫。

【釋義】①抽繹，比喻理出事物的頭緒：演繹。②連續不斷：絡繹不絕。

議｜议 🔊yì 🔊ji5 以 🔊YRTGI
言部，20畫。

【釋義】①意見，言論：倡議 / 建議 / 提議。②商議：議程 / 議論 / 會議。
【組詞】議定 / 議題 / 決議 / 抗議 / 商議 / 審議 / 協議 / 異議 / 爭議
【成語】議論紛紛 / 從長計議 / 街談巷議 / 力排眾議 / 無可非議

譯｜译 🔊yì 🔊jik6 亦 🔊YRWLJ
言部，20畫。

【釋義】翻譯：譯文 / 譯音。
【組詞】譯本 / 翻譯

囈｜呓 🔊yì 🔊ngai6 偽 🔊RTGI
口部，22畫。

【釋義】說夢話：夢囈。

驛｜驿 🔊yì 🔊jik6 亦 🔊SFWLJ
馬部，23畫。

【釋義】①供傳遞公文或傳送消息用的馬：驛馬。②古代供驛馬與傳遞人中途休息的地方：驛站。

## yin

因 🔊yīn 🔊jan1 欣 🔊WK
口部，6畫。

【釋義】①沿襲：因襲 / 因循。②憑藉，根據：因材施教。③原因（跟「果」相對）：成因 / 前因後果。④因為：因此 / 因禍得福。
【組詞】因而 / 因果 / 因素 / 因為 / 因應 / 病因 / 起因 / 誘因 / 原因
【成語】因地制宜 / 因勢利導 / 因循守舊

音 🔊yīn 🔊jam1 陰 🔊YTA
音部，9畫。

【釋義】①聲音：音樂 / 配音。②消息：音信 / 佳音。
【組詞】音調 / 音色 / 音響 / 發音 / 口音 / 錄音 / 聲音 / 噪音
【成語】音容笑貌 / 餘音繞樑 / 弦外之音

姻 🔊yīn 🔊jan1 因 🔊VWK
女部，9畫。

【釋義】①婚姻：聯姻。②因婚姻而結成的親戚關係：姻親。
【組詞】姻緣 / 婚姻

茵 🔊yīn 🔊jan1 欣 🔊TWK
艸部，10畫。

【釋義】墊子或褥子：綠草如茵。

## 殷

🔊 yīn　🔊 jan1 因　🔊 HSHNE
殳部，10畫。

殷　殷　殷　殷　殷

▲另見436頁 yān。

【釋義】①富足，豐富：殷實。②懇切，深厚：殷切／殷勤。③朝代，公元前1300－公元前1046年，是商代遷都於殷（今河南省安陽西北小屯村）後改用的稱號。

## 陰｜阴

🔊 yīn　🔊 jam1 音　🔊 NLOII
阜部，11畫。

陰　陰　陰　陰　陰

【釋義】①中國古代哲學認為存在於宇宙間一切事物中的兩大對立面之一（跟「陽」相對，下②⑤⑥⑦⑨⑩同）：陰陽二氣。②指太陰，即月亮：陰曆。③日影，常用來指時間：光陰。④天空被雲遮住，不見陽光的天氣：陰天。⑤山的北面，水的南面（多用於地名）：華陰（在華山之北）／江陰（在長江之南）。⑥文字或圖案凹下去的雕刻法：陰文。⑦不外露的，不在表面的：陰溝／陽奉陰違。⑧陰險，不光明：陰謀。⑨指屬於鬼神或死人的：陰間／陰曹地府。⑩帶負電的：陰極。⑪生殖器，有時特指女性生殖器：陰部／陰莖。

【組詞】陰暗／陰沉／陰毒／陰魂／陰涼／陰森／陰險／陰影／陰雨／陰雲

【成語】陰差陽錯／光陰似箭

## 暗

🔊 yīn　🔊 jam1 音　🔊 RYTA
口部，12畫。

【釋義】①嗓子啞，不能出聲：暗啞。②沉默，不作聲：萬馬齊暗。

## 蔭｜荫

🔊 yīn　🔊 jam3 音三聲
🔊 TNLI
艸部，15畫。

蔭　蔭　蔭　蔭　蔭

▲另見456頁 yìn。

【釋義】不見陽光，又潮又涼的環境或地方：樹蔭。

## 吟

🔊 yín　🔊 jam4 淫　🔊 ROIN
口部，7畫。

吟　吟　吟　吟　吟

【釋義】①有節奏地誦讀，聲調抑揚地唸：吟唱／歌吟。②痛苦時發出的聲音：呻吟。

【組詞】吟誦／吟詠

【成語】無病呻吟

## 垠

🔊 yín　🔊 ngan4 銀　🔊 GAV
土部，9畫。

【釋義】界限，邊際：廣闊無垠／一望無垠。

## 淫

🔊 yín　🔊 jam4 吟　🔊 EBHG
水部，11畫。

【釋義】①過量，過甚：淫威／淫雨。②放縱：驕奢淫逸。③指不正當的男女關係：淫亂。④迷惑，惑亂：富貴不能淫。

【成語】荒淫無恥／姦淫擄掠

## 寅

🔊 yín　🔊 jan4 人　🔊 JMLC
宀部，11畫。

【釋義】①地支的第三位。②寅時，舊式計時法指夜裏三點到五點的時間。

## 銀｜银

🔊 yín　🔊 ngan4 齦　🔊 CAV
金部，14畫。

銀　銀　銀　銀　銀

【釋義】①金屬元素，符號Ag。白色，質軟，導電、導熱性能好，用途廣泛。通稱銀子或白銀。②跟貨幣有關的：銀行。③像銀子那樣的顏色：銀白／銀灰色。

【組詞】銀幣／銀髮／銀河／銀幕／銀牌／金銀

## 霪

🔊 yín　🔊 jam4 吟　🔊 MBEBG
雨部，19畫。

【釋義】〔霪雨〕現作「淫雨」。下的時間太長而過量的雨。

## 齦｜龈 ⓟ yín ⓒ ngan4 銀 ⓒ YUAV
齒部，21畫。

【釋義】牙牀，牙根上的肉：牙齦。

## 尹 ⓟ yǐn ⓒ wan5 允 ⓒ SK
尸部，4畫。

【釋義】①古代官名：府尹／京兆尹。②姓。

## 引 ⓟ yǐn ⓒ jan5 蚓 ⓒ NL
弓部，4畫。

㇆　㇆　弓　引　引

【釋義】①牽引，拉：引弓／穿針引線。②引導：引路／指引。③離開：引退。④伸直：引頸／引吭高歌。⑤引起，使出現：拋磚引玉。⑥招惹：引得大家笑起來。⑦用來做證據或理由：引證／引經據典。

【組詞】引發／引薦／引申／引述／引言／引用／引誘／引致／吸引

【成語】引咎自責／引狼入室／引人入勝／引人注目／引蛇出洞／引以為戒／旁徵博引

## 蚓 ⓟ yǐn ⓒ jan5 引 ⓒ LINL
虫部，10畫。

【釋義】〔蚯蚓〕見312頁 qiū「蚯」。

## 飲｜饮 ⓟ yín ⓒ jam2 任二聲 ⓒ OINO
食部，12畫。

㇒　食　飲　飲　飲

▲另見本頁 yìn。

【釋義】①喝：飲用／痛飲。②可以喝的東西：冷飲／熱飲。③心裏存着，含着：飲恨／飲泣。

【組詞】飲料／飲品／飲食／暢飲

【成語】飲泣吞聲／飲水思源

## 隱｜隐 ⓟ yǐn ⓒ jan2 忍 ⓒ NLBMP
阜部，17畫。

阝　隱　隱　隆　隱

【釋義】①藏起來不顯露：隱蔽／隱惡揚善。②潛伏的，藏在深處的：隱患／隱情。③不清楚，不明顯：隱晦／隱約。④隱衷，隱祕的事：難言之隱。

【組詞】隱藏／隱含／隱居／隱瞞／隱祕／隱匿／隱私／隱形／隱憂

【成語】隱姓埋名／若隱若現

## 癮｜瘾 ⓟ yǐn ⓒ jan5 引 ⓒ KNLP
疒部，22畫。

疒　疒　瘾　瘾　癮

【釋義】①神經中樞經常接受某種外界刺激，而形成的習慣性或依賴性：酒癮／煙癮。②泛指濃厚的興趣、嗜好：棋癮。

【組詞】過癮／上癮

## 印 ⓟ yìn ⓒ jan3 因三聲 ⓒ HPSL
卩部，6畫。

印　㇆　ㇷ　ㇸ　印

【釋義】①圖章：印章／蓋印章。②痕跡：烙印／血印。③留下痕跡，特把文字或圖畫等留在紙上或器物上：印染／印刷／拓印。④符合：印證／心心相印。

【組詞】印記／印象／印製／打印／複印

## 飲｜饮 ⓟ yìn ⓒ jam3 蔭 ⓒ OINO
食部，12畫。

▲另見本頁 yín。

【釋義】給牲畜水喝：飲馬。

## 窨 ⓟ yìn ⓒ jam3 蔭 ⓒ JCYTA
穴部，14畫。

【釋義】①地下室，地窖：地窨子。②藏在窨裏：窨藏。

**蔭｜荫** 　⬤yìn　⬤jam3 音三聲
　　　　⬤TNLI
　　　　艸部，15畫。

**釋義**①古代因父祖有功，子孫得到讀書或做官的特權：封妻蔭子。②〔蔭庇〕大樹遮蔽陽光，比喻父祖照顧、保佑着子孫：他自小在父母的蔭庇下成長，生活無憂。

▲另見454頁yīn。

---

## ying

**英** 　⬤yīng　⬤jing1 嬰　⬤TLBK
　　　艸部，9畫。

**釋義**①花：繁英 / 落英繽紛。②傑出的，出眾的：英俊 / 英勇。③才智出眾的人：英豪 / 英雄。④精華：含英咀華。⑤指英國。
**組詞**英才 / 英明 / 英文 / 英語 / 英姿 / 精英 / 羣英
**成語**英姿颯爽

**應｜应** 　⬤yīng　⬤jing1 英　⬤IGP
　　　　心部，17畫。

▲另見458頁yìng。

**釋義**①允許，同意：應許 / 應允。②應該：應當 / 理應。
**組詞**應得 / 應該
**成語**應有盡有 / 罪有應得

**膺** 　⬤yīng　⬤jing1 英　⬤IGB
　　肉部，17畫。

**釋義**①胸：義憤填膺。②接受，承當：榮膺勳章。

**嬰｜婴** 　⬤yīng　⬤jing1 英　⬤BCV
　　　　女部，17畫。

**釋義**不滿一歲的小孩：嬰兒 / 嬰孩。

**鶯｜莺** 　⬤yīng　⬤ang1 亨 (不讀聲母)
　　　　⬤FFBHF
　　　　鳥部，21畫。

**釋義**鳥，身體小，嘴短而尖，叫聲清脆。吃昆蟲，是益鳥，種類很多。
**組詞**黃鶯 / 夜鶯
**成語**鶯歌燕舞

**櫻｜樱** 　⬤yīng　⬤jing1 英　⬤DBCV
　　　　木部，21畫。

**釋義**①〔櫻桃〕喬木，果實小，球形，紅色，味甜，可以吃。②〔櫻花〕喬木，花白色或粉紅色，供觀賞。

**纓｜缨** 　⬤yīng　⬤jing1 英
　　　　⬤VFBCV
　　　　糸部，23畫。

**釋義**①古代帽子上繫在下巴下的帶子。後泛指帶子：長纓。②用作裝飾的穗狀飾物：紅纓槍。

**鷹｜鹰** 　⬤yīng　⬤jing1 英　⬤IGHAF
　　　　鳥部，24畫。

**釋義**一種鳥，上嘴呈鈎形，足趾有銳利的爪。性兇猛，捕食小獸及其他鳥類。
**組詞**蒼鷹 / 老鷹 / 獵鷹

**鸚｜鹦** 　⬤yīng　⬤jing1 英
　　　　⬤BVHAF
　　　　鳥部，28畫。

【釋義】〔鸚鵡〕鳥名，上嘴大，彎曲呈鈎狀，羽毛美麗，有白、紅、黃、綠等顏色。能模仿人說話的聲音。
【成語】鸚鵡學舌

**迎** 🔊 yíng 🔈 jing4 形 🄰 YHVL
辵部，8畫。

【釋義】①迎接：歡迎 / 有失遠迎。②向着，衝着：迎面 / 迎刃而解。
【組詞】迎風 / 迎合 / 迎接 / 迎新 / 迎戰 / 恭迎
【成語】迎頭趕上 / 迎頭痛擊 / 曲意逢迎

**盈** 🔊 yíng 🔈 jing4 形 🄰 NSBT
皿部，9畫。

【釋義】①充滿：充盈 / 豐盈。②多出來，多餘：盈餘。
【組詞】盈虧 / 盈利
【成語】惡貫滿盈

**楹** 🔊 yíng 🔈 jing4 形 🄰 DNST
木部，13畫。
【釋義】廳堂前部的柱子：楹聯（柱子上的對聯）。

**熒**|荧 🔊 yíng 🔈 jing4 仍 🄰 FFBF
火部，14畫。

【釋義】①光亮微弱：星光熒然。②眼光迷亂，疑惑：熒惑。

**瑩**|莹 🔊 yíng 🔈 jing4 仍
🄰 FFBMG
玉部，15畫。

【釋義】①光潔像玉的石頭。②光亮透明：澄瑩 / 晶瑩。

**螢**|萤 🔊 yíng 🔈 jing4 仍 🄰 FFBLI
虫部，16畫。

【釋義】昆蟲，身體黃褐色，腹部末端有發光器官，能發綠色的光。通稱螢火蟲。

**縈**|萦 🔊 yíng 🔈 jing4 形 🄰 FFBVF
糸部，16畫。
【釋義】圍繞，纏繞：縈繞 / 瑣事縈身。

**營**|营 🔊 yíng 🔈 jing4 形 🄰 FFBRR
火部，17畫。

【釋義】①謀求：營利 / 營生。②經營：營業 / 營造。③軍隊駐紮的地方：軍營 / 紮營。④軍隊的編制單位，在團之下，連之上。⑤一種團體活動，以設立營地的方式舉辦：露營 / 夏令營。
【組詞】營地 / 營火 / 營建 / 營救 / 營區 / 營銷 / 營業 / 營運 / 宿營 / 陣營
【成語】營私舞弊 / 結黨營私 / 步步為營

**蠅**|蝇 🔊 yíng 🔈 jing4 仍 🄰 LIRXU
虫部，19畫。

【釋義】蒼蠅，昆蟲，種類很多，能傳染霍亂、傷寒等疾病。

**贏**|赢 🔊 yíng 🔈 jing4 形
🄰 YRBBN
貝部，20畫。

【釋義】①勝（跟「輸」相對）：贏了比賽。②獲得，博得：贏得讚賞。

【組詞】贏得 / 贏家 / 輸贏 / 雙贏

## 影

普 yǐng　粵 jing2 影　倉 AFHHH
彡部，15畫。

【釋義】①物體遮住光線而投射的形象：背影 / 陰影。②因反射而顯現的虛像：倒影。③照片，圖像：合影 / 攝影。④電影的簡稱：影星 / 影院。⑤描摹，仿照：影印。

【組詞】影片 / 影射 / 影像 / 影子 / 剪影 / 錄影 / 身影 / 投影 / 陰影 / 蹤影

【成語】形影不離 / 形單影隻 / 杯弓蛇影 / 捕風捉影 / 刀光劍影 / 立竿見影

## 穎 ｜ 颖

普 yǐng　粵 wing6 泳
倉 PDMBC
禾部，16畫。

【釋義】①指某些小而細長的東西的尖端：脫穎而出（錐尖透過布囊顯露出來。比喻才能顯露，超越眾人）。②聰明：聰穎。③新奇：新穎。

## 映

普 yìng　粵 jing2 影　倉 ALBK
日部，9畫。

【釋義】因光線照射而顯出物體的形象：映襯 / 映射 / 放映。

【組詞】映照 / 播映 / 反映 / 公映 / 上映

【成語】相映成趣 / 交相輝映

## 硬

普 yìng　粵 ngaang6 我孟六聲
倉 MRMLK
石部，12畫。

【釋義】①物體堅硬、結實，受外力作用後不易變形（跟「軟」相對）：硬幣 / 堅硬。②（性格）剛強，（意志）堅定：硬漢子。③固執，堅決：態度強硬 / 他硬是要走。④勉強：硬撐。⑤（能力）強，（質量）好：硬底子 / 硬功夫。

【組詞】硬性 / 僵硬 / 嘴硬 / 硬邦邦

【成語】軟硬兼施 / 生搬硬套

## 應 ｜ 应

普 yìng　粵 jing3 英三聲
倉 IGP
心部，17畫。

▲ 另見 456 頁 yīng。

【釋義】①回答：答應 / 呼應。②允許，接受：應考 / 應邀。③順應，適應：應運而生。④應付：應變 / 應急。⑤符合，證實：應驗。

【組詞】應對 / 應用 / 反應 / 感應 / 供應 / 回應 / 接應 / 相應 / 響應 / 因應

【成語】應接不暇 / 得心應手 / 供不應求 / 一呼百應 / 有求必應

---

### yo

## 喲 ｜ 哟

普 yō　粵 jo1 伊柯一聲
倉 RVFI
口部，12畫。

▲ 另見本頁 yo。

【釋義】表示輕微的驚異（有時帶有玩笑的語氣）：喲，雨這麼大！

【組詞】哎喲

## 喲 ｜ 哟

普 yo　粵 jo1 伊柯一聲
倉 RVFI
口部，12畫。

哟 哟 哟 哟 哟

▲另見458頁 yō。

【釋義】用在句末，表示祈使語氣：你千萬別忘了喲。

---

## yong

庸 **普** yōng **粵** jung4 容 **倉** ILB
广部，11畫。

广 庐 庸 庸 庸

【釋義】①平凡，不高明：庸醫／平庸。②用，需要（用於否定式）：毋庸置疑。
【組詞】庸才／庸碌／庸俗／昏庸／中庸
【成語】庸人自擾

雍 **普** yōng **粵** jung1 翁 **倉** YVHG
佳部，13畫。

【釋義】〔雍容〕形容態度文雅大方，從容不迫：雍容華貴。

傭｜佣 **普** yōng **粵** jung4 容 **倉** OILB
人部，13畫。

亻 亻 伃 傭 傭

【釋義】①雇用：雇傭。②受雇的人：女傭。
【組詞】傭工／傭人

擁｜拥 **普** yōng **粵** jung2 湧
**倉** QYVG
手部，16畫。

扌 扩 挍 擁 擁

【釋義】①抱：擁抱。②圍着：簇擁／前呼後擁。③人羣擠着走：一擁而上。④支持，贊成：擁戴／擁護。⑤佔有，具有：擁有。
【組詞】擁擠／擁塞
【成語】蜂擁而上

臃 **普** yōng **粵** jung2 擁 **倉** BYVG
肉部，17畫。

【釋義】〔臃腫〕①肥大而笨拙，不靈活：體態臃腫。②比喻機構龐大而調度不靈、效率不高：架構臃腫。

永 **普** yǒng **粵** wing5 榮五聲 **倉** INE
水部，5畫。

永 永 永 永 永

【釋義】久遠，長：永別／永久。
【組詞】永存／永恆／永生／永遠
【成語】永垂不朽／永無止境／永誌不忘／一勞永逸

泳 **普** yǒng **粵** wing6 詠 **倉** EINE
水部，8畫。

泳 泳 泳 泳 泳

【釋義】游泳：蝶泳／仰泳。
【組詞】泳池／泳灘／泳衣／冬泳／蛙泳／游泳

俑 **普** yǒng **粵** jung2 擁 **倉** ONIB
人部，9畫。

【釋義】古代殉葬用的木製或陶製的人像或獸形物：陶俑／兵馬俑。

勇 **普** yǒng **粵** jung5 容五聲 **倉** NBKS
力部，9畫。

勇 勇 勇 勇 勇

【釋義】勇敢：勇武／英勇。
【組詞】勇猛／勇氣／勇士／勇於／奮勇／神勇
【成語】勇往直前／有勇無謀／智勇雙全／急流勇退／見義勇為／自告奮勇

湧｜涌 **普** yǒng **粵** jung2 擁 **倉** ENBS
水部，12畫。

湧 湧 涌 湧 湧

Y

【釋義】①水或雲氣冒出：湧流／淚如泉湧。②從水或雲氣中冒出：雨過天晴，湧出一輪明月。③像水湧出一樣往上冒：千頭萬緒湧上心頭。

【組詞】湧現／洶湧

【成語】洶湧澎湃／風起雲湧

## 詠 | 咏
普 yǒng　粵 wing6 泳　倉 YRINE
言部，12畫。

【釋義】①依着一定腔調緩慢地誦讀：歌詠／吟詠。②用詩詞等來敍述：詠懷／詠雪。

## 蛹
普 yǒng　粵 jung2 擁　倉 LINIB
虫部，13畫。

【釋義】某些昆蟲由幼蟲變為成蟲的過渡形態：蠶蛹。

## 踴 | 踊
普 yǒng　粵 jung2 擁　倉 RMNBS
足部，16畫。

【釋義】往上跳：踴躍（也形容反應熱烈，爭先恐後）。

## 用
普 yòng　粵 jung6 翁六聲　倉 BQ
用部，5畫。

【釋義】①使用：用具／用力／大材小用。②費用：家用／零用。③用處：功用／效用。④需要：天還沒黑，不用開燈。⑤吃，喝：用餐／請用茶。

【組詞】用功／用品／用途／用心／濫用／利用／食用／實用／運用／作用

【成語】用心良苦／運用自如／別有用心／物盡其用／學以致用

## 佣
普 yòng　粵 jung2 擁　倉 OBQ
人部，7畫。

【釋義】佣金，買賣時付給中間人的報酬。

【組詞】佣金

---

## you

## 攸
普 yōu　粵 jau4 由　倉 OLOK
支部，7畫。

【釋義】相當於「所」：利害攸關／生死攸關。

## 呦
普 yōu　粵 jau1 丘　倉 RVIS
口部，8畫。

【釋義】表示驚異：呦！你怎麼那麼早就來了呀？

## 幽
普 yōu　粵 jau1 丘　倉 UVII
幺部，9畫。

【釋義】①形容地方深遠、僻靜、光線暗：幽谷／幽深。②隱蔽的，不公開的：幽會。③讓人覺得沉靜、安閒的：幽思。④囚禁：幽禁。⑤陰間：幽靈。

【組詞】幽暗／幽閉／幽寂／幽靜／幽美／幽香／幽怨／清幽

【成語】曲徑通幽

## 悠
普 yōu　粵 jau4 由　倉 OKP
心部，11畫。

【釋義】①久，遠：悠久／悠揚。②閒適，閒散：悠閒。③擺動，搖盪：悠盪／飄悠。

【組詞】悠長／悠然／悠悠／慢悠悠

【成語】悠然自得

## 憂 | 忧
普 yōu　粵 jau1 丘　倉 MBPHE
心部，15畫。

憂　憂　憂　憂　憂

【釋義】①發愁：憂愁 / 憂慮 / 憂悶。②使人發愁的事：高枕無憂 / 後顧之憂。

【組詞】憂憤 / 憂患 / 憂傷 / 憂鬱 / 擔憂 / 分憂 / 解憂

【成語】憂國憂民 / 憂心忡忡 / 憂心如焚 / 內憂外患 / 無憂無慮

**優｜优** 曾 yōu 粵 jau1 丘 倉 OMBE
人部，17 畫。

優　優　優　優　優

【釋義】①優良，美好（跟「劣」相對）：優美 / 優秀。②充足，富裕：優裕。③較好的對待：優待。④舊時稱演戲的人：優伶 / 名優。

【組詞】優點 / 優惠 / 優劣 / 優勝 / 優勢 / 優先 / 優雅 / 優異 / 優越 / 優質

【成語】品學兼優 / 養尊處優

**尤** 曾 yóu 粵 jau4 由 倉 IKU
尤部，4 畫。

一　尢　尢　尤　尤

【釋義】①特異的，突出的：尤物 / 無恥之尤。②更，尤其：尤妙 / 尤甚。③過失：罪尤 / 以儆效尤。④怨恨，責怪：怨天尤人。

【組詞】尤其 / 尤為

**由** 曾 yóu 粵 jau4 尤 倉 LW
田部，5 畫。

丨　冂　曰　由　由

【釋義】①原因：理由 / 緣由。②經過：經由。③聽隨，聽從：身不由己。④（某事）歸（某人去做）：工作由我承擔。⑤表示憑藉：由此可見。⑥從，自：由淺入深。⑦因，於：各由自取。

【組詞】由來 / 由於 / 由衷 / 來由 / 任由 / 事由 / 因由 / 自由 / 不由得

【成語】由衷之言 / 不由分說 / 不由自主 / 聽天由命 / 言不由衷

**油** 曾 yóu 粵 jau4 尤 倉 ELW
水部，8 畫。

油　油　油　油　油

【釋義】①動植物體內所含的脂肪或礦物提煉出來的脂質物：油脂 / 石油。②用桐油、油漆等塗抹：油飾。③油滑，圓滑：油嘴滑舌。

【組詞】油膩 / 油漆 / 油田 / 油污 / 油煙 / 柏油 / 煤油 / 牛油 / 汽油

【成語】油腔滑調 / 油頭粉面 / 火上加油

**疣** 曾 yóu 粵 jau4 由 倉 KIKU
疒部，9 畫。

【釋義】皮膚病，症狀是皮膚上出現跟正常的皮膚顏色相同的或黃褐色的突起，表面乾燥而粗糙。也叫贅疣。

**游** 曾 yóu 粵 jau4 由 倉 EYSD
水部，12 畫。

游　游　游　游　游

【釋義】①在水裏行動：游泳 / 魚在池中游。②江河的一段：上游 / 下游 / 中游。

【組詞】游水 / 游泳池

【成語】力爭上游

**郵｜邮** 曾 yóu 粵 jau4 由 倉 HMNL
邑部，12 畫。

郵　郵　垂　郵　郵

【釋義】①通過郵局寄信或寄物品：郵遞 / 郵寄。②有關郵務的：郵局 / 郵票。③指郵票：集郵。

【組詞】郵差 / 郵費 / 郵件 / 郵筒 / 郵箱 / 郵政

**猶｜犹** 曾 yóu 粵 jau4 尤
倉 KHTCW
犬部，12 畫。

Y

**猶** 曾yóu 粵jau4 由 倉YYSD
豸部，13畫。

【釋義】①如同：猶如／雖死猶生。②還，尚且：記憶猶新。③〔猶豫〕拿不定主意：猶豫不決。

【成語】過猶不及／言猶在耳／意猶未盡／困獸猶鬥／雖敗猶榮

**遊**｜游 曾yóu 粵jau4 由 倉YYSD
辵部，13畫。

【釋義】①從容地行走，閒逛：遊歷／遊玩／旅遊。②相互交往：交遊很廣。③不固定的，經常移動的：遊牧民族／無業遊民。④運轉，活動：遊刃有餘。

【組詞】遊蕩／遊客／遊覽／遊戲／遊學／遨遊／暢遊／導遊／郊遊／漫遊

【成語】遊山玩水／遊手好閒

**友** 曾yǒu 粵jau5 有 倉KE
又部，4畫。

【釋義】①朋友：好友／良師益友。②相好，親近：友愛／友善。③有友好關係的：友邦／友人。

【組詞】友好／友情／友誼／隊友／盟友／朋友／親友／校友／戰友／摯友

【成語】狐朋狗友／親朋好友／歲寒三友／以文會友

**有** 曾yǒu 粵jau5 友 倉KB
月部，6畫。

【釋義】①表示領有（跟「無」「沒」(méi)相對，下②③同）：有朝氣／我有書。②表示存在：屋裏有桌椅。③表示估量或比較：水有一米多深。④表示發生或出現：有病／有進步。⑤表示多或大：有學問。⑥泛指，跟「某」的作用相近：有一天。⑦表示一部分：有人愛聽／有時候很忙。⑧表示客氣：有勞／有請。

【組詞】有關／有趣／有限／有幸／有益／具有／唯有／享有／擁有／佔有

【成語】有口難言／有聲有色／有勇無謀／別有用心／胸有成竹／虛有其表／應有盡有／心中有數／據為己有／一無所有

**酉** 曾yǒu 粵jau5 友 倉MCWM
酉部，7畫。

【釋義】①地支的第十位。②酉時，舊式計時法指下午五點鐘到七點鐘的時間。

**莠** 曾yǒu 粵jau5 友 倉THDS
艸部，11畫。

【釋義】狗尾草，混在禾苗中的雜草。比喻品質壞的人：良莠不齊。

**又** 曾yòu 粵jau6 右 倉NK
又部，2畫。

【釋義】①表示重複或繼續：看了又看。②表示同時存在：又快又好。③表示意思上更進一層：路很平，車又快，一會兒就到了。④表示在某個範圍之外有所補充：生活費之外，又給了一百元零用錢。⑤表示整數之外再加零數：一又二分之一。⑥表示有矛盾的兩件事情（多重複使用）：又想哭，又想笑。⑦表示轉折，有「可是」的意思：有件事情想說，又有顧慮。⑧用於否定或反問，表示加強語氣：你又不是外人，何必這麼客氣！

**右** 曾yòu 粵jau6 又 倉KR
口部，5畫。

【釋義】①面向南時靠西的一邊（跟「左」相對）：右手。②較高的位置、等級或品質（古人以右為尊）：無出其右。

【組詞】右邊 / 右面 / 左右
【成語】左顧右盼 / 左鄰右舍 / 左思右想 / 左右
逢源 / 左右開弓 / 左右為難

## 幼 @yòu @jau3 優三聲 @VIKS
幺部，5畫。

幼 幼 幺 幻 幼

【釋義】①年紀小，未長成：幼蟲 / 幼苗。
②小孩：婦幼 / 扶老攜幼。③指幼年：自幼
習武。
【組詞】幼兒 / 幼年 / 幼小 / 幼稚 / 年幼
【成語】敬老慈幼

## 佑 @yòu @jau6 又 @OKR
人部，7畫。

佑 佑 佑 佑 佑

【釋義】輔助，保護：保佑 / 庇佑 / 護佑。

## 柚 @yòu @jau6 右 @jau2 右二聲
@DLW
木部，9畫。

木 柚 柚 柚 柚

【釋義】常綠喬木，種類很多。果實大，球形
或卵圓形，叫柚子或文旦，多汁，味酸甜可
口，可供食用。

## 誘｜诱 @yòu @jau5 友
@YRHDS
言部，14畫。

誘 誘 誘 誘 誘

【釋義】①耐心勸說教導，引導：誘導 / 誘
勸。②使用手段引人隨從自己的意願：誘惑 /
利誘 / 引誘。③吸引：景色誘人。④導致：
誘發 / 誘因。
【組詞】誘餌 / 誘拐 / 誘騙
【成語】循循善誘

## 迂 @yū @jyu1 於 @YMD
辵部，7畫。

【釋義】①曲折，繞彎：迂迴。②迂腐，(言
行)陳舊不合時宜：迂論 / 迂執。
【組詞】迂腐
【成語】迂迴曲折

## 淤 @yū @jyu1 於 @EYSY
水部，11畫。

淤 淤 淤 淤 淤

【釋義】①沉積：淤積 / 淤泥。②沉積的泥
沙：河淤。
【組詞】淤塞 / 淤滯

## 瘀 @yū @jyu1 於 @KYSY
疒部，13畫。

【釋義】(血液)不流通：瘀血。

## 于 @yú @jyu4 如 @MD
二部，3畫。

【釋義】姓。

## 余 @yú @jyu4 如 @OMD
人部，7畫。

【釋義】①我：余將老。②姓。

## 於｜于 @yú @jyu1 迂 @YSOY
方部，8畫。

方 於 於 於 於

【釋義】①在：位於 / 生於2000年。②向：
求教於人 / 問道於人。③給：嫁禍於人。
④對，對於：忠於人民。⑤自，從：青出
於藍。⑥表示比較：大於 / 高於。⑦表示被
動：見笑於人 / 受制於人。⑧後綴：善於 / 屬
於 / 易於。
【組詞】於是 / 出於 / 等於 / 關於 / 基於 / 鑒於 /
由於 / 在於 / 至於 / 終於
【成語】於心不忍 / 毀於一旦 / 急求求成 / 疲於

奔命／同歸於盡／無動於表／無濟於事／喜形
於色／言歸於好

## 盂
普 yú　粵 jyu4　如 倉 MDBT
皿部，8畫。

【釋義】盛液體的敞口器具：痰盂。

## 臾
普 yú　粵 jyu4　如 倉 HXO
臼部，8畫。

【釋義】〔須臾〕極短的時間，片刻：須臾之
間，天空烏雲密佈。

## 竽
普 yú　粵 jyu4　如 倉 HMD
竹部，9畫。

【釋義】古代的一種管樂器，形狀像現在的
笙：濫竽充數。

## 娛 | 娛
普 yú　粵 jyu4　如 倉 VRVK
女部，10畫。

【釋義】①使快樂：自娛自樂。②快樂：歡娛。
【組詞】娛樂／文娛

## 魚 | 鱼
普 yú　粵 jyu4　如 倉 NWF
魚部，11畫。

【釋義】生活在水中的脊椎動物，一般身體側
扁，有鱗和鰭，用鰓呼吸。種類很多。
【組詞】捕魚／釣魚／金魚／鯉魚／鯊魚
【成語】魚龍混雜／魚目混珠／如魚得水／渾水
摸魚／漏網之魚

## 渝
普 yú　粵 jyu4　如 倉 EOMN
水部，12畫。

【釋義】①改變（多指感情和態度）：堅貞不渝／
始終不渝。②重慶市的別稱。

## 愉
普 yú　粵 jyu4　如 倉 POMN
心部，12畫。

【釋義】心情舒暢痛快：愉快／愉悅／歡愉。

## 腴
普 yú　粵 jyu4　如 倉 BHXO
肉部，12畫。

【釋義】①（人）肥胖，脂肪多：體態豐腴。
②（土地）肥沃，豐裕：膏腴之地。

## 隅
普 yú　粵 jyu4　如 倉 NLWLB
阜部，12畫。

【釋義】①角落：城隅／牆隅／一隅之地。
②〔向隅〕對着屋子的某個角落，比喻得不到
機會而失望。③靠邊緣的地方：海隅。
【成語】負隅頑抗／向隅而泣

## 瑜
普 yú　粵 jyu4　如 倉 MGOMN
玉部，13畫。

【釋義】①一種美玉。②玉的光彩，比喻優
點：瑕瑜互見／瑕不掩瑜。

## 榆
普 yú　粵 jyu4　如 倉 DOMN
木部，13畫。

【釋義】喬木，果實形狀像小銅錢，木材用於
建築或製作器具。
【組詞】榆莢／榆錢／榆樹
【成語】桑榆暮景

## 虞 | 虞
普 yú　粵 jyu4　如 倉 YPRVK
虍部，13畫。

【釋義】①預料，猜測：以防不虞。②憂愁：
衣食無虞。③欺騙：爾虞我詐。④周朝國
名，在今山西省平陸東北。

## 愚
普 yú　粵 jyu4　如 倉 WBP
心部，13畫。

【釋義】①頭腦遲鈍，笨：愚笨／愚蠢。②欺
騙玩弄：愚弄。③謙辭，用於自稱：愚見。
【組詞】愚鈍／愚昧
【成語】愚公移山／愚昧無知／大智若愚

## 逾 曾 yú 粤 jyu4 如 ⊗ jyu6 預 倉 YOMN
辵部，13畫。

【釋義】超過，越過：逾期 / 逾越 / 年逾古稀。

## 漁 ｜渔 曾 yú 粤 jyu4 如 倉 ENWF
水部，14畫。

【釋義】①捕魚：漁船 / 漁港 / 鷸蚌相爭，漁翁得利。②謀取不應得的東西：從中漁利。
【組詞】漁產 / 漁夫 / 漁獲 / 漁民 / 漁網 / 漁業
【成語】竭澤而漁

## 諛 ｜谀 曾 yú 粤 jyu4 如 倉 YRHXO
言部，15畫。

【釋義】用好聽的話迎合、討好別人：阿諛奉承。

## 餘 ｜余 曾 yú 粤 jyu4 如 倉 OIOMD
食部，15畫。

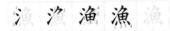

【釋義】①剩下：餘糧 / 一覽無餘。②整數後面的零頭：百餘斤 / 一丈餘。③指某種事情、情況以外或以後的時間：課餘 / 興奮之餘。
【組詞】餘地 / 餘力 / 餘數 / 餘暇 / 餘下 / 殘餘 / 多餘 / 其餘 / 剩餘 / 業餘
【成語】餘音繞樑 / 茶餘飯後 / 不遺餘力 / 心有餘悸 / 綽綽有餘 / 遊刃有餘

## 輿 ｜舆 曾 yú 粤 jyu4 如 倉 HXJC
車部，17畫。

【釋義】①車：輿馬。②指轎：肩輿。③地，疆域：輿地。④眾人的：輿論 / 輿情。

## 予 曾 yǔ 粤 jyu5 羽 倉 NINN
亅部，4畫。

【釋義】給：予以 / 賦予 / 授予。
【組詞】賜予 / 給予 / 准予

## 宇 曾 yǔ 粤 jyu5 羽 倉 JMD
宀部，6畫。

【釋義】①房簷，泛指房屋：樓宇 / 廟宇 / 屋宇。②上下四方，所有的空間；世界：宇宙 / 寰宇。③風度，氣質：眉宇 / 器宇軒昂。
【成語】瓊樓玉宇

## 羽 曾 yǔ 粤 jyu5 雨 倉 SMSIM
羽部，6畫。

【釋義】羽毛：羽翼。
【組詞】羽毛 / 羽絨 / 鳥羽
【成語】羽毛未豐

## 雨 曾 yǔ 粤 jyu5 羽 倉 MLBY
雨部，8畫。

【釋義】從雲層中降向地面的水：雨點 / 雨水 / 下雨。
【組詞】雨季 / 雨傘 / 暴雨 / 風雨 / 雷雨 / 陣雨 / 暴風雨
【成語】雨過天晴 / 雨後春筍 / 未雨綢繆 / 風吹雨打 / 風調雨順 / 春風化雨 / 翻雲覆雨 / 呼風喚雨 / 槍林彈雨

## 禹 曾 yǔ 粤 jyu5 羽 倉 HLBI
內部，9畫。

【釋義】傳說中夏后氏部落的首領，曾治理過洪水。

Y

# 與 | 与 　🔊 yǔ 🔈 jyu5 羽 ✏ HXYC
臼部，13畫。

▲另見467頁 yù。

【釋義】①給：施與／贈與。②幫助，讚許：與人為善。③跟，向：與敵人作戰。④和：老師與學生。

【成語】與日俱增／與世長辭／與世無爭／與眾不同／事與願違／無與倫比

# 語 | 语 　🔊 yǔ 🔈 jyu5 雨 ✏ YRMMR
言部，14畫。

【釋義】①話：語言／語音／暗語。②説：低語／細語。③諺語，成語：語云，「不入虎穴，焉得虎子」。④代替語言表示意思的動作或方式：手語。

【組詞】語調／語句／語氣／語文／標語／詞語／謎語／評語／俗語／言語

【成語】語無倫次／語重心長／鳥語花香／胡言亂語／花言巧語／冷言冷語／千言萬語／竊竊私語／三言兩語／自言自語

# 嶼 | 屿 　🔊 yǔ 🔈 zeoi6 序 ✏ UHXC
山部，16畫。

【釋義】小島：島嶼。

# 玉 　🔊 yù 🔈 juk6 欲 ✏ MGI
玉部，5畫。

【釋義】①礦物，質地細而有光澤，可用來製造裝飾品或做雕刻的材料：玉雕／玉石。②比喻潔白或美麗：玉手／亭亭玉立。③敬辭，指對方身體或行動：玉音／玉照。

【組詞】玉珮／玉器／玉璽／玉簪／寶玉／碧玉

【成語】玉石俱焚／玉樹臨風／金玉滿堂／冰清玉潔／金枝玉葉／拋磚引玉／如花似玉／小家碧玉

# 芋 　🔊 yù 🔈 wu6 互 ✏ TMD
艸部，7畫。

【釋義】①草本植物，塊莖橢圓形或卵形，含澱粉多，供食用。也叫芋頭。②泛指馬鈴薯、甘薯等：山芋／洋芋。

# 育 　🔊 yù 🔈 juk6 玉 ✏ YIB
肉部，8畫。

【釋義】①生育：節育／孕育。②撫養，培養：育苗／育嬰。③教育：德育／體育。

【組詞】保育／發育／撫育／教育／培育／生育／養育

【成語】作育英才／生兒育女

# 郁 　🔊 yù 🔈 juk1 旭 ✏ KBNL
邑部，9畫。

【釋義】香氣濃厚：馥郁／濃郁。

# 浴 　🔊 yù 🔈 juk6 玉 ✏ ECOR
水部，10畫。

【釋義】洗澡：浴室／淋浴。

【組詞】浴缸／浴巾／浴衣／沐浴

# 域 　🔊 yù 🔈 wik6 惠亦六聲 ✏ GIRM
土部，11畫。

【釋義】一定疆界內的地方，疆域：域外／領域。

【組詞】地域／海域／疆域／流域／區域

## 欲
⊜ yù ⊜ juk6 玉 ⊜ CRNO
欠部，11畫。

谷 欲 欲 欲 欲

【釋義】①想要，希望：暢所欲言。②將要：呼之欲出／搖搖欲墜。③同「慾」，見468頁yù。
【成語】欲罷不能／欲蓋彌彰／欲擒故縱／欲說還休／欲言又止／蠢蠢欲動／隨心所欲

## 御
⊜ yù ⊜ jyu6 喻 ⊜ HOOML
彳部，11畫。

彳 徉 徨 御 御

【釋義】①駕馭車馬，趕車：御者。②封建社會指跟皇帝有關的事物：御賜／御醫。
【組詞】御筆／御駕／御用
【成語】御駕親征

## 寓
⊜ yù ⊜ jyu6 裕 ⊜ JWLB
宀部，12畫。

宀 寓 寓 寓 寓

【釋義】①居住：寓居／寓所。②住的地方：公寓。③寄託：寓言／寓意。
【組詞】寓邸／寄寓

## 裕
⊜ yù ⊜ jyu6 預 ⊜ LCOR
衣部，12畫。

衤 衿 裕 裕 裕

【釋義】①豐富，寬綽：充裕／富裕。②使富足：富國裕民。
【組詞】豐裕／寬裕／優裕

## 馭 | 驭
⊜ yù ⊜ jyu6 預 ⊜ SFE
馬部，12畫。

【釋義】駕駛：馭車／馭馬／駕馭。

## 喻
⊜ yù ⊜ jyu6 寓 ⊜ ROMN
口部，12畫。

呀 喻 喻 喻 喻

【釋義】①說明，告知：不可理喻。②明白，了解：家喻戶曉。③比方：比喻／譬喻。
【組詞】喻義／暗喻／諷喻／借喻／明喻／隱喻
【成語】不言而喻

## 遇
⊜ yù ⊜ jyu6 喻 ⊜ YWLB
辵部，13畫。

禺 禺 遇 遇 遇

【釋義】①相逢，遭遇：偶遇／奇遇／相遇。②對待，款待：待遇／禮遇。③機會：機遇／際遇。
【組詞】遇害／遇見／遇難／遇溺／遇險／境遇／巧遇／遭遇
【成語】隨遇而安／不期而遇／懷才不遇

## 愈
⊜ yù ⊜ jyu6 喻 ⊜ OMBP
心部，13畫。

愈 侖 俞 愈 愈

【釋義】越，更加：愈加／愈演愈烈。
【成語】每況愈下

## 預 | 预
⊜ yù ⊜ jyu6 裕 ⊜ NNMBC
頁部，13畫。

予 予 預 預 預

【釋義】預先，事先：預備／預測／預感。
【組詞】預報／預定／預防／預計／預料／預期／預賽／預示／預言／預兆

## 與 | 与
⊜ yù ⊜ jyu6 預 ⊜ HXYC
臼部，13畫。

與 與 與 與 與

▲另見466頁yǔ。
【釋義】參加，參與：與會。
【組詞】參與

Y

## 獄 | 狱 　粤 yù　普 juk6 玉　倉 KHYRK
犬部，14畫。

【釋義】①監獄：出獄／牢獄。②官司，罪案：
獄訟／冤獄。
【組詞】獄警／監獄／入獄／越獄

## 嫗 | 妪 　粤 yù　普 jyu2 於二聲
倉 VSRR
女部，14畫。

【釋義】老年婦女：老嫗。

## 慾 | 欲 　粤 yù　普 juk6 玉　倉 COP
心部，15畫。

【釋義】想得到某種東西或想達到某種目的的
願望：食慾／求知慾。
【組詞】慾念／慾望／貪慾／物慾

## 諭 | 谕 　粤 yù　普 jyu6 預　倉 YROMN
言部，16畫。

【釋義】告訴，吩咐（舊時用於長輩對晚輩或上
級對下級）：諭知／聖諭／手諭。

## 禦 | 御 　粤 yù　普 jyu6 寓　倉 HLMMF
示部，16畫。

【釋義】抵擋：禦寒／抵禦／防禦。

## 豫 　粤 yù　普 jyu6 裕　倉 NNNAO
豕部，16畫。

【釋義】①河南省的別稱。②〔猶豫〕見461頁
yóu「猶」。

## 癒 | 愈 　粤 yù　普 jyu6 喻　倉 KOMP
疒部，18畫。

【釋義】病好：病癒／痊癒／治癒。
【成語】不藥而癒

## 譽 | 誉 　粤 yù　普 jyu6 預　倉 HCYMR
言部，20畫。

【釋義】①名譽：榮譽／聲譽／信譽。②稱
讚：稱譽／讚譽。
【組詞】過譽／美譽／名譽／盛譽／享譽
【成語】譽過其實／譽滿天下／毀譽參半／沽名
釣譽

## 鬱 | 郁 　粤 yù　普 wat1 屈　倉 DDBUH
鬯部，29畫。

【釋義】①草木茂盛：蒼鬱／葱鬱。②憂愁、
氣憤等在心裏積聚不得發泄：抑鬱／憂鬱。
【組詞】鬱結／鬱悶
【成語】鬱鬱葱葱／鬱鬱寡歡

## 籲 | 吁 　粤 yù　普 jyu6 預　倉 HOBC
竹部，32畫。

【釋義】為某種要求而呼喊：籲請／籲求／呼籲。

## yuan

## 冤 　粤 yuān　普 jyun1 淵　倉 BNUI
宀部，10畫。

【釋義】①受委屈，被誣陷：冤案 / 冤屈。②仇恨：冤家 / 結冤。③上當，吃虧：花冤錢。

【組詞】冤仇 / 冤魂 / 冤情 / 冤枉 / 冤獄 / 含冤 / 申冤 / 雪冤

【成語】冤家路窄 / 冤冤相報 / 不白之冤

**淵 | 渊** 普 yuān　粵 jyun1 冤　倉 ELXL
水部，12畫。

【釋義】①深水，深潭：淵源 / 深淵。②深：淵博 / 淵泉。

【成語】天淵之別 / 積水成淵 / 如臨深淵

**鴛 | 鸳** 普 yuān　粵 jyun1 冤
倉 NUHAF
鳥部，16畫。

【釋義】[鴛鴦] 一種鳥，形體像野鴨而略小，善游泳、能飛，雌雄成對生活。常用來比喻夫妻。

**元** 普 yuán　粵 jyun4 原　倉 MMU
儿部，4畫。

【釋義】①開始的，第一：元年 / 元始。②為首的，居首的：元老 / 元兇。③主要，根本：元素 / 元音。④構成一個整體的事物：元件 / 單元。⑤貨幣單位，同「圓④」，見470頁 yuán。⑥朝代，蒙古族鐵木真於1206年建立，1271年忽必烈定國號為元。1279年滅宋，定都大都（今北京）。

【組詞】元旦 / 元首 / 元帥 / 元宵 / 多元 / 復元 / 公元 / 紀元 / 狀元

**垣** 普 yuán　粵 wun4 援　倉 GMAM
土部，9畫。

【釋義】矮牆，泛指牆：城垣 / 斷壁殘垣。

**袁** 普 yuán　粵 jyun4 元　倉 GRHV
衣部，10畫。

【釋義】姓。

**原** 普 yuán　粵 jyun4 元　倉 MHAF
厂部，10畫。

【釋義】①最初的：原始。②原來，本來：原地 / 原籍。③未經加工的：原油。④原諒：情有可原。⑤寬闊平坦的地方：原野 / 草原。

【組詞】原本 / 原理 / 原料 / 原先 / 原因 / 原則 / 復原 / 高原 / 還原 / 平原

【成語】原封不動 / 原形畢露 / 物歸原主

**員 | 员** 普 yuán　粵 jyun4 元　倉 RBUC
口部，10畫。

【釋義】①指工作或學習的人：員工 / 學員 / 職員。②指團體或組織中的成員：隊員 / 會員 / 委員。③周圍：幅員遼闊。④表示單位。用於武將：一員猛將。

【組詞】動員 / 雇員 / 官員 / 警員 / 球員 / 文員 / 演員 / 從業員 / 公務員 / 運動員

**援** 普 yuán　粵 wun4 垣　又 jyun4 完
倉 QBME
手部，12畫。

【釋義】①以手牽引：攀援。②引用：援例 / 援引。③援助：增援 / 支援。

【組詞】援兵 / 援救 / 援用 / 援助 / 救援 / 聲援 / 外援

【成語】孤立無援

**源** 普 yuán　粵 jyun4 元　倉 EMHF
水部，13畫。

源　源　源　源　源

【釋義】①水流起頭的地方：發源 / 江源 / 飲水思源。②來源；貨源 / 資源 / 正本清源。
【組詞】源流 / 源頭 / 本源 / 電源 / 根源 / 來源 / 能源 / 水源 / 淵源
【成語】源源不絕 / 源遠流長 / 開源節流 / 世外桃源 / 推本溯源 / 左右逢源

園｜园　⊕ yuán　⊕ jyun4 元　⊕ WGRV
口部，13畫。

園　園　園　園　園

【釋義】①種蔬菜、花果、樹木的地方：花園 / 田園。②供人遊覽娛樂的地方：公園 / 樂園。
【組詞】園地 / 園丁 / 園林 / 園藝 / 果園 / 動物園

圓｜圆　⊕ yuán　⊕ jyun4 完　⊕ WRBC
口部，13畫。

圓　圓　圓　圓　圓

【釋義】①圓形，從中心到周圍距離相等的圖形：圓柱 / 圓錐。②圓滿，周全：話說得不圓。③使圓滿，使周全：圓夢 / 自圓其說。④貨幣單位，一圓等於十角或一百分。也作「元」。
【組詞】圓滑 / 圓謊 / 圓滿 / 圓圈 / 圓心 / 圓形 / 圓周 / 團圓 / 橢圓形
【成語】珠圓玉潤 / 花好月圓 / 破鏡重圓 / 字正腔圓

猿　⊕ yuán　⊕ jyun4 元　⊕ KHGRV
犬部，13畫。

猿　猿　猿　猿　猿

【釋義】哺乳動物，像猴而較大，沒有頰囊和尾巴，生活在森林中，如長臂猿等。
【組詞】猿猴 / 猿人
【成語】心猿意馬

緣｜缘　⊕ yuán　⊕ jyun4 元
⊕ VFVNO
糸部，15畫。

緣　緣　緣　緣　緣

【釋義】①原因：緣故 / 緣由。②因為，為了：緣何至此？③緣分，機緣：人緣 / 姻緣。④沿着走，順着爬：緣木求魚（比喻用錯方法，一定達不到目的）/ 緣溪而行。⑤邊：邊緣。
【組詞】緣分 / 緣起 / 機緣 / 結緣 / 攀緣 / 隨緣 / 投緣 / 無緣 / 血緣 / 有緣
【成語】無緣無故 / 不解之緣 / 一面之緣

轅｜辕　⊕ yuán　⊕ jyun4 元
⊕ JJGRV
車部，17畫。

【釋義】①車前駕牲畜的兩根直木：轅馬 / 車轅 / 駕轅。②指轅門，軍營的營門或官署的外門，借指衙署：轅門 / 行轅。
【成語】南轅北轍

遠｜远　⊕ yuǎn　⊕ jyun5 軟
⊕ YGRV
辵部，14畫。

遠　遠　遠　遠　遠

【釋義】①空間或時間的距離長（跟「近」相對）：遠程 / 遠方。②血緣關係疏遠：遠房 / 遠親。③差別程度大：差得遠 / 遠遠超過。④含義深遠：言近旨遠（話很淺近，意思深遠）。⑤不接近：敬而遠之。
【組詞】遠古 / 遠見 / 遠近 / 遠離 / 遠山 / 遠足 / 長遠 / 久遠 / 遙遠 / 永遠
【成語】遠見卓識 / 遠走高飛 / 不遠千里 / 源遠流長 / 高瞻遠矚 / 深謀遠慮 / 好高騖遠 / 任重道遠 / 捨近求遠

苑　⊕ yuàn　⊕ jyun2 院　⊕ TNIU
艸部，9畫。

【釋義】①古代飼養禽獸、種植林木的地方，多指帝王的花園：鹿苑／御苑。②（學術、文藝）薈萃之處：文苑／藝苑。

## 怨 ⓟ yuàn ⓒ jyun3 冤三聲 ⓒ NUP
心部，9畫。

怨 怨 怨 怨 怨

【釋義】①怨恨：抱怨／結怨。②責怪：任勞任怨。
【組詞】怨憤／怨恨／怨氣／怨言／哀怨／恩怨／埋怨
【成語】怨聲載道／怨天尤人／民怨沸騰／以怨報怨／天怒人怨／以德報怨

## 院 ⓟ yuàn ⓒ jyun2 婉 ⓒ NLJMU
阜部，10畫。

院 院 院 院 院

【釋義】①房屋前後用牆或柵欄圍起來的空地：院子／庭院。②某些機關和公共場所的名稱：法院／劇院。③指學院：大專院校。④指醫院：出院／住院。
【組詞】院校／書院／寺院／戲院／學院／醫院／宅院／電影院
【成語】深宅大院

## 願｜愿 ⓟ yuàn ⓒ jyun6 縣 ⓒ MFMBC
頁部，19畫。

願 願 願 願 願

【釋義】①願望：請願／心願。②願意：甘願／情願。③人祈求神佛時許下的酬謝：還願／許願。
【組詞】願望／願意／宏願／寧願／如願／意願／志願／祝願／自願
【成語】如願以償／事與願違／心甘情願／一廂情願

---

## yue

## 日 ⓟ yuē ⓒ jyut6月 ⓧ joek6 藥 ⓒ A
日部，4畫。

【釋義】①說：孔子日。②叫做：春夏秋冬日四季。

## 約｜约 ⓟ yuē ⓒ joek3 躍 ⓒ VFPI
糸部，9畫。

約 約 約 約 約

【釋義】①事先說定：約定／預約。②邀請：約請／特約。③約定的事，事先議定的條文：簽約／條約。④限制使不越出範圍，拘束：約束／制約。⑤儉省：儉約／節約。⑥簡單，簡要：簡約。⑦大概：約計／大約。⑧數學上指約分。
【組詞】約會／約見／約略／約數／赴約／公約／合約／契約
【成語】約定俗成／約法三章／不約而同

## 月 ⓟ yuè ⓒ jyut6 穴 ⓒ B
月部，4畫。

月 月 月 月 月

【釋義】①月球，月亮：月光／月色／登月。②計時的單位，公曆1年分為12個月：月初／臘月。③每月的：月刊／月票。④形狀像月亮的，圓的：月餅／月琴。
【組詞】月份／月蝕／月薪／滿月／蜜月／明月／年月／賞月／歲月／正月
【成語】月黑風高／月明星稀／閉月羞花／花好月圓／花容月貌／日積月累／日新月異／長年累月／披星戴月／水中撈月

## 岳 ⓟ yuè ⓒ ngok6 鱷 ⓒ OMU
山部，8畫。

岳 岳 岳 岳 岳

【釋義】稱妻的父母或妻的叔伯：岳父／岳母／叔岳。

# 悅

曾 yuè　粵 jyut6 月　倉 PCRU
心部，10 畫。

悦　悦　悦　悦　悦

【釋義】①高興，愉快：喜悅／愉悅。②使愉快：悅耳／賞心悅目。
【組詞】悅目／和悅／歡悅／取悅
【成語】心悅誠服／和顏悅色

# 越

曾 yuè　粵 jyut6 月　倉 GOIV
走部，12 畫。

越　走　走　越　越

【釋義】①跨過（阻礙），跳過：穿越／翻山越嶺。②不按照一般的次序，超出（範圍）：越級／越權。③（聲音、情感）昂揚：激越／清越。④更加：越發／越來越忙。
【組詞】越過／越加／越界／超越／飛越／跨越／優越／卓越

# 粵 | 粤

曾 yuè　粵 jyut6 月
倉 HWMVS
米部，13 畫。

粤　粤　粤　粤　粤

【釋義】①指廣東和廣西：兩粵。②廣東省的別稱。

# 閱 | 阅

曾 yuè　粵 jyut6 月　倉 ANCRU
門部，15 畫。

閱　閱　閱　閱　閱

【釋義】①看，察看：閱兵／閱讀／閱覽。②經歷，經過：閱歷／閱世。
【組詞】參閱／查閱／傳閱／訂閱／翻閱／檢閱／評閱／審閱／贈閱

# 樂 | 乐

曾 yuè　粵 ngok6 岳　倉 VID
木部，15 畫。

▲另見 214 頁 lè。
【釋義】音樂：樂隊／奏樂。
【組詞】樂譜／樂器／樂曲／樂壇／樂團／樂章／配樂／音樂／管弦樂／交響樂
【成語】鼓樂喧天

# 嶽 | 岳

曾 yuè　粵 ngok6 岳
倉 UKHK
山部，17 畫。

嶽　嶽　嶽　嶽　嶽

【釋義】高大的山：山嶽／五嶽（中嶽嵩山、東嶽泰山、西嶽華山、南嶽衡山、北嶽恆山的合稱）。

# 躍 | 跃

曾 yuè　粵 joek6 若
又 joek3 約　倉 RMSMG
足部，21 畫。

躍　躍　躍　躍　躍

【釋義】跳：躍進／飛躍／跳躍。
【組詞】躍升／活躍／雀躍／踴躍
【成語】躍然紙上／躍躍欲試／龍騰虎躍

# yun

# 暈 | 晕

曾 yūn　粵 wan4 雲　倉 ABJJ
日部，13 畫。

▲另見 473 頁 yùn。
【釋義】①義同「暈」（yùn，見 473 頁），用於「頭暈」「暈頭暈腦」「暈頭轉向」等。②昏迷：暈倒／暈厥。
【成語】頭暈目眩／頭暈眼花

# 云

曾 yún　粵 wan4 魂　倉 MMI
二部，4 畫。

云 云 云 云 云

【釋義】說：人云亦云。
【成語】不知所云

勻 曾 yún 粵 wan4 雲 倉 PIM
勹部，4畫。

勻 勻 勻 勻 勻

【釋義】①均勻：勻稱。②使均勻：兩份不均，再勻一勻。
【組詞】均勻

芸 曾 yún 粵 wan4 雲 倉 TMMI
艸部，8畫。

【釋義】①芸香，草本植物，有特殊香味，全草供藥用。②〔芸芸〕形容眾多的樣子：芸芸眾生。

耘 曾 yún 粵 wan4 雲 倉 QDMMI
耒部，10畫。

耘 耘 耘 耘 耘

【釋義】田地裏除草：耘田 / 耕耘。

雲 | 云 曾 yún 粵 wan4 魂
倉 MBMMI
雨部，12畫。

雲 雲 雲 雲 雲

【釋義】①由水滴、冰晶聚集形成的在空中懸浮的物體：雲彩 / 雲層 / 白雲。②指雲南省。
【組詞】雲朵 / 雲海 / 雲霧 / 雲霄 / 雲煙 / 彩雲 / 風雲 / 浮雲 / 烏雲
【成語】翻雲覆雨 / 騰雲駕霧 / 行雲流水 / 風起雲湧 / 九霄雲外 / 煙消雲散 / 叱吒風雲 / 風捲殘雲 / 壯志凌雲

允 曾 yún 粵 wan5 尹 倉 IHU
儿部，4畫。

允 允 允 允 允

【釋義】①許可：允諾 / 允許 / 應允。②公平，適當：公允 / 平允。

隕 | 陨 曾 yǔn 粵 wan5 允 倉 NLRBC
阜部，13畫。

【釋義】（星體或其他在高空運行的物體）從高空墜落：隕石 / 隕星。
【組詞】隕落 / 隕滅

孕 曾 yùn 粵 jan6 刃 倉 NSND
子部，5畫。

孕 孕 孕 孕 孕

【釋義】①懷胎：孕婦 / 孕育。②懷了胎兒的現象：身孕 / 有孕。
【組詞】懷孕 / 受孕

慍 曾 yùn 粵 wan3 溫三聲 倉 PABT
心部，12畫。

【釋義】生氣，惱怒：慍怒 / 慍色。

運 | 运 曾 yùn 粵 wan6 混 倉 YBJJ
辵部，13畫。

運 軍 運 運 運

【釋義】①移動，轉動：運動 / 運轉。②搬運，運輸：運河 / 客運 / 水運。③運用，使用：運筆 / 匠心獨運。④運氣：好運 / 命運 / 時運。
【組詞】運送 / 運算 / 運行 / 運載 / 運作 / 厄運 / 幸運 / 營運
【成語】運籌帷幄 / 運用自如 / 時運不濟 / 應運而生 / 時來運轉

暈 | 晕 ⊜ 曾 yùn 粵 wan6 運
倉 ABJJ
日部，13畫。

▲ 另見 472 頁 yūn。

【釋義】日光或月光通過雲層中的冰晶時經折射而形成的光圈：日暈／月暈。

㊁ 🔵 yùn 🔵 wan4 雲

【釋義】頭腦發昏，周圍物體好像在旋轉，人有跌倒的感覺：暈船／眼暈。

【組詞】暈車／眩暈

# 熨

🔵 yùn 🔵 wan6 運
❌ tong3 趟 🔵 SIF
火部，15 畫。

【釋義】用燒熱的烙鐵或熨斗燙：熨衣服。

# 醞 | 酝

🔵 yùn 🔵 wan2 穩
❌ wan5 允 🔵 MWABT
酉部，16 畫。

【釋義】①釀酒：醞釀。②指酒：佳醞。

# 韻 | 韵

🔵 yùn 🔵 wan6 運
❌ wan5 允 🔵 YARBC
音部，19 畫。

【釋義】①和諧悅耳的聲音：琴韻悠揚。②韻母：疊韻／押韻。③情趣：韻味／風韻／神韻。

【組詞】韻律／韻母／音韻／餘韻

# 蘊 | 蕴

🔵 yùn 🔵 wan2 穩
❌ wan5 允 🔵 TVFT
艸部，19 畫。

【釋義】①積聚，包含：蘊藏／蘊含／蘊涵。②事理深奧的地方：底蘊。

Y

【釋義】方言。怎，怎麼：咋辦 / 他咋說？

# Zz

## za

紮｜扎　🔊 zā　🔊 zaat3 扎　🔊 DUVIF
糸部，11 畫。

▲另見 480 頁 zhā。

【釋義】①捆，束：包紮。②表示單位。用於捆起來的東西：一紮乾草。

【組詞】綁紮 / 捆紮

砸　🔊 zá　🔊 zaap3 眨　🔊 MRSLB
石部，10 畫。

【釋義】①用重物撞擊，重物落在物體上：不小心被石頭砸到腳。②打破：碗砸了。③方言。(事情) 失敗：戲演砸了 / 事情辦砸了。

【組詞】砸爛 / 砸碎

雜｜杂　🔊 zá　🔊 zaap6 習　🔊 YDOG
隹部，18 畫。

【釋義】①多種多樣，混雜的：雜亂 / 繁雜。②混合在一起：摻雜 / 夾雜。

【組詞】雜草 / 雜貨 / 雜物 / 嘈雜 / 複雜 / 混雜

【成語】雜亂無章 / 錯綜複雜

咋　🔊 zǎ　🔊 zaa3 炸　🔊 RHS
口部，8 畫。

## zai

災｜灾　🔊 zāi　🔊 zoi1 哉　🔊 VVF
火部，7 畫。

【釋義】①災害：旱災 / 救災。②個人遭遇的不幸：招災惹禍 / 沒病沒災。

【組詞】災害 / 災禍 / 災民 / 災難 / 災情 / 災區 / 火災 / 水災 / 天災 / 賑災

【成語】天災人禍 / 幸災樂禍 / 氾濫成災 / 滅頂之災 / 無妄之災

哉　🔊 zāi　🔊 zoi1 災　🔊 JIR
口部，9 畫。

【釋義】①表示感歎的語氣：嗚呼哀哉！②表示疑問或反問：豈有他哉？ / 有何難哉？

栽　🔊 zāi　🔊 zoi1 災　🔊 JID
木部，10 畫。

【釋義】①種植：栽培 / 栽種。②硬給安上：栽贓。③供移植的幼苗：柳栽 / 桃栽。④摔倒：栽跟頭。

【組詞】盆栽

仔　🔊 zǎi　🔊 zai2 濟二聲　🔊 OND
人部，5 畫。

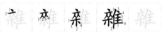

▲另見 513 頁 zǐ。

【釋義】①同「崽」，見 476 頁 zǎi。②指小孩：華仔 / 男仔 / 女仔。③指有某種特徵的人：打工仔 / 四眼仔。④指小的東西：公仔 / 銀仔 (硬幣)。

宰　🔊 zǎi　🔊 zoi2 災二聲　🔊 JYTJ
宀部，10 畫。

宰　宰　宰　宰　宰

【釋義】①主管，主持：主宰。②古代的官名：宰相 / 太宰。③殺牲畜、家禽等：宰殺。
【組詞】宰割 / 屠宰

崽　普 zǎi　粵 zoi2 宰　倉 UWP
山部，12畫。

【釋義】指幼小的動物：狗崽 / 豬崽。

載｜載　㈠普 zǎi　粵 zoi2 宰
　倉 JIJWJ
車部，13畫。

載　載　載　載　載

▲另見本頁 zài。

【釋義】年：千載難逢 / 三年五載 / 一年半載。
㈡普 zǎi　粵 zoi3 再
【釋義】記載：刊載 / 轉載。
【組詞】記載 / 連載

再　普 zài　粵 zoi3 載　倉 MGB
門部，6畫。

再　冉　冉　再　再

【釋義】①又一次，第二次：再版 / 再度。②更加：再快一點。③表示如果繼續就會怎樣：再不抓緊時間就要遲到啦！④表示一個動作發生在另一動作結束之後：先思考，再下筆。⑤表示另外有所補充：再則。⑥再繼續，再出現：良機難再。
【組詞】再次 / 再會 / 再見 / 再三 / 再生 / 再說 / 再現 / 不再 / 一再
【成語】再接再厲 / 再生父母 / 東山再起

在　普 zài　粵 zoi6 災六聲　倉 KLG
土部，6畫。

在　在　在　在　在

【釋義】①存在，生存：潛在 / 父母健在。

②表示人或事物的位置：他在家嗎？③留在，處在：在位 / 在職。④在於，決定於：事在人為。⑤跟「所」連用，表示強調：在所不辭。⑥表示時間、處所、範圍等：在家學習。⑦正在：他在做功課。
【組詞】在場 / 在世 / 在意 / 在於 / 在座 / 存在 / 實在 / 所在 / 現在 / 正在
【成語】在所不惜 / 在所難免 / 在天之靈 / 近在咫尺 / 樂在其中 / 危在旦夕 / 歷歷在目 / 心不在焉 / 無所不在

載｜載　普 zài　粵 zoi3 再　倉 JIJWJ
車部，13畫。

載　載　載　載　載

▲另見本頁 zǎi。

【釋義】①用車、船等裝運：載客 / 裝載。②充滿（道路）：風雨載途 / 怨聲載道。③又，且：載歌載舞。
【組詞】超載 / 負載 / 滿載 / 運載
【成語】載舟覆舟 / 滿載而歸

## zan

咱　普 zán　粵 zaa1 渣　倉 RHBU
口部，9畫。

咱　咱　咱　咱　咱

【釋義】我，我們：咱倆 / 咱們 / 咱明白你的心意。

攢｜攒　普 zǎn　粵 zaan2 盞
　倉 QHUC
手部，22畫。

【釋義】積聚，儲蓄：攢錢 / 積攢。

暫｜暂　普 zàn　粵 zaam6 站　倉 JLA
日部，15畫。

車　斬　暫　暫　暫

【釋義】①時間短（跟「久」相對）：短暫。②暫時，短時間之內：暫緩／暫借。

【組詞】暫且／暫時／暫停

## 贊 ｜ 赞
曾 zàn 粵 zaan3 讚
倉 HUBUC
貝部，19 畫。

先 犄 贊 贊 贊

【釋義】①幫助：贊助。②同意：贊成／贊同。

## 讚 ｜ 赞
曾 zàn 粵 zaan3 贊
倉 YRHUC
言部，26 畫。

言 讚 讚 讚 讚

【釋義】稱讚：讚美／盛讚。

【組詞】讚賞／讚頌／讚歎／讚許／讚揚／讚譽／稱讚

【成語】讚不絕口

---

### zang

## 贓 ｜ 赃
曾 zāng 粵 zong1 莊
倉 BCIMS
貝部，21 畫。

貝 貯 贓 贓 贓

【釋義】貪污、受賄或偷盜、搶劫得來的財物：贓款／贓物。

【組詞】分贓／栽贓

【成語】貪贓枉法

## 髒 ｜ 脏
曾 zāng 粵 zong1 莊
倉 BBTMT
骨部，23 畫。

骨 骨 骬 髒 髒

【釋義】有塵土、汗漬、污垢等：髒污／骯髒。

---

## 葬
曾 zàng 粵 zong3 壯 倉 TMPT
艸部，13 畫。

葬 葬 苑 葬 葬

【釋義】①掩埋死者遺體：安葬／埋葬。②泛指處理死者遺體：海葬／火葬。

【組詞】葬禮／殯葬／陪葬／喪葬／土葬／下葬

## 藏
曾 zàng 粵 zong6 狀 倉 TIMS
艸部，18 畫。

藏 茲 薕 藏 藏

▲ 另見 33 頁 cáng。

【釋義】①儲存大量東西的地方：寶藏。②指西藏。③藏族，中國少數民族之一，主要分佈在西藏、青海、甘肅、四川、雲南。

## 臟 ｜ 脏
曾 zàng 粵 zong6 狀 倉 BTIS
肉部，22 畫。

月 臓 臓 臓 臟

【釋義】醫學上指心、肝、脾、肺、腎等內臟器官：五臟六腑。

【組詞】臟腑／肺臟／肝臟／內臟／脾臟／五臟／心臟

---

### zao

## 遭
曾 zāo 粵 zou1 租 倉 YTWA
辵部，15 畫。

曹 曹 遭 遭 遭

【釋義】遇到（多指不幸福或不利的事）：遭到不幸。

【組詞】遭逢／遭受／遭殃／遭遇

## 糟
曾 zāo 粵 zou1 租 倉 FDTWA
米部，17 畫。

米 糟 糟 糟 糟

【釋義】①釀酒剩下的渣滓：糟糠 / 酒糟。②用酒或酒糟醃製食物：糟蛋 / 糟魚。③指事情或情況壞：糟糕 / 亂糟糟 / 一團糟。

【成語】亂七八糟

### 鑿 | 凿

🔊 záo 🔊 zok6 昨 📱 TEC

金部，28 畫。

【釋義】①鑿子，挖鑿或打孔用的工具。②打孔，挖掘：鑿井 / 開鑿。③明確，真實：確鑿 / 言之鑿鑿。

【組詞】鑿空 / 鑿子 / 穿鑿

【成語】鑿壁偷光 / 穿鑿附會

### 早

🔊 záo 🔊 zou2 祖 📱 AJ

日部，6 畫。

【釋義】①早晨：早操 / 清早。②很久以前：事情早已辦完。③時間在先的：早期。④比一定的時間靠前：早婚 / 早熟。⑤早晨見面時問候的話：老師早！

【組詞】早餐 / 早晨 / 早日 / 早上 / 早晚 / 早已 / 趁早 / 及早 / 提早 / 一早

【成語】早出晚歸

### 蚤 | 蚤

🔊 záo 🔊 zou2 早 📱 EILMI

虫部，10 畫。

【釋義】跳蚤，昆蟲，身體小，善跳躍。寄生在人或哺乳動物身體上，能傳染疾病。

【組詞】跳蚤

### 棗 | 枣

🔊 záo 🔊 zou2 早 📱 DBDB

木部，12 畫。

【釋義】灌木或喬木，幼枝上有刺，結核果，成熟後暗紅色，味甜。

【組詞】棗紅 / 棗樹

【成語】囫圇吞棗

### 澡

🔊 zǎo 🔊 zou2 早 📱 cou3 醋 📱 ERRD

水部，16 畫。

【釋義】洗身體：洗澡。

【成語】澡身浴德

### 藻

🔊 zǎo 🔊 zou2 早 📱 TERD

艸部，20 畫。

【釋義】①低等植物的一大類，沒有根、莖、葉的區分，通過細胞分裂或孢子結合繁殖。生長在水中或陸上陰濕的地方。②泛指生長在水中的綠色植物：華麗的文辭：藻飾 (修飾文章) / 辭藻。

【組詞】海藻 / 水藻

### 灶

🔊 zào 🔊 zou3 租三聲 📱 FG

火部，7 畫。

【釋義】用磚、坯、金屬等製成的生火做飯的設備，也借指廚房：爐灶。

【組詞】灶火 / 灶頭

【成語】另起爐灶

### 皂

🔊 zào 🔊 zou6 做 📱 HAP

白部，7 畫。

【釋義】①黑色：青紅皂白。②肥皂：香皂。

【組詞】肥皂

### 造

🔊 zào 🔊 zou6 做 📱 YHGR

辵部，11 畫。

【釋義】①做，製作：創造 / 建造。②假編：造謠 / 捏造。③培養：可造之才。

【組詞】造成 / 造福 / 造句 / 造型 / 改造 / 構造 /

人造 / 塑造 / 營造 / 製造

【成語】天造地設 / 閉門造車 / 粗製濫造

造 🔊 zào 🔊 cou3 燥

【釋義】①前往，到：登峯造極。②成就：
造詣。

【組詞】造訪 / 深造

噪 🔊 zào 🔊 cou3 🔊 RRRD
口部，16 畫。

【釋義】①蟲或鳥叫：蟬噪 / 鵲噪。②大聲叫
嚷，聲音嘈雜：噪音 / 鼓噪。③（名聲）廣為
傳揚：名噪一時 / 聲名大噪。

燥 🔊 zào 🔊 cou3 醋 🔊 FRRD
火部，17 畫。

【釋義】缺少水分，乾：燥熱 / 乾燥 / 枯燥。

躁 🔊 zào 🔊 cou3 醋 🔊 RMRRD
足部，20 畫。

【釋義】性急，不冷靜：煩躁 / 戒驕戒躁。

【組詞】暴躁 / 浮躁 / 急躁 / 焦躁

【成語】少安毋躁

—— ze ——

則 | 则 🔊 zé 🔊 zak1 側 🔊 BCLN
刀部，9 畫。

【釋義】①法規，規則：法則 / 總則。②規
範，榜樣：準則 / 以身作則。③表示單位。
用於分項或自成段落的文字的條數：一則新
聞。④表示事物的承接或因果關係：欲速則
不達。⑤表示對比或轉折：這個箱子太小，

另一個則又過大。⑥用在「一」「二（再）」
「三」等後面，列舉原因或理由：戰役之所以
失利，一則指揮不當，二則信息不靈，三則
鬥志不高。⑦就，便：兼聽則明（多方聽取意
見便能辨明是非得失）。

【組詞】否則 / 規則 / 守則 / 雖則 / 細則 / 原則

責 | 责 🔊 zé 🔊 zaak3 窄
🔊 QMBUC
貝部，11 畫。

【釋義】①分內應做的事，應盡的職責：責任 /
職責。②要求做成某件事或行事達到一定標
準：責成 / 責令。③質問，追問：責難 / 責
問。④責備：斥責 / 指責。⑤為了懲罰而用
鞭、棍等打：責打 / 鞭責。

【組詞】責備 / 責罰 / 責怪 / 責罵 / 負責 / 譴責

【成語】責無旁貸 / 求全責備 / 敷衍塞責

澤 | 泽 🔊 zé 🔊 zaak6 宅 🔊 EWLJ
水部，16 畫。

【釋義】①聚水的地方：草澤 / 沼澤。②濕：
潤澤。③金屬、珠玉等的光：光澤 / 色澤。
④恩惠：恩澤。

擇 | 择 🔊 zé 🔊 zaak6 宅 🔊 QWLJ
手部，16 畫。

▲ 另見 482 頁 zhái。

【釋義】挑選：抉擇 / 選擇。

【成語】擇善而從

仄 🔊 zè 🔊 zak1 側 🔊 MO
人部，4 畫。

【釋義】仄聲，古漢語四聲裏上聲、去聲、入
聲的總稱，跟平聲（陰平、陽平）相對。

## zei

賊|贼 ⓟzéi ⓒcaak6 拆六聲
ⓒBCIJ
貝部，13畫。

【釋義】①偷東西的人：盜賊。②做大壞事的人（多指危害國家和人民的人）：賣國賊。③邪的，不正派的：賊心／賊眉鼠眼。

【組詞】賊贓／竊賊

【成語】賊喊捉賊／認賊作父／作賊心虛

## zen

怎 ⓟzěn ⓒzam2 枕 ⓒHSP
心部，9畫。

【釋義】如何，怎麼：怎樣。

【組詞】怎麼／怎麼樣

## zeng

曾 ⓟzēng ⓒzang1 僧 ⓒCWA
日部，12畫。

▲另見34頁 céng。

【釋義】①指中間隔兩代的親屬關係：曾祖。②姓。

【組詞】曾孫／曾孫女／曾祖父／曾祖母

憎 ⓟzēng ⓒzang1 爭 ⓒPCWA
心部，15畫。

【釋義】厭惡，恨：憎恨／面目可憎。

【組詞】憎惡／可憎

【成語】愛憎分明

增 ⓟzēng ⓒzang1 爭 ⓒGCWA
土部，15畫。

【釋義】增加：增高／增援／遞增。

【組詞】增補／增多／增加／增進／增強／增設／增添／增長／增值／激增

【成語】與日俱增

贈|赠 ⓟzèng ⓒzang6 僧六聲
ⓒBCCWA
貝部，19畫。

【釋義】無代價地送給人：贈送／贈與／敬贈。

【組詞】贈品／贈言／捐贈

## zha

扎 ⓟzhā ⓒzaat3 紮 ⓒQU
手部，4畫。

▲另見481頁 zhá。

【釋義】①刺：扎手／扎針。②鑽進去：一頭扎進人羣。③〔扎實〕(a)結實，牢固：這座房子蓋得很扎實。(b)（工作、學問等）實在：他的語文基礎很扎實。

吒 ⓟzhā ⓒzaa1 渣 ⓒRHP
口部，6畫。

【釋義】神話中的人物名：金吒／木吒／哪吒。

紮|扎 ⓟzhā ⓒzaat3 扎 ⓒDUVIF
糸部，11畫。

▲另見475頁 zā。

【釋義】駐紮：紮營／屯紮／駐紮。

【成語】安營紮寨

Z

**渣** 普 zhā 粵 zaa1 楂 倉 EDAM
水部，12畫。

渣 沐 渣 渣 渣

【釋義】渣滓，物體提出精華後剩下的東西：
油渣／豆腐渣。

【組詞】渣滓

**喳** 普 zhā 粵 zaa1 渣 倉 RDAM
口部，12畫。

喳 咪 喳 喳 喳

【釋義】①舊時僕役對主人的應諾聲。②〔喳喳〕形容鳥叫等聲音：吱吱喳喳。

**楂** 普 zhā 粵 zaa1 渣 倉 DDAM
木部，13畫。

【釋義】山楂，落葉喬木，果實球形，深紅色，味酸，可以吃，也可做藥。

**扎** 普 zhá 粵 zaat3 紮 倉 QU
手部，4畫。

扎 扎 扎 扎 扎

▲另見480頁 zhā。

【釋義】〔掙扎〕勉強支撐：他掙扎着坐了起來。

**札** 普 zhá 粵 zaat3 紮 倉 DU
木部，5畫。

【釋義】信件：筆札／手札／信札。

**軋** ｜ 轧 普 zhá 粵 zaat3 紮 倉 JJU
車部，8畫。

▲另見435頁 yà。

【釋義】壓鋼坯，使製成一定形狀的鋼材：軋鋼／冷軋／熱軋。

**炸** 普 zhá 粵 zaa3 榨 倉 FHS
火部，9畫。

火 炸 炸 炸 炸

▲另見本頁 zhà。

【釋義】一種烹飪方法，把食物放在煮沸的油裏弄熟：炸魚／炸油條。

**閘** ｜ 闸 普 zhá 粵 zaap6 習 倉 ANWL
門部，13畫。

門 門 閘 閘 閘

【釋義】①攔住水流的建築物，可以開關：開閘放水。②把水截住：水流過急，難以閘住。③使機器減低速度或停止運動的裝置：車閘／剎閘。④專指比較大的電源開關：電閘。

【組詞】閘口／閘門／船閘／水閘

**鍘** ｜ 铡 普 zhá 粵 zaap6 雜
倉 CBCN
金部，17畫。

【釋義】①鍘刀，用來切草等的器具。②用鍘刀切：鍘草。

**眨** 普 zhǎ 粵 zaap3 集三聲 倉 BUHIO
目部，10畫。

眨 眨 眨 眨 眨

【釋義】眼睛閉上立刻又睜開：眨眼。

**乍** 普 zhà 粵 zaa3 炸 倉 HS
丿部，5畫。

【釋義】①剛剛開始，起初：初來乍到。②忽然：乍明乍暗。

**炸** 普 zhà 粵 zaa3 榨 倉 FHS
火部，9畫。

炸 炸 炸 炸 炸

▲另見本頁 zhá。

【釋義】①物體突然破裂：爆炸。②用炸藥爆破，用炮彈轟炸：炸碉堡。③發怒：聽說是騙他，他一下子就氣炸了。

【組詞】炸彈／炸藥／轟炸

**柵 | 栅** 🔊 zhà 🔊 caak3 拆 🔊 DBT
木部，9畫。

【釋義】柵欄，類似籬笆的阻攔物。

【組詞】柵欄

**蚱** 🔊 zhà 🔊 zaa3 炸 🔊 LIHS
虫部，11畫。

【釋義】〔蚱蜢（蜢：🔊 měng 🔊 maang5 猛）〕昆蟲，形狀像蝗蟲而較小，身體綠色或褐色，不能遠飛，吃稻葉等，對農作物有害。

**詐 | 诈** 🔊 zhà 🔊 zaa3 炸 🔊 YRHS
言部，12畫。

【釋義】①欺騙：詐騙 / 欺詐。②假裝：詐死 /
詐降。

【組詞】詭詐 / 奸詐 / 狡詐 / 敲詐

【成語】兵不厭詐 / 爾虞我詐

**榨** 🔊 zhà 🔊 zaa3 炸 🔊 DJCS
木部，14畫。

【釋義】①壓出物體裏的汁液：榨取 / 榨油 / 壓榨。②壓出物裏汁液的器具：酒榨 / 油榨。

## zhai

**摘** 🔊 zhāi 🔊 zaak6 宅 🔊 QYCB
手部，14畫。

【釋義】①取（植物的花、果、葉或戴着、掛着的東西）：採摘 / 摘下眼鏡。②選取：摘錄 /
摘要。

【組詞】摘取

**齋 | 斋** 🔊 zhāi 🔊 zaai1 債一聲 🔊 YXF
齊部，17畫。

【釋義】①齋戒，祭祀前沐浴、更衣、吃素、戒慾，以示虔誠：齋祭 / 齋期。②信仰佛教、道教等的人所吃的素食：齋飯 / 化齋。③屋子（多用作書房、商店或學校宿舍的名稱）：書齋。

**宅** 🔊 zhái 🔊 zaak6 摘 🔊 JHP
宀部，6畫。

【釋義】住所，房子（多指較大的）：宅院 /
住宅。

【組詞】宅第 / 豪宅 / 家宅

【成語】深宅大院

**擇 | 择** 🔊 zhái 🔊 zaak6 宅
🔊 QWLJ
手部，16畫。

▲另見479頁 zé。

【釋義】義同「擇」（zé，見479頁），用於口語：擇菜（把蔬菜中不宜吃的部分剔除，留下可以吃的部分）/ 擇蓆（換個地方就睡不安穩）。

**窄** 🔊 zhǎi 🔊 zaak3 責 🔊 JCHS
穴部，10畫。

【釋義】①橫的距離小（跟「寬」相對）：狹窄 /
冤家路窄。②（心胸）不開朗，氣量小：心眼窄。③（生活）不寬裕：日子過得挺窄。

【組詞】窄小 / 寬窄

**債 | 债** 🔊 zhài 🔊 zaai3 齋三聲
🔊 OQMC
人部，13畫。

【釋義】欠別人的錢：債務 / 欠債。

【組詞】債券 / 債主 / 負債 / 還債 / 討債

【成語】債台高築

# 寨

🌐 zhài 🔊 zaai6 齋六聲 🄰 JTCD
宀部，14畫。

【釋義】①防守用的柵欄：山寨。②舊時駐兵的地方：營寨 / 安營紮寨。③村子：村寨。

【組詞】寨子

---

## zhan

# 占

🌐 zhān 🔊 zim1 尖 🄰 YR
卜部，5畫。

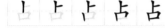

【釋義】占卜，預測吉凶：占卦 / 占星。

【組詞】占卜

# 沾

🌐 zhān 🔊 zim1 尖 🄰 EYR
水部，8畫。

【釋義】①浸濕：沾潤 / 淚水沾衣。②因為接觸而被東西附着上：沾染 / 沾惹 / 沾水。③稍微碰上或挨上：沾邊 / 沾親帶故。④因發生關係而得到(好處)：沾光。

# 粘

🌐 zhān 🔊 nim4 念四聲 🄰 FDYR
米部，11畫。

【釋義】①黏的東西附着在物體上或者互相連接：粘連。②用黏的東西使物件連接起來：粘貼。

# 氈 | 毡

🌐 zhān 🔊 zin1 煎
🄰 YMHQU
毛部，17畫。

【釋義】氈子，用羊毛等壓成的織物：氈帽 / 氈靴。

【組詞】氈子

# 瞻

🌐 zhān 🔊 zim1 尖 🄰 BUNCR
目部，18畫。

【釋義】往前或往上看：瞻仰 / 觀瞻 / 馬首是瞻。

【組詞】瞻望 / 前瞻

【成語】瞻前顧後 / 高瞻遠矚

# 展

🌐 zhǎn 🔊 zin2 剪 🄰 STV
尸部，10畫。

【釋義】①張開，放開：展翅 / 展現 / 開展 / 舒展。②施展：一籌莫展。③推遲日期，放寬期限：活動展期舉行 / 限期不得展緩。④陳列出來供人觀看：展出 / 展銷 / 書展。

【組詞】展開 / 展覽 / 展品 / 展示 / 展望 / 發展 / 進展 / 擴展 / 伸展 / 推展

【成語】愁眉不展 / 花枝招展

# 斬 | 斩

🌐 zhǎn 🔊 zaam2 站二聲
🄰 JJHML
斤部，11畫。

【釋義】砍斷：斬首 / 腰斬 / 斬釘截鐵。

【組詞】斬斷 / 處斬

【成語】斬草除根 / 斬盡殺絕 / 披荊斬棘

# 盞 | 盏

🌐 zhǎn 🔊 zaan2 賺二聲
🄰 IIBT
皿部，13畫。

【釋義】①小杯子，小而淺的盆：燈盞 / 酒盞。②表示單位。用於燈：一盞燈。

# 嶄 | 崭

🌐 zhǎn 🔊 zaam2 斬
Ⓧ zaam3 湛 🄰 UJJL
山部，14畫。

嶄

【釋義】①高峻，高出：嶄然／嶄露頭角。②很，非常：嶄新。

輾｜辗 🔊zhǎn 🔈zin2 展 🔤JJSTV
車部，17畫。

【釋義】〔輾轉〕①身體躺着來回轉動：輾轉反側。②經過許多人的手或經過許多地方，間接地：輾轉流傳／輾轉託人才把信送到。

佔｜占 🔊zhàn 🔈zim3 漸三聲 🔤OYR
人部，7畫。

【釋義】①佔據：佔領／霸佔／攻佔。②處在某一種地位或屬於某一種情形：佔先／佔優勢。
【組詞】佔地／佔據／佔用／佔優／佔有／獨佔／強佔／搶佔／侵佔

站 🔊zhàn 🔈zaam6 暫 🔤YTYR
立部，10畫。

【釋義】①直着身體，兩腳着地或踏在物體上：站崗／站立。②在行進中停下來，停留：車還沒站穩，別急着下車。③供乘客上下或貨物裝卸用的固定停車地點：火車站。④為某種業務而設立的機構：補給站／氣象站。
【組詞】站穩／站住／車站

湛 🔊zhàn 🔈zaam3 斬三聲 🔤ETMV
水部，12畫。

【釋義】①深：精湛。②清澈：湛清。

棧｜栈 🔊zhàn 🔈zaan6 賺 🔤DII
木部，12畫。

【釋義】①養牲畜的竹木柵欄：馬棧／羊棧。②棧道，在懸崖峭壁上鑿孔架木而成的窄路。③存放貨物的地方，也指旅店：棧房／客棧。

綻｜绽 🔊zhàn 🔈zaan6 賺 🔤VFJMO
糸部，14畫。

【釋義】裂開：破綻／花朵綻開。
【組詞】綻放／綻開
【成語】破綻百出／皮開肉綻

戰｜战 🔊zhàn 🔈zin3 箭 🔤RJI
戈部，16畫。

【釋義】①進行戰爭或戰鬥：征戰／百戰百勝。②戰爭，戰鬥：戰亂／戰線。③泛指鬥爭：筆戰／論戰／舌戰。④害怕，發抖：戰慄／打戰／寒戰。
【組詞】戰場／戰火／戰略／戰役／奮戰／激戰／交戰／決戰／挑戰／作戰
【成語】戰無不勝／戰戰兢兢／心驚膽戰

蘸 🔊zhàn 🔈zaam3 湛 🔤TMGF
艸部，23畫。

【釋義】在液體、極細的顆粒或糊狀物裏沾一下就拿出來：蘸墨水。

## zhang

章 🔊zhāng 🔈zoeng1 張 🔤YTAJ
音部，11畫。

【釋義】①歌曲、詩文的段落：篇章／樂章。②條目：約法三章。③條理：雜亂無章。④章程，法則：典章／憲章／招生簡章。⑤奏章，臣子呈給皇帝的意見書。⑥圖章：蓋章／

印章。⑦佩戴在身上的標誌：臂章 / 徽章。
【組詞】章節 / 規章 / 獎章 / 圖章 / 文章 / 勛章
【成語】斷章取義 / 出口成章 / 順理成章

## 張 | 张 　普 zhāng　粵 zoeng1 章
　倉 NSMV
弓部，11 畫。

【釋義】①使合攏的東西分開或使緊縮的東西
放開：張嘴 / 舒張。②陳設，鋪排：鋪張 / 張
燈結綵。③擴大，誇張：張揚 / 擴張 / 虛張
聲勢。④看，望：東張西望。⑤商店開業：
開張 / 新張。⑥表示單位。(a)用於紙、皮
子等：一張紙 / 五張毛皮。(b)用於牀、桌子
等：一張牀 / 兩張桌子。(c)用於嘴、臉等：
一張臉 / 一張嘴。⑦星宿名，二十八宿之一。
【組詞】張開 / 張羅 / 張貼 / 張望 / 慌張 / 緊張 /
誇張 / 囂張 / 紙張
【成語】張口結舌 / 張牙舞爪 / 大張旗鼓 / 明目
張膽

## 彰 　普 zhāng　粵 zoeng1 章　倉 YJHHH
彡部，14 畫。

【釋義】①明顯，顯著：彰顯 / 昭彰。②表
揚，顯揚：表彰。
【成語】相得益彰 / 欲蓋彌彰

## 樟 　普 zhāng　粵 zoeng1 章　倉 DYTJ
木部，15 畫。

【釋義】喬木，全株有香氣，其木材製造的器物
可以防蟲蛀，枝葉可以提製樟腦。也叫香樟。

## 蟑 　普 zhāng　粵 zoeng1 張　倉 LIYTJ
虫部，17 畫。

【釋義】〔蟑螂〕昆蟲，體扁平，黑褐色，能發
出臭味。常咬壞衣物，並能傳染傷寒、霍亂

等疾病，是害蟲。

## 長 | 长 　普 zhǎng　粵 zoeng2 掌
　倉 SMV
長部，8 畫。

▲ 另見 38 頁 cháng。
【釋義】①年紀較大：年長 / 我長他兩歲。
②排行最大：長女 / 長兄 / 長子。③輩分大：
長輩 / 尊長。④領導人：酋長 / 首長。⑤生：
長瘡 / 長鏽。⑥生長，成長：長得真胖。
⑦增進，增加：長見識。
【組詞】長大 / 長進 / 長者 / 成長 / 家長 / 生長 /
師長 / 兄長 / 增長 / 助長
【成語】拔苗助長 / 教學相長 / 土生土長

## 掌 　普 zhǎng　粵 zoeng2 獎　倉 FBRQ
手部，12 畫。

【釋義】①手掌：掌心 / 鼓掌 / 易如反掌。
②用手掌打：掌嘴。③掌管，掌握：掌舵 /
執掌。④某些動物的腳掌：熊掌 / 鴨掌。
⑤馬蹄鐵，釘在馬、騾等蹄子底下的 U 字形
鐵片：釘掌 / 馬掌。
【組詞】掌廚 / 掌管 / 掌控 / 掌權 / 掌聲 / 掌握 /
手掌
【成語】掌上明珠 / 孤掌難鳴 / 瞭如指掌 / 摩拳
擦掌

## 漲 | 涨 　普 zhǎng　粵 zoeng3 帳
　倉 ENSV
水部，14 畫。

▲ 另見 486 頁 zhàng。
【釋義】①水位升高：漲潮 / 河水暴漲。②物
價提高：漲價 / 物價上漲。
【組詞】漲幅 / 暴漲 / 高漲 / 上漲
【成語】水漲船高

# 丈

🔊 zhàng 🔊 zoeng6 象 🔊 JK
一部，3畫。

【釋義】①長度單位。10尺等於1丈，1丈約合3.33米。②用尺或其他工具測量土地面積或距離：丈地／丈量。③古代對老年男子的尊稱：老丈。④丈夫（用於某些親戚的尊稱）：姑丈（姑夫）／姨丈（姨夫）。
【組詞】丈夫／萬丈
【成語】火冒三丈／一落千丈

# 仗

㊀ 🔊 zhàng 🔊 zoeng3 漲 🔊 OJK
人部，5畫。

【釋義】指戰爭或戰鬥：打仗／這一仗打得真漂亮。
【組詞】敗仗／勝仗／硬仗

㊁ 🔊 zhàng 🔊 zoeng6 丈
【釋義】①兵器的總稱：儀仗。②拿着（兵器）：仗劍。②憑藉，倚仗：憑仗／仰仗。
【組詞】仗勢／仗義／倚仗
【成語】仗勢欺人／仗義疏財／仗義執言

# 杖

🔊 zhàng 🔊 zoeng6 丈 🔊 DJK
木部，7畫。

【釋義】①枴杖，手杖：扶杖而行。②泛指棍棒：禪杖／魔杖。
【組詞】枴杖／手杖

# 帳

🔊 zhàng 🔊 zoeng3 脹
🔊 LBSMV
巾部，11畫。

【釋義】①用布、紗或綢子等做成的遮蔽用的東西：帳幕／營帳。②同「賬」，見本頁

zhàng。
【組詞】帳篷／蚊帳

# 脹

🔊 zhàng 🔊 zoeng3 帳
🔊 BSMV
肉部，12畫。

【釋義】①膨脹：熱脹冷縮。②身體內壁受到壓迫而產生不舒服的感覺：腹脹／腫脹／肚子發脹。
【組詞】膨脹

# 漲

🔊 zhàng 🔊 zoeng3 帳
🔊 ENSV
水部，14畫。

▲另見485頁 zhǎng。

【釋義】①固體因吸收液體而體積增大：豆子泡漲了。②（頭部）充血：漲紅了臉／頭昏腦漲。

# 嶂

🔊 zhàng 🔊 zoeng3 帳 🔊 UYTJ
山部，14畫。

【釋義】高聳險峻如同屏障的山峯：層巒疊嶂。

# 障

🔊 zhàng 🔊 zoeng3 帳 🔊 NLYTJ
阜部，14畫。

【釋義】①阻隔，遮擋：障礙。②用來遮擋、防衞的東西：路障／屏障。
【組詞】保障／故障

# 賬

🔊 zhàng 🔊 zoeng3 帳
🔊 BCSMV
貝部，15畫。

【釋義】①關於貨幣、貨物出入的記載：查賬/記賬/結賬。②債：還賬/賴賬/欠賬。
【組詞】賬簿/賬單/賬號/賬戶/賬目/算賬/轉賬

---

— zhao —

## 招 ⓟ zhāo ⓒ ziu1 蕉 ⓒ QSHR
手部，8畫。

【釋義】①揮手打招呼或叫人來：招手。②用廣告或通知的方式使人來：招標/招考/招生。③引來，招惹(不好的事物)：招災/招蒼蠅/滿招損，謙受益。④承認罪行：招供/招認。⑤比喻計策或手段：耍花招。
【組詞】招待/招呼/招募/招牌/招聘/招惹/招數/招致/絕招/打招呼
【成語】招兵買馬/招賢納士/招搖過市/招搖撞騙/不打自招/屈打成招

## 昭 ⓟ zhāo ⓒ ciu1 超 ⓒ ASHR
日部，9畫。
【釋義】明顯：昭然/昭彰/昭著。
【成語】昭然若揭/臭名昭著

## 着 ⓟ zhāo ⓒ zoek6 雀六聲 ⓒ TQBU
目部，12畫。
▲另見本頁 zháo；490頁 zhe；512頁 zhuó。
【釋義】下棋時下一子或走一步叫一着。

## 朝 ⓟ zhāo ⓒ ziu1 焦 ⓒ JJB
月部，12畫。

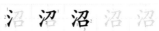

▲另見41頁 cháo。
【釋義】①早晨：朝陽/朝三暮四。②日，天：今朝。
【組詞】朝露/朝氣/朝日/朝夕/朝霞
【成語】朝不保夕/朝令夕改/朝氣蓬勃/朝秦暮楚/朝思暮想/朝朝暮暮

## 着 ⓟ zháo ⓒ zoek6 雀六聲 ⓒ TQBU
目部，12畫。

▲另見本頁 zhāo；490頁 zhe；512頁 zhuó。
【釋義】①接觸，挨上：上不着天，下不着地。②感受，受到：着慌/着涼/着迷。③燃燒，也指燈發光(跟「滅」相對)：着火/燈着了。④表示已達到目的或有了結果：猜着了/睡着了。
【組詞】着急/着忙

## 爪 ⓟ zhǎo ⓒ zaau2 找 ⓒ HLO
爪部，4畫。

▲另見508頁 zhuǎ。
【釋義】①動物的腳趾甲。②鳥獸的腳：鷹爪/一鱗半爪。
【組詞】爪牙/腳爪/鱗爪
【成語】張牙舞爪

## 找 ⓟ zhǎo ⓒ zaau2 爪 ⓒ QI
手部，7畫。

【釋義】①為了要見到或得到所需求的人或事物而努力：找人/尋找/找竅門。②把超過應收的部分退還：找錢。
【組詞】找到/找尋

## 沼 ⓟ zhǎo ⓒ ziu2 剿 ⓒ ESHR
水部，8畫。

【釋義】天然的水池子：沼澤/池沼。
【組詞】沼氣/泥沼

## 召 ⓟ zhào ⓒ ziu6 趙 ⓒ SHR
口部，5畫。

Z

【釋義】呼喚，叫人來：召喚 / 號召。
【組詞】召集 / 召見 / 召開 / 徵召

**兆** 🔊zhào 🔊siu6 紹 🔊LMUO
儿部，6 畫。

【釋義】①事先顯露出的跡象：先兆 / 徵兆 / 不吉之兆。②預先顯示：瑞雪兆豐年（冬季應時的雪預示著新年將來年是豐收之年）。
【組詞】兆頭 / 吉兆 / 凶兆 / 預兆

**詔**｜诏 🔊zhào 🔊ziu3 照
🔊YRSHR
言部，12 畫。

【釋義】①告訴，告誡：詔告。②皇帝發的命令：詔令 / 詔書。

**照** 🔊zhào 🔊ziu3 詔 🔊ARF
火部，13 畫。

【釋義】①照射：照耀 / 光照 / 日照。②對着鏡子、水面等看自己的影子，鏡子、水面等把人或物的形象反映出來：照鏡子。③拍攝（相片）：照相。④相片：劇照 / 玉照。⑤政府所發的憑證：護照 / 牌照。⑥照料：照顧 / 照應。⑦通知：照會 / 關照。⑧比照：查照 / 對照。⑨知曉，領會：心照不宣。⑩對着，向着：照直走。⑪依照，按照：參照 / 照章辦事。
【組詞】照常 / 照例 / 照明 / 照片 / 照樣 / 仿照 / 合照 / 拍照 / 依照 / 遵照
【成語】照本宣科 / 肝膽相照

**罩** 🔊zhào 🔊zaau3 找三聲 🔊WLYAJ
网部，13 畫。

【釋義】①遮蓋，套在外面：籠罩。②遮蓋在物體上面的東西：燈罩 / 紗罩。
【組詞】罩子 / 淋罩 / 口罩 / 面罩

**肇** 🔊zhào 🔊siu6 兆 🔊HKLQ
聿部，14 畫。

【釋義】①發生，引起：肇禍 / 肇事。②開始，開頭：肇始。

**趙**｜赵 🔊zhào 🔊ziu6 召
🔊GOFB
走部，14 畫。

【釋義】①周朝國名，在今山西省北部和中部、河北省西部和南部。②指河北省南部。
【成語】完璧歸趙 / 圍魏救趙

## zhe

**蜇** 🔊zhē 🔊zit3 節 🔊QLLMI
虫部，13 畫。

【釋義】蜂、蠍等用毒刺刺人：被蠍子蜇了一下。

**遮** 🔊zhē 🔊ze1 姐一聲 🔊YITF
辵部，15 畫。

【釋義】①擋住，使不顯露：遮蔽 / 遮太陽。②攔住：遮攔。③掩蓋：遮羞 / 遮人耳目。
【組詞】遮藏 / 遮醜 / 遮擋 / 遮蓋 / 遮掩
【成語】遮天蔽日 / 遮天蓋地 / 一手遮天

**折** 🔊zhé 🔊zit3 節 🔊QHML
手部，7 畫。

▲另見 336 頁 shé。

【釋義】①斷，弄斷：骨折 / 攀折花木。②損失：損兵折將。③彎，彎曲：波折 / 百折不撓。④轉變方向：折射 / 轉折。⑤信服：折服 / 心折。⑥折合，抵換：折變家產 / 如有損壞，折價賠償。⑦折扣，按成數減少：七折 /

不折不扣。⑧元雜劇每個劇本分為四折，一折相當於後來的一齣。

【組詞】折返 / 折扣 / 折磨 / 折線 / 挫折 / 曲折 / 夭折

【成語】一波三折

哲 ⓟ zhé ⓒ zit3 節 ⓒ QLR
口部，10 畫。

【釋義】①有智慧：哲人。②有智慧的人：聖哲 / 先哲。

【組詞】哲理 / 哲學 / 賢哲

摺 | 折 ⓟ zhé ⓒ zip3 接 ⓒ QSMA
手部，14 畫。

摺 摺 摺 摺 摺

【釋義】①摺疊，把物體的一部分摺過來與另一部分疊在一起：摺尺 / 摺扇。②摺子，用紙摺疊成的冊子：存摺 / 奏摺。

【組詞】摺疊 / 對摺

輒 | 辄 ⓟ zhé ⓒ zip3 接 ⓒ JJSJU
車部，14 畫。

【釋義】總是，就：動輒得咎（一有舉動就會遭受責罰）/ 淺嘗輒止（稍微嘗試一下就停止了）。

蟄 | 蛰 ⓟ zhé ⓒ zat6 姪 ⓒ GILMI
虫部，17 畫。

【釋義】①指某些動物冬眠，藏起來不動不吃：蟄伏 / 蟄如冬蛇。②比喻人長期躲在家裏，不出頭露面：蟄居。

轍 | 辙 ⓟ zhé ⓒ cit3 撤 ⓒ JJYBK
車部，19 畫。

【釋義】①車輪壓出的痕跡：車轍 / 重蹈覆轍 / 如出一轍。②雜曲、戲曲、歌詞所押的韻：合轍 / 十三轍。

【成語】南轅北轍

者 ⓟ zhě ⓒ ze2 姐 ⓒ JKA
老部，8 畫。

者 者 者 者 者

【釋義】詞綴。①表示有此屬性或做此動作的人或事物：強者 / 學者 / 有志者事竟成。②表示從事某項工作或信仰某個主義的人：教育工作者 / 英雄主義者。③指前面所說的幾件事物：後者 / 前者 / 兩者缺一不可。

【組詞】筆者 / 編者 / 讀者 / 患者 / 記者 / 傷者 / 死者 / 長者 / 作者

【成語】來者不拒 / 能者多勞 / 旁觀者清 / 始作俑者

褶 ⓟ zhě ⓒ zip3 摺 ⓒ LSMA
衣部，16 畫。

【釋義】①衣服的摺痕：百褶裙。②泛指皺摺或皺紋：那張紙盡是褶子 / 他臉上有了許多褶子。

浙 ⓟ zhè ⓒ zit3 節 ⓒ EQHL
水部，10 畫。

【釋義】指浙江省。

這 | 这 ⓟ zhè ⓒ ze2 者
ⓧ ze5 者五聲 ⓒ YYMR
辵部，11 畫。

這 這 這 這 這

【釋義】①指距離比較近的人或事物：這裏 / 這人。②代替距離比較近的人或事物，單獨充當句子成分：這是王老師。③代替「這時候」，有加強語氣的作用：他這就出發。

【組詞】這邊 / 這次 / 這個 / 這麼 / 這些 / 這樣 / 這會兒

蔗 ⓟ zhè ⓒ ze3 借 ⓒ TITF
艸部，15 畫。

蔗 蔗 蔗 蔗 蔗

【釋義】甘蔗，草本植物，莖圓柱形，有節，含糖質，是製糖的重要原料。

【組詞】蔗糖 / 甘蔗

## 着

普 zhe　粵 zoek6 雀六聲　倉 TQBU
目部，12畫。

▲另見 487 頁 zhāo；487 頁 zháo；512 頁 zhuó。

【釋義】①表示動作的持續：哼着歌／列車奔馳着。②表示狀態的持續：窗戶敞着。③用於加強命令或囑咐的語氣：你仔細看着。④加在某些動詞後面，使變成介詞：朝着／順着。

【組詞】跟着／接着／為着

---

# zhen

## 珍

普 zhēn　粵 zan1 真　倉 MGOHH
玉部，9畫。

【釋義】①寶貴的東西：奇珍異寶／如數家珍。②寶貴的，貴重的：珍本／珍品／珍禽。③精美的食品：山珍海味。④看重：珍視。

【組詞】珍愛／珍寶／珍藏／珍貴／珍惜／珍重／珍珠

## 貞

普 zhēn　粵 zing1 晶　倉 YBUC
貝部，9畫。

【釋義】①忠於自己所重視的原則，堅定不變：堅貞不屈／忠貞不渝。②封建禮教指女子不改嫁或不失身：貞婦／貞潔。

【組詞】貞操／貞節／貞烈／堅貞／忠貞

## 真

普 zhēn　粵 zan1 珍　倉 JBMC
目部，10畫。

【釋義】①真實（跟「偽」「假」（jiǎ）相對）：真心／真摯／純真／失真。②的確，實在：真忙／跑得真快！③清楚確實：聽得真切／字太小，看不真。④人的肖像，也指物體的原樣：傳真／寫真。

【組詞】真誠／真理／真情／真是／真偽／真相／真正／逼真／認真／天真

【成語】真才實學／真憑實據／真相大白／真心實意／真知灼見／去偽存真／信以為真

## 針｜针

普 zhēn　粵 zam1 斟　倉 CJ
金部，10畫。

【釋義】①縫衣物引線用的一種工具，細長而尖：繡花針。②形狀像針的東西：指南針。③中醫用特製的金屬針按一定穴位刺入體內治病：針灸。④針劑，注射劑：打針。

【組詞】針對／針線／方針／指針

【成語】針鋒相對／一針見血／海底撈針／見縫插針

## 偵｜侦

普 zhēn　粵 zing1 晶　倉 OYBC
人部，11畫。

【釋義】暗中察看，調查：偵查／偵探。

【組詞】偵察／偵緝／偵破

## 幀｜帧

普 zhēn　粵 zing3 政　倉 LBYBC
巾部，12畫。

【釋義】表示單位。幅，用於字畫、照片等：一幀照片。

## 斟

普 zhēn　粵 zam1 針　倉 TVYJ
斗部，13畫。

【釋義】往杯子或碗裏倒：斟茶／自斟自飲。

## 榛

普 zhēn　粵 zeon1 津　倉 DQKD
木部，14畫。

【釋義】喬木，果實球形，有硬殼，果仁可以吃，也可榨油。

【組詞】榛子

## 甄

普 zhēn　粵 jan1 因　倉 MGMVN
瓦部，14畫。

甄 **甄**

【釋義】審查，鑒別：甄別 / 甄選。

箴 Ⓟzhēn Ⓨzam1 針 ⒸHIHR
竹部，15 畫。
【釋義】勸告，勸誡：箴言。

臻 Ⓟzhēn Ⓨzeon1 津 ⒸMGQKD
至部，16 畫。
【釋義】至，達到：漸臻佳境 / 日臻完善。

枕 Ⓟzhěn Ⓨzam2 怎 ⒸDLBU
木部，8 畫。

枕 **枕**

【釋義】①枕頭：枕套 / 高枕無憂。②躺着時把頭放在枕頭或其他東西上：枕着胳膊睡。
【組詞】枕頭

疹 Ⓟzhěn Ⓨcan2 診 ⒸKOHH
疒部，10 畫。
【釋義】病人皮膚上起的很多的小疙瘩，通常是紅色的，如濕疹、皰疹。

診｜诊 Ⓟzhěn Ⓨcan2 疹
ⒸYROHH
言部，12 畫。

診 **診**

【釋義】醫生為了解病情而檢查：診斷 / 門診。
【組詞】診療 / 診所 / 診治 / 覆診 / 確診 / 誤診 / 應診

縝｜缜 Ⓟzhěn Ⓨcan2 診
ⒸVFJBC
糸部，16 畫。
【釋義】細緻：心思縝密。

振 Ⓟzhèn Ⓨzan3 震 ⒸQMMV
手部，10 畫。

振 **振**

【釋義】①搖動，揮動：振臂 / 振翅。②振動：振幅 / 共振。③奮起：振奮 / 振作。
【組詞】振動 / 振興
【成語】振臂一呼 / 一蹶不振

陣｜阵 Ⓟzhèn Ⓨzan6 真六聲
ⒸNLJWJ
阜部，10 畫。

陣 **陣**

【釋義】①古代軍隊交戰時的戰鬥隊列：八卦陣 / 嚴陣以待。②陣地：陣亡 / 上陣殺敵。③一段時間：一陣子。④表示事情或動作經過的段落：一陣雨 / 一陣陣的掌聲。
【組詞】陣地 / 陣容 / 陣勢 / 陣線 / 陣營 / 陣雨 / 敗陣 / 出陣 / 對陣 / 上陣
【成語】臨陣脫逃 / 衝鋒陷陣 / 排兵佈陣

賑｜赈 Ⓟzhèn Ⓨzan3 振
ⒸBCMMV
貝部，14 畫。

賬 **賬**

【釋義】救濟：賑濟 / 賑災。

鴆｜鸩 Ⓟzhèn Ⓨzam6 針一聲
ⒸLUHAF
鳥部，15 畫。
【釋義】①傳說中的一種毒鳥，羽毛紫綠色，放在酒中能毒死人。②用鴆的羽毛泡成的毒酒：飲鴆止渴（比喻只顧一時所需，不講後果）。

震 Ⓟzhèn Ⓨzan3 振 ⒸMBMMV
雨部，15 畫。

Z

【釋義】①迅速或劇烈地顫動：震撼／地震／威震四方。②情緒過分激動：震驚／震怒。

【組詞】震盪／震動

【成語】震耳欲聾／震古鑠今／震撼人心／威震天下

## 鎮｜鎮

⊕ zhèn ⊕ zan3 振
⊛ CJBC
金部，18畫。

【釋義】①壓，抑制：鎮痛。②安定：鎮定。③用武力維持安定的局面：鎮壓。④鎮守的地方：軍事重鎮。⑤行政區劃單位，一般隸屬縣一級。⑥較大的集市：集鎮。⑦將食物、飲料等和冰塊放在一起或放在冷水裏使變涼：冰鎮奶茶。

【組詞】鎮靜／鎮守／城鎮／市鎮／鄉鎮

---

### zheng

## 正

⊕ zhēng ⊕ zing1 蒸 ⊛ MYLM
止部，5畫。

▲另見493頁zhèn。

【釋義】正月，農曆一年的第一個月：正旦（農曆正月初一日）／新正。

【組詞】正月

## 爭｜争

⊕ zhēng ⊕ zang1 增
⊛ BSD
爪部，8畫。

【釋義】①力求得到或達到，爭奪：爭先／競爭／爭權奪利。②爭執，爭論：爭吵。

【組詞】爭辯／爭光／爭氣／爭取／爭議／鬥爭／紛爭／抗爭／力爭／戰爭

【成語】爭分奪秒／爭風吃醋／爭奇鬥豔／爭強好勝／爭先恐後／龍爭虎鬥／據理力爭

## 征

⊕ zhēng ⊕ zing1 晶 ⊛ HOMYM
彳部，8畫。

【釋義】①走很長的路（多指軍隊）：征途／遠征。②出兵討伐：征討／出征／御駕親征。

【組詞】征伐／征服／征戰

【成語】東征西討／南征北戰

## 掙｜挣

⊕ zhēng ⊕ zang1 爭
⊛ QBSD
手部，11畫。

▲另見494頁zhèng。

【釋義】〔掙扎〕用力支撐：垂死掙扎。

## 崢｜峥

⊕ zhēng ⊕ zaang1 支坑一聲
⊛ UBSD
山部，11畫。

【釋義】〔崢嶸〕（嶸：⊕róng ⊕wing4 榮）①山勢高峻：三峽崢嶸。②不平常，不平凡：崢嶸歲月。

## 猙｜狰

⊕ zhēng ⊕ zang1 增
⊛ KHBSD
犬部，11畫。

【釋義】〔猙獰〕面目兇惡：面目猙獰。

## 睜｜睁

⊕ zhēng ⊕ zaang1 支坑一聲
ⓧ zang1 爭 ⊛ BUBSD
目部，13畫。

【釋義】張開（眼睛）：睜大眼睛／睜一隻眼，閉一隻眼。

【組詞】睜開／睜眼／眼睜睜

## 蒸

⊕ zhēng ⊕ zing1 征 ⊛ TNEF
艸部，14畫。

【釋義】①蒸發：蒸騰／水蒸氣。②利用水蒸氣的熱力使食物變熟或變熱：蒸籠／蒸饅頭。

【組詞】蒸發／蒸餾

【成語】蒸蒸日上

---

**箏**｜筝 ⓹zhēng ⓷zaang1 支坑一聲
Ⓧzang1 增 ⓸HBSD
竹部，14畫。

【釋義】①〔古箏〕古代一種弦樂器，有弦十三根至十六根。②〔風箏〕一種玩具，在竹蔑做的骨架上糊紙，拉着繫在上面的長線，趁着風勢可以放上天空。

---

**徵**｜征 ⓹zhēng ⓷zing1 征
⓸HOUGK
彳部，15畫。

【釋義】①國家召集人民服務：徵兵。②徵收，政府向個人或集體收取：徵糧／徵稅。③徵求：徵稿／徵婚。④證明，證驗：信而有徵。⑤表露出來的跡象，現象：特徵／象徵。

【組詞】徵調／徵集／徵求／徵收／徵文／徵用／徵狀／病徵／應徵

【成語】旁徵博引

---

**錚**｜铮 ⓹zhēng ⓷zaang1 支坑一聲
⓸CBSD
金部，16畫。

【釋義】形容金屬撞擊的聲音：錚然作響／鐵骨錚錚／鐵中錚錚（敲起聲音較為響亮的鐵塊。比喻勝過一般人的人）。

---

**癥**｜症 ⓹zhēng ⓷zing1 貞
⓸KHOK
疒部，20畫。

【釋義】〔癥結〕指腹內結塊的病，比喻把事情弄壞或不能解決的關鍵：問題癥結。

---

**拯** ⓹zhēng ⓷cing2 請 ⓸QNEM
手部，9畫。

【釋義】救：拯救。

---

**整** ⓹zhēng ⓷zing2 貞二聲
⓸DKMYM
支部，16畫。

【釋義】①全部包括在內，沒有剩餘或殘缺；完整（跟「零」相對）：整體／整天／化整為零。②整齊：整潔／衣冠不整。③整理，整頓：整裝待發。④修理：整容／整修／整治。⑤使吃苦頭：他整得我們好苦。

【組詞】整頓／整個／整理／整齊／整數／整整／平整／齊整／調整／完整

【成語】重整旗鼓

---

**正** ⓹zhèng ⓷zing3 政 ⓸MYLM
止部，5畫。

▲ 另見492頁 zhēng。

【釋義】①垂直或符合標準方向（跟「歪」相對）：正北／正前方。②位置在中間（跟「偏」相對）：正房／正門。③用於時間，指正在那一點上或在那一段的中間：正午／三點正。④正面（跟「反」相對）：這件衣服正反都可以穿。⑤正直：正派／公正。⑥正當，合理合法：正理／正路。⑦（色、味）純正：正紅色／味道很正。⑧合乎法度，端正：正楷／正體。⑨基本的，主要的（區別於「副」）：正本／正文。⑩圖形的各個邊長和各個內角都相等的：正方形。⑪大於零的（跟「負」相對，下⑫同）：正數。⑫指失去電子的：正電／正極。⑬使位置正，使不歪斜：正骨。

Z

⑭使端正：嚴肅紀律，以正校風。⑮改正，糾正（錯誤）：正誤 / 訂正。⑯恰好：正巧 / 正中下懷。⑰表示動作的進行、狀態的持續：外面正下著雨呢。

【組詞】正常 / 正好 / 正氣 / 正確 / 正式 / 正義 / 正中 / 矯正 / 修正 / 真正

【成語】正大光明 / 正襟危坐 / 正人君子 / 正顏厲色 / 義正辭嚴 / 堂堂正正 / 一本正經 / 改邪歸正

## 怔 　曾 zhèng　粵 zing1 征　倉 PMYM
心部，8 畫。

【釋義】發愣，發呆：發怔 / 愣怔。

## 政 　曾 zhèng　粵 zing3 證　倉 MMOK
支部，9 畫。

政　政　政　政　政

【釋義】①政治：政府 / 政務 / 參政。②國家某一部門主管的業務：財政 / 民政 / 郵政。③指家庭及團體的事務：家政 / 校政。

【組詞】政策 / 政黨 / 政權 / 政制 / 廉政 / 律政 / 施政 / 行政 / 執政 / 專政

【成語】政通人和 / 各自為政

## 症 　曾 zhèng　粵 zing3 政　倉 KMYM
疒部，10 畫。

症　症　症　症　症

【釋義】疾病：病症 / 後遺症。

【組詞】症狀 / 急症 / 絕症 / 併發症

【成語】對症下藥 / 不治之症

## 掙 ｜ 挣　㊀ 曾 zhèng　粵 zang1 爭　倉 QBSD
手部，11 畫。

掙　掙　掙　掙　掙

▲ 另見 492 頁 zhēng。

【釋義】用力使自己擺脫束縛：掙脫枷鎖。

㊁ 曾 zhèng　粵 zaang6 坐硬六聲

【釋義】用勞動換取：掙錢。

## 諍 ｜ 诤　曾 zhèng　粵 zaang3 志迸三聲　倉 YRBSD
言部，15 畫。

【釋義】直率地勸告：諍諫 / 諍言 / 諍友（能直言規勸的朋友）。

## 鄭 ｜ 郑　曾 zhèng　粵 zeng6 自鏡六聲　倉 TKNL
邑部，15 畫。

鄭　鄭　奠　鄭　鄭

【釋義】①周朝國名，在今河南省新鄭一帶。②姓。③〔鄭重〕嚴肅認真：鄭重其事。

## 證 ｜ 证　曾 zhèng　粵 zing3 政　倉 YRNOT
言部，19 畫。

證　證　證　證　證

【釋義】①證明：證人 / 證書 / 考證。②證據，證件：憑證 / 佐證。

【組詞】證實 / 保證 / 公證 / 見證 / 例證 / 論證 / 簽證 / 求證 / 驗證 / 身分證

【成語】鐵證如山

# zhi

## 之 　曾 zhī　粵 zi1 支　倉 INO
丿部，4 畫。

之　之　之　之　之

【釋義】①用來代替人或事物（限於做賓語）：求之不得 / 言之成理。②虛用，沒有實際指向：久而久之。③相當於「的」：不時之需 / 赤子之心。④相當於「在這」「以」：之後 / 之前。

【組詞】之際 / 之間 / 之內 / 之外 / 反之 / 極之 / 總之 / 換言之

【成語】呼之欲出 / 乘人之危 / 當務之急 / 後顧之憂 / 一席之地 / 不了了之 / 敬而遠之 / 取而代之

## 支　🔵 zhī　🟣 zi1 之　🟢 JE
支部，4畫。

一　十　ㄔ　支

【釋義】①撐：支撐 / 獨木難支。②伸出，豎起：支起耳朵聽。③支持：支援 / 體力不支。④調度，指使：支配 / 支使。⑤付出或領取款項：支出 / 支付。⑥分支：支流 / 支線。⑦表示單位。(a)用於隊伍等：一支軍隊。(b)用於歌曲或樂曲：兩支曲子。(c)用於桿狀的東西：一支槍 / 一支蠟燭。⑧地支，即曆法用字子、丑、寅、卯、辰、巳、午、未、申、酉、戌、亥的總稱。
【組詞】支持 / 支點 / 支架 / 支票 / 支柱 / 超支 / 分支 / 開支 / 收支 / 透支
【成語】支離破碎 / 樂不可支

## 汁　🔵 zhī　🟣 zap1 執　🟢 EJ
水部，5畫。

汁　丶　氵　氵　汁

【釋義】含有某種物質的液體：汁液 / 乳汁。
【組詞】橙汁 / 果汁
【成語】絞盡腦汁

## 吱　🔵 zhī　🟣 zi1 知　🟢 RJE
口部，7畫。

吚　吐　吱

【釋義】形容有些尖細的聲音：老鼠吱吱地叫。
【組詞】吱吱喳喳

## 芝　🔵 zhī　🟣 zi1 支　🟢 TINO
艸部，8畫。

芐　芝

【釋義】靈芝，菌類植物。菌蓋腎臟形，暗紫色。中醫入藥。古代用來象徵祥瑞。

## 枝　🔵 zhī　🟣 zi1 之　🟢 DJE
木部，8畫。

枋　枅　枝

【釋義】①植物主幹上分出來的較細的莖：枝條 / 樹枝。②表示單位。(a)用於帶枝子的花朵：一枝梅花。(b)同「支⑦(c)」，見本頁 zhī。
【組詞】枝幹 / 枝節 / 枝頭 / 枝葉
【成語】枝繁葉茂 / 粗枝大葉 / 花枝招展 / 添枝加葉 / 細枝末節 / 橫生枝節 / 節外生枝

## 知　🔵 zhī　🟣 zi1 支　🟢 OKR
矢部，8畫。

矢　矢　知

【釋義】①知道：知曉 / 熟知。②使知道：通知。③知識：求知 / 無知。④舊時指主管：知縣。
【組詞】知恥 / 知己 / 知覺 / 知名 / 知足 / 得知 / 明知 / 須知 / 知識分子
【成語】知己知彼 / 知難而退 / 知足常樂 / 不知不覺 / 不知所措 / 一知半解 / 真知灼見 / 自知之明 / 一無所知 / 眾所周知

## 肢　🔵 zhī　🟣 zi1 之　🟢 BJE
肉部，8畫。

月　肢

【釋義】指人的胳膊和腿，也指某些動物的腿：肢體 / 四肢。
【組詞】上肢 / 下肢

## 隻 | 只　🔵 zhī　🟣 zek3 炙　🟢 OGE
隹部，10畫。

隹　隻

【釋義】①單獨的：隻身前往／隻言片語。
②表示單位：兩隻耳朵／一隻母雞。
【成語】隻字不提／形單影隻

### 脂 <sub>普</sub> zhī <sub>粵</sub> zi1 之 <sub>倉</sub> BPA
肉部，10畫。

【釋義】①動植物所含的油質：脂肪／松脂。
②胭脂，一種紅色的化妝品：脂粉。
【組詞】胭脂／油脂
【成語】民脂民膏／塗脂抹粉

### 蜘 <sub>普</sub> zhī <sub>粵</sub> zi1 之 <sub>倉</sub> LIOKR
虫部，14畫。

【釋義】〔蜘蛛〕節肢動物，身體圓形或長圓形，有四對足，肛門尖端的突起能分泌黏液，凝成細絲，用來結網捕食昆蟲。

### 織｜织 <sub>普</sub> zhī <sub>粵</sub> zik1 即 <sub>倉</sub> VFYIA
糸部，18畫。

【釋義】①使紗或線交叉穿過，製成綢、布等：織布／紡織。②用針使紗或線互相套住，製成毛衣、襪子、花邊、網子等：編織。
【組詞】織品／織物／織造／交織
【成語】牛郎織女／男耕女織

### 直 <sub>普</sub> zhí <sub>粵</sub> zik6 夕 <sub>倉</sub> JBMM
目部，8畫。

【釋義】①成直線的（跟「曲」（qū）相對）：筆直。②與地面垂直的（跟「橫」（héng）相對，下③同）：直升機。③從上到下的：直行的文字。④挺直，使不彎曲：直起腰來。⑤公正，正直：理直氣壯。⑥直爽，坦率：心直口快。⑦漢字的筆畫，即「豎」。⑧直接，徑直：直播／直通車。⑨一直：直到如今。⑩一個勁兒地，不斷地：大家高興得直鼓掌。⑪簡直，表示完全如此（語氣多帶誇張）：笑得直像個傻子一樣。
【組詞】直尺／直到／直角／直徑／直覺／直立／直線／直至／垂直／率直
【成語】直截了當／直言不諱／單刀直入／奮起直追／橫衝直撞／勇往直前

### 姪｜侄 <sub>普</sub> zhí <sub>粵</sub> zat6 疾 <sub>倉</sub> VMIG
女部，9畫。

【釋義】弟兄或其他同輩男性親屬的兒子，也稱朋友的兒子：姪孫／姪子。

### 值 <sub>普</sub> zhí <sub>粵</sub> zik6 夕 <sub>倉</sub> OJBM
人部，10畫。

【釋義】①價格，數值：幣值／產值。②貨物和價錢相當：這雙鞋值一百元。③指有意義或有價值，值得：不值一提。④遇到，碰上：適值／正值中秋。⑤輪流擔任一定時間內的職務：值班。
【組詞】值得／值錢／值勤／貶值／儲值／當值／價值／數值／增值／總值
【成語】價值連城

### 執｜执 <sub>普</sub> zhí <sub>粵</sub> zap1 汁 <sub>倉</sub> GJKNI
土部，11畫。

【釋義】①拿着：執筆／執鞭。②掌握，管理：執教／執政。③堅持：執着。④執行：執法。⑤作為憑證的單據：執照。
【組詞】執拗／執行／執意／執掌／固執／爭執
【成語】執法如山／執迷不悟／固執己見

### 植 <sub>普</sub> zhí <sub>粵</sub> zik6 夕 <sub>倉</sub> DJBM
木部，12畫。

**植** 植 植 植 植

【釋義】①栽種：植樹／移植。②樹立：扶植／
植黨營私。③指植物：植被。
【組詞】植物／培植／栽植／種植

**殖** 曾 zhí 粵 zik6 直 倉 MNJBM
歹部，12畫。

歹 殖 殖 殖 殖

【釋義】生息，滋生：繁殖／生殖。

**職｜职** 曾 zhí 粵 zik1 積 倉 SJYIA
耳部，18畫。

耴 耺 聸 職 職

【釋義】①職務，工作中按規定應擔任的事
情：職能／盡職。②職位，執行一定職務所
處的地位、工作崗位：調職／官職。③掌
管：職掌。
【組詞】職場／職工／職權／職業／職員／職責／
辭職／兼職／任職／殉職
【成語】盡忠職守／以身殉職／一官半職

**止** 曾 zhǐ 粵 zi2 只 倉 YLM
止部，4畫。

⺊ ⺊ 止 止 止

【釋義】①停止：止步／止息／休止。②攔阻，
使停止：止血／禁止／制止。③截止，（到一定
期限）停止：報名到月底止。④僅，只：不止
一次。
【組詞】止痛／不止／防止／截止／靜止／停止／
為止／終止／阻止／不單止
【成語】望梅止渴／揚湯止沸／高山仰止／淺嘗
輒止／適可而止／歎為觀止

**只** 曾 zhǐ 粵 zi2 子 倉 RC
口部，5畫。

**只** 只 只 只 只 只

【釋義】①表示限於某個範圍：只見樹木，
不見森林。②只有，僅有：只此一家，別無
分店。
【組詞】只得／只顧／只好／只能／只是／只要／
只有／不只

**旨** 曾 zhǐ 粵 zi2 止 倉 PA
日部，6畫。

旨 旨 旨 旨 旨 旨

【釋義】①意義，用意，目的：要旨／主旨。
②意旨，也特指帝王的命令：聖旨／遵旨。
【組詞】旨意／大旨／意旨／宗旨
【成語】言近旨遠／無關宏旨

**址** 曾 zhǐ 粵 zi2 止 倉 GYLM
土部，7畫。

圠 址 址 址 址 址

【釋義】建築物的位置，地基：地址／住址。
【組詞】故址／舊址／遺址／原址

**指** 曾 zhǐ 粵 zi2 止 倉 QPA
手部，9畫。

指 指 指 指 指 指

【釋義】①手指頭：指紋／拇指／食指。②（手
指頭、物體尖端）對着，向着：指手畫腳。
③頭髮直立：令人髮指。④指點：指導／指
示。⑤意思上指着：我不是指你說的。⑥指
斥，指責：千夫所指。⑦仰仗，依靠：指望。
【組詞】指標／指出／指定／指揮／指教／指控／
指南／指使／指數／指引
【成語】指鹿為馬／指日可待／指桑罵槐／瞭如
指掌／首屈一指

**咫** 曾 zhǐ 粵 zi2 子 倉 SORC
口部，9畫。

Z

【釋義】①古代稱八寸為咫。②〔咫尺〕比喻很近的距離：近在咫尺。

## 紙｜纸

普 zhǐ　粵 zi2 止　倉 VFHVP
系部，10畫。

【釋義】①寫字、繪畫、印刷、包裝等所用的東西，多用植物纖維製造：紙張／信紙。②書信、文件的張數：一紙公文／一紙禁令。

【組詞】紙板／紙幣／紙巾／紙牌／紙皮／紙條／紙屑／報紙／貼紙

【成語】紙上談兵／紙醉金迷／力透紙背

## 趾

普 zhǐ　粵 zi2 子　倉 RMYLM
足部，11畫。

【釋義】①腳指頭：趾骨／腳趾。②腳：趾高氣揚。

【組詞】趾甲

## 至

普 zhì　粵 zi3 志　倉 MIG
至部，6畫。

【釋義】①到，到達：至此／至今／自始至終。②極，最：至少／仁至義盡／如獲至寶。③至於：甚至。

【組詞】至誠／至多／至親／至於／及至／截至／以至／直至／不至於

【成語】至高無上／至理名言／賓至如歸／無微不至

## 志

普 zhì　粵 zi3 至　倉 GP
心部，7畫。

【釋義】志向，志願：志氣／得志／立志。

【組詞】志向／志願／鬥志／意志／壯志

【成語】志同道合／志在四方／眾志成城／人各有志／玩物喪志／專心致志

## 治

普 zhì　粵 zi6 字　倉 EIR
水部，8畫。

【釋義】①治理：治國／治家／統治。②安定，太平：治世／天下大治。③舊時稱地方政府所在地：府治／縣治。④醫治：治病／救治。⑤消滅害蟲：治蝗。⑥懲辦：治罪／處治。⑦研究：治學。

【組詞】治安／治療／治癒／懲治／法治／防治／根治／管治／政治

【成語】長治久安／勵精圖治

## 制

普 zhì　粵 zai3 祭　倉 HBLN
刀部，8畫。

【釋義】①擬訂，規定：制定／編制。②用強力約束，限定，管束：制裁／限制。③制度：法制／學制。

【組詞】制訂／制服／制止／抵制／管制／節制／控制／強制／抑制／政制

【成語】出奇制勝／克敵制勝／先發制人

## 炙

普 zhì　粵 zek3 隻　倉 BF
火部，8畫。

【釋義】①烤：炙羊肉。②烤的肉：膾炙人口（比喻詩文等受人讚揚和傳誦）。

## 致

普 zhì　粵 zi3 志　倉 MGOK
至部，9畫。

【釋義】①給予，向對方表示（禮節、情意等）：致辭／致函／致敬。②精力集中於某個

方面：致力 / 專心致志。③招致，引起：致病。④達到，實現：致富 / 學以致用。⑤以致，因而：一時不慎，致使全軍覆沒。⑥情趣：景致 / 興致。

【組詞】致電 / 致命 / 致使 / 致謝 / 導致 / 所致 / 一致 / 以致 / 引致 / 招致

【成語】興致勃勃 / 淋漓盡致 / 閒情逸致

## 峙　普 zhì　粵 ci5 似　倉 UGDI
山部，9 畫。

【釋義】直立，聳立：對峙（相對而立）/ 兩峯相峙。

## 秩　普 zhì　粵 dit6 迭　倉 HDHQO
禾部，10 畫。

【釋義】①次序：秩序。②十年：七秩壽辰。③俸祿，也指官吏的品級：厚秩。

## 窒　普 zhì　粵 zat6 疾　倉 JCMIG
穴部，11 畫。

【釋義】阻塞不通：窒息。

## 痣　普 zhì　粵 zi3 志　倉 KGP
疒部，12 畫。

【釋義】皮膚上生的斑點或小疙瘩。

## 蛭　普 zhì　粵 zat6 窒　倉 LIMIG
虫部，12 畫。

【釋義】〔水蛭〕環節動物，身體長形，稍扁，墨綠色，尾端有吸盤。生活在池沼或水田中，能吸人畜的血。

## 智　普 zhì　粵 zi3 至　倉 ORA
日部，12 畫。

【釋義】①有智慧，聰明：明智。②智慧，見識：智力 / 才智 / 急中生智。

【組詞】智慧 / 智謀 / 智囊 / 智能 / 智商 / 機智 / 理智 / 弱智 / 益智

【成語】智勇雙全 / 大智若愚 / 見仁見智

## 置　普 zhi　粵 zi3 志　倉 WLJBM
网部，13 畫。

【釋義】①擱，放：安置 / 一笑置之。②設立，佈置：設置 / 裝置。③購買：置備 / 添置。

【組詞】置身 / 佈置 / 放置 / 擱置 / 購置 / 空置 / 內置 / 位置

【成語】置若罔聞 / 置身事外 / 置之不理 / 置之度外 / 推心置腹 / 本末倒置

## 稚　普 zhi　粵 zi6 寺　倉 HDOG
禾部，13 畫。

【釋義】幼小，引申指不成熟：幼稚。

【組詞】稚嫩 / 稚氣

## 滯 ｜ 滞　普 zhi　粵 zai6 劑六聲
　倉 EKPB
水部，14 畫。

【釋義】停滯，不流通：滯留 / 阻滯。

【組詞】滯後 / 滯銷 / 呆滯 / 停滯

## 誌 ｜ 志　普 zhi　粵 zi3 至　倉 YRGP
言部，14 畫。

【釋義】①記：誌哀 / 誌喜 / 永誌不忘。②文字記錄：日誌 / 雜誌。③記號：標誌。

## 製 | 制 ⓟzhì ⓨzai3 制 ⓒHNYHV
衣部，14畫。

【釋義】製造：製作 / 印製。
【組詞】製品 / 製造 / 創製 / 複製 / 繪製 / 監製 / 攝製 / 特製 / 研製 / 自製
【成語】粗製濫造 / 如法炮製

## 摯 | 挚 ⓟzhì ⓨzi3 至 ⓒGIQ
手部，15畫。

【釋義】誠懇：摯友（親密的朋友）/ 誠摯。
【組詞】摯愛 / 懇摯 / 深摯 / 真摯

## 幟 | 帜 ⓟzhì ⓨci3 次 ⓒLBYIA
巾部，15畫。

【釋義】旗子：旗幟。
【成語】別樹一幟 / 獨樹一幟

## 質 | 质 ⦿ ⓟzhì ⓨzat1 疾一聲 ⓒHLBUC
貝部，15畫。

【釋義】①性質，本質：變質 / 實質。②質量，優劣程度：劣質 / 優質。③物質：鐵質 / 雜質。④樸素，單純：質樸。⑤詢問，責問：質問 / 質疑。
【組詞】質量 / 質素 / 地質 / 品質 / 氣質 / 水質 / 素質 / 特質 / 物質 / 性質
【成語】文質彬彬
⦿ ⓟzhì ⓨzi3 至
【釋義】①抵押：典質。②抵押品：人質。

## 緻 | 致 ⓟzhì ⓨzi3 至 ⓒVFMGK
糸部，15畫。

【釋義】精密，精細：緻密 / 精緻 / 細緻。

## 櫛 | 栉 ⓟzhì ⓨzit3 節 ⓒDHAL
木部，17畫。

【釋義】①梳子和篦子（篦：ⓟbì ⓨbei6 鼻）的總稱，兩樣都是齒很密的梳頭用具：櫛比鱗次（比喻像梳齒和魚鱗般緊密排列）。②梳頭髮：櫛風沐雨（風梳髮，雨洗頭。形容在外奔波辛勞）。

## 擲 | 掷 ⓟzhì ⓨzaak6 宅 ⓒQTKL
手部，18畫。

【釋義】扔，投：拋擲 / 投擲。
【成語】擲地有聲 / 一擲千金 / 孤注一擲

## 識 | 识 ⓟzhì ⓨzi3 志 ⓒYRYIA
言部，19畫。

▲另見 344 頁 shí。
【釋義】①記：博聞強識。②記號：標識。

---

### zhong

## 中 ⓟzhōng ⓨzung1 宗 ⓒL
丨部，4畫。

▲另見 502 頁 zhòng。
【釋義】①跟四周或兩端的距離相等，中心：中央 / 正中。②半：中夜 / 中道而廢。③範圍內，內部：家中 / 山中 / 心中。④位置、性質、等級等在兩端之間的：中年 / 中型 / 中學 / 中指。⑤適於，合於：中聽 / 中用。⑥不偏不倚：中立 / 中庸 / 適中。⑦指中國：中醫 / 中藥 / 中樂 / 古今中外。⑧指過程：工作進行中出現了新問題。⑨表示動作的持續狀

態：計劃在擬訂中。
【組詞】中斷 / 中華 / 中樞 / 中午 / 從中 / 當中 / 集中 / 其中 / 適中 / 途中
【成語】中流砥柱 / 中庸之道 / 急中生智 / 空中樓閣 / 美中不足 / 目中無人 / 水中撈月 / 無中生有 / 外強中乾 / 樂在其中

**忠** 🔊zhōng 🔊zung1 終 🔊LP
心部，8畫。

【釋義】(對國家、人民等)誠心盡力，不懷私心：忠實 / 忠心 / 效忠。
【組詞】忠臣 / 忠誠 / 忠告 / 忠厚 / 忠良 / 忠烈 / 忠言 / 忠於 / 忠貞 / 盡忠
【成語】忠心耿耿 / 忠言逆耳 / 忠貞不渝 / 盡忠職守 / 赤膽忠心

**盅** 🔊zhōng 🔊zung1 終 🔊LBT
皿部，9畫。
【釋義】沒有把手的杯子：茶盅 / 酒盅。

**衷** 🔊zhōng 🔊cung1 充 🔊YLHV
衣部，10畫。

【釋義】內心：衷情 / 初衷 / 隱衷。
【組詞】衷心 / 苦衷 / 熱衷 / 由衷
【成語】由衷之言 / 無動於衷 / 言不由衷

**終** |终 🔊zhōng 🔊zung1 忠 🔊VFHEY
糸部，11畫。

【釋義】①最後，末了(跟「始」相對)：終點 / 終局 / 告終。②指人死：臨終 / 送終。③終歸，到底：終必 / 終究。④從開始到最後的整段時間：終日 / 終生 / 終身大事。
【組詞】終場 / 終歸 / 終極 / 終結 / 終年 / 終身 / 終於 / 終止 / 始終 / 最終
【成語】壽終正寢 / 飽食終日 / 不知所終 / 貫徹始終 / 善始善終

**鍾** |钟 🔊zhōng 🔊zung1 宗 🔊CHJG
金部，17畫。

【釋義】(情感等)集中，專一：鍾愛 / 鍾情。

**鐘** |钟 🔊zhōng 🔊zung1 終 🔊CYTG
金部，20畫。

【釋義】①響器，中空，金屬製成，用槌敲擊發聲：洪鐘 / 暮鼓晨鐘。②計時的器具：鐘錶 / 鬧鐘。③指鐘點、時間：幾秒鐘 / 七點鐘。
【組詞】鐘樓 / 鐘頭 / 點鐘 / 分鐘 / 掛鐘 / 警鐘 / 秒鐘 / 時鐘

**冢** 🔊zhǒng 🔊cung2 寵 🔊BMMO
冖部，10畫。
【釋義】墳墓：古冢 / 衣冠冢。

**腫** |肿 🔊zhǒng 🔊zung2 總 🔊BHJG
肉部，13畫。

【釋義】皮膚、黏膜、肌肉等浮脹或突起：皮膚紅腫。
【組詞】腫塊 / 腫瘤 / 腫脹 / 浮腫 / 紅腫 / 消腫
【成語】鼻青臉腫

**種** |种 🔊zhǒng 🔊zung2 腫 🔊HDHJG
禾部，14畫。

▲另見502頁 zhòng。

【釋義】①生物分類的單位。物種的簡稱：變種 / 貓是哺乳動物貓科貓屬的一種。②人種，有共同起源和遺傳特徵的人羣：種族 / 黃種人。③生物傳代繁殖的物質：傳種 / 麥種 / 樹種。④指膽量或骨氣：有種。⑤種類：劇種 / 品種。⑥表示種類的單位用詞：兩種人 / 多種色彩 / 各種情況。

【組詞】種類 / 種種 / 種子 / 播種 / 各種 / 絕種 / 人種 / 特種 / 物種 / 各種各樣

## 踵

踵 ⓟzhǒng ⓒzung2 腫 ⓒRMHJG
足部，16畫。

【釋義】腳後跟：接踵而至。

## 中

中 ⓟzhòng ⓒzung3 眾 ⓒL
│部，4畫。

中 中 中 中 中

▲另見500頁 zhōng。

【釋義】①正對上，恰好合上：中選 / 猜中。②受到，遭受：中毒 / 中風。

【組詞】中彈 / 中計 / 中獎 / 中傷 / 中暑 / 看中 / 命中

【成語】正中下懷 / 一語中的 / 百發百中 / 言必有中

## 仲

仲 ⓟzhòng ⓒzung6 頌 ⓒOL
人部，6畫。

【釋義】①地位居中的：仲裁（雙方發生爭執時，交由第三方裁決）。②指農曆一季的第二個月：仲秋 / 仲夏。③在弟兄排行的次序裏代表第二：昆仲 / 伯仲叔季。

## 重

重 ⓟzhòng ⓒcung5 沖五聲
ⓒHJWG
里部，9畫。

重 重 重 重 重

▲另見48頁 chóng。

【釋義】①重量，份量：超重 / 淨重 / 舉重。②重量大，比重大（跟「輕」相對）：工作量很重 / 這東西很重。③價錢高：重金禮聘。

④程度深：重傷 / 病勢很重。

【組詞】重擔 / 重量 / 重型 / 比重 / 輕重 / 體重

【成語】如釋重負 / 舉足輕重

□ zhòng ⓒzung6 仲

【釋義】①重要：重大 / 重點。②重視：敬重 / 珍重。③不輕率：莊重。

【組詞】重任 / 重心 / 側重 / 貴重 / 隆重 / 慎重 / 鄭重 / 注重 / 着重 / 尊重

【成語】任重道遠

## 眾

眾 | 众 ⓟzhòng ⓒzung3 綜
ⓒWLOOO
目部，11畫。

眾 眾 眾 眾 眾

【釋義】①許多（跟「寡」相對）：眾多 / 眾人。②許多人：公眾 / 聽眾。

【組詞】出眾 / 大眾 / 當眾 / 觀眾 / 民眾 / 羣眾 / 普羅大眾

【成語】眾叛親離 / 眾所周知 / 眾望所歸 / 眾志成城 / 譁眾取寵 / 與眾不同 / 大庭廣眾 / 勞師動眾

## 種

種 | 种 ⓟzhòng ⓒzung3 眾
ⓒHDHJG
禾部，14畫。

種 種 種 種 種

▲另見501頁 zhǒng。

【釋義】①把種子、幼苗埋在或栽在土裏使生長：種田 / 種植。②接種，將疫苗注射到人或動物體內，以預防疾病：種痘。

【組詞】耕種 / 接種 / 栽種

### — zhou —

## 州

州 ⓟzhōu ⓒzau1 周 ⓒILIL
巛部，6畫。

丬 州 州 州 州

【釋義】①舊時的一種行政區劃。現在「州」還

保留在地名裏，如杭州、蘇州。②一種民族自治行政區劃單位。

**舟** 🔊zhōu 粵zau1 州 倉HBYI
舟部，6畫。

丿 丿 力 力 舟

【釋義】船：泛舟／龍舟／輕舟。
【成語】舟車勞頓／刻舟求劍／同舟共濟／風雨同舟／逆水行舟／破釜沉舟／順水推舟

**周** 🔊zhōu 粵zau1 州 倉BGR
口部，8畫。

丿 用 周

【釋義】①圈子：圓周。②周圍：四周。③繞一圈：周而復始。④普遍，全：周身／周遊。⑤完備，周到：周密／計劃不周。⑥接濟，給：周濟。
【組詞】周到／周界／周全／周圍／周詳／周旋／周遭／周轉
【成語】眾所周知

**洲** 🔊zhōu 粵zau1 舟 倉EILL
水部，9畫。

氵 沙 沙 洲

【釋義】①河流中由沙石、泥土淤積而成的陸地：綠洲／沙洲／三角洲。②一塊大陸和附近島嶼的總稱。地球上有亞洲、歐洲、非洲、北美洲、南美洲、大洋洲、南極洲等七大洲。

**週** ｜周 🔊zhōu 粵zau1 州 倉YBGR
辶部，12畫。

丿 用 周 週

【釋義】①星期：週記／週刊／週末。②滿一年：週年。

**粥** 🔊zhōu 粵zuk1 竹 倉NFDN
米部，12畫。

弓 弜 粥

【釋義】用糧食煮成的半流質食物：米粥／稀粥。
【成語】僧多粥少

**謅** ｜诌 🔊zhōu 粵zau1 周
倉YRPUU
言部，17畫。

【釋義】隨口編造假話：胡謅／瞎謅。

**妯** 🔊zhóu 粵zuk6 族 倉VLW
女部，8畫。

【釋義】〔妯娌〕（娌：🔊li 粵lei5 里）哥哥和弟弟的妻子的合稱：她們倆是妯娌。

**軸** ｜轴 🔊zhóu 粵zuk6 俗 倉JJLW
車部，12畫。

車 軸

【釋義】①圓柱形的零件，輪子或其他轉動的機件繞着它轉動或隨着它轉動：車軸。②把平面或立體分成對稱部分的直線：中軸線。③圓柱形的用來往上繞東西的器物：畫軸／線軸。④表示單位。用於纏在軸上的線以及裝裱帶軸的字畫：一軸絲線／一軸水墨丹青。
【組詞】軸線／軸心／地軸／輪軸

**肘** 🔊zhǒu 粵zau2 走 ✗zaau2 找
倉BDI
肉部，7畫。

【釋義】上臂和前臂相接處向外面突起的部分：肘腋／捉襟見肘。

**帚** 🔊zhǒu 粵zau2 走 ✗zaau2 爪
倉SMBLB
巾部，8畫。

【釋義】掃除塵土、垃圾等的用具，一般用竹枝、棕片或去粒的高粱穗等綁紮而成：掃帚。

## 宙
曾 zhòu　粵 zau6 就　倉 JLW
宀部，8畫。

**【釋義】**指古往今來的時間：宇宙。

## 咒
曾 zhòu　粵 zau3 奏　倉 RRHN
口部，8畫。

**【釋義】**①宗教或巫術中唸着用來除災或降災的語句：咒語 / 符咒。②說希望人不順利的話：咒罵。
**【組詞】**詛咒

## 冑
曾 zhòu　粵 zau6 宙　倉 LWB
冂部，9畫。

**【釋義】**①頭盔，古代戰士戴的帽子：甲冑。②帝王或貴族的後代：貴冑。

## 晝
｜昼
曾 zhòu　粵 zau3 奏
倉 LGAM
日部，11畫。

**【釋義】**從天亮到天黑的一段時間，白天（跟「夜」相對）：晝夜 / 白晝。

## 皺
｜皱
曾 zhòu　粵 zau3 咒
倉 PUDHE
皮部，15畫。

**【釋義】**①臉上或物體上的褶紋：皺紋 / 衣服起皺。②使生褶紋：皺眉頭。

## 驟
｜骤
曾 zhòu　粵 zaau6 嘲六聲
倉 SFSEO
馬部，24畫。

**【釋義】**①（馬）快跑：馳驟。②急速：急驟 / 暴風驟雨。③突然，忽然：驟然 / 狂風驟起。
**【組詞】**步驟

## zhu

## 朱
曾 zhū　粵 zyu1 珠　倉 HJD
木部，6畫。

**【釋義】**朱紅，較鮮豔的紅色：朱筆 / 朱脣。
**【組詞】**朱紅

## 侏
曾 zhū　粵 zyu1 朱　倉 OHJD
人部，8畫。

**【釋義】**〔侏儒〕身材異常矮小的人。

## 珠
曾 zhū　粵 zyu1 朱　倉 MGHJD
玉部，10畫。

**【釋義】**①珍珠：珠寶 / 夜明珠。②小的球形的東西：汗珠 / 眼珠。
**【組詞】**淚珠 / 明珠 / 珍珠
**【成語】**珠光寶氣 / 珠聯璧合 / 珠圓玉潤 / 有眼無珠 / 魚目混珠 / 掌上明珠

## 株
曾 zhū　粵 zyu1 朱　倉 DHJD
木部，10畫。

**【釋義】**①露在地面上的樹木的根和莖：守株待兔。②植株，成長的植物體，包含根、莖、葉等部分：幼株。③表示單位，棵：一株樹。
**【組詞】**植株

**硃｜朱** 🔊 zhū 🔊 zyu1 珠　🔊 MRHJD
石部，11 畫。
【釋義】硃砂，礦物，紅色或棕紅色，無毒，含汞。中醫入藥，也可做顏料。

**蛛** 🔊 zhū 🔊 zyu1 朱　🔊 LIHJD
虫部，12 畫。
【釋義】指蜘蛛：蛛網／蛛絲馬跡（比喻隱約的跡象或線索）。
【組詞】蜘蛛

**誅｜诛** 🔊 zhū 🔊 zyu1 豬　🔊 YRHJD
言部，13 畫。
【釋義】①殺死，剷除：誅戮。②譴責，責罰，討伐：口誅筆伐。

**銖｜铢** 🔊 zhū 🔊 zyu1 朱　🔊 CHJD
金部，14 畫。
【釋義】①古代重量單位。約二十四銖等於舊制一兩。②比喻極少：銖積寸累（一銖一寸、一點一滴地積累，形容得來不易）。

**諸｜诸** 🔊 zhū 🔊 zyu1 朱　🔊 YRJKA
言部，15 畫。
【釋義】①各，眾，所有：諸侯／諸位。②「之於」的合音：訴諸武力。
【組詞】諸多／諸如
【成語】付諸東流

**豬｜猪** 🔊 zhū 🔊 zyu1 朱　🔊 MOJKA
豕部，15 畫。
【釋義】哺乳動物，鼻子和嘴都長，耳朵大。

肉供食用，皮可製革，鬃可製刷子等。
【組詞】豬肉／野豬

**竹** 🔊 zhú 🔊 zuk1 足　🔊 H
竹部，6 畫。
【釋義】①竹子。常綠植物，莖中空，有節，種類很多，可供建築或製器具用。②指管樂器：絲竹。
【組詞】竹竿／竹籤／竹子
【成語】青梅竹馬／勢如破竹／胸有成竹

**逐** 🔊 zhú 🔊 zuk6 俗　🔊 YMSO
辵部，11 畫。
【釋義】①追趕，追隨：追逐。②驅逐，強迫離世：放逐。③追求，爭奪：追名逐利。④依照先後次序，一一挨着：逐一／逐年增長。
【組詞】逐步／逐個／逐漸／角逐／驅逐
【成語】逐鹿中原／逐字逐句／笑逐顏開／捨本逐末／隨波逐流

**燭｜烛** 🔊 zhú 🔊 zuk1 竹　🔊 FWLI
火部，17 畫。
【釋義】蠟燭：燭影／香燭。
【組詞】燭光／燭台／蠟燭
【成語】秉燭夜遊／風燭殘年

**主** 🔊 zhǔ 🔊 zyu2 煮　🔊 YG
丶部，5 畫。
【釋義】①接待別人的人（跟「客」「賓」相對）：賓主／東道主。②權力或財物的所有者：車主／業主。③當事人：失主／事主。④舊社

會佔有奴隸或雇用僕役的人（跟「奴」「僕」相對）：主僕。⑤君主：主上。⑥基督教徒對上帝、伊斯蘭教徒對真主的稱呼。⑦最重要的，最基本的：主體／主要。⑧負主要責任，主持：主辦／主編。⑨主宰：誰主沉浮。⑩主張，決定：主和／主戰。⑪預示（吉凶禍福、自然變化等）：早霞主兩，晚霞主晴。⑫主見，確定的意見：六神無主。⑬從自身出發的：主動／主觀。

【組詞】主導／主管／主角／主權／主題／主意／主旨／得主／雇主／民主

【成語】不由自主／物歸原主／先入為主／喧賓奪主

**拄** 🔊zhǔ 🔊zyu2 主 🔊QYG
手部，8畫。

【釋義】用棍、杖等抵住地面支持身體：拄柺杖。

**煮** 🔊zhǔ 🔊zyu2 主 🔊JAF
火部，12畫。

【釋義】把食物或其他東西放在有水的鍋裏燒：煮飯／煮餃子。

**囑**｜嘱 🔊zhǔ 🔊zuk1 足 🔊RSYI
口部，24畫。

【釋義】告誡，託付：叮囑／遺囑。
【組詞】囑咐／囑託

**矚**｜瞩 🔊zhǔ 🔊zuk1 竹 🔊BUSYI
目部，26畫。

【釋義】注視，注意看：矚目／高瞻遠矚。

**助** 🔊zhù 🔊zo6 坐 🔊BMKS
力部，7畫。

【釋義】幫助，協助：助理／扶助／互助／助人為樂。

【組詞】助手／助長／幫助／補助／輔助／求助／協助／有助／援助／贊助

【成語】助紂為虐／拔苗助長／推波助瀾／愛莫能助／守望相助

**佇**｜伫 🔊zhù 🔊cyu5 柱 🔊OJMN
人部，7畫。

【釋義】長時間站着：佇立。

**住** 🔊zhù 🔊zyu6 朱六聲 🔊OYG
人部，7畫。

【釋義】①居住：住戶／住宿／暫住。②停住，歇下：住手／兩住風停。③表示牢固或穩當：記住／拿住。④表示停頓或靜止：愣住了。⑤表示力量夠得住，勝任（跟「得」或「不」連用）：頂得住／支持不住。
【組詞】住處／住口／住所／住院／住宅／住址／不住／居住／禁不住／忍不住
【成語】衣食住行

**注** 🔊zhù 🔊zyu3 註 🔊EYG
水部，8畫。

【釋義】①灌注：注入／傾注。②精神、力量集中：注目／關注。③賭注，賭博時所押的財物：下注／孤注一擲。④同「註①②」，見507頁zhù。
【組詞】注射／注視／注意／注重／專注
【成語】引人注目／全神貫注

**祝** 🔊zhù 🔊zuk1 竹 🔊IFRHU
示部，9畫。

祝

【釋義】①祭祀，禱告。②祠廟中主持祭禮的人：廟祝。③表示良好願望：祝願 / 慶祝。④斷絕，削去：祝髮為僧。
【組詞】祝福 / 祝賀 / 祝壽

柱 曾 zhù 粵 cyu5 儲 倉 DYG
木部，9 畫。

柱

【釋義】①建築物中直立的起支撐作用的構件：樑柱 / 支柱。②形狀像柱子的東西：冰柱 / 水柱。
【組詞】柱子 / 脊柱 / 石柱
【成語】一柱擎天 / 偷樑換柱 / 中流砥柱

蛀 曾 zhù 粵 zyu3 倉 LIYG
虫部，11 畫。

蛀

【釋義】①蛀蟲，咬衣服、書籍、穀粒、樹木等的小蟲。②蛀蟲咬壞：蛀蝕 / 蟲蛀鼠咬。
【組詞】蛀牙

註 | 注 曾 zhù 粵 zyu3 注 倉 YRYG
言部，12 畫。

註

【釋義】①用文字來解釋字句：註解 / 註釋。②解釋字句的文字：備註 / 附註。③記載，登記：註冊。

著 曾 zhù 粵 zyu3 注 倉 TJKA
艸部，12 畫。

著

【釋義】①顯著，顯明：著名 / 卓著。②顯出：頗著成效。③寫作：編著 / 撰著。④著作：名著 / 譯著。
【組詞】著稱 / 著述 / 著作 / 顯著 / 昭著
【成語】著書立說 / 臭名昭著

貯 | 贮 曾 zhù 粵 cyu5 儲 倉 BCJMN
貝部，12 畫。

貯

【釋義】儲存，積存：貯藏 / 貯存。

筑 曾 zhù 粵 zuk1 足 倉 HMNJ
竹部，12 畫。
【釋義】①一種古代樂器，像琴，有十三根弦，用竹尺敲打。②貴州省貴陽的別稱。

箸 曾 zhù 粵 zyu6 住 倉 HJKA
竹部，14 畫。
【釋義】筷子。

駐 | 驻 曾 zhù 粵 zyu3 注 倉 SFYG
馬部，15 畫。

駐

【釋義】①停留：駐留 / 駐足。②（部隊或工作人員）住在行使職務的地方，(機關) 設在某地：駐地 / 駐軍 / 駐外使館。
【組詞】駐防 / 駐守 / 駐紮 / 進駐 / 留駐

築 | 筑 曾 zhù 粵 zuk1 足 倉 HMND
竹部，16 畫。

築

【釋義】建築，修建：築路 / 修築。
【組詞】建築
【成語】債台高築

鑄 | 铸 曾 zhù 粵 zyu3 注 倉 CGNI
金部，22 畫。

鑄　鑄　鑄　鑄　鑄

【釋義】鑄造，把金屬熔化後倒入砂型或模子裏，使冷卻凝固成為器物：鑄幣。
【組詞】鑄造
【成語】鑄成大錯

─── zhua ───

抓　⊕ zhuā　⊜ zaau2 找　⊛ QHLO
手部，7畫。

抓　抓　抓　抓　抓

【釋義】①手指聚攏，使物體固定在手中：抓起帽子。②撓，搔：抓癢 / 抓耳撓腮。③捉拿，捕捉：抓賊。④把握住，特別着重某方面：抓緊時間 / 抓住重點。⑤吸引人：表演一開始就抓住了觀眾。
【組詞】抓捕 / 抓獲 / 抓緊 / 抓住

爪　⊕ zhuǎ　⊜ zaau2 找　⊛ HLO
爪部，4畫。

爪　爪　爪　爪　爪

▲另見487頁 zhǎo。
【釋義】義同「爪」（見487頁 zhǎo），用於「爪子」等。

─── zhuai ───

拽　⊕ zhuài　⊜ jai6 曳　⊛ QLWP
手部，9畫。
【釋義】拉，拖，牽引：把門拽上 / 連拖帶拽。

─── zhuan ───

專 | 专　⊕ zhuān　⊜ zyun1 尊　⊛ JIDI
寸部，11畫。

專　專　專　專　專

【釋義】①集中在一件事或一個方面：專心 /

專注。②獨自掌握和佔有的：專利 / 專政。
【組詞】專長 / 專程 / 專訪 / 專家 / 專欄 / 專門 / 專人 / 專題 / 專線 / 專業
【成語】專心致志

磚 | 砖　⊕ zhuān　⊜ zyun1 專　⊛ MRJII
石部，16畫。

磚　磚　磚　磚　磚

【釋義】①把土坯等放在窰裏燒製而成的建築材料，多為長方形或方形：磚瓦。②形狀像磚的東西：茶磚。
【組詞】磚牆 / 磚頭
【成語】拋磚引玉

轉 | 转　⊕ zhuǎn　⊜ zyun2 專二聲　⊛ JJJII
車部，18畫。

車　轉　轉　轉　轉

▲另見509頁 zhuàn。
【釋義】①改換方向、位置、形勢、情況等：轉身 / 轉移 / 周轉 / 轉危為安。②把一方的物品、信件、意見等傳到另一方：轉達 / 轉交。
【組詞】轉變 / 轉動 / 轉眼 / 轉折 / 扭轉 / 旋轉 / 運轉 / 輾轉 / 轉捩點
【成語】轉彎抹角 / 斗轉星移 / 急轉直下 / 回心轉意 / 目不轉睛

傳 | 传　⊕ zhuàn　⊜ zyun6 鑽六聲　⊛ OJII
人部，13畫。

傳　傳　傳　傳　傳

▲另見53頁 chuán。
【釋義】①解釋經文的著作：經傳 /《春秋公羊傳》。②記錄某人生平事跡的文字：傳記 / 自傳。③敍述歷史故事的作品：《水滸傳》。
【成語】樹碑立傳 / 言歸正傳

撰 🔵 zhuàn 🔵 zaan6 綻 🔵 QRUC
手部，15 畫。

【釋義】寫作：撰稿 / 撰文 / 編撰。

【組詞】撰述 / 撰寫

篆 🔵 zhuàn 🔵 syun6 算六聲 🔵 HVNO
竹部，15 畫。

【釋義】篆字，漢字的一種字體：大篆 / 小篆。

賺 | 赚 🔵 zhuàn 🔵 zaan6 綻
🔵 BCTXC
貝部，17 畫。

【釋義】獲得利潤（跟「賠」相對）：賺錢。

轉 | 转 🔵 zhuàn 🔵 zyun3 鑽
🔵 JJJII
車部，18 畫。

▲另見 508 頁 zhuǎn。

【釋義】旋轉，打轉：轉圈 / 空轉 / 自轉。

【組詞】轉動 / 倒轉 / 公轉 / 旋轉

饌 | 馔 🔵 zhuàn 🔵 zaan6 賺
🔵 OIRUC
食部，20 畫。

【釋義】食物（多指美食）：美饌。

━━━━━ zhuang ━━━━━

妝 | 妆 🔵 zhuāng 🔵 zong1 莊
🔵 VMV
女部，7 畫。

【釋義】①修飾，打扮：化妝 / 梳妝。②指女子身上的裝飾：卸妝。③指嫁妝：送妝（運送嫁妝）。

莊 | 庄 🔵 zhuāng 🔵 zong1 裝
🔵 TVMG
艸部，11 畫。

【釋義】①村莊：農莊。②封建社會皇室、貴族等所佔有的大片土地：莊園。③舊時稱規模較大或做批發生意的商店：茶莊 / 錢莊。④莊家，某些牌戲或賭博中每一局的主持人：做莊。⑤四通八達的道路：康莊大道。⑥嚴肅穩重：莊重 / 端莊。

【組詞】莊稼 / 莊嚴 / 村莊

粧 | 妆 🔵 zhuāng 🔵 zong1 莊
🔵 FDIG
米部，12 畫。

【釋義】同「妝」，見本頁 zhuāng。

裝 | 装 🔵 zhuāng 🔵 zong1 莊
🔵 VGYHV
衣部，13 畫。

【釋義】①修飾，打扮：裝扮 / 裝飾。②服裝，行裝：時裝 / 套裝。③假裝：裝傻 / 裝模作樣。④把東西放進容物內，把物品放在運輸工具上：裝箱 / 裝載。⑤裝配，安裝：裝冷氣。

【組詞】裝備 / 裝修 / 裝置 / 安裝 / 包裝 / 服裝 / 喬裝 / 偽裝 / 西裝 / 裝飾品

【成語】裝聾作啞 / 裝腔作勢 / 裝神弄鬼 / 整裝待發

樁 | 桩 🔵 zhuāng 🔵 zong1 莊
🔵 DQKX
木部，15 畫。

Z

【釋義】①一端或全部埋在土中的柱形物：打椿／木椿。②表示單位。用於事情：了卻一椿心事。

## 壯｜壯

🔊 zhuàng 🔈 zong3 葬
🖊 VMG
士部，7畫。

【釋義】①強壯：健壯。②壯年：少壯不努力，老大徒傷悲。③雄壯，大：壯觀／壯舉／悲壯。④加強，使壯大：壯膽。
【組詞】壯大／壯闊／壯麗／壯烈／壯年／壯士／壯志／強壯／雄壯／茁壯
【成語】壯志凌雲／氣壯山河／波瀾壯闊／豪言壯語／雄心壯志／兵強馬壯／老當益壯／理直氣壯

🔊 zhuàng 🔈 zong6 撞
【釋義】壯族，中國少數民族之一，主要分佈在廣西。原作「僮」。

## 狀｜狀

🔊 zhuàng 🔈 zong6 撞
🖊 VMIK
犬部，8畫。

【釋義】①形狀，樣子：狀態／奇形怪狀。②情況：狀況／罪狀。③陳述，描摹：不可名狀 (不能用語言來形容)。④陳述事件或記載事跡的文字：供狀 (書面供詞)。⑤指訴狀，提起訴訟的文書：告狀。⑥指褒獎、委任等文件：獎狀。
【組詞】現狀／形狀／徵狀／症狀

## 撞

🔊 zhuàng 🔈 zong6 狀
🖊 QYTG
手部，15畫。

【釋義】①運動着的物體跟別的物體猛然碰上：撞車／撞擊。②碰見：撞見。③試探：撞運氣。④魯莽地行動，闖：莽撞／橫衝直撞。

【組詞】衝撞／碰撞／相撞
【成語】招搖撞騙

## 幢

🔊 zhuàng 🔈 zong6 狀
🖊 LBYTG
巾部，15畫。

【釋義】房屋一座叫一幢。

---

### zhui

## 追

🔊 zhuī 🔈 zeoi1 錐
🖊 YHRR
辵部，10畫。

【釋義】①追趕：追兵／追逐／奮起直追。②跟隨：追隨。③追究，追查：追問。④追求，爭取達到某種目的：追名逐利。⑤回顧過去：追悼／追述。⑥事後補辦：追加／追認。
【組詞】追查／追趕／追悔／追緝／追究／追求／追溯／追尋／追億／追蹤
【成語】追本溯源／撫今追昔／急起直追

## 椎

🔊 zhuī 🔈 zeoi1 追
🖊 DOG
木部，12畫。

【釋義】椎骨，構成脊柱的短骨：脊椎／頸椎。
【組詞】胸椎／腰椎

## 錐｜錐

🔊 zhuī 🔈 zeoi1 追
🖊 COG
金部，16畫。

【釋義】①錐子，一端有尖、用來鑽孔的工具。②形狀像錐子的東西：圓錐體。③用錐子等工具鑽：在紙板上鑽個小洞。
【組詞】錐體／錐子

## 綴｜綴

🔊 zhuì 🔈 zeoi6 罪
🖊 VFEEE
糸部，14畫。

【釋義】①用針線等使連起來：補綴。②連接：綴輯 / 綴字成文。③裝飾：點綴。

---

墜｜坠 ⓟzhuì ⓒzeoi6 序 ⓒNOG
土部，15畫。

【釋義】①落：墜毀 / 墜落。②沉重的東西往下垂：熟透的蘋果把樹枝墜得彎彎的。③垂在下面的東西：耳墜子（耳環）。
【組詞】墜地 / 下墜
【成語】天花亂墜 / 搖搖欲墜

---

贅｜赘 ⓟzhuì ⓒzeoi6 聚
ⓒGKBUC
貝部，18畫。

【釋義】①多餘的，無用的：贅述 / 累贅。②招女婿：贅婿 / 入贅。

---

**zhun**

諄｜谆 ⓟzhūn ⓒzeon1 津
ⓒYRYRD
言部，15畫。

【釋義】懇切：諄囑。
【組詞】諄諄
【成語】諄諄告誡

---

准 ⓟzhǔn ⓒzeon2 準 ⓒIMOG
冫部，10畫。

【釋義】同意別人的要求：准許 / 獲准。
【組詞】核准 / 批准

---

準｜准 ⓟzhǔn ⓒzeon2 准 ⓒEGJ
水部，13畫。

---

【釋義】①標準：準則 / 水準。②依據，依照：準此辦理。③準確：準時 / 瞄準。④一定：準能去。⑤程度上雖不完全夠，但可以作為某類事物看待的：準平原。
【組詞】準備 / 準確 / 準繩 / 標準 / 對準

---

**zhuo**

拙 ⓟzhuō ⓒzyut3 茁 ⓒQUU
手部，8畫。

【釋義】①笨：笨拙 / 手拙。②謙辭，稱自己的（文章、見解等）：拙見 / 拙作。
【成語】大巧若拙 / 弄巧成拙 / 勤能補拙

---

捉 ⓟzhuō ⓒzuk1 竹 ⓒQRYO
手部，10畫。

【釋義】①握，抓：捉筆 / 捉襟見肘。②捕捉：捉拿 / 捉賊。
【組詞】捉摸 / 捕捉
【成語】捉摸不定 / 捕風捉影 / 賊喊捉賊 / 生擒活捉

---

桌 ⓟzhuō ⓒzoek3 雀 ⓧcoek3 卓
ⓒYAD
木部，10畫。

【釋義】桌子，一種家具，上面可以放東西。
【組詞】桌布 / 桌面 / 桌子 / 餐桌 / 書桌

---

灼 ⓟzhuó ⓒzoek3 雀 ⓒFPI
火部，7畫。

【釋義】①火燒，火燙：灼熱 / 燒灼。②明亮：目光灼灼。③明白，清楚：真知灼見。
【組詞】灼見 / 灼傷

---

卓 ⓟzhuó ⓒcoek3 綽 ⓒYAJ
十部，8畫。

【釋義】①高而直：卓立。②高明：卓見 / 卓越。

【組詞】卓絕 / 卓識

【成語】卓有成效 / 遠見卓識

茁　⊜ zhuó　⊜ zyut3 拙　⊜ TUU
艸部，9畫。

【釋義】動植物旺盛生長的樣子：茁長 / 茁壯。

斫　⊜ zhuó　⊜ zoek3 雀　⊜ MRHML
斤部，9畫。

【釋義】用刀、斧等砍、削：斫伐樹木。

酌　⊜ zhuó　⊜ zoek3 雀　⊜ MWPI
酉部，10畫。

【釋義】①倒（酒），飲（酒）：對酌 / 自斟自酌。②考慮：酌情 / 商酌。

【組詞】酌量 / 斟酌

【成語】字斟句酌

啄　⊜ zhuó　⊜ doek3 琢　⊜ RMSO
口部，11畫。

【釋義】鳥類用嘴取食物：啄食 / 雞啄米。

【組詞】啄木鳥

着　⊜ ⊜ zhuó　⊜ zoek3 雀　⊜ TQBU
目部，12畫。

▲ 另見 487 頁 zháo；487 頁 zháo；490 頁 zhe。

【釋義】穿（衣）：穿着 / 衣着。

⊜ ⊜ zhuó　⊜ zoek6 雀六聲

【釋義】①接觸，挨上：着陸 / 附着。②使接觸別的事物，使附着在別的物體上：着墨 / 着色 / 不着痕跡。③把力量或注意力放在某一事物上：着力 / 着想 / 着眼。④着落，下落，來源：漂泊異鄉，衣食無着。

【組詞】着筆 / 着落 / 着手 / 着意 / 着重 / 沉着

【成語】不着邊際

琢　⊜ zhuó　⊜ doek3 啄　⊜ MGMSO
玉部，12畫。

▲ 另見 518 頁 zuó。

【釋義】雕刻玉石，使成器物：雕琢。

濁｜浊　⊜ zhuó　⊜ zuk6 俗　⊜ EWLI
水部，16畫。

【釋義】①不清澈，不乾淨（跟「清」相對）：渾濁 / 污濁。②（聲音）低沉粗重：濁聲濁氣。③混亂：濁世（黑暗或混亂的時代）。

擢　⊜ zhuó　⊜ zok6 鑿　⊜ QSMG
手部，17畫。

【釋義】①拔，抽：擢髮難數（拔下頭髮來數，都難數清。形容罪惡多得像頭髮，數不清）。②提拔，選拔：擢升。

鐲｜镯　⊜ zhuó　⊜ zuk6 濁　⊜ CWLI
金部，21畫。

【釋義】套在手腕、手臂或腳腕上的一種圓環形裝飾品：手鐲。

―――――― zi ――――――

孜　⊜ zī　⊜ zi1 支　⊜ NDOK
子部，7畫。

【釋義】〔孜孜〕非常勤奮，不懈怠：孜孜不倦。

咨　⊜ zī　⊜ zi1 支　⊜ IOR
口部，9畫。

**咨**
【釋義】①跟人商量，詢問：咨詢。②咨文，舊時用於同級機關的一種公文。

**姿** 🔊zī 🔊zi1 之 🔊IOV
女部，9畫。

【釋義】①容貌：姿色。②姿勢，體態：姿態 / 舞姿。
【組詞】姿勢 / 風姿 / 雄姿 / 英姿
【成語】天姿國色 / 英姿颯爽

**茲** 🔊zī 🔊zi1 之 🔊TVII
艸部，10畫。
【釋義】①這，這個；此：茲事體大 (這是件大事情)。②現在：茲聘請某先生為本校教師。

**滋** 🔊zī 🔊zi1 之 🔊ETVI
水部，13畫。

【釋義】①生出，長：滋生 / 滋事。②增添，加多：滋補 / 滋潤。
【組詞】滋養 / 滋長

**資｜资** 🔊zī 🔊zi1 之 🔊IOBUC
貝部，13畫。

【釋義】①錢財，費用：投資 / 外資 / 物資。②用資金、物資幫助：資助。③提供：以資參考。④人的才智、性情等素質：資質 / 天資。⑤資格，應有的條件：資歷 / 論資排輩。
【組詞】資本 / 資產 / 資料 / 資深 / 資訊 / 資源 / 工資 / 合資 / 集資 / 師資

**輜｜辎** 🔊zī 🔊zi1 之 🔊JJVVW
車部，15畫。

【釋義】①〔輜車〕古代一種有簾幕與布蓋的車。②〔輜重〕行軍時攜帶的器械、糧草、營帳、服裝、材料等。

**諮｜谘** 🔊zī 🔊zi1 之 🔊YRIOR
言部，16畫。

【釋義】同「咨①」，見512頁zī。

**錙｜锱** 🔊zī 🔊zi1 之 🔊CVVW
金部，16畫。
【釋義】①古代重量單位。六銖為一錙，四錙為一兩。②〔錙銖〕比喻極少的錢或瑣碎的事情：錙銖必較。

**子** 🔊zǐ 🔊zi2 止 🔊ND
子部，3畫。

【釋義】①古代指兒女，現在專指兒子：子女 / 父子。②人的通稱：赤子 / 弟子 / 男子 / 女子。③古代指有學問的男人，是男人的美稱：夫子 / 孔子。④你：以子之矛，攻子之盾。⑤古代圖書四部分類法 (經史子集) 的第三類：子書。⑥種子：瓜子 / 蓮子 / 松子。⑦幼小的，小的，嫩的：子薑 / 子豬。⑧中國古代五等爵位 (公、侯、伯、子、男) 的第四等：子爵。⑨地支的第一位。⑩子時，舊式計時法指夜裏十一點鐘到一點鐘的時間。⑪詞尾 (往往輕讀)，加在其他語素後面：胖子 / 椅子 / 一下子認不出來。
【組詞】子弟 / 子孫 / 孩子 / 漢子 / 君子 / 母子 / 孫子 / 瞎子 / 小伙子
【成語】望子成龍 / 妻離子散 / 謙謙君子 / 正人君子

**仔** 🔊zǐ 🔊zi2 止 🔊OND
人部，5畫。

▲另見 475 頁 zǎi。

【釋義】〔仔細〕①周密，細緻：仔細想想。②小心，當心：仔細點，別摔倒了。③節儉，不浪費：日子過得仔細。

姊 ⓹zǐ ⓹zi2 子 ⓹VLXH
女部，8畫。

【釋義】姐姐：姊妹 / 姊姊 / 表姊。

籽 ⓹zǐ ⓹zi2 子 ⓹FDND
米部，9畫。

【釋義】某些植物的種子：菜籽。

紫 ⓹zǐ ⓹zi2 子 ⓹YPVIF
糸部，12畫。

此　此　紫　紫　紫

【釋義】由紅和藍合成的顏色：紫紅。
【組詞】紫色
【成語】姹紫嫣紅 / 萬紫千紅

滓 ⓹zǐ ⓹zi2 子 ⓹EJYJ
水部，13畫。

滓　滓　滓　滓　滓

【釋義】沉澱的雜質：渣滓。

字 ⓹zì ⓹zi6 自 ⓹JND
子部，6畫。

字　字　字　字　字

【釋義】①文字：字體 / 字義 / 常用字。②字音：咬字 / 字正腔圓。③字體，同一種文字的不同形體或書法形式：楷體字 / 美術字。④書法作品：字畫。⑤字據，書面憑證：立字為憑。⑥根據人名中的字義，另取別名叫

「字」：諸葛亮字孔明。

【組詞】字典 / 字母 / 字帖 / 字形 / 字眼 / 漢字 / 名字 / 生字 / 識字 / 數字
【成語】字裏行間 / 字斟句酌 / 一字千金 / 白紙黑字 / 咬文嚼字

自 ⓹zì ⓹zi6 字 ⓹HBU
自部，6畫。

自　自　白　自　自

【釋義】①自己：自愛 / 自立 / 自行 / 自學。②自然，當然：自不待言 / 公道自在人心。③從，由：自從 / 自古 / 來自遠方。
【組詞】自卑 / 自動 / 自豪 / 自律 / 自私 / 自信 / 自願 / 自尊 / 獨自 / 親自
【成語】自給自足 / 自然而然 / 自食其力 / 自討苦吃 / 自言自語 / 自以為是 / 自由自在 / 自知之明 / 自作自受 / 無地自容

恣 ⓹zì ⓹zi3 至 ⓹IOP
心部，10畫。

【釋義】放縱，任憑，無拘束：恣行 / 恣意妄為。

漬｜漬 ⓹zì ⓹zik1 即 ⓹EQMC
水部，14畫。

【釋義】①浸，泡：白襯衣被汗水漬黃了。②積在物體上的油泥等：茶漬 / 油漬。
【組詞】污漬

## zong

宗 ⓹zōng ⓹zung1 忠 ⓹JMMF
宀部，8畫。

宗　宗　宗　宗　宗

【釋義】①祖宗：宗祠 / 宗廟。②家族，同一家族的：宗族 / 同宗。③宗派，派別：禪宗 / 正宗。④宗旨，主要目的和意圖：開宗明

義。⑤在學術或文藝上效法：宗仰。⑥為眾人所師法的人物：一代宗師。

【組詞】宗師 / 宗旨 / 祖宗

【成語】傳宗接代 / 光宗耀祖

---

## 棕 🔊 zōng ⓟ zung1 終 ⓒ DJMF
木部，12畫。

【釋義】①〔棕櫚（櫚：⊙lú ⓟleoi4雷）〕喬木，幹直立，沒有分枝。葉子大，掌狀深裂。木材可製器具。②棕毛，棕櫚樹莖幹上的纖維：棕繩。③像棕毛那樣的顏色。

【組詞】棕色

---

## 綜 | 综 🔊 zōng ⓟ zung3 眾 ❌ zung1 宗 ⓒ VFJMF
糸部，14畫。

【釋義】總起來聚在一起：綜合 / 錯綜。

【組詞】綜觀 / 綜述

【成語】錯綜複雜

---

## 鬃 🔊 zōng ⓟ zung1 宗 ⓒ SHJMF
髟部，18畫。

【釋義】馬、豬等頸上的長毛，也指豬背上的長硬毛：鬃刷 / 豬鬃。

---

## 蹤 | 踪 🔊 zōng ⓟ zung1 宗 ⓒ RMHOO
足部，18畫。

【釋義】腳印，蹤跡：蹤影 / 行蹤。

【組詞】蹤跡 / 跟蹤 / 失蹤 / 追蹤

【成語】無影無蹤

---

## 總 | 总 🔊 zōng ⓟ zung2 腫 ⓒ VFHWP
糸部，17畫。

【釋義】①合到一起，彙集：總之 / 彙總。②全部的，全面的：總評 / 總賬。③概括全部的，為首的，領導的：總編 / 總綱。④一直，一向：說了很多次，他總不改。⑤畢竟，總歸：幾次碰壁，他總該回心轉意了吧。⑥表示猜測：禮堂裏擠得滿滿的，總有一兩千人吧。

【組詞】總部 / 總得 / 總共 / 總和 / 總結 / 總是 / 總數 / 總算 / 總體 / 總值

【成語】總而言之 / 林林總總

---

## 粽 🔊 zòng ⓟ zung3 眾 ❌ zung2 總 ⓒ FDJMF
米部，14畫。

【釋義】粽子，一種食品，用棕樹葉裹上糯米包成多角形，煮熟後食用。

【組詞】粽子

---

## 縱 | 纵 ㊀ 🔊 zòng ⓟ zung1 忠 ⓒ VFHOO
糸部，17畫。

【釋義】①地上南北向的（跟「橫」（héng）相對，下②③同）：縱貫。②從前到後的：縱深。③跟物體的長的一邊平行的：縱剖面。

【組詞】縱橫 / 縱向

【成語】縱橫交錯

㊁ 🔊 zòng ⓟ zung3 眾

【釋義】①釋放，放走：縱虎歸山。②放任，不約束：放縱。③身體猛力向上或向前：縱身一躍。④縱然，即使：縱有千難萬險也不退縮。

【組詞】縱然 / 縱容 / 縱使 / 操縱

【成語】稍縱即逝 / 欲擒故縱

## zou

**走** 普 zǒu 粵 zau2 酒 倉 GYO
走部，7畫。

【釋義】①跑：奔走相告。②步行：行走。③移動，挪動：鐘不走了。④離開，去：我明天要走了。⑤通過，經過：走這邊退場。⑥漏出，泄漏：走漏風聲。⑦改變或失去原樣：走樣。⑧婉辭，指人死去：他還這麼年輕就走了。

【組詞】走動 / 走開 / 走廊 / 走路 / 走向 / 奔走 / 出走 / 趕走 / 逃走

【成語】走馬看花 / 走馬上任 / 走南闖北 / 走投無路 / 遠走高飛 / 飛禽走獸 / 飛沙走石 / 鋌而走險 / 行屍走肉 / 不脛而走

**奏** 普 zòu 粵 zau3 咒 倉 QKHK
大部，9畫。

【釋義】①演奏：吹奏 / 彈奏。②發生，取得（功效等）：奏效。③臣子對帝王陳述意見或說明事情：啟奏 / 上奏。

【組詞】奏樂 / 伴奏 / 獨奏 / 合奏 / 節奏 / 演奏 / 四重奏

【成語】先斬後奏

**揍** 普 zòu 粵 zau3 奏 倉 QQKK
手部，12畫。

【釋義】打（人）：捱揍 / 揍他一頓。

## zu

**租** 普 zū 粵 zou1 遭 倉 HDBM
禾部，10畫。

【釋義】①付出代價以暫用別人的東西：租房。②收取一定代價，讓別人暫用自己的物品：租讓。③允許別人暫用自己的東西，因而收取的金錢或實物：地租 / 房租。

【組詞】租戶 / 租借 / 租金 / 租賃 / 租用 / 出租

**足** 普 zú 粵 zuk1 竹 倉 RYO
足部，7畫。

【釋義】①腳，腿：足跡 / 駐足 / 手舞足蹈。②器物下部形狀像腿的支撐部分：鼎足。③充足，足夠：富足 / 十足 / 足智多謀。④夠得上某種數量或程度：一個人足可以完成。⑤值得，足以（多用於否定式）：不足為憑 / 無足輕重。

【組詞】足夠 / 足球 / 足以 / 不足 / 充足 / 立足 / 滿足 / 遠足 / 知足

【成語】足不出戶 / 舉足輕重 / 豐衣足食 / 微不足道 / 畫蛇添足 / 美中不足 / 評頭品足 / 心滿意足

**卒** 普 zú 粵 zeot1 之蜂一聲 倉 YOOJ
十部，8畫。

【釋義】①士兵：兵卒 / 士卒。②差役：獄卒 / 販夫走卒。③完畢，結束：卒業。④死：病卒 / 生卒年月。

【成語】身先士卒 / 無名小卒

**族** 普 zú 粵 zuk6 俗 倉 YSOOK
方部，11畫。

【釋義】①家族：世族 / 宗族。②種族，民族：漢族。③事物有某種共同屬性的一大類：水族。

【組詞】族羣 / 部族 / 貴族 / 家族 / 民族 / 種族

**阻** 普 zǔ 粵 zo2 左 倉 NLBM
阜部，8畫。

阝 阻 阻 阻 阻

【釋義】阻擋，阻礙：阻隔 / 勸阻 / 推三阻四。
【組詞】阻礙 / 阻擋 / 阻攔 / 阻力 / 阻撓 / 阻塞 / 阻止 / 攔阻 / 險阻
【成語】暢行無阻 / 風雨無阻

祖 ⓟ zǔ ⓰ zou2 早 ⓒ IFBM
示部，9 畫。

礻 祖 祖 祖 祖

【釋義】①祖宗：高祖 / 遠祖。②事業或派別的首創者：鼻祖 / 始祖。③父母親的上一輩：祖父 / 外祖母。
【組詞】祖輩 / 祖傳 / 祖國 / 祖籍 / 祖母 / 祖孫 / 祖先 / 祖業 / 祖宗
【成語】開山祖師 / 光宗耀祖

俎 ⓟ zǔ ⓰ zo2 左 ⓒ OOBM
人部，9 畫。

【釋義】①古代祭祀時放置牛羊等祭品的器具。②切肉或菜時所使用的砧板：刀俎。

組 | 组 ⓟ zǔ ⓰ zou2 早 ⓒ VFBM
糸部，11 畫。

糹 組 組 組 組

【釋義】①把分散的人或事物安排好，使具有一定的整體性或系統性：組合。②由不多的個體結合成的單位：小組。③表示單位。用於若干個體組成的事物：兩組電池。
【組詞】組別 / 組成 / 組織 / 組裝 / 分組

詛 | 诅 ⓟ zǔ ⓰ zo3 左三聲
ⓒ YRBM
言部，12 畫。

【釋義】咒罵：詛咒。

— zuan —

鑽 | 钻 ⓟ zuān ⓰ zyun1 專
ⓧ zyun3 轉三聲 ⓒ CHUC
金部，27 畫。

釒 釒 鑽 鑽 鑽

▲ 另見本頁 zuàn。
【釋義】①用尖的物體在另一物體上轉動穿孔：鑽孔 / 鑽探 / 鑽木取火。②穿過，進入：鑽山洞。③深入研究：鑽研。

攥 ⓟ zuàn ⓰ zaan6 賺 ⓒ QHBF
手部，23 畫。
【釋義】握住：攥緊拳頭。

鑽 | 钻 ⓟ zuàn ⓰ zyun3 轉三聲
ⓒ CHUC
金部，27 畫。

釒 釒 鑽 鑽 鑽

▲ 另見本頁 zuān。
【釋義】①穿孔洞用的工具：電鑽。②指鑽石：鑽戒。
【組詞】鑽石

— zui —

嘴 ⓟ zuǐ ⓰ zeoi2 咀 ⓒ RYPB
口部，16 畫。

口 嘴 嘴 嘴 嘴

【釋義】①口：嘴角 / 張嘴。②形狀或作用像嘴的東西：煙嘴 / 茶壺嘴。③指說話：多嘴。
【組詞】嘴巴 / 嘴脣 / 嘴臉 / 嘴硬 / 拌嘴 / 插嘴 / 吵嘴 / 頂嘴 / 鬥嘴
【成語】七嘴八舌 / 油嘴滑舌

最 ⓟ zuì ⓰ zeoi3 醉 ⓒ ASJE
冂部，12 畫。

Z

【釋義】表示某種屬性超過所有同類的人或事物：最初／最大／最好。

【組詞】最愛／最多／最高／最後／最佳／最近／最終

---

**罪** 🔊 zuì 🔊 zeoi6 聚 🔊 WLLMY
网部，13畫。

【釋義】①作惡或犯法的行為：罪犯／判罪。②刑罰：死罪。③過失：賠罪。④苦難，痛苦：受罪。⑤把罪過歸到某人身上：罪己／見罪。

【組詞】罪案／罪惡／罪過／罪名／罪行／得罪／犯罪／怪罪／認罪／贖罪

【成語】罪大惡極／罪魁禍首／罪有應得／負荊請罪／立功贖罪／興師問罪

---

**醉** 🔊 zuì 🔊 zeoi3 最 🔊 MWYOJ
酉部，15畫。

【釋義】①飲酒過量，神志不清：醉酒。②沉迷，過分愛好：沉醉／陶醉。③用酒泡製（食品）：醉蝦。

【組詞】灌醉／麻醉／醉醺醺

【成語】醉生夢死／爛醉如泥／紙醉金迷／自我陶醉

---

## zun

**尊** 🔊 zūn 🔊 zyun1 專 🔊 TWDI
寸部，12畫。

【釋義】①敬重：尊崇／尊敬。②地位或輩分高：尊卑／尊長。③敬辭，稱跟對方有關的人或事物：尊駕／尊姓大名。④表示單位。

用於佛像、炮等：一尊大炮／一尊佛像。⑤同「樽①」，見本頁 zūn。

【組詞】尊稱／尊貴／尊嚴／尊重／自尊

【成語】尊師重道／養尊處優／妄自尊大／唯我獨尊

---

**遵** 🔊 zūn 🔊 zeon1 津 🔊 YTWI
辵部，16畫。

【釋義】依照：遵命／遵守。

【組詞】遵從／遵照

---

**樽** 🔊 zūn 🔊 zeon1 津 🔊 DTWI
木部，16畫。

【釋義】①古代的一種酒器。②方言。指瓶子：膠樽。

---

## zuo

**作** 🔊 zuǒ 🔊 zok3 鑿三聲 🔊 OHS
人部，7畫。

▲另見 519 頁 zuò。

【釋義】作坊，手工業場所：造紙作坊。

---

**昨** 🔊 zuó 🔊 zok6 鑿 🔊 zok3 作
🔊 AHS
日部，9畫。

【釋義】①昨天，今天的前一天：昨夜。②泛指過去：今是昨非（現在對，而過去錯了）。

【組詞】昨日／昨天／昨晚

---

**琢** 🔊 zuó 🔊 doek3 啄 🔊 MGMSO
玉部，12畫。

▲另見 512 頁 zhuó。

【釋義】〔琢磨〕思索，考慮：琢磨問題。

# 左

🔊 zuǒ 🔊 zo2 阻 🔊 KM
工部，5畫。

一 ナ 左 左 左

【釋義】①面向南時靠東的一邊（跟「右」相對）：左手。②偏，邪，不正常：旁門左道。③錯，不對頭：説左了／想左了。④相反：意見相左。

【組詞】左邊／左面／左右

【成語】左顧右盼／左鄰右舍／左思右想／左右逢源／左右開弓／左右為難

# 佐

🔊 zuǒ 🔊 zo3 祖 🔊 OKM
人部，7畫。

【釋義】輔助，幫助，也指輔助別人的人：輔佐／僚佐。

# 撮

🔊 zuǒ 🔊 cyut3 猝 🔊 QASE
手部，15畫。

▲另見61頁cuō。

【釋義】表示單位。用於成叢的毛髮：一撮頭髮。

# 坐

🔊 zuǒ 🔊 zo6 助 🔊 OOG
土部，7畫。

人 从 坐 坐 坐

【釋義】①把臀部放在椅子、凳子或其他物體上，支持身體重量：靜坐／坐立不安。②乘，搭：坐車／坐船。③房屋背對着某一方向：這座宅子坐北朝南。④指不勞動或不行動：坐視／坐享。⑤槍炮由於反作用力而向後移動：後坐力。⑥舊指定罪：連坐（一人犯罪而使其親朋鄰居等均遭牽連而受罰）。

【組詞】乘坐

【成語】坐吃山空／坐井觀天／坐享其成／平起平坐／正襟危坐

# 作

🔊 zuǒ 🔊 zok3 鑿三聲 🔊 OHS
人部，7畫。

亻 作 竹 作 作

▲另見518頁zuō。

【釋義】①起：振作／日出而作。②寫作：作家／作曲。③作品：佳作／傑作。④裝：做作／矯揉造作。⑤當做，作為：過期作廢／以身作則。⑥發作：作嘔。⑦做某事，從事某種活動：作死（自尋死路）／作揖（做向人拱手行禮的動作）／自作自受。

【組詞】作答／作惡／作風／作弄／操作／創作／當作／動作／合作／協作

【成語】作繭自縛／弄虛作假／無所作為／興風作浪／一鼓作氣／裝模作樣／裝腔作勢

# 座

🔊 zuò 🔊 zo6 助 🔊 IOOG
广部，10畫。

广 庈 座 座 座

【釋義】①座位：就座／雅座／座無虛席。②墊物品的東西：燈座／鐘座。③星座：大熊座。④表示單位。多用於較大或固定的物體：一座山／一座塔／一座水庫。

【組詞】座駕／座談／座位／寶座／講座／賣座／星座／在座

【成語】高朋滿座

# 做

🔊 zuò 🔊 zou6 皂 🔊 OJRK
人部，11畫。

亻 亻 估 做 做

【釋義】①製造：做衣服。②寫作：做文章。③從事某種工作或活動：做事／做買賣。④舉行慶祝或紀念活動：做壽。⑤充當，擔任：做伴／做父母的。⑥用作：這篇文章可以做教材。⑦結成（關係）：做夫妻／做朋友。⑧假裝出（某種模樣）：做鬼臉。

【組詞】做東／做法／做飯／做工／做客／做人／做戲／度身訂做

【成語】大做文章／小題大做

Z

# 附 錄

## 漢語拼音方案

### 字母表

| 字母： | Aa | Bb | Cc | Dd | Ee | Ff | Gg |
|---|---|---|---|---|---|---|---|
| 名稱： | ㄚ | ㄅㄝ | ㄘㄝ | ㄉㄝ | ㄜ | ㄝㄈ | ㄍㄝ |

| | Hh | Ii | Jj | Kk | Ll | Mm | Nn |
|---|---|---|---|---|---|---|---|
| | ㄏㄚ | ㄧ | ㄐㄧㄝ | ㄎㄝ | ㄝㄌ | ㄝㄇ | ㄋㄝ |

| | Oo | Pp | Qq | Rr | Ss | Tt | |
|---|---|---|---|---|---|---|---|
| | ㄛ | ㄆㄝ | ㄑㄧㄡ | ㄚㄦ | ㄝㄙ | ㄊㄝ | |

| | Uu | Vv | Ww | Xx | Yy | Zz | |
|---|---|---|---|---|---|---|---|
| | ㄨ | ㄪㄝ | ㄨㄚ | ㄒㄧ | ㄧㄚ | ㄗㄝ | |

V 只用來拼寫外來語、少數民族語言和方言。字母的手寫體依照拉丁字母的一般書寫習慣。

### 聲母表

| b | p | m | f | d | t | n | l |
|---|---|---|---|---|---|---|---|
| ㄅ玻 | ㄆ坡 | ㄇ摸 | ㄈ佛 | ㄉ得 | ㄊ特 | ㄋ訥 | ㄌ勒 |

| g | k | h | | | j | q | x |
|---|---|---|---|---|---|---|---|
| ㄍ哥 | ㄎ科 | ㄏ喝 | | | ㄐ基 | ㄑ欺 | ㄒ希 |

| zh | ch | sh | r | z | c | s | |
|---|---|---|---|---|---|---|---|
| ㄓ知 | ㄔ蚩 | ㄕ詩 | ㄖ日 | ㄗ資 | ㄘ雌 | ㄙ思 | |

在給漢字注音的時候，為了使拼式簡短，zh ch sh 可以省作 ẑ ĉ ŝ。

# 韻母表

| | i<br>ㄧ 衣 | u<br>ㄨ 烏 | ü<br>ㄩ 迂 |
|---|---|---|---|
| a<br>ㄚ 啊 | ia<br>ㄧㄚ 呀 | ua<br>ㄨㄚ 蛙 | |
| o<br>ㄛ 喔 | | uo<br>ㄨㄛ 窩 | |
| e<br>ㄜ 鵝 | ie<br>ㄧㄝ 耶 | | üe<br>ㄩㄝ 約 |
| ai<br>ㄞ 哀 | | uai<br>ㄨㄞ 歪 | |
| ei<br>ㄟ 欸 | | uei<br>ㄨㄟ 威 | |
| ao<br>ㄠ 熬 | iao<br>ㄧㄠ 腰 | | |
| ou<br>ㄡ 歐 | iou<br>ㄧㄡ 憂 | | |
| an<br>ㄢ 安 | ian<br>ㄧㄢ 煙 | uan<br>ㄨㄢ 彎 | üan<br>ㄩㄢ 冤 |
| en<br>ㄣ 恩 | in<br>ㄧㄣ 因 | uen<br>ㄨㄣ 溫 | ün<br>ㄩㄣ 暈 |
| ang<br>ㄤ 昂 | iang<br>ㄧㄤ 央 | uang<br>ㄨㄤ 汪 | |
| eng<br>ㄥ 亨的韻母 | ing<br>ㄧㄥ 英 | ueng<br>ㄨㄥ 翁 | |
| ong<br>(ㄨㄥ) 轟的韻母 | iong<br>ㄩㄥ 雍 | | |

説明：

① 「知、蚩、詩、日、資、雌、思」等七個音節的韻母用i，即：知、蚩、詩、日、資、雌、思等字拼作zhi，chi，shi，ri，zi，ci，si。

② 韻母儿寫成er，用作韻尾的時候寫成r。例如：「兒童」拼作ertong，「花兒」拼作huar。

③ 韻母ㄝ單用的時候寫成ê。

④ i 行的韻母，前面沒有聲母的時候，寫成yi(衣)，ya(呀)，ye(耶)，yao(腰)，you(憂)，yan(煙)，yin(因)，yang(央)，ying(英)，yong(雍)。

　　u 行的韻母，前面沒有聲母的時候，寫成wu(烏)，wa(蛙)，wo(窩)，wai(歪)，wei(威)，wan(彎)，wen(溫)，wang(汪)，weng(翁)。

ü 行的韻母，前面沒有聲母的時候，寫成 yu（迂），yue（約），yuan（冤），yun（暈）；ü 上兩點省略。

ü 行的韻母跟聲母 j，q，x 拼的時候，寫成 ju（居），qu（區），xu（虛），ü 上兩點也省略；但是跟聲母 n，l 拼的時候，仍然寫成 nü（女），lü（呂）。

⑤ iou，uei，uen 前面加聲母的時候，寫成 iu，ui，un，例如 niu（牛），gui（歸），lun（論）。

⑥ 在給漢字注音的時候，為了使拼式簡短，ng 可以省作 ŋ。

## 聲調符號

| 陰平 | 陽平 | 上聲 | 去聲 |
|------|------|------|------|
| ー | ／ | ∨ | ＼ |

聲調符號標在音節的主要母音上，輕聲不標。例如：

| 媽 mā | 麻 má | 馬 mǎ | 罵 mà | 嗎 ma |
|------|------|------|------|------|
| （陰平） | （陽平） | （上聲） | （去聲） | （輕聲） |

## 隔音符號

a，o，e 開頭的音節連接在其他音節後面的時候，如果音節的界限發生混淆，用隔音符號（'）隔開，例如：pi'ao（皮襖）。

# 粵音聲韻調表
### (香港語言學學會粵語拼音方案)

## 聲母表
### (19個)

| b | p | m | f | d | t |
|---|---|---|---|---|---|
| (bo) 波 | (po) 婆 | (mo) 摩 | (fo) 科 | (dik) 的 | (tik) 剔 |

| n | l | g | k | h | ng |
|---|---|---|---|---|---|
| (nik) 匿 | (lik) 靂 | (gaa) 加 | (kaa) 卡 | (haa) 蝦 | (ngaa) 牙 |

| z | c | s | j | | |
|---|---|---|---|---|---|
| (zi) 資 | (ci) 雌 | (si) 思 | (ji) 衣 | | |

| gw | kw | w | | | |
|---|---|---|---|---|---|
| (gwaa) 瓜 | (kwaa) 誇 | (waa) 蛙 | | | |

## 韻母表
### (53個)

| aa | 呀 | i | 衣 | u | 烏 | yu | 於 |
|---|---|---|---|---|---|---|---|
| o | 柯 | | | | | | |
| e | (爹) | | | | | | |
| oe | (靴) | | | | | | |
| aai | 唉 | | | | | | |
| oi | 哀 | | | | | | |
| ei | (卑) | | | ui | (杯) | | |
| ai | (梯) | | | | | | |
| aau | (包) | | | | | | |

| | | | |
|---|---|---|---|
| ou (煲) | iu 腰 | | |
| au 歐 | | | |
| eoi (推) | | | |
| aam (監) | | | |
| am (金) | im 淹 | | |
| aan (奸) | | | |
| on 安 | | | |
| an (根) | in 煙 | un 豌 | yun 冤 |
| eon (春) | | | |
| aang (坑) | | | |
| ong (康) | | ung (工) | |
| eng (廳) | | | |
| ang 鶯 | ing 英 | | |
| oeng (香) | | | |
| aap 鴨 | | | |
| ap (急) | ip 葉 | | |
| aat 押 | | | |
| ot (喝) | | | |
| at (不) | it 熱 | ut 活 | yut 月 |
| eot (出) | | | |
| aak (客) | | | |
| ok (殼) | | | |
| ek (尺) | | | |
| ak (得) | ik 益 | uk 屋 | |
| oek (腳) | | | |
| m 唔 | | | |
| ng 吳 | | | |

## 聲調表

| 聲調 | 字例 | | | | | | | |
|---|---|---|---|---|---|---|---|---|
| 1 | 分 | 雖 | 冤 | 優 | 夫 | 詩 | 因 | 淹 |
| 2 | 粉 | 水 | 婉 | 黝 | 府 | 史 | 隱 | 掩 |
| 3 | 訓 | 歲 | 怨 | 幼 | 庫 | 試 | 印 | 厭 |
| 4 | 墳 | 誰 | 元 | 由 | 符 | 時 | 人 | 嚴 |
| 5 | 奮 | 緒 | 遠 | 友 | 婦 | 市 | 引 | 染 |
| 6 | 份 | 睡 | 願 | 又 | 付 | 士 | 刃 | 驗 |
| 1 (入) | 忽 | 摔 | ○ | ○ | 福 | 色 | 壹 | ○ |
| 3 (入) | ○ | ○ | 乙 | ○ | ○ | ○ | ○ | 醃 |
| 6 (入) | 乏 | 術 | 悅 | ○ | 服 | 食 | 日 | 葉 |

說明：

① j，w 為半元音，凡韻母以 i 或 y 開頭，前面沒有聲母的時候，則冠以 j，如 ji (衣)，jiu (腰)，jim (淹)，jin (煙)，jing (英)，jip (葉)，jit (熱)，jik (益)，jyu (於)，jyun (冤)，jyut (月)；凡韻母以 u 開頭，前面沒有聲母的時候，則冠以 w，如 wu (烏)，wui (回)，wun (碗)，wut (活)。

② m，ng 既可作聲母，也可作韻母單獨成音節。

③ 粵語分九聲，第一至第六聲分別用 1、2、3、4、5、6 表示；第七聲、第八聲、第九聲為入聲，其調值分別相當於第一聲、第三聲、第六聲，仍以 1、3、6 表示。

④ 韻母表中加括號的漢字只取其韻。

# 漢字筆畫名稱表

| 筆畫 | 名稱 | 字例 | 筆畫 | 名稱 | 字例 |
|---|---|---|---|---|---|
| 一 | 橫 | 王 | ㇡ | 橫折折折鈎 | 乃 |
| 丨 | 豎 | 十 | ㇙ | 豎提 | 改 |
| 丿 | 撇 | 人 | ㇚ | 豎鈎 | 小 |
| 丶 | 點 | 主 | ㇗ | 豎折 | 出 |
| ㇏ | 捺 | 大 | ㇄ | 豎彎 | 四 |
| ㇀ | 提 | 江 | ㇞ | 豎折折 | 鼎 |
| ㇇ | 橫撇 | 登 | ㇟ | 豎彎鈎 | 己 |
| ㇖ | 橫鈎 | 冥 | ㇉ | 豎折折鈎 | 弓 |
| ㇕ | 橫折 | 田 | ㇛ | 撇點 | 巡 |
| ㇆ | 橫折鈎 | 司 | ㇜ | 撇折 | 紅 |
| ㇍ | 橫折彎 | 朵 | ㇁ | 彎鈎 | 家 |
| ㇈ | 橫折彎鈎 | 九 | ㇂ | 斜鈎 | 戈 |

# 漢字筆順規則表

| 規則 | 字例 | 筆順 |
|---|---|---|
| 先橫後豎 | 十 | 一 十 |
| | 下 | 一 丁 下 |
| 先撇後捺 | 人 | 丿 人 |
| | 大 | 一 ナ 大 |
| 從上到下 | 主 | 、 亠 二 丰 主 |
| | 豆 | 一 ィ 戸 戸 亘 豆 |
| 從左到右 | 助 | 丨 冂 月 且 助 助 |
| | 倒 | 丿 亻 亻 仂 佢 侄 侄 倒 倒 |
| 從外到內 | 司 | 丁 刁 司 司 司 |
| | 岡 | 丨 冂 冂 冋 冈 冈 岡 岡 |
| 從內到外 | 函 | 乛 了 了 矛 乑 承 函 函 |
| | 延 | 丿 ィ 千 正 正 延 延 |
| 先裏頭後封口 | 目 | 丨 冂 目 目 目 |
| | 因 | 丨 冂 冃 冈 因 因 |
| 先中間後兩邊 | 水 | 丨 才 水 水 |
| | 承 | 乛 了 了 矛 手 承 承 承 |

# 常見可類推簡化部首或偏旁表

| 繁 | 簡 | 字例 |
|---|---|---|
| 糹 | 纟 | 紀 ⇌ 纪　綁 ⇌ 绑 |
| 言 | 讠 | 計 ⇌ 计　謝 ⇌ 谢 |
| 巠 | 圣 | 勁 ⇌ 劲　莖 ⇌ 茎 |
| 臤 | 収 | 堅 ⇌ 坚　緊 ⇌ 紧 |
| 釒 | 钅 | 釘 ⇌ 钉　銀 ⇌ 银 |
| 飠 | 饣 | 飲 ⇌ 饮　館 ⇌ 馆 |
| 昜 | 㐡 | 場 ⇌ 场　蕩 ⇌ 荡 |
| 咼 | 呙 | 窩 ⇌ 窝　鍋 ⇌ 锅 |
| 熒 | 荧 | 勞 ⇌ 劳　營 ⇌ 营 |
| 戠 | 只 | 職 ⇌ 职　識 ⇌ 识 |
| 睪 | 垩 | 擇 ⇌ 择　釋 ⇌ 释 |
| 𦥑 | 𭕄 | 學 ⇌ 学　攪 ⇌ 搅 |
| 監 | 収 | 鑒 ⇌ 鉴　纜 ⇌ 缆 |
| 繼 | 亦 | 戀 ⇌ 恋　灣 ⇌ 湾 |

| 繁 | 簡 | 字例 |
|---|---|---|
| 車 | 车 | 載 ⇌ 载　漸 ⇌ 渐 |
| 夾 | 夹 | 俠 ⇌ 侠　愜 ⇌ 惬 |
| 貝 | 贝 | 績 ⇌ 绩　贈 ⇌ 赠 |
| 見 | 见 | 現 ⇌ 现　覺 ⇌ 觉 |
| 長 | 长 | 脹 ⇌ 胀　漲 ⇌ 涨 |
| 東 | 东 | 凍 ⇌ 冻　陳 ⇌ 陈 |
| 兩 | 两 | 倆 ⇌ 俩　輛 ⇌ 辆 |
| 岡 | 冈 | 剛 ⇌ 刚　鋼 ⇌ 钢 |
| 門 | 门 | 們 ⇌ 们　簡 ⇌ 简 |
| 侖 | 仑 | 倫 ⇌ 伦　論 ⇌ 论 |
| 頁 | 页 | 頂 ⇌ 顶　題 ⇌ 题 |
| 韋 | 韦 | 偉 ⇌ 伟　圍 ⇌ 围 |
| 風 | 风 | 瘋 ⇌ 疯　諷 ⇌ 讽 |
| 馬 | 马 | 馳 ⇌ 驰　媽 ⇌ 妈 |
| 倉 | 仓 | 創 ⇌ 创　蒼 ⇌ 苍 |
| 區 | 区 | 嘔 ⇌ 呕　歐 ⇌ 欧 |
| 婁 | 娄 | 屢 ⇌ 屡　數 ⇌ 数 |
| 鳥 | 鸟 | 鳴 ⇌ 鸣　鴛 ⇌ 鸳 |
| 魚 | 鱼 | 魯 ⇌ 鲁　鮮 ⇌ 鲜 |

| 繁 | 簡 | 字例 |
|---|---|---|
| 參 | 参 | 滲 ⇄ 渗　　慘 ⇄ 惨 |
| 堯 | 尧 | 曉 ⇄ 晓　　翹 ⇄ 翘 |
| 單 | 单 | 彈 ⇄ 弹　　闡 ⇄ 阐 |
| 發 | 发 | 潑 ⇄ 泼　　廢 ⇄ 废 |
| 幾 | 几 | 譏 ⇄ 讥　　饑 ⇄ 饥 |
| 僉 | 金 | 簽 ⇄ 签　　驗 ⇄ 验 |
| 會 | 会 | 薈 ⇄ 荟　　繪 ⇄ 绘 |
| 賓 | 宾 | 繽 ⇄ 缤　　鬢 ⇄ 鬓 |
| 廣 | 广 | 擴 ⇄ 扩　　礦 ⇄ 矿 |
| 龍 | 龙 | 龐 ⇄ 庞　　聾 ⇄ 聋 |
| 羅 | 罗 | 蘿 ⇄ 萝　　邏 ⇄ 逻 |

說明：

以上只列出多數情況下可類推簡化的部首或偏旁，幫助讀者較有系統地進行繁體、簡體互相轉換，若有特例不一一列出。

# 標點符號用法

## 範圍

本標準規定了標點符號的名稱、形式和用法,對漢語書寫規範有重要的輔助作用。本標準適用於漢語書面語。

## 定義

本標準採用下列定義:

· **句子**
  前後都有停頓,並帶有一定的句調,表示相對完整意義的語言單位。

· **陳述句**
  用來說明事實的句子。

· **祈使句**
  用來要求聽話人做某件事情的句子。

· **疑問句**
  用來提出問題的句子。

· **感歎句**
  用來抒發某種強烈感情的句子。

· **複句、分句**
  意思上有密切聯繫的小句子組織在一起構成一個大句子。這樣的大句子叫複句,複句中的每個小句子叫分句。

· **詞語**
  詞和短語(詞組)。詞,即最小的能獨立運用的語言單位。短語,即由兩個或兩個以上的詞按一定的語法規則組成的表達一定意義的語言單位,也叫詞組。

## 基本規則

(1) 標點符號是輔助文字記錄語言的符號，是書面語的有機組成部分，用來表示停頓、語氣以及詞語的性質和作用。

(2) 常用的標點符號有 16 種，分點號和標號兩大類。

點號的作用在於點斷，主要表示說話時的停頓和語氣。點號又分為句末點號和句內點號。句末點號用在句末，有句號、問號、感歎號 3 種，表示句末的停頓，同時表示句子的語氣。句內點號用在句內，有逗號、頓號、分號、冒號 4 種，表示句內的各種不同性質的停頓。

標號的作用在於標明，主要標明語句的性質和作用。常用的標號有 9 種，即：引號、括號、破折號、省略號、着重號、連接號、間隔號、書名號和專名號。

## 用法說明

| 名稱 | 符號 | 用法 | 例子 |
|---|---|---|---|
| 句號 | 。 | 表示陳述句或語氣舒緩的祈使句末尾的停頓 | 虛心使人進步，驕傲使人落後。 |
| | | | 請您稍等一下。 |
| 問號 | ？ | 表示疑問句或反問句末尾的停頓 | 他叫甚麼名字？ |
| | | | 難道你還不了解我嗎？ |
| 感歎號 | ！ | (1) 表示感歎句末尾的停頓 | 我多麼想看看他老人家呀！ |
| | | (2) 用在語氣強烈的祈使句或反問句末尾 | 你給我出去！ |
| | | | 我哪裏比得上他呀！ |
| 逗號 | ， | 表示句子內部之間的停頓 | 我們看得見的星星，絕大多數是恆星。 |
| 頓號 | 、 | 表示句子內部並列詞語之間的停頓 | 尼羅河、亞馬遜河、長江和密西西比河是世界四大河流。 |
| 分號 | ； | 表示複句內部並列分句之間的停頓 | 語言，人們用來抒情達意；文字，人們用來記言記事。 |

| 名稱 | 符號 | 用法 | 例子 |
|------|------|------|------|
| 冒號 | ： | 表示提起下文 | 他十分驚訝地説:「啊,原來是你!」 |
| | | | 北京紫禁城有四座城門:午門、神武門、東華門和西華門。 |
| 引號 ① | 「 」 『 』 | (1) 標示文中引用的話 | 「滿招損,謙受益」這句格言,流傳到今天至少有兩千年了。 |
| | | (2) 標示着重論述的對象或特殊含義的詞語 | 古人對於寫文章有個基本要求,叫做「有物有序」。「有物」就是要有內容,「有序」就是要有條理。 |
| 括號 ② | ( ) | 標示文中註釋性的文字 | 中國猿人(全名為「中國猿人北京種」,或簡稱「北京人」)在中國的發現,是對古人類學的一個重大貢獻。 |
| 破折號 | —— | (1) 標示文中解釋説明的語句 | 邁進金黃色的大門,穿過寬闊的風門廳和衣帽廳,就到了大會堂建築的樞紐部分——中央大廳。 |
| | | (2) 標示話題的轉折 | 「今天好熱啊!——你甚麼時候去上海?」 |
| | | (3) 標示聲音的延長 | 「嗚——」火車開動了。 |
| 省略號 ③ | …… | (1) 標示文中省略的部分 | 在花市上,牡丹、吊鐘、水仙、梅花、菊花、山茶、墨蘭……春秋冬三季的鮮花都擠在一起啦! |
| | | (2) 標示説話斷斷續續 | 「我……對不起……大家,我……沒有……完成……任務。」 |
| 着重號 | ● | 標示需要特別注意的部分 | 考生須選答其中兩題。 ●● |
| 連接號 | — | (1) 標示時間、地點或數目等的起止 | 魯迅(1881－1936)中國現代偉大的文學家、思想家和革命家。 |
| | | | 「北京－廣州」直通車 |
| | | (2) 標示相關的人或事物的關係 | 人類的發展可以分為古猿－猿人－古人－新人這四個階段。 |

| 名稱 | 符號 | 用法 | 例子 |
|------|------|------|------|
| 間隔號 | ． | (1) 標示外國人和某些少數民族人名內的分界 | 愛新覺羅‧努爾哈赤 |
| | | (2) 標示書名與篇名之間的分界 | 《三國志‧蜀志‧諸葛亮傳》 |
| 書名號 ④ | 《 》 〈 〉 ﹏﹏ | 標示書名、篇名、報紙名、刊物名等 | 《紅樓夢》的作者是曹雪芹。 |
| | | | 桌上放着一本《中國語文》。 |
| 專名號 | ＿＿ | 標示人名、地名、朝代名等專名 | 司馬相如者，漢蜀郡成都人也，字長卿。 |

※註① 引號內還要用引號時，外面一層用單引號（「 」），裏面一層用雙引號（『 』）。

② 註釋句子裏某種詞語的，括註緊貼在被註釋詞語之後；註釋整個句子的，括註放在句末標點之後。

③ 整段文章的省略，可以用十二個小圓點來表示。

④ 書名號內還要用書名號時，外面一層用雙書名號（《 》），裏面一層用單書名號（〈 〉）。

## 標點符號的位置

(1) 句號、問號、感歎號、逗號、頓號、分號和冒號佔一個字的位置，不出現在一行之首。

(2) 引號、括號、書名號的前一半不出現在一行之末，後一半不出現在一行之首。

(3) 破折號和省略號佔兩個字的位置，中間不能斷開。連接號和間隔號佔一個字的位置。

(4) 橫行文稿中着重號、專名號和浪線式書名號標在字的下面，隨字移行；直行文稿中着重號標在字的右側，專名號和浪線式書名號標在字的左側。

# 中國歷史朝代與公元紀年對照簡表

| 夏 | | | 約前2070—前1600 |
|---|---|---|---|
| 商 | | | 前1600—前1046 |
| 周 | 西周 | | 前1046—前771 |
| | 東周 | | 前770—前256 |
| | 春秋時代 | | 前770—前476 |
| | 戰國時代 | | 前475—前221 |
| 秦 | | | 前221—前206 |
| 漢 | 西漢① | | 前206—公元25 |
| | 東漢 | | 25—220 |
| 三國 | 魏 | | 220—265 |
| | 蜀 | | 221—263 |
| | 吳 | | 222—280 |
| 西晉 | | | 265—317 |
| 東晉 | 東晉 | | 317—420 |
| 十六國 | 十六國② | | 304—439 |
| 南北朝 | 南朝 | 宋 | 420—479 |
| | | 齊 | 479—502 |
| | | 梁 | 502—557 |
| | | 陳 | 557—589 |

| | | 北魏 | 386—534 |
|---|---|---|---|
| 南北朝 | 北朝 | 東魏 | 534—550 |
| | | 北齊 | 550—577 |
| | | 西魏 | 535—556 |
| | | 北周 | 557—581 |
| 隋 | | | 581—618 |
| 唐 | | | 618—907 |
| 五代十國 | 後梁 | | 907—923 |
| | 後唐 | | 923—936 |
| | 後晉 | | 936—947 |
| | 後漢 | | 947—950 |
| | 後周 | | 951—960 |
| | 十國 ③ | | 902—979 |
| 宋 | 北宋 | | 960—1127 |
| | 南宋 | | 1127—1279 |
| 遼 | | | 907—1125 |
| 西夏 | | | 1038—1227 |
| 金 | | | 1115—1234 |
| 元 | | | 1206—1368 |
| 明 | | | 1368—1644 |
| 清 | | | 1616—1911 |

1912—1949年，中華民國。

1949年10月1日，中華人民共和國成立。

---

※註① 包括王莽建立的「新」王朝（公元9—23年）和更始帝（公元23—25年）政權。

② 十六國，即當時在中國北方先後存在過的一些封建政權，它們分別是：漢（前趙）、成（成漢）、前涼、後趙（魏）、前燕、前秦、後燕、後秦、西秦、後涼、南涼、北涼、南燕、西涼、北燕、夏等國。

③ 這時期，除後梁、後唐、後晉、後漢、後周外，還先後存在過一些封建政權，它們分別是：吳、前蜀、吳越、楚、閩、南漢、荊南（南平）、後蜀、南唐、北漢等國，歷史上叫做「十國」。

# 筆畫檢字表

（右邊的數字為字典正文的頁碼）

筆畫檢字表

筆畫檢字表

筆畫檢字表

筆畫檢字表

筆畫檢字表

筆畫檢字表

筆畫檢字表

筆畫檢字表

| | | | | | | | |
|---|---|---|---|---|---|---|---|
| 蝟 | 395 | 銀 | 212 | [フ] | | **十六畫** | |
| 蝸 | 398 | 樂 | 214 | 編 | 20 | | |
| 嘻 | 405 | | 472 | 層 | 35 | [丶] | |
| 瞎 | 407 | 黎 | 217 | 嫿 | 37 | 諳 | 4 |
| 蝦 | 407 | 獠 | 225 | 彈 | 67 | 澳 | 5 |
| 噎 | 445 | 劉 | 231 | | 369 | 懊 | 5 |
| 影 | 458 | 魯 | 235 | 鄧 | 72 | 辦 | 10 |
| 閱 | 472 | 鋁 | 237 | 締 | 74 | 辨 | 22 |
| 賬 | 486 | 魅 | 250 | 緞 | 85 | 禪 | 37 |
| 幟 | 500 | 膜 | 259 | 墮 | 88 | | 333 |
| 幢 | 510 | 餃 | 268 | 緩 | 145 | 熾 | 48 |
| [丿] | | 磐 | 281 | 緝 | 155 | 糙 | 57 |
| 皚 | 2 | 盤 | 281 | 駕 | 164 | 導 | 69 |
| 輦 | 16 | 僻 | 288 | 緘 | 165 | 燈 | 71 |
| 膘 | 22 | 篇 | 289 | 漿 | 170 | 諦 | 75 |
| 徹 | 42 | 鄱 | 293 | 槳 | 170 | 澈 | 76 |
| 衝 | 48 | 魄 | 294 | 奬 | 170 | 諜 | 78 |
| | 49 | 鋪 | 294 | 嬌 | 172 | 懂 | 81 |
| 鋤 | 51 | | 296 | 練 | 222 | 燉 | 87 |
| 銼 | 61 | 篋 | 308 | 戮 | 236 | 諷 | 102 |
| 稻 | 70 | 銳 | 324 | 履 | 237 | 糕 | 112 |
| 德 | 70 | 慫 | 359 | 緬 | 255 | 憾 | 132 |
| 餓 | 90 | 艘 | 360 | 駑 | 275 | 褒 | 145 |
| 範 | 95 | 膛 | 371 | 劈 | 286 | 諱 | 151 |
| 鋒 | 101 | 躺 | 372 | | 288 | 激 | 155 |
| 稿 | 112 | 鋌 | 380 | 蝨 | 342 | 劑 | 161 |
| 駐 | 122 | 膝 | 405 | 緯 | 394 | 諫 | 168 |
| 劍 | 127 | 箱 | 413 | 慰 | 395 | 窺 | 206 |
| 稽 | 155 | 銷 | 416 | 嫵 | 401 | 燎 | 225 |
| 稷 | 161 | 鋅 | 421 | 嬉 | 405 | | 226 |
| 稼 | 164 | 儀 | 448 | 嫻 | 411 | 龍 | 232 |
| 價 | 164 | 億 | 452 | 線 | 412 | 磨 | 259 |
| 儉 | 166 | 餘 | 465 | 緣 | 470 | | 261 |
| 劇 | 168 | 慾 | 468 | 熨 | 474 | 謀 | 262 |
| 箭 | 168 | 箴 | 491 | 緻 | 500 | 凝 | 273 |
| 僵 | 169 | 徵 | 493 | 墜 | 511 | 濃 | 274 |
| 膠 | 172 | 質 | 500 | | | 諾 | 276 |
| 徵 | 183 | 皺 | 504 | | | 瞥 | 291 |
| 靠 | 198 | 篆 | 509 | | | 憑 | 293 |

筆畫檢字表

筆畫檢字表

# 倉頡碼檢字表

（右邊的數字為字典正文的頁碼）

| A | | | | | | | | | | | | | | | | | |
|---|---|---|---|---|---|---|---|---|---|---|---|---|---|---|---|---|---|

| Code | 字 | No | Code | 字 | No | Code | 字 | No | Code | 字 | No |
|---|---|---|---|---|---|---|---|---|---|---|---|
| BCHER | 賂 | 236 | BG | 肚 | 83 | BM | 且 | 308 | BTBO | 朦 | 251 |
| BCHIO | 貶 | 21 | | | 84 | BMFM | 胚 | 284 | BTGR | 膳 | 333 |
| BCII | 賤 | 168 | BGR | 周 | 503 | BMJ | 肝 | 109 | BTIS | 臟 | 477 |
| BCIJ | 賊 | 480 | BGTH | 膨 | 286 | BMKS | 助 | 506 | BTLN | 刪 | 331 |
| BCIMS | 臟 | 477 | BHAE | 腺 | 412 | BMMC | 具 | 189 | BTU | 岡 | 111 |
| BCIR | 貽 | 448 | BHDH | 豺 | 37 | BMMO | 家 | 501 | BTWV | 膿 | 275 |
| BCJKA | 賭 | 83 | BHER | 貉 | 113 | BMR | 同 | 380 | BTYV | 罔 | 390 |
| BCJMN | 貯 | 507 | BHHAU | 貌 | 248 | | | 381 | BU | 目 | 263 |
| BCKB | 賄 | 150 | BHHJ | 脾 | 287 | BMSO | 豚 | 385 | BUAV | 眼 | 438 |
| BCLN | 則 | 479 | BHHV | 脈 | 244 | BMUI | 冠 | 123 | BUBAC | 瞑 | 258 |
| BCMJ | 窄 | 131 | | | 261 | | | 124 | BUBBQ | 瞬 | 356 |
| BCMMV | 賑 | 491 | BHJG | 腫 | 501 | BMVM | 脛 | 184 | BUBD | 眯 | 31 |
| BCMPM | 賦 | 107 | BHN | 肌 | 154 | BMWF | 膘 | 22 | BUBSD | 睜 | 492 |
| BCNCR | 贍 | 333 | BHN | 冗 | 322 | BMWL | 腩 | 255 | BUC | 貝 | 15 |
| BCOK | 敗 | 9 | BHNE | 股 | 120 | BMWV | 腰 | 443 | BUCSH | 盼 | 281 |
| BCOMF | 餘 | 336 | BHPI | 豹 | 13 | BNCR | 膽 | 66 | BUDOO | 眛 | 209 |
| BCRL | 腳 | 173 | BHSHR | 貂 | 77 | BND | 孚 | 103 | BUFBG | 瞠 | 44 |
| BCRU | 脫 | 386 | BHTRG | 貛 | 145 | BNMU | 脆 | 60 | BUGCG | 睦 | 263 |
| BCSMV | 賬 | 486 | BHTW | 貓 | 246 | BNUI | 冤 | 468 | BUGIT | 瞌 | 199 |
| BCTTB | 購 | 119 | BHX | 舀 | 444 | BOAE | 腹 | 107 | BUHDF | 瞅 | 50 |
| BCTXC | 賺 | 509 | BHXO | 腴 | 464 | BOMA | 膾 | 204 | BUHHJ | 睥 | 288 |
| BCV | 嬰 | 456 | BIBI | 膊 | 27 | BOMMF | 祭 | 160 | BUHIO | 眨 | 481 |
| BCYR | 貼 | 378 | BIJB | 脯 | 105 | BOMO | 臉 | 222 | BUHJM | 睡 | 355 |
| BCYTR | 賠 | 284 | | | 295 | BPA | 脂 | 496 | BUHU | 見 | 167 |
| BCYVO | 賅 | 108 | BIOI | 腑 | 105 | BPRU | 胞 | 12 | | | 411 |
| BD | 采 | 31 | BIPC | 膩 | 270 | BPUK | 胸 | 425 | BUIHQ | 眸 | 262 |
| BDHHH | 彩 | 31 | BIR | 胎 | 367 | BQ | 用 | 460 | BUJKA | 睹 | 83 |
| BDI | 肘 | 503 | BJB | 肺 | 98 | BQU | 甩 | 354 | BUJLO | 睫 | 176 |
| BDOE | 膝 | 405 | BJBD | 脖 | 27 | BRHAF | 鵰 | 77 | BUJQR | 瞎 | 407 |
| BDU | 乳 | 323 | BJCM | 腔 | 305 | BROG | 離 | 77 | BUKCF | 瞭 | 226 |
| BF | 炙 | 498 | BJE | 肢 | 495 | BRRD | 腺 | 328 | BULBU | 眈 | 65 |
| BFBG | 膣 | 371 | BJNU | 腕 | 390 | BSD | 爭 | 492 | BULMO | 眺 | 378 |
| BFHVF | 縣 | 412 | BJWJ | 軍 | 194 | BSLE | 服 | 104 | BULN | 剛 | 111 |
| BFP | 懸 | 430 | BKF | 然 | 318 | BSMH | 膠 | 172 | BUMJK | 瞰 | 197 |
| BFQ | 胖 | 281 | BKMS | 胯 | 203 | BSMV | 脹 | 486 | BUMN | 盯 | 79 |
| | | 282 | BKN | 胰 | 448 | BSS | 凸 | 382 | BUMWF | 瞟 | 290 |
| BFQF | 騰 | 374 | BKOG | 雞 | 156 | BT | 冊 | 34 | BUNCR | 瞻 | 483 |
| BFQR | 謄 | 374 | BKS | 肋 | 215 | BT | 皿 | 257 | BUNOK | 睽 | 206 |
| BFQS | 勝 | 341 | BM | 肛 | 111 | BTAK | 膜 | 259 | BUNOT | 瞪 | 72 |

倉頡碼檢字表

倉頡碼檢字表

| | | | | | | | | | | |
|---|---|---|---|---|---|---|---|---|---|---|
| DTRG | 權 | 316 | EAPP | 混 | 151 | EFBR | 淌 | 372 | EIHR | 減 | 166 |
| DTTB | 構 | 119 | | | 152 | EFF | 淡 | 66 | EII | 淺 | 304 |
| DTWA | 槽 | 33 | EAPV | 渴 | 199 | EFFS | 渁 | 214 | EIIH | 滲 | 339 |
| DTWI | 樽 | 518 | EATE | 瀑 | 296 | EFH | 沙 | 330 | EIJB | 浦 | 295 |
| DU | 札 | 481 | EAVF | 濕 | 342 | EGGU | 澆 | 172 | EILL | 洲 | 503 |
| DUP | 想 | 414 | EAWE | 漫 | 245 | EGI | 法 | 92 | EILMI | 蚤 | 478 |
| DUVIF | 槊 | 475 | EBBB | 滑 | 143 | EGJ | 準 | 511 | EINE | 泳 | 459 |
| | | 480 | EBBR | 渦 | 397 | EGNI | 濤 | 372 | EIR | 治 | 498 |
| DVII | 機 | 155 | EBCD | 深 | 338 | EGTH | 澎 | 285 | EITE | 渡 | 84 |
| DW | 東 | 80 | EBCI | 灘 | 169 | EHA | 泊 | 26 | EJ | 汁 | 495 |
| DWD | 楝 | 198 | EBCN | 測 | 34 | | | 293 | EJB | 沛 | 284 |
| DWF | 柬 | 166 | EBHG | 淫 | 454 | EHBK | 澳 | 5 | EJBC | 滇 | 75 |
| DY | 朴 | 290 | EBHU | 沉 | 42 | EHBT | 溫 | 68 | EJCB | 潛 | 332 |
| DYBS | 榜 | 11 | EBHX | 滔 | 372 | EHCN | 瀏 | 231 | EJCR | 溶 | 322 |
| DYCK | 校 | 174 | EBJJ | 渾 | 151 | EHDW | 潘 | 281 | EJDS | 渤 | 27 |
| | | 417 | EBM | 沮 | 188 | EHER | 洛 | 241 | EJHF | 瀉 | 421 |
| DYDL | 楖 | 128 | EBMR | 洞 | 81 | EHF | 燙 | 372 | EJHW | 潘 | 339 |
| DYFE | 椒 | 171 | EBND | 浮 | 104 | EHGR | 浩 | 133 | EJJB | 潮 | 41 |
| DYG | 柱 | 507 | EBSD | 淨 | 184 | EHGU | 洗 | 406 | EJJL | 漸 | 168 |
| DYHN | 杭 | 132 | EBUH | 渺 | 256 | EHHV | 派 | 280 | EJJM | 瀚 | 132 |
| DYHR | 槌 | 55 | EBVK | 溪 | 404 | EHHW | 溜 | 230 | EJLV | 凄 | 297 |
| DYIU | 梳 | 350 | ECNH | 涕 | 375 | | | 232 | EJMC | 濱 | 23 |
| DYLB | 柿 | 346 | ECOR | 浴 | 466 | EHIO | 泛 | 94 | EJMC | 演 | 439 |
| DYRB | 槁 | 112 | ECR | 沿 | 437 | EHJR | 活 | 152 | EJMF | 淙 | 58 |
| DYTJ | 樟 | 485 | ED | 沐 | 263 | EHK | 沃 | 398 | EJMO | 淀 | 76 |
| DYVO | 核 | 135 | EDAM | 渣 | 481 | EHKP | 添 | 376 | EJPN | 濘 | 273 |
| | | 141 | EDBU | 湘 | 413 | EHNWF | 鯊 | 330 | EJR | 沽 | 119 |
| DYWM | 檀 | 370 | EDCI | 淞 | 359 | EHQJ | 湃 | 280 | EJRB | 湖 | 141 |
| | **E** | | EDD | 淋 | 227 | EHSK | 激 | 155 | EJYJ | 滓 | 514 |
| E | 水 | 355 | EDG | 塗 | 383 | EHSK | 淚 | 215 | EKCF | 潦 | 225 |
| EA | 沓 | 62 | EDHE | 波 | 25 | EHSU | 瀘 | 142 | EKHR | 猗 | 447 |
| EA | 汨 | 253 | EDHL | 淅 | 404 | EHV | 娑 | 364 | EKI | 汰 | 368 |
| EA | 沓 | 367 | EDJ | 沫 | 260 | EI | 叉 | 35 | EKKB | 淆 | 417 |
| EABT | 溫 | 396 | EDK | 決 | 192 | | | 36 | EKLU | 淹 | 436 |
| EAIU | 溉 | 108 | EDLO | 漱 | 353 | EIAV | 浪 | 212 | EKOO | 汱 | 162 |
| EAMH | 湯 | 371 | EDOE | 漆 | 298 | EICE | 浚 | 194 | EKPB | 滯 | 499 |
| EANA | 潤 | 168 | EEED | 桑 | 327 | EID | 梁 | 223 | EL | 沖 | 48 |
| EANG | 潤 | 325 | EEV | 婆 | 293 | EIFD | 梁 | 223 | ELBK | 決 | 440 |
| EANW | 瀾 | 210 | EFB | 消 | 416 | EIHF | 減 | 256 | ELBU | 沈 | 339 |

| Code | Char | No. |
|---|---|---|
| ELLN | 沸 | 98 |
| ELMC | 潰 | 206 |
| ELQ | 津 | 179 |
| ELW | 油 | 461 |
| ELXL | 淵 | 469 |
| EM | 江 | 169 |
| EMBB | 濡 | 323 |
| EMCW | 酒 | 186 |
| EMDM | 瀝 | 220 |
| EMG | 汪 | 390 |
| EMGG | 涯 | 435 |
| EMHF | 鴻 | 139 |
| EMHF | 源 | 469 |
| EMJ | 汗 | 130 |
|  |  | 131 |
| EMMP | 灝 | 326 |
| EMMS | 污 | 399 |
| EMN | 汀 | 378 |
| EMNR | 河 | 134 |
| EMUA | 潛 | 303 |
| EMWF | 漂 | 290 |
| EMWG | 漣 | 436 |
| EMWJ | 潭 | 369 |
| EMWL | 涵 | 255 |
| ENBK | 渙 | 146 |
| ENBS | 湧 | 459 |
| END | 染 | 318 |
| ENE | 沒 | 248 |
|  |  | 260 |
| ENHE | 汲 | 156 |
| ENI | 泓 | 138 |
| ENI | 汐 | 403 |
| ENJ | 汛 | 432 |
| ENKM | 涎 | 410 |
| ENMB | 瀾 | 253 |
| ENMM | 溺 | 270 |
| ENOE | 潑 | 293 |
| ENOT | 澄 | 45 |
| ENSV | 漲 | 485 |
|  |  | 486 |
| ENUE | 涵 | 131 |
| ENWF | 漁 | 465 |
| EOBT | 盜 | 70 |
| EOG | 淮 | 144 |
| EOIR | 滄 | 32 |
| EOLD | 滌 | 73 |
| EOMB | 淪 | 239 |
| EOMN | 汽 | 300 |
| EOMN | 渝 | 464 |
| EOMR | 洽 | 302 |
| EOWY | 海 | 129 |
| EP | 沁 | 310 |
| EPD | 池 | 46 |
| EPD | 朱 | 297 |
| EPH | 泌 | 253 |
| EPOU | 淘 | 373 |
| EPRU | 泡 | 283 |
| EPSH | 沏 | 297 |
| EPT | 泄 | 420 |
| EPU | 沌 | 86 |
| EPUK | 淘 | 425 |
| EQHF | 潔 | 177 |
| EQHL | 浙 | 489 |
| EQKK | 湊 | 58 |
| EQMB | 清 | 310 |
| EQMC | 漬 | 514 |
| ERB | 涓 | 190 |
| ERHU | 況 | 205 |
| ERRD | 澡 | 478 |
| ERVP | 泯 | 257 |
| ESBN | 涮 | 354 |
| ESCE | 濺 | 76 |
| ESD | 渠 | 314 |
| ESHR | 沼 | 487 |
| ESIM | 澀 | 329 |
| ESIT | 濫 | 211 |
| ESMB | 漏 | 234 |
| ESME | 浸 | 181 |
| ESND | 潺 | 37 |
| ESP | 泥 | 269 |
|  |  | 270 |
| ESU | 氾 | 94 |
| ETAK | 漠 | 261 |
| ETBO | 濛 | 251 |
| ETC | 洪 | 138 |
| ETCT | 溢 | 451 |
| ETCU | 港 | 111 |
| ETGE | 漾 | 442 |
| ETIT | 湃 | 246 |
| ETLB | 滿 | 245 |
| ETLO | 漢 | 131 |
| ETLX | 瀟 | 416 |
| ETMV | 湛 | 484 |
| ETOG | 灘 | 369 |
| ETQ | 洋 | 441 |
| ETRG | 灌 | 124 |
| ETTB | 溝 | 118 |
| ETUB | 溯 | 361 |
| ETVI | 滋 | 513 |
| ETWV | 濃 | 274 |
| EUMB | 湍 | 384 |
| EV | 汝 | 323 |
| EVFN | 灣 | 388 |
| EWC | 泗 | 358 |
| EWJR | 涸 | 135 |
| EWLI | 濁 | 512 |
| EWLJ | 澤 | 479 |
| EWO | 泅 | 313 |
| EYAJ | 淖 | 268 |
| EYBG | 灘 | 217 |
| EYBK | 澈 | 42 |
| EYBS | 滂 | 282 |
| EYCB | 滴 | 72 |
| EYCV | 滾 | 127 |
| EYFE | 淑 | 350 |
| EYG | 注 | 506 |
| EYHC | 瀨 | 23 |
| EYIU | 流 | 231 |
| EYJJ | 連 | 221 |
| EYLH | 涉 | 336 |
| EYOK | 液 | 446 |
| EYPP | 濾 | 238 |
| EYR | 沾 | 483 |
| EYRD | 淳 | 55 |
| EYRF | 涼 | 223 |
|  |  | 224 |
| EYSD | 游 | 461 |
| EYSO | 漩 | 429 |
| EYSY | 淤 | 463 |
| EYT | 泣 | 301 |
| EYUB | 滴 | 217 |
| EYWI | 滷 | 235 |
| EYX | 濟 | 159 |
|  |  | 161 |

**F**

| Code | Char | No. |
|---|---|---|
| F | 火 | 152 |
| FAMJ | 焊 | 131 |
| FANW | 爛 | 211 |
| FATE | 爆 | 14 |
| FB | 肖 | 417 |
| FBKF | 燃 | 318 |
| FBLN | 削 | 415 |
|  |  | 430 |
| FBOK | 敝 | 19 |
| FBOK | 敞 | 40 |
| FBR | 炯 | 185 |
| FBR | 尚 | 334 |
| FBRBC | 賞 | 334 |
| FBRD | 棠 | 371 |
| FBRG | 堂 | 371 |
| FBRLB | 常 | 39 |
| FBRPA | 嘗 | 39 |
| FBRQ | 掌 | 485 |
| FBRW | 當 | 67 |
|  |  | 68 |

倉頡碼檢字表

| 碼 | 字 | 頁 | 碼 | 字 | 頁 | 碼 | 字 | 頁 | 碼 | 字 | 頁 |
|---|---|---|---|---|---|---|---|---|---|---|---|
| FBRWG | 黨 | 68 | FFBVF | 縈 | 457 | FQBU | 眷 | 191 | GCOK | 赦 | 337 |
| FBRYV | 裒 | 39 | FFH | 炒 | 41 | FQHE | 叛 | 281 | GCWA | 增 | 480 |
|  |  | 334 | FG | 灶 | 478 | FQLN | 判 | 281 | GDHE | 坡 | 293 |
| FCB | 脊 | 158 | FGGU | 燒 | 335 | FQMSO | 拳 | 146 | GDHNE | 穀 | 121 |
| FD | 米 | 253 | FH | 少 | 335 | FQNL | 鄰 | 228 | GDI | 寺 | 358 |
| FDAMG | 糧 | 224 | FHAG | 煌 | 147 | FQQ | 拳 | 315 | GEHDA | 馨 | 422 |
| FDBM | 粗 | 58 | FHBU | 省 | 341 | FQSH | 券 | 316 | GEOJU | 罄 | 312 |
| FDCSH | 粉 | 99 |  |  | 423 | FQSU | 卷 | 191 | GESJ | 聲 | 340 |
| FDHA | 粕 | 294 | FHEJ | 烽 | 101 | FQVV | 粼 | 228 | GFNO | 款 | 204 |
| FDIG | 粧 | 509 | FHER | 烙 | 213 | FRRD | 燥 | 479 | GGDI | 封 | 100 |
| FDILE | 糠 | 197 | FHKS | 劣 | 227 | FSS | 炬 | 189 | GGGU | 堯 | 443 |
| FDILR | 糖 | 371 | FHS | 炸 | 481 | FTC | 烘 | 138 | GGY | 卦 | 122 |
| FDJMF | 粽 | 515 | FHSM | 煸 | 332 | FTMD | 煤 | 249 | GHI | 塊 | 204 |
| FDJRB | 糊 | 140 | FHUP | 熄 | 404 | FUBJJ | 輝 | 149 | GHMR | 垢 | 119 |
|  |  | 141 | FJCR | 熔 | 322 | FUSMG | 耀 | 444 | GHND | 垛 | 88 |
|  |  | 142 | FJKS | 烤 | 198 | FVID | 爍 | 356 | GHRF | 塢 | 402 |
| FDMBB | 糯 | 276 | FK | 尖 | 164 | FWLI | 燭 | 505 | GHRJ | 埠 | 29 |
| FDMLK | 粳 | 182 | FKBU | 瞥 | 291 | FWMV | 煨 | 392 | GI | 去 | 315 |
| FDND | 籽 | 514 | FKCF | 燎 | 225 | FYDK | 燉 | 87 | GIF | 熱 | 319 |
| FDNHD | 糅 | 323 |  |  | 226 | FYED | 燦 | 32 | GIG | 墊 | 76 |
| FDQMB | 精 | 182 | FKLB | 幣 | 19 | FYHN | 炕 | 197 | GIHAB | 幫 | 11 |
| FDTGF | 糕 | 112 | FKMBC | 類 | 216 | FYIA | 熾 | 48 | GIHS | 城 | 44 |
| FDTVI | 糍 | 57 | FKMNP | 斃 | 20 | FYPT | 爐 | 234 | GIKS | 劫 | 176 |
| FDTWA | 糟 | 477 | FKNWF | 驚 | 23 | FYTO | 燧 | 363 | GIKS | 勢 | 347 |
| FDWF | 煉 | 222 | FKP | 憋 | 23 | FYTR | 焙 | 16 | GILMI | 蟄 | 489 |
| FDWTC | 冀 | 100 | FKT | 弊 | 19 | FYVI | 炫 | 430 | GILR | 塘 | 371 |
| FDYHR | 糙 | 33 | FLMT | 燼 | 181 |  | G |  | GIOK | 埃 | 2 |
| FDYJ | 料 | 226 | FMBC | 煩 | 93 | G | 土 | 383 | GIQ | 摯 | 500 |
| FDYOJ | 粹 | 60 | FMOB | 炳 | 24 | GAM | 坦 | 370 | GIRM | 域 | 466 |
| FDYR | 粘 | 483 | FMU | 光 | 125 | GAMH | 場 | 39 | GJBC | 填 | 377 |
| FDYT | 粒 | 219 | FMWG | 煙 | 436 |  |  | 40 | GJKA | 堵 | 83 |
| FF | 炎 | 437 | FNBK | 煥 | 146 | GAMO | 堤 | 72 | GJKNI | 執 | 496 |
| FFBD | 榮 | 322 | FNHX | 焰 | 439 | GASM | 塌 | 366 | GJSLE | 報 | 14 |
| FFBF | 熒 | 457 | FNO | 炊 | 54 | GAV | 垠 | 454 | GJTC | 墳 | 99 |
| FFBHF | 鶯 | 456 | FNOT | 燈 | 71 | GB | 冉 | 318 | GKBUC | 贅 | 511 |
| FFBKS | 勞 | 213 | FOG | 雀 | 317 | GBLM | 壺 | 141 | GKF | 熬 | 5 |
| FFBLI | 螢 | 457 | FPI | 灼 | 511 | GBMT | 壹 | 447 | GKMS | 垮 | 203 |
| FFBMG | 瑩 | 457 | FPRU | 炮 | 283 | GBY | 坍 | 368 | GKSQF | 驁 | 5 |
| FFBRR | 營 | 457 | FQ | 半 | 10 | GCGLC | 赫 | 136 | GLNC | 赤 | 47 |

倉頡碼檢字表

倉頡碼檢字表

倉頡碼檢字表

倉頡碼檢字表

倉頡碼檢字表

| Code | | | Code | | | Code | | | Code | | |
|---|---|---|---|---|---|---|---|---|---|---|---|
| LGA | 書 | 350 | LINIB | 蛹 | 460 | LLHHJ | 牌 | 280 | LWD | 裸 | 241 |
| LGAM | 畫 | 504 | LINKG | 蜓 | 379 | LLL | 川 | 53 | LWL | 申 | 337 |
| LGGY | 掛 | 122 | LINKM | 蜒 | 437 | LLLC | 順 | 356 | LWLV | 妻 | 233 |
| LGWM | 畫 | 144 | LINL | 蚓 | 455 | LLML | 片 | 289 | LWP | 曳 | 446 |
| LHBK | 褉 | 5 | LIOKR | 蜘 | 496 | LLN | 弗 | 103 | LX | 肅 | 362 |
| LHHH | 衫 | 332 | LIOM | 蚯 | 312 | LLP | 患 | 146 | LYAV | 褪 | 385 |
| LHHJ | 裨 | 19 | LIOMR | 蛤 | 114 | LLW | 袖 | 426 | LYDU | 襯 | 43 |
| LHYU | 褥 | 47 | | | 129 | LMBUC | 貴 | 127 | LYJWJ | 輩 | 16 |
| LIAVO | 蠍 | 418 | LIPTD | 蝶 | 78 | LMFBT | 盡 | 181 | LYP | 悲 | 15 |
| LIBAC | 蟥 | 258 | LIQJ | 蚌 | 11 | LMLN | 劃 | 143 | LYSMM | 翡 | 98 |
| LIBBR | 蝸 | 398 | LIQMB | 蜻 | 311 | | | 144 | LYYK | 斐 | 97 |
| LIBM | 蛆 | 314 | LIRRJ | 蟬 | 37 | LMMM | 韭 | 186 | **M** | | |
| LICI | 蚣 | 117 | LIRVK | 蜈 | 400 | LMP | 北 | 15 | M | 一 | 447 |
| LICRU | 蛻 | 385 | LIRXU | 蠅 | 457 | LMUO | 兆 | 488 | MA | 百 | 8 |
| LIDHL | 蜥 | 405 | LIRYE | 蝦 | 407 | LMVI | 褊 | 324 | MABK | 厭 | 439 |
| LIFBG | 螳 | 371 | LISQF | 螞 | 243 | LMYYY | 非 | 96 | MAMR | 碧 | 19 |
| LIFQU | 蜷 | 316 | LITAK | 蟆 | 242 | LN | 鬥 | 82 | MAND | 厚 | 139 |
| LIGG | 蛙 | 387 | LITGI | 蟻 | 450 | LNBUC | 費 | 98 | MBBHG | 霾 | 243 |
| LIHAG | 蝗 | 147 | LITIT | 蟒 | 246 | LNII | 襠 | 306 | MBDBU | 霜 | 355 |
| LIHDJ | 蚪 | 199 | LIVVV | 蠶 | 208 | LNTC | 鬮 | 139 | MBDD | 霖 | 228 |
| LIHDP | 蟋 | 405 | LIWB | 蝟 | 395 | LNYLB | 鬧 | 268 | MBDI | 耐 | 266 |
| LIHEJ | 蜂 | 101 | LIWIM | 蟈 | 127 | LOAE | 複 | 107 | MBEBG | 霆 | 454 |
| LIHJD | 蛛 | 505 | LIWR | 蛔 | 149 | LOB | 衲 | 265 | MBFB | 霄 | 416 |
| LIHQI | 蛾 | 89 | LIWVF | 螺 | 240 | LOIK | 袱 | 104 | MBHXU | 霓 | 270 |
| LIHS | 蚱 | 482 | LIYBS | 螃 | 282 | LP | 忠 | 501 | MBKS | 勵 | 220 |
| LIHSB | 蝙 | 20 | LIYCK | 蛟 | 171 | LPB | 背 | 14 | MBLL | 而 | 90 |
| LIIIL | 螂 | 212 | LIYG | 蚪 | 507 | | | 15 | MBLMI | 融 | 322 |
| LIJB | 補 | 28 | LIYIJ | 蜂 | 354 | LPRU | 袍 | 283 | MBLMY | 霏 | 97 |
| LIJJ | 褲 | 203 | LIYJ | 蚪 | 82 | LPWTC | 冀 | 161 | MBMBL | 需 | 427 |
| LIJNU | 蜿 | 388 | LIYK | 蚊 | 396 | LSH | 初 | 50 | MBMDM | 麗 | 221 |
| LIJP | 蛇 | 336 | LIYTJ | 蟑 | 485 | LSIT | 襤 | 210 | MBMGI | 靈 | 406 |
| LIJRB | 蝴 | 141 | LIYV | 虻 | 251 | LSKR | 裙 | 317 | MBMMI | 雲 | 473 |
| LILII | 蟲 | 48 | LK | 史 | 344 | LSMA | 褶 | 489 | MBMMV | 震 | 491 |
| LILIT | 蠱 | 121 | LKBT | 盅 | 5 | LTWI | 襪 | 387 | MBNHS | 霧 | 402 |
| LIM | 虹 | 138 | LKHAF | 鶩 | 440 | LUHAF | 鳩 | 491 | MBNKG | 霪 | 379 |
| LIMBB | 蠔 | 323 | LL | 串 | 53 | LVOK | 數 | 352 | MBOG | 霍 | 153 |
| LIMIG | 蛭 | 499 | LLAMH | 暢 | 40 | | | 353 | MBOII | 零 | 229 |
| LIMRW | 蝠 | 104 | LLGWC | 牘 | 83 | LW | 由 | 461 | MBOWY | 霉 | 249 |
| LIMVH | 蚜 | 435 | LLHE | 版 | 10 | LWB | 胃 | 504 | MBPHE | 憂 | 460 |

倉頡碼檢字表

倉韻碼檢字表

| 碼 | 字 | 頁 |
|---|---|---|
| NHOIN | 矜 | 179 |
| NHOKS | 務 | 401 |
| NHS | 乃 | 266 |
| NHVO | 弧 | 141 |
| NI | 弘 | 138 |
| NI | 夕 | 403 |
| NILI | 強 | 170 |
|  |  | 305 |
| NINH | 矛 | 247 |
| NINI | 多 | 87 |
| NINN | 予 | 465 |
| NIOIV | 姱 | 364 |
| NIR | 名 | 257 |
| NIY | 外 | 388 |
| NJLII | 蠡 | 342 |
| NK | 又 | 462 |
| NKF | 煞 | 330 |
|  |  | 331 |
| NKHAF | 鷟 | 402 |
| NKHG | 廷 | 379 |
| NKHYM | 延 | 437 |
| NKLQ | 建 | 167 |
| NKSQF | 驚 | 402 |
| NL | 弔 | 77 |
| NL | 引 | 455 |
| NLAMH | 陽 | 441 |
| NLAV | 限 | 411 |
| NLBM | 阻 | 516 |
| NLBMP | 隱 | 455 |
| NLBOF | 際 | 160 |
| NLDW | 陳 | 43 |
| NLFHF | 隙 | 407 |
| NLGCE | 陵 | 229 |
| NLGCG | 陸 | 232 |
|  |  | 235 |
| NLGYO | 陞 | 82 |
| NLHEM | 隆 | 232 |
| NLHEQ | 降 | 170 |
|  |  | 413 |
| NLHJ | 阡 | 302 |
| NLHJM | 陞 | 55 |
| NLJMU | 院 | 471 |
| NLJWJ | 陣 | 491 |
| NLKMB | 隋 | 363 |
| NLKOO | 陝 | 332 |
| NLMA | 陌 | 260 |
| NLMBV | 陋 | 234 |
| NLMNR | 阿 | 1 |
|  |  | 89 |
| NLMRB | 隔 | 114 |
| NLNHX | 陷 | 411 |
| NLODI | 附 | 106 |
| NLOII | 陰 | 454 |
| NLOMD | 除 | 51 |
| NLOMO | 險 | 411 |
| NLPOU | 陶 | 373 |
| NLPPA | 階 | 175 |
| NLPPG | 陛 | 19 |
| NLRBC | 隕 | 473 |
| NLTCT | 隘 | 3 |
| NLTPO | 隊 | 85 |
| NLTT | 阱 | 183 |
| NLWLB | 隅 | 464 |
| NLYHS | 防 | 95 |
| NLYKB | 隨 | 363 |
| NLYTJ | 障 | 486 |
| NLYTO | 隧 | 363 |
| NLYTR | 陪 | 284 |
| NMAN | 弳 | 19 |
| NMFB | 彌 | 253 |
| NMNIM | 弱 | 325 |
| NMSU | 危 | 391 |
| NMYIU | 疏 | 350 |
| NN | 了 | 214 |
|  |  | 226 |
| NNM | 子 | 176 |
| NNMBC | 預 | 467 |
| NNNAO | 豫 | 468 |
| NNPR | 夠 | 119 |
| NNQO | 承 | 44 |
| NO | 久 | 186 |
| NO | 欠 | 304 |
| NOF | 灸 | 186 |
| NOG | 墬 | 511 |
| NOHTO | 飛 | 97 |
| NOLMI | 蛋 | 66 |
| NOMK | 癸 | 126 |
| NOMRN | 凳 | 72 |
| NOMRT | 登 | 71 |
| NONHE | 發 | 92 |
| NPD | 弛 | 46 |
| NQD | 桀 | 176 |
| NQLMI | 蟹 | 421 |
| NRRJ | 彈 | 67 |
|  |  | 369 |
| NSBT | 盈 | 457 |
| NSMV | 張 | 485 |
| NSND | 孕 | 473 |
| NSP | 急 | 157 |
| NTNL | 鄧 | 72 |
| NU | 乙 | 449 |
| NUE | 函 | 130 |
| NUHAF | 鴛 | 469 |
| NUI | 兔 | 384 |
| NUKS | 勉 | 254 |
| NUP | 怨 | 471 |
| NWF | 魚 | 464 |
| NWFA | 魯 | 235 |
| NXU | 龜 | 126 |
| NYO | 疋 | 288 |
| NYVI | 弦 | 410 |

O

| 碼 | 字 | 頁 |
|---|---|---|
| O | 人 | 320 |
| OAA | 倡 | 40 |
| OALN | 創 | 127 |
| OAM | 但 | 66 |
| OAN | 們 | 250 |
| OB | 内 | 268 |
| OBCN | 側 | 34 |
| OBGR | 偶 | 375 |
| OBMC | 俱 | 189 |
| OBND | 俘 | 104 |
| OBO | 肉 | 323 |
| OBP | 儘 | 16 |
| OBQ | 佣 | 460 |
| OCOR | 俗 | 361 |
| OCSH | 份 | 100 |
| OCWA | 僧 | 329 |
| OD | 休 | 425 |
| ODF | 煲 | 12 |
| ODG | 堡 | 13 |
| ODI | 付 | 105 |
| ODMQ | 偉 | 394 |
| ODSMG | 儸 | 73 |
| ODYE | 敘 | 428 |
| ODYJ | 斜 | 419 |
| OF | 伙 | 152 |
| OFB | 俏 | 307 |
| OFBC | 償 | 39 |
| OFBR | 倘 | 372 |
| OFP | 您 | 273 |
| OFQ | 伴 | 10 |
| OFQU | 倦 | 191 |
| OG | 仕 | 345 |
| OGBUC | 貨 | 228 |
| OGD | 集 | 157 |
| OGDI | 侍 | 346 |
| OGE | 雙 | 355 |
| OGE | 隻 | 495 |
| OGF | 焦 | 171 |
| OGG | 佳 | 162 |
| OGGU | 傀 | 173 |
| OGHAF | 鶴 | 136 |
| OGJ | 隼 | 364 |
| OGLMS | 雋 | 192 |
| OGR | 售 | 349 |

| 碼 | 字 | 頁 | 碼 | 字 | 頁 | 碼 | 字 | 頁 | 碼 | 字 | 頁 |
|---|---|---|---|---|---|---|---|---|---|---|---|
| OGSK | 傲 | 5 | OIJRR | 館 | 124 | OJK | 仗 | 486 | OMBE | 優 | 461 |
| OH | 入 | 324 | OIK | 伏 | 103 | OJKP | 佬 | 213 | OMBP | 愈 | 467 |
| OHA | 伯 | 26 | OIKF | 偽 | 393 | OJLK | 使 | 344 | OMBT | 侖 | 239 |
| OHCE | 傻 | 330 | OIKKB | 餚 | 444 | OJMN | 佇 | 506 | OMC | 兵 | 24 |
| OHDN | 俐 | 219 | OILB | 傭 | 459 | OJMO | 傢 | 163 | OMD | 余 | 463 |
| OHDV | 倭 | 397 | OILMC | 讀 | 206 | OJR | 估 | 119 | OMDM | 伍 | 400 |
| OHG | 任 | 320 | OILMI | 蝕 | 343 | OJRK | 傲 | 519 | OMG | 全 | 315 |
| OHI | 傀 | 206 | OIMBC | 領 | 230 | OJRR | 倌 | 123 | OMGN | 倒 | 69 |
| OHJ | 仟 | 302 | OIN | 今 | 179 | OK | 矢 | 344 | OMH | 乒 | 292 |
| OHJD | 侏 | 504 | OINC | 貪 | 368 | OKCF | 僚 | 225 | OMI | 兵 | 282 |
| OHKB | 僑 | 306 | OINHX | 餡 | 412 | OKHDV | 矮 | 2 | OMJR | 舍 | 336 |
| OHNB | 佩 | 284 | OINI | 令 | 230 | OKHKB | 矯 | 172 | OMLB | 倆 | 221 |
| OHPM | 低 | 72 | OINO | 飲 | 455 | | | 173 | OMLK | 便 | 21 |
| OHQ | 件 | 167 | OINP | 念 | 271 | OKLB | 佈 | 29 | | | 289 |
| OHQI | 俄 | 89 | OINR | 含 | 130 | OKLU | 俺 | 4 | OMM | 仁 | 320 |
| OHS | 作 | 518 | OINRI | 饞 | 38 | OKM | 佐 | 519 | OMMM | 仨 | 326 |
| | | 519 | OIOI | 俯 | 105 | OKMR | 倚 | 449 | OMMP | 儷 | 221 |
| OHSB | 偏 | 289 | OIOK | 侅 | 358 | OKMRT | 短 | 85 | OMMV | 佟 | 273 |
| OHSG | 僱 | 121 | OIOLB | 飾 | 347 | OKN | 仇 | 49 | OMNN | 例 | 219 |
| OHVF | 係 | 407 | OIOMD | 餘 | 465 | OKOO | 俠 | 408 | OMNR | 何 | 134 |
| OHVL | 仰 | 441 | OIP | 代 | 64 | OKP | 悠 | 460 | OMR | 合 | 134 |
| OHXU | 倪 | 269 | OIPRU | 飽 | 13 | OKR | 佑 | 463 | OMRL | 命 | 258 |
| OI | 伐 | 92 | OIRUC | 饌 | 509 | OKR | 知 | 495 | OMRQ | 拿 | 265 |
| OIAPP | 餛 | 152 | OISJ | 餌 | 91 | OKSS | 矩 | 189 | OMRT | 盒 | 135 |
| OIAR | 倉 | 32 | OISMM | 翎 | 229 | OKVIF | 繁 | 93 | OMSL | 卸 | 420 |
| OIAV | 食 | 343 | OISMR | 飼 | 358 | OL | 仲 | 502 | OMU | 岳 | 471 |
| OIAWE | 饅 | 244 | OITAK | 饃 | 259 | OLL | 介 | 177 | OMWA | 會 | 150 |
| OIBI | 傳 | 107 | OITLM | 饉 | 180 | OLLN | 佛 | 102 | | | 204 |
| OIBV | 餕 | 268 | OITQG | 饈 | 426 | OLMO | 佻 | 377 | OMWC | 價 | 164 |
| OICE | 俊 | 194 | OITT | 餅 | 25 | OLMT | 盡 | 180 | OMWD | 儌 | 220 |
| OIGGU | 饒 | 319 | OIVII | 饑 | 156 | OLNK | 候 | 140 | OMWM | 僵 | 169 |
| OIHBR | 餉 | 414 | OIWMV | 饑 | 396 | OLOD | 條 | 377 | ON | 乞 | 300 |
| OIHE | 飯 | 94 | OIYCK | 餃 | 173 | OLOH | 修 | 425 | ONAO | 像 | 415 |
| OIHG | 飪 | 321 | OJ | 什 | 343 | OLOK | 倏 | 350 | ONCSH | 氛 | 99 |
| OIHHW | 餾 | 231 | OJ | 午 | 400 | OLOK | 攸 | 460 | OND | 仔 | 475 |
| OIHN | 飢 | 154 | OJBM | 值 | 496 | OLWL | 伸 | 337 | | | 513 |
| OIHQI | 餓 | 90 | OJE | 伎 | 159 | OM | 丘 | 312 | ONF | 你 | 270 |
| OIHXE | 饅 | 360 | OJII | 傳 | 53 | OMA | 佰 | 8 | ONFD | 氛 | 301 |
| OIII | 餞 | 168 | | | 508 | OMBB | 儒 | 323 | ONFF | 氛 | 66 |

倉頡碼檢字表

倉頡碼檢字表

倉頡碼檢字表

倉頡碼檢字表

| Code | 字 | Page |
|---|---|---|
| S | 尸 | 341 |
| SBLN | 刷 | 353 |
| | | 354 |
| SC | 匹 | 287 |
| SCHNE | 殿 | 76 |
| SCWA | 層 | 35 |
| SE | 尿 | 272 |
| SEB | 腎 | 339 |
| SEB | 臀 | 385 |
| SEBUC | 賢 | 410 |
| SEG | 堅 | 165 |
| SEMCW | 醫 | 447 |
| SEMRT | 豎 | 353 |
| SEOG | 匯 | 150 |
| SEOOO | 聚 | 190 |
| SEV | 娶 | 314 |
| SEVIF | 緊 | 180 |
| SFB | 屌 | 420 |
| SFD | 屎 | 344 |
| SFDI | 尉 | 395 |
| SFE | 馭 | 467 |
| SFEII | 騷 | 328 |
| SFGGU | 驍 | 417 |
| SFHER | 駱 | 241 |
| SFHKB | 驅 | 172 |
| SFHSB | 騙 | 290 |
| SFICE | 駿 | 194 |
| SFJP | 駝 | 386 |
| SFK | 馱 | 386 |
| SFKK | 馼 | 27 |
| SFKMR | 騎 | 299 |
| SFLK | 駛 | 344 |
| SFLLL | 馴 | 433 |
| SFLWS | 騁 | 45 |
| SFODI | 射 | 107 |
| SFOMO | 驗 | 440 |
| SFPD | 馳 | 46 |
| SFPR | 駒 | 188 |
| SFSEO | 驛 | 504 |
| SFSRR | 驪 | 314 |
| SFTT | 駢 | 289 |
| SFWC | 馴 | 358 |
| SFWLJ | 驛 | 453 |
| SFWVF | 驟 | 240 |
| SFYG | 駐 | 507 |
| SFYPT | 驅 | 236 |
| SFYVO | 駭 | 130 |
| SGI | 戳 | 56 |
| SGJWP | 聽 | 379 |
| SH | 刀 | 68 |
| SHDCI | 鬆 | 359 |
| SHHHC | 鬟 | 427 |
| SHHQU | 髦 | 247 |
| SHI | 戮 | 236 |
| SHI | 刃 | 320 |
| SHIKK | 髮 | 93 |
| SHJMC | 鬢 | 24 |
| SHJMF | 鬃 | 515 |
| SHJRB | 鬍 | 141 |
| SHML | 匠 | 170 |
| SHOE | 展 | 154 |
| SHOE | 履 | 237 |
| SHOT | 屜 | 375 |
| SHQU | 尾 | 393 |
| SHR | 召 | 487 |
| SHSB | 區 | 21 |
| SHVVV | 鬣 | 227 |
| SIBT | 監 | 165 |
| | | 168 |
| SIF | 熨 | 474 |
| SILQ | 肆 | 358 |
| SIP | 忍 | 320 |
| SIP | 慰 | 395 |
| SJ | 耳 | 91 |
| SJB | 臂 | 20 |
| SJE | 取 | 314 |
| SJF | 耿 | 116 |
| SJG | 壁 | 20 |
| SJHHL | 聊 | 225 |
| SJHJR | 聒 | 127 |
| SJHWP | 聽 | 58 |
| SJKA | 屠 | 383 |
| SJLBU | 耽 | 65 |
| SJLWS | 聘 | 291 |
| SJMGI | 壁 | 20 |
| SJNL | 耶 | 445 |
| SJOII | 聆 | 229 |
| SJP | 恥 | 47 |
| SJR | 居 | 188 |
| SJSH | 劈 | 286 |
| | | 288 |
| SJSJJ | 聶 | 272 |
| SJVIT | 聯 | 222 |
| SJYIA | 職 | 497 |
| SJYMR | 聲 | 288 |
| SK | 尹 | 455 |
| SKR | 君 | 193 |
| SLMBC | 頤 | 449 |
| SLMC | 匱 | 206 |
| SLMY | 匪 | 97 |
| SLORR | 臨 | 228 |
| SLSL | 臣 | 42 |
| SLWV | 屢 | 237 |
| SLY | 臥 | 398 |
| SM | 刁 | 77 |
| SMBLB | 帚 | 503 |
| SMG | 匡 | 205 |
| SMHA | 習 | 406 |
| SMIG | 屋 | 399 |
| SMMRI | 尋 | 432 |
| SMNP | 屍 | 342 |
| SMR | 司 | 356 |
| SMSIM | 羽 | 465 |
| SMV | 長 | 38 |
| | | 485 |
| SMWTC | 翼 | 452 |
| SMYOJ | 翠 | 60 |
| SMYT | 翌 | 451 |
| SNDD | 孱 | 37 |
| SO | 尺 | 46 |
| SORC | 咫 | 497 |
| SP | 尼 | 269 |
| SPP | 屁 | 288 |
| SQNL | 那 | 265 |
| | | 268 |
| SQSF | 馬 | 242 |
| SR | 叵 | 293 |
| SRHAF | 鷗 | 277 |
| SRHG | 聖 | 341 |
| SRHNE | 毆 | 277 |
| SRNL | 郡 | 194 |
| SRNO | 歐 | 277 |
| SRRR | 區 | 313 |
| SRTQ | 羣 | 317 |
| SRYTJ | 辟 | 19 |
| SS | 巨 | 189 |
| SSR | 局 | 188 |
| SSU | 凹 | 5 |
| STKR | 匿 | 270 |
| STT | 屏 | 25 |
| | | 292 |
| STV | 展 | 483 |
| SU | 己 | 158 |
| SU | 已 | 449 |
| SUF | 熙 | 405 |
| SUG | 屆 | 178 |
| SUOK | 改 | 108 |
| SUP | 忌 | 159 |
| SUU | 屈 | 313 |
| SWBT | 鹽 | 438 |
| SWBUU | 覽 | 211 |
| SWC | 鑒 | 169 |
| SWL | 匣 | 408 |
| SYYI | 屬 | 352 |
| SYYQ | 犀 | 404 |

T

倉頡碼檢字表

倉頡碼檢字表

| Code | 字 | No. | Code | 字 | No. | Code | 字 | No. | Code | 字 | No. |
|---|---|---|---|---|---|---|---|---|---|---|---|
| UTBUU | 覷 | 161 | VFEEE | 綴 | 510 | VFMGK | 緻 | 500 | VFVL | 糾 | 185 |
| UTGIT | 豔 | 440 | VFFH | 紗 | 330 | VFMVI | 縞 | 324 | VFVNE | 綠 | 236 |
| UTHN | 凱 | 195 | VFFQ | 絆 | 10 | VFMVM | 經 | 182 |  |  | 238 |
| UTMO | 嵌 | 304 | VFGCE | 綾 | 230 | VFMWF | 縹 | 290 | VFVNO | 緣 | 470 |
| UU | 出 | 50 | VFGGU | 繞 | 319 | VFMWL | 緬 | 255 | VFVVI | 纖 | 161 |
| UUMMF | 祟 | 363 | VFGR | 結 | 175 | VFN | 彎 | 388 | VFW | 細 | 407 |
| UVII | 幽 | 460 |  |  | 176 | VFND | 攣 | 238 | VFWLJ | 繹 | 453 |
| UWP | 惠 | 476 | VFGWC | 續 | 429 | VFNG | 紐 | 274 | VFYAJ | 綽 | 56 |
| UYRB | 嵩 | 359 | VFH | 妙 | 256 | VFNHE | 級 | 157 | VFYBB | 締 | 74 |
| UYTJ | 嶂 | 486 | VFHAB | 綿 | 254 | VFOB | 納 | 265 | VFYCK | 絞 | 173 |
| **V** |  |  | VFHAE | 線 | 412 | VFOG | 維 | 393 | VFYHJ | 繼 | 101 |
| V | 女 | 275 | VFHAF | 驚 | 238 | VFOIM | 纖 | 410 |  |  | 102 |
| VAA | 娟 | 38 | VFHER | 絡 | 241 | VFOK | 變 | 22 | VFYHS | 紡 | 96 |
| VAHU | 媚 | 250 | VFHEY | 終 | 501 | VFOMA | 繪 | 151 | VFYIA | 織 | 496 |
| VAND | 嫻 | 411 | VFHJE | 緞 | 85 | VFOMB | 綸 | 239 | VFYIU | 統 | 381 |
| VBBR | 媧 | 387 | VFHOO | 縱 | 515 | VFOMR | 給 | 115 | VFYK | 紋 | 396 |
| VBM | 姐 | 177 | VFHOR | 絡 | 232 |  |  | 158 | VFYLR | 繻 | 304 |
| VBT | 姍 | 332 | VFHSB | 編 | 20 |  |  |  | VFYVQ | 緯 | 304 |
| VDLK | 嫩 | 269 | VFHSK | 繳 | 174 | VFP | 戀 | 223 | VGG | 娃 | 387 |
| VDLN | 剿 | 173 | VFHVP | 紙 | 498 | VFPA | 絢 | 430 | VGRR | 嬉 | 405 |
| VE | 奴 | 275 | VFHWP | 總 | 515 | VFPI | 約 | 471 | VGYHV | 裝 | 509 |
| VEKS | 努 | 275 | VFIBI | 縛 | 107 | VFPU | 純 | 55 | VHG | 妊 | 320 |
| VELN | 剝 | 12 | VFIHR | 緘 | 165 | VFQJL | 綁 | 11 | VHHJ | 婢 | 19 |
|  |  | 26 | VFIJ | 絨 | 322 | VFQMC | 纊 | 161 | VHIIL | 鄉 | 413 |
| VEN | 弩 | 275 | VFIWG | 纏 | 37 | VFR | 書 | 284 | VHK | 妖 | 443 |
| VEP | 怒 | 275 | VFJBC | 縯 | 491 | VFRB | 絹 | 192 | VHKB | 嬌 | 172 |
| VESQF | 駑 | 275 | VFJKA | 緒 | 429 | VFRSJ | 緝 | 155 | VHP | 妊 | 36 |
| VFBB | 嫦 | 39 | VFJMC | 纘 | 24 | VFRXU | 繩 | 340 | VHPA | 婚 | 151 |
| VFBCV | 纓 | 456 | VFJMF | 綜 | 515 | VFSHI | 紉 | 320 | VHQI | 娥 | 89 |
| VFBD | 綵 | 31 | VFJMO | 綻 | 484 | VFSHR | 紹 | 335 | VHQM | 姓 | 424 |
| VFBGR | 網 | 49 | VFJOA | 縮 | 364 | VFSHU | 絕 | 192 | VHS | 妒 | 84 |
| VFBM | 組 | 517 | VFKCF | 繚 | 226 | VFSMH | 繆 | 262 | VHUP | 媳 | 406 |
| VFBME | 緩 | 145 | VFKMR | 綺 | 300 | VFSU | 紀 | 158 | VHWP | 媲 | 288 |
| VFBTU | 綱 | 111 | VFKNI | 紈 | 389 |  |  | 160 | VHXE | 嫂 | 328 |
| VFBTV | 網 | 391 | VFLMI | 繼 | 244 | VFSWU | 纜 | 211 | VI | 幺 | 442 |
| VFBV | 綏 | 363 | VFLWL | 紳 | 338 | VFTGR | 縉 | 333 | VIAV | 娘 | 172 |
| VFCSH | 紛 | 99 | VFLWV | 繰 | 237 | VFU | 戀 | 238 | VID | 槳 | 170 |
| VFDMQ | 緯 | 394 | VFLX | 繡 | 426 | VFUBB | 綢 | 17 | VID | 樂 | 214 |
| VFDWF | 練 | 222 | VFM | 紅 | 138 | VFUU | 紕 | 52 |  |  | 472 |
|  |  |  |  |  |  | VFVIF | 絲 | 357 |  |  |  |

倉頡碼檢字表

| | | | | | | | | | | |
|---|---|---|---|---|---|---|---|---|---|---|
| YAPV | 邊 | 90 | YFD | 迷 | 252 | YITD | 棄 | 301 | YMHQU | 耗 | 483 |
| YARBC | 韻 | 474 | YFE | 叔 | 349 | YITF | 遮 | 488 | YMIHH | 歲 | 363 |
| YASHR | 詔 | 335 | YFIKU | 就 | 187 | YJ | 斗 | 82 | YMJE | 歧 | 298 |
| YAV | 退 | 384 | YG | 主 | 505 | YJCO | 遼 | 364 | YMLN | 剮 | 38 |
| YBBR | 過 | 128 | YGIV | 褻 | 420 | YJDL | 辣 | 208 | YMMBC | 顫 | 38 |
| YBGR | 週 | 503 | YGMMS | 虧 | 206 | YJHEC | 贛 | 110 | YMMR | 言 | 436 |
| YBHG | 望 | 391 | YGRV | 遠 | 470 | YJHHH | 彰 | 485 | YMP | 此 | 57 |
| YBIK | 獻 | 412 | YGSK | 邀 | 5 | YJHOJ | 辨 | 11 | YMP | 志 | 370 |
| YBJJ | 運 | 473 | YGTQ | 達 | 62 | YJILJ | 辨 | 22 | YMPOG | 雌 | 56 |
| YBLB | 帝 | 74 | YHA | 迫 | 280 | YJKSJ | 辦 | 10 | YMRT | 逗 | 82 |
| YBMCU | 睿 | 324 | | | 294 | YJVFJ | 辮 | 22 | YMRW | 逼 | 17 |
| YBOG | 離 | 217 | YHDS | 透 | 382 | YJWJ | 連 | 221 | YMSO | 逐 | 505 |
| YBOK | 敵 | 73 | YHDV | 逶 | 392 | YJYRJ | 辯 | 22 | YMUOO | 齒 | 47 |
| YBOU | 遙 | 443 | YHE | 返 | 94 | YK | 文 | 396 | YMWU | 還 | 302 |
| YBR | 迥 | 185 | YHEJ | 逢 | 101 | YKCF | 遼 | 225 | YMY | 卡 | 195 |
| YBUC | 貞 | 490 | YHGR | 造 | 478 | YKHG | 逛 | 125 | | | 302 |
| YBYE | 敲 | 306 | YHHQM | 產 | 38 | YKKS | 効 | 417 | YNBQ | 邂 | 420 |
| YBYHS | 旁 | 282 | YHHW | 運 | 232 | YKMPM | 斌 | 23 | YNDF | 遜 | 433 |
| YBYSP | 龍 | 232 | YHJU | 遁 | 87 | YKNL | 郊 | 171 | YNIB | 通 | 380 |
| YC | 六 | 232 | YHMBC | 頻 | 291 | YKOK | 效 | 417 | YNJ | 迅 | 432 |
| YCBR | 商 | 333 | YHMBC | 顏 | 438 | YKR | 吝 | 228 | YNUI | 逸 | 451 |
| YCHHJ | 蠻 | 291 | YHML | 近 | 180 | YKVIF | 紊 | 397 | YODV | 袤 | 12 |
| YCK | 交 | 171 | YHN | 亢 | 197 | YLB | 市 | 345 | YOG | 進 | 181 |
| YCK | 奕 | 451 | YHQO | 迭 | 78 | YLE | 逮 | 64 | YOHNE | 毅 | 452 |
| YCT | 弈 | 451 | YHRR | 追 | 510 | | | 65 | YOKS | 劾 | 135 |
| YDBUU | 親 | 309 | YHS | 方 | 95 | YLHV | 表 | 501 | YOLN | 劇 | 190 |
| | | 312 | YHSB | 遍 | 21 | YLM | 止 | 497 | YOLN | 刻 | 199 |
| YDHAF | 鶉 | 55 | YHSK | 邀 | 443 | YLMC | 遺 | 449 | YOMD | 途 | 383 |
| YDHML | 新 | 421 | YHUS | 邊 | 21 | YLMH | 步 | 29 | YOMN | 逾 | 465 |
| YDKNI | 孰 | 351 | YHV | 衣 | 447 | YLMO | 逃 | 373 | YON | 迄 | 300 |
| YDL | 速 | 361 | YHVL | 迎 | 457 | YLMR | 遣 | 304 | YONK | 夜 | 446 |
| YDMQ | 違 | 393 | YHYU | 遞 | 74 | YLNC | 亦 | 450 | YOOJ | 卒 | 516 |
| YDNL | 郭 | 127 | YIB | 育 | 466 | YLW | 迪 | 72 | YOPD | 迤 | 449 |
| YDOG | 雜 | 475 | YIF | 熟 | 348 | YM | 上 | 333 | YPD | 柴 | 37 |
| YDOK | 敦 | 86 | | | 351 | | | 334 | YPG | 壟 | 233 |
| YEBU | 督 | 83 | YIHU | 充 | 48 | YMB | 肯 | 200 | YPHEN | 處 | 51 |
| YEG | 堊 | 136 | YIJC | 述 | 352 | YMBUU | 覷 | 315 | | | 52 |
| YEOIV | 餐 | 31 | YIOJ | 率 | 237 | YMD | 迁 | 463 | YPHU | 虎 | 141 |
| YFB | 逍 | 416 | | | 354 | YMFB | 逦 | 91 | YPMM | 些 | 418 |

倉頡碼檢字表

| Code | 字 | No. | Code | 字 | No. | Code | 字 | No. | Code | 字 | No. |
|---|---|---|---|---|---|---|---|---|---|---|---|
| YPRVK | 虡 | 464 | YRGR | 詰 | 176 | YRNF | 烹 | 285 | YRTKR | 諾 | 276 |
| YPSJ | 豐 | 233 | YRGWC | 讀 | 83 | YRNHB | 譎 | 193 | YRTLM | 謹 | 180 |
| YPSM | 虐 | 276 | YRHDS | 誘 | 463 | YRNIB | 誦 | 360 | YRTMD | 謀 | 262 |
| YPTM | 虛 | 427 | YRHDV | 諉 | 394 | YRNJ | 訊 | 432 | YRTMJ | 譁 | 143 |
| YPVIF | 紫 | 514 | YRHG | 逞 | 45 | YRNKM | 誕 | 67 | YRTOE | 護 | 142 |
| YPWB | 膚 | 103 | YRHHI | 謝 | 420 | YRNL | 部 | 29 | YRTQ | 詳 | 414 |
| YPWBT | 盧 | 234 | YRHJD | 誅 | 505 | YRNMU | 詭 | 126 | YRTTB | 講 | 170 |
| YPWKS | 膚 | 235 | YRHJR | 話 | 144 | YRNN | 亨 | 137 | YRTXC | 謙 | 302 |
| YPWP | 廬 | 238 | YRHMY | 訴 | 361 | YRNOT | 證 | 494 | YRTYU | 謊 | 148 |
| YPYHV | 襲 | 406 | YRHNE | 設 | 337 | YRNRI | 讒 | 38 | YRU | 訕 | 332 |
| YPYK | 虔 | 303 | YRHNI | 諷 | 102 | YROB | 訥 | 268 | YRUC | 選 | 430 |
| YQHL | 逝 | 346 | YRHP | 託 | 385 | YROG | 誰 | 337 | YRVII | 讖 | 156 |
| YR | 占 | 483 | YRHPM | 詆 | 74 | YROHH | 診 | 491 | YRWB | 謂 | 395 |
| YRAPV | 謁 | 447 | YRHS | 詐 | 482 | YROIM | 識 | 43 | YRWD | 課 | 200 |
| YRAWE | 護 | 245 | YRHUC | 讚 | 477 | YROJ | 許 | 428 | YRWLJ | 譯 | 453 |
| YRBB | 膏 | 112 | YRHV | 哀 | 1 | YROMB | 論 | 239 | YRY | 訃 | 106 |
| YRBBN | 贏 | 457 | YRHXO | 誄 | 465 | YROMG | 詮 | 316 | YRYBB | 諦 | 75 |
| YRBGR | 調 | 78 | YRIHS | 誠 | 45 | YROMN | 諭 | 468 | YRYBS | 謗 | 12 |
|  |  | 377 | YRINE | 詠 | 460 | YRON | 訖 | 301 | YRYE | 遐 | 408 |
| YRBM | 詛 | 517 | YRIOR | 語 | 513 | YROP | 訛 | 89 | YRYFD | 謎 | 252 |
| YRBN | 亭 | 379 | YRIPM | 試 | 347 | YROWY | 誨 | 150 | YRYG | 註 | 507 |
| YRBO | 豪 | 133 | YRIT | 誠 | 178 | YRPA | 詢 | 432 | YRYHH | 諺 | 440 |
| YRBOU | 謠 | 444 | YRJ | 計 | 159 | YRPA | 詣 | 452 | YRYHS | 訪 | 96 |
| YRBR | 高 | 112 | YRJBM | 誼 | 452 | YRPHT | 謐 | 254 | YRYIA | 識 | 344 |
| YRBSD | 諍 | 494 | YRJHP | 詫 | 36 | YRPPA | 諧 | 419 |  |  | 500 |
| YRBTN | 贏 | 215 | YRJKA | 諸 | 505 | YRPTD | 諜 | 78 | YRYLR | 讕 | 304 |
| YRBU | 毫 | 132 | YRKF | 該 | 148 | YRPUU | 謁 | 503 | YRYPM | 譌 | 431 |
| YRBU | 亮 | 224 | YRKMS | 誇 | 203 | YRQMB | 請 | 311 | YRYRD | 諄 | 511 |
| YRCI | 訟 | 359 | YRLLL | 訓 | 432 | YRRVK | 誤 | 402 | YRYRF | 諒 | 224 |
| YRCRU | 說 | 355 | YRLMY | 誹 | 98 | YRSHR | 詔 | 488 | YRYRV | 讓 | 319 |
|  |  | 356 | YRLN | 剖 | 294 | YRSIP | 認 | 321 | YRYTA | 語 | 4 |
| YRDI | 討 | 373 | YRM | 訌 | 139 | YRSMH | 謬 | 259 | YRYVO | 該 | 108 |
| YRDK | 訣 | 192 | YRMFJ | 評 | 292 | YRSMM | 翊 | 428 | YSHR | 迢 | 377 |
| YRDMQ | 諱 | 151 | YRMMR | 語 | 466 | YRSMR | 詞 | 56 | YSOHM | 旌 | 182 |
| YRDWF | 諫 | 168 | YRMN | 訂 | 80 | YRSRR | 謳 | 277 | YSOHV | 旅 | 237 |
| YRF | 京 | 181 | YRMOO | 誣 | 399 | YRSU | 記 | 160 | YSOK | 放 | 96 |
| YRFF | 談 | 369 | YRMVH | 訝 | 435 | YRTCA | 譜 | 296 | YSOKR | 旖 | 450 |
| YRGDI | 詩 | 342 | YRMWJ | 譚 | 370 | YRTCT | 謐 | 347 | YSONO | 旋 | 429 |
| YRGP | 誌 | 499 | YRND | 享 | 414 | YRTGI | 議 | 453 |  |  | 430 |